단순한 이야기

세계문학전집
209

Elizabeth Inchbald : A Simple Story

단순한 이야기

엘리자베스 인치볼드 장편소설

이혜수 옮김

문학동네

일러두기

1. 번역 대본으로는 *A Simple Story*(Elizabeth Inchbald, Oxford University Press, 1988)를 사용했다.
2. 각주는 모두 옮긴이주다.
3. 본문 중 고딕체는 원서에서 이탤릭체로 강조한 부분이다.

차례

제1부 7
제2부 117
제3부 243
제4부 345

해설 | 당돌하고 사랑스러운 엄마, 인내하는 딸 425
엘리자베스 인치볼드 연보 437

제1부

1

생토메르의 학문적이고 엄격한 대학*에서 배운 도리포스는 받은 교육으로나 속한 교단의 엄숙한 서원에 의해서나 가톨릭 신부였다. 하지만 가톨릭의 철학적인 부분과 미신적인 부분을 섬세히 구분하고 오로지 전자만을 받아들이면서 기독교의 최상위 교수에 값하는 자질들을 갖추고 있었다. 즉 기독교의 모든 덕을 가르치는 것이 그의 소명이었

---

* 프랑스 생토메르에 있는 영국 대학. 영국의 가톨릭 가문 자제들은 유럽 대륙에서 예수회가 이끄는 영국 대학에서 종종 수학했다. 16세기 헨리 8세가 로마교황청에서 독립해 신교적 특징이 강한 영국 성공회를 국교로 선포한 후, 영국 내 가톨릭교도들은 여러 제도적·관습적 차별과 불이익을 당했으며 1778년과 1790년에 각각 1차, 2차 가톨릭 구호법이 통과되고서야 군대 입대, 영지 소유 및 가톨릭 학교 설립 등이 가능해졌다. 작품 초반에 드러나는 신교도(영국 성공회) 밀너 양과 가톨릭 사제인 도리포스의 긴장은 이러한 맥락에서 이해할 수 있다.

고, 이를 실천하는 것이 그의 관심사였다. 또 그는 세상으로부터 은둔하면서 사람들을 교화하는 공덕을 쌓는 일을 회피하는 종교인 부류에 속하지 않았다. 수도원 벽에 둘러싸인 채 평신도들이 받는 유혹으로부터 숨기를 거부했고, 대신 런던 중심가에 숙소를 얻어 그곳에서 신중, 정의, 용기, 그리고 절제*를 실천하며 머물렀다.

그의 나이 서른, 런던에서 지낸 지 오 년 정도 되었을 때, 젊었을 적 지극히 신실한 우정을 나누었던 형뻘 되는 신사가 세상을 떠나며 그를 자신의 열여덟 살 난 딸의 유일한 법적 후견인으로 남겼다.

고故 밀너 씨는 자신이 곧 죽으리라는 것을 확실히 알게 되자 후견인을 정하기 전 다음과 같이 추론했다. '평생 그와의 진실한 우정 말고는 어떤 우정도 맺은 바 없었지. 다른 사람은 몰라도 도리포스의 마음만은 잘 알아. 그의 마음을 알고 나니 다른 이들과 교우할 마음이 전혀 없었지. 그와 교유하며 얻은 인간 본성에 대한 높은 평가를 깎아내리기 싫었으니까. 마음에 스치는 생각들, 무엇보다 곧 책임지도록 소환될 모든 행동에 대한 걱정으로 떨리는 지금, 마치 매 순간 출두가 요구되는 법정에서처럼, 밀쳐두었던 세속적인 시각들이 모두 내 목적을 심판하며 앉아 있구나. 이 끔찍한 위기 상황에서 내가 해야 할 임무는 내 외동딸을 어떻게 보살필까 하는 것. 관습이나 연민 혹은 아비의 정이라 내 어리석게 부르는 것으로 딸아이와 맺어진 세속적 애정이 있기에 그 아이의 행복을 궁리하고, 또 아이가 소중한 친구로 여기는 이들의 보살핌에 아이를 맡길 생각도 해보지만, 그 사람들은 행운이라는 햇빛이 비칠 때

* 기독교의 4대 미덕.

만 친구인 거고, 실망과 질병, 혹은 부부간 불화와 같이 살을 에는 차가운 서릿발이 내릴 때는 설사 돌봄의 집을 지었다 하더라도 그 집을 버릴 테니.'

여기서 고뇌에 찬 아버지의 번민은 죽어가는 이의 고통보다 심했다.

'내가 세상을 떠나는 순간,' 생각이 계속 이어졌다. '그 모습이 선히 그려지는군. 내 딸은 어디에서 위로를 찾을 수 있을까? 고통스러운 괴로움 가운데서도 두려움에 떠는 내 영혼을 한줄기 밝은 위로의 빛으로 격려해주는 종교의 성스러운 도움, 아이는 그런 도움을 받지 못할 텐데.'

여기서 말해둬야 할 게 있다. 밀너 씨는 로마교회, 즉 가톨릭 소속이었지만, 개신교를 믿는 여인과 결혼하면서 아들이 태어나면 아버지의 종교에 맞춰 교육하고, 딸이라면 어머니의 종교를 따르기로 했었다. 이 부부에게서 나온 자식은 하나뿐이었고, 바로 이 아이의 장래의 행복에 대한 염려가 죽어가는 아버지의 머릿속을 온통 차지하고 있었다. 그는 아이의 교육을 직접 챙기지 못했는데, 종교 문제에 관해 죽은 아이 어미와 한 약속을 철저히 지키면서 딸을 개신교 기숙학교에 맡겼던 것이다. 딸은 그곳에서 세련된 젊은 숙녀들이 대부분 흡수하는 만큼의 종교적 정서만을 받아들였다. 아이의 작은 심장은 끊임없이 개인적인 성취를 추구하는 데 열중한 나머지 마음을 빛나게 하는 아무런 장식도 갖추지 못했다. 물론 본성으로 부여받은 빛나는 자질들이 있었지만, 그마저 본성의 경쟁자인 인위성으로 황폐해져 그 본성도 온전히 보존되지 못했다.

아버지는 건강했을 때에는 취향이나 우아함에서 뭐 하나 나무랄 데 없이 뛰어난 딸을 지극한 기쁨으로 바라보았으며, 다른 결함들은 전혀 신경쓰지 않았다. 그러나 병석에 누워 미래의 운명에 딸을 맡기고 떠나려니 아이의 결함들이 한꺼번에 밀려들듯 기억났다. 딸이 파티를 열거나 톡톡 튀는 재치로 좌중을 즐겁게 하는 걸 보며 느꼈던 어리석은 즐거움이나 자부심은 이제 기억나지 않았다. 아니 기억이 안 난다기보다, 아이의 경솔한 성격에 참회의 한숨을 내뱉거나 하다못해 못마땅해 찌푸린 표정을 지으며 떠올리게 되었다.

'뭔가 좀더 본질적인 것,' 그는 속으로 생각했다. '그런 걸 생각해내야 해. 지금 내가 겪는 이런 시간을 아이가 준비할 수 있도록 하는 뭔가를 말이야. 그렇다면 이런 순간이 올 것을 전혀 생각하지 않는 사람들의 손에 아이를 맡길 수 있을까? 도리포스야말로 모든 도덕적 덕과 종교적 덕, 그리고 타고난 선함과 신실한 믿음을 합쳐놓은 사람 아닌가. 그는 통제하지 않으면서 보호하고, 압제하지 않으면서 가르치며, 치켜세우지 않으면서 위안을 줄 수 있는, 내가 아는 유일한 사람. 그라면 죽어가는 친구의 유일한 걱정거리인, 친구의 소중한 딸을 강제가 아니라 자발적인 선택으로 선해지게끔 늦지 않게 이끌 수 있을 거야.'

도리포스는 밀너 씨를 문병하러 즉시 런던에서 달려왔고, 죽기 직전 그가 남긴 경고를 모두 들은 후 다 이행하겠다고 약속했다. 그런데 밀너 씨는 친구를 완전히 신뢰하긴 했지만, 아이 어미가 독실하게 믿었고 아이가 교육받은 종교적 견해를 바꾸려고 친구가 권위를 행사하는 일이 없도록 마저 제약을 달았다.

"그애 마음을 흔들지만 결국 교화하지는 못할 개념으로 아이를 혼란스럽게 하지 말아주게." 이것이 그의 마지막 말이었으며, 도리포스의 대답은 그를 완전히 만족시켰다.

밀너 양은 이런 슬픔의 시기를 아버지와 함께하지 못했다. 배스에 같이 갔던 세심하고 걱정 많은 친구가 자신의 예민한 벗이 놀라지 않도록 아버지가 사경에 처했다는 소식뿐 아니라 병들었다는 사실조차 감췄기 때문이다. 가여운 밀너 양은 이러한 정제된 다정함으로 인해 아버지가 아프다는 소식을 듣기도 전에 부고를 듣게 되어 견디기 어려운 고통에 휩싸였다. 그녀는 쓰라린 고통을 안은 채 한달음에 달려갔고, 아버지의 시신에 자식의 진실한 사랑으로 마지막 예를 다했으며, 그사이 도리포스는 중요한 업무 탓에 런던으로 돌아가야만 했다.

2

도리포스는 친구를 잃어 무거운 마음으로 런던에 돌아왔지만, 이제 친구가 그에게 보여준 신뢰에 어떻게 답할까 하는 생각에 좀더 몰두하는 듯했다. 그는 밀너 양이 그동안 살아온 삶에 대해 알고 있었기에 혹시라도 그녀가 자신의 가르침에 반발할까봐 걱정되었다. 또 자신이 수행하기에 너무 벅찬 임무, 즉 젊은 사교계 여성의 보호를 맡게 되어 겁났다.

도리포스 신부*는 우리의 최상위 가톨릭 사제 중 한 명과 가까운 친척이었다. 그의 수입은 절대 적지 않았고 오히려 풍족한 편이었지만,

* 18세기에 가톨릭 신부는 'Father'보다 'Mr'로 불렸기에 원문의 'Mr. Dorriforth'를 도리포스 신부 혹은 사제로 옮긴다.

가난한 이들에 관심을 기울이고 욕망을 절제하며 철저히 검소하게 또 절약하며 살았다. 그의 주거지는 호턴 부인 댁이었는데, 이 노부인은 자기보다 많이 어리지 않은 미혼 조카와 함께 살고 있었다. 우들리 양은 비록 서른 살이고 외모가 극히 평범했지만, 성격이 아주 명랑하고 무궁무진한 선의가 넘쳐 사람들의 비웃음뿐 아니라 노처녀라는 칭호조차 피할 수 있었다.

도리포스는 호턴 씨가 죽기 전부터 이 집에서 살았고, 그가 세상을 떠난 후에도 호턴 부인과 그녀의 조카처럼 순진하고 매력 없는 두 여성이 사는 집을 굳이 나갈 필요는 없다고 생각했다. 종교적인 독신 서원에도 불구하고 말이다. 두 여성 역시 신실한 양떼가 목자에게 보이는 온갖 존경심과 경외심으로 그를 대했다. 그들로서는 그가 친절하게 이 집에 머물러 정신적인 면뿐 아니라 세속적인 면에서도 이익을 얻었는데, 그가 숙식비로 내는 넉넉한 금액 덕분에 호턴 씨가 살아 있을 때처럼 크고 넓은 집에 계속 남아 있을 수 있었다.

이곳에서는 도리포스 신부가 여행에서 돌아오자마자 그의 피후견인을 맞을 준비가 진행되었다. 그녀의 아버지가 적어도 얼마 동안이라도 딸이 후견인과 같은 집에서 머물고, 같은 방문객을 맞으면서, 그의 지인과 친구들을 사귈 수 있게 해달라고 요청했기 때문이다.

아버지의 유언을 알게 되었을 때 밀너 양은 그의 모든 요청에 아무 군말 없이 따랐다. 아버지를 잃은 애잔한 슬픔에 경도되어 미래의 행복은 안중에도 없었다. 그녀의 암묵적 동의하에, 부유한 상속녀가 시종들을 거느리고 런던에 도착해 호턴 부인의 집에 거주할 날짜가 정해졌다.

호턴 부인은 가족이 늘면서 연간 수입이 늘고 또 생활수준이 높아지는 것을 반겼다. 착한 우들리 양은 새로운 손님에 대한 기대로 너무 기뻤으나 왜 그런지는 본인도 잘 몰랐다. 이유인즉슨 그녀의 다정한 마음이 자비를 베풀 더 넓은 들판을 원했기 때문이다. 이제 그녀는 그 숙녀뿐 아니라 그녀의 시종까지 모두가 새로운 환경에서 행복하게 지내도록 어떻게 도울지 하는 생각에 즐겁게 몰두했다.

도리포스는 덜 유쾌한 생각을 하고 있었다. 그의 마음은 걱정과 의심, 두려움으로 가득했고, 그 힘에 사로잡힌 채 피후견인을 만나기 전 그녀의 기질에 대한 정보를 얻으려고 기회가 있을 때마다 수소문을 했다. 그는 그녀의 성향뿐 아니라 어떻게 생겼는지도 몰랐다. 그녀가 기숙학교에서 돌아온 이후에도, 그가 밀러 씨 댁에 머물렀던 몇 안 되는 때조차 계속되는 바깥일들로 그녀를 만나보질 못했었다. 그가 모든 예의와 절도를 갖춰 밀너 양에 대해 처음으로 의견을 물었던 사람은 과부이자 호턴 부인 집을 자주 드나들던 레이디 에번스 준남작부인이었다.

여기서 도리포스가 어떻게 말하고 행동하는지 궁금해할 독자를 위해 그의 외모와 태도를 설명할 필요가 있을 듯싶다. 그는 키가 크고 우아했지만, 빛나는 까만 눈과 가지런한 하얀 이, 그리고 사제답게 우아히 떨어지는 진갈색 곱슬머리를 제외한다면, 감탄을 자아낼 만한 면이 전혀 없었다. 하지만 많은 이들이 그의 얼굴 구석구석 퍼져 있는 감수성의 빛으로 인해 그가 잘생겼다고 착각했고, 이런저런 식으로 다들 거기에 끌렸다. 다시 말해, 여기서 묘사하려는 그의 매력은 표정인데, 사람들은 그의 표정에서 그의 마음속 감정을 보았고, 가장 깊은 내면의 모든 움직임, 희망과 공포로 뛰는 힘찬 박동이나 인내의 체념으로 고요히 머무는 평온한 맥박 같은 것을 보았다. 이러한 표정 위에 그의 생각이 나타났고, 그의 마음이 가치 있는 모든 덕으로 풍부해졌듯이 그의 정직한 얼굴도 그러한 덕의 온갖 표식으로 장식되었다. 그의 덕은 그의 모습에 광채를 보탰을 뿐 아니라 그가 하는 모든 말에 조화로운 소리를 더했다. 그의 말은 설득력 있었고 완벽한 호소력을 지녔으며, 그사이 당신은 그의 표정에서 생각이 입술을 따라 움직이면서 말과 일치하는 걸 볼 수 있었다.

마음의 근심을 드러내는 이러한 흥미로운 표정과 걱정으로 가득할 때 더욱 도드라지는 절제력이 밴 우아한 몸짓으로, 그는 호턴 부인을 방문해 그날의 소식을 듣고 또 전하는 레이디 에번스에게 말을 건넸다.

"부인께서는 작년 봄에 배스에 계셨다고 들었습니다. 제가 이번에 영광스럽게도 후견인으로 지정된 그 숙녀분을 아시죠. 그러니 제발—"

그가 성심껏 질문을 던지려던 순간, 레이디 에번스가 그의 말을 가로챘다.

"도리포스 신부님, 그 아가씨에 대해서라면 제게 묻지 마세요. 저는 그 아가씨가 아주 젊었을 때 봤거든요. 하긴 그게 겨우 석 달 전이네요. 그때보다 더 나이든 건 아니겠군요."

"열여덟입니다." 도리포스는 부인의 말에 담긴 의심에 대한 유감으로 얼굴을 붉혔지만, 차분하게 대답했다.

"그 아가씨야 매우 아름답지요, 그 점은 확실히 말할 수 있겠네요." 귀부인이 대꾸했다.

"그건 특별한 자질이 아니지요." 도리포스가 불편함을 드러내며 자리에서 일어났다.

"하지만 다른 자질이 없다면," 레이디 에번스가 대답했다. "아름다움이란 중요한 자질 아니겠어요."

"제 생각에는 없느니만 못한 자질이군요." 도리포스가 말했다.

"그런데 도리포스 신부님, 제 얘기를 듣고 놀라거나 그 아가씨를 실제보다 더 나쁘게 생각하진 마세요. 그 아가씨에 대해 제가 아는 바라곤 단지 그 숙녀가 젊고, 하는 일 없고, 분별력 없고, 경솔한 어린 아가씨라는 것뿐이에요. 집에 여섯 명쯤 되는 구애자가 드나드는데, 그중 어떤 이는 멋쟁이, 어떤 이는 기사도 사내,* 어떤 이는 미혼남, 어떤 이는 기혼남이지요."

도리포스는 깜짝 놀랐다. "내 평생 처음으로," 그가 남자다운 슬픔을 보이며 말했다. "그녀의 아버지를 몰랐다면 싶군요."

"아니요." 모든 것이 원하는 대로 되길 바라는 호턴 부인이 말했다(이 선량한 부인의 이해력은 어떤 훌륭한 교육이나 가장 훌륭한 상류사회 사람들과의 교류, 혹은 많은 경험으로도 개선되거나 좋아지지 못했다). "아니요, 도리포스 신부님, 신부님은 곧 그 아가씨의 모든 나쁜 행실을 분명히 고쳐놓으실 거예요."

"이런." 레이디 에번스가 대꾸했다. "그 아가씨가 나쁘다는 뜻으로 한 말이 결코 아니에요. 원한다면 방금 했던 얘기의 출처를 알려드리지요. 아까 한 말은 내가 직접 본 게 아니라 들은 얘기를 다시 한 거니까요."

---

* 18세기 영국, 특히 1660년 왕정복고 이후 유행했던 대표적인 남성 인물형들. 대의명분이나 도덕적·정치적 야심을 지향하는 대신, 패션에 신경쓰고 여성들과 어울리며 도덕적으로 무분별한, 세상에 대한 회의를 쾌락주의로 표현한 귀족계급 남성들을 지칭한다. 각각 'a coxcomb' 'a man of gallantry'의 번역어이다. 151쪽의 '난봉꾼(rake)'도 비슷한 뉘앙스를 지닌다.

마음씨 착한 우들리 양은 창가에 앉아 바느질을 하면서 조용히 듣고만 있다가, 이 말에 용기를 내어 딱 여섯 단어를 말했다. "그러면 그 얘기는 더 하지 마세요."

"화제를 바꾸지요." 도리포스가 말했다.

"아주 좋아요." 귀부인이 크게 말했다. "그편이 그 젊은 숙녀에게 분명히 이로울 테니까."

"아가씨 키가 큰 편인가요? 아니면 작은 편?" 호턴 부인이 더 알고 싶은 마음에 물었다.

"아, 충분히 큰 편이에요." 레이디 에번스가 대답했다. "다시 말하지만 인물은 흠잡을 데 없다니까요."

"하지만 마음에 흠이 있다면—" 도리포스가 한숨을 쉬며 외쳤다.

"마음도 인물처럼 나아질 거예요." 우들리 양이 외쳤다.

"그렇지 않을걸." 귀부인이 대답했다. "굽은 성격을 널빤지를 덧대 곧게 폈다는 얘긴 내 들어본 적이 없으니."

"아, 있고말고요, 레이디 에번스." 우들리 양이 대답했다. "좋은 사람들과 좋은 책, 경험, 그리고 타인의 불행은 마음이 덕을 향해 형성되는 데 큰 힘을 발휘하지요. 다른 어떤—"

귀부인은 끝까지 듣지 않고 급하게 자리에서 일어나면서 말했다. "이제 가야겠네. 집에서 나를 기다리는 사람들이 오십 명은 된다네. 게다가 설교를 듣고 싶다면 도리포스 신부님의 강론을 듣지, 자네 얘기를 듣고 싶지는 않네."

바로 그때 힐그레이브 부인이 도착했다는 전갈이 왔다. "힐그레이브 부인이군." 레이디 에번스가 말을 이었다. "힐그레이브 부인도 밀너 양을 알지, 아마? 최근 아버지를 여읜 젊은 숙녀 말이야."

힐그레이브 부인은 사업이 여러 번 망한 어떤 상인의 아내였는데, 밀너 양의 이름을 듣자마자 두 손을 들어올렸고, 두 눈에서는 눈물이 흐르기 시작했다.

"저런!" 레이디 에번스가 외쳤다. "그 아가씨에 대한 자네 의견을 좀 주게. 아쉽지만 나는 못 듣고 가네." 이렇게 말하면서 그녀는 인사를 하고 떠났다.

힐그레이브 부인이 앉자, 여성 중에서도 남 얘기 캐묻는 데 둘째가라면 서러워할 호턴 부인이 "괜찮다면 왜 밀너 양 얘기가 나오자 그렇게 동요하셨는지" 알려달라고 청했다.

걱정하고 있던 도리포스는 이 질문에 귀가 솔깃해졌고, 대답을 좀더 잘 듣기 위해 몸을 돌렸다.

"밀너 양은 저의 은인, 그것도 더없는 은인이에요." 이렇게 말하면서 그녀는 손수건을 꺼내 얼굴에 흐르는 눈물을 닦아냈다.

"어떻게요?" 그녀가 흘리는 감사의 눈물만큼이나 기쁨으로 촉촉이 젖은 눈을 하고 도리포스가 간절히 말했다.

"제 남편이 곤경에 처했던 초창기에," 힐그레이브 부인이 대답했다. "밀너 양 부친께 빚을 많이 졌는데 계속 갚지를 못하니까 밀너 씨가 저희의 전 재산을 몰수하려고 하셨습니다. 하지만 그때 아가씨께서 저희가 빚 갚을 시간을 벌어주셨어요. 그런데 시간이 충분치 않고 또 아버지를 더이상 설득할 수 없을 걸 알게 되시자, 아가씨는 가장 값나가는 장신구들을 몰래 팔아 아버지의 요구를 해결하고 또 저희가 해를 입지 않도록 보호해주셨답니다."

도리포스는 이 얘기에 기뻐서 힐그레이브 부인의 손을 잡으며 "앞으로도 도와드릴 이가 없지 않을 겁니다"라고 말했다.

"밀너 양은 키가 큰가요, 아님 작은가요?" 이어진 갑작스러운 침묵으로 이야기가 끊어질까 걱정된 호턴 부인이 다시 물었다.

"잘 모르겠어요." 힐그레이브 부인이 대답했다.

"예뻐요, 아님 못생겼어요?"

"정말 모르겠어요."

"그런 것들을 눈여겨보지 않았다니 너무 이상하군요!"

"물론 눈여겨보았지요. 하지만 제 판단을 믿기가 좀 어려워서요. 제게 아가씨는 천사처럼 아름다워 보였지만, 아마 아가씨의 아름다운 성품 탓에 그렇게 보였을 거예요."

3

도리포스 신부는 이 부인의 방문에 고무되어, 피후견인의 도의와 인격에 대해 조금이나마 안심하게 되었다. 그녀가 돌아가신 아버지의 집을 떠나 호턴 부인의 집에 거주하는 날이 다가왔다. 그는 우들리 양과 함께 마차를 타고 그녀를 맞으러 나갔으며, 그녀가 오는 길에 있는 여관*에서 기다렸다.

아버지를 기억하며 한숨짓는 많은 나날을 보낸 뒤, 밀너 양은 11월

* 18세기의 여관은 잠을 잘 뿐 아니라 밥을 먹고 차를 마시는, 요즘의 레스토랑이나 카페 역할을 했다.

10일이 되자 런던 가는 길 중간에 있는 약속 장소에 도착했고, 거기에서 도리포스와 우들리 양이 그녀를 기다리고 있었다. 그녀는 시종들 말고도 어머니 쪽 먼 친척 되는 어떤 신사와 부인과 함께 왔다. 그들은 어느 정도 여정을 함께하며 그녀를 돌보는 것이 제대로 된 예의의 표시라 생각했으나, 밀너 씨가 그녀의 후견인에게 신탁을 맡긴 일로 시기심이 났기에 그녀를 그의 보호 아래 있도록 안전히 넘기자마자 돌아갔다.

밀너 양이 탄 마차가 여관 입구에 도착하고, 그녀가 왔다는 소식이 도리포스에게 전해지자 그의 얼굴은 창백해졌다. 불행에 대한 예감 같은 것이 그의 가슴속에서 요동쳤고, 이어 그의 얼굴 전체로 빠르게 퍼졌다. 심지어 우들리 양은 낙담에 빠진 그를 일으켜야 했는데, 그러지 않았다면 그는 바닥으로 가라앉았을 터였다. 또 우들리 양은 그의 사랑스러운 피후견인을 먼저 맞이해야 했다. 묘사하기 어려울 정도로 사랑스러운 피후견인을.

하지만 밀너 양의 특징으로 회자되던 활달한 생기와 타고난 명랑함은 최근 겪은 비애로 인해 깃든 온화한 슬픔으로 부드러워졌고, 그녀의 태도로 알려진 매력에 대한 오만한 과시는 수심에 잠긴 듯한 거동으로 바뀌어 있었다. 우들리 양이 도리포스를 밀너 양의 "후견인이자 돌아가신 아버지의 가장 친한 친구"라고 소개하자, 그녀는 한 움큼 눈물을 쏟아내며 그 앞에 무릎을 잠시 꿇은 후, 아버지로 여기고 늘 순종하겠다고 약속했다. 그때 그는 얼굴에 손수건을 대고 있었는데, 그러지 않았다면 그녀는 그의 심장의 떨림 혹은 영혼의 미세한 동요를 보았을 것이다.

이렇듯 격한 감정이 동반된 첫인사가 끝난 후 몇 분 동안 일상적인 대화가 이어졌고, 다시 마차가 준비되었으며, 밀너 양은 함께 온 친구들에게 작별인사를 하고는 후견인 그리고 우들리 양과 함께 런던으로 떠났다. 두 숙녀는 밀너 양의 마차를 탔고, 도리포스는 타고 왔던 마차를 타고 떠났다.

마차를 타고 가는 도중 우들리 양은 밀너 양과 억지로 친해지려고 애쓰지 않았다. 아마 그것이 그녀가 가장 원하는 바였겠지만. 이 젊은 숙녀에 버금가는 이해력을 지닌 우들리 양은 그 대신 다른 사람들을 늘 대해왔던 방식으로 그녀를 대했고, 이것만으로도 그녀의 존중을 얻기에 충분했다. 밀너 양은 우들리 양의 꾸밈없는 가치를 꿰뚫어볼 수 있는 통찰력을 지녔고, 곧 그런 그녀에게 뜨거운 우정으로 보답하게 되었다.

4

런던에서 하룻밤을 쉰 뒤, 밀너 양은 아버지를 잃은 상실감에 덜 억눌리고, 새로운 환경을 받아들이며(이미 정을 붙이지 않았다면), 즐거운 대도시에 있다는 생각—활달한 공상으로 자주 상상해본 신나고 황홀한 광경—에 기분좋게 빠져들면서, 평화롭고 상쾌한 잠에서 깨어났다. 그때, 슬픔에 잠시 초월적 힘을 뺏겼던 본래의 생기와 모든 경쾌한 매력도 슬픔을 누르고 돌아왔다.

전날 우들리 양과 도리포스의 눈에 비쳤던 모습도 아름다웠지만, 다음날 아침식사에 합류한 밀너 양은 원래의 활기찬 우아함과 품위 있는 단순함을 되찾은 상태였기에 그들은 놀라움에 겨워 처음엔 그녀를, 나중엔 서로를 돌아가며 바라보았다! 다탁 상석에 앉아 있던 호턴 부인이 자신이 꼭 미천한 하녀가 된 듯 느꼈으니, 아름다움이 감각과 또 미덕과 결합하는 경우 이러한 권위를 지니게 된다. 밀너 양의 아름다움은 그러한 것들과 잘 결합되어 있었다. 그렇긴 하지만 우리의 너무 세심한 독자가 그녀의 덕을 약한 인간이 공통으로 지닌 덕을 넘어선 어떤 것으로 확대하며 오해하는 일이 없기를 바란다. 자세히 들여다보고는 그녀의 덕이 부족하다면서 트집잡아서는 안 되는 것이다. 대신 만일 밀너 양에게 다른 사람들이 일반적으로 지니는 것보다 더 많은 결점이 있다 하더라도, 그녀에겐 그만큼 더 많은 유혹이 있음을 고려해주셔야 한다.

아기 때부터 그녀는 원하는 것은 모두 끔찍히 어리석은 정도까지 다 얻었고, 통제하려는 불쾌한 목소리에는 늘 흠칫하곤 했다. 그녀는 아름다웠고, 아름다움의 높은 가치에 대해 귀가 따갑게 들었으며, 남자의 마음을 새롭게 정복하지 못한 순간은 모두 나태하게 낭비하며 보내는 시간이라고 생각했다. 게다가 그녀는 예민한 감수성을 지녔고, 이는 모욕이나 무시에 즉각적으로 분개하는 데서 곧잘 드러났다. 또 재담가라는 위험한 평판도 얻었는데, 사실 그녀는 진정한 재담가가 아니었지만, 최고의 안목을 지닌 비평가라도 그녀가 대화하는 걸 듣는다면 이러한 실수를 저지를 터였다. 그녀의 대답은 어느 모로 보나 재치 있는 즉답처럼 보였는데, 이는 그녀가 정확히 재치라 불릴 만한 자질을 갖추고 있어서는 아니었다. 그보다는 활기차게 말하고, 또 자신이 무슨 말을 하는지 순간순간 제대로 인지하고 거기에 진짜 혹은 잘 꾸며진 소박함과 재빠른 눈짓 그리고 환한 미소가 더해졌기 때문이다. 그녀의 말은 그저 다른 사람들이 흔히 하는 말이었고, 다른 사람들의 말처럼 평범한 문장들로 표현되었다. 하지만 그 말이 전달되는 방식 덕에 재치 있다고 여겨졌는데, 이는 마치 균형이 안 맞는 신체에 깃든 우아함으로 그 신체가 종종 균형 있다는 평을 듣는 것과 같았다.

자, 이제 묘사는 그만두겠다. 독자는 그녀의 행동을 보고, 또 앞으로 이야기할 크고 작은 모든 상황을 보고, 그녀를 판단해야 한다.

이 장 처음에 시작된 아침식사시간의 대화에서, 밀너 양은 활기가 넘쳤고, 도리포스는 현명했으며, 우들리 양은 선량했고, 호턴 부인은 이 세 가지를 다 하려고 애썼다. 이야기 끝에 도리포스 신부는 마침내 이런 언급을 했다.

"밀너 양은 내가 소문으로 상상했던 것보다 훨씬 더 아버지를 닮았네요. 이리 닮았으리라곤 기대하지 않았는데."

"도리포스 신부님, 저도 신부님이 이러시리라고는 기대치 않았어요."

"그래요? 그렇다면 아가씨는 제가 어떨 거라고 생각했나요?"

"신부님이 연세가 있고 평범하게 생긴 남자일 거라고 예상했어요."

밀너 양은 가식 없는 태도로 말했지만, 그 어조는 그녀가 자신의 후견인을 젊고 잘생겼다고 생각함을 여실히 드러냈다. 그는 약간 당황한 채로 대답했다. "내가 하는 행동 모두에서 곧 내가 평범한 사람임이 드러날 겁니다."

그녀의 대답은 이랬다. "그렇다면 신부님의 행동은 신부님 외모와 반대가 되겠네요."

밀너 양의 말에는 재담가들 특유의 특징이 있었는데, 즉 그녀는 처음 떠오르는 생각을 그대로 말해버렸고, 그 생각에는 대개 진실이 담겨 있었다. 그는 이에 대한 답례로 조심스럽게 밀너 양을 칭찬했다.

"내 생각에 밀너 양은 평범한 것과 그렇지 않은 것을 잘 판단하지 못함이 분명해요."

"왜 그런 거죠, 신부님?"

"왜냐하면 밀너 양은 자신이 아름답다고 생각하지 않음을 기꺼이 인정할 텐데, 그건 곧 그대가 판단력이 부족함을 보여주지요."

"저는 아름다움이 부족한 것보다는 판단력이 부족한 게 더 나을 것 같아요." 그녀가 대답했다. "그러니 전자를 위해 후자를 포기하겠어요."

도리포스는 마치 더없이 심각한 질문을 하듯 진지한 얼굴로 말을 이어갔다. "밀너 양은 정말 자신이 아름답지 않다고 믿나요?"

"제 의견을 말씀드리자면, 그렇다고 믿어야 할 거 같은데요. 하지만 어떤 점에서 저는 신부님 같은 가톨릭 신자들과 비슷해요. 저 스스로 이해해서 믿는 게 아니라 다른 사람들이 제게 말한 대로 믿는 거죠."

"그렇다면 이것을 기준으로 삼으시오." 도리포스가 대답했다. "즉 우리가 가르치는 것이 진실임을요. 왜냐하면 만일 그대가 그대보다 더 나은 앎을 지닌 이들을 신뢰하지 않는다면 곧 꾐에 빠질 테니까요. 하지만 우리 밀너 양, 이제 다른 것에 대해 얘기하고 이 얘기는 다시는 꺼내지 맙시다. 감히 말하건대, 우리는 단지 한 가지 주제에 대해서만 의견이 다르고, 이러한 의견 차이가 다른 주제로까지 이어지지 않기를 바랍니다. 그러니 우리 둘이 얘기할 때 종교 얘기는 꺼내지 말지요. 내가 절대 그대를 괴롭히지 않기로 마음먹은 것처럼, 연민을 베풀어 감사의 마음으로 저를 괴롭히지 마시지요."

밀너 양은 극히 가볍게 꺼낸 말이 이렇듯 심각하게 받아들여지는 것을 보고 놀란 듯했다. 착한 우들리 양은 어린 벗이 자기도 모르게 지은 무지의 죄를 용서해달라는 짧은 기도를 혼잣말로 내뱉었다. 반면 호턴 부인은 아무도 보지 않는다고 착각한 채, 이교적 견해에 감염되는 일을 막기 위해 이마 위에 십자성호를 그었다. 밀너 양은 우연히 이 경건한 의식을 보게 되었고, 금방이라도 발작 같은 웃음을 터뜨릴 것처럼 보였다. 이에 이 집의 착한 안주인은 더이상 분노를 참지 못하고 "신의 용서가 있기를" 하고 외쳤는데, 신랄한 태도가 말의 내용과 너무 달랐기에 마침내 그녀의 분노의 대상인 밀너 양은 여태껏 참느라 애써왔던 웃음을 마음껏 터뜨렸다. 자제해야 한다고 억지로 애쓰느라 더는 괴로워하지 않고 자신의 기분에 항복해 통제 없이 내키는 대로 웃었고, 그러자 곧 그 방에는 그녀와 그녀의 어리석음의 목격자인 마음씨 착한 우들리 양만 남게 되었다.

"다정한 우들리 양." (드디어 정신을 차린 밀너 양이 말했다.) "당신이 절 용서하지 못하면 어쩌지요."

"아니, 정말 용서하지 않을 거예요." 우들리 양이 대답했다.

그러나 대화에서 말이란 얼마나 사소하고, 취약하며 또 무용한지. 오로지 표정과 태도만이 표현할 수 있는데, 왜냐하면 우들리 양의 자비로운 얼굴과 부드러운 억양은 용서 못 한다는 말과 달리 오로지 용서만을 함축했기 때문이다. 반면 호턴 부인은 성난 목소리와 태도로 죄인을 용서해달라고 하늘에 빌면서도, 그녀 생각에는 밀너 양은 용서받을 자격이 없다고 또박또박 말했다.

5

런던에 머물게 된 밀너 양이 도시의 온갖 즐거움을 만끽한 지 육 주가 지나는 동안, 도리포스는 걱정으로 한숨 쉬었고, 잘못될까 주의를 기울였으며, 그녀의 안전을 위해 지독히 열렬하게 기도했다. 그녀의 지인들과 후견인의 지인들, 또 그녀가 끊임없이 사귀는 (속세의 의미 없는 언어로 말하자면) 새로운 친구들로 집안이 늘 북적거렸기에, 도리포스는 그녀가 외출하는 때와 방문객이 있는 때를 피해 그녀가 처한 위험에 대해 경고할 시간조차 찾기 어려웠다. 하지만 그런 순간이 주어질라치면 그걸 잘 포착해 "사람들과 어울려 보내지 않는 시간, 성찰, 독서, 미래에 대한 사색, 그리고 노년을 견딜 만하게 해주는 미덕"의 필요성을 힘주어 강조했다. 내면에서 우러나오는 감정의 강력한 힘이 그의 말에 호소력을 부여해 효과를 낸 것인지 알 수 없지만, 그녀는 그의 말을 듣는 동안 간혹 동의한다는 표정과 행동을 취했고, 심지어 어떨 때는 확신한다는 듯이 말하기도 했다. 하지만 나가서 놀 기회가 생기자마자 이는 자신의 신분과 재산에 따른 즐길 권리를 제한받는 데 대한 신경질적인 항의나 때맞지 않은 조롱으로 변했다.

많은 방문객이 그녀의 접견실에 들락거리면서 그녀가 가는 곳마다 따라다녔는데, 그중 심지어 자리에 없을 때도 그녀의 생각을 공유하는 듯 보이는 이가 있었다. 공작의 아들이자, 최고의 안목과 취향을 지닌 여성들 모두의 공공연한 총아인 프레더릭 론리 경이 바로 그였다.

프레더릭 경은 스물세 살이 넘지 않았고, 활달하고 우아하고 매우 잘생겼으며 여성의 마음을 사로잡을 만한 매력을 다 지니고 있었다. 만일 그 여성의 마음이 밀너 양보다 사랑에 덜 예민한 마음이라면 말이다. 그녀가 이러한 매력을 지닌 그와 함께 있는 걸 좋아하는 것은 놀라운 일이 아니었다. 또 그가 자신의 가장 열렬한 숭배자 중 하나로 알려지는 것에 자만심을 느낀다 한들 이상하지 않았다. 도리포스는 이 둘이 점점 가까워지는 것을, 고통과 기쁨 사이를 오가며 지켜보았다. 그는 피후견인이 결혼하길 원했고, 자신이 아닌 다른 사람의 보호를 받았으면 했다. 하지만 도시의 모든 악에 물들어 있고, 순간적 요인으로 발생하는 것 외에는 어떤 도덕적 훌륭함도 찾아볼 수 없는 젊은 귀족의 보호 아래서 그녀가 과연 행복할 수 있을까를 생각하자 몸이 떨렸다. 혹시 그녀가 정식으로 결혼도 하지 않고 마음을 뺏기지 않을까를 생각하면 더욱 떨렸다.

이런 마음이었으니 도리포스는 프레더릭 경을 볼 때마다 불편한 마음을 숨길 수 없었고, 프레더릭 경 역시 후견인의 의심을 눈치채지 않을 수 없었으며, 결과적으로 둘은 어쩌다 함께하는 경우 당황스러워했다. 밀너 양은 두 사람의 감정을 알았지만 무심하게 넘겼다. 지금 그녀의 마음을 사로잡은 단 하나의 열정이 있다면 그것은 허영심이었다. 온갖 종류의 오만함과 과시욕, 그리고 자화자찬, 감탄의 대상이 되고자 하는 과도한 욕망과 남을 즐겁게 하는 기교에 대한 지나친 향유는 다른 이들의 행복이 아닌 그녀 자신만의 행복을 위한 것이었다. 그렇긴 하지만 그녀의 마음은 여전히 덜 부끄러운 성향 쪽으로 기울었고 또 자주 그러한 성향을 따랐다. 비록 가치 있는 것으로 향하던 그 마음이 어떤 사랑스러운 어리석음으로 인해 대개 처음에 충동적으로 세운 뜻을 지키지 못했지만 말이다.

(아주 사소할지라도 미덕을 찾아낼 수 있고, 비방의 돋보기로도 결함을 거의 못 찾아내는) 우들리 양은 밀너 양의 변함없는 친구였고, 도리포스와 대화하다 밀너 양에 대한 말이 나오는 때에는 그녀의 옹호자였다. 그는 밀너 양의 친구가 말하는 칭찬을 희망에 차서 들었지만, 그 칭찬이 별 근거가 없음을 절망에 차서 바라보았다. 가끔은 분노를 억누르기 위해 애썼으나 더 많은 경우 그녀의 불행한 상태에 대해 연민의 눈물을 참으려 애썼다.

그즈음 밀너 양의 지인들은 모두 프레더릭 경을 그녀의 애인으로 여겼고, 이에 대해 하인들은 수군거렸으며, 심지어 몇몇 지방신문은 결혼 날짜를 못박기도 했다. 하지만 프레더릭 경 쪽에서 아무런 언급이 없었기에 도리포스의 걱정은 점점 커졌고, 이에 더이상 방문하지 말아달라고 프레더릭 경에게 요청하는 게 좋겠다는 의견을 피후견인에게 진지하게 말했다. 그녀는 이러한 조심성에 놀리듯 웃었지만, 권위가 묻어 있는 어조로 한번 더 반복하자, 요청하고 따르게 하겠다고 약속했다. 다음번에 프레더릭 경이 왔을 때 그녀는 약속을 이행하면서, 이것이 후견인이 원하는 바임을, 즉 "그분이 배려하는 마음으로, 그분이라면 요구로 끝낼 일을 제가 부탁으로 청할 수 있게 허락해주셨답니다"라고 분명히 말했다. 프레더릭 경은 화가 나 얼굴이 벌게졌다. 그는 밀너 양을 사랑했지만 (자신의 변덕에 대한 적지 않은 경험의 증거로 미루어 볼 때) 앞으로도 사랑할지는 확실하지 않았다. 그런데 자신의 마음을 확실히 알기도 전에 후견인이 끼어들어, 해명하든지 아니면 그만두라며 협박을 하다니. 그는 경악스럽고, 혼란하고, 화가 나서 대답했다.

"맹세코 도리포스 신부님이 그대를 사랑하는 게 분명합니다. 그분이 나를 이렇게 대하는 것은 질투 때문이라고요."

"부끄러운 줄 아세요, 프레더릭 경!" 그 자리에 있던 우들리 양이 이러한 불경한 생각에 두려움에 떨면서 소리쳤다.

"아니, 그분이 사랑에 빠진 게 아니라면, 그게 부끄러워할 일이지요." 그가 말했다. "미개인이 아니라면 누가 밀너 양 같은 미인을 보고 그 힘을 인정하지 않겠소?"

"습관이 중요하지요." 밀너 양이 대답했다. "도리포스 신부님은 미인을 만나고 또 대화해도 습관으로 사랑에 빠지지는 않아요. 경이 단지 습관으로 사랑에 빠지는 것과 마찬가지지요."

"그렇다면 그대는 내 본성에 사랑이 없다고 믿는 건가요?" 그가 외쳤다.

"습관이 곧 사그라지게 할 정도 이상은 아니지요, 경."

"하지만 나는 사랑이 사그라지게 하지 않을 거요. 오히려 불꽃으로 타오르게 할 겁니다. 사랑이 줄 수 있는 행복에 둔감한 건 범죄라고 생각하니까요."

"그러면 경은 죄를 짓지 않기 위해 정념을 만족시키는 건가요? 도리포스 신부님도 같은 동기로 사랑에 빠지지 않으시죠."

"그분이 사랑에 빠지지 않는 것은 그분의 서원 때문이지요. 그러나 사제의 맹세란 것도 혼인 서약처럼 깨지려고 성립된 것입니다. 그러니 분명히 그대의 후견인이 그대를 보면서 원하는 것은—"

"순수함 자체, 제 거룩한 후견인의 가슴에 머무는 소망보다 덜하지 않은 순수함이지요." 밀너 양이 열을 내며 대답했다.

바로 그 순간 도리포스가 방에 들어왔다. 밀너 양의 얼굴은 방금 의견을 말하느라 오른 열기로 발그레했는데, 그가 없는 자리에서 그를 칭찬한 바로 그 순간 그가 들어오는 바람에 얼굴 구석구석까지 더욱 붉게 달아올랐으며, 너무 당황해 입술이 떨리고 이어서 온몸이 떨렸다.

"무슨 일입니까?" 도리포스가 그녀의 당황한 모습을 걱정스레 쳐다보며 외쳤다.

"밀너 양이 신부님을 칭찬한 것이 이렇게 큰 영향을 미쳤네요." 프레더릭 경이 대답했다.

"자신의 거짓말에 얼굴을 붉히듯 말이죠." 도리포스가 말했다.

"아니요, 그 말씀은 너무하세요." 우들리 양이 외쳤다. "신부님이 여기 계셨더라면—"

"제가 했던 말을 하지 않고," 밀너 양이 대답했다. "신부님이 자신을 옹호하도록 내버려두었겠지요."

"혹시라도 내가 내 정당성을 입증할 일이 있던가요?" 도리포스가 되받아쳤다. "누가 저처럼 보잘것없는 사람을 모함할 가치가 있다고 생각하겠습니까?"

"밀너 양을 책임지고 있는 사람은 바로 그녀로 인해 중요해지지요." 프레더릭 경이 대답했다.

"바라건대 나쁜 의미에서의 중요함은 아니겠지요, 경?" 도리포스가 단호한 목소리와 확고한 시선으로 대답하자, 프레더릭 경은 어떻게 대답해야 할지 몰라 잠시 망설였다. 또 밀너 양이 후견인이 고개를 돌렸을 때 그에게 논쟁을 피해달라고 부드럽게 속삭였기에 그는 이에 따르겠다는 의미로 고개를 숙였다. 그러고는 그녀에게 잘 보이기 위해, 대화의 주제를 바꾸려는 의도로 조롱의 미소를 띤 채 말했다.

"도리포스 신부님, 제 모든 죄를 사해주십시오. 고백하건대 제 죄가 정말 많고 다양하거든요."

"잠깐만요, 경." 도리포스가 외쳤다. "숙녀들 앞에서 고해성사하지 마시지요. 그들의 연민을 일으키기 위해 짓지도 않은 죄를 스스로 단죄하는 유혹에 빠지지 않도록요."

이 말에 밀너 양은 아주 즐거운 듯 웃었고, 프레더릭 경은 냉소적인 비웃음을 내비치며 읊조렸다.

"아벨라르에게서 온 것이니
엘로이즈는 여전히 그 이름을 사랑했네."*

이 시 구절에 주의를 기울이지 않아서인지 아니면 자신과 아무런 상관이 없다는 의식에서인지, 도리포스는 이 시를 듣고도 어떤 부끄러움이나 분노의 감정을 느끼지 않았다. 반면 밀너 양은 이 시의 함의에 충격을 받은 듯했다. 들뜬 기분이 당장 가라앉았고, 시 구절로 인해 당황한 마음을 감추기 위해 창문을 열고는 밖으로 고개를 내밀었다.

바로 그때, 막 성인이 되어 결혼을 코앞에 둔 가톨릭 귀족인 엘름우드 백작이 사촌인 도리포스 신부를 방문했다는 소식이 전해졌고, 공식적인 방문이 행해질 때면 공용의 처소에서 도리포스, 밀너 양, 그리고

---

* 18세기 영국 시인 알렉산더 포프의 「엘로이즈가 아벨라르에게」의 7~8행. 12세기 파리 대학의 명망 높은 철학 교수였던 아벨라르와 그에게 수학한 엘로이즈의 연애 행각은 당대의 초대형 스캔들이었다. 프레더릭 경은 이 시 구절로 도리포스 신부와 밀너 양의 관계를 아벨라르와 엘로이즈의 관계에 빗대고 있다. 사실 그는 포프의 시를 잘못 인용했는데, 둘째 줄 원문은 "엘로이즈는 그 이름에 키스해야 했다"이다.

호턴 부인의 식솔이 방문객을 맞이하는 게 관례였으므로 엘름우드 경 역시 이곳으로 안내되었고, 한동안 대화를 다른 주제로 이끌었다.

6

밀너 양의 후견인은 프레더릭 론리 경과 그녀 사이의 애정 혹은 친분이 완전히 깨지기를 걱정스레 바라고 있었기에, 에드워드 애슈턴 경이 그 젊은 숙녀에 대한 정열을 드러내며 접근해왔을 때 이를 매우 만족스럽게 받아들였다. 에드워드 경은 젊거나 잘생기지 않았다. 즉 그는 늙고 못생겼다. 하지만 어마어마한 부자인데다 모든 면에서 그가 바라는 행복을 얻을 만한 자질을 갖추고 있었다. 즉 그는 도리포스가 피후견인의 남편감으로 그 누구보다 먼저 택할 사람이었다. 그러한 바람에서 도리포스는 자신의 합리적 판단과 달리 에드워드 경이 거절당하지 않을 거라고 가끔씩 희망하기도 했다. 그러다 자신의 힘과 권위를 내세워 에드워드 경을 강하게 밀어붙여보기로 결심했다.

밀너 양과 후견인 간에는 거의 모든 사안에서 의견 차가 있었지만, 서로에 대해 대개 깍듯이 공손한 예의를 차렸으며, 특히 도리포스 쪽에서는 더 그러했다. 왜냐하면 그의 정중함은 피후견인을 그가 정한 체계의 한계 내에서 제지할 수 있는 유일한 방도이자 그 체계의 결과처럼 보이곤 했기 때문이다. 그가 그녀에게 말을 걸 때마다 그의 표정에는 특별한 절제가 묻어났고, 어조에서는 각별한 정중함이 배어났다. 이는 그녀의 가문과 처지가 불러일으키는 감정과 그녀에게서 똑같은 태도를 끌어내고자 세심하게 계획해 취한 존중의 태도가 어우러져 빚어낸 산물인 듯했다. 바랐던 결과가 나왔다. 밀너 양에게는 아버지 같은 분에 대해 어떤 태도를 지켜야 하는지 다른 가르침이 없더라도 터득할 수 있는, 본능적으로 무엇이 올바른지 알아내는 이해력이 있었다. 다만 어떤 변덕스러운 생각이나 느낌의 예리한 감각을 억누르는 데 익숙하지 못했기에 번번이 경솔함에 가까울 정도로 그를 대해왔던 것이었다. 하지만 그는 조금 과도한 절제와 그녀가 깨트릴 수 없는 성스러운 점잖음을 통해 그녀의 기억을 즉각 일깨우곤 했다. 양쪽에서 필요로 했던 분별은 사실 그의 노련한 관리에 의해서만 지켜질 수 있었다.

어느 아침, 그는 기회를 잡아 그녀와 우들리 양에게 에드워드 애슈턴 경의 희망에 대해 말을 꺼내고 또 자신의 의견을 밀어붙였다. 먼저 그는 에드워드 경을 열렬히 칭찬한 후, 밀너 양이 이렇게 괜찮은 남자를 최고로 행복하게 할 힘을 가지고 있음을 믿는다고 단도직입적으로 말했다. 단지 비웃음만이 되돌아왔다. 그러나 도리포스가 갑자기 그리고 눈에 띄게 눈살을 찌푸리자 비웃음은 재빠르게 사라졌고, 그는 평소의 정중함을 되찾은 후 말했다.

“밀너 양, 이렇게 에드워드 경을 단칼에 거절하는 것보다는 더 훌륭한 안목을 보여줬으면 합니다.”

“도리포스 신부님, 어떻게 제가 훌륭한 안목을 지녔다는 증거를 보이길 바라실 수 있어요? 신부님이 그토록 높게 평가하시는 에드워드 경이 저를 인정함으로써 나쁜 안목의 모범을 보이시는데 말이에요.” 그녀가 대답했다.

도리포스는 그녀가 쟁취하고자 하는 칭찬을 건네 허영에 취약한 기질을 북돋우고 싶지 않았기에 잠시 무슨 말을 해야 할지 머뭇거렸다.

"대답해보세요, 신부님." 그녀가 말했다.

"만일 그렇다면, 아가씨," 그가 대답했다. "만일 그대가 겸손하게 말한 게 옳더라도, 에드워드 경은 폄훼되지 않을 겁니다. 왜냐하면 마음이 이렇게 직접적으로 관련된 문제에서는, 에드워드 경의 경우가 그런 것 같은데, 훌륭한 안목, 아니 차라리 이성이라는 것이 제대로 된 힘을 행사하지 못하니까요."

"신부님 말씀이 옳아요. 에드워드 경에 대한 완벽히 타당한 설명입니다. 그러니 제가 사랑에 빠질 때, 저를 위해서도 똑같이 변명해주시길 간청드려야겠네요."

"그렇다면 그대의 마음이 내가 묘사했던 그 상태가 되기 전에 이성을 발휘하시오." 그가 진심으로 대답했다.

"그럴게요." 그녀가 대답했다. "그리고 제가 절대 사랑할 수 없는 사람과 결혼하는 데 동의하지 않겠습니다."

"그대 마음을 이미 누군가에게 주지 않았다면, 밀너 양, 어찌 그리 확신에 차서 말할 수 있는 겁니까?"

이 말을 할 때 그는 프레더릭 경을 생각했고, 마치 그녀의 감정을 꿰뚫어볼 듯 그녀에게 시선을 고정했지만, 거기서 보게 될 것을 두려워하고 있었다. 그녀는 얼굴을 붉혔고, 그녀의 표정은 그녀가 유죄임을 확정했을 터였다. 만일 자유롭고 거침없는 어조가, 그녀의 말 자체보다, 그 판결로부터 그녀를 구해내지 않았다면 말이다.

"아니요, 제 마음은 다른 데 가 있지 않습니다. 하지만 에드워드 경은 제 마음을 한 조각도 소유할 수 없다는 점은 확실히 말씀드릴 수 있어요." 그녀가 대답했다.

"그대의 감정이 그러하다니 그대를 위해서도 에드워드 경을 위해서도 유감이군요." 그가 대답했다. "하지만 그대 마음은 여전히 그대의 것이니," (그는 이 사실을 알고 기쁜 듯했다.) "그대가 그토록 소중한 것을 어떻게 떠나보내야 하는지에 대해 경고하는 걸 허락해주시오. 마음을 주는 데 따른 위험과 슬픔은 그대가 아는 것보다 훨씬 크오. 마음이 한번 떠나면, 우리의 생각이나 행동은 더이상 우리 자신의 것이 아니니까요." 그는 이 모든 말을 하기 위해 애를 쓰는 것처럼 보였지만, 만일 극히 예민한 주제이기 때문에 멈춰야 하지 않았더라면 이보다 더 많이 했을 듯한 느낌을 풍기며 갑자기 하던 말을 멈췄다.

그가 방을 나가고 뒤이어 문이 닫히는 소리가 들리자 밀너 양은 생각에 잠겨 있다가 강한 호기심이 묻어나는 진지한 어조로 말했다. "어떻게 선한 사람들이 악한 사람들의 모든 약함에 대해 저렇게 잘 알 수 있는 거죠? 도리포스 신부님은 신중한 충고의 말씀을 해주셨지만, 오히려 평생을 사교계에서 보낸 남자, 그곳의 모든 위험한 유혹과 후회의 슬픔을 경험해본 남자처럼 보여요. 한평생 수도원 혹은 서재에 틀어박혀 산 사람이 아니라. 사랑이라는 주제에 대해 그렇게 섬세한 감성으로 말하니, 비난이 칭찬처럼 들리네요. 내 생각에 프레더릭 경이 사랑의 기쁨을 그리더라도 도리포스 신부님이 사랑의 슬픔을 묘사하는 것보다 더욱 환희어린 색으로 정열을 그리지는 못할 것 같아요. 만일 신부님이 자꾸 이런 식으로 얘기하신다면 프레더릭 경을 불쌍히 여겨야 할 듯해요, 경의 적이 저리 말씀을 잘하시니까요."

극히 다정한 관심을 기울이며 이야기를 듣던 우들리 양이 말했다.

"저런, 그럼 아가씨는 프레더릭 경을 진지하게 생각하는 거군요!"

"그렇다 해도, 왜 '저런!'이에요, 우들리 양?"

"왜냐하면 아가씨가 프레더릭 경과는 결코 행복할 것 같지 않아서요."

"그가 나와는 행복하지 않을 거라는 말인 거죠."

"결혼에 대해 경험을 들어 얘기할 순 없지만," 우들리 양이 대답했다. "하지만 그게 뭔지 알 것 같아요."

"나도 사랑에 대해 경험을 들어 말할 수는 없지만," 밀너 양도 대답했다. "하지만 그게 뭔지 알 것 같아요."

"하지만 사랑에 빠지지 마세요, 우리 밀너 양." (우들리 양은 마치 요청을 받는 사람의 의지에 달린 요청을 하듯 진지하게 말했다.) "아가씨 후견인의 승인 없이는 사랑에 빠지지 마세요."

그녀의 어린 친구는 별 소용이 없는 간청에 웃었지만, "그대의 청을 들어주기 위해 최선을 다하겠어요"라고 약속했다.

7

에드워드 경은 도리포스가 조심스레 통고한 거절에 완전히 좌절하지 않았으며, 여전히 전보다 나은 반응을 기대하면서 호턴 부인의 집에 자주 왔다. 이에 프레더릭 경은 질투심에 휩싸였고, 그로 인한 고통으로 말미암아 자신의 애정의 진정성에 대해 의심을 넘어 확신하게 되었다. 이제 그는 정열의 대상을 볼 때마다(전만큼 자주는 아니었지만 그는 계속 방문했다) 자신의 명분을 극히 열렬히 호소했으니, 종종 옆에 있던 우들리 양조차 그가 성공하기를 빌지 않을 수 없을 정도였다. 이제 그는 결혼 의사를 명백히 밝혔고, 도리포스 신부에게 청혼 의사를 밝히길 요청했으나 밀너 양은 이에 대해 확실히 반대했다.

그는 그녀가 이렇게 꺼리는 것이 그녀 자신의 동기보다는 에드워드 경의 구애에 대한 그녀 후견인의 잘 알려진 호감 때문이라고 생각했다. 도리포스 신부에 대한 프레더릭 경의 반감은 전보다 더 커졌는데, 밀너 양의 애정에도 불구하고 그의 방해로 혹 그녀를 잃게 될지도 모른다고 믿기 때문이었다. 그러나 밀너 양은 그와 친구 모두에게 사랑은 현재 자기 마음의 어떤 부분도 차지하고 있지 않다고 선언했다. 하지만 우들리 양은 밀너 양이 자신도 모르게 터져나오는 한숨 소리에 정신을 차리는 모습을 때때로 보았고, 이내 갑작스러운 부끄러움의 홍조가 그녀의 얼굴에 즉각 퍼지는 것을 목격하곤 했다. 이처럼 자신의 열정과 싸우는 밀너 양의 모습에 우들리 양은 그녀를 더욱 가깝게 느끼게 됐고, 그녀가 즐겁게 시간을 보낼 새로운 재밋거리를 찾을 때면 전처럼 옆에서 무거운 마음으로 지나치는 대신 기꺼이 따름으로써 도리포스의 기분을 상하게 하는 위험까지 감수하려고 했다.

파티와 연극 그리고 모임이 끊임없이 이어지자 그녀의 후견인은 평소 그녀를 대해왔던 온화함을 마침내 떨쳐냈다. 이어지는 밤마다 그의 잠은 밖에 나가 있는 그녀의 안전을 염려하느라 요동쳤고, 아침마다 그녀가 돌아오는 소란스러운 소리에 깼다. 그러던 어느 날 오전 그는 계단에서 우연히 그녀와 마주치자 이렇게 말했다.

"밀너 양, 오늘 저녁에는 집에 있나요? 그러길 바랍니다."

갑작스러운 질문에 그녀는 얼떨결에 얼굴을 붉히면서 "네"라고 대답했다. 비록 일주일 내내 모자가게 주인과 상의하며 준비해온, 멋진 모임에 참석하기로 한 약속을 잘 알고 있었지만 말이다.

그녀는 설사 도리포스 신부가 사실을 알게 되더라도 자신이 한 말을 사소한 실수나 기억의 착오 혹은 어떤 다른 작은 잘못으로 양해해주리라고 안일하게 생각했다. 정확한 사실은 그녀가 예상했던 것보다 더 일찍 발각되었다. 저녁식사가 막 끝났을 때 그녀의 하인이 그날 저녁 입을 새 드레스에 관한 모자가게 주인의 메시지를 전달했기 때문이다. 오늘 저녁이 특별히 강조되었다. 도리포스는 놀란 듯 보였다.

"밀너 양, 오늘 저녁은 집에서 보낸다고 말했던 걸로 기억하는데요?"

"그럼 제가 잘못 알았나봐요. 이전에 이미 외출하기로 약속했었거든요."

"그런가요?" 그가 말했다.

"네, 그렇습니다." 그녀가 대답했다. "그리고 저는 먼저 한 약속을 지키는 게 옳다고 생각하는데요. 그렇지 않나요?"

"그렇다면 내게 한 약속은 전혀 중요하지 않다고 생각하는군요."

"아니요, 중요해요. 신부님께 중요하다면요."

"중요합니다."

"이 일을 불쾌하게 여기심으로써, 원래보다 훨씬 더 중요한 일로 만들려고 하시는 듯하네요."

"그렇든 아니든 불쾌한 건 맞소. 그대도 내가 그렇다는 걸 알 거요." 그리고 그는 정말 그래 보였다.

그녀는 뚫어지게 쳐다보는 그의 차분한 눈길을 알아챘다. 그녀의 눈이 즉시 아래로 떨궈졌다. 그녀는 몸을 떨었는데, 수치심 혹은 분노 때문이었다.

호턴 부인이 자리에서 일어났다. 식탁에 있는 물병과 과일을 치웠고, 불을 쑤석거렸고, 자리로 돌아오는 사이 어떤 말도 오가지 않았다. 어색한 침묵은 이 선량한 여성의 부질없는 수선으로는 전혀 누그러지지 않았으며, 그녀가 피운 소란이 가라앉자 다시 원래의 강력한 힘을 되찾았다.

마침내 밀너 양이 급히 일어나 방을 나가려 했고, 그러자 도리포스가 목소리를 높여 권위적인 어조로 말했다.

"밀너 양은 오늘 저녁 집을 떠나지 마시오."

"신부님?" 그녀는 방금 자신이 들은 말을 의심하며 소리쳤다. 너무 놀라 반쯤 연 문을 꼭 잡은 채, 반항으로 문을 확 열어젖힐지 아니면 순종하며 닫을지 결정하지 못한 모습으로 있었다. 그녀가 결정하기도 전에 도리포스가 자리에서 일어나더니 여태 한 번도 들어본 적이 없는 강제성과 열기를 띤 목소리로 말했다.

"오늘 저녁 집에 머물 것을 명하는 바이오."

그러고는 즉시 반대편 문 쪽으로 걸어나갔다. 그녀의 손은 잡았던 문에서 떨어져 움직이지 않았다. 한동안 미동도 하지 않는 듯했다. 그러다 호턴 부인이 "방금 받은 대우를 불편하게 여기지 말아달라고 간청드려요" 하고 말하자, 심장이 부서진 듯 가슴을 들먹이며 홍수 같은 눈물을 쏟아냈다.

우들리 양은 그녀를 위로하기 위해 무슨 말이든 하려고 했으나 오히려 그녀의 감정에 전염되어 한 마디도 할 수 없었다. 진짜 슬퍼할 이유가 있어 우는 게 아니라, 눈물에는 자석 같은 힘이 있어 늘 그녀의 눈물을 끌어냈다.

호턴 부인은 이 장면을 은밀히 즐겼다. 비록 그녀의 진정 선한 의도와 착한 양심은 그렇게 말하지 않았지만 말이다. 대신 "오래전부터 이렇게 될 줄 알았어요"라고 단호히 말했다. 그러고는 "상황이 더 나쁘지 않은 것에 대해 하늘에 감사드릴 뿐이지요"라고 덧붙였다.

"더 나쁜 게 뭐가 있지요, 부인?" 밀너 양이 말했다. "무도회에 못 가게 되었는데요?"

"그럼 안 가시는 거죠?" 호턴 부인이 말했다. "아가씨의 신중함을 칭찬해야겠네요. 아가씨의 후견인이 아가씨를 신뢰하는 것 이상이라 감히 말씀드려요."

"부인은 내가 신부님의 의지를 꺾고 갈 거라 생각하나요?" 밀너 양이 잠시 눈물을 억누르며 진지하게 대답했다.

"제 생각에 아가씨가 반대로 행동한 게 처음은 아닌 것 같습니다, 밀너 아가씨." 호턴 부인은 자신의 말에 담긴 냉혹함을 누그러뜨리려고 목소리를 부드럽게 꾸며 말했다.

"그게 사실이라면," 밀너 양이 대답했다. "지금 나를 막을 건 없는 것 같네요." 그러고는 마치 그에게 불복하기로 결심한 듯 방을 뛰쳐나갔다. 가여운 우들리 양이 깜짝 놀랐다.

"이모." 그녀가 호턴 부인에게 말했다. "밀너 양을 따라가셔서 아가씨가 하려는 일을 포기하도록 설득해주세요. 신부님의 뜻을 꺾고 무도회에 가려는 것 같아요."

"그렇다면 나는 아가씨를 막는 도구가 되진 않으련다. 아가씨가 꼭 가야겠다면, 그러는 편이 아가씨한테 가장 좋을지도 모르지. 그러면 도리포스 신부님이 아가씨를 악에서 구하기 위해 어떤 적절한 방법을 쓸지 더 확실히 아시게 될 테니까." 호턴 부인이 말했다.

"하지만 이모, 아가씨가 불복종이라는 악을 저질러서는 안 되잖아요. 이모가 시작하셨으니 이모가 설득하시는 게 가장 나을 것 같아요. 하지만 그러고 싶지 않으시다면 제가 해볼게요."

우들리 양이 이런 선한 의도를 실행하기 위해 방을 나가려 하자, 호턴 부인은 도리포스가 보여준 선례를 변변치 않게 모방하며 소리쳤다.

"조카야, 오늘 저녁, 이 방에서 나가지 말 것을 명령한다."

우들리 양은 이에 순종해 앉았다. 비록 그녀의 생각과 마음은 친구가 있는 방에 함께 있었지만, 그 어떤 무례한 말이나 찡그린 얼굴로도 자신이 얼마나 참고 있는지를 드러내지 않았다.

여느 때처럼 차 마시는 시간이 되었고, 도리포스 신부와 그의 피후견인에게 차 마시라는 전갈이 전해졌다. 도리포스는 화의 여진이 여전히 남아 있는 표정으로 들어왔다. 그의 눈은 그가 생각에 빠져 멍한 상태임을 증언했고, 그는 책을 들고 읽는 척했지만 그걸 손에 들고 있는지도 거의 의식하지 못하고 있음이 분명했다.

호턴 부인은 도리포스만큼이나 다른 데 온 신경을 쏟으며 차를 만들기 시작했다. 그녀는 이렇게 갈등으로 얼룩진 사건을 고대하고 있었는데(나이든 사람에게는 사소한 일이 중요한 법이다), 밀너 양이 잘못됐으면 하는 건 아니었고 그저 집밖으로 나가는 수고 없이 뭔가 새로운 일이 벌어지는 걸 보고 싶었기에 그 새로운 일이 무엇이든 그리 개의치 않았다. 하지만 지금 그녀를 사로잡은 생각을 경망스럽게 말하게 될까봐, 또 심지어 그런 생각을 조금이라도 했다는 듯 보일까봐 입술을 꽉 깨물었고, 사람들의 의미심장한 시선에 들킬까봐 허공을 쳐다보았다. 또 무슨 일이 일어나는지 알려주는 소리를 소음 때문에 놓칠까봐 평소보다 더 부드럽게 방을 걸었고 손에 닿는 모든 것을 더 부드럽게 만졌다.

우들리 양은 입다물고 있는 게 자신의 의무라고 여겼으며, 이제 티스푼이 내는 가벼운 소리가 장중한 종소리처럼 들렸고, 모든 것이 조용했다.

호턴 부인 역시 이 순간 자신이 어떤 불화나 말다툼에 연루되지 않았음에 만족하면서 특별히 평화롭고 자비롭다고 느꼈다. 우들리 양은 자신에 대해 그렇게 생각하지 않았지만 실제로는 그랬다. 그녀의 평화와 자비에는 어떤 사건으로도 함양할 수 없는 타고난 덕성이 있었다.

첫째 잔이 거의 다 돌았을 즈음, 차를 마시지 않겠다는 밀너 양의 전갈이 하인을 통해 전해졌다. 이 메시지가 전해지는 동안, 도리포스의 손에 든 책이 흔들렸다. 그는 그녀가 저녁 모임을 위해 치장하고 있다고 믿었으며, 이제 어떤 방식으로 막을지 혹은 어떻게 화를 낼지를 궁리했다. 그는 기침을 했고, 차를 마셨으며, 대화를 해보려 했지만 쉽지 않다는 걸 깨닫고, 가끔 책을 읽기도 했다. 이런 식으로 거의 두 시간이 지났을 무렵 밀너 양이 방으로 들어왔다. 무도회에 가는 복장이 아니라 저녁식사 자리에서 일어났을 때 입고 있던 옷을 그대로 걸치고 있었다. 도리포스는 계속 책을 읽고 있었고, 용서할 수 없는 광경을 보게 될까 두려워 감히 고개를 들지 못하는 듯했다. 그녀는 의자를 빼고 우들리 양 옆의 탁자 앞에 앉았다.

몇 분 동안 침묵이 흘렀고, 예상치 못한 밀너 양의 순종에 실망을 감추지 못한 채 얼마간 당황하던 호턴 부인이 "지금 차를 드시겠어요"라고 젊은 숙녀에게 물었다. 이에 밀너 양은 "아니요, 고맙습니다, 부인" 하고 대답했는데 그 목소리가 평소에 비해 너무 힘이 없었기에 도리포스는 책에서 눈을 들어올렸고, 그녀가 온종일 입었던 평상복 차림인 걸 보고는 다시 눈을 돌렸다. 승리감에 찬 눈빛이 아니라 혼란스러운 표정으로.

그녀가 차려입은 상태로 자신의 명령에 도전하려는 걸 보았다면 그가 어떤 고통을 느꼈을지 알 수 없지만, 그러한 시련조차 지금 이 순간 그가 견디는 고통스러운 감각의 절반도 되지 않을 것이었다. 그는 자신이 잘못했다고 느꼈다.

그는 자신이 그녀를 너무 가혹하게 대했다고 생각했다. 그녀가 자신을 낮추는 것을 높이 평가했고, 그걸 억지로 강제했던 자신을 비난했다. 그녀에게 용서를 빌고 싶었지만 어떻게 해야 할지를 몰랐다.

우들리 양의 질문에 그녀가 쾌활하게 대답하자 그는 더욱 당황했다. 그는 그녀가 뾰로통해 있기를 바랐는데, 그 경우 그걸 핑계로 혹은 거기에 넘어가는 척 자신도 그럴 수 있었을 터였다.

이런 모든 생각이 빠르게 마음에 몰려드는 상태에서 그는 여전히 책을 읽었고 혹은 읽는 듯했고, 무슨 일이 일어났는지 모르는 듯했다. 마침내 하인 한 명이 들어와 밀너 양에게 몇시에 마차를 대령할지 물었다. 이에 그녀는 "오늘밤엔 안 나갈 거야"라고 대답했다. 그러자 그는 책을 손에서 내려놨고, 하인이 방에서 나가자 이렇게 말했다.

"밀너 양, 그대에 대한 내 관심을 무례하게 표현한 것 같아 마음이 쓰입니다. 성가시게 하고 때론 예의 없이 구는 게 친구의 배은망덕한 임무일 때가 종종 있지요. 내가 마땅히 해야 할 소임을 다하는 것을 용서해주시오. 또 그 소임으로 당신의 즐거움을 뺏는 것에 대해 그 누구도 내 반만큼도 염려하는 이가 없다는 걸 믿어주시오."

이 말을 할 때 그가 너무나 진실해 보였으므로, 설사 그녀가 그가 한 행동에 분노로 들끓고 있었더라도 그가 그토록 강력히 표현한 후회를 봐서 틀림없이 그를 용서했을 것이다. 그녀는 대답하려 했지만, 말을 할 때 눈물이 함께 나오는 걸 참을 수 없을 듯했기에 대답을 하려다 곧 그만두었다.

이제 그는 자리에서 일어났고 그녀에게 가서, "오늘 내게 두번째 숙임으로써 한번 더 그대의 순종을 보여주오. 그대가 한 약속을 지켜요. 그리고 앞으로 내가 명령을 할 때는, 이제 그 명령이 얼마나 철저히 지켜지는지 알았으니, 좀더 신중하게 하리란 것을 믿어주시오"라고 말했다.

밀너 양, 당당하고 또 오만했던 밀너 양은 이러한 친절에 맥이 풀리면서 부드럽고 조심스럽게 울기 시작했으며, 그러자 도리포스는 놀랐던 만큼이나 흡족함을 느꼈다. 그는 그녀가 지나치게 다루기 어려운 성향이 아님을 알게 되어 기뻤고, 이번 사건을 통해 그녀의 영원하고 세속적인 행복뿐 아니라 그의 후견인 노릇도 앞으로 잘 풀려나가리라 예감했다.

8

앞에서 말한 것처럼 도리포스는 매우 좋은 사람이었지만 그의 천성에는 악의 그늘이 있었다. 그에게는 어떤 완고함이 있었는데 그 자신과 그의 친구들은 이를 심성의 굳건함이라 칭했다. 하지만 만일 종교 그리고 반대되는 덕이 그 완고함을 무겁게 눌러 균형을 맞춰주지 않았다면, 이는 종종 고질적 완강함으로 악화될 성질의 것이었다.

오빠의 반대에도 불구하고 젊은 장교*와 결혼한, 한때 사랑했던 여동생의 아이는 세 살에 고아가 되었으며, 외삼촌의 관대함 외에는 어떤 지원에도 기댈 수 없었다. 도리포스는 아이의 생계를 지원했으나 아이를 볼 생각은 없었다. 불행한 이들을 감싸는 마음을 지닌 밀너 양은 아이의 부모인 러시브룩 부부의 우울한 과거사에 대해 듣자마자 자기 후견인의 분노의 대상이 된 무고한 후계자를 보길 원했고, 우들리 양과 함께 그 아이를 보러 갔다. 아이는 도시에서 몇 마일 떨어진 농장에 있었다. 매우 잘생겼고 매력적인 태도를 지녔기에 아이를 보러 찾아온 밀너 양의 친절함을 부추겨 더욱 마음이 가게끔 하는 데 아이의 타고난 슬픔은 필요 없었다. 그녀는 감탄과 연민으로 아이를 보았고, 지극히 다정한 말과 애정표현으로 아이의 마음을 얻었기에, 그녀가 작별인사를 하자 아이는 슬피 울면서 같이 가게 해달라고 했다. 비난받을 일이든 칭찬받을 일이든 유혹에 저항하는 데 익숙하지 못한 밀너 양은 아이의 애원에 넘어갔고, 우들리 양의 망설임을 꺾고 어린 러시브룩을 도

---

* 영국 국왕 군대의 장교이니 도리포스가 누이의 결혼을 반대한 이유는 종교 문제로 추정된다.

시로 데리고 가 아이의 외삼촌에게 보여주기로 결심했다. 이러한 생각은 곧장 실행에 옮겨졌다. 아이 유모에게 선물을 주고 하루이틀 아이를 데려가도 좋다는 승낙을 쉽게 얻어냈고, 마차에 올라탄 아이가 내보인 기쁨의 표시는, 그녀가 멋대로 저지른 일로 후견인에게 받을 온갖 꾸지람에 대한 대가로 미리 받는 보상 같았다.

여전히 걱정에 찬 우들리 양에게 그녀가 말했다. "게다가 아이의 외삼촌이 의무보다 보살핌에 더 뜨거운 관심을 가지길 바라지 않아요? 현재 도리포스 신부님이 아이를 지원하는 것은 오로지 의무 때문이지요. 하지만 그분의 자비에서 애정도 일정 몫을 하는 게 옳아요. 그렇다면 아이가 연민이 불러일으키는 사랑의 대상이 되기에 지금만큼 적합한 때가 앞으로 어떻게 있겠어요?"

우들리 양도 묵묵히 따랐다. 하지만 문 앞에 도달하기 전, 밀너 양은 후견인이 화가 났을 때 그의 태도에서 드러나는 심각한 엄격함이 떠올랐다. 그 생각이 떠오르자 자신이 저지른 일이 걱정되기 시작했다. 우들리 양은 더욱 그랬다. 집으로 이어지는 길에 들어서자 둘 사이에는 침묵이 흘렀다. 왜냐하면 우들리 양은 걱정되는 바를 이미 얘기했기에 밀너 양의 더 좋은 판단을 받아들이면서 걱정을 누르고 있었고, 밀너 양은 지금 그 걱정으로 괴롭다는 사실을 털어놓고 싶지 않았기 때문이다.

그러나 마차가 멈추자, 그녀는 앞일을 예상하고 몸을 낮춰 이렇게 말했다. "우들리 양, 만일 도리포스 신부님이 아이를 몹시 좋아하고 기뻐하는 것 같지 않으면, 아이가 조카라는 말을 하지 말기로 해요. 그러면 위험하지 않게 잘해나갈 수 있을 거예요."

그렇게 합의가 이뤄졌고, 도리포스가 저녁식사 전에 방에 들어오자 해리 러시브룩은 집에 자주 들르는 어떤 부인의 아들로 소개되었다. 속임수는 통했다. 도리포스는 아이와 악수했고, 마침내 아이의 사람을 끄는 영리함과 그럴듯한 대답에 몹시 기뻐하며 무릎에 올려놓은 채 애정을 담아 입을 맞췄다. 이를 보고 밀너 양은 기쁨을 감추지 못했다. 하지만 안타깝게도 도리포스는 곧 아이에게 말했다. "자, 이제 이름이 뭔지 말해보거라."

"해리 러시브룩입니다." 아이는 힘차고 또렷한 목소리로 대답했다.

도리포스는 아이가 발을 무릎 위에 대고 서 있는 동안 아이의 허리를 사랑스럽게 감싸고 있었다. 이 대답을 듣자 그는 아이를 내던지지는 않았지만 아이를 지탱하던 손을 너무 갑자기 치워버렸기에 아이는 떨어지지 않기 위해 외삼촌의 목에 매달렸다. 밀너 양과 우들리 양은 눈물을 숨기기 위해 옆으로 돌아섰다. "저는 이곳에 있고 싶어요." 해리가 어떤 다른 위험도 감지하지 못한 채 말했다. 그러나 외삼촌은 아이를 껴안았던 손을 빼내고는 곧바로 아이를 바닥에 내려놓았다. 그 순간 저녁식사가 준비되었다는 전갈이 전해졌고, 그는 모자를 가져오라는 말 말고는 다른 더 큰 분노의 표시 없이 즉시 집에서 나갔다.

밀너 양은 화가 나 울었지만, 그렇다고 이 당황스러운 상황의 대상이 된 아이를 덜 다정히 대하지는 않았다. 그녀는 식탁에 앉아 있는 내내 아이를 팔로 안고 있었고, "나는 영원히 네 친구가 돼줄 거야"라고 거듭 말했다(비록 아이는 이에 대해 고마워할 판단력을 아직 지니지 못했지만).

도리포스에 대한 처음의 분개심이 가라앉자, 그녀는 그가 돌아오기 전에 가여운 러시브룩을 데리고 농장으로 돌아가자는 설득에 쉬이 넘어갔다. 우들리 양은 또다른 순종의 예를 그녀의 후견인이 한시라도 빨리 알게 되기를 바랐다. 그래서 그가 어디 있는지 알아본 후, 이 사실을 알리고 또 일어난 일에 대해 사과하는 편지를 보냈다. 그는 저녁에 마음이 풀려 돌아온 듯했고, 낮에 있었던 일에 대해서는 한 마디도 하지 않았다. 하지만 도리포스의 엄격한 표정에는 그 일을 잊지 않았다는 기색만이 역력했고, 오갈 데 없는 조카에 대한 일말의 연민도 깃들어 있지 않았다.

9

자존심 강한 영혼에게 직접적인 비교로 고통받는 것보다 더 모욕적인 일도 없을 것이다. 남성들도 이러한 굴욕을 거의 참지 못하지만 특히 여성에게 이러한 취급은 참기 어려운 것이다. 밀너 양은 지금 불리한 상황에서 분투하고 있었고, 적지 않게 동요한 상태였다.

밀너 양의 후견인은 펜턴 양을 더없이 섬세한 아름다움과 우아한 태도, 부드러운 성격과 신중한 처신이 돋보이는 젊은 숙녀로 그녀에게 소개했다. 그리고 시시때때로, 어떨 때는 무심하게, 그녀가 마땅히 따라야 할 모범으로 치켜세웠다. 드러내놓고 말하지 않을 때에도 그가 펜턴 양의 여러 덕목—펜턴 양은 넘치게 지녔지만 그의 피후견인은 확연하게 부족한—을 칭찬하는 열기에는 이런 뜻이 넌지시 암시되어 있었다. 밀너 양은 후견인이 칭찬하는 덕목들에서 자신의 열등함을 의식했고,

본받으려는 마음보다는 시기심으로 화가 났다.

펜턴 양에게 감탄하지 않기란 불가능했고, 그녀의 외모나 감성을 나무라기도 그만큼 불가능했다. 그러나 그녀를 사랑하는 것은 매우 그럴법하지 않았다.

그녀의 평온한 마음은 그녀의 모습을 계속 잔잔한 형태로 유지해주었는데, 이는 처음 보았을 때는 매력적이지만, 두 번 세 번 볼 때는 너무나 변화가 없어 보는 사람의 눈을 피곤하게 했다. 차라리 분노로 일그러지거나, 웃음으로 포복절도하거나, 혹은 깊은 낙담에 싸인 모습을 보이는 게 그녀에게는 더 유리했다. 하지만 그녀의 우월한 영혼은 이런 자연스러운 마음의 소란 위에 있는 것처럼 보였고, 여자로 사랑하기보다 성인으로 경외하기가 더 쉬웠다. 하지만 도리포스의 마음은 사랑에 걸맞게 형성되지(적어도 그렇게 교육되지) 않은데다 우정의 관점에서 보았기에 그녀를 여성의 가장 완벽한 모범으로 여겼다. 또 프레더릭 경도 그녀를 처음 보자마자 그 아름다움에 넋이 빠졌기에, 밀너 양은 경쟁자가 생긴 것에 근심했다. 하지만 그는 그녀를 세번째 보기도 전에 "하느님이 만든 가장 참을 수 없는 피조물"로 칭했고, 차라리 우들리 양의 모습에 더 매력적인 변화가 있다고 호언했다.

밀너 양은 자신과 같은 성별을 지닌 이들을 다정한 마음으로 대했고, 심지어 자신보다 우월한 매력을 지닌 여성들을 보았을 때에도 마찬가지였다. 하지만 반발심에서인지, 아니면 후견인이 이 숙녀를 칭찬하는 것에 평소보다 훨씬 더 기분이 상해서인지, 아니면 솔직하고 꾸밈없는 그녀의 성정과 잘 안 맞는 펜턴 양의 신중함에 마음이 끌리지 않아서인지, 아무튼 펜턴 양의 아름다움이나 덕성이 폄하되거나 조롱당하는 걸 들을 때, 특히 도리포스 신부님이 그 자리에 있다면, 무한한 만족감을 느끼는 게 분명했다. 도리포스에게 이는 여러 면에서 고통스러웠다. 아마 밀너 양의 행동에 대한 고민이 적지 않았을 것이다. 이런 일이 일어날 때마다 그는 애써 겨우 화를 자제할 수 있었다. 펜턴 양은 도리포스가 그 상냥한 성격에 감탄하는 젊은 숙녀일 뿐 아니라, 가장 가까운 친척이자 진심으로 사랑하는 젊은 귀족인 엘름우드 경과 결혼함으로써 곧 그와도 친척이 될 사람이었기 때문이다.

평범한 사람이라면 누구나 볼 수밖에 없는 펜턴 양의 아름다움을 엘름우드 경도 보았고, 그의 스승 역시 그녀의 마음씨와 재산이라는 매력에 주목하라고 한 터였다. 엘름우드 경은 스승의 가르침에 대한 완벽한 순종에 따른 이 결혼의 유용성에 결코 의문을 품지 않았다.

이 스승은 권위의 힘으로 제자의 정열을 통제했다. 아니 너무 완벽히 통제했기에 다른 사람들은 그에게 그런 정열이 있는지도 몰랐다(젊은 백작 자신도 몰랐다).

이 엄격한 감시자이자 친구는 샌퍼드 신부라는 이였다. 그는 예수회 교도로서 도리포스가 교육받은 대학에서 수학했으나 그의 때가 오기 전에 예수회 교단은 이름을 바꿔야 했다.* 샌퍼드는 엘름우드뿐 아니라 그의 사촌 도리포스의 스승이었으며, 이러한 이중의 인연으로 현재 이 가문과 연결되어 있었다. 예수회 교도로서 그는 당연히 지식인이었다. 한번 세운 뜻은 끝내 이루고 마는 꾸준함을 지녔으며, 자신보다 더 권력이 있으나 덜 재주 있는 사람들을 바르게 행동하도록 이끄는 지혜가

---

* 예수회는 프랑스에서 억압받던 1762년에 생토메르대학에서 축출되었다. 1763년 프랑스 정부는 예수회 재산을 영국의 세속적 교단으로 넘겼다.

있었다. 젊은 백작은 아주 어릴 때부터 그를 스승으로 경외했고, 청소년기를 거쳐 성인이 되어서는 스승이 기꺼이 베푸는 새로운 관용을 모두 감사히 받아들였으며, 마침내 아버지로 사랑하게 되었다. 도리포스 역시 아직 이와 비슷한 감각을 떨쳐버리지 못한 상태였다.

샌퍼드 신부는 모든 사람의 본성에 존재하는 정념을 어떻게 다뤄야 하는지 완벽히 알고 있었지만, "모든 사람의 마음을 자신에게로 이끌지 않겠다"는 양심을 지니고 있었다. 세상에는 그를 미워하는 사람들, 하지만 그 미움을 푸는 데 그 자신의 신성한 노동을 쏟을 가치가 없는 사람들이 있었다. 사실 그는 존경보다 그러한 미움을 확보하는 것에 더 빨리 성공했다. 밀너 양과 관련된 이 기획에서 그는 심지어 자신의 낙관적인 기대조차 넘어서는 성공을 이루었다.

그녀는 영국의 기숙학교에서 교육받았기에 외국 신학교에 존재하는, 인격의 우월하고 종속적인 상태에 대해 전혀 알지 못했다. 게다가 그녀는 여성으로서 하고 싶은 말을 다 할 수 있는 특권을 지니고 있었다. 특히 아름다운 여성으로서 자신이 하는 말에 사람들이 모두 감탄하리라 기대할 권리를 지니고 있었다.

샌퍼드는 비록 여성들과 함께 보낸 시간은 얼마 안 되지만, 남성의 마음뿐 아니라 여성의 마음도 잘 알았다. 그는 처음 봤을 때부터 밀너 양의 마음을 알았다. 그녀의 작은 몸에서 그가 없애고자 하는 한 움큼의 어리석음을 보았고, 그녀를 교화하고자 하면서 그녀의 미움을 사길 원했고, 그렇게 그녀가 그녀 자신을 미워하기를 희망했다. 그는 무시를 통해 모욕감을 주는 데 전문가였다. 그는 밀너 양이 자주 어울리는 사람들에게 모두 존경받는 재능 있는 사람이었고, 그러한 대단한 존경심을 별 효과 없는 충고, 그의 생각에 받아들여질 만한 충고를 하는 데 낭비하는 것이 아니라 단지 그녀를 무시함으로써 그 숙녀의 주의를 끌기 시작했다. 그는 그녀가 있는 데서 마치 그녀가 별것 아닌 사람인 듯이 말했다. 가끔은 꼭 필요한 상황에서 그녀의 이름을 말하기를 잊었으며 그러고는 용서를 구하면서 자신의 잘못에 대해 매우 근심하는 듯한 태도로 "누군지 기억이 안 나는군요"라고 말했기에 그녀는 그가 일부러 자신을 화나게 했다고는 생각하지 못했을 뿐만 아니라 한층 더 심한 모욕감을 느꼈다.

다른 사람들과 있을 때에는 그녀가 늘 중심이었고, 대화나 음악, 카드 혹은 춤에 있어서 사람들이 모두 그 견해를 구하는 첫째가는 인물인 데 반해, 샌퍼드에게 그녀는 전혀 중요하지 않은 사람이었다. 어떤 때 그녀는 샌퍼드가 자신을 이렇게 무시하는 까닭이 단지 잘 배우지 못해서라 여기려 했다. 하지만 그는 못 배운 사람이 아니었다. 그는 신사로 태어났으며 가장 훌륭한 상류사회 사람들과 교제해온 인물로 지각 있는 지식인이었다. "그런 사람이 의식하지 못한 채 나를 무시할 수 있을까?" 그녀는 한탄했다. 그런 무신경한 태도가 의도된 계획의 결과임을 의심할 만큼 가식의 힘에 대해 깊이 파고들어본 적이 없었기 때문이다.

샌퍼드 신부의 이러한 행동은 기대했던 효과를 가져왔다. 젊음과 아름다움의 헛됨에 대한 수천 번의 설교보다 더 효과적으로 밀너 양이 스스로를 보잘것없다고 생각하도록 만든 것이다. 그녀는 전에는 알지 못했던 어떤 내적인 허무함을 느꼈고, 그리하여 모든 오만함을 치료했을 것이다. 만일 그녀가 대부분의 여성을 넘어서는 어떠한 기개, 깊은 통찰력을 지닌 샌퍼드마저 알아차리지 못한 기개를 지니지 않았다면 말이다. 그녀는 그의 태도에 분노하기로 결심했다. 또 그의 공공연한 적敵 목록에 이름을 올리면서, 그가 그녀의 주권을 인정하지 않는 이유를 구경꾼들에게 해명하게 만들겠다고 결심했다.

이제 그녀는 그의 모든 주장, 지식, 그가 좋아하는 격언에 대해 강한 반감을 표현하기 시작했다. 조롱하기 좋아하는 낙천적 성격이라, 또 특별한 무기가 달리 없었기에 거룩한 신부님의 길에 훼방을 놨던 건데, 이는 교단에서 고행을 대신한 것으로 인정해줄 정도로 그의 인내심을 크게 시험했다. 그는 어떤 것들은 순교자처럼 참았다. 하지만 다른 어떤 것들에 대해서는 그만큼의 용기를 낼 수 없었고, 그럴 때면 옛 제자인 그녀의 후견인에게 보호자의 권위를 통해 중재해줄 것을 요청하곤 했다. 그러면 그녀는 자신은 단지 "선량한 사람의 인내심을 시험해보려고" 했다면서, 만일 그가 조금만 더 짜증을 참았더라면 성인의 열반에 들 자격이 있음을 인정했을 거라고 공언했다. 그러면서 그가 치미는 화에 굴복했으니 이제 또다른 시험을 수없이 거쳐야 한다고 말했다.

도리포스가 펜턴 양에게 감탄했다면, 샌퍼드는 그녀를 숭배했다. 샌퍼드는 그녀를 밀너 양의 본보기로 제시하는 대신 밀너 양의 힘으로는 결코 따라 할 수 없는 자질을 갖춘 모범의 예로 들었다. 종종 그는 머리를 흔들고 한숨을 내쉬며 말하곤 했다.

"아니, 나는 당신 후견인만큼 당신에게 가혹하게 굴지 않아요. 내가 바라는 건 단지 당신이 펜턴 양을 사랑하는 것이오. 그녀를 닮는다는 건 당신 능력 밖의 일이라 믿으니까."

이것은 너무 심한 말이었다. 이러한 논쟁을 대부분 목격했던 가여운 우들리 양은 밀너 양을 고통스럽게 하는 모든 말에 대해 약간의 슬픔을 느꼈다. 하지만 그녀는 샘퍼드 신부에게도 마음을 썼기에, 친구의 되받아치는 대답을 듣고 느낀 기쁨은 그 대답에 불편해할 그에 대한 생각으로 인해 줄어들었다. 하지만 호턴 부인은 오직 올바르고 훌륭하신 신부님 편에서 안타까워했다. 호턴 부인은 그의 명분에 여러 번 격렬히 공감했기에 그를 대신해 그녀에게 대답하지 않을 수 없었으며, 그렇게 적수로서의 의무를 수행했다.

10

샘퍼드 신부는 친구인 도리포스가 피후견인 때문에 자주 당황하는 모습을 봤고 또 그 역시 그녀가 구제불능이라 생각했기에, 당장 적당한 혼처를 찾아서 이런 위험한 인물을 보호하는 임무를 다른 사람 손에 넘겨야 한다고 조언했다. 도리포스는 이 충고가 적절하다고 인정했지만, 구혼자의 자격에 대해 피후견인을 만족시키는 게 너무 어렵다고 하소연했다. 그녀가 에드워드 애슈턴 경뿐 아니라 그와 비슷한 좋은 조건을 지닌 다른 많은 구혼자를 거절해왔기 때문이다. "그렇다면 내 생각에는," 샘퍼드 신부가 말했다. "그녀의 마음이 이미 누군가에게 가 있는 게 분명하니 그가 누구인지 자네가 알아내는 게 좋겠네." 도리포스는 이미 알고 있다고 생각했고, 프레더릭 론리 경을 언급했다. 하지만 그가 이렇게 생각하는 데는 자신이 직접 목격한 것 외에 딱히 다른 근거가 없었는데, 프레더릭 경 쪽에서나 밀너 양 쪽에서나 이에 대한 언급을 회피했기 때문이다. "그렇다면 그녀를 시골로 데려가보시게. 만일 프레더릭 경이 따라오지 않는다면 자네의 의심은 끝인 걸세." "밀너 양이 도시를 떠나도록 설득하는 건 쉽지 않을 것 같습니다." 도리포스가 대답했다. "이곳이 최첨단 유행의 중심지니까요. 또 모든 사교계가 이곳에서 형성되고요." "한번 시도해보시게." 샌퍼드가 대답했다. "당장 성공하지 못하더라도 적어도 가을 정도에 가기로 정하고 그 결정을 지키시게." "하지만 가을에는 프레더릭 경은 당연히 시골에 있을 겁니다. 삼촌의 영지가 저희 별장과 가까이 있으니까요. 그러니 그때는 지금 밀너 양이 내려가도록 하는 경우만큼 명백하게 그녀를 따라갈 수 있겠죠." 도리포스가 대답했다.

둘은 이를 시도해보기로 합의했다. 놀랍게도 밀너 양은 이 제안을 별 불쾌감 없이 즉시 받아들였으며, 그녀의 후견인은 이 기회에 그녀의 기꺼운 순종과 관련된 몇몇 일을 매우 다정하고 공손하게 언급할 수 있었다.

"도리포스 신부님, 신부님께서 주시는 인정의 표시를 저는 늘 최상의 평가로 생각해왔습니다. 그런데 신부님의 칭찬은 너무 드물기에 최근 그 가치가 무한대로 상승했어요. 제 생각에 펜턴 양과 샌퍼드 신부님이 런던에 오신 후로는 신부님의 우정의 표현을 받아본 적이 없으니까요."

그녀가 이 말을 농담조로 했다면 별로 주목받지 못하고 넘어갔을 것이다. 하지만 발언의 끝에 어떤 분개한 표정이 밀너 양의 얼굴에 스쳤고, 샌퍼드 신부를 뚫어질 듯 날카롭게 쳐다보았으며, 이는 그녀가 평소 내뱉는 수많은 조롱조의 말보다 더 날카롭게 그에 대한 분노를 표현한 것이었다. 도리포스는 당황한 것처럼 보였다. 하지만 그녀가 말하는 내내 그에게 좋은 평가를 받고 싶다고 분명히 밝힌 것이 마음에 걸려 그렇지 않았더라면 분명히 질책했을, 자신의 친구에 대한 부당한 공격을 보고도 입을 다물었다. 호턴 부인은 그녀가 샘퍼드 신부를 대하는 불손한 태도에 놀랐다. 우들리 양은 얼굴에 미소를 띤 채 그를 향했고, 그렇게 그가 비난을 받아들이는 방식의 모범적인 예를 보여주길 희망했다. 그녀의 선한 소망은 이루어지지 않았다. 하지만 그는 완벽히 침착했고, 차분하게 대답했다.

"시골의 공기가 벌써 젊은 숙녀분께 영향을 끼쳤나봅니다. 그런데 어떤 여성들은 다양한 변덕을 부리는데 심지어 속임수를 쓸 때마저 변덕을 부린다는 게 위안이 되는군요."

"속임수라뇨, 제가 무슨 속임수를 썼다는 거죠?" 밀너 양이 말했다. "하물며 제가 신부님을 존경하는 척이라도 한 적이 있었나요?"

"그건 속임수가 아니라 단지 올바른 예의범절이었을 테지요."

"샘퍼드 신부님, 저는 한 번도 진실을 예의에 희생시킨 적이 없습니다."

"시골로 가자는 제안에 만족한 듯한 모습을 보이는 게 예의라 생각했던 것만 빼고 말이지요."

"사실 저는 그 제안에 만족했지만, 신부님이 일행에 포함될지도 모른다는 생각이 들고 나서는 아니에요. 그렇게 된다면 숲은 모두 황야로 변하고, 시냇물은 다 고인 웅덩이로, 또 노래하는 새들은 모두 꺽꺽대는 까마귀로 변할 거예요."

"아주 시적인 묘사이십니다." 그가 평온히 대답했다. "하지만 밀너 양, 내가 시골에 갈 거란 걱정은 할 필요가 없어요. 내가 알기론, 당신의 후견인이 가려는 그 별장은 당신 것이니까요. 염려 마시오, 아가씨, 나는 당신이 주인인 집에 결코 발을 들여놓지 않겠소이다."

"그 어떤 집에도, 확신컨대, 샌퍼드 신부님이 주인이 아니라면 그 어떤 집에도 들어가시지 않겠죠."

"그게 무슨 말씀인가요, 아가씨?" (처음으로 그의 목소리가 높아졌다.) "내가 이 집의 주인인가요?"

"당신의 하인들은," 그녀가 주위를 둘러보며 대답했다. "그렇지 않다고 당신께 말하겠지만, 저는 그렇다고 말하겠습니다."

"샌퍼드 신부님, 지금 너무 자신을 낮추고 계세요." 호턴 부인이 외쳤다. "젊은 여성에게 그렇게 많은 말씀을 하시다니. 물론 그 여성을 위해 그러시는 거겠지만요."

"자, 밀너 양." 도리포스가 말했다(이 말이 그가 할 수 있는 가장 가혹한 말이었다). "시골에 대한 내 제안으로 기분이 상한 것 같으니 더이상 그 얘기는 하지 않겠습니다."

비록 밀너 양은 엄청난 분개와 분노 혹은 가끔씩 피를 들끓게 하는 격노를 느꼈으나 후견인에 대한 존중심이 부족했던 적은 결코 없었으며, 따라서 그를 향한 어떤 직접적인 분노의 목소리도 내지 않았다. 게다가 그가 하는 엄격한 말은 그녀의 화를 악화시키는 대신 확실히 진정시켰다. 지금이 딱 그런 경우였다. 그의 말은 그녀의 심장을 찔러 도려내는 듯했지만, 그녀는 거기에 상응하는 가혹한 말로 대꾸하지 않았고, 곧 울음을 터뜨렸다. 도리포스는 평소 그녀가 불안해 보일 때 걱정하던 것과 달리 이번에는 화가 난 듯 보였다. 그는 그녀의 울음이 자신의 친구 샌퍼드 신부를 새롭게 나무라는 것이라고 여겼기에 거기에 동요하는 것은 친구의 행동에 대한 무언의 비난이 될 거라 생각했다. 그녀는 그의 생각을 이해했고, 울음을 이겨내면서 자신이 저지른 잘못을 사과했다. 그러고는 이렇게 덧붙였다.

"저는 부당한 비난을 무심하게 참아낼 수 없습니다."

"내 말이 부당했음을 증명하려거든, 며칠 내로 아무런 미련 없이 런던을 떠날 준비를 하시오." 도리포스가 대답했다.

밀너 양은 고개 숙여 동의했고, 필요한 준비물에 대한 합의가 이루어졌다. 그녀는 여행 계획을 짜면서 만족하는 듯 보였는데(마치 스스로 즐기기 위해서라기보다 상대방을 짜증나게 하려고 착하게 구는 사람처럼), 자신의 순종적인 행동에서 샌퍼드 신부가 받을 만한 굴욕감에 남몰래 승리감을 느꼈던 것이다.

이 여행 소식은 곧 공공연히 알려졌다. 불행이 단지 관념일 뿐일 때 연민의 대상이 되는 것에는 은밀한 매력이 있다. 밀너 양은 "정말 안됐어"라거나 "그런 미인을 억지로 시골에 숨겨두는 것은 부당하고 야만적인 일이야, 그녀의 숭배자들로 런던이 꽉 차 있는데 말이야. 그들도 그녀처럼 헤어짐에 괴로워하거든" 같은 말을 듣는 데서 큰 만족감을 느꼈다. 이러한 말이 수천 가지로 수천 번 반복되었고 그녀는 이를 여전히 즐겁게 들었으나, 순종하겠다는 결심에서 물러나지 않으면서 한결같음을 유지했다.

하지만 우들리 양이 오래전부터 목격했던 밀너 양의 한숨은 여전히 점점 더 잦아졌다. 게다가 그녀 눈에 반쯤 차오르는 눈물 또한 친구의 눈에 띄었다. 그런데 밀너 양은 그런 순간들에 우울함에 젖어 부드럽게 가라앉기는 했지만, 결코 불행해 보이지는 않았다. 우들리 양은 사랑에 대해 단지 이름만 알 뿐이었지만, 이러한 증상을 통해 전엔 의심만 했을 뿐인 사실, 즉 밀너 양의 눈물이 사랑 때문임을 확신했다. "아가씨의 모든 감각이 프레더릭 경의 외모와 업적에 사로잡혀 있었구나." 우들리 양이 혼잣말했다. "아가씨의 이성은 그의 결함을 알기에 자신의 정념을 나무라지만 말이야. 그런데, 아!" 그녀가 외쳤다. "만일 아가씨 후견인과 샌퍼드 신부님이 이러한 갈등을 알게 된다면 아가씨를 비난하기보다는 감탄하게 될 텐데!"

이러한 다정한 생각에 완벽히 선한 의도가 합해져서, 우들리 양은 마침내 두 신사에게 믿을 만한 원인, 즉 현재 밀너 양의 마음 상태가 이러한 성격의 갈등을 겪고 있음을 알리는 데 성공했다. 도리포스는 이러한 묘사에 마음이 움직였고, 샌퍼드는 전보다 더 강력히 시골 여행의 필요성을 권고했다. 며칠 후 호턴 부인, 우들리 양, 밀너 양, 그리고 도리포스 신부가 길을 떠났다. 여기에 펜턴 양도 동행했는데, 결혼하기 전 석 달을 자신의 시골 별장에서 보내라고 밀너 양이 도리포스의 소망대로 초대했던 것이다. 엘름우드 하우스, 혹은 엘름우드 캐슬이라 불리는 엘름우드 경의 별장은 밀너 양의 별장에서 겨우 몇 마일 떨어진 곳에 있었으며, 엘름우드 경은 그곳에서 스승인 샌퍼드 신부와 함께 여름의 대부분을 보내리라 여겨졌다.

인근에는 또한 프레더릭 경 삼촌의 영지가 있었기에 일행 중 많은 사람이 곧 프레더릭 경이 이곳을 방문하리라 생각했다. 밀너 양이 내비친 눈에 띄는 만족감은 주로 그러한 기대 때문으로 여겨졌다.

11

밀너 양은 일행과 함께 자신의 시골 별장에 도착했고, 약 육 주간 모든 것이 고요함을 담아낸 완벽한 그림 같았다. 그녀는 다른 사람들과 마찬가지로 확실히 만족스러웠다. 의무 수행에서나 어리석음을 조심하라는 경고에 대한 심각한 반성은 지금 이 순간 불필요했다. 그녀는 심지어 펜턴 양과도 아주 기분좋게 잘 지내면서 집주인의 환대에 친구의 다정함을 더했다.

밀너 양이 시골 별장에 도착한 지 약 일주일 후 엘름우드 경과 함께 근처 별장에 온 샌퍼드 신부는 "밀너 양의 집에 결코 들어가지 않겠다"고 한 말을 고지식하게 지키면서 심지어 친구인 도리포스가 그 집에 있을 때조차 방문하지 않으려 했다. 그렇지만 산책길에서 혹은 엘름우드 경의 집에서 두 일행은 종종 합류했으며, 그럴 때는 물론 샌퍼드와 그녀도 만났다. 하지만 양쪽 간 침묵의 거리는 멀고 멀어서 어떤 경우든 단 한 마디의 말도 오가지 않았다.

밀너 양은 샌퍼드 신부를 좋아하지 않았다. 하지만 뿌리깊은 앙심을 품을 만한 이유가 없는데다, 그를 선한 의도를 지닌 이로 존경하고 또 그녀의 성격 자체가 지극히 너그러웠기에, 그녀는 평소처럼 비난하는 말일지언정 그가 자신에게 한 마디도 안 하는 것이 종종 신경쓰였다. 어느 날 아침 모두가 긴 산책을 마친 후, 식사 초대를 받아 엘름우드 경이 그녀의 집으로 향할 때 샌퍼드가 돌아서면서 "잘 있으라"고 인사하며 가는 모습을 보고 눈물을 터뜨린 적도 있었다.

하지만 그녀는 받은 모욕을 용서해주는 너그러움은 있었지만, 타협하고 양보하는 겸손함은 가지고 있지 않았다. 그녀는 자신이 한껏 몸을 낮춰 속죄하지 않은 한, 콧대 높은 사제와 화해하기는 어렵다는 것을 내다보았다. 한편 도리포스는 그녀가 이런 사소한 일로 걱정하는 걸 보고 은밀한 기쁨과 전에 없던 감탄을 느꼈다. 그녀는 그가 둘 사이의 중재자가 되어주기를 넌지시 원했다. 하지만 관련된 어떤 조율이 일어나기도 전에, 결혼 계획을 추진하기 위해 초대받은 것처럼 보이는 에드워드 애슈턴 경이 엘름우드 경의 별장에 도착하면서 이곳의 평화와 고요함은 깨지고 말았다.

뜻하지 않은 에드워드 경의 방문이 점심식사시간에 엘름우드 하우스에 전해졌다. 그의 방문을 전혀 예상치 못했던 밀너 양은 그의 이름이 전해지자 얼굴빛이 창백해졌다. 도리포스는 공감의 표시와 함께 그녀에게 눈을 맞췄으나, 샌퍼드는 매우 기뻐하는 듯이 보였고, "환영합니다"라고 거듭 준남작에게 말하면서 그가 와서 기쁘다는 표시를 명백히 했다. 그의 이런 행동에 사라져가던 밀너 양의 적의는 온전히 다시 타올랐고, 샌퍼드가 부추겨서 그가 왔으리라는 의심이 들자 불쾌한 마음을 더이상 이기지 못한 채 그녀가 생각하기에 가장 모욕적이라고 여겨지는 방식으로 행동했다. 에드워드 경이 대화 도중 "이곳에 주변 이웃으로 누가 있습니까"라고 묻자, 프레더릭 론리 경의 이름을 대며 몇 시간 내에 그가 삼촌 별장으로 올 거라고 매우 의기양양하게 대답한 것이다. 에드워드 경은 얼굴이 벌게졌고, 도리포스는 혼란스러운 듯했으며, 샌퍼드 신부는 그녀를 한 대 때리고 싶은 것처럼 보였다.

"프레더릭 경이 그대에게 내려올 거라고 말했습니까?" 샌퍼드가 도리포스에게 물었다.

그러자 그는 "아닙니다"라고 대답했다.

"하지만 섄퍼드 신부님, 바라건대 제가 알고 있는 건 허락해주시겠죠?" 밀너 양이 말했다. 이제 그녀는 그녀가 하는 말로 그를 괴롭힐 준비가 되어 있었기에 더이상 말을 자제하면서 입다물고 있지 않았다. 섄퍼드 역시 그녀를 향해 똑같은 의도를 품었기에 더이상 대답하길 저어하지 않고 다음과 같이 대답했다.

"아니요, 아가씨, 만일 내 허락에 앎이 달려 있는 거라면 아가씨는 몰라야 합니다."

"어떤 것도 몰라야 하겠지요, 신부님, 감히 말씀드리자면. 신부님은 제가 완전히 무지하기를 바라시잖아요."

"그렇습니다."

"제가 신부님을 더욱 존경하기를 바라는 이기적 동기에서인가요, 섄퍼드 신부님."

자리에 있던 몇이 웃음을 터뜨렸다. 호턴 부인은 기침을 했고, 우들리 양은 얼굴을 붉혔으며, 엘름우드 경은 냉소를 지었고, 도리포스는 얼굴을 찌푸렸다. 그리고 펜턴 양은 아까와 다름없어 보였다.

대화는 가능한 한 빨리 다른 주제로 바뀌었고, 일행은 저녁 일찍 집으로 돌아왔다.

밀너 양이 화장방에 장신구들을 벗어놓고 나오자마자 도리포스의 하인이 와서 주인님이 서재에 혼자 있으며 아가씨와 대화하기를 원한다는 메시지를 전했다. 그녀는 몸이 떨려옴을 느꼈다. 엘름우드 하우스에서 자신이 적절히 행동하지 않았다는 생각이 즉시 들었다. 후견인이 자신을 나무랄 게 예상되었고, 그가 이유 없이 자신을 나무란 적은 한 번도 없었다고 그녀의 마음이 말했다.

마침 그때 우들리 양이 처소에 들어왔고, 그녀는 너무나 겁이 나서 우들리 양에게 도리포스에게 함께 가서 자신이 변명할 때 한두 마디 도와달라고 했다.

"아니, 우리 아가씨." 우들리 양이 대답했다. "두 시간 전에 일행이 다 보는 앞에서, 거기엔 적도 많은데, 자신의 명분이 정당함을 용감하게 늘어놓던 분이, 단지 후견인만 있는 자리에서 변호인이 필요하다는 거예요? 게다가 그분은 늘 아가씨를 다정하게 대해주신 분이잖아요."

"바로 그 다정함 때문에 두려운 거예요, 우들리 양. 바로 그 다정함이 나를 겁먹게 하고 나를 벙어리로 만들어버려요. 도리포스 신부님의 말과 태도에 내가 무례하게 구는 게 가당키나 해요? 그렇게 아무것도 못하니 신부님 앞에서 잘못을 인정하며 죄인처럼 서 있는 것 말고 내가 뭘 할 수 있겠어요."

그녀는 한번 더 우들리 양에게 같이 가달라고 졸랐지만, 그런 침범은 예의에 어긋나기에 함께 갈 수 없다는 단호한 거절에 결국 혼자 가게 되었다.

어떤 사람들의 경우 평소와 다른 상황에 놓일 때 그 태도뿐 아니라 모습마저 얼마나 달라 보이는지! 엘름우드 경의 응접실에서 경청하는 이들과 감탄하는 이들에게 둘러싸인 채(심지어 그녀의 적들도 그녀를 감탄으로 바라보았으니) 사람들의 인정과 환호로 들뜬 밀너 양과, 그녀의 행동에 헛된 갈채를 보내는 경솔한 이 하나 없이 오로지 (그녀를 은근히 비난하는) 자신의 이해력에만 기대어, 후견인이자 친구로부터 질책을 받으려는 찰나의 밀너 양은 완전히 다른 사람이었다. 비록 그녀는 여전히 말로 표현할 수 없을 만큼 아름다웠지만 겉모습에서조차 똑같아 보이지 않았다. 후자의 상황에서 그녀는 전자의 경우보다 키가 더 작아 보였고, 더 창백했고, 더 말랐고, 매우 다른 윤곽선이 그녀의 전체 분위기와 이목구비를 감쌌다.

서재에 도착한 그녀는 설명할 수 없는 두려움에 떨며 문을 열었고, 지금까지의 모습과는 다른 여성이 되어 도리포스의 서재에 들어갔다. 그의 마음은 그녀에 대한 분노로 몹시 단호한 상태였고 그의 얼굴은 질책이 서린 혹독한 표정을 띠고 있었다. 하지만 그녀가 나타나자 그의 온 마음과 표정 모두에서 즉각적인 변화가 일어났다.

그녀는 다가가기 두려운 듯 멈춰 섰다. 그는 어떻게 말해야 할지 모르겠다는 듯 주저했다. 준비했던 분노의 열기 대신 그의 목소리는 자신도 모르게 부드러워졌으며 무슨 말을 하는지도 모른 채 말하기 시작했다.

"우리 밀너 아가씨—"

그녀는 그가 화가 나 있다고 생각했기에 그의 부드러움은 그녀의 혼란 속에 묻혀버렸다. 비록 그가 혼내려는 게 아니라 그저 조언을 건네려는 것이라며 거듭 안심시켰지만, 그녀는 그가 할 말이 혹독한 것이리라 상상했기에 계속해서 몸을 떨었다.

"샌퍼드 신부님과 그대 사이의 모든 사소한 논쟁에 대해 만일 내가 그분보다 그대를 더 탓한다면 공정치 않겠지요." 그가 말했다. "사실 그분이 그대에 대해 불평할 때보다 그대가 그분을 무례하게 비난할 때, 그분의 인격으로 말미암아 그대의 도발이 더욱 심각해 보이긴 합니다. 그렇지만 만일 그분이 그대를 도발했기에 응수한 것이라면, 그건 오롯이 그분의 책임이지요. 또 나는 둘 사이의 시시비비를 가릴 생각도 없습니다. 하지만 묻고 싶은 게 하나 있는데, 진지하고 명확하게 대답해주길 요청합니다. 밀너 양은 프레더릭 경이 시골에 올 걸 알고 있었나요?"

그녀는 주저하지 않고 "네"라고 대답했다.

"질문이 하나 더 있는데, 똑같이 솔직하게 대답해주리라 믿소. 프레더릭 경이 그대가 남편으로 괜찮다고 인정하는 남자인가요?"

이러한 내밀한 질문에 그녀는 몹시 당황했고, 전에는 보여준 적 없는 혼란스러움을 드러냈다. 이런 상황에서 그녀가 힘없이 대답했다.

"아니요, 그는 아닙니다."

"그대의 말은 그대의 표정과 다른 이야기를 하고 있군요." 도리포스가 대답했다. "어느 쪽을 믿어야 합니까?"

"신부님 믿고 싶은 쪽으로요." 그녀는 자신의 위엄이 모욕당했다는 듯이 대답했고, 이에 그는 놀랐고, 압도되었지만, 설득되지는 않았다.

"그렇다면 왜 그가 그대를 따라 이곳에 오도록 부추긴 겁니까, 밀너 양?"

"왜 제가 삶의 매 시간마다 수천 가지 어리석은 일을 (그녀가 울면서 대답했다) 저지르겠어요?"

"그렇다면 그대는 프레더릭 경의 희망을 진지하게 만족시킬 생각이 전혀 없이 부추기는 건가요? 이런 행동으로부터 그대를 보호하는 것이 내 의무이니, 앞으로는 더이상 그나 그대 자신을 속이지 마시오. 그가 이곳에 도착하는 순간 그대는 그를 만나길 거절하든지 아니면 그의 아내가 되는 데 동의해야 한다는 게 지금 나의 굳은 결심입니다."

여기에 대한 대답으로 그녀는 두 제안에 모두 반대하는 것처럼 보였지만 왜 그런지 설명하지는 않았다. 그녀의 후견인은, 이전에 그녀의 진짜 감정을 진지하게 알고자 했을 때 좌절했던 만큼이나 이러한 대화 끝에도 여전히 그 감정을 도무지 알 수 없어 난감하기 그지없었다. 하지만 그녀에게 공언했던 자신의 결심을 확고부동하게 다지면서 그 결정이 마음에 어떤 위안이 됨을 느꼈다.

12

에드워드 애슈턴 경은 밀너 양에게 초대를 받은 건 아니었지만 스스로에게 호의를 베풀어 그녀의 집을 들락거렸다. 어떨 때는 엘름우드 경이 그녀를 방문할 때 같이 갔고, 다른 때는 도리포스만을 보러 갔고 그러면 그가 에드워드 경을 숙녀들에게 소개해줬다. 에드워드 경은 자신이 사랑하는 대상을 고통스럽게 하고 싶지 않았지만 또 그만큼 그녀의 찡그린 얼굴에 낙담하고 싶지도 않았기에, 드나들 때 건네는 일상적인 인사가 아니면 그녀에게 거의 말을 걸지 않았다. 마음을 얻기는커녕 기분을 상하게 할까 하는 걱정으로 이 훌륭한 준남작의 태도는 몹시 어색해졌고, 또 사랑하는 여인에게 말을 걸거나 쳐다보지 않으면서 오직 불쾌하게 하지 않는 방법으로만 애정을 얻으려는 그의 노력이 너무 엉뚱한 것이었기에 밀너 양은 비록 에드워드 경의 이름을 듣는 것만으로도 얼굴에 수심이 가득해졌지만 종종 이러한 상황에 대해 웃지 않을 수 없었다. 그녀는 자신이 마음을 정하기도 전에 서둘러 결혼 상대자를 정해야 하는 게 에드워드 경 때문이라고 생각했다. 게다가 그의 구애는 그녀의 허영심, 프레더릭 경의 구애로 최고의 방식으로 만족을 맛본 허영심 측면에선 작지 않은 승리였지만, 결국 골칫거리였다.

프레더릭 경이 마침내 시골에 도착했고, 밀너 양을 방문했다. 그녀의 후견인은 그의 마차가 잔디밭을 따라 들어오는 것을 보고는 하인들에게 명령을 내려 아가씨는 현재 집에 없고 대신 도리포스 신부님이 있다고 말하라 했다. 그러자 프레더릭 경은 인사를 남기고 가버렸다.

숙녀들 모두 그의 마차와 하인들이 문 앞에 서 있는 걸 보았다. 밀너 양은 드레스를 고쳐 입으러 거울로 달려갔으며, 표정에는 설렘이 드러났다. 하지만 방문에 시선을 고정하고 있어도 소용이 없었다. 그는 들어오지 않았다.

몇 분간 기다렸을 때 문이 열리면서 그녀의 후견인이 들어왔다. 그녀는 실망했고 그는 그녀의 실망을 알아챘으며 매우 심각한 얼굴로 그녀를 바라보았다. 그녀는 이내 "그대와 프레더릭 경의 만남은 현재 상태로는 지속될 수 없습니다"라는 그의 말을 기억했고, 분노와 혼란 사이에서 어떻게 행동해야 할지 몰랐다.

도리포스는 다른 여인들이 있는데도 전혀 감추지 않고 그녀에게 말했다. "밀너 양, 아마 그대는 내가 그대 하인들에게 프레더릭 경을 들이지 말라는 부당한 명령을 제멋대로 내렸다고 생각할지도 모르겠소. 하지만 프레더릭 경과 내가 따로 만나 얘기하기 전에, 혹은 그대가 그의 방문에 대한 감정을 좀더 명료히 공언하기 전에, 그의 방문을 허락하지 않는 것이 내 의무라고 생각합니다."

"제가 동의하든 안 하든 신부님은 늘 신부님의 의무를 다하시겠죠."

“하지만, 아가씨, 그 의무를 그대의 의향으로 승인해주신다면 훨씬 더 즐겁게 행할 수 있으리라 생각합니다.”

“제가 제 의향의 주인이 아니에요, 신부님. 그렇지 않다면 벌써 신부님의 의향에 따랐을 겁니다.”

“그렇다면 그대의 의향을 제 의지 아래 두시지요, 아가씨. 제가 책임지겠습니다.”

하인이 들어왔다. “프레더릭 경이 돌아오셨고, 신부님을 뵙기를 원한다고 하십니다.” “서재로 모시게.” 도리포스가 급히 말하면서 자리에서 일어나 방을 나갔다.

“싸우지 않았으면 좋겠네요.” 호턴 부인이 말했는데, 이는 둘이 싸우리라 생각한다는 뜻이었다.

“그렇게 불안해하는 걸 보니 안됐네요, 밀너 양.” 펜턴 양이 완벽히 무관심한 태도로 말했다.

날씨가 나빴기에 숙녀들은 평소와 달리 아침 운동을 않고 바느질에 몰두한 채 앉아 있었다. 그러다 점심식사 종이 울렸고, 바느질감을 손에서 놓았다. “프레더릭 경이 간 것 같아요?” 밀너 양이 우들리 양에게 속삭였다. “아닌 듯해요.” 우들리 양이 대답했다. “가서 하인들에게 물어보세요, 우리 아가씨.” 우들리 양이 방을 나가더니 곧 돌아오며 멀리서 말했다. “지금 마차에 타고 계세요. 복도를 서둘러 지나가시는 걸 봤어요. 날아가시는 것 같던데요.”

“숙녀분들, 식사 준비되었습니다.” 호턴 부인이 외쳤고 모두 식당으로 향했다. 도리포스도 곧 식당으로 왔으며, 그의 상기된 표정과 특별한 침묵에 좌중의 관심이 집중되었다. 그는 식사가 끝날 즈음에는 어느 정도 평정을 되찾았으나 여전히 생각에 잠긴 채 불만스러운 듯 보였다. 또 저녁 산책 시간에 함께하지 않은 채, 멀리서 샌퍼드 신부와 진지하게 대화를 나누는 모습이 보였다. 그들은 대화 주제에 완전히 사로잡힌 듯이 종종 한곳에 십오 분 정도 멈춰 서서 그러는 줄도 모르는 채로 이야기를 나눴다. 숙녀들과 합류한 엘름우드 경은 그들과 함께 걸어서 집으로 돌아왔다. 뒤이어 도리포스가 나갈 때보다 훨씬 덜 우울한 기분으로 들어왔고, 엘름우드 경에게 내일 약속이 없다면 숙녀분들과 같이 식사를 하자고 했고 그렇게 하기로 결정되었다.

여전히 도리포스는 좀 흥분한 듯 보였고, 그 직접적인 이유는 다음날이 되어서야 알려졌다. 일행이 엘름우드 하우스에서 떠나기 약 한 시간 전, 밀너 양과 우들리 양은 도리포스와 샌퍼드가 그들을 기다리고 있는 방으로 와달라는 전갈을 하인에게 받았다. 그녀의 후견인은 자신이 거행하려는 형식 혹은 의례에 대해 밀너 양에게 먼저 사과했다. 하지만 한 여인의 진짜 감정을 자신이 정확히 아는 것에 그녀의 행복이 달려 있는데, 그걸 잘못 알까봐 두려워한 나머지 극심한 무게에 짓눌린 자신의 마음이 변명거리가 되어주리라 그는 믿었다.

"나도 알고 있어요, 밀너 양." 그가 계속해 말했다. "세상에서는 대체로, 미혼의 여성이 사랑하는 남자에게 마음을 숨기는 것에 많은 자유가 허락된다는 것을요. 나 역시 정숙함에 어긋나지 않는 그런 작은 거짓들, 결혼이라는 주제에서 여성 모두에게 해당되는 위선에 대해 뭐라고 할 생각은 없어요. 하지만 내가 어디까지를 한계로 정할지 혹은 그대가 이런 종류의 가벼운 거짓을 어디까지 정당하게 확대할 수 있다고 여기는지가 너무 달라서, 그대가 내게 마음을 드러냈는데도 내가 이를 전혀 모르는 게 불가능하지 않네요. 이런 걸 고려해볼 때, 결혼에 대한 그대의 생각을, 그것도 당신 같은 여성 한 명 앞에서, 한번 더 듣는 게 좋을 것 같습니다. 그 여성의 해석을 참고삼아 내 의견을 결정할 수 있도록요."

밀너 양은 이러한 심각한 연설에 대해 대답하는 대신 샌퍼드 신부를 향해 "저와 같은 성별의 여성이 저분을 말하는 거라면, 도리포스 신부님께서는 저분의 판단을 따르겠다는 뜻인가요?"라고 물었다.

"아가씨." 샌퍼드가 크게 화를 내며 말했다. "아가씨는 지금 여기 심각한 일로 와 있어요."

"샌퍼드 신부님과 관련되어 있다면 어떤 일이든 제게 심각한 일이겠지요. 신부님이 그걸 슬픔에 찬 일이라 불렀더라도 그 별칭 역시 잘 어울렸을 거예요."

"밀너 양." 그녀의 후견인이 말했다. "샌퍼드 신부님과 논쟁하라고 여기로 부른 게 아닙니다."

"그렇다면 신부님, 왜 저분을 여기로 부르셨나요? 저분과 제가 있는 곳에는 분쟁이 있을 수밖에 없는데요."

"내가 저분을 이곳으로 부른 것은, 아니 그대를 이 처소로 부른 것은, 단지 저분이 여기 계시면서 저분의 안목으로 내가 지닌 의심, 내 판단만으로는 누를 수도 확인할 수도 없는 의심을 덜어내주셨으면 해서요."

"제 진실에 대한 신부님의 의심을 걷어내기 위해 더 불러들이고 싶은 사람들이 있나요, 신부님? 만일 그렇다면 제발 추궁을 시작하기 전에 그들을 부르러 보내시지요."

그는 고개를 흔들었고, 그녀는 이어 말했다. "제가 하는 말을 온 세상이 다 듣는 거 환영이고요. 그리고 모든 다른 판관들이 저를 다르게 심판하는 것도 환영합니다."

"아, 밀너 아가씨—" 우들리 양이 그녀의 격해지는 어조를 나무라는 투로 외쳤다.

"밀너 양은," 도리포스가 말했다. "내가 묻는 질문에 지금 대답을 안 하려는 것 같은데요?"

"제가 한 번이라도 신부님이 제게 진지하게 요청하신 것을 따르지 않은 적이 있었나요, 신부님? 신부님이 제게 명령을 내리는 게 적절하다고 판단하실 때마다 제가 언제 그 명령에 복종하기를 거부한 적이 있던가요? 그런 적이 없다면 신부님께서는 지금 제가 그럴 거라 가정하실 권리가 없으세요." 그녀가 자부심에 찬 어조로 대답했다.

그가 대답하려고 할 때 샌퍼드 신부가 퉁명스럽게 그의 말을 가로채더니 문 쪽으로 가면서 말했다. "자네가 나를 이곳에 부른 사안이 얘기될 때 다시 나를 부르시게나."

"잠깐 서 계십시오." 도리포스가 말했다. "자, 밀너 양," 그가 이어 말했다. "내게 말해주기를 간청할 뿐 아니라 명령합니다. 프레더릭 론리 경에게 약속이나 맹세의 말 혹은 그대 마음을 주었습니까?"

그녀는 얼굴을 붉혔고, 대답했다. "고해는 오직 비밀리에 하는 것으로 알고 있는데요. 하지만 저는 당신들 가톨릭교회 소속이 아니니, 이 교도에 대한 박해에 굴복하겠습니다. 프레더릭 경에게 맹세나 약속을 한 적 없으며 또 그가 제 마음 한구석을 차지한 적도 없습니다."

샌퍼드와 도리포스 그리고 우들리 양 모두 놀란 채로 한동안 서로를 쳐다보며 말을 잇지 못했다. 마침내 도리포스가 말했다. "그렇다면 그의 아내가 되지 않겠다는 게 그대의 확고한 의사입니까?"

그녀가 대답했다. "현재는 그렇지요."

"현재는! 그대의 마음이 바뀔 수도 있다고 생각하는 겁니까?"

"여자들이란, 때때로 그러하지요."

"하지만 아가씨, 마음이 바뀌기 전에 그와의 관계는 끊어질 거요. 왜냐하면 다음번엔 내 의지가 그러하니까. 그리고 그대는 이에 대해 어떤 반대도 할 수 없소."

그녀가 대답했다. "하지만 저는 그와의 관계를 유지하고 싶어요."

"왜 그런 거지요?" 도리포스가 말했다.

"왜냐면 그와 있으면 재밌으니까요."

"아, 도대체 이게 무슨 꼴인지!" 그가 되받아쳤다. "이런 식으로는 그대의 인격과 행복이 위험해져요. 하지만 다시 말하건대 그대가 그의 아내가 되길 바란다면 내가 프레더릭 경과 관계를 끊게 하지 마시오. 만일 그것이 그대의 행복을 방해한다면요."

"아니요, 전혀 그렇지 않습니다." 그녀가 대답했다. "프레더릭 경 덕분에 즐겁기는 하지만, 그가 제 지극한 행복인 건 아니니까요."

"우들리 양." 도리포스가 말했다. "내가 밀너 양을 명료하게, 글자 그대로 이해하는 것과 똑같이 그대도 친구를 이해하는 거지요?"

"물론입니다, 신부님." 우들리 양이 대답했다.

"그렇다면 말해봐요, 우들리 양." 그가 말했다. "밀너 양의 이러한 감정에 대해 그대도 늘 마찬가지로 느껴왔나요?"

우들리 양은 머뭇거렸다. 그가 말을 이었다. "아니면 현재의 대화로 생각이 바뀌었습니까?"

그녀는 한번 더 망설였지만, 이내 대답했다. "지금 대화하면서 바뀌었습니다."

"아니 그걸 털어놓다니!" 샌퍼드가 그녀를 경멸스럽게 바라보며 말했다.

"맞습니다." 우들리 양이 대답했다.

"샌퍼드 신부님은 생각이 바뀌신 건 아니지요?" 도리포스가 물었다.

"그대는 내 생각이 바뀐 것처럼 행동하면 되오." 샌퍼드가 대답했다.

"자, 밀너 양." 도리포스가 말했다. "그대는 앞으로 프레더릭 경을 더 이상 만나지 마시오. 바라건대, 그에게 그렇게 말해도 된다고 허락해주겠습니까?"

"이미 허락한걸요, 신부님." 그녀가 전혀 당황하지 않은 표정과 목소리로 대답했다.

우들리 양은 그녀를 쳐다보면서 믿기 어려운 이 모든 주장에 반대되는 어떤 숨은 바람을 찾아내려고 했으나 아무것도 발견할 수 없었다. 샌퍼드 역시 그녀의 영혼을 가로지르듯 뚫어지게 보았지만, 거기서 완전한 평온만을 보았고, 이내 외쳤다.

"그렇다면 도리포스 신부, 아가씨 스스로 프레더릭 경에게 관계를 끊겠다는 편지를 쓰도록 해서 그대가 그와 또다시 논쟁하는 수고를 더는 게 어떻겠소?"

"사실 밀너 양, 그럴 수 있다면 정말 고맙겠소." 도리포스가 말했다. "이 문제로 프레더릭 경을 만나는 게 내겐 정말 꺼려지는 일이기 때문이오. 지난번에 만났을 때 그는 지나치게 짜증을 내고 또 막무가내로 고집을 부렸지요. 그는 경박하고 버릇없게 굴면서 성직자로서의 내 위치를 이용했는데, 그대에 대한 의무 이행이 아닌 다른 경우였다면 참기 어려웠을 겁니다."

"도리포스 신부님, 하시고 싶은 말씀을 불러주시면 받아쓰겠습니다." 그녀는 열성적으로, 마치 아무런 영향도 받지 않은 자신의 의향인 양 말했다. "신부님께서 아량을 베푸시어 어떤 신사라도 제가 싫어하면 끈덕진 권유로 저를 괴롭히지 않으시는 만큼, 저 역시 마찬가지로 신부님께서 탐탁지 않아 하는 이들이 무례하게 굴지 못하도록 해야겠지요."

"하지만," 그가 대답했다. "프레더릭 경에 대해, 그대와 프레더릭 경의 관계로 인해 우리가 모두 연루되는 그 딜레마가 아니라면, 나는 심각하게 반대할 이유가 없음을 확실히 해두겠습니다. 똑같은 상황이 발생한다면, 다른 어떤 남자라도 똑같이 반대할 수밖에 없지요. 하지만 이제 그대가 제안된 방식에 자발적으로 공손히 동의하면서 그와 헤어지기로 했으니, 더이상 이 문제로 그대를 괴롭히지 않겠습니다. 그토록 여러 번 내가 원하는 바를 설명했던 그 주제로요. 대신 그대가 내 의견에 기꺼이 또 묵묵히 따라주어 진심으로 만족한다는 말로 얘기를 마치기로 하지요."

"샌퍼드 신부님." 그녀가 미소를 띤 채 그를 향해 말했다. "제가 신부님께도 마찬가지의 만족감을 드렸기를 바랍니다."

샌퍼드는 그렇다고 말할 수 없었지만, 또 그렇지 않다고 말하려니 부끄러웠다. 따라서 의심으로 가득한 표정 말고는 어떤 대답도 할 수 없었다. 그럼에도 그녀는 그에게 자세를 낮춰 인사했다. 그러자 그녀의 후견인은 그녀를 처소에서 데리고 나와, 그녀와 우들리 양, 그리고 그 자신을 집으로 데려가기 위해 기다리고 있는 마차에 태워주었다.

13

밀너 양이 프레더릭 경과 앞으로의 관계를 흔쾌히 단념하는 듯 보인 건 사실이었지만, 집으로 돌아오는 짧은 거리에서 그녀는 평소의 활기를 크게 잃은 것처럼 보였다. 깊은 생각에 잠겨 있었고, 한 번은 매우 무거운 한숨을 내쉬기도 했다. 도리포스는 그녀가 자신의 애정뿐 아니라 진실마저 희생시킨 것은 아닌지 두려웠다. 하지만 왜 그렇게 했는지는 알 수가 없었다.

마차가 엘름우드 하우스와 그녀의 집 사이에 놓인 길에 천천히 들어설 즈음, 창문 밖을 내다보던 밀너 양의 표정이 일순간 밝아졌고, 그 순간 말을 탄 프레더릭 경이 마차 문 앞에 다가오면서 마차가 멈췄다.

"아, 밀너 양." 그가 외쳤다(그의 목소리와 태도는 그가 하는 말이 의심의 여지 없이 진실임을 보여줬다). "우연히 만나긴 했지만 당신을 보게 되니 너무 기쁘고 행복하군요."

그녀는 분명히 그를 만나 기뻤지만, 그가 너무 진지하게 얘기하고 있었기에 같은 태도를 보이지 않도록 조심하면서 차분하고 절제된 태도로 "경을 뵙게 되니 기쁘군요"라고 말했다.

그녀의 절제된 태도를 보자 프레더릭 경은 마차 안에 그녀와 함께 누가 있는지 당장 의심스러워졌고, 급히 고개를 돌렸을 때 도리포스의 근엄한 눈과 마주쳤다. 이에 그는 아무런 인사 없이 급작스럽고 무례하게 몸을 돌렸다. 밀너 양은 당황했고, 우들리 양은 명백한 모욕에 어쩔 줄 몰라했다. 오로지 도리포스만 담담한 듯 보였다.

"계속 가요." 밀너 양이 마차 하인에게 말했다. "마부에게 계속 가라고 해요."

"안 됩니다." 프레더릭 경이 외쳤다. "언제 다시 만날 수 있을지 말해 주기 전에는요."

"경, 제가 편지 드리겠습니다." 그녀가 좀 놀라면서 대답했다. "집에 가자마자 편지를 드리지요."

마치 편지 내용을 짐작한다는 듯이 그가 흥분해 소리쳤다. "그렇다면 아가씨, 그 편지에서 나를 어떻게 대할 건지 조심해야 할 겁니다. 그리고 도리포스 신부님," 프레더릭 경이 도리포스를 향해 말했다. "신부님도 편지에 어떤 내용이 담기는지 조심하십시오. 왜냐하면 만일 그 편지가 신부님 말씀을 받아쓴 거라면 저는 신부님께 답장을 보낼 테니까요."

도리포스는 프레더릭 경에게 대답을 하거나 혹은 눈길도 주지 않은 채, 반대쪽 창문으로 고개를 내밀고 몹시 화난 목소리로 마부에게 외쳤다. "아가씨가 명령했는데 도대체 안 가고 뭐 하는 것인가?"

도리포스가 하인들에게 화난 목소리로 말하는 건 매우 드문 일이었기에 마부에게 그 소리는 벼락 맞은 듯한 충격을 안겨주었다. 그는 즉시 잽싸게 마차를 몰았고, 프레더릭 경은 순간적으로 수십 야드 뒤에 남게 되었다. 하지만 프레더릭 경은 갑작스러운 호령에 놀랐다가 정신을 차리자마자 전속력으로 말을 달려 밀너 양 집 문 앞에 일행이 도착할 때까지 쫓아왔다. 거기서 프레더릭 경은 사랑의 격노 혹은 도리포스가 그를 대했던 경멸적 태도에 대한 분노에 휩싸인 채, 밀너 양이 마차에서 내릴 때 말에서 뛰어내리더니 그녀의 손을 잡고는 "가톨릭 수도승의 위선적 교훈을 따르기 위해 날 버리지 말아요"라고 애원했다.

도리포스는 잠자코 옆에 서서 남자다운 경멸감을 표정에 드러내며, 이 말을 듣고 있었다.

밀너 양은 손을 빼려고 애쓰며 말했다. "지금 대답하지 못하는 걸 용서하세요, 경."

그러자 프레더릭 경은 그녀의 손을 자신의 입술에 갖다대고는 입맞춤을 퍼부었고, 그러자 도리포스는 순간적인 충동으로 달려나가 그의 뺨을 때렸다. 이러한 공격으로 인한 타격과 그로 말미암은 경악 속에서 프레더릭 경은 비틀거렸고 밀너 양의 손을 놓았으며, 그녀의 후견인은 즉각 그가 놓친 손을 잡고 그녀를 집으로 이끌어갔다.

그녀는 설명할 수 없을 만큼 겁에 질려 있었다. 도리포스 신부는 그녀를 팔에 안고서야 겨우 그녀 방으로 데리고 갈 수 있었다. 거기서 하녀들의 도움을 받아 그녀를 소파에 앉히고는 자신이 한 행동에 대한 부끄러움과 당혹감에 휩싸여 그녀 앞에 무릎을 꿇고 진심으로 빌었다. "내가 그대 앞에서 저지른 상스러운 죄를 용서해주시길 간절히 바랍니다." 그가 그녀를 놀라게 했고, 그녀의 신성한 권리인 존중을 망각했다는 것만이 그의 생각을 사로잡은 유일한 문제인 듯했다.

그녀는 그의 기꺼이 낮춘 자세에서 어떤 부조화스러움을 느꼈고 충격을 받았다. 후견인이 자기 발아래 있는 걸 보면서 마치 거기서 아버지를 보는 듯한 부적절함을 느꼈던 것이다. 그녀는 온갖 불안과 감정으로 그에게 일어나라고 간청했고, "저는 신부님의 성급한 행동이 저에 대한 신부님의 관심을 보여주는 최상의 증거라고 생각합니다"라고 수천 번 항변하고 단언했다.

우들리 양이 곧 들어왔다. 그녀의 관심은 늘 불행한 사람에게 향했기에 이번에는 프레더릭 경이 그 관심의 대상이었다. 그가 응징을 받은 데 대한 고통과 수치심으로 괴로워하는 동안, 그녀는 옆에서 시중들면서 온전히 선한 의도로 그에게 인내에 대해 얘기했다. 처음에 그의 분노는 주변의 하인들과 그를 집에 못 들어가게 한 사람들에게 자신이 받은 벌을 되돌려주겠다는 협박으로 나타났다. 하지만 나중에 있을 명예로운 보상이 확실했기에, 순간의 유혹을 모두 뿌리치고 말에 다시 올라 그 장소를 떠났다.

우들리 양이 방에 들어오자 도리포스는 피후견인을 보살피는 일을 그녀에게 맡긴 후 즉시 프레더릭 경을 남겨두고 왔던 장소로 달려갔다. 그가 그 자리에 계속 있었다면 무슨 일이 일어날지는 개의치 않았다. 하인들에게 묻자 그가 가버렸다는 대답이 돌아왔고, 그러자 도리포스는 적에게 입힌 상처보다 더 극심한 괴로움을 갈라진 가슴에 안은 채 처소로 돌아왔다.

방으로 들어와 문을 닫자마자 그의 가슴을 맨 처음 내리친 후회는—내가 내 인격에서 벗어났었구나, 성직자로서의 인품, 내 직업과 감정의 존엄성으로부터 내가 나 자신을 저버렸구나. 이제 나는 더이상 철학자가 아니며 단지 무뢰한일 뿐이다. 나는 젊은 귀족에게 용서할 수 없는 모욕감을 주었다. 그의 유일한 죄는 단지 사랑이었을 뿐인데, 애인에게 잘 보여 호의를 얻고자 하는 무작정한 욕망이었을 뿐인데. 이 난폭함을 보상하기 위해 나는 그가 어떤 방식을 선택하든, 또 정의와 공평의 법이 무엇을 명하든(비록 이 경우는 종교의 법과 반대되지만) 따라야만 한다. 그가 자신의 상처받은 명예를 보상받기 위해 내 목숨을 요구한다 해도 그럴 권리가 있으니까. "안타깝구나." 그가 외쳤다. "오늘 아침 더럽혀지지 않은 채로 내려놓을 수 있었을 텐데. 이제는 기껏해야 형편없는 보상일 테지."

다음으로 그는 생각했다. 나는 아름다운 젊은 여인을 불쾌하게 했고, 공포에 휩싸이게 했다. 그녀를 난폭한 방식들로부터 보호해야 하는 게 내 의무인데, 나 자신이 그녀를 난폭함에 노출시켰다.

그렇다. 나는 나의 충실한 스승이자 친구이며, 그의 판단을 믿고 그의 인정을 받는 것이 기쁨이었던 이의 정당한 비난을 스스로 초래했다. 무엇보다 나 스스로 양심의 가책을 끌어들였구나.

"어디에서 이 불면의 밤을 보내야 할 것인가?" 방안을 계속해서 오가며 그가 말했다. "여인들에게 가볼까? 나는 짐승 같은 놈이니 그러한 모임에 낄 가치가 없네. 샌퍼드에게 가서 불안한 마음을 쉬게 할 수 있을 것인가? 내가 왜 불안한지 그에게 말하기 부끄럽구나. 프레더릭 경에게 가서 그 앞에서 몸을 낮춘 채 용서를 빌어야 할까? 나를 겁쟁이라고 경멸하겠지. 그건 아냐." (그는 하늘을 향해 눈을 들었다.) "가장 위대하시고 가장 현명하시며 전지전능하신 존재이시여, 다른 어떤 존재보다 당신께 죄를 지었고, 이 고난의 시간에 오로지 당신께 의지할 뿐이며, 오직 당신으로부터만 위로를 얻을 수 있나이다. 지금 믿음으로 당신께 말을 건네는 것은, 당신을 섬기고 헌신해온 지난 수십 년 동안 용기를 얻은 덕분이며, 그것이 바로 지금 제가 받는 커다란 보상이나이다."

14

프레더릭 경이 받았던 모욕으로 인해 치명적인 사건이 일어나리라고 밀너 양이 예상했던 건 아니지만, 그럼에도 그녀는 평소와 매우 다른 밤을 보냈다. 잠이 들자마자 희미하고 고통스러운 수천의 상념이 그녀의 상상 안에서 이리저리 날아다녔다. 어떤 때 그녀의 마음은 마치 반쯤 잠에 든 것처럼 "프레더릭 경과는 영원히 끝이야"라고 속삭이곤 했다. 그녀는 이러한 상념에 따르는 불안감을 떨쳐버린다. 그러고는 깜짝 놀라며 도리포스가 그에게 타격을 가하려는 걸 바라본다. 이러한 고통스러운 이미지를 내쫓자마자 이번에는 다시 후견인이 자신의 발밑에서 용서를 구하고 있는 걸 봄으로써 꿈에서 깬다. 그녀는 한숨을 쉬고, 몸을 떨며, 두려움으로 온몸이 서늘해진다.

폭풍 같은 눈물로 안정이 되면서 아침 즈음에는 몸과 마음이 산뜻해지는 잠에 들지만, 깨어나자 다시 똑같은 이미지들이 한꺼번에 우르르 마음속으로 몰려온다. 그녀는 어떤 이미지를 우선시해야 할지 잘 모른다. 그렇지만 한 이미지가 맨 앞에서 달리고 또 계속 그럴 것 같다. 그녀는 곱씹는 생각의 결과를 모르고, 왜 자신이 유독 그 생각에 머무르는지 모르지만, 그 생각이 머리를 떠나지 않는다.

그녀는 피곤하고 어지러운 상태로 잠자리에서 일어나고, 도리포스는 아침식사시간에 그녀의 변한 모습에 새로운 고통을 느낀다.

그가 아침식사를 마치고 나가자마자 프레더릭 경의 결투 신청을 전하는 장교가 그를 기다렸다. 이 장교가 전한 전갈을 듣고 도리포스가 대답했다.

"성직자이기에, 무엇보다 로마교회에 속한 가톨릭 신부라는 이유로, 제가 이런 요구로부터 면제되는지는 잘 모르겠습니다. 그렇지만 제가 참지 못하고 모욕을 가했기에, 보상하지 않아도 되는 특권을 권리로 내세우지 않겠습니다."

"그럼 정해진 시간에 프레더릭 경을 만나시겠습니까?" 장교가 물었다.

"그러지요." 도리포스가 대답했다. "급선무로 저와 동행해줄 신사부터 구해야겠네요."

장교는 물러났고, 다시 혼자 남게 된 도리포스는 다시 사색하려 했으나 감히 그러지 못했다. 어제 이후로 생전 처음 사색은 그에게 고통스러운 것이 되었다. 심지어 엘름우드 하우스에 가는 짧은 길에서조차 그는 자신의 생각을 참을 수가 없어 하인과 대화를 해야만 했다. 고독, 이전에 그토록 매료되었던 고독이 그 순간엔 죽음보다 더 끔찍했다.

그는 엘름우드 하우스 복도에서 샌퍼드를 만났지만 그를 보는 것이 더이상 반갑지 않고 싫었다. 그는 자신이 방금 택한 원칙이 성직자 친구의 원칙과 얼마나 동떨어진 것인지 알고 있었고, 친구가 불평하거나 심지어 무슨 일이 일어났는지 의심조차 하지 않았음에도 그의 존재 자체가 충분한 비난으로 느껴졌다. 도리포스는 재빨리 그를 지나쳤고, 엘름우드 경이 어디 있는지 물어 그에게 자신이 온 이유를 밝혔는데, 그건 결투에서 입회인이 되어달라고 부탁하기 위해서였다. 엘름우드 경은 깜짝 놀랐고 스승과 상의하기를 원했으나, 사촌은 그건 절대 안 된다고 했다. 그는 엘름우드 경이 반박하지 못할 논거들을 들면서 자신의 주장을 강변했고, 마침내 현장에 같이 가주겠다는 약속을 받아내는 데 성공했다. 들판은 단지 몇 마일 떨어진 곳에 있었으며, 양측은 그날 밤 일곱시에 그곳에서 만나기로 했다.

엘름우드 경과의 볼일이 마무리되자 도리포스는 곧 밀너 양의 별장으로 돌아와 이 결투로 빚어질 수 있는 사건에 대비해 몇 가지 필요한 준비를 했다. 그는 친구들에게 편지를 썼는데, 그중 한 통은 피후견인에게 보내는 편지였고, 쓰면서 눈물을 흘렸다.

도리포스가 막 떠난 뒤 엘름우드 경의 서재로 간 샌퍼드는 그가 벌써 가버린 걸 알고는 깜짝 놀랐다. 엘름우드 경은 스승의 질문에 대답하면서 자신이 비밀을 알고 있다는 의미심장한 표시를 조금 내보이더니, 발설하지 않겠다고 약속했던 내용을 솔직히 고백해버렸다.

샌퍼드는 성직자인 만큼 이 결투의 명분과 관련해 도리포스에게 분노했지만, 그보다는 결투를 받아들인 그의 사악함에 더욱 격노했다. 그는 진실을 밝힌 제자의 덕을 칭찬했고, 자신이 친구의 목숨을 구할 뿐 아니라 그가 결투를 벌였다는 스캔들을 막는 도구가 될 수 있음에 기뻐했다.

그는 목적에 대한 열정으로 가득한 채 즉시 밀너 양의 별장으로 갔다. 그토록 오랫동안 발들여놓기를 거부했던 집에, 그것도 집주인과의 관계가 악화되었을 때 들어간 것이었다.

그는 도리포스가 어디 있는지 물어 그의 처소로 급히 갔고, 폭풍 같은 질책을 쏟아냈다. 도리포스는 그가 하는 모든 말을 추종자의 인내뿐 아니라 남자의 강단으로 견뎌냈다. 그는 잘못을 인정했지만, 어떤 웅변에도 자신의 잘못을 보상하기 위해 한 약속을 취소하지 않았다. 샌퍼드의 주장과 설득 그리고 협박에도 흔들리지 않는 도리포스의 모습은 앞서 묘사된 그의 완고함을 새롭게 증명하는 것이었다. 그들은 두 시간 동안의 논쟁 끝에 헤어졌지만, 둘 중 그 누구도 상대방의 의견으로 더 나아지지 않았고, 도리포스의 경우 오히려 더 악화된 듯했다. 그의 양심은 "그대는 세속적인 명예보다 성직자로서의 명예를 지켜야 한다"는 샌퍼드의 견해를 증언했지만, 그렇게 고백하면서도 의무를 따르려 하지 않았다.

그러나 샌퍼드는 그와 헤어지면서 엘름우드 경이 그가 죄를 짓는 데 거들지 못하도록 하겠다고 결정했고, 그 결정을 언명했으며, 이에 도리포스는 다른 입회인을 구하기로 결심했다.

저택을 가로질러 엘름우드 하우스로 돌아가는 길에 샌퍼드는 우연히 정원 산책을 마치고 돌아오는 호턴 부인과 밀너 양 그리고 다른 숙녀 두 명과 마주쳤다. 자신의 집에서 샌퍼드 신부를 보고 놀란 밀너 양은 그 놀라움을 표현하는 대신, 마음에 늘 어른거리는 친절한 자비심으로 그에게 다가가 그의 손을 잡고 다정하게 움켜쥐었다. 이는 그를 환영한다는 최상의 세련된 웅변보다 더 강하게 그에 대한 환영의 마음을 내보이는 것이었다. 하지만 그는 그녀의 행동에 그다지 감동한 것 같지 않았고, 단지 약속을 어긴 것에 대한 변명으로 말했다.

"실례합니다, 아가씨. 하지만 내가 여기에 온 건 살인을 막기 위한 걱정에서입니다."

"살인이라고요!" 여자들이 모두 소리질렀다.

"그렇소." 그가 펜턴 양에게 대답했다. "그대의 약혼자도 당사자입니다. 도리포스 신부의 입회인이지요. 바로 오늘 저녁 프레더릭 경에게 죽임을 당하거나, 어젯밤 한 대 친 데 더해 그를 죽이려는 도리포스 신부의 결투 입회인."

호턴 부인이 소리쳤다. "만일 도리포스 신부님이 돌아가신다면 그건 순교자의 죽음이에요."

우들리 양이 온 힘을 다해 외쳤다. "제발 그런 일이 없기를!"

펜턴 양도 외쳤다. "저런!"

그사이 밀너 양은 한 마디도 하지 않은 채 바닥에 말없이 주저앉아 버렸다.

사람들이 그녀를 일으켜 정원으로 통하는 문으로 데리고 갔다. 그녀는 곧 정신을 차렸다. 마음이 심란해 가만히 있을 수가 없었기에, 몸에 기운은 없었지만 당면한 재앙을 막기 위해 어떻게든 애써보려고 일어났다. 하지만 도리포스의 처소로 가려는 그녀의 수고는 허사였다. 가던 길에 전처럼 쓰러졌고, 긴 의자로 옮겨졌으며, 그사이 우들리 양은 후견인을 불러오도록 보내졌다.

그는 밀너 양이 기절한 이유를 들었고, 그녀의 건강을 걱정하는 다정한 마음 그리고 자신이 그녀의 건강을 아무 생각 없이 위태롭게 했다는 데 혼란과 슬픔을 느끼면서 우들리 양을 따라왔다. 그가 방에 들어섰을 때 샌퍼드는 그의 마음의 동요를 보았고 후견인이라는 단어를 잔인하게 강조하면서 "여기 당신의 후견인이 왔네요"라고 말했다.

그는 피후견인의 좋지 않은 몸 상태에 온통 마음이 쏠려 있었기에 샌퍼드에게 대답할 여유가 없었다. 그는 긴 의자에서 그녀 옆에 자리를 잡고는 최고의 다정함과 존경심, 그리고 연민을 담아 그가, 오로지 그만이 책임져야 할 일, 매우 원만히 해결될 것으로 여전히 믿어 의심치 않는 그러한 일로 걱정하지 말라고 간청했다.

"도리포스 신부님, 드릴 청이 하나 있습니다." 그녀가 말했다. "프레더릭 경과 싸우지 않겠다는 약속, 엄숙하고 또 제가 아는 바로는 성스러운 약속을 해주십시오."

그는 망설였다.

"아, 아가씨." 샌퍼드가 말했다. "그는 이제 아주 난봉꾼이 되었소이다. 설사 그가 그대에게 그런 약속을 한들 난 그의 말을 못 믿겠습니다."

"그렇다면 신부님, 제가 신부님께 했던 약속은 믿으실 수 있을 겁니다." 도리포스가 화가 난 듯 대답했다. "왜냐하면 제가 지킬 거니까요. 저는 프레더릭 경에게 제가 할 수 있는 보상을 모두 할 겁니다. 그렇지만 우리 밀너 양, 놀라지 말아요. 결투를 며칠 미룰 수도 있을 것 같습니다. 운좋게 해명이 통해 결투가 아예 이루어지지 않을 가능성도 정말 크고요. 그렇지 않더라도 많은 결투 중 실제로 치명적인 결투는 거의 없다는 걸 생각해봐요. 또 그런 경우라도 사회 전체에는 아주 적은 손실이고요." 그는 계속해서 말을 이어갔다.

"저는 영원히 그 상실을 슬퍼할 거예요." 밀너 양이 말했다. "둘 중 누가 죽더라도 저는 견디지 못할 겁니다."

"나로서는," 도리포스가 대답했다. "내가 큰 죄를 저지른 프레더릭 경에게 이미 내 목숨에 대한 권리가 넘어갔다고 생각합니다. 국법을 어겨 그 권리가 넘어간 경우만큼이나요. 명예란 예의 법도가 있는 곳의 법이지요. 우리 모두 알고 있습니다. 그러니 그걸 알고도 어긴다면 당연히 벌을 받아야 하겠죠. 하지만 밀너 양, 이 일은 지금 당장 정해질 일도 아니고, 모든 게 다 그대가 바라는 대로 되리라 의심하지 않습니다. 만일 내가 프레더릭 경의 총에 맞을 거라면 지금 이리 편해 보이겠습니까?" 그가 웃으면서 덧붙였다.

"잘하고 계십니다!" 섐퍼드가 자신은 더 많이 알고 있다는 표정으로 외쳤다.

"그러면 오늘은 종일 집에 계실 거지요?" 밀너 양이 말했다.

"오늘은 밖에서 식사 약속이 있어요." 그가 대답했다. "안타깝게도요. 미안합니다. 하지만 저녁 일찍 돌아오겠소이다."

"인간의 피를 묻히고 말이지." 섐퍼드가 외쳤다. "아니면 시체로 돌아오거나."

숙녀들은 모두 두 손을 들어올렸고, 밀너 양은 자리에서 일어나 후견인의 발밑에 엎드렸다.

"어젯밤 신부님이 제게 무릎을 꿇으셨지요. 지금은 제가 신부님께 무릎을 꿇습니다." (그녀가 말했다.) "만일 신부님이 계속해서 뜻을 굽히지 않으신다면 다시는 일어나지 않을 생각으로 무릎을 꿇습니다. 저는 약하고, 변덕스럽고 또 경솔하지만, 그러나 제게는 마음이 있고 어떤 인상들은 그 마음에서 결코 지워질 수 없습니다."

그는 그녀를 일으키려고 애썼으나 그녀는 결코 일어나려 하지 않았다. 그리고 바로 이 순간, 그녀가 견디는 괴로움과 두려움 그리고 공포심으로 인해 처음으로, 그녀는 이제껏 의심해왔던 자신의 감정을 알게 되었다.

"더이상 제 열정을 숨기는 척하지 않겠어요. 저는 프레더릭 론리 경을 사랑합니다."

후견인은 깜짝 놀랐다.

"네, 부끄럽지만 저는 그를 사랑합니다." (그녀는 온갖 감정에 휩싸인 채 말했다.) "저는 이러한 약함과 싸우려고 했었어요. 신부님이 좋아하지 않는다고 생각했으니까요. 하지만 그의 안전에 대한 걱정으로 절제의 힘이 모두 사라지고, 오직 신부님께서 그의 목숨을 살려주시기만 간청드립니다."

"정확히 내가 생각한 대로군." 샌퍼드가 의기양양하게 말했다.

"세상에나!" 우들리 양이 외쳤다.

"하지만 아주 자연스러운 일이지." 호턴 부인이 말했다.

"솔직히 말해," (충격으로 멍해진 채로, 또 이제는 그녀가 저항할 수 없는 힘으로 그녀를 그의 발치에서 끌어올리면서) 도리포스가 말했다. "그대 성품의 이러한 모순에 많이 놀랍니다, 밀너 양."

"내 이미 그렇게 말하지 않았습니까?" 샌퍼드가 그의 말에 끼어들었다.

"하지만," 그가 이어 말했다. "그대는 프레더릭 경의 목숨이 안전하다는 내 말을 믿어도 좋아요, 그대 말에는 기만이 담겨 있었지만요. 그대를 위해 무슨 일이 있어도 그의 목숨을 위험케 하지 않겠소. 하지만 이번 일을 경고로 삼아—"

그는 매우 통렬한 언어와 근엄한 표정으로 말을 이어갔지만, 그녀의 마음을 뒤흔드는 수치심과 두려움, 자기 비난을 알아채고는 엄중함을 한 움큼 덜어내며 부드럽게 말했다.

"앞으로 그대의 행복을 비는 친구들을 어떻게 대해야 할지에 대해 이번 일을 경고로 삼기 바라오. 그대는 내 목숨 혹은 그대가 사랑하는 남자의 목숨을 앗아갔을지도 모를 잘못으로 나를 몰아넣었고, 그렇게 그대 스스로를 죽음보다 더 쓰디쓴 고통에 노출시켰어요."

"도리포스 신부님, 저는 신부님의 우정을 받을 만한 가치가 없습니다." 그녀가 슬픔으로 흐느끼며 말했다. "그러니 지금 이 순간 저를 버려주십시오."

"아니요, 아가씨, 처음으로 그대를 행복하게 해줄 방법을 그대에게 들어 알게 됐으니 지금은 안 됩니다."

이제 대화는 두 사람을 제외한 나머지 사람들이 함께 나눌 수 없는 성격의 것으로 변해가는 듯했고, 샌퍼드 신부 말고는 모두 물러나고 있었다. 하지만 밀너 양이 우들리 양을 불러세웠다. "함께 있어줘요. 우들리 양의 우정 없이는 다른 어떤 때보다 혼자 남기 어렵네요."

"아마 내가 잠시 없는 게 더 편하겠지요?" 도리포스가 말했다. 그녀는 대답하지 않았다. 따라서 그는 한번 더 프레더릭 경의 목숨은 안전하다며 그녀를 안심시키고 방을 나가려는데, 그때 그녀가 지금 얼마나 굴욕적인 상태인지가 떠올라 문을 열다가 그녀 쪽으로 돌아서며 덧붙였다.

"밀너 양, 그대를 존중하는 내 마음은 영원히 늘 그대로임을 믿어주시오."

샌퍼드도 도리포스를 따라 나갔고 밀너 양에게도 고개 숙여 인사하며 똑같은 말을 반복했다. "아가씨, 그대에 대한 내 마음도 영원히 똑같을 것임을 믿어도 좋습니다."

15

샌퍼드의 비웃는 듯한 비난은 밀너 양에게 거의 아무런 인상도 남기지 않았다. 그녀의 생각은 그가 그녀를 어떻게 생각하는가보다 훨씬 더 중요한 문제에 온통 집중되어 있었기 때문이다. 그녀는 우들리 양과 둘만 남게 되자 그녀를 껴안으면서 걱정스레 "그대는 내 행동을 어떻게 생각하나요"라고 물었다. 우들리 양은 친구가 내보인 이중성을 괜찮다고 생각할 수는 없었지만 그래도 가능한 한 그녀의 행동을 받아들이고 싶었기에, "아가씨가 마침내 솔직히 감정을 인정한 것을 크게 칭찬하고 싶군요"라고 대답했다.

"솔직히요!" 밀너 양이 놀라며 말했다. "아, 소중한 우들리 양, 솔직히라고요! 아까 그대가 들은 내 말은 모두 거짓이에요."

"밀너 양, 무슨 그런!"

"아, 소중한 우들리 양." 밀너 양이 우들리 양의 가슴에 기대 울먹이며 대답했다. "내 가슴의 고통을 불쌍히 여겨줘요. 원래는 신실했던 그 마음이 치명적인 끌림으로 인해 기울자, 진실을 밝히기보다는 말도 안 되는 거짓말을 해야만 했어요."

"그게 무슨 말이에요?" 우들리 양이 아연실색한 표정으로 말했다.

"그대는 내가 프레더릭 경을 사랑한다고 생각해요?" 밀너 양이 대답했다. "내가 그를 사랑할 수 있다고요? 아, 제발 달려가서 내 후견인이 그에게 그런 거짓말하는 걸 막아줘요."

"대체 무슨 말이에요?" 우들리 양이 반복해 말했다. "아가씨 말에 제가 지금 겁에 질려 있잖아요." 앞뒤가 안 맞는 행동 탓에 밀너 양은 정말 정신 나간 사람처럼 보였다.

"단지 당장 달려가서," 그녀가 다시 말했다. "프레더릭 경이 이러한 거짓을 듣는다면 어쩔 수 없이 잇따르게 될 끔찍한 결과를 막아줘요. 그렇게 되면 지금 우리가 겪는 것보다 훨씬 더 큰 혼란에 빠지게 될 거예요."

"그렇다면 아까는 무엇이 아가씨에게 그런 영향을 끼친 건가요, 우리 밀너 양?"

"내 모든 행동을 추동하는 것이요." 그녀가 대답했다. "극복할 수 없는 본능, 나를 영원히 가장 불행한 인간으로 만들 어떤 숙명. 하지만 우들리 양도, 나의 소중한 우들리 양조차 나를 불쌍히 여기지 않을 거야."

우들리 양은 그녀를 두 팔에 꼭 껴안았고, "원인이 무엇이든 아가씨가 불행하다면 전 여전히 아가씨를 불쌍히 여길 거예요"라고 맹세했다.

"그렇다면 도리포스 신부님에게 가서 그분이 프레더릭 경에게 말하는 걸 막아줘요."

"하지만 결투를 막을 방법은 그것뿐인걸요." 우들리 양이 대답했다. "아가씨가 프레더릭 경을 좋아하지 않는다고 제가 말하는 순간 신부님은 그와의 결투를 더이상 거부하지 않으실 테니까요."

"그렇다면 어떤 경우든 이제 나는 파멸이에요." 밀너 양이 소리쳤다. "그 결투는 다른 어떤 것보다 더 끔찍하거든요."

"왜 그런 건가요?" 우들리 양이 대답했다. "방금 프레더릭 경을 좋아하지 않는다고 분명히 말했잖아요."

"하지만, 그대 눈에는 안 보이나요." 밀너 양이 표정에 어떤 광기를 띤 채 대답했다. "내가 도리포스 신부님을 좋아하지 않는다고 믿을 만큼 눈이 먼 거예요? 아, 우들리 양! 나는 연인의 모든 열정으로, 또 아내의 모든 다정함으로 그분을 사랑해요."

이 말을 듣자 우들리 양은 주저앉았다. 가까이에 있는 의자 위였다. 그녀의 발이 다른 데로 데려갈 수 없었을 터였다. 그녀는 몸을 떨었다. 얼굴은 재처럼 창백해졌고, 말이 나오지 않았다. 밀너 양이 그녀의 손을 잡고는 말했다.

"그대가 어떻게 느끼는지 알아요. 나를 어떻게 생각할지도 알고요. 또 얼마나 나를 미워하고 경멸할지도요. 하지만 그동안 내가 싸워온 투쟁에 대해 하느님은 다 알고 있지요. 또 나 자신도 이런 뻔뻔한 끌림에 대해, 그분이 위험하다는 감각을 통해 강제로 알게 되기 전까지는 스스로에게조차 인정하지 않으려고 했어요."

"그만해요." 우들리 양이 공포에 질린 채 말했다.

"심지어 지금도," 밀너 양이 다시 말했다. "그대 말고는 모든 이들에게 숨겨왔잖아요? 앞으로 헤어나오지 못할 새로운 곤경으로 나 자신을 내던지면서까지요. 게다가 내게 희망이나 있겠어요? 아니요, 우들리 양, 그럴 일은 영원히 없을 거예요. 하지만 제발 내 어리석음을 그대에게는 터놓을 수 있게 해줘요. 그대의 치유하는 우정으로 내 약함에서 벗어나게 해달라 애원할 수 있게요. 아! 나를 둘러싼 고난에서 탈출할 수 있도록 다정한 조언을 해줘요."

우들리 양은 여전히 창백했고, 여전히 말이 없었다.

교육은 제2의 본성이라 불린다. (폭넓지는 않지만) 엄격한 교육을 받은 우들리 양의 경우, 교육은 본성보다 더 강력했다. 맹세를 어기거나 사람 혹은 신에게 봉헌된 물건을 모독하는 것은 그녀 생각에 범죄

목록 중 가장 극악한 죄는 아닐지라도 가장 흉악한 죄였다.

밀너 양은 이러한 생각을 내면화한 가족들 사이에서 꽤 오래 지냈기에 그런 것들이 존재한다는 사실을 잘 알고 있었다. 아니, 그녀 자신의 이성이, 엄숙한 맹세란 그 무엇이든 구속력이 있어야 한다고 말했다. 게다가 후견인의 지성을 존중하면 할수록 그의 종교적 신념에 대한 의구심도 점점 약화되었다. 그를 높이 평가하다보니 그의 생각들도 모두 높이 평가하게 됐다. 특히 그의 종교적 사유에 대해 심지어 우러러보게 되었다. 그렇기는 하지만, 만일 그들의 종교적 믿음 체계 사이에 일찍부터 차이가 없었더라면, 혹은 그녀가 로마가톨릭 사제의 신성한 임무에 대해 어릴 때 배웠더라면, 불행히도 그녀의 온 영혼을 사로잡은 정열은 고양되지 않았을 터였다. 아무리 그녀가 자기 후견인의 됨됨이와 뛰어남에 엄청난 존경과 감탄으로 끌렸을지라도 말이다. 대신 마치 오누이 사이를 가르는 장벽처럼, 교육으로 인해 그녀의 사랑에 제동이 걸렸을 것이고, 그녀는 그 사랑을 하지 못하게 되었을 것이다.

불행히도 이 경우는 그렇지 않았다. 밀너 양은 도리포스를 사랑하면서 그 사랑이 잘못된 것이라는 양심의 견제를 전혀 받지 않았다. 그가 자신의 사랑을 받아주는 대신 혐오와 경악으로 피하리라는 확신만 제외하고는.

우들리 양은 처음 느꼈던 놀람과 고통에서 어느 정도 회복되자—그녀의 예민한 마음이 그렇게 미묘하게 괴로웠던 적도 없었는데—여전히 개탄스럽고 혐오감도 들었지만, 그럼에도 연민의 감정이 가장 우세하다는 것을 느꼈다. 밀너 양의 비참함을 봐서 그녀의 잘못을 받아들였고, 한번 더 우정의 시선으로 바라보며 "아가씨가 덜 불행해지기 위해 제가 뭘 할 수 있을까요?"라고 물었다.

"내가 잊을 수 있게 도와줘요." 밀너 양이 대답했다. "우들리 양을 만난 후 내가 보낸 삶의 모든 순간을 잊을 수 있게. 그 순간들은 내가 죽을 때까지 괴로워해야 할 근심의 무게로 가득하네요."

"죽을 때조차 근심을 떨쳐버릴 수 있다고 감히 자신하지 말아요. 만일 이생에서 회개하지 않는다면—" 우들리 양이 대답했다.

그녀는 계속 말했다. 그러나 친구가 애써 견디고 있는 불안으로 말미암아, 후견인의 절대적인 확언에도 불구하고 (만일 그와 프레더릭 경이 만난다면) 결투를 할지 모른다는 걱정에서 온전히 자유롭지 못했다. 따라서 그녀는 종을 울려 도리포스 신부님이 아직 집에 계신지 물었다. 대답은 "밖에 나가셨습니다"였다. "밖에서 식사하신다고 했던 것, 기억하지요?" 우들리 양이 말했다. 하지만 그래놓고도 불안을 내려놓을 수 없어 하인 두 명에게 그를 찾으라면서 각기 다른 방향으로 보냈다. 그들에게 그녀가 의심하는 바를 알려주고 그와 프레더릭 경이 만나는 것을 막도록 지시했다. 샌퍼드 역시 나름대로 예방조치를 취했다. 하지만 그는 그들이 만나는 시간은 알았지만 정확히 어디서 만나는지는 몰랐다. 엘름우드 경이 깜박하고 묻지 않았던 것이다.

밀너 양이 이 사실을 알고 극도로 경악하는 모습을 보이자, 이를 목격한 하인들과 다른 사람들은 프레더릭 경에 대한 애정 때문이라고 생각했다. 우들리 양을 제외한 그 누구도 진짜 이유에 대해서는 먼 짐작도 하지 못했다.

호턴 부인과 펜턴 양은 같이 앉아 바로 눈앞의 예에서 볼 수 있는 여성의 이중성에 대해 자세히 얘기하고 있었는데, 비록 얘기가 재밌긴 했지만, 아주 간절히 얘기를 끝내고 싶기도 했다. 지금 자신들이 무고한 비방을 쏟아붓고 있는—친구들 사이에서 그렇듯이—그 가엾고 약한 존재를 너무나 보고 싶었기 때문이다. 그들은 그녀가 자신들의 얼굴을 똑바로 볼 수 있을 정도로 뻔뻔스러운지 알고 싶었다. 그녀가 허영의 동기 외에는 프레더릭 경에게 조금도 끌리지 않는다고 그토록 자주 항변해대던 자신들의 얼굴을 말이다.

이 여인들은 점심식사가 준비됐다는 말에 매우 기뻤지만, 식사시간에 밀너 양을 만나는 것은 기대했던 만큼 즐겁지 않았다. 그녀의 마음이 그들에게서 완전히 떠나 있었기에 자신들의 존재로 인해 그녀가 얼굴을 붉히거나 혼란스러워하는 눈빛을 볼 수 없었기 때문이다. 사실 밀너 양은 부끄러워할 그 무엇도 그들 앞에 드러낸 적이 없었다. 다만 그녀가 한 말이 사실이 아니라는 것이 부끄러울 뿐이었다. 그녀의 얼굴을 붉게 물들일 만한 비밀은 오직 우들리 양의 가슴에만 맡겨져 있었고, 그녀 앞에서만 그녀는 어떤 혼란을 느꼈다. 지금까지 온갖 약점을 다 드러냈던 다정한 친구 앞에서 이제는 부끄러움에 눈을 내리깐 채 감히 눈을 들어 친구의 눈을 보기도 어려웠다.

담소도 거의 없고 먹는 사람은 더 없는 식사시간이었다. 밀너 양은 먹으려는 시도조차 하지 않았다. 우들리 양은 노력했으나 먹을 수 없었다.

점심식사를 물리자 곧 엘름우드 경이 들어왔다. 그 멋진 귀족은 분명히 말했다. "샌퍼드 신부님은 내가 사촌을 따라가도록 허락하지 않았다는 점에서 그에게 잘못했습니다. 왜냐하면 지금쯤 도리포스는 그를 지켜줄 친구 하나 곁에 없이 프레더릭 경의 칼에 자신을 내던졌을 것이기 때문입니다." 우들리 양의 눈짓, 이날부터 계속 밀너 양을 지배할 그 눈짓이 보내는 꾸짖음 덕분에, 밀너 양은 백작의 이런 추정으로 말미암은 두려움에 대한 표현을 겨우 자제할 수 있었다. 펜턴 양이 대답했다. "그 문제라면, 백작님, 도리포스 신부님과 프레더릭 경이 왜 현재 친구가 될 수 없는지 모르겠네요." "그러니까요." 호턴 부인이 말했다. "프레더릭 경이 밀너 양의 고백을 알게 되자마자, 모든 불화가 깨끗이 해소될 텐데요." "무슨 고백 말씀인지요?" 엘름우드 경이 물었다.

밀너 양은 생각만 해도 고통스러운 이야기를 다시 듣는 걸 피하기 위해 처소로 물러나려고 일어섰지만, 다시 앉아야만 했고, 친구와 엘름우드 경의 도움을 받아 화장방으로 갔다. 거기 있는 소파에 기댄 채 약 반시간 정도 그녀와 우들리 양 사이에 침묵이 이어졌다. 다시 대화가 시작되었을 때 도리포스의 이름은 전혀 언급되지 않았다. 고백 이후 둘 다 침착하고 사려 깊어졌으며, 마찬가지로 둘 다 그의 이름을 입에 올리는 걸 부끄러워했고 두려워했다.

거의 두 시간 동안 세상의 헛됨, 부자들의 어리석음, 한적한 삶의 즐거움 같은 이야기가 오갔지만, 그런 생각들이 오간 건 아니었다. 도리포스라는 말이 처음 언급된 건 하인 한 명이 화장방 문을 두드리지도 않고 급하게 열더니 "도리포스 신부님 오셨습니다, 아가씨"라고 외친 순간이었다.

도리포스가 즉시 들어왔고, 밀너 양을 향해 상기된 채 나아갔다. 우들리 양은 그녀의 얼굴에 어린 기쁨의 빛과 죄책감을 보았고, 그에게 자리를 양보하기 위해 일어나지 않았다. 그가 피후견인에게 할말이 있어 왔을 때, 그녀가 밀너 양 옆에 앉아 있다면 자리를 양보하던 평소와 달리 말이다. 따라서 그는 선 채로 프레더릭 경과의 만남에서 일어났던 일을 모두 말했다.

하지만 밀너 양은 후견인이 안전한 것에 너무 기뻐서 프레더릭 경, 즉 그녀가 그렇게 열렬히 사랑하는 척했던 남자가 안전한지 묻는 걸 그만 잊어버렸다. 설령 도리포스가 그를 죽이고 돌아왔다 하더라도 그녀의 얼굴에는 황홀한 미소마저 돌았다. 우들리 양은 이러한 비일관된 행동을 보고는 어쩔 줄 몰라했다. 하지만 도리포스는 그녀가 자신을 사랑한다거나 프레더릭 경을 사랑하지 않는다는 것을 전혀 상상할 수 없었기에 이러한 비일관성을 크게 문제삼지 않고 받아들였다.

"그대는 내 표정만 보고도 모든 게 잘되었다는 걸 아나봅니다. 그대에게 무슨 일이 일어났는지 말하기도 전에 나를 보고 웃는군요."

이 말을 듣자 그녀는 자신의 행동을 돌아보게 되었고, 억지로 심각함을 짜낸 얼굴로 느끼지도 않았던 경악을 표현하려 애썼다.

"아니, 그대에게 프레더릭 경이 안전하다고 확언할 수 있어서 기쁩니다." 도리포스가 다시 말했다. "그가 받은 타격으로 인한 수치는 이 팔에서 떨어진 피 몇 방울로 완전히 씻겨나갔어요." 그러면서 그는 팔걸이 붕대 역할을 하던 윗옷 조끼에 얹은 왼팔에 손을 가져갔다.

그녀는 그쪽을 쳐다봤고, 총알이 겉옷 소매를 뚫고 지나간 부분을 보자 자신도 모르게 소리를 지르고는 소파 측면에 주저앉았다. 우들리 양은 그녀가 조금이라도 아프거나 고통스러워할 때 보였던 평소의 다정한 공감 대신, 날카로운 어조로 그녀를 향해 말했다. "밀너 양, 프레더릭 경이 안전하다는 소식을 들었으니 이제 놀랄 게 아무것도 없네요." 또 우들리 양은 냄새로 정신이 들게 하는 약병을 가져오려고 달려

나가지도, 그녀의 머리를 들어올리려고 허둥대지도 않았다. 그녀의 후견인은 그녀가 거의 기절했는데도 친구에게 아무런 도움을 받지 못하는 걸 보고 자신이 도와주려고 했다. 하지만 이걸 본 우들리 양이 끼어들어 밀너 양의 머리를 자신의 팔로 감싸안으면서 그를 안심시켰다. "이건 밀너 양이 자주 보이는 사소한 약점일 뿐이에요. 곧 아가씨의 하녀를 부를 건데, 그 하녀는 약 몇 방울로 아가씨를 즉시 회복시키는 방법을 안답니다." 이 말에 만족한 도리포스는 방을 나갔다. 그의 상처를 치료하기 위해 의사가 도착했고, 그는 자기 방으로 물러났다.

16

누군가의 비밀을 알게 됨으로써 힘을 갖게 된 이 중 우들리 양만큼 그 힘을 허튼 데 쓰지 않을 사람도 없지만, 또 그녀만큼 무사안일에 빠져 친구의 죄에 동참하는 일을 절대 저지를 수 없는 사람도 없었다. 그녀 생각에 살인죄 말고는, 만일 실행된다면, 지금 문제가 되는 범죄보다 더한 죄는 없었다. 이성적으로 생각한다면 간통이 사회에 더 해로운 악이겠지만, 종교적인 마음에 신성모독보다 더 소름 끼치게 들리는 말이 어디 있겠는가? 신에 대한 맹세와 인간에 대한 맹세 중 전자가 비교할 수 없을 만큼 더 중한 것은 당연했다. 게다가 결혼생활에서 발생하는 끔찍한 배신의 죄는 자주 일어나는 범죄이기에 일반적으로 훨씬 순화된 상태로 이해되지만, 신도가 깨트린 종교적 맹세란 들어본 적이 없었다. 혹은, 있다 하더라도 그런 죄는 일반적으로 죄인들의 사악함을 과장하는 현생에서의 끔찍한 처벌 같은 신의 응징의 예로 제시되었다.

그녀는 밀너 양을 용서할 수 있고 또 용서했지만, 그녀의 정열을 최대한 혹독한 시선으로 보면서 아무리 가혹할지라도 그녀의 마음에서 이를 뿌리 뽑기 위한 모든 방법을 강구하기로 결심했다. 또 그녀는 이러한 시도가 성공하리라는 걸 의심하지 않았는데, 아무리 그녀의 사랑이 깊더라도 도리포스가 이를 알지 못하는 한 결코 보답받지 못하리란 확신이 분명히 있었기 때문이다. 그녀는 그의 평온한 마음이 그런 생각으로 요동치지 않기를 바랐으며, 그의 견고한 원칙이 상상으로 흔들리지 않기를 바랐다. 또 그의 치명적인 매력으로 인해 의도치 않게 생긴 일로 말미암아 자기 비난에 휩싸이지 않기를 원했다.

밀너 양은 이러한 은폐 전략을 타고난 온순함으로 묵묵히 따랐지만, 그 불행한 피후견인이 노력할 자세가 전혀 되지 않았던 일이 하나 있었는데, 그건 후견인과 완전히 헤어지는 것이었다. 처음부터 그녀는 그 어떤 보답도 전혀 기대하지 않은 채 열정을 키워왔다. 도리포스에 대해 후견인이자 친구 이상의 더 가까운 관계로 지내지 않을 준비가 되어 있었다. 하지만 그를 전혀 볼 수 없다니, 그것만은 준비되지 않았다.

하지만 우들리 양은 이러한 조치의 불가피한 필요성에 대해 깊이 생각했으며, 그런 끝에 도리포스의 완고함 못지않은 단호함으로 이 제안을 내놓았다.

그녀가 프레더릭 경에 대한 열정을 공공연히 고백한 날부터 이 제안에 이르는 며칠 동안, 밀너 양 성격의 더없이 묘한 비일관성이 집안사람들 모두의 눈에 띄었다. 프레더릭 경과의 결혼을 피하기 위해, 또 동시에 가슴에 품고 있는 부끄러운 끌림을 감추기 위해, 한번은 에드워드 애슈턴 경에 대한 정열을 선언하려고 했던 적도 있었기 때문이다.

프레더릭 경과 도리포스 사이에 벌어진 결투에서 후자는 상대방이 쏜 총에 맞았으나 되쏘기를 단호히 거부했다. 그렇게 프레더릭 경의 목숨을 위험하게 하지 않겠다는 약속을 지켰으며, 또 샌퍼드가 그의 행동을 어느 정도 용서할 수 있게 했다. 이제 샌퍼드는 (이미 그의 결심이 한번 깨졌으므로) 밀너 양의 집에 오는 것을 더이상 거부하지 않았으며, 가능한 한 여주인을 피하기는 했지만, 필요할 때면 왔다. 혹은 그녀가 집에 있을 경우엔 모든 말과 표정을 통해 전보다 더 그녀를 못마땅하게 여기고 있음을 보여줬다.

샌퍼드는 도리포스가 프레더릭 경과 결투를 했던 날 저녁, 그를 방문했으며, 다음날 아침 역시 그의 방에서 그와 함께 아침을 먹었다. 밀너 양은 그가 결투에서 돌아온 후 다음날 정오가 되어서야 후견인을 볼 수 있었다. 하지만 하인에게 그의 상태가 어떤지를 물었고, 단지 가벼운 상처를 입었을 뿐이라는 얘기에 기뻐했다. 그렇지만 우들리 양 앞에서는 감히 묻지 못했고 그녀가 자리를 뜰 때까지 기다렸다.

다음날 도리포스가 모습을 보였을 때 그가 마음의 근심을 덜어낸 것은 명백했다. 비록 얼굴에는 여전히 수심이 남아 있었지만 말과 행동에서 드러나는 목소리와 태도에는 만족감이 어려 있었다. 밀너 양의 경솔함으로 인해 발생했던 위험에 대해 어떤 분노도 느끼지 않는 것처럼 보였고, 오히려 그녀의 약함을 가엾게 여기면서 그녀가 스스로의 행동을 떠올릴 때 분명히 올라올 마음의 혼란을 위로하고 싶어하는 듯 보였다. 그의 노력은 대개 성공적이었다. 그가 그녀에게 말을 걸 때마다 그녀는 위로받았다. 만일 우들리 양의 감시하는 눈길이 그녀의 끌리는 마음을 단단히 지키지 않았다면, 위험했던 상황에서 살아 돌아온 그를 다시 볼 수 있는 기쁨이 얼마나 황홀한지를 명백히 드러냈을 것이었다.

하지만 억누르려고 애쓰던 그녀의 감정은 식사 후 물러나려는 참에 그가 낮은 목소리로, 그러나 다른 이들이 들을 수 있게, "밀너 양, 부탁인데 오늘 저녁 내 서재에 들러주겠어요? 그대에게 상의할 일이 있습니다"라고 말하자 무력한 저항의 경계를 넘어서버렸다.

그녀는 "네, 그러겠습니다, 신부님"이라고 대답했다. 그녀의 눈은 만남에 대한 기대로 기쁨에 젖어들었다.

그런데 독자는 사랑에 빠진 순수한 영혼이 품은 이러한 상념, 이러한 열렬한 기대 속에 비난받을 만한 뭔가가 있으리라고 상상하지 않았으면 한다. (적어도 섬세하고 예민한 여성들의) 진정한 사랑은 다른 어떤 열정을 추구하는 경우라면 고문이나 다름없을 정도로 적은 즐거움, 더 정확히 말하자면 절제로도 종종 충분히 충족된다. 밀너 양의 사랑처럼 진실하고 섬세하며 절제된 사랑은 단지 그 대상을 보는 것만으로도 충분히 만족했다. 이루지 못할 소망을 소소한 희망으로 울타리 치듯, 그녀 행복의 최고점은 다른 사람 없이 단지 그들 둘이 나누는 대화에 국한되었다.

우들리 양은 이 약속을 들은 여러 사람 중 하나였지만, 밀너 양이 어떤 마음으로 들었는지를 아는 유일한 사람이었다.

숙녀들이 도리포스와 같은 방에 있는 동안 밀너 양은 그 말고 다른 생각은 거의 할 수 없었다. 그들이 다른 방으로 물러나자 우들리 양이 떠올랐고, 급하게 고개를 돌리자 의심과 불만이 새겨진 우들리 양의 얼굴이 보였다. 이것은 처음엔 고통이었다. 하지만 두 시간 후 후견인을 따로 만날 거라는 게 떠오르자, 그에게 말하고 그가 그녀에게만 말하는 걸 들을 걸 기억하자, 다른 생각은 모두 그 한 생각에 흡수되어 사라졌고, 친구의 불안이나 분노도 무덤덤해졌다.

밀너 양의 마음에 대해 정당하게 얘기하자면, 그녀는 도리포스를 유혹해 사랑의 올가미에 가둬놓고 싶지 않았다. 만일 어떤 초자연적 힘이 그녀에게 그럴 수 있는 수단을 주고 동시에 그녀의 매력에 기인하는 나쁜 결과를 보여줬다면, 그러한 승리를 거부할 수 있는 미덕을 그녀는 확실히 가지고 있었다. 하지만 왜 그렇게 행동하는지 자신에게 묻지 않은 채, 그를 볼 때면 다른 어떤 사람들에게보다 더 매력적으로 보이도록 늘 미리 준비하고는 했다. 지금도 우들리 양의 온 얼굴이 웅변하는 수천 가지 충고를 듣지 않은 채, 거울로 달려가 그녀 생각에 가장 매력적으로 보일 수 있도록 옷매무새를 고쳤다.

시간이 스르르 지나갔고, 후견인에게 갈 시간이 왔다. 그의 앞에서는, 제삼자의 도움 없이 그와 함께 있을 때면, 그녀가 연습했던 우아함과 그녀의 매력을 돋보이도록 빌려온 표정이 모두 물거품처럼 사라져버렸다. 대신 꾸밈없고 합리적인 논거의 도움만을 받는 타고난 그대로의 미인이 되었다. 그의 힘에 압도된 채, 그렇게 오로지 본래의 모습 그대로, 그와 단둘이 보내는 그 수줍고 공손하고 당황스러운 순간들만큼 그녀가 매혹적인 적은 없었다. 그는 그런 때에 그녀의 공손함, 그녀의 수줍음, 아니 심지어 그녀의 어색함마저 알아차렸다. 양쪽 모두 불쾌한 말은 한마디도 건네지 않았다.

지금의 경우, 그는 먼저 그녀가 마침내 자기 마음을 알려준 데 대해 더없이 만족하고 있음을 표현했다.

"모든 걸 고려해볼 때, 밀너 양," 그가 덧붙였다. "그대의 감정이 그대가 고백한 것과 일치한다는 점이 기쁩니다. 비록 프레더릭 경이 그대의 완벽한 행복을 위해 내가 바라는 딱 그 남자는 아니지만, 인간적인 완벽함과 행복이라는 측면에서 그대는 훨씬 더 적절치 않은 대상에게 마음을 주었을 수도 있었을 테지요. 물론 그대의 애정을 꺾을 생각은 전혀 없으니, 그런 경우라 해도 그대를 생각해 반대하지 않았을 겁니다."

어떤 대답을 요구하는 말이 아니었다. 아니, 그랬더라도 그녀는 한 마디도 대답할 수 없었다.

"밀너 양, 내가 오늘 부른 이유는, 최근 프레더릭 경과의 불화에도 불구하고, 그대가 그에게 호의를 가지고 있다는 희망을 프레더릭 경에게 알리기 위해, 그대가 생각하는 가장 적당한 방법이 무엇인지 듣고 싶어서입니다."

"해명을 미뤄주십시오." 그녀가 간절히 대답했다.

"미안합니다만, 밀너 양, 그건 안 될 말이오. 게다가 어찌 그리 매몰차게 구는 겁니까? 나조차 프레더릭 경을 행복하게 만들고 싶은 마음이 너무 열렬해, 비록 그가 내 목숨을 빼앗기 위해 무장을 하고 나타나긴 했지만, 만일 결투 시작 전에 두려워하는 것처럼 보일지 모른다고, 즉 그의 용서와 교환할 수단처럼 보일 수 있다는 생각이 들지 않았더라면, 그를 보는 순간 그대의 감정을 드러낼 뻔했습니다. 사실 그대가 이미 여러 번 그를 확실히 거절했기에, 그 고백의 섬세함도 고려해야 했지요. 그러니 이 일이 진행되는 방식에 대해 그대가 승인해주기를 간청하오."

"도리포스 신부님, 순간적으로 놀라 한 일임을 고려해주실 순 없나요? 곧 닥칠 운명이 부추겼던 연민이기도 했고요. 그렇게 제가 좀더 차분한 상태였다면 하지 않았을 방식으로 프레더릭 경에 대한 마음을 표현했습니다."

"밀너 양, 그대의 표현에는 모호한 구석이 전혀 없었어요. 그대가 경계를 푼 채 프레더릭 경을 위해 애원했다면, 물론 그랬겠지요, 그건 그대 생각을 더욱 진실하게 말한 것이오. 그러니 어떤 신중한 철회, 아니 차라리 신중하지 못한 철회도 내 의견을 바꾸진 못해요."

"정말 죄송합니다." 그녀가 혼란스러운 상태에서 몸을 떨며 대답했다.

"죄송할 게 뭐가 있습니까? 자, 그대의 감정을 알릴 권한을 내게 주시오. 그대에게 너무 큰 압박을 주지는 않으려 합니다. 내가 프레더릭 경에게 암시를 주는 것만으로도 충분할 거요. 희망이란 사소한 말도 늘 유리하게 해석하게 하지요. 연인의 희망이란 다른 어떤 희망보다 낙관적이고요."

"저는 한 번도 프레더릭 경에게 희망을 준 적이 없습니다."

"하지만 그대는 그를 절망에 빠트린 적이 있지 않소?"

"그의 계속된 구애는 제가 그런 적이 없음을 말하고요. 그는 그 외에 어떤 증거도 가지고 있지 않아요."

"사소한 일에 대해 그대가 아무리 가볍고 경솔하게 행동했더라도, 고백하건대, 밀너 양, 이렇게 중요하고 심각한 일에 대해서는 적절하고 안정된 행동을 보여주리라 기대했었습니다."

"지금 그러고 있습니다, 신부님. 단지 제가 어떤 사건으로 인해 취약해지고 흔들렸을 때 그때 모순된 행동이 나왔던 거고요."

"그렇다면 그대는 여전히 프레더릭 경에게 애정이 없다고 주장하는 겁니까?"

"그의 아내가 될 만큼은 아닙니다."

"그대는 결혼에 대해 불안해하고 있고, 그건 놀랍지 않아요. 오히려 신중하게 앞날을 내다본다는 점에서 칭찬할 만한 일입니다. 하지만, 밀너 양, 혼자 사는 데 위험이 없을까요? 내 판단으로는, 당신처럼 재주 있는 젊은 숙녀에게는 남편의 보호 아래 있는 것보다 더 많은 위험이 있을 겁니다."

"도리포스 신부님, 아버지께서는 신부님의 보호로 충분하다고 생각하셨어요."

"하지만 그 보호는 그대가 선택을 아예 안 하게 하는 게 아니라 오히려 좋은 선택을 하도록 이끄는 것이지요. 이미 전에도 너무 자주 말했지만, 이번 경우 한번 더 주제넘게 나서야겠습니다. 펜턴 양 얘기인데요. 그녀는 당신보다 재산도 적고, 개인적인 매력도 당신보다 덜하지만—"

여기서 강한 기쁨과 감사의 빛이, 무심하게 그러나 진심으로 표현된 의견에 대한 홍조가, 갑자기 밀너 양의 얼굴과 목, 심지어 손과 손가락까지 번져나갔다. 핏기가 밖에 드러난 피부 구석구석까지 올라왔는데, 왜냐하면 도리포스가 아름다운 펜턴 양보다 그녀가 더욱 아름답다고 생각한다는 데 대해 비밀스러운 환희를 느끼지 않은 섬유세포가 없었기 때문이다.

비록 그녀의 홍조를 보았더라도 그는 그 이유를 짐작조차 못했기에 계속 말을 이어갔다.

"게다가 펜턴 양은 기질상 차분해서 결혼하지 않고 살더라도 별 위험 없이 안전하게 살 수 있을 겁니다. 물론 그녀는 결혼이 자신의 의무라고 매우 적절히 생각하고 있지요. 결혼하지 않겠다고 맹세하며 은둔하려는 대신, 주변 친구들의 충고에 순종해 몇 주 안에 결혼할 거니까요."

"펜턴 양은 순종해서 결혼할지 모르지만, 저는 결코 그러지 않겠습니다."

"오로지 사랑만이 그대를 결혼으로 이끌 거란 말입니까?"

"그렇습니다."

"밀너 양, 내가 가장 말하기 어렵고, 또 거기에 대한 지금 내 감정이 오로지 이론을 통해서만(그마저도 매우 조심스럽게 가르침을 받은) 형성된 주제 하나를 그대가 꼽는다면 그건 사랑이란 주제입니다. 하지만 밀너 양, 비록 내 아는 바는 거의 없지만 그대가 어제 프레더릭 경을 살려달라며 내게 했던 말은 의심할 여지 없이 가장 열정적이고 부드러운 사랑에서 나온 것이었지요."

"도리포스 신부님, 신부님이 거기에 대해 아는 바가 거의 없으셔서 잘못 생각하신 겁니다. 만일 더 많이 아신다면 다르게 판단하셨을 겁니다."

"그대의 답이 훌륭함을 인정하지 않을 수 없군요. 하지만 나를 재판관으로 인정할 수 없다면, 나와 같이 있던 사람들에게 항소하겠습니다."

"호턴 부인과 샌퍼드 신부님이 사랑의 감식가가 될 수 있을까요?"

"아니겠지요. 펜턴 양과 우들리 양에게 항소하겠소이다."

"하지만 제 생각엔," 그녀가 미소를 지으며 대답했다. "제 생각엔 그들 역시 오로지 이론으로만 사랑에 대해 판단할 수 있을 것 같은데요."

"그렇다면 이제까지 그대가 말한 걸 종합해보건대, 그대가 여전히 프레더릭 경과 결혼하기를 원하지 않는다고 결론내도 되겠습니까?"

"네, 그렇습니다."

"그렇다면 다시는 그를 보지 않겠다는 데 동의하는 건가요?"

"네, 맞습니다."

"그러면 어제 내게 했던 말은 다 거짓이었습니까?"

"그때는 제가 저 자신의 주인이 아니었어요."

"그러니 진실이었던 거지요. 이게 무슨 꼴인지. 도대체 무슨 꼴인지!"

그 순간 문이 열렸고, 샌퍼드 신부가 들어왔다. 그는 밀너 양을 보고 놀라 뒷걸음치며 도로 나가려 했다. 하지만 도리포스가 그를 불러 남아 달라 했고 상기된 채로 말했다.

"말씀해주십시오, 샌퍼드 신부님, 대체 어떤 힘을 가지고 어떻게 설득하면 이 숙녀가 나를 친구로 여겨 마음을 터놓게 할 수 있는지요. 그녀의 마음을 열고 또 제 마음을 신뢰하도록 할 수 있는지요. 제 충고에는 가능한 한 빨리 그녀가 행복해지게 하려는 의도 말고 다른 뜻이 없음을 제가 분명히 말할 때 말입니다."

"도리포스 신부, 내가 이 숙녀를 어떻게 생각하는지 알잖소." 샌퍼드가 대답했다. "처음 알게 된 이후로 줄곧 그렇게 생각했고 지금도 마찬가지임을."

"하지만 어떻게 하면 그녀가 저를 신뢰하게 할 수 있는지 가르쳐주십시오." 도리포스가 대답했다. "어떻게 하면 자신에게 이익이 되는 쪽을 택하라고 그녀를 설득할 수 있을지요?"

"그대는 기적을 만들 수 없어요." 샌퍼드가 대답했다. "그대는 그럴 만큼 거룩하지 않소."

"그런데 밀너 양은 그 불가사의를 알고 있는 것처럼 보입니다. 기적의 힘이 아니라면 도대체 무엇이 그녀가 어제 신부님과 다른 목격자들 앞에서 단호히 인정했던 것을 오늘은 부정하게 할 수 있는지요?"

"그대는 그걸 기적이라 부릅니까?" 샌퍼드가 말했다. "그전에 그런 적이 없었다면 기적일 수도 있겠지요. 하지만 그녀는 그 전날 인정했던 걸 어제 부정하지 않았습니까? 그러니 또 오늘 말한 걸 내일 부인하지 않겠습니까?"

"그랬으면 좋겠네요." 도리포스가 부드럽게 대답했다. 샌퍼드의 거칠고 심한 말에 그녀의 얼굴에 눈물이 흘러내리는 것을 보자, 그녀가 얼마나 불편한지 마음이 쓰이기 시작했던 탓이다.

"이 집 주인에게 이리 무례하게 말해서 미안합니다." 샌퍼드가 말했다. "내가 관여할 일이 아님을 알지만, 도리포스 신부가 있는 곳이라면 어디든, 쫓겨나지만 않는다면 가보는 게 앞으로도 내 의무라 생각할 것이오."

밀너 양은 공손하게 허리를 굽힘으로써 그를 환영한다는 뜻을 드러냈다. 그가 계속 말했다.

"지나친 격식에 얽매여 너무 오랫동안 그대를 방문하지도 않고 조언도 하지 않은 채 두었으니 내가 잘못한 거지요. 그사이 그대는 살해당할 뻔한 위험을 겪었고, 더 나쁜 건 파문당할 뻔했다는 겁니다. 만일 그대가 서둘러 상대방의 총탄을 되받아 쏘았더라면, 내가 로마교황청에서 행사하는 모든 영향력으로도 처벌을 감면받지 못했을 것이오."

밀너 양은 울다가도 이를 듣고 웃지 않을 수 없었다. 그러자 그가 다시 말했다.

"마치 원주민들 사이의 선교사처럼 내 이곳에 감히 오겠소이다. 원주민들이 휘두르는 머리 가죽을 벗기는 칼로부터 그대를 구할 수만 있다면 말이오. 저 숙녀가 그대를 위해 준비하고 있는 불행으로부터 구할 수만 있다면, 그게 내 보상이 될 것이오."

샌퍼드는 이런 말을 격하게 쏟아냈고, 그의 의도치 않은 암시에, 이때만큼 밀너 양에게는 자신의 사랑의 죄가 무시무시하게 보였던 적도 없었다.

'저 숙녀가 그대를 위해 준비하고 있는 불행'이란 말이 까마귀의 울음처럼 불길하게 그녀의 귓전에 맴돌았다. 그는 '살해'와 '파문'이란 말도 마찬가지로 내뱉었는데, 이는 모두 신성모독적인 사랑의 치명적인 결과였다. 두려운 미신들이 그녀의 가슴을 내리쳤고, 이러한 압력을 견디지 못해 그녀는 쓰러질 것만 같았다.

도리포스는 그녀가 힘겹게 견디고 있는 걸 보고는, 지극히 다정하게 그녀에게로 가 부축해주며 말했다. "용서해주시오. 그대를 이토록 불편하게 하려고 이곳에 부른 건 아니었는데 말입니다."

샌퍼드가 무슨 말을 하려고 했다. "잠깐만요, 샌퍼드 신부님." 그가 다시 말했다. "이 숙녀는 제 보호 아래 있습니다. 방금 신부님이 하신 말씀이 그녀에게 또 제게 사과를 해야 하는 말씀인지는 잘 모르겠습니다만."

"그대가 내 의견을 물어본 거지요. 그게 아니었다면 내 의견을 말하지 않았을 것이오. 그대는 내가 밀너 양처럼 내 생각이 아닌 것을 말하길 원하는 겁니까?"

"그만하십시오, 샌퍼드 신부님." 도리포스가 말했다. 그러고는 마치 그의 악의로부터 보호하듯이 그녀를 친절하게 문 쪽으로 이끌면서 "이 문제에 대해서는 다른 기회에 다시 얘기하지요"라고 말했다.

17

샌퍼드와 둘만 남게 되자 도리포스는 조금 전 단지 암시만 했던 것들에 대해 설명했다. 그러자 이 학식 높은 예수회 사제는 "여자의 마음이란 내가 이해하기에는 너무 높거나 아니면 오히려 너무 낮은 듯싶소"라고 솔직하게 고백했다. 사실 그랬다. 그의 모든 통찰력에도 불구하고, 사실 그는 많은 통찰력을 지니고 있었는데, 그는 밀너 양의 깊은 내면까지 꿰뚫어보지는 못했다.

밀너 양은 우들리 양에게 자신과 후견인 그리고 샌퍼드 사이에 일어났던 일을 다 얘기했고, 우들리 양은 이때를 놓치지 않고 예언 비슷한 것들을 넌지시 언급하면서 이미 놀라고 동요된 그녀의 마음을 더욱 두렵게 했다. 그러면서 마침내 처음으로 "도리포스 신부님과 아가씨가 더 이상 같은 지붕 아래 있으면 안 되는" 필연성에 대해 설명했다. 밀너 양에게 이 얘기는 죽음의 갑작스러운 칼날 같았고, 따라서 살려달라고 매달리듯, 애원하고 약속하면서 그 타격을 피하려고 애썼다. 하지만 그녀의 친구는 그런 것에 넘어가기에는 그녀를 너무 진심으로 사랑했다.

"그렇지만 도대체 어떻게 내가 그분과 떨어질 수 있겠어요?" 밀너 양이 말했다. "아버지의 요청에 따라 내가 결혼하기 전까지 우리는 한집에 살아야 하잖아요."

"밀너 양." 우들리 양이 대답했다. "돌아가신 아가씨 아버님의 유언을 존중하는 만큼, 아가씨와 도리포스 신부님의 현재 행복 그리고 영원한 행복이 제겐 훨씬 더 중요해요. 두 사람이 떨어져 있어야 한다는 게 제 해결책이에요. 만일 아가씨가 방법을 찾아내지 못한다면 그건 제 몫이 될 테고, 그럴 경우 더이상 궁리하지 않고 당장 취할 수 있는 조치를 알고 있지요."

"그게 뭐예요?" 밀너 양이 흥분해 말했다.

"도리포스 신부님에게 가서 망설이지 않고 아가씨 마음을 있는 그대로 알리는 거예요. 요사이 아가씨의 변덕스러운 행동으로 아주 쉽게 입증될 수 있겠지요."

"설마 그대가 나를 그런 끔찍한 부끄러움, 그런 지극한 비통함에 빠뜨리지는 않겠지요!" 그녀가 거의 정신을 잃은 채로 외쳤다.

"그럼요." 우들리 양이 대답했다. "아가씨가 무슨 방법을 써서라도 그분과 떨어져 있겠다고 한다면 절대 그렇게 하지 않을 거예요. 하지만 헤어져야 한다는 게 제 결론이에요. 아가씨가 아무리 고통스럽더라도 이게 바로 방법이에요. 당장 어떤 다른 방법을 찾지 않는다면요."

"오 하느님, 우들리 양! 이게 그대의 우정인가요?"

"네, 그리고 제가 아가씨께 드려야 하는 가장 진실한 우정이지요. 만일 제가 신부님께 아가씨의 허물을 설명해야 한다면, 아가씨를 위해 또 신부님을 위해 맡은 그 임무가 과연 어떤 것일지 생각해보세요. 신부님 얼굴에 그려질 그 경악! 그 혼란! 그 후회! 벌써 보이네요. 그분이 아가씨를 가장 몹쓸 말로 부르는 게 들리고, 아가씨를 혐오해 아가씨가 없는 곳으로 달아나는 게 보여요."

"아, 그런 끔찍한 상상은 그만둬요. 내게서 영원히 달아나고, 내 이름을 혐오한다니. 아, 나의 소중한 우들리 양, 나에 대한 그분의 우정이 변하지 않을 수만 있다면 무엇이든 동의할게요. 내게 명령을 해도 좋아요. 당장 그분에게서 떨어질게요. 하지만 제발 좋은 상태에서 헤어지게 해줘요. 아! 도리포스 신부님의 우정이 없다면, 삶은 정말 무거운 짐일 거예요."

우들리 양은 즉각 그들이 떨어져 있을 계획을 짜기 시작했다. 이 주제에 대해 궁리하고 또 궁리한 끝에 그녀가 생각해낸 단 하나의 그럴듯한 계획은 다음과 같았다.

밀너 양은 배스에 있는 먼 친척에게 편지를 보내, 후견인이 강요했다고 그녀가 주장할 시골생활의 지루함에 대해 불평을 한 후, 그녀가 한두 달 정도 친척집에서 머무를 수 있도록 한시라도 빨리 초청장을 보내달라고 간청할 것이다. 또 이 초청장을 도리포스에게 보여주면서 그의 허락을 구하고, 우들리 양과 밀너 양 둘 다 그의 동의를 진심으로 바란다는 것을 표현함으로써 일을 성사시킬 것이다. 이 계획을 제대로 진행하면서, 밀너 양은 배스에 필요한 편지를 보냈고, 우들리 양은 대답이 올 동안 참을성 있게 기다리면서 친구의 행동을 주의깊게 지켜봤다.

그사이 지극히 다정하면서도 불평으로 가득한 프레더릭 경의 편지가 밀너 양에게 전해졌다. 여기에 대한 답장을 받지 못하자 프레더릭 경은 함께 머물던 삼촌에게 그녀를 방문해 구두로 대답을 받아달라고 설득했다. 그녀가 자신의 편지를 무시하는 유일한 이유는 후견인의 분노에 대한 두려움 때문이거나 혹은 그가 중간에서 편지를 가로챘기 때문이라고 자기 좋은 대로 생각했기 때문이다.

그 노신사가 방문해 밀너 양과 도리포스 신부에게 소개되었으나 각자로부터 너무나 명확한 대답을 받았기에, 그의 조카는 이제 구애하는 것이 소용없음을 더이상 의심하지 않게 됐다.

그즈음 에드워드 애슈턴 경 역시 공식적인 거절을 받아들이면서 굴욕적이긴 하지만 그녀 앞에서 자신이 완전히 사라지는 것이야말로 자신의 사랑을 그 대상에게 가장 애틋하게 증명하는 것이라 생각했다.

프레더릭 경의 희망에 대한 이토록 진지하고 확실한 결론을 앞에 두고, 도리포스는 피후견인의 행동에 지금까지 중 가장 놀라워했다. 한때 그는 프레더릭 경에 대한 그녀의 행동이 모호하다고 생각했으나, 그녀가 그에 대한 정열을 고백한 뒤로는 결국 그녀가 그의 아내가 될 것임을 의심하지 않았다. 그는 자신이 잘못 알았음을 개탄했고, 이제는 그녀의 치명적인 변덕을 단지 말로서만이 아니라 그의 뜻이 올올이 묻어나는 행동을 통해 꾸짖는 게 옳다고 생각했다. 따라서 그는 처음 그녀를 알았던 이래 그 어떤 때보다 훨씬 더 과묵해졌고 또 근엄해졌다. 그녀의 후견인이 된 이후 그의 태도는 보호 대상에 대한 끝없이 다정한 존중으로 의도하진 않았으나 자신도 모르는 사이에 부드러워졌던 것이다.

그가 보여주는 이러한 엄격한 태도에도 불구하고, 그의 피후견인은 그와 곧 헤어지리라는 예상에 침울해져갔다. 우들리 양의 우정도 그녀를 나아지게 만들지는 못했다. 또 도리포스 특유의 근엄함 혹은 종종 내보인 가혹함으로 인해 모든 이가 전보다 더 우울해지지 않을 수 없었다. 마침 그때 엘름우드 경도 위험한 열병에 걸려 앓아눕게 되었다. 당연히 펜턴 양은 슬픔에, 그녀의 본성이 허락하는 만큼의 슬픔에 싸였고, 샌퍼드와 도리포스는 백작의 병을 크게 걱정했다.

이러한 상황에서 배스에 있는 레이디 루넘이 보낸 초청의 편지가 도착한다. 이 편지는 도리포스에게 전해졌고, 그는 한때 그녀의 일에 쏟았던 지나친 관심을 더이상 느끼지 않을 만큼 자신이 화가 나 있음을 증명하기 위해 여기에 대한 자기 의견을 성의 없이 언급한다. 즉 그는 "밀너 양이 적절하다고 생각하는 대로 하기를" 원한다. 우들리 양은 즉시 이 허락을 받아들여, 답장을 쓰고, 친구가 이 방문을 위해 떠날 날짜를 잡는다.

밀너 양은 후견인의 차갑고 불친절한 태도에 마음의 상처를 입지만, 그의 존중을 되찾을 수 있는 어떤 방법도 감히 취하지 못한다. 혼자 혹은 우들리 양을 향해 한숨을 쉬고 흐느낀다. 그는 그녀의 슬픔을 알게 되지만, 프레더릭 경이 시골을 떠났기에 그런 것은 아닌지 의심한다.

그녀가 배스로 떠나기로 한 날이 이틀도 채 안 남게 되자 도리포스의 행동이, 전보다 더 공손하고 부드러운 관심은 아니더라도, 점차 평상시로 되돌아갔다. 그녀의 후견인이 된 이후 처음으로 밀너 양과 떨어지는 상황이었고, 그는 이 일이 그다지 내키지 않았다. 그는 그녀에게 화가 났었고, 그녀에게 그가 화가 났음을 보여줬으나, 이제는 그러지 않는 편이 나았다고 생각하고 있었다. '그녀는 행복하지 않아.' (그는 속으로 생각했다.) '그녀의 모든 말과 행동이 그녀가 행복하지 않음을 분명히 보여주잖아, 내가 너무 심했을지도 몰라, 그녀를 더 불안하게 했을지도.' 그가 혼잣말을 했다. "적어도 사이좋게 헤어져야겠지. 사실 내가 그녀를 얼마나 생각하는데, 다른 식으로 헤어질 수는 없겠지."

그녀는 곧 그가 다시 다정해졌음을 알았고, 우들리 양의 단호한 저항이 없었더라면, 그건 그녀를 지금 있는 곳에 영원히 묶어놓았을 부드러운 끈이었다.

"몇 달 떨어져 있다고 뭐가 달라지겠어요?" 그녀는 자신의 명분을 호소하면서 말했다. "길어봤자 몇 달 있으면 돌아올 텐데, 이렇게 짧게 헤어져 있어봤자 좋은 게 뭐가 있겠어요?"

"그사이에," 우들리 양이 대답했다. "기간을 늘릴 방법을 찾을 수 있을 거예요." 이 말에 그녀는 절망했지만, "체념했어요"라고 말했다. 그러고는 출발할 준비를 했다.

도리포스는 그녀의 여행이 모든 상황에서 넉넉할 수 있도록 신경을 많이 썼다. 그는 그녀가 행복하기를 간절히 원했고, 또 그가 그녀를 완전히 용서했음을 그녀가 알기를 간절히 바랐다. 여정의 중간까지는 그녀와 동행하려고 했으나, 엘름우드 경의 병세가 위독해 병자의 방에서 하루 대부분을 보냈고, 또 매일 밤 엘름우드 하우스에서 자게 됐다.

그녀가 떠나는 날 아침, 도리포스는 손을 내밀어 밀너 양이 마차에 타도록 도와주었고, 그가 이끌어주었던 길 내내, 밀너 양은 쏟아지는 눈물을 참을 수 없었다. 이 눈물은 그와 헤어질 때엔 발작적인 흐느낌으로 고조되었다. 그녀의 슬픔에 그의 마음이 흔들렸다. 이미 작별인사를 했지만, 한쪽으로 부드럽게 그녀를 끌어당긴 채 몹시 애틋한 걱정을 담아 말했다.

"우리 밀너 아가씨, 지금 우리 친구로 헤어지는 거지요? 그런 거지요? 나로 말하자면, 믿어주시오, 이렇게 헤어지게 되니 그대에게 고통을 주었던 순간보다 더 후회되는 일이 없군요."

"네, 잘 알고 있습니다." 이것이 그녀가 한 대답의 전부였다. 그의 날카로운 눈이 왜 그녀가 지금 약함에 사로잡혔는지 알아내지 못하도록 서둘러 그에게서 벗어나야 했기 때문이다. 하지만 그녀의 걱정은 근거 없는 것이었다. 그의 마음의 강직함은 그녀 마음에 대한 어떤 의심도 가능치 않게 하는 빗장이었던 것이다. 그는 한번 더 다정하게 작별인사를 했고, 마차는 떠나갔다.

펜턴 양과 우들리 양은 밀너 양의 여정 중 삼십 마일 정도를 함께했고, 도착한 곳에서 해리 경과 레이디 루님을 만났다. 거기서 밀너 양과 후견인의 이별 못지않게 애처로운 작별이 펼쳐졌다. 지난 몇 주 동안 자신에게 있는 줄도 몰랐던 엄격함으로 친구를 대했던 우들리 양은 이제 그렇게 가혹하게 군 것을 비통해하며 친구의 용서를 구했고 또 계속 편지하겠다고 약속했다. 즉 친구의 치명적 정열에 대한 것만 뺀 모든 위로를 남김없이 전했다. 하지만 바로 그 점, 단지 그 점에서만 밀너 양의 마음은 위로가 필요했다.

제2부

1

밀너 양이 배스에 도착했을 때 그녀는 그곳이 여태까지 봤던 장소 중 가장 심하게 변해버린 곳이라고 생각했다. 틀렸다. 변한 건 그녀 자신이었다.

거리는 우울했고, 일행은 재미없었고, 무도회장은 피곤했다. 매혹적이고 즐거운 것을 모두 뒤에 두고 왔기 때문이다.

비록 전에 배스에 있었을 때만큼 행복하진 않았지만, 그녀는 과거의 행복을 다 누릴 수 있다 해도 그때의 자신으로 되돌아가고 싶지는 않았다. 사랑에 빠진 이가 정열의 소멸을 염려하는 것은 회의론자가 절멸을 두려워하는 것과 같다. 후자가 존재하기를 멈추기보다 살기를 원할 것처럼(비록 그의 미래가 고통으로 가득할지라도 말이다), 연인은 사랑하기를 멈추기보다는 그 어떤 고문도 참아낼 것이다.

넓게 펼쳐진 우울한 광경을 눈앞에 둔 채 밀너 양은 공상에 젖어 유일하게 주어진 위로에 매달렸다. 빈약하긴 했지만 다른 어떤 위로도 없는 상태에서 그것은 그녀의 공상 속에서 부풀려져 그려졌다. 그 위로란 우들리 양의 편지였다. 편지에는 그녀의 사랑이란 주제가 어떤 식으로든 확실히 언급될 테니, 그건 여전히 기쁨의 통로임이 분명했다.

편지 한 통이 도착했고, 그녀는 눈으로 집어삼킬 듯 읽어냈다. 보내는 사람이 적힌 봉투의 우체국 소인이나 봉투 위쪽에 쓰인 '밀너 저택'이란 명칭 모두 즐거움의 원천이었다. 그녀는 도리포스라는 이름에 닿을 때까지 즐거운 기대감을 늘리기 위해 편지의 모든 행을 천천히 읽어나갔다. 그러다 마침내 그녀의 조급한 눈은 읽고 있는 곳에서 세 줄 떨어진 행에서 그 이름을 보았고, 별수없이 그 행들을 뛰어넘은 채 그녀를 끌어당긴 부분에 시선을 고정했다.

우들리 양은 관용을 베푸는 데 조심스러웠다. 도리포스에 대해 단지 "사촌인 엘름우드 경이 회복될 것 같지 않아 몹시 걱정하고 계시고 심지어 낙담하고 계신다"라고 말하면서 스치듯 언급할 뿐이었다. 그러나 짧고 사소한 이 구절은 편지의 다른 어떤 부분보다 밀너 양에게 훨씬 더 중요했다. 그녀는 이 부분을 읽고 또 읽으면서 거기에 대해 생각했고 또 되돌아보았다. 낙담이라니, 그녀는 생각했다. 그 말은 정확히 무슨 뜻일까? 내가 도리포스 신부님이 낙담한 모습을 본 적이 있었나? 그분이 낙담에 빠진다면 어떤 모습인지 궁금한걸? 이런 식으로 그녀는 골똘히 생각했다. 반면 그의 낙담의 원인은, 비록 몹시 심각한 것이었고 또 우들리 양에 의해 애처롭게 묘사되었지만, 그녀의 관심을 거의 끌지 못했다. 엘름우드 경의 건강 상태에 관한 얘기는 서둘러 훑어보았을 뿐이었다. 그를 생각하면 분명히 불쌍했지만, 그에 대해 오래 생각하지는 않았다. 이제 막 막대한 재산을 물려받았고 또 아름다운 숙녀와의 결혼을 목전에 둔 젊은 귀족에게 죽는다는 것은 가혹한 운명이었다. 하지만 밀너 양 생각에 천국은 이 세상 어떤 곳보다 훨씬 더 좋을 테고, 엘름우드 경은 분명히 그곳에 갈 터였다. 펜턴 양의 외로운 처지는 연민의 대상이 되어야 마땅했으나 그녀가 어떤 운명이든 체념하고 받아들이리라는 것, 또 엘름우드 백작부인이 되는 일보다 불굴의 용기를 시험하는 그녀의 허영심을 더욱 만족시키리라는 것을 알고 있었다. 한마디로 그녀는 그 누구의 불행도 자신의 불행과 견줄 수 없다고 생각했는데, 자신만큼 불행을 견디는 능력이 부족한 사람을 본 적이 없기 때문이었다.

그녀는 우들리 양에게 답장을 썼고, 우들리 양이 가볍게 넘어갔던 부분에 대해 아주 오래 자세히 설명했다. 이것은 또다른 사치였다. 이제 그녀의 유일한 낙은 친구와 편지를 주고받는 것이었다. 레이디 루넘과 배스의 여러 모임에 참석했지만, 하나같이 지루하고 우울했던 것이다.

그런 상황에서 후견인에게서 편지가 왔고, 내용은 슬펐지만 편지 자체는 기쁨이었다. 편지에 표현된 정서는 그저 평범한 것이었지만, 그녀는 이를 우정과 애정의 최고로 다정한 표출로 소중히 여겼다. 비록 그녀가 편지에 담은 감정이 그에게 그대로 전해지지 않으리라는 걸 알았지만, 답장을 쓰는 손은 떨렸고 가슴은 황홀함으로 요동쳤다. 우들리 양에게 보내는 두번째 편지에서 그녀는 미친 사람처럼 감금에서 벗어나 집으로 돌아가고 싶다고 애원했고, 또 미치광이처럼 자신은 "이제 병이 다 나았다"며 조리 있는 말로 항변했다. 하지만 친구는 "바로 그러한 장담이 병이 얼마나 깊은지를 증명합니다"라고 답장했다. 또 그녀가 애정을 다른 데 두는 것 말고는 자신은 그 무엇으로도 그녀의 병을 치료할 수 없다고 믿는다고 확언했다.

밀너 저택에서 온 세번째 편지는 엘름우드 경의 죽음을 알렸다. 우들리 양은 이 사건으로 크게 상심에 잠겼기에 다른 주제에 대해서는 별말이 없었다. 밀너 양은 "그가 죽었다"는 말을 읽으면서 충격을 받았고, 곧바로 다음과 같은 생각을 떠올렸다. '지상의 것들은 모두 얼마나 덧없는지! 몇 년 안에 나도 죽을 테지. 만일 내가 지상의 매혹적 즐거움에 대한 유혹을 모두 물리칠 수 있다면 얼마나 복된 일일까!' 그녀는 평화로운 죽음이 가져다주는 행복에 대해 거의 한 시간 동안 골몰했다. 하지만 이러한 사색이 불러일으킨 고결하고 경건한 감정은 모두 결국 이 주제에 대해 그녀가 들었던, 후견인의 입에서 흘러나온 많은 문장을 떠올리게 했을 뿐이었다. 그녀의 생각은 다시 그에게 집중되었고, 다른 무엇도 생각할 수 없었다.

이 일이 있은 지 얼마 후 그녀는 마음의 병으로 건강이 상했다. 시름시름 앓았고, 한 번은 몹시 위급했던 적도 있었다. 열에 들떠 가벼운 착란을 겪으며 그녀는 우들리 양과 후견인의 이름을 계속해서 반복해 불렀다. 레이디 루넘은 그들에게 즉시 이 소식을 보냈고, 그들은 서둘러 배스로 향했으며, 그녀의 병이 막 위험한 상태를 넘어 호전되려는 차에 그곳에 도착했다. 그녀가 정신이 완전히 들고 제일 먼저 한 일은, 자신의 마음의 연약함을 알기에, 정신착란을 겪었을 때 자신이 무슨 얘기를 했는지 묻는 것이었다. 침대맡에 있던 우들리 양이 그 점은 걱정하지 말라며 간병인들에게 듣기론 단지 소중한 사람들을 다정하게 추억하는 말을 했을 뿐이라고(실제로 그랬다) 안심시켰다.

밀너 양은 후견인이 자신을 보기 위해 왔는지 알고 싶었지만, 우들리 양 앞에서 감히 물어볼 용기가 없었다. 우들리 양은 그의 이름을 너무 갑자기 언급할 경우 그녀의 마음이 산란해질까 두려웠다. 하지만 얼마 후 그녀의 하녀가 방에 들어와 우들리 양에게 무언가를 조용히 속삭였다. 밀너 양이 궁금한 나머지 "너 뭐라고 말했니"라고 묻자, 하녀는 그녀에게로 가 "아가씨, 허락하신다면 엘름우드 경이 잠시 뵙기를 원하십니다"라고 부드럽게 대답했다. 이 대답에 밀너 양은 얼이 빠진 듯 쳐다보았다.

"내가 알기론," 그녀가 말했다. "내가 알기론 엘름우드 경은 더이상 세상에 없는데…… 내 감각이 아직도 비정상인 건가?"

"아니에요, 아가씨." 우들리 양이 대답했다. "아가씨를 보고 싶어하는 분은 지금의 엘름우드 경이에요. 아가씨가 이곳에 올 때 아팠던 그분은 현재 세상에 없고요."

"그러면 누가 지금의 엘름우드 경이지요?" 그녀가 물었다.

우들리 양이 잠시 머뭇거리더니 대답했다. "아가씨의 후견인이지요."

"아, 그분이 엘름우드 경이군요." 밀너 양이 말했다. "그분이 다음 후계자군요. 잊고 있었네요. 그런데 그분이 정말 여기 온 게 사실인가요?"

"네." 밀너 양의 기운 없던 눈이 순식간에 반짝이자, 그녀의 창백한 얼굴을 붉게 물들인 행복의 빛을 누그러뜨리기 위해 우들리 양이 근엄한 목소리와 태도로 대답했다. "네, 아가씨가 아프다는 얘기를 듣고는, 와서 만나는 게 옳다고 생각하셨어요."

"정말 좋으신 분이네요." 그녀가 대답했고, 눈에는 눈물이 차오르기 시작했다.

"백작님을 만나보시겠어요?" 하녀가 물었다.

"아직은 안 돼, 아직은 안 돼." 그녀가 대답했다. "먼저 좀 추스르고." 그리고 그녀는 이것이 적절한지 묻기 위해 자신감 없는 태도로 친구를 쳐다봤다.

우들리 양은 가엾은 병자의 창백한 얼굴이 겸손히 그녀의 판단을 구하는 것을 거의 견디지 못한 채 그녀의 손을 잡고 "원하는 대로 하세요"라고 속삭였다. 몇 분 후 엘름우드 경이 들어왔다.

진심으로 사랑하는 이들에게 사랑하는 대상의 상황이나 환경에 발생한 변화는 모두 장점처럼 보이는 법이다. 그렇기에 밀너 양 눈에 후견인이 작위와 영지를 얻은 일은 헤아릴 수 없는 이점으로 보였는데, 이는 그것들의 실제 가치 때문이 아니라, 어떤 변화라도 그녀의 열정을 줄이기는커녕 오로지 늘리기만 했을 것이기 때문이었다. 심지어 끔찍한 빈곤으로 떨어졌더라도 마찬가지였을 터였다.

그가 들어왔고, 그를 보는 것이 그녀에게는 너무 엄청난 일이었기에 그녀는 처음 그를 흘깃 보고는 그만 고개를 돌려버렸다. 하지만 그의 목소리에 용기를 내어 한번 더 보았고, 그리고 이제는 그에게서 시선을 떼지 못했다.

"우리 밀너 아가씨, 그대의 병세가 잦아들었다는 소식에 얼마나 기쁜지 이루 말할 수조차 없어요." 그가 부드럽게 속삭였다.

기쁨을 말할 수는 없었지만 볼 수는 있었으니, 그의 얼굴은 그의 감정을 고스란히 표현하고 있었다. 자신의 감정에 집중한 채 그는 그녀의 손을 잡은 후 자신의 두 손으로 감쌌다. 그 자신은 이를 의식하지 못했지만, 그녀는 알았다.

"저를 위해 기도해주신 거지요, 백작님?" 그녀가 말했고, 마치 그 기도에 고마워하듯 웃었다.

"열렬히, 간절히 기도했지요!" 그가 대답했다. 그가 했던 기도의 열렬함이 온몸으로 배어나왔다.

"하지만 아시다시피 저는 개신교도잖아요. 만일 제가 개신교도인 채로 죽었더라도 천국에 갔을 거라 믿으시는 거예요?"

"물론 당연히 그렇지요. 그러한 것이 당신을 막을 수는 없었을 거요."

"하지만 섄퍼드 신부님은 그렇게 생각하지 않으시겠죠."

"그분도 그래야 할 거요. 왜냐하면 신부님 자신도 그곳에 가려고 하니까요."

후견인과 함께 있기 위해 밀너 양은 대화에 몰두하는 것처럼 보였다. 하지만 우들리 양은 이것이 세속적인 악일 뿐만 아니라 영적인 악이라고 생각했기에 백작에게 이만 돌아가시는 게 좋겠다고 권했다.

그가 배스를 떠나기 전 그들은 단지 한번 더 만날 수 있었다. 그즈음 밀너 양은 앉을 수 있을 만큼 회복되었지만, 그는 세상을 떠난 친척의 일과 관계된 몇몇 어쩔 수 없는 사안으로 급히 런던으로 가야 했기 때문에 아주 잠시 동안만 그녀와 함께 있었다. 우들리 양은 밀너 양이 완전히 건강을 되찾았다고 생각될 때까지 그녀 옆에 있었다. 그사이 그녀의 후견인은 종종 그들의 사적인 대화의 주제로 떠올랐다. 그런 경우 우들리 양은 다음과 같은 밀너 양의 말을 인정하지 않을 수 없었다. "만일 도리포스 신부님이 고故 엘름우드 경의 이른 죽음을 내다볼 수 있었다면 (유서 깊은 가문이 자신을 끝으로 사라진다는 점을 고려해) 독신 서약이 아니라 혼인 서약을 택하는 것이 그분의 종교를 더욱 명예롭게 하는 일이었을 거예요."

2

우들리 양이 가야 할 시간이 왔고, 밀너 양은 그녀와 함께 집으로 가고 싶다고 진심으로 간청하면서, 행동할 때뿐 아니라 생각할 때조차 친구가 정해준 한계에서 벗어나지 않겠다고 매우 엄숙하게 약속했다. 마침내 우들리 양은 다음 정도까지 양보했다. "엘름우드 경이 곧 이탈리아에 가야 한다고 말씀하시는 걸 들었고 그분이 여정을 떠나는 대로 아가씨가 집으로 돌아오는 기쁨을 누리는 걸 더이상 반대하지 않겠어요. 만일 (그분과 아가씨가 오래 떨어져 있었기에) 아가씨가 열정을 누르게 되는 행복한 결과가 있다고 제가 분명히 확신할 수 있다면, 그때 아가씨의 말을 받아들여 한번 더 두 분이 함께 지내는 위험을 감수해 보죠."

우들리 양 쪽에서 이렇게 양보하면서 그들은 헤어졌다. 겨울은 이미 성큼 다가왔고, 우들리 양은 런던의 이모집으로 돌아왔지만, 호턴 부인이 그로스브너 스퀘어에 있는 (세상을 떠난 백작이 살던) 엘름우드 경의 집을 정리하기 위해 떠날 채비를 하고 있어서 이모와 동행했다.

만일 엘름우드 경이 밀너 양이 배스 체류를 마치고 그의 보호 아래로 되돌아오는 것을 원하지 않았다면, 그건 한편으론 당시 그가 많은 일에 매여 있었기 때문이지만 다른 한편으론 샌퍼드 신부가 이제 그의 전속 사제*로서 완전히 그와 함께 살게 되었기 때문이다. 그는 그들이 한집에 같이 살게 되면서 원래의 적대감이 혐오감으로 증폭될까 두려웠다. 이런 이유로 다른 곳에 샌퍼드 신부의 거주지를 마련할까도 한때 생각해보았지만, 그와 함께 있는 것에서 얻는 커다란 기쁨뿐 아니라 그 제안이 친구에게 큰 모욕이 됨을 알기에 결국 말하지 못했다.

그사이 밀너 양은 미워하는 사람들이 아니라 사랑하는 사람들을 생각하고 있었다. 샌퍼드 신부 생각은 한 번도 한 적이 없었지만, 엘름우드 경의 이미지는 결코 뇌리에서 떠난 적이 없었다. 어느 날 아침, 레이디 루넘과 앉아 여러 얘기를 나누면서도 오로지 그만 생각하던 중에, 해리 루넘 경이 플리트먼드 씨라는 신사와 함께 들어왔고, 대화는 현 엘름우드 경이 젊은 나이에 이제 그에게 떨어진 작위며 영지를 물려받게 된 일이 얼마나 있음직하지 않은 일인지에 대한 얘기로 모아졌다. 플리트먼드 씨가 말했다. "재산 문제에서 자유로워지다니, 도리포스에게 무한히 기쁜 일일 테지." "아닐 걸세." 해리 경이 대답했다. "재산 문제에서 자유로워진 게 그에게는 근심거리임에 틀림없네. 신부 서품을 받은 자신의 어리석음에 대해 지금 더할 수 없이 후회하고 있을 테니 말이야. 사제가 되면서 대를 이을 후계자를 얻을 희망도 없어졌으니 그가 죽으면 가문의 작위도 사라지는 것 아닌가."

"천만에." 플리트먼드 씨가 대답했다. "그는 여전히 후계자를 가질 수 있네. 왜냐하면 그가 결혼할 게 확실하거든."

---

* chaplain. 귀족의 전속 목사(신부)로 귀족의 영지 내에서 거주하며 봉급을 받는다.

"결혼을 한다니!" 해리 경이 말했다.

"그렇다니까." 상대편이 대답했다. "내 말은, 바로 그게 영지와 작위를 소유하는 것 이상으로 그가 누릴 기쁨이라는 뜻이네."

"어떻게 그가 결혼한다는 거지요?" 레이디 루넘이 말했다. "이미 결혼하지 않겠다는 서약을 하지 않았어요?"

"그렇지요." 플리트먼드가 대답했다. "하지만 어떤 종교적 서약이든 로마의 대교황이 사면을 내리지 못할 서약은 없지요. 교단이 내린 명령은 늘 교단이 철회할 권한을 가지고 있거든요. 만일 종교 전체의 선善을 위한 것이라면, 교황 성하는 교서를 발행해 명령을 어긴 데 따르는 수고와 처벌을 면제해주는 것이 자신의 의무라고 생각하실 겁니다. 어떤 가톨릭 가문이 백작 지위를 유지하는 것은 확실히 가톨릭교도들에게 영예로운 일이지요. 엘름우드 경이 열두 달 내에 결혼한다는 쪽에 내기 걸겠습니다."

밀너 양은 집중해 듣다가 자신이 지금 꿈을 꾸고 있는지 아니면 아무것도 모르는 플리트먼드 씨의 아는 척에 속고 있는지 몰라 두려워졌다. 하지만 다시 생각해보자 그가 한 말은 모두 매우 그럴 법한 얘기였다. 그의 말이 확실한 게, 그 자신이 가톨릭교도이니 자신이 말한 주제에 대해 잘 알고 있을 게 틀림없었기 때문이다. 지극히 예민한 이가 들을 수 있는 지독히 끔찍한 소식을 그녀가 들었다 하더라도, 지금 그녀의 마음과 몸에 들끓는 흥분보다 더 강하지는 못했으리라. 다른 사람들이 말하는 동안 어떤 한기가 그녀의 혈관을 타고 흘러내렸다. 그것은 너무나 절묘한 쾌락이어서 절묘한 고통의 감각과 함께 견딜 수 있었다. 이를 알았기에 그녀는 잠시 차라리 이 소식을 듣지 않았기를 바라기도

했다. 물론 그러다가 당장 온 세상을 주고서라도 이 얘기를 들었기를 바랐지만 말이다.

그녀는 최초의 놀라움과 기쁨에서 제정신을 찾은 후 곧 우들리 양에게 자신이 들은 바를 정확히 써 보냈고 이런 답장을 받았다.

"아가씨가 이 소식을 다른 사람에게 들었다니 속상하네요. 아가씨에게 지극한 만족감을 드리리라 마음속으로 맹세했던 임무였거든요. 하지만 그 경우 아가씨를 짓누를 게 분명한 희망의 무게를 별 탈 없이 견딜 수 있을 정도로 아가씨 건강이 충분히 돌아오지 않았다는 게 걱정돼 즐거운 소식을 전하길 미루면서도 또 전할 날을 고대하고 있었습니다. 하지만 지금 아가씨가 가장 불안한 건 다른 무엇보다 들은 내용의 사실 여부이니 그것이 사실이라는 확인 역시 처음 소식 못지않을 수 있겠네요. 특히 레이디 루넘 곁을 가능한 한 빨리 예의를 갖춰 떠나 우리에게 와달라고 제가 간청한다면 더욱더 그렇겠지요.

돌아와요, 우리 소중한 밀너 아가씨, 돌아오면 이전의 엄격한 감시관 대신 비밀을 털어놓을 수 있는 충실한 친구가 거기 있을 겁니다. 이제 저는 아가씨가 털어놓았던 비밀을 발설하겠다고 더이상 협박하지 않을 테고, 대신 그분(이제 그분은 마음이 통하는 이를 찾기 위해 우리 여인들의 마음을 꿰뚫어보시겠죠)의 지혜와 감성이 그 비밀을 발견할 수 있도록 놔둘 거예요. 이제 저는 아가씨의 정열을 더이상 비난하지 않고 오히려 축복합니다. 그리고 아가씨의 사랑이 보답받을 수 있도록 제 모든 조언과 참된 바람으로 도울게요."

이 편지는 참기 어려운 또다른 기쁨이었고 밀너 양을 거의 죽음으로 몰아넣었다. 그녀는 식욕을 완전히 잃었고, 수일 밤 동안 눈을 붙이지 못했다. 자신의 소망을 이룰 미래에 대한 상상에 완전히 빠져 다른 일은 아무것도 생각할 수 없었다. 아직 두 달이나 남은, 정해진 날짜보다 빨리 레이디 루넘을 떠나는 것에 대한 그럴듯한 변명조차 생각해내지 못할 정도였다. 그녀는 우들리 양에게 편지를 써서 이에 대한 도움을 요청했고, 또 그렇게 오랫동안 자신에게 이 일을 비밀로 한 것을 나무랐으며, 그럼에도 마침내 그렇게 다정한 방식으로 알려준 데 감사한다고 말했다. 더불어 도리포스 신부님이(그녀는 여전히 이 이름으로 그를 불렀다) 갑작스러운 운명의 변화에 대해 어떻게 얘기하고 생각하는지 알려달라고 부탁했다.

우들리 양은 무슨 구실인지 설명해주진 않았지만, 레이디 루넘이 절대 만류할 수 없는 그럴듯한 구실을 대서 그녀를 런던으로 불러올리겠다고 답했다.

엘름우드 경에 대한 질문에는 이렇게 대답했다. "백작님은 그 얘기는 거의 하시지 않아요. 전과 조금도 다름이 없으시고, 백작님 행동만 봐서는 도대체 그런 변화가 일어났나 싶답니다." 밀너 양은 속으로 소리질렀다. '그분이 변하지 않았다니 너무 좋아. 만일 그분의 말이나 표정 혹은 태도가 조금이라도 전과 다르다면, 나는 그분을 이토록 좋아하지 못할 것 같은걸.' 만일 우들리 양이 그가 변했다고 전했다면, 정확히 그 반대였을 것이다. 배스를 떠나는 날이 정해졌다. 그녀는 환희에 차서 그날을 기다렸으나 그날이 되기도 전에 지나친 기대로 인한 불안으로 주저앉았고, 막상 당일이 되자 몸이 너무 안 좋아져서 일주일 동안 여정을 미뤄야만 했다.

마침내 그녀는 런던으로 돌아왔고 후견인의 집, 더이상 독신의 삶에 매이지 않을 뿐 아니라 결혼을 명령받은 후견인의 집에 머물렀다. 우들리 양이 말했던 것처럼, 그녀의 눈에 그는 이전과 똑같아 보였다. 혹은 처음으로 어떤 희망을 품고 바라보았기에 전에 없이 다정한 것 같기도 했다. 섄퍼드 신부는 전과 똑같아 보이지 않았다. 사실 그녀에 대한 그의 퉁명스럽고 무례한 행동은 전과 다름없었다. 하지만 그녀는 전과 달리 이를 보지 못했고 혹은 그의 무뚝뚝한 성격도 느끼지 못했다. 그는 상냥하고 부드럽고 친절해 보였다. 적어도 지금 그녀는 그러한 행복한 매개체를 통해 그를 보았다. 좋은 기분은 마치 황달처럼 모든 것을 자신과 같은 색으로 만들기 때문이다.

3

엘름우드 경은 정식으로 서약 면제를 받기 위해 외국으로 나갈 준비를 하고 있었다. 하지만 그는 이에 대해 말하는 걸 조심스럽게 피하는 듯 보였고, 어쩌다 언급해야 할 경우에도 만족감이나 관심을 표시하지 않았다.

처음으로 밀너 양의 자존심에 경종이 울렸다. 그가 도리포스 신부로서 독신으로 있어야 했을 때 그녀의 매력에 대한 그의 무심함은 비난받을 점이 아니라 영예로운 인격적 특징이었고, 사실 그녀는 이 무심함 때문에 그를 흠모했다. 하지만 이제 자유를 눈앞에 둔 채 스스로 선택할 수 있는데도 그녀를 즉각 선택하지 않자, 그녀는 화가 났다. 여태껏 그녀는 그녀를 본 남자들 모두로부터 지극한 관심을 받아왔는데, 누구보다 가장 관심을 얻고 싶은 남자로부터 그러지 못하다니 잔인하도록 굴욕적이었다. 우들리 양에게 하소연하자 인내심을 가지라는 충고가 나왔지만, 인내심이야말로 그녀에게 가장 부족한 미덕 중 하나였다.

그럼에도 그녀는, 그녀의 사랑을 다 가진 남자의 애정을 얻겠다는 기특한 욕망을 격려해주는 친구의 응원에 힘입어, 그의 마음을 정복하기 위한 모든 방법을 다 시도해봤다. 하지만 성공에 대한 강한 확신으로 시작한 만큼 실망에 따르는 지독히 깊은 모욕감을 피할 길이 없었다. 아니 전에 성공을 기대했던 것처럼 이제는 실망을 기대했고, 희망과 절망의 날카로운 감정을 번갈아 느꼈다.

이러한 정념에 번갈아 사로잡혔기에 그녀는 활기차다가도 우울해했고, 기분이 좋았다 나빴다 오락가락했다. 전망의 부침浮沈이 잦아짐에 따라 그녀의 행동 역시 마침내 변덕스러운 분위기로 가득해졌으며, 그건 여태까지 그녀의 어리석음을 모두 다 합쳐도 만들어낼 수 없는 수준이었다. 이런 식으로 엘름우드 경의 애정을 얻을 수는 없었다. 그녀도 그걸 모르지 않았고, 그가 있는 데서는 어느 정도 자제를 했다. 샌퍼드는 이를 알아차렸고, 그녀의 다른 많은 결점에 위선을 더했다. 샌퍼드 신부가 그녀에 대해 하루하루 더욱더 못마땅하게 여기는 게 확연히 보였다. 그런데 그야말로 후견인의 의견에 가장 큰 영향을 끼치는 사람이었으니 그녀에게 그는 단지 싫어하는 사람일 뿐 아니라 혐오의 대상이 되었다.

서로에 대한 이러한 감정은 같이 있을 때면 말과 행동에서 여지없이 드러났다. 하지만 밀너 양은 착하고 악의 없는 성품으로 인해 그가 없는 곳에서는 그에게 해가 될 만한 말을 하지 않았다. 샌퍼드의 자비심은 그렇게 멀리 뻗지 못했다. 어느 날 저녁 그녀가 오페라에 간 사이, 그는 그녀에 관해 혹독한 말을 하면서 "그저 그녀의 후견인에게 그녀의 잘못을 경고하려는 뜻에서 하는 말이오"라고 말했고, 이에 엘름우드 경이 대답했다.

"그런데 샌퍼드 신부님, 결코 그녀의 단점이라고는 할 수 없는 단점이 하나 있습니다."

"그게 뭡니까, 백작?" (샌퍼드가 흥분해 말했다.) "밀너 양에게 없는 그 하나의 단점이 무엇인지요?"

"저는 밀너 양이 신부님이 없는 자리에서 신부님을 나쁘게 말하는 걸 한 번도 들어본 적이 없어요." 백작이 대답했다.

"백작이 두려워 감히 못 그러는 거지요. 그대가 노여워할 걸 알 테니."

"그렇다면 신부님보다 밀너 양이 훨씬 더 제게 예의를 다하는 거네요." 백작이 대답했다.

"백작." 샌퍼드가 대답했다. "이제 내 그릇된 생각을 알게 됐으니, 앞으로 다시는 그러한 무례를 저지르지 않겠소이다."

엘름우드 백작은 샌퍼드를 늘 최고의 정중함으로 대했으므로 이 경우 자신이 잘못한 것은 아닌지 걱정되기 시작했다. 피후견인의 편을 들도록 했던 그의 성정은 결과적으로 그녀에게 해가 될 것으로 판명될 참이었다. 샌퍼드가 방금 있던 일로 불쾌해하는 걸 보고, 이를 보상할 유일한 방법으로 백작 스스로 그녀의 변덕스럽고 흠잡기 좋아하는 성향에 대해 통탄했기 때문이다. 그가 하소연하는 동안 샌퍼드는 아까의 모욕을 잊고 그의 말에 활기차게 동의하며 덧붙였다.

"백작, 이제 그대가 신경써야 할 다른 일도 많으니, 그녀를 결혼시키거나 아니면 시골로 완전히 물러나도록 해야 합니다."

대화가 막 끝나려는 참에 그녀가 집으로 돌아왔고, 그녀가 들어오는 순간 샘퍼드는 종을 울려 이제 쉴 테니 촛불을 가져오라고 명했다.

"세상에, 샘퍼드 신부님, 몸이 안 좋으세요, 이렇게 일찍 자리를 뜨시다니요?"

"아니, 두통이 있소." 그가 대답했다.

밀너 양은 누군가 아프다는 얘기를 들을 때마다 연민을 느꼈기에 즉시 자리에서 일어나면서 말했다.

"제 생각에, 샘퍼드 신부님, 전에는 한 번도 몸이 안 좋다고 말씀하시는 걸 들은 적이 없는 것 같아요. 제가 쓰는 두통약을 써보시겠어요? 정말 잘 듣는 약이에요. 금방 가져올게요."

그녀는 급히 방을 나가더니 작은 병 하나를 가지고 돌아와 "레이디 루님이 주신 선물인데 신부님 두통을 분명히 낫게 해줄 거예요"라고 단언했다. 그렇게 간곡하고 진지하게 권했기에 무례한 그도 거절할 수 없었다.

이것은 단지 한편의 적이 다른 편의 적에게 일상적으로 보여주는 흔한 친절이었다. 하지만 중요한 것은 태도였다. 이 작은 사건에서 그녀가 보여준 가식 없는 관심과 주의, 그리고 선의는 특별한 것이었는데, 이는 방금 엘름우드 경이 느꼈던 불쾌한 심기를 즉시 사라지게 했고, 오히려 이를 어느 정도 감탄으로 바꾸어놓았다. 심지어 샘퍼드조차 그녀의 행동에 무감각할 수 없었고 그 보답으로 방을 나가면서 그녀에게 "잘 자라"는 인사를 했다.

앞선 대화 장면을 목격하지 못했던 밀너 양과 우들리 양에게 그녀의 행동은 별 가치 없는 행동 같았지만 엘름우드 경이 보기에 이는 매우 훌륭한 행동이었다. 그렇기에 샌퍼드가 나가자 그는 전에 없이 쾌활해졌다. 먼저 그는 오페라극장 내 그들의 박스석에 자신을 초대하지 않은 것에 대해 두 숙녀를 나무랐다.

"오실 수 있으셨겠어요? 백작님?" 밀너 양이 매우 기뻐하며 물었다.

"물론이지요." 그가 대답했다. "그대가 나를 초대했다면요."

"그렇다면 오늘부터 백작님께서 언제든 오실 수 있도록 초대할게요. 그리고 백작님이 승인하시지 않는 이들은 그 누구라도 허락하지 않겠습니다."

"정말 감사하오." 백작이 대답했다.

"백작님은 여태껏 교회음악만 들어오셨지만, 부드럽고 조화로운 사랑 노래에 그 누구보다 더 매혹되실 거예요." 그녀가 말을 이었다.

"도대체 어떤 황홀한 즐거움을 나를 위해 준비하는 겁니까!" 그가 대답했다. "내 약한 감각이 그 기쁨을 지탱할 수 있을지 모르겠습니다."

그가 이 말을 할 때 그녀는 그의 눈을 보았고, 자신에게 고정된 그의 시선에서 뜻밖의 감성을 발견했다. 그 강력한 힘 앞에서 자기도 모르게 눈을 내리깔면서도 계속 바라보지 않을 수 없게 하는 어떤 매혹을. 짙은 홍조가 그녀의 얼굴에 몰려들었다. 그는 갑작스러운 신호를 알아차리고는 서둘러 이전의 표정을 지어 보였고, 대화를 멈췄다.

한동안 말없이 바라만 보던 우들리 양은 거북하지 않고 그런대로 괜찮은 한두 마디를 생각해냈다.

"그런데 백작님," 그녀가 말했다. "프랑스에는 언제 가시나요?"

"이탈리아 말이지요." 그가 말했다. "가지 않게 됐습니다. 높으신 분들께서 매우 관대하게 내 의무를 모두 면제해주셨어요. 외국에 나가야 했고 그럴 생각이었는데, 여러 일로 잉글랜드에 머물게 됐고, 필요한 모든 의식을 이곳에서 치렀소."

"그러면 백작님은 이제 더이상 성직에 계신 게 아닌 거죠?" 우들리 양이 말했다.

"그렇지요, 사임한 지 닷새 됐습니다."

"백작님, 기쁜 일 축하드립니다." 밀너 양이 말했다.

그는 그녀에게 고맙다고 하면서도 한숨을 쉬며 덧붙였다. "만일 내가 기쁨을 찾느라 만족을 포기했다면, 그 모험으로 인해 나는 아마 패배자가 될 것 같소." 이렇게 말하고는 곧 숙녀들에게 잘 자라고 말하며 물러났다.

밀너 양은 그와 함께 있어 행복했지만, 마음에 차오르는 희망을 우들리 양의 가슴에 얼른 터놓고 싶었기에 그가 나가는 모습을 무한한 만족감으로 지켜봤다. 이어 곧 호턴 부인에게 밤 인사를 했고, 친구의 처소로 가 가장 애틋한 열정의 언어를, 이에 걸맞은 응답에 대한 믿음으로 달아오른 채 쏟아냈다. 엘름우드 경의 표정에서 읽었던 감정이 묘사됐고, 우들리 양도 본 그의 모든 눈빛은 밀너 양의 공상에서 강화되었다. 그렇게 그녀의 해석은 점차 그녀의 소망에 지극히 유리하게 변했고, 만일 친구가 그 자리에 없었고 그런 징후들을 어떤 방식으로 평가할지를 몰랐다면, 상상이 빚어낸 기쁨에 취해 백작이 자신에 대한 정열을 대놓고 공언했다고 여겼을 게 틀림없었다.

따라서 우들리 양은 그러한 황홀감을 누그러뜨리는 게 자신의 의무라고 생각했고, 밀너 양이 자신의 희망에 속고 있을 수 있다고 말했다.

혹은 설사 백작의 마음이 그녀를 향해 끌리고 있더라도 둘 사이에는 여전히 커다란 장애물이 있음을 말했다. "그분의 생각과 의도를 거의 모두 지배하거나 적어도 이끄는 샌퍼드 신부님에게 그분이 이 일을 상의하지 않을까요? 만일 그렇다면 엘름우드 경의 지극히 낭만적인 애정 말고 밀너 양이 기댈 수 있는 게 있고요? 그런데 백작님은 어떤 정념이라도 지나치게 빠져들 남자가 아니지요." 이렇게 우들리 양은 친구가 희망에 찬 나머지 잘못된 판단을 내릴까 두려운 마음에 주장했지만, 마음속으로는 그 무엇도 그녀의 소망을 꺾지 못하리라고 거의 확신했다. 그런데 이어지는 상황은 그녀가 틀렸음을 증명했다.

가문과 재산을 지닌 또다른 신사가 밀너 양에게 접근해왔고, 후견인은 자신의 문제로 그녀에게 마음을 기울이기는커녕, 심지어 전에 에드워드 경과 프레더릭 경 때 간청했던 것보다 더한 열성으로, 이 구혼자의 명분을 호소했다. 그런 식으로 가엾은 밀너 양이 짰던 모든 행복의 계획을 즉시 산산조각내버렸다.

그 결과 이제 그녀의 우울한 기분은 뚜렷해졌다. 며칠 동안 종일 집안에 머무르면서 찾아온 방문객을 아무도 만나지 않았다. 이것이 순수한 우울감 탓인지 아니면 후견인이 높이 평가하는 차분함으로 그를 정복하겠다는 희망이 아직 남은 탓인지 그녀 자신도 제대로 알지 못했다. 어찌됐든 엘름우드 경은 이러한 변화를 눈치채지 않을 수 없었고, 어느 아침 이 점을 언급하고 칭찬해주는 게 적절하다고 생각했다.

그가 방에 들어왔을 때 우들리 양과 그녀는 같이 수를 놓고 있었다. 몇 분간 앉아 별것 아닌 화제를 두고 이야기를 나누었고, 이에 대해 그의 피후견인은 실의에 빠진 듯한 목소리와 태도로 대답했다. 그러자 그가 말했다.

"내가 틀린 건지 모르겠지만, 밀너 양, 최근에 그대가 평소보다 더 생각이 깊어진 듯 보여요."

그녀는 대화 주제가 자신에 대한 것일 때 늘 그랬던 것처럼 얼굴을 붉혔다. 그가 말을 이었다. "건강은 완전히 회복된 듯한데, 전에 즐기던 것들에서 기쁨을 찾지 못하는 것 같네요."

"그래서 속상하세요, 백작님?"

"그렇지 않아요, 아가씨, 나는 지극히 기쁘오. 이러한 변화에 대해 그대에게 축하한다고 말하려던 차였어요. 그렇지만 무슨 운좋은 우연으로 이런 변화가 생긴 건지 물어봐도 될까요?"

"백작님은 저의 칭찬받을 만한 행동이 모두 우연히 일어난다고 생각하시는 거네요. 제가 스스로 지닌 미덕은 없고요."

"미안하오, 밀너 양. 나는 그대가 지닌 덕이 많다고 생각합니다." 그는 이 말을 힘주어 했고, 그녀의 얼굴은 처음보다 더 붉어졌다.

그가 다시 말했다. "여인의 표정이 그녀가 덕을 지니고 있음을 이토록 명백히 증명하는데 내 어찌 그 미덕들을 의심할 수 있겠소? 밀너 양, 그대의 가벼운 어리석음에도 불구하고 이리 얼굴을 붉히는 한 나는 그대 내면의 감성을 존중할 것이오."

"아! 백작님, 그중 몇이라도 아실 경우, 용서하지 못할 것으로 생각하실까 두렵습니다."

이것은 문제의 핵심에 너무 가까운 것이었기에 우들리 양은 불안해졌다. 하지만 그럴 필요가 없었다. 그것을 대상에게 알리기에 밀너 양은 그를 너무 진실하게 사랑했다. 백작이 대답했다.

"내 감성 중 몇몇을 알게 될 경우, 밀너 양도 똑같이 용서하지 못할 것으로 여길 거예요."

그녀는 창백해졌고, 더이상 바늘을 제대로 움직일 수 없었다. 어리석은 환희에 휩싸인 채, 그가 언급한 감성이 자신에 대한 그의 사랑이라고 상상했던 것이다. 너무 당황해 대답을 못 하는 사이, 그가 말을 이어나갔다.

"우리는 서로에게 용서할 게 많이 있지요. 좋은 충고일지라도 강요하며 간섭하는 사람 역시, 그 말을 들으려 하지 않는 고집 센 사람만큼이나 나무랄 만한지도 모르겠어요. 자, 이제 서론으로 그대를 변명했으니, 그대가 내 충고를 한번 더 따르지 않는다 해도 다시 해보려고 합니다."

"백작님." 그녀가 대답했다. "저는 한 번도 백작님의 충고를 따르기를 거부했던 적이 없습니다. 제 마음의 평화와 너무 밀접하게 연관되어 있기에 만일 그 충고를 따랐을 경우 과실을 저질렀을 상황만 아니었다면요."

"그렇군요, 아가씨, 내 그대의 결심을 따르겠소. 앞으로 다시는 결혼하지 않겠다는 그대의 뜻에 반대하지 않겠습니다."

이 말은 그 자신 역시 영원히 구애하지 않겠다는 것을 의미했기에 그녀에게 엄청난 고통을 주었다. 그녀는 눈에 원망을 가득 담아 그를 쳐다보았다. 그는 이를 눈치채지 못하고 계속 말을 이어갔다.

"결혼을 안 한 상태라면 그대가 계속 내 직접적인 보호 아래 있어야 한다는 것이 그대 아버지의 뜻이었던 것 같아요. 그런데 나는 앞으로 주로 시골에 있으려고 합니다. 솔직히 대답해줘요. 적어도 일 년의 사분의 삶을 그곳에서 보내면서 행복할 수 있겠어요?"

잠시 머뭇거리더니 그녀가 대답했다. "이의 없습니다."

"그렇다니 기쁩니다." 그가 마음을 담아 대답했다. "그대와 함께 있기를 진심으로 원하기에 그래요. 그대의 행복은 내 행복만큼이나 내게 소중합니다. 만일 우리가 떨어져 있다면 계속되는 근심이 내 마음을 갉아먹을 거요."

그의 진심어린 말에 그녀의 눈에는 눈물이 그렁그렁해졌다. 그는 그 눈물을 보았고, 자신이 그녀를 높이 평가하고 있음을 보여줌으로써 그녀를 더욱 달래려고 진심을 다해 말했다.

"만일 그대가 내가 언급한 시간 동안 런던을 떠나 있기로 결심한다면 시골을 그대가 원하는 대로 만들기 위해 모든 방법을 다 쓸 것이오. 우들리 양도 꼭 그대와 함께 갈 수 있게 하겠고요. 그대가 원하는 사람들을 불러모으는 건 나의 관심사일 뿐 아니라 레이디 엘름우드 역시 분명히 신경쓸 것이오."

그는 계속 말을 이어갔지만, 그녀는 마치 심장이 비수에 찔린 듯 뜻밖의 타격에 온몸을 뒤틀었다.

그는 그녀의 표정이 변하는 것을 보았고, 그녀를 빤히 바라보았다.

밀너 양이 내보이는 표정은 기쁨에서 슬픔으로 혹은 만족에서 불안으로와 같이 평범한 변화가 아니었다. 그녀는 비통함을 느꼈고, 또 표현했다. 엘름우드 경은 놀랐고 충격받았다. 그녀는 울지는 않았지만, 명백히 고통이 묻어나는 목소리로 우들리 양을 불러 옆으로 와달라고 했다.

"백작님." (우들리 양은 그가 대경실색하는 걸 보고는, 비밀이 알려질까 두려워 떨면서 말했다.) "백작님, 밀너 양이 또 백작님을 속였네요. 아가씨를 런던에서 데리고 가시면 안 될 것 같아요. 그것 때문에 이렇게 불안해하니까요."

그는 아까보다 더욱 놀라는 듯 보였고, 그녀의 고통보다는 그녀의 이중성에 더더욱 충격을 받은 것 같았다. "아." 그가 외쳤다. "내가 어떻게 해야 그녀가 바라는 것을 이뤄줄 수 있을까? 도대체 어떻게 해야? 그녀가 내게 털어놓지 않고 이렇게 뻔뻔히 나를 속이는 데 무슨 수로 제대로 판단한단 말인가?"

그녀는 죽음처럼 창백한 얼굴로 우들리 양의 어깨에 기댄 채 방금 그가 한 말을 전혀 이해하지 못하는 듯 시선을 한곳에 집중하고 있었다. 그가 이어 말했다.

"하느님은 아시지, 만일 내가 알기만 한다면, 만일 내가 그녀를 행복하게 할 방법을 알기만 한다면 이를 위해 나 자신의 행복조차 희생할 수 있음을."

"백작님." 우들리 양이 미소를 띤 채 말했다. "어쩌면 나중에 지금 하신 말씀을 실행하시라고 요청드릴지도 모르겠습니다."

그는 그녀가 무슨 말을 하는지 전혀 알 수 없었고, 생각이 엉켜 의미를 헤아릴 여유도 없었다. 하지만 마음을 다해 대답했다. "그러시오. 그대는 내가 그걸 실행하는 걸 확인할 수 있을 테니. 제발 그렇게 해줘요. 나는 그 일을 정확히 실행할 것이오."

밀너 양은 그가 이 선언으로 말미암아 궁지에 빠질 일이 없음을 사려 깊게 의식하고 있었지만, 그럼에도 그가 열렬하고 엄숙한 태도로 선언하는 것을 보면서 기운을 되찾았다. 마치 사람들이 절대 쓰지 않으리라 결심하면서도 수중에 귀한 보석이 있음을 반추하며 즐거워하듯이, 그녀 역시 그의 태도에 의지해 위로받으며 점점 나아졌다. 이제 그녀는 우들리 양에게서 고개를 들어올리고는 탁자 옆에 앉은 채 손에 머리를 기댔다. 여전히 말이 없었고, 슬픔으로 가득찬 듯 보였다. 그런데 그녀의 상태가 덜 위급해짐에 따라 후견인의 연민과 공포는 분노의 색조를 띠기 시작했다. 비록 그렇게 말은 하지 않았으나, 그는 분노했고 그렇게 보였다.

이런 위기의 순간에 샌퍼드 신부가 들어왔다. 들어오자마자 모두가 불편해하고 있다는 걸 한눈에 간파하는 데 그의 지혜까지 동원될 필요는 없었다. 이런 장면을 보고 어떤 성품의 사람들은 연민을 느꼈겠지만, 샌퍼드 신부는 한 명 한 명 살펴보더니 기분이 좋아진 듯했다.

"심기가 불편해 보이십니다, 백작." 그가 미소를 띠며 말했다.

"신부님은 그렇지 않아 보이시네요." 백작이 대답했다.

"그렇습니다, 백작, 또 내가 그대와 같은 상황에 처해 있더라도 마찬가지일 겁니다." 그가 대답했다. "그럴 가치가 있는 대상이 아니라면 무엇이 분별을 지닌 사람을 화나게 하겠소?" 그러면서 그는 밀너 양을 쳐다보았다.

"우리가 관심을 둘 가치가 없는 대상은 없지요." 엘름우드 경이 대답했다.

"하지만 아무리 관심을 쏟아도 소용없는 대상이 있음을 백작도 인정할 것이오."

"그 누구에 대해서도 저는 아직 절망해본 적이 없습니다, 샌퍼드 신부님."

"하지만 그 사람에게 희망을 품는 일 자체가 지나친 오만이 되는 사람들이 있소." 그러면서 그는 다시 밀너 양을 바라보았다.

"두통이 있나요, 밀너 양?" 우들리 양이 그녀가 손으로 머리를 감싸 쥐는 걸 보고 물었다.

"머리가 너무 아파요." 그녀가 대답했다.

"샌퍼드 신부님." 우들리 양이 말했다. "전에 밀너 양이 신부님께 드린 두통약 다 쓰셨는지요?"

"그렇소." 그가 대답했다. "다 썼소." 하지만 바로 이 순간 나온 그 질문에 그는 꽤 당황했다.

"그 약이 도움이 되셨기를요." 밀너 양이 힘없이 자리에서 일어나 천천히 방을 나가면서 매우 다정히 말했다.

우들리 양이 따라 나갔고, 엘름우드 경과 단둘이 남은 샌퍼드 신부는 모진 말을 참지 않고 계속 이어나가려 했다. 하지만 이제 그의 입술은 다물렸다. 그는 카펫을 내려다봤고, 몸을 돌려 의자에 앉더니 날씨 이야기를 시작했다.

4

절망으로 넋이 나갔던 순간이 지나가자 밀너 양은 곧 다시 희망을 품게 되었다. 삶을 견디기 위해 다른 방법은 없는 것 같았다. 기쁘게도 이번에는 우들리 양이 예상했던 만큼 엄하지 않았다. 우들리 양은 인간들 사이의 약속이 하늘에 대고 한 약속만큼 구속력이 있다고는 생각하지 않았다. 엘름우드 경이 어떤 여성에게 어떤 맹세를 했든, 어떤 여성의 사랑도 그에 대한 밀너 양의 사랑과 댈 게 아니라는 게 그녀의 정당한 생각이었다. 또 밀너 양이 그를 가장 먼저 사랑한 사람이었기에 그 사랑의 성공에 대한 권리가 있었고 적어도 겨룰 자격은 충분했다. 또 그 경쟁에서 누가 그녀에게 무릎을 꿇지 않겠는가?

경쟁자를 예측하는 것은 어렵지 않았다. 잠시 마음을 졸이는 시간이 있었지만, 곧 샌퍼드 신부에게 물어봄으로써 우들리 양은 확신에 도달했다. 그는 전혀 의심하지 않은 채 레이디 엘름우드가 될 여인은 다름 아닌 펜턴 양이라고 선뜻 알려주었다. 고 엘름우드 경에 대한 애도 기간이 끝나자마자 두 사람의 결혼식이 진행될 것이라는 소식과 함께. 이 소식에 우들리 양은 몸이 떨렸지만 밀너 양에게 그대로 전달했다.

"행복한! 행복한 여자!" 밀너 양이 펜턴 양에 대해 외쳤다. "그분의 고동치는 심장에서 처음으로 흘러나오는 맹목적 애정을 받고 또 그분에게 사랑을 가르치는 초월적 행복을 가지다니!"

"절대 그렇지 않아요." 우들리 양이 그녀를 위로할 다른 방도를 찾지 못한 채 대답했다. "엘름우드 경의 결혼이 사랑의 결과라고 생각하지 말아요. 그 결혼은 그냥 의무이자 필요에 따른 거예요. 왜 그런지는 그분이 선택한 아내를 보면 확연히 알 수 있잖아요. 펜턴 양은 그분 사촌의 적합한 결혼 상대로 여겨졌고, 바로 그 똑같은 적합함이 여전히 남아 있다는 걸 아가씨도 아시지요."

밀너 양은 친구의 말에 쉽게 설득되었는데, 바로 그것이 그녀가 바라는 바이기 때문이었다. "아." 그녀가 외쳤다. "내가 적합함 대신 정열을 불러일으킬 수만 있다면! 우들리 양, 어떻게 생각해요?" (너무나 간절한 눈으로 쳐다봤기에 우들리 양은 그녀가 원하는 대답을 하지 않을 수 없었다.) "만일 내가 펜턴 양의 미래 남편에게 그녀는 불러일으키지 못할, 또 내 생각에 그녀 자신도 느끼지 못할 정열을 불러일으킨다면 그녀에게 부당한 걸까요?"

잠시 후에 우들리 양이 "아니요"라고 대답했다. 하지만 그녀가 대답하는 태도에는 어떤 머뭇거림이 있었다. "아니요"라고 말했지만 "네"라고 말했어야만 하는 건 아닐까 걱정하는 듯 보였다. 하지만 밀너 양은 우들리 양이 자신이 한 말을 취소하거나 딴말을 덧붙여 의미를 바꿀 겨를을 주지 않고, 계속 열정적으로 "그것이 우들리 양의 의견이라면 나는 이를 따를 것이며 경쟁자를 이기기 위해 할 수 있는 모든 일을 할 거예요"라고 선언했다. 아무튼 그들은 이러한 결심을 정당화하고 또 우들리 양의 양심을 만족시키기 위해, 펜턴 양은 이 결혼에 관심이 없고 따라서 결혼하든 안 하든 그녀에게는 상관없을 거라고 결론지었다.

엘름우드 경이 세상을 떠나자 펜턴 양은 런던에 머물지 않았다. 현 엘름우드 경 역시 그녀의 약혼자가 죽은 이후 그녀의 처소 가까이에 머문 적이 없었다. 당연히 사랑 같은 것이 그렇게 이른 시기에 고백됐을 리가 없었다. 만일 그의 고백이 이후에 이루어졌더라도 그건 편지나 샌퍼드 신부를 통해 전해졌음이 분명한데, 그들이 알기로는 샌퍼드 신부가 그녀를 만나러 시골에 간 적이 있었기 때문이다. 하지만 샌퍼드 신부가 애틋한 정열을 끌어내기에 얼마나 부적절한 인물인지를 생각하면 편안해졌다.

맞기도 하고 틀리기도 한 이러한 추측들로 다시 살아났지만, 바로 다음날 아침 샌퍼드 신부가 식당에 들어서면서 한 말은 그들의 밝은 전망을 어두운 음울함으로 뒤덮었다.

"펜턴 양이 숙녀분들께 안부를 전해달라고 합디다."

"지금 런던에 계시나요?" 호턴 부인이 물었다.

"어제 아침에 런던에 왔소." 샌퍼드가 대답했다. "지금 오먼드 스트리트에 있는 오빠네 집에 있어요. 백작과 나는 어젯밤 그곳에서 저녁을 들었고, 그래서 집에 늦게 왔습니다."

곧 백작이 들어왔고, 피후견인에게 고개 숙여 인사하며 "펜턴 양이 안부를 꼭 전해달라고 하더군요"라고 말하면서, 방금 얘기된 게 사실임을 확인해주었다.

"가여운 펜턴 양은 좀 어때 보이던가요?" 호턴 부인이 엘름우드 경에게 물었다.

샌퍼드가 대답했다. "아름답지요. 그녀는 아름다워 보여요."

"그렇다면 이제 슬픔을 극복했나보네요?" 호턴 부인은 지금 자신이 그녀의 새로운 연인 앞에서 묻는다는 걸 알지 못한 채 말했다.

"슬픔이라니!" 샌퍼드가 대답했다. "이 세상에서 일어날 수 있는 시련에 슬픔을 느낀다고? 그건 그녀에게 정말 어울리지 않소."

"하지만 여자는 때때로 그런 일에 안절부절못한답니다." 호턴 부인이 순진하게 대답했다.

엘름우드 경이 밀너 양에게 "오늘처럼 멋진 날, 말을 탈 예정인가요?"라고 물었다.

그녀가 대답을 망설이는 동안—

"세상에는 매우 다양한 부류의 여성이 있소." (샌퍼드가 호턴 부인을 향해 말을 돌리며 대답했다.) "마치 선한 영혼과 악한 영혼 간에 차이가 있는 것처럼 여성들 사이에는 많은 차이가 있소."

엘름우드 경은 밀너 양에게 오늘 산책을 할 건지 다시 물었다.

그녀는 대답했다. "아니요."

"그리고 아름다움이," 샌퍼드가 말을 이었다. "아름다움이 사악한 영혼에 주어진다면, 그건 더 크고 더 끔찍한 사악함의 표지가 됩니다. 루시퍼는 천국의 모든 천사 가운데 가장 아름다웠지요."

"그걸 신부님이 어떻게 아세요?" 밀너 양이 물었다.

"하지만 루시퍼의 아름다움은," (샌퍼드는 그녀의 질문을 완전히 무시하고 경멸하면서 계속 말을 이어갔다.) "그의 죄가 악화된 것이었소. 왜냐하면 그것은 그 아름다움을 만드신 신성한 창조주에 대한 이중의 배은망덕의 증거였으니까."

"천사 이야기를 하시니까 제게 날개가 있으면 좋겠어요. 그러면 오늘 아침 정원을 훨훨 날아다닐 텐데요." 밀너 양이 말했다.

"모두가 진심으로 당신을 천사로 여길 겁니다." 엘름우드 경이 말했다.

샌퍼드는 이런 작은 칭찬에 화가 나 말했다. "나라면 천사의 날개 대신 뱀의 허물을 추천하겠소."

"백작님." 그녀가 말했다. "샌퍼드 신부님이 제게 너무 심하신 것 아닌가요?" 다른 것들 때문에 속을 태우고 있긴 했지만, 이 말에 몹시 상처를 받은 그녀가 거의 울면서 호소했다.

"맞소, 나도 그렇게 생각합니다." 이렇게 대답한 후 백작은 언짢은 표정으로 샌퍼드를 쳐다보았다.

이는 너무 기분좋은 승리였기에 그녀는 곧 섄퍼드의 잘못을 용서했다. 하지만 잘못을 한 이는 그녀를 그리 쉽게 용서하지 않았다.

"숙녀분들, 먼저 일어나겠습니다." 백작이 일어나 자리를 뜨려고 했다.

"백작님." 우들리 양이 말했다. "일전에 밀너 양에게 나중에 오페라에 함께 가시겠다고 약조한 적 있으시죠. 오늘이 바로 오페라의 밤인데요."

"가실 건가요, 백작님?" 밀너 양이 너무 다정한 목소리로 물어봤기에 그는 결국 저항하지 못하고 가고 싶다는 기색을 내비쳤다.

"오늘 식사는 펜턴 씨 댁에서 하기로 되어 있어요. 하지만 만일 그와 그의 누이가 오페라에 갈 의향이 있고 또 그대가 그대 오페라 박스석에서 그들과 함께해도 좋다고 허락한다면 가겠다고 약속하리다."

그녀는 조건이 마음에 들지 않았지만, 그가 약혼자와 함께 있는 모습을 꼭 보고 싶었기에 (같이 있는 모습을 한 번이라도 본다면 그의 가장 은밀한 속마음을 알 수 있을 거라고 생각했기 때문에) 예의를 갖춰 대답했다. "네, 펜턴 씨와 펜턴 양에게 안부 전해주시고요. 다들 기꺼이 저와 함께해주시기를 바라겠습니다."

"만일 그들이 간다고 하면 나도 가겠소. 아니면 못 가고요." 그는 인사하고 방을 나갔다.

밀너 양은 그날 저녁 일어날 사건에 대한 불안한 기대 속에서 온 하루를 보냈다. 그날 저녁 발휘될 통찰력에 그녀의 모든 미래가 달려 있다고 생각했기 때문이다. 만일 그의 표정이나 언어 혹은 배려에서 그가 펜턴 양을 사랑한다는 것을 알 수 있다면, 다시는 그에게 어떤 기대도

하지 않을 것이라고 그녀는 자신했다. 하지만 그가 그녀를 무심함이나 무관심으로 대하는 게 느껴진다면 바로 그 순간부터 지극히 맹목적인 기대를 품을 예정이었다. 짧은 저녁 시간을 위해 그녀는 하루종일 몸치장에 신경을 썼다. 가슴에서 번갈아 요동치는 희망과 두려움으로 인해 눈은 평소보다 더욱 빛났고, 얼굴빛 역시 더욱 생기가 돌았다. 그러나 그녀의 아름다움은 소용없었다. 아름답게 꾸미는 데 들인 모든 노력이 쓸모없었다. 오페라 박스석 문이 열릴까 하여 계속 돌아봤던 시선도 무용했다. 엘름우드 경은 오지 않았다.

음악은 불협화음이었다. 눈에 들어오는 모든 게 끔찍했다. 한마디로 그녀는 비참했다.

그녀는 그 자리에 앉아 있는 게 괴로웠기에 막이 내리기를 초조하게 기다렸다. 하지만 곧 자신에게 물었다. '집에 간다고 덜 괴로울까? 물론이야, 집에서는 엘름우드 경을 볼 거고 그건 행복이니까. 하지만 그분은 나를 관심도 없이 볼 거고 그건 불행이잖아. 배은망덕한 사람 같으니라고! 다시는 생각하지 않을 거야.' 그녀는 그렇게 속으로 대답했다. 만일 그녀가 그를 펜턴 양과 분리해 생각할 수 있었다면, 고통은 참을 만했을 것이다. 하지만 그들을 연인으로 그릴 때의 고통은 형벌대 위에서 참아내야 할 고문보다 더 혹독하게 느껴졌다.

제대로 된 사랑의 열정을 느껴본 사람이 거의 없기에, 제대로 된 질투의 열정을 느껴본 사람 역시 거의 없다. 하지만 이 둘을 모두 경험해본 사람들에게 질투는 마음에만 영향을 미치는 게 아니다. 신체의 모든 섬유조직이 질투의 희생물이 된다. 펜턴 양이 엘름우드 경에게 사랑받으면서 연애하는 모습을 상상하자, 밀너 양은 사지가 찢기는 듯한 통증을 느꼈다.

오페라가 끝나자마자 그녀는 지금 겪는 고통에서 벗어나려는 듯이 서둘러 계단을 내려갔다. 우들리 양이 거듭 설득했지만, 커피하우스에도 들르지 않고 극장 문 앞에서 마차가 오기만을 기다렸다.

불쾌하고 무너진 마음에 자신을 괴롭힌 대상에 대한 분노로 가득차 눈앞의 모든 것에 무심한 채 서 있을 때, 누군가 그녀의 손을 부드럽게 잡았고 낮고 다정한 목소리로 말했다. "마차 타시는 걸 도와드려도 될까요?" 그녀는 몽상에서 깨어났고, 프레더릭 론리 경이 옆에 있었다. 다른 이를 향한 애틋함으로 녹아내리던 그녀의 마음은 아마 전보다 더 다가가기 쉬웠을 것이다. 혹은 분노로 터질 것 같은 상태로 지금이 복수의 순간이라고 생각했을 수도 있었다. 그 순간의 지배적 정념이 무엇이었든 간에 그것은 프레더릭 경의 욕망에 호의적이었고 그녀는 그를 만나 기쁜 듯이 보였다. 그는 연인의 황홀함과 겸허함으로 그녀를 지켜보았다. 그녀는 그에 걸맞은 사랑의 감정을 털끝만치도 느끼지 못했지만, 후견인으로부터 받은 무심함에 비례하는 만큼의 고마움을 느꼈으며, 프레더릭 경이 이 고마움을 잠재된 애정의 불꽃으로 착각한다 하더라도 특별히 잘못된 것은 아니었다. 하지만 그는 그러한 착각으로 경의를 표현하지는 않았다. 그는 그녀가 마차에 올라타도록 손을 잡아주고, 고개를 깊이 숙여 인사한 후, 가버렸다. 우들리 양은 그녀가 생각하면 비참해질 뿐인 대상에게서 관심을 돌리기를 원했기에 집에 가는 동안 프레더릭 경을 마구 칭찬하면서 그녀를 자극해 그에게 관심을 가지도록 하려고 애썼다. 밀너 양은 그러한 시도에 불쾌해졌고, 소리쳤다.

"아니, 난봉꾼이자 공공연한 기사도 사내를 사랑한다고요? 말도 안

돼. 내게 평범한 난봉꾼이란, 마치 섬세한 감정을 지닌 남성에게 평범한 매춘부가 그러하듯 혐오스러울 뿐이에요. 다른 오십 명의 여인들이 똑같이 불러일으킬 수 있는 정열을 그 남자에게 일으킨다 한들 무슨 대단한 일이며, 그런 똑같은 쾌락의 결과에 이미 욕망이 물려버린 남자에게 친절을 베푼다 한들 무슨 황홀감이 있겠어요?"

"참 이상한 일이에요." 우들리 양이 말했다. "아가씨는 여성에게 흔한 어리석음을 그렇게 많이 지녔으면서도 막상 마음을 주는 일에서는 대부분의 여성과 완전히 반대되는 감정을 가졌으니까요."

"나의 소중한 우들리 양." 그녀가 대답했다. "호색한의 활기 없는 사랑과 진지한 남자의 생생한 애정을 비교해볼 때 어느 게 더 우위에 있다고 판단해요? 아, 내 사랑의 일람표에서는 근엄한 대법관이나 신실한 대주교가 방탕한 왕보다 앞선 순위랍니다."

여자 중 반은 비웃을 이러한 의견에 우들리 양은 미소를 지었다. 하지만 밀너 양이 말할 때 보인 진실된 태도로 인해 그녀가 방금 프레더릭 경에게 한 행동은 단지 우연의 산물이었음을 확신했다.

그들의 마차가 집에 도착했을 때 마침 엘름우드 경의 마차도 도착했다. 샌퍼드 신부가 그와 함께 있었고, 그들은 펜턴 씨 저택에서 저녁 시간을 보내고 오는 길이었다.

"백작님." 처소에서 만나자마자 우들리 양이 말했다. "오늘 저희에게 오지 않으셨지요."

"그렇소. 미안합니다. 기다리지 않았기를 바랍니다." 백작이 대답했다.

"백작님을 기다리지 않았기를요?" 밀너 양이 말했다. "오신다고 말씀하지 않으셨어요?"

"그랬다면 분명히 갔겠지요." 그가 대꾸했다. "하지만 나는 단지 조건이 되면 가겠다고 말했지요."

"내가 증인이오." 샌퍼드가 말했다. "그 자리에 나도 있었는데, 펜턴 양 의사에 달려 있다고 백작이 말했었소."

"그녀는 우울한 성격이니 집에 있기를 선택했던 거군요."

"성격이 우울하다고?" 샌퍼드가 되풀이했다. "그녀는 생기 가득한 젊은 숙녀요. 게다가 오늘 저녁만큼 활달한 모습을 본 적이 없는 것 같지요, 백작?"

엘름우드 경은 대답하지 않았다.

"아, 샌퍼드 신부님." 밀너 양이 외쳤다. "저는 펜턴 양의 성격을 비난하려는 게 아니었어요. 단지 집에 머물기 좋아하는 취향이 마음에 들지 않는다고 말하려 했을 뿐이지요."

샌퍼드가 대답했다. "내 생각에 밖에 나가 돌아다니는 걸 좋아하는 사람들이야말로 비난받아 마땅하오."

"숙녀분들께서는 내가 가지 못한 일 때문에 불편하지 않으셨기를 바랍니다. 하지만 신사 한 분이 그대들과 동행했잖소. 그러지 않았더라면 내 확실히 갔을 테지요." 백작이 말했다.

"아, 그렇지요! 두 명의 신사가 동행했지요." 밀너 양이 함께 데리고 갔던 레이디 에번스의 아들이자 학생인 젊은 청년이 대답했다. 그는 백작이 방금 언급한 그 신사였다.

"두 명이요?" 엘름우드 경이 물었다.

밀너 양도 우들리 양도 대답하지 않았다.

"있잖아요, 아가씨." 젊은 에번스가 대답했다. "아가씨가 마차 탈 때 손을 잡아줬고, 아가씨가 경이라고 부른 잘생긴 신사요."

"아, 프레더릭 론리 경을 말하나보네요." 무심한 듯 대답했지만 부끄러움의 홍조가 밀너 양의 얼굴 가득 퍼져나갔다.

"그가 당신이 마차에 탈 때 손을 잡아주었소?" 백작이 진지하게 물었다.

"정말 우연히 일어난 일이에요, 백작님." 우들리 양이 대답했다. "사람이 너무 많아서……"

"내 생각에는, 백작," 샌퍼드가 말했다. "그대가 거기 있지 않았던 게 오히려 다행이구려."

"엘름우드 경이 저희와 함께 계셨다면 다른 이의 도움이 필요한 일은 없었겠지요." 밀너 양이 말했다.

"엘름우드 경은 그대와 함께 있었지요, 아가씨." 샌퍼드가 대답했다. "매우 빈번히요, 하지만—"

"샌퍼드 신부님," 그의 말을 가로채며 백작이 말했다. "잘 시간이 거의 다 되었네요. 신부님과의 대화로 숙녀분들이 처소에 들지 못하는 것 같습니다."

"백작님과의 대화 때문은 아니지요." 밀너 양이 말했다. "백작님은 아무 말씀이 없으시니까요."

"왜냐하면, 아가씨, 나는 기분을 상하게 할까 걱정이 됩니다."

"하지만 백작님은 또한 기분좋게 해주고 싶진 않으세요? 하나의 위험을 무릅쓰지 않는다면 다른 하나에 도달하는 게 불가능하잖아요."

"내 생각에 지금은 무릅써야 할 그 위험이 너무 큰 것 같으니, 그만

밤 인사를 해야겠네요." 그는 다소 급하게 방을 빠져나갔다.

"엘름우드 경은 너무 심각해 보여요." 밀너 양이 말했다. "사랑하는 여인과 함께 저녁을 보냈던 사람 같지 않아요."

"아마 그 여인과 헤어지는 게 싫어 우울한가보지요." 우들리 양이 말했다.

"그보다는 저 숙녀가 그 여인에 대해 말했던 방식에 화가 난 것 같소이다." 샌퍼드가 말했다.

"누구요, 저요?" 밀너 양이 말했다. "저는 아무 말도 하지 않았는데요, 다만—"

"아무 말도 하지 않았다고요? 그녀가 우울하다고 말하지 않았습니까?"

"하지만 제가 생각했던 것은— 덧붙여 말하려고 했었어요, 샌퍼드 신부님."

"부당하게 생각할 때는 그 생각을 표현해서는 안 됩니다."

"그렇다면 아마 저는 앞으로 결코 말을 할 수 없겠네요."

"그리고 당신이 하는 말이 고통을 준다면 말하지 않는 게 더 낫소. 아가씨는 백작이 펜턴 양과 결혼할 것을 알고 있습니까?"

"네." 밀너 양이 대답했다.

"그가 그녀를 사랑한다는 것을 압니까?"

"아니요." 밀너 양이 대답했다.

"아가씨! 어떻게 그가 그녀를 사랑하지 않는다고 생각하는 겁니까?"

"그분이 그러시리라 짐작하긴 합니다만, 저는 아직 잘 모르겠습니다."

"그렇다면 어떻게 그의 앞에서 감히 그녀를 비난할 수 있지요?"

"그런 적 없습니다. 그녀가 우울하다는 말은 백작님과 신부님께는 그녀에 대한 칭찬인 것으로 아는데요. 그러한 기질을 높이 평가하시잖아요."

"그녀의 기질이 어떻건, 모든 사람이 우러러보는 것이지요. 또 그대의 말과 완전히 다르게 그녀는 아주 활달한 성품을 지녔소. 마음에서 흘러나오는 쾌활함이지."

"아니에요, 그 쾌활함이 흘러나왔다면 저 역시 감탄하겠지만, 거기에 머물 뿐 다른 사람들에게로 가서 도움이 되지는 않지요."

"자, 밀너 양, 이제 쉴 시간이에요. 아가씨와 샌퍼드 신부님의 논쟁은 아침이 돼서야 끝나겠어요." 우들리 양이 말했다.

"논쟁이라니!" 샌퍼드가 말했다. "내 평생 단 한 번도 신학박사 아랫급의 사람과 논쟁해본 적이라곤 없소. 나는 단지 당신 친구에게, 갖춘다면 빛날 미덕들을 가벼이 여기지 말라 경고하고 있었을 뿐이오. 펜턴 양은 정말 상냥한 젊은 여성이며, 곧 그녀의 남편이 될 우리 엘름우드 경을 남편으로 맞을 자격이 있는 여성입니다."

"확신컨대 밀너 양도 그렇게 생각하고 있습니다. 펜턴 양을 높이 평가하지요. 지금은 단지 농담하고 있었던 거고요." 우들리 양이 말했다.

"하지만 우들리 양, 적의에 찬 비웃음이 수반되는 경우 농담은 아주 사악한 것이 되지요. 농담으로 인해 한 숙녀의 평판이 망가진 일, 농담으로 한 사람이 다른 사람을 싫어하게 된 일, 또 농담으로 결혼이 파탄 난 일도 내 잘 알고 있소."

"하지만 지금은 그런 걸 염려할 일이 없는 거지요?" 우들리 양이 그가 그렇다고 대답하기를 기대하면서 말했다.

"내가 예상하기로는 없소." 그가 대답했다. "절대 그런 일은 없을 것이오. 내가 보기에 그들은 서로에게 아주 잘 맞아요. 그들의 성품, 그들이 추구하는 바, 그들이 좋아하는 것들이 똑같으니까. 서로를 향한 열정 역시 아주 똑같지요. 순수하고, 눈처럼 하얗소."

"감히 추측하건대, 뜨겁지는 않은 거군요." 밀너 양이 대답했다.

그는 이루 말할 수 없이 화가 난 듯 보였다.

"우리 밀너 아가씨," 우들리 양이 말했다. "무슨 말씀이세요? 백작님이 아가씨에게 일신을 바치지 않는다고 질투하는 걸로 보여요."

"그녀에게!" 샌퍼드가 지극히 놀랐다는 분위기를 풍기며 말했다. "그녀에게? 백작이 겨우 교태녀*의 남편이나 되자고 사제 서약 면제를 받은 것 같소?" 그가 계속 말을 이어갔다.

"아니요, 샌퍼드 신부님." 밀너 양이 말했다. "신부님 눈에 저의 가장 큰 죄는 제가 이교도라는 건 줄 알았는데요."

"절대 그렇지 않아요, 아가씨. 그건 그대의 잘못을 변명해줄 수 있는 유일한 요인일 뿐입니다. 그 핑계라도 없다면 그대를 변명해줄 건 아무것도 없소."

"그렇다면 지금 핑계가 하나 있는 거네요. 고맙습니다, 샌퍼드 신부님. 이제껏 제게 하신 말씀 중 가장 친절한 말씀이네요. 그 말씀을 하시

---

* 'coquette'의 번역어로, 결혼할 의도가 없는 상태로 미모나 태도로 남성의 마음을 휘어잡으려 하고, 그러한 권력 자체를 즐기는 여성 인물형을 지칭한다. 18~19세기에 문제가 되었던 일종의 팜 파탈로 볼 수 있는데, 밀너 양은 '교태녀'의 전통에 속하되 다른 한편 '교태녀'의 정의 자체에 도전하는 인물이라고 할 수 있다.

고 미안해하시다니 제가 당황스럽고요."

"그대가 이교도인 것에 내가 화가 났다고?" 그가 다시 말했다. "그대가 우리 종교를 망신시키는 걸 보는 게 훨씬 더 근심거리였을 것이오."

밀너 양은 저녁 내내 기분이 좋지 않았다. 인내심의 한계를 시험하는 듯한 불쾌한 일이 그녀를 몇 번이나 자극한 터였다. 그런 상태에서 이런 거친 말을 듣자 그녀는 모든 경계를 넘어 폭발했고 극히 격앙된 흥분 상태로 자리에서 일어나며 외쳤다. "제가 뭘 어떻게 했다고 이런 식으로 대접받아야 하나요?"

비록 샌퍼드 신부는 쉽게 겁을 내는 사람은 아니었지만, 이때 많이 놀란 게 분명했다. 게다가 놀란 표정으로 주변을 둘러볼 때 그의 표정에는 어떤 두려움도 어려 있었다. 우들리 양은 친구를 품에 안고 더없이 애틋한 애정과 연민을 담아 말했다. "우리 소중한 밀너 양, 진정해요."

밀너 양은 자리에 앉았고 몇 분 동안 그 상태로 있었다. 그런데 그녀의 완전한 침묵은 그녀의 격노만큼이나 샌퍼드에게는 놀라운 일이었다. 그렇게 넋이 반쯤 나간 상태에서 그는 그녀의 얼굴에서 마구 쏟아지는 눈물을 보았다. 그제야 다 끝났구나 하는 만족감에 한숨을 들이쉬었지만, 방금 그가 느꼈던 우스꽝스러운 두려움을 절대 잊지 않겠다고 마음 깊이 결심했다. 그는 한 마디도 하지 않은 채 조심스레 방을 빠져나왔다. 보통 저녁기도를 길게 반복하고서야 잠자리에 들곤 했는데, "사악한 자에게 은혜를 베풀어"달라고 간청하는 부분에 이르자 그는 몹시 뜨거운 헌신의 감정으로 밀너 양의 이름을 되뇌었다.

5

밀너 양은 수없이 많은 밤을 뒤척이며 보냈지만 그날 밤은 아니었다. 다른 때보다 더 무거운 근심거리가 마음을 누르고 있었지만 그녀의 힘으로 견디기에 그 짐은 너무 무거웠고, 하루종일 희망으로, 공포로, 또 그러다 종국엔 실망과 분노로 지쳤기에 자리에 눕자마자 깊은 잠에 빠져들었다. 그러나 망각이 우세할수록 잠에서 깼을 때 발휘되는 기억의 힘 또한 그만큼 더 컸다. 잠을 너무 곤히 잤기에 깨서 바로는 지금 자신이 왜 불행한지 기억해내기 어려웠다. 하지만 그녀는 자신이 불행하다는 것을 잘 기억하고 있었고 그 이유가 기억나자, 다시 잠들고자 했지만 불가능했다.

비록 잠을 푹 자기는 했지만 그렇다고 그 휴식으로 원기가 회복된 것은 아니었다. 몸이 좋지 않았고, 아침식사시간에 참석할 수 없다는 사과의 말을 보냈다. 엘름우드 경은 전갈을 받자 걱정하는 듯 보였고, 샌퍼드 신부는 고개를 흔들었다.

"밀너 양이 몸이 좋지 않나보네요." 호턴 부인이 몇 분 지난 후 말했다. 엘름우드 경은 부인의 말을 듣고 신문을 내려놓았다.

"제가 보기에는 밀너 양에게 뭔가 특별한 일이 있는 듯싶어요." 백작이 앞의 말에 관심을 보이자 호턴 부인이 이어 말했다.

"내게도 그래 보이는군요." 샌퍼드가 냉소적인 비웃음을 지으며 덧붙였다.

"제게도 그러네요." 우들리 양이 몹시 심각한 얼굴과 진심어린 한숨으로 말했다.

엘름우드 경은 이들이 각각 자신의 마음을 내보일 때마다 이들을 차례로 쳐다보았다. 그러곤 말이 끊어지자 이러한 말들로 어떤 판단을 내려야 할지 몰라 당황한 듯 보였다.

아침식사 후 샌퍼드는 처소로 물러났고 호턴 부인도 곧 방으로 건너갔기에, 엘름우드 경과 우들리 양 둘만 남았다. 백작이 즉시 자리에서 일어나며 말했다.

"우들리 양, 샌퍼드 신부님 앞에서 말하지는 않았지만, 나는 밀너 양이 프레더릭 경에게 말을 걸도록 허락한 것은 비난받아야 한다고 생각합니다. 그로 하여금 구애를 다시 하게 하려는 의도가 아니라면 말이요."

"백작님, 제가 확신컨대 아가씨는 그런 의도를 품고 있지 않습니다. 또 어제저녁에 아가씨가 그를 만나고, 또 마차에 타는 것을 그가 돕도록 허락한 것은 순전히 우연이었음을 확실히 말씀드릴 수 있습니다, 백작님." 우들리 양이 대답했다.

"그렇게 얘기해주니 기쁘네요." 그가 재빨리 대답했다. "내가 의심하는 성격은 아닌데, 그래도 그에 대한 그녀의 애정에는 분명히 미심쩍은 부분이 있으니까요."

"그럴 필요 없으세요, 백작님." 우들리 양이 뭔가를 아는 듯한 미소를 띠며 대답했다.

"하지만 그대도 밀너 양의 행동을 보면 그렇게 생각하지 않을 수 없다는 걸 인정해야 할 겁니다. 이번 경우에도 도무지 앞뒤가 안 맞고, 뭐가 뭔지 모르겠고, 또 설명이 안 되지 않습니까!"

"사랑에 빠진 사람의 행동이지요, 분명히요." 우들리 양이 말했다.

"내가 그렇게 말하지 않습니까?" 그가 열을 내며 대답했다. "그것이야말로 내가 지닌 의심의 정당한 근거 아니겠소?"

"하지만 그러한 의심의 대상이 이 세상에 오로지 한 사람만 있을까요?" 우들리 양은 얼굴이 달아오르는 것을 느끼며 말했다.

"내가 아는 한은요. 내가 아는 한, 한 사람 이상은 없어요." 그녀의 암시에 놀라면서 하지만 그녀가 틀렸다고 절대적으로 확신하면서 그가 대답했다.

"아마 제가 잘못 알고 있나보지요." 그녀가 대답했다.

"하지만 그건 불가능합니다." 그가 걱정스레 대답했다. "그대는 그녀의 비밀을 알고 또 그녀와 늘 함께 있으니까요. 그녀가 그대에게 비밀을 터놓지 않더라도 그대는 그녀의 마음이 어디로 향하는지 알고 있을 게 분명하지요."

"저는 제가 그것에 대해 완벽히 알고 있다고 믿습니다." 우들리 양이 대답하는 목소리와 태도에는 어떤 의미가 담겨 있었고, 이에 그는 알아야 할 어떤 비밀이 있음을 확신하게 됐다.

잠시 머뭇거린 후, 그가 말했다.

"내가 개인적 감정을 드러내고 싶지 않은 이들의 마음을 알고 싶은 건 결코 아닙니다. 그걸 알기 위해 부당한 방법을 취하려는 건 더욱더 아니고요. 그대에게 이 이상 캐묻는 것은 아마 부당한 일이겠지요. 하지만 내가 그대만큼 상황을 모른다는 게 정말 속상하군요. 나는 밀너 양에게 내 우정을 증명해 보이고 싶은데 그녀는 내가 그렇게 하기를 원치 않는가봅니다. 그녀의 행복을 위해 어떤 조치를 취할 때마다 나는 정말 당황스러울 정도로 아무것도 모른 상태에서 한 걸음씩 내딛고 있소."

우들리 양은 한숨을 내쉬었지만, 입 밖으로 말을 꺼내지는 않았다. 그는 대답을 기다리는 듯했고 그녀의 대답이 없자 계속해서 말을 이어갔다.

"만일 비밀을 누설하는 게 용인될 수 있다면 지금만큼 정당하게 그 조치에 힘을 실을 만한 경우가 없으리라 확신합니다. 나는 내 성격뿐 아니라 지금 처한 상황으로도 믿을 만한 사람이지요. 나의 이익은 내 피후견인의 이익과 매우 밀접히 연결되어 있고 또 내 행복 역시 그녀의 행복과 연결되어 있기에, 내 명예뿐 아니라 원칙을 걸고 나를 신뢰하는 데서 발생하는 어떤 위험에서라도 그녀를 보호할 것입니다."

"아, 백작님!" 우들리 양이 강한 어조로 외쳤다. "제가 비밀을 털어놓을 사람으로 그녀가 절대 용서하지 못할 이가 있다면 그건 바로 백작님이세요."

"왜 그런 거요?" (그가 흥분하며 말했다.) "하지만 그게 세상사지요. 우리는 누구보다 우리의 친구를 의심하고, 공통의 이익이 걸려 있지만 공통의 위험을 감수하는 것은 부끄러워하지요. 충고를 두려워하고요, 비록 그 충고가 우리를 살릴 수 있다 해도요." 그가 (목소리를 지나치게 진지하게 바꾸면서) 말했다. "우들리 양, 그대는 밀너 양이 행복해지도록 내가 무슨 일이든 할 것이라 믿나요?"

"명예로운 일 말씀이시죠, 백작님."

"그녀도 그 이상을 바랄 순 없을 겁니다." 그가 격앙된 듯 대답했다. "그녀가 원하는 게 내가 허락할 수 없을 만큼 부당한 것입니까?"

우들리 양은 다시 입을 다물었고, 그는 말을 이어갔다.

"내 우정이 작은 것은 아니나 거기엔 분명히 어떤 한계가 있어요. 그리고 그 한계는 그녀를 그녀 자신으로부터 구할 것이지요." 그가 목소리를 높였다.

그가 좀 차분해진 목소리로 다시 말했다. "여성들이 결혼이라는 크고 중요한 일을 진행할 때 (나는 늘 두려움과 큰 실망으로 이를 보아왔지요) 도저히 설명할 수 없는 성급한 선택을 하거나 가끔 혼탁한 취향을 내보이는 경우가 있습니다. 하지만 그런 경우라면 밀너 양의 배우자를 정하는 문제에서 그녀의 선택이 나의 선택보다 우선시될 수 없어요. 설령 그녀가 자신의 가치를 잘 모르더라도 나는 알고 있으니까요. 엄청난 재산은 차치하고라도 그녀는 어떤 남성의 마음도 사로잡을 만한 미모를 지녔지요. 또 그녀의 모든 어리석음에도 불구하고 솔직한 태도와 꾸밈없이 지혜로운 생각, 대화할 때의 쾌활함에 더해 몸가짐마저 부드러우니 그것만으로도 최고의 섬세한 감정과 최고의 단단한 이해력을 지닌 남성의 마음을 사로잡을 것입니다. 나는 그녀의 이러한 모든 자질과 성취가 평가절하되는 걸 보고만 있지는 않을 것이오. 잘못된 선택으로 인한 결과로부터 그녀를 지키는 게 내 임무이고, 나는 그렇게 할 것입니다."

"백작님, 밀너 양의 취향은 혼탁한 종류의 것이 아닙니다. 오히려 너무 지나치게 세심하고 세련된 것이지요."

"그게 무슨 소리죠, 우들리 양? 무슨 얘기를 하는지 모르겠군요. 밀너 양은 지금 내가 그녀의 사랑을 반대할까봐 근심하는 것 아닙니까?"

"밀너 양은 백작님이 그러시리라 확신하고 있고요."

"그렇다면 그 대상은 그녀와 어울릴 만한 자격이 없는 사람이어야 하는 것 아니오?"

우들리 양은 자리에서 일어났고, 눈물이 그녀의 뺨을 타고 흘러내렸으며, 그녀는 두 손을 꽉 쥐었다. 모든 표정과 행동이 그녀의 결심과 그 결심의 취소가 번갈아 반복되고 있음을 증명했다. 엘름우드 경은 아까도 그녀의 이러한 태도를 눈여겨보았지만, 지금은 거기에 거의 완전히 몰두하고 있었다.

"백작님." 그녀가 떨리는 목소리로 말했다. "영원히 백작님 가슴에 비밀로 묻어두겠다고 약속해주시고, 선언해주시고, 또 맹세해주십시오. 그러면 그녀가 누구에게 마음을 두고 있는지 말씀드리겠습니다."

이러한 엄숙한 준비 조치에 엘름우드 경의 몸이 떨렸다. 그게 누군지 알기 위해 즉각 말보다 빨리 마음에 떠올릴 수 있는 사람들을 모두 쭉 훑어내렸다. 이러한 시도가 소용없자 그는 한번 더 우들리 양에게 묻는 듯한 눈길을 돌렸다. 말없이 혼란에 싸인 그녀가 보였다. 다시 한 번 그는 자신의 생각을 뒤져보았고, 이번에는 아까만큼 헛되지 않았다. 첫 시선에 그 대상이 나타났고, 그는 자기 자신을 보았다.

우들리 양은, 순간적으로 그의 모습에 나타난 온갖 정념의 급속한 움직임을 보았고, 비밀이 밝혀졌음을 알았다. 눈물이 가슴에 뚝뚝 떨어지면서 그녀는 얼굴을 숨겼고, 이를 통해 그는 자신의 추측이 사실임을, 맹세를 통해서보다 더 확실히 확인했다. 짧은 침묵의 시간이 이어졌고, 그사이 그녀는 그가 이제 어떤 태도로 말할까 하는 생각에 고문을 당하는 것처럼 괴로웠다. 그는 곧 이런 대답을 주었다.

"하느님, 지금 그대가 무슨 일을 하고 있는지 아시오. 그대는 내 미래의 계획을 산산조각내고 있소. 내게 이 세상을 너무 소중한 곳으로 만들고 있다는 말입니다."

그러자 그녀는 떨궜던 고개를 들었고, 도리포스의 눈을 보았을 때 그의 눈이 기대와 놀람, 기쁨과 정열 그리고 사랑으로 빛나는 것을 보았다. 아니 그 눈이 쏘아보내는 빠르고 황홀한 빛에는 그녀가 한 번도 보지 못했던 어떤 불빛, 어떤 격정이 있었다. 그녀는 놀라움에 휩싸였다. 그녀는 그가 밀너 양을 사랑하기를 바랐지만 그것이 절제된 사랑이기를 바랐다. 우들리 양은 이 주제에 익숙하지 않았기에, 만약 그랬다면 그것은 사랑하는 것이 아님을 알지 못했다. 적어도 그들의 결합을 방해하는 온갖 관계와 다양한 장애를 헤쳐나갈 정도의 사랑은 아님을 몰랐던 것이다.

엘름우드 경은 자신의 존재로 우들리 양이 당황하고 있음을 알아차렸고, 그녀가 침묵 속에서 그에게 쏟아내는 듯한 비난을 이해했다. 이 두 가지로부터 그녀를 안도시키기 위해 그는 한 손을 가슴에 꽉 대고는 말했다. "우들리 양은 나를 믿지요?"

"그럼요, 백작님." 그녀가 몸을 떨며 대답했다.

"나는 지금 내가 아는 사실을 절대 부당하게 이용하지 않을 겁니다." 그가 단호하게 말했다.

"저는 백작님을 믿습니다."

"하지만 지금 나를 사로잡고 있는 정념에 대해서는," 그가 말을 이어갔다. "장담할 수가 없네요. 혼란스럽기도 하고, 당장은 승리감에 취해 있어요. 하지만 이제껏 나는 정념에 압도된 적이 전혀 없었으니, 지금 이 경우도 내 이성은 끝까지 싸울 겁니다. 내가 잘못을 저지른다면 그건 이성이 나를 꺾을 때이겠지요."

그가 막 방을 떠나려 할 때 그녀는 그를 따라가며 말했다. "그런데 백작님, 제가 배신한 그 가여운 대상을 제가 어떻게 다시 볼 수 있을까요?"

"그대가 해칠 의도가 전혀 없었던, 또 실제로 어떤 해도 입히지 않은 이로 봐요." 그가 대답했다.

"하지만 그녀는 해를 입었다고 생각할 거예요, 백작님."

"우리는 우리 자신에게 속한 것들을 판단하기 어렵지요." 그가 대답했다. "그대가 알려준 소식에 지금 나는 황홀합니다. 하지만 아마 그 얘기를 듣지 않았던 편이 더 나았을 것 같기도 하네요."

우들리 양은 무언가를 더 말하려 했지만, 그는 마치 그녀에게 주의를 기울일 겨를이 없다는 듯이 서둘러 방을 빠져나갔다.

6

우들리 양은 한동안 서서 어느 쪽으로 가야 하는지 생각했다. 누군가 지금 그녀를 본다면 왜 그렇게 눈이 퉁퉁 부어 알아볼 수 없을 정도로 울었는지 물을 터였다. 만일 밀너 양이 그렇게 묻는다면 어떤 말로 대답하고 어떤 태도로 사실을 부정할 것인가? 밀너 양을 피해야겠다는 게 처음 떠오른 생각이었고, 그녀는 유일한 방법을 실행했다. 즉 삯마차를 불러 도시를 벗어나 몇 마일을 돌아다녔고, 점심식사시간에 돌아왔을 때는 부은 눈이 거의 가라앉아서 두통을 호소하는 것만으로도 충분한 핑계가 되었다.

밀너 양은 충분히 회복되어 점심식사에 참석할 수 있었지만 음식을 거의 입에 대지 않았다. 엘름우드 경은 집에서 식사하지 않았는데, 이에 우들리 양은 기뻤지만 샌퍼드 신부는 매우 실망한 듯 보였다. 그는 백작이 나가면서 남긴 말을 하인들에게 묻고 또 물었다. 그들은 "식사시간까지 집에 오지 못한다는 것 말고 특별한 말씀이 없으셨다"라고 대답했다. "도대체 어디서 식사를 하는 건지 모르겠군." 샌퍼드가 말했다. "세상에, 샌퍼드 신부님, 정말 모르시겠어요?" (얼마 전 그의 결혼 계획에 대해 알게 된 호턴 부인이 말했다.) "당연히 펜턴 양과 식사하고 계시지요." "아니외다." 샌퍼드가 대답했다. "그는 지금 펜턴 양 집에 없어요. 내가 지금 그곳에 있다 왔는데, 그들은 종일 그를 보지 못했소." 가여운 밀너 양은 이 얘기를 듣고 한입 가득 음식을 집어넣었다. 희망이 없을 때 우리는 작은 만족도 기쁨으로 받아들이기 때문이다.

우들리 양은 오전 내내 근심과 걱정으로 힘겨웠지만, 최근 몇 주 동안 그날 점심식사에서만큼 마음이 가벼웠던 적도 없었다. 엘름우드 경의 약속에 대한 그녀의 신뢰, 그의 섬세함과 정의감에 대한 굳은 믿음, 어떤 의심도 없이 자신을 맞아준 친구의 한결같은 다정함, 아무리 잘못된 판단에 이끌렸다 하더라도 자신의 정직했던 의도에 대한 의식. 이 모든 것이 하나로 모여 자신이 돌이켜야 할 어떤 일도 하지 않았다는 희망으로 그녀를 위로했다. 하지만, 비록 그녀는 자신이 드러낸 사실에 대해서는 평온하게 느꼈지만, 나중에 엘름우드 경을 만날 것에 대한 두려움으로 여전히 크게 당황해하고 있었다.

밀너 양은 외출할 기력이 없었기에 집에서 저녁 시간을 보냈다. 그녀는 새로운 오페라 대본을 일부 읽고, 기타를 연주했으며, 생각에 골몰했고, 한숨을 쉬었고, 가끔 우들리 양과 대화하면서 그렇게 거의 밤 열시까지 지루한 시간을 보냈다. 그즈음 호턴 부인은 샌퍼드 신부에게 피케 게임을 하자고 했지만 그는 사양했고, 밀너 양이 자신이 대신 하겠다고 하자 기뻐하며 환영했다. 그들이 막 카드 게임을 시작했을 때 엘름우드 경이 방으로 들어왔다. 밀너 양의 표정은 즉시 환해졌고, 비록 편안한 아침 복장에 얼굴빛도 평소보다 더 창백했지만 그렇다고 덜 아름답지도 않았다. 우들리 양은 의자에 등을 기대고 앉아 게임을 지켜보았고, 샌퍼드 신부는 벽난로의 다른 편에서 어떤 그리스 사상가의 책을 읽고 있었다. 엘름우드 경은 탁자 쪽으로 가서 아침 이후로 보지 못했던 숙녀들과 그날 한 번도 못 본 밀너 양에게 인사를 건넸다. 그들도 그에게 답례 인사를 했고, 그가 밀너 양 쪽으로 갈 때(그녀의 건강에 대해 물으려는 듯했다) 샌퍼드 신부가 책을 내려놓으며 말했다.

"백작, 하루종일 어디 있었습니까?"

"매우 바빴습니다." 백작이 대답했고, 카드 탁자에서 그가 있는 쪽으로 갔다.

밀너 양은 카드를 뒤죽박죽 내면서 실수하기 시작했다.

"저녁에 펜턴 씨 댁에 있었습니까?" 샌퍼드가 말했다.

"아니요, 오늘은 안 갔습니다." 백작이 대답했다.

"어떻게 된 거요, 백작?" 샌퍼드가 말했다.

밀너 양은 하트 킹 대신에 다이아몬드 에이스를 냈다.

"내일 방문하려고요." 백작은 대답 후 매우 격식을 갖춘 태도로 밀너 양에게 다가가 "그대가 완전히 나았기를 바랍니다"라고 말했다.

호턴 부인은 밀너 양에게 "무슨 카드를 내는지 신경 좀 쓰세요"라고 말했다.

그녀가 대답했다. "매우 좋아졌습니다, 백작님."

그는 다시 샌퍼드에게 되돌아갔지만, 그 모든 순간 동안 우들리 양과 눈을 마주치지 않았고, 그녀 역시 똑같이 조심하며 그의 시선을 피했다.

식은 음식들이 저녁식사로 차려졌다. 밀너 양은 게임에서 졌고, 게임은 끝났다.

저녁식사 자리에 모두가 앉았을 때 호턴 부인이 말했다. "밀너 양, 저녁으로 따뜻한 걸 먹는 게 좋겠지요? 끓인 닭 수프나 아니면 비슷한 다른 거라도? 종일 아무것도 드시지 않았잖아요."

엘름우드 경은 인류애의 감정으로 말했다. 분명히 그건 다른 어떤 감정이 아니었다. 하지만 그는 박애의 감정을 그토록 강렬히 느껴본 적이 없었고 이렇게 말했다. "밀너 양, 제발 준비된 음식을 좀 먹어주길 부탁하오."

진심 가득한, 힘주어 발화된 이 몇 마디 말은 어떤 세련된 칭찬보다 더 그녀를 기분좋게 했다. 그녀의 고마워하는 마음은 뺨에 어린 홍조로, 또 "차린 음식들을 잘 먹을 수 있어요"라며 그를 안심시키는 말로 표현되었다. 그렇게 말하긴 했지만 그녀는 음식을 먹으려고 하지 않았다. 일단 음식을 입에 갖다댔으나 곧 다시 접시에 내려놓았고, 억지로 식욕을 내려는 헛된 노력으로 인해 더욱 창백해졌다. 엘름우드 경은 늘 그녀에게 주의를 기울여왔지만, 지금은 마치 어린아이를 보듯 그녀를 지켜보았다. 그녀가 애써도 먹지 못하는 모습을 보고는 그녀의 접시를 가져가더니 다른 것을 주었다. 마치 그가 다정한 소년이고 그녀는 그의 소중한 새여서 그 새를 잃는다면 휴일의 모든 기쁨이 산산조각날 것처럼, 다정하고 빈틈없는 표정으로 그렇게 했다.

이러한 배려에는 지극히 부드럽고, 과할 만큼 친절하며, 그럼에도 지극히 진실한 뭔가가 담겨 있었기에 우들리 양의 눈에는 눈물이 고였고, 샌퍼드 신부의 관심을 끌었으며, 호턴 부인 역시 이를 알아차렸다. 그 사이 밀너 양의 마음은 감사의 감정으로, 사랑이 아니라면 가장 큰 자리를 차지하는 감사로 넘쳐흘렀다.

후견인이 내보인 걱정을 덜어주기 위해 그녀는 명랑해 보이려 애썼고, 그러한 노력으로 마침내 정말로 명랑해졌다. 이제 그는 그녀에게 와인을 한 잔 마시기를 간청했으며, 옆에서 갖가지 대화를 늘어놓는 듯한 모습이었다. 샌퍼드는 이를 계속 지켜보았고, 함께 있는 이들 앞에서 자기 생각을 숨기는 데 익숙하지 않았기에 툭 내뱉고 말았다.

"며칠 전 펜턴 양이 아팠을 때는, 백작, 그녀의 건강을 지금의 반만큼도 걱정하지 않는 듯 보였소이다."

만일 샌퍼드가 엘름우드 경의 모든 영지를 밀너 양의 발아래 갖다 바쳤다 해도, 혹은 여신의 얼굴을 장식해주는 영원한 화사함을 그녀에게 주었다 해도, 그녀가 그를 가깝게 느끼는 데 있어 이 한 문장에 미치지 못했을 것이다. 그녀는 세상에서 가장 상냥한 표정으로 그를 바라보았고, 전에 그를 화나게 한 일에 대해 고통을 느꼈다.

"펜턴 양에게는," (엘름우드 경이 대답했다.) "오빠가 있지요. 그녀의 건강과 행복은 그의 보살핌에 달려 있고, 밀너 양의 건강과 행복은 제 보살핌에 달려 있습니다."

"샌퍼드 신부님." 밀너 양이 말했다. "어젯밤 제가 몹시 무례하게 굴었던 것 같아요. 제 속죄를 받아주시겠어요?"

"아니요, 아가씨." 그가 대답했다. "나는 개선이 없는 속죄는 받아들이지 않습니다."

"그렇다면," 그녀가 웃으며 말했다. "제가 다시는 신부님을 화나게 하지 않겠다고 약속한다면, 그때는요?"

"글쎄, 그렇다면, 그대는 약속을 어기겠지요." 그가 무례하게 대답했다.

"약속하지 말아요." 엘름우드 경이 말했다. "저분은 지금 그대를 자극해 약속하게 할 셈이니까."

이러한 대화를 나누는 가운데 저녁 시간이 지나갔고, 밀너 양은 아침만 해도 바라기 어려웠던 좋은 기분으로 쉬기 위해 물러났다. 우들리 양 역시 즐거워할 이유가 있었으나 그녀의 즐거움은 '펜턴 양이 있었구나'라는 생각이 들자 상당히 퇴색되었다. 자신이 밀너 양에게 한 올바른 일이 그 여인에게 잘못한 일이 아닌지 두려웠다. 만일 밀너 양의 마음을 알았듯이 펜턴 양의 마음을 알았다면 둘 중 어느 쪽에도 부당하지 않게 행동할 수 있었을 텐데 싶었다. 하지만 펜턴 양은 최근 그들과의 만남을 피했고, 말이 없는 성격이라 만나도 속마음을 드러내지 않았다. 따라서 우들리 양은 오로지 자신이 내린 최선의 판단에 따라 행동해야 했고 모든 사건을 신의 섭리에 맡겼다.

7

며칠 후 엘름우드 하우스에서는 모든 것이 또 모든 사람이 새로운 얼굴을 띠었다. 백작은 밀너 양의 공공연한 연인이었고, 그녀는 세상에서 가장 행복한 사람이었으며, 우들리 양은 그 기쁨을 함께했다. 반면 샌퍼드 신부는 펜턴 양이 대체된 일을 깊이 근심하며 개탄했다. 특히 그의 슬픔을 사무치게 만드는 것은 그녀가 밀너 양으로 대체되었다는 사실이었다. 비록 사제였지만 그는 평신도와 다름없이 자제하지 못하고 실망감을 드러냈다. 그는 엘름우드 경에게 거의 말을 걸지 않았고, 밀너 양을 보려 하지 않았으며, 모든 사람에게 화가 나 있었다. 처음 엘름우드 경의 결심을 알게 되었을 때는 집을 떠나려고 했다. 백작이 절대로 뜻을 굽히지 않으면서 이 일에 대한 그의 모든 훌륭한 충고와 조언을 물리쳤을 때는 그를 떠나 다시는 스승이나 조언자가 되지 않겠다고 결심하기도 했다. 하지만 친구이자 제자이며 또 후원자이되 대개 그의 뜻에 암묵적으로 순종하는 이를 막상 떠나려니 그의 종교적인 측면이 세속적인 인간을 이겼고, 백작이 정열을 추구하게 완전히 내버려둠으로써 그가 저지른 잘못보다 더 큰 벌을 받지 않도록 하고자 머물기로 결심했다. "백작." 그가 말했다. "비록 그대는 항해를 떠나 만난 폭풍우 몰아치는 바다에서 충실한 안내인이 알려주는 암초들을 피할 수 없겠지만, 그럼에도 그 안내인은 그대와 함께 항해하고 그대의 바다 무덤 위에서 애통해할 것이오. 그대가 내 충고를 무시할수록 사실 충고가 더 필요한 것이니, 그대가 내게 집을 나가라고 명령할 때까지는(내 생각에 그대의 부인에게 잘 보이려고 곧 그럴 것 같소만) 내 그대와 함께 계속 지내겠소이다."

엘름우드 경은 그를 진심으로 좋아했고, 그가 그렇게 결정해줘서 기뻤다. 그렇긴 하지만 그는 자신의 이성과 애정이 펜턴 양과 헤어지고 피후견인과 결혼하라고 말한 즉시 매우 단호히 그 의견을 고수했고 따라서 샌퍼드의 의견은 그 주제에 어떤 작은 무게도 지니지 못했다. 또 하루라도 더 집에 머물러달라고 그가 원하지 않는데도 간청하는 식으로 샌퍼드가 그에게 지닌다고 여겨지는 권위를 용인하지도 않았다. 샌퍼드는 이러한 굳은 결의를 비탄에 잠겨 바라보았으나 맞서는 게 소용없다는 걸 알았고 승복했다. 하지만 흔쾌히는 아니었다.

엘름우드 경의 결혼 계획 변경으로 영향받은 사람 가운데 아마도 펜턴 양이 가장 적게 영향받은 사람이었을 것이다. 그녀는 결혼생활에 만족했을 것처럼 혼자 사는 것에도 만족했다. 그녀에게 결혼 제의를 했던 사람은 엘름우드 경을 대신한 샌퍼드 신부였고, 또 결혼 약속을 면해줄 걸 요청한 것도 샌퍼드 신부였다. 그녀는 두 제안을 똑같이 맥없는 승인의 미소로 그리고 똑같이 차갑고 무심한 마음으로 받아들였다.

엘름우드 경은 약혼녀의 이러한 성격을 완벽히 알고 있었기에 미래의 결혼생활이 황량한 겨울 같으리라 생각했다. 하지만 밀너 양의 감수성은 이제 그 전망을 영원한 봄으로, 혹은 봄, 여름, 가을의 더욱 귀한 다양함으로 뒤바꿔놓았다.

그가 그녀와 헤어질 생각을 할 수 있었던 것은 펜턴 양이 본질적으로 둔감함을 알고 있었기 때문이다. 엘름우드 경은 여전히 사제의 신성함을 지니고 있었기에, 자신의 배신으로 누군가에게 고통을 주기보다는 스스로의 행복 심지어 사랑하는 피후견인의 행복을 포기하려 했을 것이다. 하지만 그는 그렇게 되지 않으리라 온전히 확신했고 그런 확신 후에야 밀너 양에게 손을 내밀었다. 게다가 펜턴 양 스스로가 그녀의 생각은 지상보다는 천국의 기쁨으로 향해 있음을 확신시켰다. 상황이 이렇게 되었으니 그녀는 수녀원에 들어가야겠다고 생각했고, 이는 불행한 일이라기보다는 행복한 사건이었다. 그녀가 이렇게 결심할 경우 그녀의 재산을 물려받게 될 오빠 역시 그녀와 같은 의견이었다.

밀너 양은 자신을 둘러싼 행복의 미로에서 길을 잃은 채 종종 자신의 마음에게 질문을 했고 그러면 마음은 아첨꾼처럼 속삭였다. '맞아, 내 매력이란 게 내가 생각했던 것보다 훨씬 더 치명적이지 않아? 도리포스, 엄격하고 싱스럽고 은둔자였던 도리포스가 내 매력에 이끌려 뜨겁고 열렬한 연인의 모든 열정으로 생기가 돌고 있잖아. 내가 단지 살짝 찌푸리기만 해도 오만한 사제이자 근엄한 후견인이 바로 그 사랑의 노예로 겸손해지거든.' 그러고는 이렇게 물었다. '왜 좀더 오랫동안 그이를 안달복달하게 하지 않았을까? 그렇다고 그이가 나를 더 사랑하지는 않았겠지만 그이를 좌지우지할 내 힘은 훨씬 더 커졌을 텐데 말이야. 그이가 증명해 보인 사랑으로도 나는 최고로 행복한 여인이지만, 내가 못되게 굴어도 그 사랑이 계속될지 궁금한걸. 만일 그렇지 않다면 내가 사랑받길 원하는 방식으로 그이가 나를 사랑하는 건 아니니까. 하지만 만일 그렇다면 내 승리감, 내 행복감은 훨씬 높아질 테지.' 이러한 생각은 단지 머릿속에서 일어나는 상상일 뿐, 체계적으로 행동에 옮겨진 적은 한 번도 없었다. 하지만 이러한 생각이 마음껏 거듭되자 우연한 사건들로 실행되었다. 잘못을 저질러도 사랑받을 수 있는지에 대한 값비싼 실험(이는 자부심 강한 여자라면 늘 갈망하는 영광이다)이 현재 밀너 양의 야심이었다.

생각 없는 여인! 아무리 감추거나 극복하려고 해도, 엘름우드 경의 날카로운 눈에는 그의 모든 사랑과 인내심을 시험하기에 충분한 결점들이 보인다는 것을 그녀는 생각지 못했다. 하지만 어떤 여성이 이런 실험을 좋아하지 않겠는가? 그러한 실험에 희생양이 되지 않을 이들은 또 얼마나 적을 것인가!

사랑하는 남자의 애정을 완벽히 확보하자 그녀의 나빠지던 건강은 더이상 그녀를 위협하지 않았다. 쇠약해지던 기운도 전으로 돌아왔다. 후견인에 대한 반신반의가 이제 맹목적 사랑에 빠진 연인에 대한 충분한 믿음으로 변하자 그녀는 다시 이전의 모든 어리석음과 유행을 좇는 모든 경솔함을 공공연히 드러냈고, 이를 이전보다 적은 제한을 받으면서 마음껏 누렸다.

한동안 엘름우드 경은 정열에 눈이 멀어 그녀가 다시 행복하다는 모든 새로운 증거를 부추겼고 또 감탄했다. 또 그러한 허용에 힘입어 그녀가 평소의 한도를 넘어가기 전까지 나무라지도 않았다. 피후견인이었을 때 그녀는 늘 온순했으며 (그가 강력히 반대할 때도) 언제나 순종적이었다. 하지만 연인이 되자 때때로 거만하게 굴었고, 그의 반대에는 늘 오만하게 반응했다. 그는 놀랐지만 그 신선함이 또한 즐거웠다. 그가 애틋하게 사랑하는 밀너 양은 어떤 변화를 시도하거나 새로운 성격을 보여줄 때조차 그녀에게 어울리는 것만을 택했다.

그녀에 대한 그의 많은 불만 중 하나는 그녀가 수입을 함부로 낭비한다는 것이었다. 그에게 수없이 날아온 청구서나 어음의 지출 명세는 그녀가 한 번도 입지 않은 드레스나 돈을 지불하기도 전에 유행이 지나버린 장식품 같은 것들이었다. 혹은 변덕의 힘에 이끌려 충동적으로 낸 기부금이었다. 또다른 불만은 늘 그렇듯 집에 지나치게 늦게 오는 것과 그가 마땅치 않게 여기는 무리와 자주 어울리는 것이었다.

그의 사랑과 비난이, 또 공손함과 불안함이 겨루는 것을 그녀는 황홀함으로 바라보았다. 또 그의 질타에 가볍고 경박하거나 혹은 화가 난 태도로 반응하면서, 자신이 그의 사랑의 강도를 시험하고 있음을 우들리 양이나 특히 샌퍼드 신부에게 보여주며 의기양양해하기도 했다.

엘름우드 하우스에서 열릴 결혼식 준비가 여름 내내 착착 진행되고 있었고, 그녀는 결혼 전 런던에 머무는 짧은 기간 동안 앞으로는 맛볼 수 없는 즐거움을 누릴 기회를 하나도 놓치지 않겠다고 결심했다. 그녀가 그러한 즐거움을 좇는 데 열심이긴 했지만, 그것을 이후에 올 즐거움, 즉 집에 머물면서 얻게 될 훨씬 더 차분하고 커다란 기쁨과 경쟁할 만한 것으로 생각했던 것은 아니었다. 단지 중간에 끼어 있는 지루한 시간을 빨리 보내버리고 싶었기에 종종 미래의 남편이 승인하지 않을 다양한 오락거리를 행하며 시간을 보냈다.

안타깝게도, 엘름우드 경이 백작이 되고 영지를 지니게 됨에 따라 발생하게 된 법정 소송 및 몇몇 다른 복잡한 문제로 인해 그가 자주 혹은 가끔씩 저녁 내내 집을 비우는 일이 생기곤 했다. 또 그가 집에 있을 때라도 종종 변호사들과 함께 방에서 몇 시간을 보내곤 했다. 그가 이렇게 방심한 데 반해, 샌퍼드는 절대 그러지 않았다. 밀너 양이 그에게 세상에서 가장 소중한 사람이었더라도 그녀를 더 면밀하게 지켜볼 수 없었을 터였다. 혹은 그녀가 세상에서 가장 취약한 존재였다 해도 엘름우드 경에게 그녀의 행실에 대해 더 가혹하게 얘기할 수 없었을 터였다. 백작은 샌퍼드의 약점이 밀너 양을 안 좋게 생각하는 것임을 알았기에, 이에 대해 그에게 연민을 느꼈고, 또 그녀에게도 연민을 느꼈다. 따라서 샌퍼드가 그녀의 진짜 어리석음에 대해 과장되게 재현할 때도, 두 사람에 대한 도리포스의 애정은 그러한 재현과 다른 모든 인상 가운데 머물며 그의 가슴속에서 버티고 있었다.

하지만 사실을 피할 수는 없다. 그는 그러한 잘못을, 이전에 샌퍼드 신부가 비록 편견에 차서 지적하긴 했지만, 마침내 제대로 보았다.

샌퍼드는 백작의 걱정을 알게 되자마자, "거보시오, 백작!" 하고 의기양양하게 말했다. "이 결혼은 잘못된 거라고 내 늘 말하지 않았습니까? 하지만 그대는 내 말을 들으려 하지 않겠지요. 사실을 보려고 하지도 않을 테고요."

"신부님도 보지 못했으면서 제가 보지 못함을 나무라는 겁니까? 그동안 밀너 양의 단점뿐 아니라 좋은 점도 보면서 사심 없이 대하셨다면 저도 신부님을 믿고 또 말씀을 따랐을 겁니다. 하지만 신부님은 오로지 그녀의 단점만 보셨고, 그런 점에서 그녀의 온전함만을 보았던 저와 똑같이 속았던 거지요."

"하지만 백작, 내 관찰은 그대에게 큰 도움이 되었을 것들이지요. 왜냐하면 나는 피해야 할 것들을 보았으니까요."

"하지만 제 관찰이 가장 자비로운 것이었지요." 백작이 대답했다. "왜냐하면 제가 본 것은, 제가 늘 틀림없이 사랑하는 것이니까요."

샌퍼드는 한숨을 쉬고는 두 손을 들어올렸다.

"샌퍼드 신부님." 샌퍼드의 혹은 그 누구의 힘으로도 그의 굳은 결심을 바꿀 수 없을 듯한 목소리와 태도로 백작이 다시 말했다. "샌퍼드 신부님." 그가 말했다. "이제 제 눈은 밀너 양의 장점뿐 아니라 그녀의 결점에, 또 그녀의 덕뿐 아니라 그녀의 악에 모두 열려 있습니다. 다시는 그녀에 대한 신부님의 편견으로 인해 그녀를 좋게 생각하는 쪽으로 사로잡히지 않을 겁니다. 제 생각에 제가 그녀에게 처음 마음을 준 건 신부님이 그녀를 무례하게 대하는 데 대한 연민 때문이었어요."

"나 때문이란 말이오, 백작?" 샌퍼드가 말했다. "내게 그런 짐을 지우지 마시지요, 그녀에 대한 그대의 사랑 같은 무거운 짐을요."

"제 말을 끊지 마십시오." 백작이 말했다. "신부님의 의도가 무엇이었든 그녀를 대했던 신부님의 매정함이 빚어낸 효과는 제가 말씀드린 바와 같습니다. 이제는 더이상," 그가 말을 이어갔다. "그녀의 매력, 원래부터 이미 탁월한 그 매력을 고양시키는, 신부님과 같은 적을 두지 않을 겁니다. 더이상 그녀에 대한 불평을 듣지 않을 것이며 대신 저 스스로가 그녀를 면밀히 관찰할 겁니다. 만일 그녀의 정신과 마음이 (최근 저의 의심이 속삭이는 것처럼) 제가 사랑하는 대상에게 기대하는 실체적인 행복에 맞지 않는 지나치게 경솔한 것이라 생각되면, 믿으셔도 됩니다, 이 결혼은 무산되리라는 것을요."

"그대 말을 믿지요. 결국 그렇게 될 것입니다." 샌퍼드가 힘주어 대답했다.

"시도해보기도 전에 그렇게 말하는 건 부당하십니다." 백작이 대답했다. "신부님의 부당함은 저로 하여금 신부님의 예를 따르지 않도록 더욱 조심하게 할 뿐이지요."

"하지만 백작—"

"제 마음은 결정되었습니다, 샌퍼드 신부님." 그가 말을 끊으며 대답했다. "밀너 양이 그럴 만하지 않다면 저는 더는 약혼 상태를 유지하지 않겠습니다. 하지만 관찰하는 동안에는, 신부님이 전에 그러셨던 것처럼 그녀를 부당하게 대하지는 않도록 조심하려고 합니다."

"백작, 한 연인이 아니라 한 인간으로 살펴보고 난 후 내가 주목하는 것들이 잘못되었다고 말씀하시지요. 그대의 정열을 떨쳐버리고, 동등한 기반 위에서 나를 상대하시오."

"저는 그 누구도 상대하지 않겠습니다. 그 누구에게도 상의하지 않고요. 오로지 저 자신의 판단만이 판관 노릇을 할 것이고, 그렇게 몇 달이 지난 후에는 결혼을 하든지 아니면 저를 그녀로부터 영원히 추방하려 합니다."

이 마지막 말, 이 말이 전해지는 어조와 단호함에는, 샌퍼드의 마음이 만족스럽게 머무르게 되는 무언가가 있었다. 그 말에는 실행될 위협의 증후들이 담겨 있었다. 샌퍼드는 그의 지혜를 칭찬하며, 또 그의 말을 굳게 믿는다는 것을 열렬히 확인시키면서 후원자와 헤어졌다.

엘름우드 경은 이러한 결심에 도달하자 지난 며칠에 비해 훨씬 더 차분해졌다. 그동안은 계속해서 집안의 다툼, 복종 없는 가정, 경제관념 없는 가계, 한마디로 분별없는 아내가 그의 마음을 사로잡았었다.

샌퍼드 신부는 지성이 풍부하고 학식이 높으며 완벽한 결의론자*였지만, 그가 저지르는 잘못은 순전히 그가 더 잘 알지 못해 생긴 일이었다. 그는 끊임없이 타인의 잘못을 비난했지만 또 그는 확실히 좋은 사

---

* 결의론자(casuist)는 구체적인 상황에서 발생한 도덕적 문제를 과도할 정도로 예민하고 순수하게 추론하는 사람이다. 대개 현학적이고 형식적인 추론에 빠져 있는 사람에 대한 경멸적인 함의가 강하다.

람이었기에 자신의 잘못을 알게 될 경우 이를 고치고 개선했을 것이다. 하지만 그는 자신의 잘못을 알지 못했다. 오랫동안 같이 살아온 모든 이들보다 우월했고, 또 다른 이들을 가르치느라 바빴기에 자신 역시 가르침이 필요하다는 생각을 하지 못했다. 주위 사람들을 엄격함으로 압도했기에 친구는 많았지만 누구 하나 그의 잘못을 말해주지 않았다(방금 엘름우드 경은 예외였다. 하지만 엘름우드 경은 사랑에 빠진 남자였기에, 그는 신뢰하려 들지 않았다). 그렇다면 그가 스스로 잘못이 없다고 생각할 만한 이유가 정말 없었던 걸까? 사실 그의 적들은 이유가 있음을 암시했지만, 그는 적들의 말에 귀기울이지 않았다. 따라서 그는 그의 모든 분별력에도 불구하고 "당신의 친구가 하는 말보다는 당신의 적이 당신에 대해 하는 말을 믿어라" 같은 원칙을 따를 감각이 부족했다. 만일 이 원칙에 주의를 기울였더라면 그는 지금과 달리 많은 사람을 사랑스럽게 봤을 것이고, 완벽히 올바른 사람이 됐을 텐데 말이다. 만일 그가 적의 말을 들었다면, 그 적은 엘름우드 경의 서재를 나서는 샌퍼드에게 이렇게 속삭였으리라. "잔인하고 야만적인 인간! 그대는 밀너 양이 전적으로 기대는 희망, 그녀를 깊은 고통에서 지켜주고 기쁨과 행복함으로 가꿔주는 희망이 모두 꺾이리라는 예상에 아주 만족한 채, 아니, 심지어 신이 난 채 가는군. 그대는 이 기쁨이 친구인 엘름우드 경을 위해서라고 쉽게 생각하겠지. 그가 위험에서 벗어났고 그대는 그의 안녕을 비니까. 하지만 그 승리감에는 그대가 알고 싶어하지 않는 다른 이유가 있소이다. 그의 안전함에는 피후견인에 대한 그의 처벌이 깃들어 있으니. 부끄러운 일 아니오! 부끄러운 일! 당신의 잘못이 용서받아야 하듯, 그녀의 잘못을 용서하시오."

만일 샌퍼드가 믿는 누군가가 이렇게 얘기했더라면, 혹은 이러한 말이 그의 가슴에서 우러나왔다면, 그는 강직하고 성실한 사람이었기에 곧 엘름우드 경에게 돌아가 그의 미래의 아내에 대해 그가 좋게 생각할 수 있도록 노력했을 것이다. 하지만 그와 같은 감시자가 없었기에 그는 매우 만족한 채 계속 걸어갔고, 가다가 우들리 양을 만나자 의기양양한 태도로 말했다.

"그대의 아가씨는 어디 있소? 엘름우드 부인은 어디 계십니까?"

우들리 양은 미소를 띤 채 이러이러한 숙녀들과 함께 경매장에 갔다고 대답했다. "하지만 왜 벌써 그러한 호칭을 쓰시는 건가요, 샌퍼드 신부님?"

"왜냐하면," 그가 대답했다. "그 호칭을 결코 쓰지 못할 것 같아서입니다."

"맙소사, 신부님!" 우들리 양이 말했다. "저를 놀라게 하시네요."

"그래야 한다고 생각했소." 그가 대답했다. "그래서 그대에게 말하는 겁니다."

"세상에, 무슨 일이 있었나요?" 그녀가 말했다.

"새로운 건 없어요. 그녀의 분별없음만이 있을 뿐이지."

"아가씨가 신중하지 못한 건 저도 알아요." 우들리 양이 말했다. "혼날 일을 자주 하는 것도 알고요. 하지만 그럼에도 백작님은 아가씨를 너무 사랑하고 계시고, 사랑은 많은 것을 눈감아줄 거예요."

"그는 분명히 그녀를 사랑하지요. 하지만 그는 또 이해력과 결단력을 지닌 사람이에요. 그는 자기 누이도 사랑했었소, 애틋하게 사랑했었지. 하지만 결단을 내린 후에는 다시는 보지 않겠다는 맹세의 말을 전했고, 누이가 죽는 순간에도 그 말을 철회하지 않으려 했소이다. 어떤 애원도 그를 설득할 수 없었어요. 현재는 누이가 낳은 아이의 생계를 지원하고 사랑한다고 말할 수도 있겠지만, 그대가 그 아이를 집에 데려왔을 때 보지 않으려고 했던 걸 기억할 겁니다."

"가여운 밀너 양!" 우들리 양이 세상의 연민을 모두 담은 듯한 어조로 말했다.

"아니," 샌퍼드가 말했다. "엘름우드 경이 다시는 그녀를 보지 않겠다는 말을 아직 입 밖에 낸 건 아니지요. 단지 그렇게 말할 수 있다는 경고만 했소. 하지만 나는 그를 잘 알아요. 그의 경고는 대개 이미 취해진 행동과 같지요."

"늦지 않게 알려주셔서 정말 감사합니다." 우들리 양이 말했다. "밀너 양에게 조심하라고 당장 경고할게요. 아가씨도 좀더 신중하게 행동할 거예요."

"그럴 리가 있겠소." 샌퍼드가 서둘러 말했다. "무엇 때문에 그녀에게 경고를 한단 말이오? 그녀에게 어떤 도움도 되지 않을 텐데. 게다가," 그가 덧붙였다. "백작이 이 문제에 대해 내가 비밀을 지키기를 원하는지도 모르겠는데, 만일 그렇다면—"

"하지만, 물론 신부님 의견은 모두 존중하지만요." 우들리 양이 말했다. (그리고 모든 존중을 담아 이야기했다.) "이 경우 비밀을 지키는 건 사악한 일이라 생각하지 않으시나요, 샌퍼드 신부님? 왜냐하면 이 일로 제 친구가 겪을 고통을 생각해본다면, 그리고 그녀에게 충고를 함으로써 우리가 그녀를 구할 수만 있다면—" 그녀가 계속 말했다.

"그대는 그녀에게 사실을 알리지 않는 것이 악하다고 말할지 모르겠으나, 내게는 약속을 깨트리는 것이(만일 내가 약속했다면 말이오, 그랬다고 말하는 건 아니오) 훨씬 더 큰 죄악이지요." 그가 말했다.

"신부님 말씀이 맞으세요." 우들리 양이 겸손히 말했다. "하지만 신부님께서 약속을 하셨더라도 제가 약속을 한 건 아니니까 저는 누설할 수—"

"잠깐, 거기!" 샌퍼드가 외쳤다. "그게 바로 그대가 이 일을 판단하는 방식이지. 사실을 있는 그대로 판단해야지 사실을 해석하려 들면 안 됩니다. 그게 사안을 판단하는 유일한 방법이지요. 만일 내가 엘름우드 경에게 약속을 했다면(다시 말하건대 내가 그랬는지는 모르겠소), 그 약속은 비밀을 누설하지 않겠다는 것, 즉 밀너 양에게 직접 말하지 않겠다는 것이었겠지요. 나는 그녀에게 말하지 않았으니 약속을 지킨 거고요. 또 이 얘기를 그대에게 한 것은 그대가 이를 발설하지 않으리라는 확신이 있어서죠. 내 입장에서 그러한 신뢰는 그대가 했을 가장 엄숙한 맹세만큼이나 구속력이 있고요."

"그렇다면 이를 밀너 양이 알게 되더라도 그건 제 잘못이지 신부님 잘못은 아닌 거지요?"

"물론이오."

"그럼 그건 제 잘못이 될 테니, 신부님은 걱정하지 마세요."

그가 다시 설명하려는데 밀너 양이 들어왔고 이야기가 끊겼다. 그녀는 아침 내내 경매장에 있었고, 쓸 데는 없지만 싸다고 해서 여러 물건을 거의 이백 파운드를 들여 샀다. 그중에는 화학에 대한 책이 많았고 라틴어로 쓰인 책도 몇 권 있었다.

"아, 아가씨." 그녀가 구입한 물품들이 연필로 표시된 카탈로그를 보며 샌퍼드가 말했다. "도대체 무슨 일을 한 건지 아는 겁니까? 한 자도 못 읽는 책을 사다니."

"못 읽는다고요, 샌퍼드 신부님? 하지만 이 책들이 얼마나 고급스럽게 제본되어 있는지를 보신다면 분명히 신부님 마음에도 쏙 드실 거예요."

"아가씨." 호턴 부인이 말했다. "사기그릇은 왜 사셨어요? 아가씨와 백작님은 지금도 그릇이 너무 많아 둘 공간이 없답니다."

"맞아요, 호턴 부인. 잊어버렸네요. 하지만 부인도 알다시피 다른 사람들에게 줄 수 있잖아요."

대화가 끝나갈 무렵 엘름우드 경이 방으로 들어왔다. 그는 머리를 흔들고 한숨을 쉬었다.

"백작님." 그녀가 말했다. "저는 정말 유쾌한 아침 시간을 보냈어요. 하지만 옆에 안 계셔서 아쉬웠어요. 함께 있었더라면 훨씬 더 많은 물건을 살 수 있었을 텐데요. 하지만 백작님도 안 계신데 비합리적으로 보이고 싶지는 않았거든요."

샌퍼드는 엘름우드 경을 관찰하듯 시선을 고정한 채 그의 표정을 지켜봤다. 백작은 미소를 지었지만 생각에 잠긴 듯했다.

"아, 그리고 백작님께 드릴 선물을 샀어요." 그녀가 말했다.

"선물은 없어도 됩니다, 밀너 양."

"네? 제 선물인데요? 그렇군요."

"그대라는 선물을 내게 준다면, 아가씨, 그것으로 충분합니다."

샌퍼드는 불편한 듯 의자에서 이리저리 몸을 움직였다.

"아 그렇다면, 우들리 양." 밀너 양이 말했다. "그대가 그 선물을 가지면 되겠네요. 하지만 우들리 양에게는 안 맞을 텐데. 신사용이거든요. 잘 가지고 있다가 다음에 프레더릭 경을 만나게 되면 줘야겠어요. 오늘 아침 보았는데 너무 멋져 보이던걸요. 말을 걸고 싶었어요."

우들리 양은 엘름우드 경의 얼굴을 몰래 걱정스러운 눈빛으로 쳐다보았고, 그 얼굴이 새빨개지는 걸 보며 몸을 떨었다.

샌퍼드는 두 눈을 부릅뜨고 그를 응시했다. 그러고는 의자에서 몸을 세우면서 걱정을 핑계로 한 줌의 코담배를 들이켰다.

침묵이 이어졌다.

잠시 후. "모두들 정말 우울해 보이네요." 밀너 양이 말했다. "집에 좀 더 늦게 올 걸 그랬나봐요."

우들리 양은 고통스러웠다. 그녀는 엘름우드 경이 극도로 불쾌해하는 걸 보았고, 그 노여움을 그가 되돌릴 수 없는 어떤 말로, 혹은 그녀가 용서할 수 없는 말로 표현할까 두려웠다. 그렇기에 밀너 양에게 따로 할말이 있다고 작은 소리로 말하면서 그녀를 방 밖으로 데리고 나갔다.

그녀가 나가자마자 샌퍼드 신부는 재빠르게 자리에서 일어나 두 손을 비비며 경쾌하게 방을 걸어가더니, 백작에게 쾌활한 어조로 "오늘 집에서 식사할 겁니까?"라고 물었다.

샌퍼드가 활기차게 말하도록 북돋워준 것이 엘름우드 경의 기분을 그만큼 가라앉게 한 것이었기에, 그는 조용히 낙담한 채 앉아 있었다. 마침내 그가 힘없는 목소리로 대답했다. "아니요, 집에서 식사하지 않을 것 같습니다."

"백작님, 어디서 식사하시려고요?" 호턴 부인이 물었다. "저희는 오늘 같이 식사하시는 줄 알았는데요. 밀너 양은 집에서 식사하실 테고요."

"어디에서 먹을지 아직 정하지 않았어요." 호턴 부인의 마지막 말에 주목하지 않은 채 그가 대답했다.

"백작, 만일 호텔에 갈 생각이라면, 괜찮다면 같이 가겠소." 샌퍼드가 끼어들며 말했다.

"좋습니다, 샌퍼드 신부님." 백작이 대답했다. 그리고 둘은 밀너 양이 처소로 돌아오기 전 함께 밖으로 나갔다.

8

우들리 양은 처음으로 샌퍼드 신부의 뜻을 어겼다. 그녀는 밀너 양과 단둘이 있게 되자마자 그가 자신에게 한 얘기를 모두 말했고, 또 연민과 애정을 가득 담아 전달했다. 하지만 설사 샌퍼드의 수호신이 이를 주도했더라도, 밀너 양이 이 정보를 그의 의도와 이렇게 정확히 반대로 받아들이게 하지는 못했을 것이다. 그녀는 엘름우드 경이 입에 올렸다는 위협을 전해듣고 두려움에 떠는 대신 "그이에게 그렇게 하라고 해요"라고 과감히 말했다. "그이는 감히 그러지 못할걸요." 그녀가 되풀이해 말했다.

"왜 감히 그러지 못한다는 거지요?" 우들리 양이 말했다.

"왜냐하면 그이가 나를 너무 사랑하기 때문이지요. 자신의 행복이 너무나 소중하기 때문이기도 하고."

"물론 그분은 아가씨를 사랑하지요." 우들리 양이 대답했다. "하지만 혹시라도 그럴 수 있다고 의심—"

"더이상 의심할 필요 없을 거예요." 밀너 양이 말했다. "내가 그이를 시험해볼 테니까."

"맙소사, 밀너 아가씨! 사려 깊지 못한 말 아닌가요. 시험해본다는 게 무슨 뜻이에요?"

"내 말은, 신중한 남자라면 용서하지 못할 일을 내가 할 거라는 뜻이에요. 비록 그이가 엄청난 신중함을 지니고 있다 하더라도 내가 결국 그이가 사랑에 굴복하도록 만들 테니까."

"하지만 만일 아가씨가 실망하고 그분은 굴복하지 않는다면요?" 우들리 양이 말했다.

"그렇다면 나를 좋아하지 않았던 남자 한 명을 잃을 뿐이겠지요."

"하지만 그분은 아가씨를 많이 좋아하잖아요."

"그러나 나는 엘름우드 경에게 내가 여전히 간직하고 있는 사랑에 대한 보답으로 많이 좋아하는 것 이상을 원해요."

"분명히 아가씨는 그분의 사랑을 가지고 있지요."

"하지만 그이의 사랑이 내 사랑과 같은 건가? 그이에게 수천 가지 결점이 있더라도 나는 그이를 사랑할 수 있어요. 그렇긴 한데—" 기억을 더듬으며 그녀가 말했다. "그렇긴 한데 그이에게 아무런 결점이 없다는 게 내가 처음으로 열정을 품게 된 원인이긴 하네."

그렇게 그녀는 화를 내기도 하고 겉으로 농담도 하면서 말을 이어갔고, 그러다 하녀가 와서 식사가 준비되었다고 알렸다. 식당에 들어섰을 때 식탁에서 백작의 자리가 비어 있는 광경을 보자 그녀는 흠칫 놀랐다. 그와의 식사에서 기대했던 즐거움을 잃은 것에 실망했고, 우들리 양에게 얘기를 들은 즉시 그의 부재를 확인하게 되자 점점 불안해졌다. 그녀는 의자를 빼고는 무심히 앉았는데 이는 먹지 않겠다는 말이었다. 앉아서는 손가락을 시무룩하게 입에 댄 채 나이프와 포크는 건드리지도 않았고 식사시간 내내 건네진 말에 한 마디도 대답하지 않았다. 우들리 양과 호턴 부인은 그녀의 다정한 마음씨와 성품을 잘 알고 있었기에 이러한 행동에 화를 내거나 주의를 기울이지 않았다. 그들은 식사를 했고, 현명하게도 그녀를 자극하거나 위로할 어떤 말도 하지 않았다. 식사를 치우려는데 문에서 커다란 노크 소리가 났다. "누구세요?" 호턴 부인이 말했다. 하인 한 명이 창문으로 가더니 대답했다. "백작님과 샌퍼드 신부님이세요, 부인." "확실히 식사하러 돌아오시는 것 같은데." 호턴 부인이 말했다.

밀너 양은 여전히 같은 자세를 유지하고 있었고 아무 말도 하지 않았다. 하지만 그녀의 손가락이 온전히 가리지 못한 입가에는 수천의 기품 있는 잔보조개의 물결이 퍼져나갔다. 엘름우드 경이 돌아온 것을 반기는, 작은 경련처럼 보이는 절제된 미소였다.

백작과 샌퍼드가 들어왔다.

"돌아오셔서 기뻐요, 백작님." 호턴 부인이 말했다. "밀너 양이 한 입도 드시려 들지 않았거든요."

"그건 제가 입맛이 없어서 그런 거예요." 새빨갛게 얼굴을 붉히며 그녀가 대답했다.

"우리가 식사하러 갔던 곳의 방들이 모두 연기로 가득차 있지 않았다면 돌아오지 않았을 것이오." 샌퍼드가 말했다.

“정말 바람이 심한 날이네요.” 호턴 부인이 말했다. “이 집도 어떤 곳은 연기로 가득해요.”

엘름우드 경은 닭날개를 밀너 양 접시에 놓아주었지만, 어느 부위를 원하냐고 먼저 물어보지는 않았다. 하지만 그녀는 기꺼이 먹어주었다. 그들은 일상적인 대화를 주고받았지만, 마치 다퉜던 것처럼 서로 조심스러웠고, 그런 일이 일어난 적이 없었는데도 그들 역시 그렇게 느꼈다.

양쪽 모두 이런 식으로 거리를 둔 채 행동하면서 약 이 주가 지났다. 대놓고 다투지도 않았지만, 서로에 대한 강한 애정을 (자신도 모르게 그런 경우가 아니라면) 표현하지도 않는 상태로.

그런데 이 기간 동안 한 번, 감정뿐 아니라 표현에서도 둘이 아주 가까운 친구가 되었던 적이 있었다. 이는 그가 알고 있는 그녀의 간절한 소망에 따라 그가 베푼 호의에서 비롯되었다. 게다가 이러한 호의는 그동안 많은 친구들의 거듭된 요청에도 그가 거절해왔던 것이기에 그녀는 자신이 진 빚의 가치를 높이 평가하지 않을 수 없었다.

그녀와 우들리 양이 가여운 어린 러시브룩을 보러 교외로 나간 적이 있었다. 돌아왔을 때 백작은 이들에게 아침에 어디 갔었냐고 물었고 밀너 양은 솔직히 대답했다. 또 “아이가 같이 가겠다고 울고 매달려서 그 아이를 두고 오는 게 얼마나 고통스러웠는지” 모른다고도 덧붙였다.

“그러면 내일 그 아이에게로 가서, 아이를 집으로 데려와요.” 백작이 말했다.

“집으로요!” 그녀가 놀라서 되물었다.

“그래요.” 그가 대답했다. “그대가 원한다면 앞으로 이곳이 그 아이의 집이 될 것입니다. 당신은 그 아이의 어머니가 되고 나는 앞으로 계속 아버지가 되어주겠소."

그 자리에 있던 샌퍼드는 밀너 양에 대한 백작의 깊은 배려의 표시에 기분이 몹시 상한 듯 보였다. 하지만 얼굴에 분노를 담은 채 그는 또한 소년을 위한 기쁨의 눈물을 닦아냈다. 그의 찌푸림이 편견의 힘이었다면, 그의 눈물은 본성의 힘이었다.

러시브룩이 집에 도착했고, 이제 엘름우드 경이 밀너 양에게 어떤 다정함을 보이고 싶어질 때면 그녀에게 직접 표현하는 대신 늘 조카를 무릎 위에 앉힌 채 "우리가 이렇게 가까워져서 참 기쁘구나"라고 말했다.

밀너 양과 후견인 사이의 여러 민감한 권력 투쟁에서 빚어진 사건들의 목격자 중 결국 모든 것이 결혼으로 마무리되리라 생각하지 않는 이는 아무도 없었다. 아무리 눈썰미 없는 사람이라도 이들의 모든 기쁨과 모든 불만의 근원에 열정적인 사랑이 있음을 모를 수 없었다. 하지만 하나의 엄청난 사건이 미래의 모든 화해에 대한 전망을 완전히 뒤집어버렸다.

유행을 선도하는 G 부인이 가장무도회를 열었다. 으뜸가는 인물들에게 티켓이 보내졌고, 그중 석 장이 밀너 양에게 왔다. 그녀는 한 번도 가장무도회에 가본 적이 없었기 때문에 황홀해하며 티켓을 받았다. 특히 그 무도회가 사교계의 중심인 여성의 집에서 열리는 것이기에 참석하는 데 어떤 반대가 있으리라 생각하지 않았다. 잘못된 생각이었다. 그녀가 엘름우드 경에게 이에 대해 언급하자, 그는 곧 다소 엄격하게 "거기에 갈 생각을 하지 마시오"라고 당부했다. 그녀는 안 된다는 말에 당황했지만, 그 말이 전해지는 방식에 더욱 화가 났고, "단언컨대 꼭 가겠어요"라고 잘라서 말했다.

이에 대해 심한 질책을 받으리라 예상했지만, 그녀가 정말 놀란 건 그가 한 마디도 대답하지 않았다는 점이었다. 대신 어떤 체념의 표정으로 그녀를 바라보았는데, 이는 가장 심한 비난보다 그녀를 더 슬프게 할 전조였다. 그녀는 어떻게 하면 그의 이러한 침착함을 깰 수 있을지 생각하며 잠시 앉아 있었다. 처음에는 그를 나무라며 공격할까 생각해 봤다. 다음에는 그를 달래는 방법을, 마지막으로는 그를 비웃어버리는 방법을 생각했다. 마지막 안의 성공 가능성이 가장 낮았지만 그녀는 그 방법을 감행해보기로 했다.

"백작님께서는," 그녀가 말했다. "매우 성스러우시니까, 제가 가장무도회에 가더라도 수녀 복장으로 간다면 분명히 반대하지 않으시겠죠."

그는 대답하지 않았다.

"그건 수많은 잘못을 덮어주는 복장이지요. 그날 밤 저는 백작님마저 정복할 수 있을지도 몰라요. 아니 저는 의심하지 않는걸요. 그 매력적인 옷을 입고 있다면 경건한 섄퍼드 신부님마저 저를 곁눈질만 하지 않으리라는 걸요."

"쉿." 우들리 양이 말했다.

"왜 조용히 해야 하지요?" 우들리 양의 귓속말에 밀너 양이 커다랗게 외쳤다. "저는 확실히 수녀들과 그들의 고해신부들에 대해 책에서 읽은 얘기를 할 뿐인데요."

"밀너 양, 지금의 행동은 그대가 어떤 작가들을 읽었는지를 확실히 보여주는군요. 일일이 인용하지 않아도 됩니다." 엘름우드 경이 대답했다.

그녀는 이 말에 견딜 수 없을 만큼 자존심이 상했다. 하지만 그와 같이 화를 참을 수도 없었기에 얼굴이 벌게지면서 눈물을 쏟아낼 참이었다.

"백작님." 우들리 양이 말했다(그 목소리는 둘의 분노를 거의 잠재울 만큼 너무나 부드럽고 평화로웠다). "백작님께서 밀너 양과 동행하시면 어떨까요? 티켓이 석 장 있으니까요. 그러면 반대하실 이유가 없으실 테고요."

밀너 양의 이마가 즉시 펴졌다. 그녀의 눈은 희망으로 빛났고, 그의 동의에 대한 초조한 기대감으로 한숨을 내쉬었다.

"내가 간다고요, 우들리 양?" 그가 놀라며 대답했다. "그대는 내가 가장무도회에서 어릿광대 노릇을 하리라 상상하는 겁니까?"

밀너 양의 얼굴이 이전 상태로 되돌아갔다.

"가장무도회에서 근엄한 인물들을 많이 봐서요." 우들리 양이 말했다.

"제발 우들리 양, 왜 엘름우드 경이 가면을 막 내려놓은 이때 가면을 쓰도록 설득하는 거지요?" 밀너 양이 말했다.

이제 그의 인내심은 한계에 다다른 듯 보였다. "그게 의심스럽다면, 아가씨, 내가 변한 걸 보게 될 것이오." 그가 대답했다.

마침내 그를 분노케 한 데 대해 그녀는 승리의 미소를 지었고, 그런 기분으로 대답하려고 했지만, 말을 꺼내기도 전 뜻밖에도 그는 갑자기 방을 나가버렸다.

그녀는 이러한 모욕에 몹시 불쾌해졌고, "이 순간부터 그를 내 마음속에서 영원히 추방하겠다"고 선언했다. 이어 그의 사랑과 분노 둘 모두에 도전한다는 것을 보여주기 위해 즉시 마차를 준비하라고 명령하고는 "티켓을 받은 지인에게 갈 거예요, 함께 가장무도회에서 내가 입을 드레스를 정할 생각이에요. 갇히지 않는 한, 그 무엇도 무도회에 가려는 내 결심을 바꿀 수 없어요"라고 말했다. 우들리 양은 그 순간에 잘못을 지적해봤자 소용없다는 걸 알았다. 마차가 문 앞에 왔고 그녀는 마차를 타고 가버렸다.

밀너 양은 점심식사시간에 돌아오지 않았으며 밤늦게까지도 돌아오지 않았다. 엘름우드 경은 집에 머물렀지만, 그녀의 이름을 한 번도 언급하지 않았다.

그가 잠자리에 든 후에야 그녀는 기분이 좋아져 돌아왔다. 처음으로 그녀는 그가 자신의 행동을 어떻게 생각할지 신경쓰지 않는 것 같았다. 대신 그녀의 생각은 온통 현재의 관심사에 쏠려 있었고, 우들리 양과 단둘이 남게 되었을 때도 내내 드레스 얘기만 했다. 여태까지 본 드레스 중 최고로 다채롭고 아름다우며 자신에게 잘 어울리는 드레스를 소개받았으나, "나는 매우 평범한 옷을 골랐어요. 하지만 나한테 너무 잘 어울려서 그걸 입으면 우들리 양도 날 못 알아볼걸요"라고 말했다.

"정말 진지하게 가기로 결심한 거군요." 우들리 양이 말했다. "하지만 만일 아가씨 후견인으로부터 이 건에 대해 다른 얘기를 더 듣지 못한다면요?"

"그러든 말든 나는 가기로 정했어요, 우들리 양."

"하지만, 아가씨, 알다시피 그분은 아가씨가 가지 않기를 바랐잖아요. 아가씨는 늘 그분 명령에 순종했고요."

"확실히 후견인인 그이에게 복종했지요. 또 남편인 그이에게 복종할 수도 있어요. 하지만 연인인 그이에게는 그러지 않겠어요."

"하지만 그러면 그분을 영영 남편으로 맞을 수 없는데도요."

"그이에게 달려 있지요. 만일 그이가 내 연인이 되지 않겠다면, 나는 그이의 아내가 되지 않을 테니까. 그이는 내가 남편에게 요구하는 애정을 갖추고 있지 않으니까요."

그렇게 해묵은 감정들이 여태까지처럼 반복되었고, 아침이 될 때까지 정리되지 않았다.

그날 밤 밀너 양은 후견인에 대한 꿈보다는 가장무도회에 대한 꿈을 꾸었다. 가장무도회는 다음날 저녁이었다. 그녀는 아침 일찍 일어나 화장방에서 아침을 먹고 거의 종일 그곳에 머무르면서 그 밤을 위해 수천 가지 준비를 하느라 바빴다. 그중 하나는 머리에서 파우더를 모두 털어낸 후 전체적으로 늘어지는 곱슬머리로 둥근 컬을 주는 것이었다. 다음으로 신경쓴 점은 드레스를 딱 맞게 입어서 그녀의 멋진 몸매가 최고로 돋보이도록 하는 것이었다. 실제로 그렇게 보였다. 밀너 양이 옷을 입어보는 동안 우들리 양이 들어왔고, 그 드레스의 우아함에 또 기품 있는 자태의 아름다움에 깜짝 놀랐다. 하지만 무엇보다 밀너 양이 그러한 인물로 분한다는 데 놀랐다. 그 인물은 순결의 여신을 상징했지만, 종아리까지 올라오는 부츠로 인해, 또 발목 훨씬 위로 올라오는 페티코트로 인해, 딱 보기에 그다지 정숙하지 않은 여성의 모습으로 보였기 때문이다. 우들리 양은 드레스에 감탄했지만 그 옷을 입는 데는 반대했다. 하지만 일단 감탄했기에 이후의 반대는 힘을 지니지 못했다.

"엘름우드 경은 어디 있지요?" 밀너 양이 말했다. "나를 보아서는 안 될 텐데."

"그럼요, 절대로 안 되지요." 우들리 양이 말했다. "온 우주를 걸고서라도 나는 그분이 아가씨를 보도록 놔두지 않을 거예요."

"하지만 그렇다면," 밀너 양이 한숨 쉬며 대답했다. "내가 왜 이 드레스에 이토록 즐거워하는 거지요? 내가 바라는 것은 세상 누구보다 그이가 나를 보며 감탄하는 건데. 그런데 이 옷을 입은 나를 그이가 봐서는 안 된다니."

"하지만 이 상태로는 그분은 아가씨에게 감탄하지 않을 거예요." 우들리 양이 말했다.

"어떻게 하면 그이를 피할 수 있을까요?" 밀너 양이 말했다. "만일 그이가 내가 마차에 탈 때 손이라도 잡아주려 한다면? 하지만 내 생각에 그이가 그럴 정도로 좋은 기분은 아닐 것 같아요."

"같이 가는 숙녀분들의 집에서 드레스를 입는 게 더 나을 것 같아요." 우들리 양이 말했고, 그렇게 결정되었다.

식사시간에 그들은 백작이 왕의 새벽 사냥을 준비하기 위해 그날 저녁 윈저에 간다는 소식을 알게 됐다. 이 소식에 밀너 양의 두려움은 사라졌고, 집에서 옷을 입고 가기로 했다.

엘름우드 경은 식사시간에 나타났지만 좋은 기분은 아니었다. 가장 무도회 건은 전혀 대화의 화제가 되지 않았으며 사실 그 생각은 그에게 한 번도 떠오르지 않았다. 왜냐하면 비록 전에 피후견인의 행동에 기분이 상했고 "무도회에 꼭 가겠어요"라는 그녀의 말이 잘못된 행동이라 생각했지만, 그녀가 실제로 가리라고는 전혀, 심지어 그녀가 그렇게 말했을 때조차 의심하지 않았고, 특히 그녀가 그렇게 차분하게 또 의도적으로 자신의 의지에 정면으로 반대하리라고는 생각조차 못했기 때문이다. 그녀는 그녀 나름대로 그가 윈저에 가는 게 그날 저녁 시간을 그녀가 원하는 대로 보낼 기회를 주면서도 그 자신은 거기에 대해 알거나 불평할 소지를 없앨 요량에서라고 제멋대로 생각했다. 우들리 양은 밀너 양이 원하는 쪽으로 희망하고 싶었기에 서서히 이에 동의했다. 친구와 함께 가기 위해 주저하지 않고 숲의 요정 옷을 입었다.

9

열한시 반에 밀너 양의 가마와 우들리 양의 가마가 그들을 태우고 엘름우드 경의 집에서 나가 그들을 (숲의 요정과 여자 사냥꾼 그룹의) 일행에게 데려다주었는데, 이 일행은 그들과 함께 디아나* 드레스 팀을 이룰 예정이었다.

그들이 떠난 지 몇 분 되지 않아 천둥처럼 문을 두드리는 소리가 났다. 사륜 역마차를 타고 온 엘름우드 경이었다. 어떤 연유로 다음날 아침 사냥이 취소되었고, 이를 알게 된 그가 윈저에서 늦은 시간에 돌아온 것이었다. 백작은 함께 있던 호턴 부인과 샌퍼드 신부에게 갑자기 돌아온 이유를 설명했고, 그를 위한 식사가 마련되는 동안 "어떤 일행이 방금 집을 떠났나요?"라고 물었다.

"저녁 내내 저희끼리 있었는데요, 백작님." 호턴 부인이 대답했다.

---

* 디아나 여신은 사냥의 여신이며, 남자에게 의지하지 않는 순결과 독립성, 중성성을 대표하는 여신이다.

"그럴 리가요." 그가 대답했다. "내가 들어올 때 가마 두 대가 몇몇 하인들과 함께 문을 빠져나가는 것을 보았어요. 그런데 어떤 가문의 하인 복장인지 모르겠던데."

"여기는 아무도 방문한 사람이 없었어요." 호턴 부인이 되풀이해 말했다.

"밀너 양의 방문객도 없었나요?" 그가 물었다.

이 말에 호턴 부인은 기억이 난 듯 말했다. "아, 이제 알겠어요." 그러고 나서는 자신이 너무 많이 알고 있다는 듯 몸을 사렸다.

"무엇을 안단 말이오, 부인?" 백작이 날카롭게 말했다.

"아무것도 아닙니다." 호턴 부인이 말했다. "전 아무것도 몰라요." 그러고는 두 손을 위로 올린 채 고개를 흔들었다.

"무언가를 많이 아는 사람들은 다 그렇게 말하지요." 샌퍼드가 말했다. "내 생각에 부인이 지금 그런 경우가 아닌가 싶소."

"그렇다면 저는 확실히 알기를 원하는 것보다 더 많이 알고 있는 거네요, 샌퍼드 신부님." 그녀가 어깨를 으쓱하면서 대답했다.

엘름우드 경의 인내심은 한계에 다다랐다. "설명해보시오, 부인, 설명해봐요." 그가 말했다.

"백작님." 그녀가 말했다. "백작님께서도 기억을 더듬으신다면 제가 아는 것과 같은 것을 아시게 될 거예요."

"무엇을 기억한단 말이오?" 그가 굳은 표정으로 말했다.

"백작님과 백작님의 피후견인이 가장무도회를 두고 다퉜던 일 말입니다."

"그래서 어쨌단 말이오? 그녀가 거기에 간 건 아니지요?" 그가 말했다.

“확실히는 모르겠어요.” 호턴 부인이 대답했다. “하지만 가마 두 대가 나가는 걸 보셨다면 제 생각에 틀림없이 가장무도회에 가는 밀너 양과 제 조카이리라 의심하지 않을 수 없네요.”

백작은 대답하지 않은 채 맹렬히 종을 울렸다. 하인이 들어왔다. “가서 밀너 양을 불러오게.” 그가 말했다. “지금 당장.” 하인이 물러났다.

“아, 백작님.” 호턴 부인이 외쳤다. “밀너 양이 집에 있는지 나갔는지는 어떤 하인이라도 잘 말씀드릴 수 있을 거예요.”

“아마 아닐 거요.” 그가 대답했다.

밀너 양의 하녀가 들어왔다.

“아가씨는 어디 계시느냐?” 그가 말했다.

그 하녀는 주인 아가씨가 어디에 갔는지를 비밀로 하라는 명령을 받은 건 아니었지만, 모든 시중드는 하녀들과 방 담당 하녀들의 대답을 관장하는 어떤 비밀스러운 영향력이 그녀에게 진실을 말해서는 안 된다고 속삭였다.

“네 주인 아가씨는 어디 계시더냐?” 엘름우드 경이 아까보다 더 큰 목소리로 반복해 물었다.

“나가셨습니다, 백작님.” 하녀가 대답했다.

“어디로?”

“아가씨께서는 말씀하지 않으셨습니다.”

“그래서 네가 모른다고?”

“저는 모릅니다, 백작님.” 하녀는 얼굴도 붉히지 않고 대답했다.

“오늘밤이 가장무도회가 열리는 날인가?” 그가 말했다.

"맹세코 저는 모릅니다, 백작님. 하지만 아닌 것으로 알고 있습니다, 백작님."

엘름우드 경이 마지막 질문을 하자마자 샌퍼드는 방의 맞은편에 놓인 테이블로 급히 달려가 거기에서 뭔가를 잡아채더니 다시 자리로 되돌아왔다. 하녀가 "가장무도회의 밤이 아닙니다"라고 말하자마자 그가 소리쳤다. "아니, 오늘이 그날이오, 백작, 그날. 맞아요, 바로 그날이요." 그러면서 손에 쥐고 있던 신문을 보여주면서 관련 정보가 담긴 문단을 가리켰다.

"나가거라." 엘름우드 경이 하녀에게 말했다. "네게 볼일은 끝났다." 하녀가 물러났다.

"자, 자, 바로 여기 있소." 샌퍼드가 손에 신문을 쥔 채 반복했다. 그러고는 그 문단을 읽었다. "'훌륭한 G 부인의 가장무도회가 오늘 저녁에 열린다.' 오늘 저녁이오, 백작, 보다시피. '이는 지난 몇십 년 동안 열렸던 어떤 종류의 무도회보다 더 멋질 것으로 기대된다.'"

"이런 걸 신문에 실으면 안 되는데." 호턴 부인이 말했다. "젊은 여성들을 유혹해 파멸로 몰아넣거든요." 파멸이라는 단어가 백작의 귀에 거슬린 듯했다. 그는 식사 시중을 들러 온 하인에게 "저녁상을 치우라"고 말했다. 그는 식사를 물렸고 심지어 앉아 있으려고도 하지 않았다. 이제 그는 생각과 근심에 빠져 방을 왔다갔다했다.

잠시 후에 밀너 양의 하인 한 명이 일이 있어 집안으로 들어왔고, 샌퍼드 신부가 그에게 말했다. "자네가 아가씨를 가장무도회에 모시고 갔는가?"

"네, 신부님." 하인이 대답했다.

엘름우드 경은 걸음을 멈추고 그 하인에게 "자네가 그랬다고?"라고 말했다.

"네, 백작님." 하인이 대답했다.

백작은 다시 왔다갔다하기 시작했다.

"아가씨가 어떤 드레스를 입었는지 알고 싶네요." 호턴 부인이 하인을 향해 몸을 돌리면서 말했다. "아가씨가 무슨 옷을 입었는지 아는가?"

"네, 마님." 하인이 대답했다. "남자옷을 입고 계셨습니다."

"어떻게?" 엘름우드 경이 외쳤다.

"확실하게 얘기를 해보게." 호턴 부인이 하인에게 말했다.

"아니," 샌퍼드가 말했다. "그가 얘기하지 못하리라 확신합니다. 왜냐하면 그는 정직하고 착한 젊은이이고, 어떤 일이 있어도 거짓말을 하지 않으려 할 것이기 그렇지요. 그렇지 않은가?"

엘름우드 경은 밀너 양의 하녀를 다시 부르라고 지시했다. 그녀가 왔다.

"네 아가씨가 어떤 드레스를 입고 가장무도회에 갔느냐?" 백작은 몹시 침울한 표정으로 물었고, 그 표정은 그녀가 한마디로 그리고 진실하게 대답하기를 명령하는 듯했다.

이 하녀보다 더한 감수성의 불꽃을 지닌 사람이라 할지라도 그러한 심문자 앞에서 얼버무리기는 어려웠을 것이다. 하지만 그녀의 대답은 "백작님, 아가씨는 아가씨 옷을 입고 나가셨습니다"였다.

"남자옷이었는가 여자옷이었는가?" 백작이 아까같이 명령하는 듯한 표정으로 물었다.

"하, 하, 백작님." (반은 웃고 반은 울면서) "분명히 여자옷이었습니다, 백작님."

그러자 샌퍼드가 말했다.

"아까 그 하인을 불러 이 아이와 대면하게 하시오."

하인이 불려왔다. 하지만 엘름우드 경은 이러한 장면이 혐오스러워, 방의 끝 쪽에 멀찍이 앉은 채 샌퍼드가 그들에게 질문하도록 놔뒀다.

샌퍼드는 벽난로 쪽에 등을 대고 목격자를 앞에 둔 채, 지방 치안판사의 모든 권위와 무게를 가지고 하인 쪽부터 시작했다.

"아가씨를 수행해 가장무도회에 모시고 갔을 때 아가씨가 어떤 옷을 입었다고 자네는 말하겠는가?"

"남자옷이었습니다." 하인이 아까처럼 대담하고 단호하게 대답했다.

"세상에, 조지, 어떻게 그런 말을?" 하녀가 외쳤다.

"그대는 아가씨가 나갈 때 어떤 옷을 입었다고 말하겠는가?" 샌퍼드가 하녀에게 말했다.

"여자옷이었습니다, 정말입니다, 신부님."

"정말 이상하군요." 호턴 부인이 말했다.

"아가씨가 겉옷coat을 입었던가, 혹은 입지 않았던가?" 샌퍼드가 물었다.

"입었습니다, 신부님, 페티코트*를요." 하녀가 대답했다.

"자네도 아가씨가 페티코트를 입었다고 말하겠는가?" 샌퍼드가 하인에게 물었다.

---

* '코트'는 주로 겉옷을 의미하지만 프록코트에서 페티코트까지 종류가 다양하다. 여기서 페티코트는 하반신에 걸치는 풍성한 치마를 뜻한다.

"거기에 대해서는 정확히 대답하기 어렵습니다만," 하인이 대답했다. "하지만 부츠를 신고 계셨다는 건 압니다."

"그건 부츠가 아니에요." 하녀가 격렬히 대답했다. "정말입니다, 신부님." (샌퍼드를 향하며) "그건 단지 반半부츠였습니다."

"얘야." 샌퍼드가 하녀에게 친절히 말했다. "네가 내민 바로 그 증거가 그녀가 유죄임을 확실히 하는구나. 어떤 부츠든 여자가 부츠를 신을 일이 뭐가 있단 말이냐?"

이러한 웅성거림에 엘름우드 경이 참지 못하고 자리에서 일어나 하인들에게 나가라고 명령했다. 그러고 나서 손목시계를 보고는 거의 밤 한시가 된 걸 알았다. "몇시에 집에 오는 겁니까?"

"새벽 세시 전까지는 안 오실 것 같아요." 호턴 부인이 대답했다.

"세시! 여섯시가 더 그럴듯하지요." 샌퍼드가 외쳤다.

"그때까지 인내심을 가지고 기다릴 수는 없어요." 백작이 깊은 걱정의 한숨을 내쉬며 대답했다.

"일단 주무시는 게 더 나을 것 같습니다, 백작님." 호턴 부인이 말했다. "잠든 사이 시간이 감쪽같이 지나갈 거예요."

"잠이 들 수만 있다면 그렇겠죠." 그가 대답했다.

"카드 게임 하겠습니까, 백작?" 샌퍼드가 말했다. "그녀가 집에 올 때까지 그대를 혼자 내버려두지 않겠소. 비록 밤새 깨어 있는 건 익숙하지 않지만—"

"밤새," 백작이 되풀이했다. "설마 밤 내내 거기에 있지는 않겠지요."

"하지만 그대 명령을 어기면서까지 갔는데, 과연 그러지 못할까요?" 샌퍼드가 말했다.

"그래도 아가씨 일행은 좋은 사람들이에요, 백작님." 호턴 부인이 말했다.

"그녀는 자신이 누구와 함께 있는지도 모를 겁니다." 백작이 대답했다.

"어떻게 알겠소?" 샌퍼드가 외쳤다. "사람들이 다 얼굴을 숨기고 있는 판에."

새벽 다섯시가 될 때까지 이러한 대화를 나누는 가운데 시간이 지나갔다. 아니, 호턴 부인은 두시에 방으로 물러났고, 그렇게 신사들이 더 심각한 이야기, 가여운 밀너 양에게 덜 이로운 이야기를 하도록 내버려두었다.

그 시간 동안 그녀는 혼자 꿈꿔왔던 즐거움의 장소에 있었지만, 거기서 얻은 즐거움이라곤 다시는 가장무도회에 가고 싶어하지 않으리라는 확신뿐이었다. 많은 인파와 혼잡함 탓에 피곤했고, 방종은 그녀의 섬세함에 거슬렸으며, 비록 자신이 그 자리에서 제일가는 찬탄의 대상임을 알았지만 거기에는 감탄할 한 사람이 여전히 빠져 있었다. 게다가 이 따위 시시한 재미를 위해 그의 명령을 어긴 데 대한 후회가 마음에 무겁게 내려앉아 피로는 증폭되었다. 원래 그녀는 더 일찍 돌아오려고 했으나 어떤 좋은 방식으로도 같이 갔던 일행을 떠날 수 없었고, 새벽 네시 반이 되어서야 겨우 돌아가자고 그들을 설득할 수 있었다.

햇빛이 백작과 샌퍼드가 앉아 있는 방의 블라인드 틈 사이로 막 비칠 즈음, 그녀의 가마가 문 앞에서 갑자기 멈추는 소리가 났고, 이에 엘름우드 경은 급히 자리에서 일어났다. 그는 몸을 심하게 떨었고 창백해 보였다. 샌퍼드는 자신이 그의 상태를 알고 있다는 것이 무안했지만,

그에게 "와인을 한잔 들라"고 권하지 않을 수 없었다. 그는 와인을 마셨고, 그러한 도움을 기뻐할 정도로 몸과 마음이 가라앉아 있었음을 즉시 드러냈다.

어떤 정념이 이러한 위기 상황에서 엘름우드 경을 이토록 휘둘렀는지를 정의하기는 어렵다. 아마 밀너 양의 경솔함에 대한 분노와 이제 복수할 수 있다는 만족감이었으리라. 혹은 그녀가 안전함을 알고 기쁨의 감정이 생겼거나, 아니면 그녀를 질책해야 하는 일로 인해 그가 느끼는 유감으로 인한 동요였을 수도 있으리라. 아마 이러한 감정 중 하나였거나 아니면 가장 확률이 높게는 이 모든 감정이 다 섞인 상태였으리라.

그녀는 지루한 밤의 방탕함에 완전히 지친 채 기쁘기보다 우울한 상태로 가마를 타고 집에 오던 중 잠이 들었고, 가마가 멈추자 반쯤 잠든 상태로 밖으로 나왔다. "당장 침실로 가는 길을 비춰줘." 복도에서 기다리고 있던 하녀에게 그녀가 말했다. 하지만 엘름우드 경의 하인 한 명이 그녀에게 와서는 "아가씨, 잠자리에 드시기 전에 백작님이 뵙기를 원하십니다"라고 말했다.

"백작님이라고?" 그녀가 말했다. "지금 런던을 떠나 계시지 않아?"

"아닙니다, 아가씨. 백작님은 아가씨가 나가신 후 계속 집에 계셨고, 샌퍼드 신부님과 함께 아가씨가 돌아오길 기다리며 밤을 새우고 계셨습니다."

그녀는 잠이 확 깼다. 눈꺼풀의 무거움이 사라졌고, 대신 두려움, 슬픔, 부끄러움이 그녀의 마음을 옥죄었다. 그러한 감정을 견딜 수 없다는 듯 그녀는 하녀에게 기댄 채 우들리 양에게 말했다.

"대신 변명을 좀 해줘요. 오늘밤엔 그이를 볼 수 없어. 그럴 상태가 아니야. 정말이지 그럴 수 없어요."

우들리 양은 혼자 그에게 감으로써 그를 더욱 화나게 할까 두려웠다. 그래서 "백작님은 아가씨에게 오라고 하셨어요. 제발 또 한번 그분의 말을 거스르지 말아요"라고 말했다.

"맞아요, 아가씨." 하녀가 말했다. "지금 백작님은 마치 사자 같으세요. 저를 계속 꾸짖으셨어요."

"아, 하느님!" 밀너 양이 외쳤다(그것도 예언하는 듯한 어조로). "그렇다면 그이는 결국 나의 남편이 되지 않겠구나."

"아니요, 되실 거예요." 우들리 양이 말했다. "아가씨가 단지 겸손하게 굴고 미안해하는 듯 보인다면요. 그분에게 미치는 아가씨의 힘을 알고 있잖아요. 다 잘될 거예요."

차오르는 눈물, 떨리는 입술과 함께 그녀는 이렇게 외치는 듯한 눈길로 친구를 쳐다봤다. '내가 미안해하는 것처럼 보이지 않나요?'

그때 종소리가 맹렬히 울렸고, 그들은 백작의 처소로 발걸음을 옮겼다.

"아니요, 그건 단지 두려움일 뿐이에요." 우들리 양이 대답했다. "그분에게 미안하다고 말하고 용서를 비세요."

"그럴 수 없어요." 그녀가 말했다. "만일 샌퍼드 신부님이 그이와 함께 있다면요."

하인이 문을 열었고, 그녀와 우들리 양이 안으로 들어갔다. 엘름우드 경은 이제 차분해졌고, 고개를 약간 기울이며 그녀를 맞았다. 그녀 역시 답례로 고개 숙여 인사했고 어떤 겸손함을 보이면서 말했다.

"백작님, 제가 잘못한 것 같습니다."

"그런 것 같소, 밀너 양." 그가 대답했다. "하지만 내가 그대를 질책하리라 생각지 마시오. 게다가 나는 앞으로도 그대를 그러한 근심에서 놓아주려 합니다."

그가 '앞으로도'라는 단어를 그토록 심각하고 단호한 얼굴로, 또 확실하고 결연한 어투로 말했기에, 그 네 음절이 그녀의 가슴을 뚫고 지나갔다. 하지만 그녀는 울지도, 심지어 한숨을 쉬지도 않았다. 대신 친구인 우들리 양이 그녀가 어떻게 느끼는지를 잘 알기에 그녀를 위하는 듯 "아!" 하고 외쳤다.

밀너 양 자신은 고통과 싸우고 있었고, "저도 그러리라 예상했습니다, 백작님"이라고 (하지만 흔들리는 목소리로) 대답했다.

"그렇다면 그대는 아마 내가 어떻게 할지 다 예상하겠군요?"

"저에 관해서라면," 그녀가 대답했다. "그렇다고 생각합니다."

"그렇다면," 그가 말했다. "며칠 후 우리가 헤어지리라는 것 역시 예상하고 있겠지요."

"저는 그럴 준비가 되어 있습니다, 백작님." 그녀가 대답했고, 그렇게 말하면서 의자에 쓰러졌다.

"백작님, 더 하실 말씀은 내일로 미뤄주십시오. 보시다시피 밀너 양은 지금 그걸 견딜 수 없습니다." 우들리 양이 울면서 말했다.

"더 말할 게 없소." 그가 냉정하게 대답했다. "이제 행동할 일만 남았지요."

"엘름우드 백작님." 슬픔과 분노 사이에서 찢긴 채 밀너 양이 말했다. "백작님은 저를 엄포로 겁박할 수 있다고 생각하시지만, 저는 당신과 헤어질 수 있습니다. 제가 그럴 수 있다는 것을 하늘은 알지요. 당신의 최근 행동으로 말미암아 이별을 받아들일 수 있게 되었으니까요."

이 말에 그는 방을 나가려고 했다. 하지만 우들리 양이 그를 붙잡으며 말했다. "아, 백작님, 아가씨를 이런 슬픔으로 남긴 채 떠나지 마세요. 아가씨의 약한 면을 불쌍히 여기시고 용서해주십시오." 그녀는 계속 말하려 했고, 그는 그녀의 말을 들으려는 듯이 보였다. 하지만 그때 샌퍼드가 매우 날카로운 어조로 불렀다.

"우들리 양, 지금 무슨 말을 하는 겁니까?" 그녀가 깜짝 놀라 말을 멈췄다.

백작이 샌퍼드 쪽으로 돌아서며 말했다. "아니, 샌퍼드 신부님, 이제 저를 의심하실 필요는 없으실 겁니다. 저는 판단을 내렸고, 결—"

백작은 '결심했다'고 말하려 했다. 하지만 그 말을 듣기 두려웠던 밀너 양은 말끝을 가로채며 소리쳤다. "아, 만일 우리 불쌍한 아버지가 당신이 돌아가신 뒤 내가 겪었던 슬픔, 그 비통함의 날들을 아신다면, 후견인을 고를 때 치명적인 선택을 하신 걸 얼마나 후회하실까!"

이 문장, 친구에 대한 기억을 떠올리게 하고 게다가 자신에 대한 그녀의 길고 비밀스러운 연모가 암시된 이 말은 엘름우드 경에게 깊은 영향을 주었다. 그는 울컥했지만, 거기에 대해 부끄러웠고, 따라서 가능한 한 빨리 그러한 마음을 다스렸다. 그럼에도 짧은 순간 방을 나가야 할지 계속 있어야 할지 결정을 못 했다. 또 말을 해야 할지 침묵해야 할지도. 마침내 그는 그녀를 향해 돌아서며 말했다.

"아버지에게 호소하려면 좀 다른 형태로 하시오. 그런 차림을 한 상태라면," (그녀의 옷을 가리키며) "그는 그대를 못 알아볼 테니. 홍청망

청할 때도 아버지를 떠올리고, 그렇게 그를 생각함으로써 그대의 무분별함을 제어하시오. 단지 반대할 때만 그의 이름을 투정하듯 부르면서 그대의 가장 소중한 친구에게 상처 주지 말고."

이 말의 끝부분에는 어느 정도 진실과 감정이 담겨 있었기에 이에 놀란 샌퍼드는 촛대 하나를 쥐고는 백작의 팔꿈치를 잡아 방밖으로 끌고 나오면서 말했다. "갑시다, 백작, 침실로 가시오. 너무 늦었습니다. 벌써 아침이요. 일어날 시간이란 말입니다." 그는 아주 커다란 목소리로 이런 말들을 계속 되풀이하면서, 백작이나 다른 사람들이 말하기를 혹은 듣기를 원했을 수 있던 것들을 다 가라앉혀버렸다. 이런 식으로 엘름우드 경은 그곳에서 끌려나왔고, 저녁의 여흥도 끝났다.

10

다음 이틀은 밀너 양에게 가장 쓰라리고 마음 졸인 시간이었다. 엘름우드 경의 말이나 표정은 가장무도회의 밤에 그가 공언했던 감정에 어떤 작은 사소한 변화도 일어나지 않았음을 드러냈다. 하지만 여전히 그 감정들 혹은 의도들이 명백히 전달된 것은 아니었다. 그건 엄숙한 선언이라기보다 어떤 암시에 가까웠다. 왜냐하면 비록 그가 "앞으로도 그대를 질책할 일은 결코 없을 것"이고 또 "그대는 우리가 헤어지리라는 것을 예상하고 있겠지요"라고 말했지만, 그들이 헤어지리라고 단정적으로 말한 것은 아니었기 때문이다. 그녀는 강력한 희망과 공포의 떨림으로 그의 말에 담긴 이런 불명확한 의미에 매달렸다.

우들리 양은 그녀의 고통을 알았기에 (비록 그녀는 이를 숨기려고 애썼지만) 자신이 중재자가 되는 걸 허락해달라고 간청, 아니 애원했다. 그녀가 엘름우드 경에게 사적 대화를 요청하는 걸 허락해달라고 말이다. 만일 그가 완강하게 나온다면 그녀는 그에 맞는 적절한 태도로 대할 것이지만, 만일 그가 화해에 완전히 반대하는 것으로 보이지 않는다면 조심스럽게 그에게 화해를 요청하면서 양쪽 모두 불편하지 않게 화해를 주선하겠다고 했다. 하지만 밀너 양은 단호하게 이를 금지했으며, 당시 그녀가 느꼈던 취약함을 친구에게 모두 인정했지만, "나와 엘름우드 경 사이에 이러한 일이 일어난 다음에는 내가 화해의 신호를 보내기 전에 그이가 먼저 양보를 해야 해요"라고 엄숙하게 선언했다.

"제가 엘름우드 경의 성격을 안다고 믿는데요." 우들리 양이 대답했다. "백작님이 아가씨의 잘못이라고 생각하시는 일에 대해 쉽게 용서를 구하실 것 같지는 않아요."

"그러면 그이는 나를 사랑하지 않는 거예요."

"아이고! 밀너 아가씨, 이건 오래된 논쟁이지요. 그분은 아가씨를 너무 사랑하기에 아가씨 마음대로 하게 내버려두지 않을 거예요. 그분은 아가씨의 연인일 뿐 아니라 아가씨의 후견인이고 또 아가씨의 남편이 될 사람이라는 걸 생각해봐요. 또 그분은 섬세한 명예심을 지닌 사람이기에 결혼 후 내줄 의향이 전혀 없는 권력의 견본을 결혼 전에 아가씨에게 주지는 않을 거예요."

"하지만 사랑하는 남자가 자신의 여인에게 가져야 하는 애틋함과 애정 그리고 공손함에는 그러한 항복이 절대적이지요. 이제는 그이를 구슬리는 게 어려우니 억지로라도 그렇게 하게 해야겠어요. 적어도 시도는 해봐야지, 곧 내 운명을 알 수 있을 거야."

"어떻게 하려고요?"

"프레더릭 경을 집에 초대하고는 내 후견인에게 우리의 즉각적인 결합에 동의해달라고 요청하는 거지요. 이게 그이의 자존심에 어떻게 작용할지 그때 볼 수 있을 거예요."

"하지만 그랬다간 그분이 굽혀주실 수 없게 너무 멀리 가버리게 돼요. 만일 이게 아가씨 결심이라면, 우리 귀한 밀너 아가씨, 아가씨는 당장 파멸하는 거예요. 사랑하지 않는 남자와의 결혼으로 자신을 몰고 가는 것이고, 그 결과 아가씨의 모든 미래의 삶은 비참해지겠죠. 아니면 도리포스 신부님(제 말은 엘름우드 경이요)이 프레더릭 경과 한번 더 결투를 하게 만들려는 건가요?"

"아니, 그이를 도리포스라 불러줘요." 눈에서 눈물을 훔치며 그녀가 대답했다. "그이를 그렇게 불러줘서 고마워요. 왜냐면 그 이름으로만 그이는 내게 소중하거든요."

"무슨, 밀너 양, 그분이 엘름우드 경일 때 온갖 황홀함으로 그분의 사랑을 받아들였잖아요."

"하지만 그 칭호 아래 그이는 야만적이었어요. 이전 칭호로 불릴 때 그이는 정말 친절하고 다정했는데."

비록 밀너 양이 친구에게는 이러한 부드러운 한탄을 마음껏 늘어놓았지만, 엘름우드 경 앞에서는 어떤 자존심과 침착함을 유지했으며, 이에 그조차 놀랐다. 자신에 대한 그녀의 사랑을 아마 누구보다 과소평가했을 그가 말이다. 이제 그녀는 그동안 자신이 애정을 너무 많이 드러냈던 건 아닌가 걱정되어 반대의 방법을 시도해보기로 했다. 그토록 많은 구애자를 정열로 이끌었던 자신의 오만한 성격을 다시 취해, 그 방법이 서로 사랑한다고 그녀가 인정한 유일한 사람에게 어떤 효과를 낳는지 시험해보기로 결정한 것이다. 그녀는 이 역할을 매우 잘했지만, 우들리 양 말고는 모두 그녀가 진심이라고 생각했을 정도로 잘했지만, 사실 그녀는 희망을 되살리거나 절망을 확정해버릴 아주 사소한 상황조차 불안하고 예민한 신경으로 극도의 주의를 기울이며 지켜보았다. 엘름우드 경의 행동은 절망을 낳도록 계산된 것이었다. 그는 차가웠고, 정중했고, 완벽하게 무심했다. 하지만 현재 그의 태도가 어떻든, 그것이 과거에 대한 기억을 없애버리지는 못했다. 그녀는 처음에 그가 어떠한 격정으로 자신의 정열을 고백했는지를 기억했으며, 이후 그 정열의 실체를 증명했던 수많은 증거를 기쁨으로 떠올렸다. 그의 한결같은 성품으로 미루어볼 때, 그러한 감정이 완전히 지워지지는 않았을 것이라 믿고 싶었다. 자신에 대한 엘름우드 경의 신뢰를 깎아내리고자 하는 샌퍼드 신부의 전례없이 극심한 갈망과, 또 가능할 때마다 평소보다 훨씬 더 진지한 태도로 백작이 그녀와 함께 있지 못하게 하는 모습을 보면서, 비록 그의 친구는 백작이 다시 사랑에 빠지게 될까봐 몹시 두려워했지만, 그녀는 그가 그럴 거라는 강력한 희망을 마음껏, 이유 있게 누렸다.

하지만 며칠 동안 잘 꾸며댔고 또 그녀의 목적을 이루게 해줬을 절제와 심지어 무심함을, 경솔함의 도움 없이도 지속할 만한 인내심이 그녀에게는 없었다. 그녀는 어디에 가는지 혹은 누구와 가는지 말도 없이 계속해서 외출했고, 평소보다 늦게 집에 들어왔으며, 겉으로는 아주 기분좋아 보였다. 혼자 있을 때가 아니라면 노래했고 웃었고 한숨 같은 건 쉬지 않았다.

그사이 엘름우드 경은 여전히 결심을 미루고 있었다. 한번 결정하면 깨트리지 않으리라 다짐한 그 결심을.

우들리 양은 극도로 불안했고 그 불안에는 이유가 있었다. 그녀는 친구가 스스로 근심거리를 만들고 있으며 곧 견디기 어려운 지경에 처하게 될 것을 알았다. 이성적으로 설득하려고 했지만, 그녀의 설득이 소용없게 된 지는 오래였다. 그녀는 이 문제에 대해 엘름우드 경과 얘기하기를, 또 (밀너 양에게는 알리지 않은 채) 그녀에 대해 변명할 수 있기를 간절히 원했다. 하지만 그는 우들리 양의 의도를 알았고, 명백히 그녀를 피했다. 그녀가 밀너 양 얘기를 할 수 있는 유일한 사람은 샌퍼드 신부였지만, 그가 친구의 잘못을 늘어놓으며 기뻐하는 건 그녀에 대해 아무 말도 않는 것보다 더 슬펐다. 따라서 우들리 양은 조용한 관망자가 되어, 지금 자신의 충고를 무시하는 밀너 양이 헛된 위로를 찾아 자신의 품으로 날아들 때를 두려움에 차 기다리며 앉아 있었다.

하지만 샌퍼드가 우들리 양에게 한줄기 희망의 빛을 주는 얘기를 한 적이 있었다. 이 문제를 두고 대화를 나누던 중(그녀를 위로하려는 의도가 아니라 엘름우드 경을 비난하는 뜻을 담아), 그는 어느 날 화를 내며 소리질렀다. “그런데 이 모든 도발에도 불구하고 그는 더이상 그녀를 생각지 않겠다는 결심에 아직 다다르지 못했어요. 머뭇거리고 주저하고 있지요. 전에는 이렇게 약한 모습을 보인 적이 없는데.”

우들리 양에게 이것은 기쁜 소식이었다. 하지만 그가 결심하는 데 오래 걸리면 걸릴수록 한번 결정을 한 후에는 결코 그 결정을 바꾸지 않으리란 생각 역시 하지 않을 수 없었다. 따라서 매 순간마다 바로 그 순간이 엘름우드 경이 밀너 양을 마음에서 내치는 결심을 하는 때가 아닐까 두려워 몸이 떨렸다.

후견인의 성격을 시험해보는 동안 밀너 양이 저지른 용서하기 어려운 무분별한 행동 중 하나는 그녀에게 공개적으로 구애했던 많은 신사를 자주 그리고 애정을 담아 언급하는 것이었다. 엘름우드 경은 이런 언사가 거슬리기는 했지만—만일 고통받지 않았다면 말이다—여전히 남자답게 진중히 행동했으며, 이 주제에 대해 발끈하거나 오만한 무관심을 보이지도 않았다. 하지만 딱 한 번 그는 이러한 차분함을 거의 내던지다시피 했다.

어느 날 저녁 그는 거실로 들어오다가 프레더릭 론리 경이 밀너 양과 진지한 대화를 나누는 광경을 보고 흠칫 놀랐다.

사실 거기에는 호턴 부인과 우들리 양이 함께 있었고, 프레더릭 경은 다 들리는 소리로 그리 중요하지 않은 주제들에 대해 떠들고 있었다. 하지만 주제가 무엇이든 간에 그 태도는 남자가 사랑하는 여자에게 말할 때 예외 없이 드러나는 인상적인 태도였다. 엘름우드 경이 들어오다 그 광경을 보며 놀라자 프레더릭 경이 일어섰다.

"실례합니다, 프레더릭 경." 엘름우드 경이 말했다. "경인 줄 몰라봤네요."

"백작님의 용서를 구해야 할 것 같네요." 프레더릭 경이 대답했다. "단지 우연히 방문하게 되었을 뿐이지만요. 밀너 양이 탔던 숙녀분의 마차가 마부의 부주의로 거의 전복되었고, 그래서 제 마차로 집으로 모셔오게 되었습니다."

"다치지 않았기를 바랍니다." 엘름우드 경이 밀너 양에게 말했다. 하지만 그의 목소리는 방금 그가 느낀 것에 너무 많은 영향을 받았기에 그는 간신히 입 밖으로 말을 꺼낼 수 있었다. 그가 그토록 동요한 까닭은 그녀가 다쳤을까 하는 걱정 때문이 아니었다. 그녀의 명랑한 태도로 보아 그녀가 다치지 않았음을 확신했기 때문이다. 사실 그는 방금 언급된 그러한 사고가 일어났다고 생각하지도 않았다. 하지만 프레더릭 경을 예상치 못한 상황에서 아무런 준비 없이 무장해제된 상태에서 만났기에, 놀랐다는 표시들과 그로 인한 충격을 제어할 수 없었던 것이다.

프레더릭 경은 엘름우드 경과 그의 피후견인의 예정된 결혼에 대해 들은 적이 없었기에(현재 그 사실은 집안 하인들에게조차 비밀이었다) 백작의 불편한 심기가 결투의 결과로 자신에게 지녔을 개인적인 원한 때문이라고 생각했다. 비록 엘름우드 경이 (밀너 양의 문제로 얘기를 나눈 적이 있었던) 프레더릭 경의 삼촌에게 자신은 남아 있는 원한이 전혀 없다고 확신시켰고 또 밀너 양이 동의한다면 그의 조카와 결혼하는 데 얼마든지 찬성한다고 했지만, 프레더릭 경은 이 말의 진정성을 의심했으며, 밀너 양이 부추기거나 그 자신의 사랑으로 대담해지는 경우가 아니라면 그의 집에 들어오지 않을 정도의 사리분별력도 있었다. 그래서 그는 엘름우드 경이 방금 내보인 감정을 개인적 분노로 해석했지만, 밀너 양과 우들리 양은 그의 동요가 아주 다른 이유에서 발생했음을 잘 알고 있었다.

엘름우드 경이 들어온 후, 프레더릭 경은 다시 자리에 앉는 대신 거기 있던 사람들에게 매우 공손히 인사하고 자리를 떠났다. 밀너 양은 문까지 따라나와 그의 보호에 거듭 감사를 표현했다.

엘름우드 경은 몹시 상처받았다. 하지만 그에게는 또다른 걱정이 있었는데, 그가 얼마나 많이 영향받았는지를 숨길 힘이 없다는 것이었다. 그의 몸은 떨렸고, 가까스로 말을 했을 때는 더듬거렸다. 자신의 얼굴이 혼란으로 인해 몰려드는 핏기로 벌게져 있음을 알았고, 그렇게 처음의 혼란은 다른 혼란으로 이어져 결국 불쌍한 지경까지 갔다.

밀너 양은 몸에 밴 명랑함과 진짜 오만함에도 불구하고 그의 상황을 주시하고 있음을 내보일 만큼은 오만하지 않았다. 단지 몰래 관찰할 정도의 자신감이 있을 뿐이었다. 때마침 호턴 부인과 우들리 양이 사소한 일들에 대해 얘기하기 시작했고, 그는 그 틈에 점차 정신을 차릴 수 있었다. 하지만 그는 단지 서서히만 정신을 차릴 수 있었다. 이 사건이 그에게 남긴 인상은 깊고도 쉽게 지워지지 않는 것이었다. 샌퍼드 신부가 무슨 일이 있었는지 전혀 모르는 채 들어온 것도 그에게 도움이 되었다. 백작은 그와 대화하기 시작했고, 곧 도서관으로 자리를 옮겨 대화를 끝냈다. 밀너 양은 우들리 양과 함께 곧장 자신의 처소로 갔고 그곳에서 황홀함에 빠져 친구에게 외쳤다.

"그이는 내 사람이야. 그이는 나를 사랑해. 그이는 영원히 내 사람이에요."

우들리 양은 그녀가 믿는 바를 축하해줬지만, "두려운 마음이 들어요"라고 고백했다.

"두려울 게 뭐가 있어요?" 밀너 양이 말했다. "그이가 나를 사랑한다는 게 안 보여요?"

"잘 보이지요." 우들리 양이 대답했다. "하지만 저는 늘 그렇다고 생각해왔는걸요. 그런데 그분이 지금 아가씨를 사랑하더라도, 아가씨를 미워할 이유 역시 있음을 아는 분별력도 갖추고 계시지요."

"분별력이 사랑과 무슨 상관이 있어요?" 밀너 양이 대답했다. "만일 지성이 사랑을 이기는 일이 내 연인에게 일어난다면……"

이렇듯 이전의 논쟁이 되풀이되려고 할 때 우들리 양이 말을 끊으면서 그녀의 행동, 후견인이 아니라 프레더릭 경에게 보인 행동을 설명해 달라고 요구했다. 만일 엘름우드 경을 자극하기 위해 그의 애정을 이용한 것뿐이라면, 적어도 그를 잔인하게 대했다는 걸 인정해야 함을 말했다.

"절대 아니에요, 나의 소중한 우들리 양." 그녀가 대답했다. "오늘부로 나는 프레더릭 경과 정말 끝났어요. 확실히 그 덕분에, 원했던 엘름우드 경의 사랑의 증표를 얻을 수 있었어요. 하지만, 그렇더라도 어떤 손톱만큼의 희망을 미끼로 그를 끌어들인 게 아니에요. 아니, 내 마음이 다른 이의 것인 한 그런 의심은 하지 말아요. 그리고 진지하게 말하지만, 그가 나와 함께 집에 온 건 우리가 묘사했던 그런 상황 때문이었어요. 그렇긴 한데 엘름우드 경의 질투를 시험해보려는 의도가 없었다면 그이의 연적의 친절을 받기보다 길을 따라 걸어왔으리라는 걸 고백해야 하겠네요. 하지만 그가 너무 격렬히 도와주겠다고 했고 또 레이디 에번스도 (그녀의 마차에 타고 있을 때 그 사건이 일어났거든요) 그의 호의를 받아들이라고 매우 강하게 권했던 터라, 단지 내 편의를 위해 도움을 받아들였다는 것 이상의 의미를 그는 기대할 수 없을 거예요."

우들리 양이 대답하려고 했으나 그녀가 다시 말을 꺼냈다.

"만일 우들리 양이 내가 잘못한 거라고 말할 의도라 하더라도 여전히 난 후회하지 않겠어요. 덕분에 엘름우드 경의 사랑에 대해 너무나 확실한 증거를 얻었으니까. 그대도 보았지요? 그이의 몸이 얼마나 떨렸는지 못 본 거 아니죠? 그 남자답고 단호한 목소리가, 마치 내 목소리가 가끔 그러듯이 흔들렸잖아요. 그이의 오만하고 자존심 강한 마음 역시 겸허해졌겠지, 내 마음이 가끔 그러는 것처럼. 아, 우들리 양, 나는 그이에게 무심한 척해왔는데 지금 보니 그이의 무심함 역시 모두 그런 척하는 거였어. 우리는 사랑할 뿐 아니라, 우리는 평등하게 사랑해요."

"모두 아가씨가 바란 대로라 해도, 아가씨 후견인께 꼭 프레더릭 경이 여기 온 게 단지 사고 때문이었다는 사실을 정중히 알려드려야 할 것 같아요(왜냐하면 이 시점에서 그 이유는 그저 거짓 변명처럼 들리거든요)."

"아니, 그건 이토록 성공적으로 시작된 일을 망칠 거예요. 나는 그이에게 설명하기보다는 나의 엘름우드 경이 그이의 사랑이 명령하는 대로 행동하도록 놔두겠어요. 이제는 그이의 넘치는 사랑을 더이상 의심하지 않겠어요. 그이에게 굽히는 대신 그이가 내게 항복할 것을 기대하며 기다릴 거예요."

11

사흘 내내 밀너 양은 이러한 항복을 애타게 기다렸지만 부질없는 일이었다. 항복에 대한 어떠한 표시도 징후도 나타나지 않았다. 아니 프레더릭 경의 방문이 있던 날 저녁 이후에도(그때는 그에게 엄청나게 영향을 끼친 듯 보였으나), 엘름우드 경은 그 사건이 있기 전과 똑같았다. 생각에 좀 덜 잠긴 듯하고, 가끔씩 쾌활해지는 것만 빼고. 그런데 그 쾌활함이 가장된 것이라는 어떤 작은 표시도 없었다. 밀너 양은 당황했다. 그녀는 놀랐다. 하지만 그러한 굴욕적 감정을 고백하는 것은 우들리 양에게조차 부끄러운 일이었다. 따라서 그녀는 늘 그랬던 것처럼 생기발랄하게 행동했지만, 혼자일 때는 평소보다 훨씬 심한 우울함에 빠져들었다. 프레더릭 경을 집으로 데려왔던 자신의 계획에 더이상 환호하지 않았고, 그가 핑계를 대고 다시 방문하지 않을까 두려워 떨었다. 자존심 때문에 이러한 감정을 친구에게 털어놓을 수 없었으니—친구는 그녀를 위로했을 텐데—마음이 두 배로 상했다.

어느 날 오전 우들리 양과 화장방에 함께 있을 때, 그녀는 슬픔의 짐에 눌려 얼굴을 붉히며 이를 인정했다. 친구 역시 걱정으로 가득했지만 이를 드러내고 싶지는 않았다. 그때 엘름우드 경의 하인이 가볍게 문을 두드리더니 밀너 양에게 편지를 전했다. 주소뿐 아니라 편지를 가져온 사람으로 인해 그녀는 이 편지가 엘름우드 경이 보낸 것임을 알았고, 펼쳐보기 두려운 듯 편지를 화장대 위에 내려놓았다.

"뭐예요?" 우들리 양이 말했다.

"후견인이 보낸 편지예요." 밀너 양이 대답했다.

"맙소사!" 우들리 양이 소리질렀다.

"괜찮아요." 그녀가 대답했다. "이건 틀림없이 내 용서를 구하기 위한 걸 거예요." 하지만 편지를 열어보지 않은 채 주저하는 그녀의 모습은 그렇게 생각하고 있지 않음을 명백히 드러냈다.

"아직 읽지 말아요." 우들리 양이 말했다.

"읽을 생각 없어요." 그녀가 몸을 심하게 떨면서 대답했다.

"식사를 먼저 하겠어요?" 우들리 양이 말했다.

"아니요. 편지 내용을 모르는 상태로는 그이에게 어떻게 처신해야 할지 모르겠네요."

여기서 침묵이 이어졌다. 침묵이 흐르는 동안 밀너 양은 편지를 들어올렸고, 겉봉투에 쓰인 손글씨와 인장을 빤히 들여다보았으며, 접힌 부분을 살펴보았다. 어떤 미심쩍은 방법을 써서, 내용을 모르면서도 추측할 수 있기를 바라는 듯했다.

마침내 호기심이 두려움을 이겼다. 그녀는 편지를 펼쳤고, 읽는 동안 편지를 겨우 쥐고는 다음의 내용을 읽어내려갔다.

아가씨,

그대를 나의 피후견인으로만 생각했을 때 그대에 대한 나의 우정은 끝이 없었습니다. 그대를 사교계를 빛내도록 태어난 여인으로 보았을 때는 우정만큼이나 감탄하였지요. 또 운명이 그대를 나의 아내라는 다정한 빛으로 볼 수 있게 허락했을 때는 이런 초라한 정념들을 멀리하고 내 사랑이 날아올랐습니다.

그대가 여전히 내 우정과 감탄 그리고 내 사랑마저 가지고 있음을 부인함으로써, 나 자신이나 그대를 속이려 들지는 않겠습니다. 하지만 단호히 말하건대, 신중함이 이 모든 것보다 중요하며, 앞으로는 그대가 나를 '그대의 행복을 비는' 사람으로만 보아주기를 바랍니다. 그대가 나를 소중하고 운명적이며 다정한 남편으로 보았다는 것은 (그럴 수도 있었을 텐데요) 사실 내 희망과 내 허영이 만들어낸 거짓이었고, 그리하여 비참해졌습니다. 하지만 간청하건대 부디 더이상 나를 시험하지 말고, 일주일만이라도, 대놓고 다른 이에게 애정을 표하면서 나를 모욕하지 말아주시오. 그 기간 안에 나는 그대에게 영원한 작별을 고하겠습니다.

나는 이탈리아와 다른 나라들을 몇 년간 다니면서 강제된 내 신분의 변화에 한번 더 적응해보려 합니다. 지금 정말 강렬하게 완전히 면제되기를 바라는 그 변화 말입니다.

영국에 일주일 더 머무는 것은 필요한 여러 일을 처리하기 위해서이고, 특히 한 친구, 훌륭하고 다정한 친구에게, 내게 후견인 자격을 부여했던 서류들을 건네주기 위해서입니다. 내가 떠난 다음날 그가 내 이름으로 (어떤 나무라는 말 없이) 그 서류들을 그대에게 양도할 것입니다. 그대의 아버지조차 그 사임서를 본다면 그 적절성에 동의하리라 생각하고요.

그러니 나의 귀한 밀너 양, 짐짓 꾸민 분노와 경멸 혹은 경솔함이, 다가올 일주일 동안 내가 누리기를 소망하는 평온함과 부딪히지 않도록 해주시오. 그대가 이 요청에 따라줌으로써, 적어도 내가 그대를 맡은 이후 내 의무를 어느 정도 충실히 이행했음을 그대가 인정하고 있다고 내가 믿도록 해주시오. 그리고 내게 그대의 기대에 미치지 못하는 부족함이 있었다면 그 결점은 내가 그대의 행복에 소홀해서라기보다 정신의 어떤 약함으로 인한 것임을 알아주시오. 원인이 무엇이든 그러한 결점이 존재하였기에, 나는 이를 인정하며 또 그대의 용서를 바라는 바입니다.

하지만 시간이, 그리고 일련의 사물들이, 더욱 애틋한 감정들을 뿌리 뽑겠지요. 그대의 행복에 대한 가장 생생한 근심이 결코 나를 떠나지 않으리라 확신합니다. 그러니 표현할 수 없는 간절함으로 그대 자신을 위해 또 나를 위해 간청합니다. 우리가 멀리 헤어져 있을 때, 그대의 죽은 아비의 명예를 위해서라도, 중요한 일이 있을 때마다 그대의 진지한 판단이 그대를 이끌도록 하시오.

그대의 가장 진실한 친구

엘름우드로부터

편지의 글자 하나하나를 다 읽은 후, 편지는 밀너 양의 손에서 떨어졌다. 하지만 그녀는 한 마디도 입 밖에 내지 않았다. 그러나 그녀의 얼굴에는 창백함이, 눈에는 죽음이, 또 온몸에는 일종의 마비가 왔고, 이는 그녀가 거친 불안의 모든 단계를 보아왔던 우들리 양조차 결코 본 적이 없는 것이었다.

"저는 편지를 읽지 않겠어요." 우들리 양이 말했다. "아가씨 표정을 보니 내용을 알 것 같아요."

"그렇다면 엘름우드 경에게도 내 표정으로 다 드러나겠군요. 하지만 제발 그러지 않기를. 그건 나를 지금보다 더 바닥으로 끌어내릴 거야."

그녀는 기다시피 움직여 마치 그에게 보이고 싶은 겉모습을 확인하려는 듯 거울을 보았다. 그렇지만! 소용없었다. 고요한 마음만이 그녀가 원하는 효과를 낳을 수 있었다.

"겉으로 보이고 싶은 기분을 느낄 수 있도록 노력해야 할 것 같아요." 우들리 양이 말했다.

"그러려고요." 그녀가 대답했다. "나는 정당한 자존심을 느낄 거예요. 또 이런 처분에 대한 정당한 비웃음도요."

그녀는 이러한 감정으로 보일 수 있기를 너무나 원했기에, 이를 얻을 수 있도록 생각을 차분히 하려는 노력을 최대한으로 기울였다.

"이제 그이와 함께할 날이 며칠 남지 않았네." 그녀가 혼잣말했다. "그러고는 영원히 헤어지는 거구나. 그 며칠 동안 그이의 명령에 순종하는 것, 아니 그이의 요청에 따르는 건 내 의무일 뿐 아니라, 나에 대한 탐탁잖은 생각을 늘리는 대신 줄일 수 있는 인상을 그이의 마음에 남기고 싶은 내 소망이기도 해. 비록 모든 다른 경우에 내 행동이 비난받을 만하더라도, 적어도 이 점에서는 그이도 잘했다고 인정할 거야. 내가 자초한 운명을 내가 받아들일 수 있다는 걸 그이는 알게 되겠지. 또 한 여인의 약함에 대한 수많은 치명적 증거를 그이가 알고 있을지라도, 그 여인이 여전히 불굴의 용기도 가지고 있다는 걸 확신하게 될 거야. 죽음이 그 즉각적 결과라 해도, 가짜든 진짜든 그 어떤 고통도 드러내지 않은 채 그이에게 작별을 고할 용기 말이야."

그녀는 그렇게 결심했고 이에 따라 행동했다. 가장 혹독한 심판관도 엘름우드 경의 편지를 받은 날부터 그가 출발하는 날까지 그녀가 보인 행동에 대해서는 비난하지 못할 것이다. 사실 그녀에게는 원치 않는 약점들이 있었지만, 그중 그녀가 싸우지 않은 약점은 없었고, 싸움은 전반적으로 성공적이었다.

편지를 받은 후 그녀가 그를 처음 본 건 같은 날 저녁이었다. 그날 그녀는 아마추어 음악가들로 이루어진 작은 음악회를 열었고, 여기서 그녀 역시 노래하고 연주하던 중 그가 방에 들어왔다. 음악적 감식안이 있는 사람이라면 그녀가 음을 놓쳤다는 것을 즉시 알았겠지만 엘름우드 경은 예술적인 감식안이 없었고 따라서 이를 눈치채지 못했다.

저녁에 그들은 이따금 서로 말을 주고받았으나 대화 주제는 일반적인 것들이었다. 또 대화중 그들의 태도는 완벽히 정중했고 어떤 작은 친근함도 가미되지 않았다. 그의 행동을 정확히 묘사하자면, 그의 편지에서와 똑같이 정중하고, 친절하며, 차분하고, 단호했다. 손님 몇몇이 저녁식사시간 내내 머물렀고, 그로 인해 가족끼리만 있었다면 어쩔 수 없이 생겨났을 어색함을 피할 수 있었다.

다음날 아침에는 각자 자기 처소에서 식사를 했고, 점심에는 더 많은 손님이 그들과 함께 식사했으며, 저녁식사시간에 엘름우드 경은 집 밖에 있었다.

그렇게 모든 것이 그가 요청한 대로 평화롭게 지나가고 있었고, 밀너 양은 단 한 톨의 연약함도 보이지 않았다. 셋째 날 저녁 백작의 지인 몇 명이 함께 식사하고 있었고 그중 한 명이 말했다.

"백작, 그러면 화요일 아침에 확실히 떠나는 건가?"

그날은 금요일이었다.

샌퍼드와 그가 동시에 대답했다. "물론." 그때 엘름우드 경이 아닌 샌퍼드가 밀너 양을 쳐다보았다. 그녀의 나이프와 포크가 갑자기 손에서 튕겨나갔으나 그녀가 그 순간 느꼈던 다른 어떤 감정이 드러난 것은 아니었다.

"아, 엘름우드." 식사 자리에 있던 다른 신사가 말했다. "만일 외국인 아내를 데려오기만 하게. 그러면 내 용서하지 않을 테니."

"일이 있어 외국에 나가는 건 줄 알았는데." 다른 신사가 말했다.

백작이 대답하기 전에 샌퍼드가 말했다. "외국인을 아내로 삼은들 무슨 문제요? 왕들은 모두 외국인과 결혼하지 않습니까? 왕보다 결혼 생활에서 더 행복한 이가 누가 있겠소?"

엘름우드 경은 밀너 양이 앉아 있는 식탁의 반대쪽으로 눈을 돌렸다.

"그렇다면," (손님 중 한 명인 시골 신사가 대답했다.) "숙녀분들은 어떻게 생각하나요? 백작이 아내를 찾기 위해 고국을 떠나야 한다고 생각하는지요?" 그러면서 대답을 구하듯이 밀너 양을 쳐다보았다.

우들리 양은 친구가 이런 예민한 주제에 대해 억지로 의견을 말해야 하는 게 불편해, 자신이 직접 대답함으로써 신사를 만족시키려 했다. "엘름우드 경이 누구와 결혼하시든 그분은 분명 행복하시리라 생각합니다." 우들리 양이 말했다.

"하지만 우리 숙녀께서는 어떻게 생각하는지요?" 신사가 여전히 밀너 양을 보면서 물었다.

"백작님이 누구와 결혼하시든 백작님은 행복할 자격이 있으시죠." 밀너 양은 목소리와 표정을 극도로 통제하면서 대답했다. 우들리 양이 먼저 대답하면서 그녀에게 추스를 수 있는 시간을 준 것이다.

그녀가 이렇게 짧은 대답을 할 때 엘름우드 경의 얼굴이 붉어졌다. 우들리 양은 그의 눈에 고이는 눈물을 본 것 같다고 생각했다.

밀너 양은 그쪽을 보지 않았다.

백작은 곧 화제를 돌릴 방법을 찾았으나 그의 여행에 대한 주제는 대화 내내 이어졌다. 그가 어떤 말, 어떤 하인, 어떤 마차를 대동하는지 자세히 물었고, 백작이나 샌퍼드 신부는 여기에 대해 매우 정확히 대답했다. 밀너 양은 비록 이전에도 자신의 운명을 알고 있었지만, 여태까지 그에 대한 세세한 설명을 들은 적이 없었기에, 또 세세한 사정은 우리의 감정을 증폭하기도 하고 약화하기도 하기에, 이러한 얘기를 들으면서 진실의 쓰라림을 더욱 강하게 느꼈다.

식사 후 곧 숙녀들이 물러났고, 그때부터 밀너 양의 행동은 여전히 똑같았으나 표정과 목소리는 완전히 달라져 있었다. 온 세상을 다 준다 해도 도저히 명랑하게 보일 수 없었다. 아무리 애써도 경쾌한 어조로 말할 수 없었다. 여러 번 경쾌하게 말하기 시작했다가 세 마디도 못 가 그녀의 어조는 완전한 우울함으로 가라앉았다. 그녀의 얼굴빛뿐 아니라 겉모습도 변했다. 눈은 반짝임을 잃었고, 입술은 움직일 힘을 잃은 채 늘어졌으며, 고개는 처지고, 옷차림에 완전히 소홀해졌다. 그녀는 이런 허약한 겉모습을 의식했고, 또 그 원인인 자신의 약함을 의식했기에 매혹하기를 원했던 유일한 대상에게서 자신을 감추고 싶었다. 따라서 그녀는 후견인이 요청했던 정중함에 어긋나지 않을 정도로—여기에는 그녀가 완전히 자리를 비우는 것도 금지되었다—처소에 혼자 앉아 있거나 우들리 양과 함께 있었다.

우들리 양은 친구의 고통을 너무나 절실히 느꼈기에, 만일 엘름우드 경의 완강한 마음이 그녀의 힘으로 흔들 수 없는 지점에 고착되어 있다고 이성적으로 생각하지 않았더라면, 그의 발밑에 엎드려 한때 그가 사랑했던 피후견인의 때 이른 죽음을 방지할 유일한 방편으로 다시 그녀를 애정과 다정함으로 돌봐달라고 간청했을 것이다. 하지만 그녀는 백작의 단호하고 냉정한 기질, 그를 분노케 한 통탄할 만한 이유들, 또 오래전에 그가 샌퍼드에게 한 "한번 결심하면 결코 그 결심을 바꾸지 않는다"는 말을 알고 있었다. 거기다 여행을 앞두고 많은 계획들이 확실히 준비되어 있음을 알게 되자, 어떻게 개입하든 그것은 그저 밀너 양의 다정한 사랑과 사려 깊음을 경멸적 거부에 노출시키는 일이 될 뿐임을 확신하게 되었다.

날마다 대화 주제가 엘름우드 경의 출발에 대한 것은 아니었지만—그 자신은 이러한 대화를 명백히 피했다—날마다 여행을 위한 새로운 준비 소식이 밀너 양의 눈과 귀에 전해졌다. 그녀가 복도에 놓인 그의 커다란 트렁크들, 베네치아에서 그를 만나기 위해 떠날 준비가 된 못박히고 줄에 감긴 트렁크들을 예기치 않게 지나칠 때 덜덜 떨며 느꼈던 공포심은 무시무시한 귀신을 보았을 때보다 덜하지 않았다. 트렁크들을 본 순간 그녀는 함께 있던 일행에게서 떨어져나와 눈물을 숨길 수 있는 가장 가까운 외진 구석으로 숨어들어갔다. 머리를 손에 기댄 채 자신에게 덮쳐온 갑작스러운 고통에 왈칵 눈물을 쏟아냈다. 그런데 숨어 있기를 원했던 그 장소로 어떤 발소리가 다가오는 게 들렸다. 눈을 들자 엘름우드 경이 보였다. 그의 존재가 맨 처음 불러일으킨 감정은 자존심이었다. 내동댕이쳐진 비참함에서 비롯된 자존심.

그녀는 즉시 눈물을 억누르면서, 마치 '무슨 일이세요, 백작님?'이라고 묻듯이 그를 진지하게 바라보았다.

그는 단지 고개를 숙이는 것으로 대답했고, 이는 오로지 이러한 말을 표현할 뿐이었다. '미안합니다.' 그러고는 즉시 물러났다.

이렇게 둘은 한 마디도 주고받지 않은 채 서로의 언어를 이해했다.

그녀는 방금 본 그의 표정과 행동을 정당하게 해석했고 순간 정신이 번쩍 들었다. 그녀는 이 우연을 통해 자신의 슬픔에 대한 그의 무관심, 그의 완전한 무심함을 분명히 확인할 수 있게 해준 하늘의 특별한 호의에 거듭 감사했다.

다음날은 그가 출발하기 전날이었고 그날 그녀는 도리포스에게, 그녀의 후견인에게, 엘름우드 경에게 마지막 인사를 하기로 되어 있었다. 동시에 그녀의 모든 희망에게 보내는 마지막 인사.

월요일 아침 일어나자마자 그녀는 오늘이 그를 볼 수 있는 마지막 날이라는 게 생각났고, 그러자 어제 그의 행동이 낳은 분노는 모두 가라앉았으며, 그의 엄격함, 한때 그녀가 잔인함이라고 불렀던 것들도 모두 잊혔다. 단지 그의 우정, 근심어린 다정함, 그리고 그의 사랑만 기억났다. 그녀는 걷잡을 수 없이 그가 보고 싶어졌고, 이 마지막날 그와 함께 있을 어떤 기회도 소홀히 하지 않으리라 자신에게 약속했다. 그러한 마음으로, 최근에 그랬듯 자기 처소에서 아침식사를 하지 않고 가족들이 모여 있는 조식실로 갔다. 문을 열었을 때 그의 목소리가 들려 기뻤지만, 또 그 목소리에 몸이 떨렸기에 휘청거리며 겨우 식탁 쪽으로 갔다.

우들리 양은 그녀가 들어오는 걸 보았고, 그 모습에 전에 없이 충격을 받았다. 그녀가 그렇게 아파 보인 건 처음이었다. 밀너 양은 식탁 쪽으로 가면서, 평소 아침에 하던 대로 호턴 부인에게 먼저 인사했고 이어 후견인에게 인사했다. 백작도 고개를 숙이며 그녀의 얼굴을 바라보았고, 그러고는 벽난로로 눈을 돌렸으며, 이마를 비비고는 샌퍼드 신부와 대화하기 시작했다.

샌퍼드는 아침식사 도중 우연히 밀너 양을 보게 되었다. 그의 관심은 죽은 사람 같은 그녀의 표정에 쏠렸고, 이를 유심히 바라보았다. 그러고는 엘름우드 경을 향하면서, 그가 그녀의 모습을 알아차렸는지 보았다. 아니었다. 마찬가지로 그녀의 생각은 오직 그에게만 쏠려 있었기에 샌퍼드가 자신을 응시하고 있음을 한 번도 의식하지 못했다.

얼마 후 호턴 부인이 "정말 아름다운 아침이네요"라고 말했다.

엘름우드 경이 "밤에 빗소리를 들은 것 같은데요"라고 말했다.

샌퍼드는 "지난밤 너무 잘 자서 몰랐소이다"라고 말했다. 그러고는 (요청하지 않았는데) 비스킷이 담긴 접시를 밀너 양 쪽으로 내밀었다. 그건 그가 평생 처음 그녀에게 베푼 친절이었다. 그녀는 상황의 변덕스러움에 미소 지었지만, 그의 관심에 대한 보답으로 비스킷 하나를 집었다. 그는 평소보다 더 심각해 보였으나 그렇다고 평상시의 화가 곁들여진 상태는 아니었다. 그녀는 예의상 집어든 비스킷을 먹지 않은 채 다시 내려놓았다.

식사 자리에서 제일 먼저 일어난 이는 엘름우드 경이었고, 그는 점심식사 때까지도 집에 돌아오지 않았다.

점심을 먹으며 호턴 부인이 "그렇지만 백작님이 저녁에는 저희와 함께 식사해주셨으면 합니다" 하고 말했다.

샌퍼드가 대답했다. "물론이오. 여기 있는 사람 중 내일 아침에 그를 볼 사람은 아마 없을 테니까요. 우리는 새벽 여섯시 전후에 떠나려 합니다."

샌퍼드가 엘름우드 경과 함께 외국으로 가는 것은 아니었고, 다만 도버해협까지 함께 가기로 되어 있었다.

샌퍼드의 '내일 아침 엘름우드 경을 보지 못할 것'(오늘밤 이후로 다시는 그를 보지 못하겠구나)이라는 말은 밀너 양에게 죽음의 조종 소리처럼 들렸다. 그녀는 기절할 것 같은 자신의 증상을 알아차렸고, 옆의 하인이 (샌퍼드의 요청으로 가져온) 와인 잔을 황급히 낚아채 마셔버렸다. 하인에게 유리잔을 돌려주면서 그녀는 무례해 보였을 자신의 행동에 대해 사과하려 했다. 하지만 의도했던 바를 다 말하기도 전에 그가 부드럽게 말했다. "신경쓰지 말아요. 얼마든지 그래도 좋아요. 그대가 마셔서 기쁘오"라고 말했다. 그녀는 그가 진심으로 말한 건지 아니면 비꼰 건지를 알기 위해 그를 쳐다봤다. 하지만 그의 표정을 만족스럽게 확인하기도 전에 그녀의 생각은 그런 사소한 상황에서 멀어진 채 다시 엘름우드 경에게 집중되었다.

그가 저녁을 먹으러 집에 돌아올 때까지 시간은 지루하게 흘렀다. 하지만 식사 후 남은 저녁 시간이 얼마나 짧을까를 생각하자 그녀는 그의 귀가를 몇 달 미룰 수 있기를 바랐다. 밤 열시가 되었고 그가 도착했다. 열시 반에 다른 손님 없이 가족들끼리 저녁식사 자리에 모였다.

밀너 양은 이제 겉모습을 꾸며야 하는 시간이 거의 끝나간다고 생각했고 얼마 안 남은 시간에서 물러나지 말 것을 스스로에게 엄격히 명령했다. 이 고통스러운 거짓은 곧 확실히 끝날 것이기에 두 배의 열정으로 뚫고 투쟁해나갈 용기를 얻을 수 있었다. 하지만 이러한 투쟁이 필요했던 것은 그녀가 점점 약해지고 있기 때문이었다. 그렇게 그녀는 그 자리에 있는 이들과 함께 듣고 말하고 심지어 웃었으며, 사실 그들의 활달함 역시 그녀의 명랑함 못지않게 억지로 짜낸 듯 보였다.

밤 열두시가 넘었고, 엘름우드 경이 손목시계를 보더니 자리에서 일어나 호턴 부인에게 다가가 손을 잡으며 "다시 만날 때까지 행복하시기를 진심으로 바랍니다"라고 말했다.

밀너 양은 눈앞의 식탁에 시선을 고정했다.

"백작님." 호턴 부인이 대답했다. "저도 백작님이 건강하고 행복하시기를 진심으로 바라겠습니다."

다음으로 그는 우들리 양에게 가서 그녀의 손을 잡은 뒤 호턴 부인에게 했던 말을 거의 똑같이 반복했다.

이제 밀너 양은 감출 힘을 모두 잃고 몸을 떨었다.

"백작님." 우들리 양이 감정이 격해져 대답했다. "백작님의 행복을 위한 제 기도에 응답이 있기를 진심으로 바라겠습니다."

그녀와 호턴 부인은 엘름우드 경과 마찬가지로 서 있었다. 하지만 밀너 양은 그의 시선이 그녀를 향할 때까지 계속 앉아 있었고, 그가 그녀 쪽으로 서서히 움직이자 그제야 일어났다. 방에 있던 사람들 모두 그가 무슨 말을 할지 또 그녀가 그의 말을 어떻게 받아들일지 주의를 기울이면서, 그들에게 시선을 집중한 채 초조하게 귀를 기울였다. 그들 모두 실망했다. 그는 단 한 마디도 말하지 않았다. 하지만 그녀의 손을 잡았고, 자신의 두 손 사이에 꼭 그러쥐었다. 그러고는 극히 공손히 고개 숙여 인사하고, 그녀를 떠났다.

'잘 지내요, 건강하고 행복하길 바랍니다'라는 말도 없고 '그녀를 위한 축복의 기도'도 없었다. 심지어 '잘 있어요'라는 말도 그의 입술 밖으로 나오지 않았다. 어떤 말을 시도했더라도 목에 걸려 막혔을 터였다.

그녀는 저녁 내내 단단한 용기를 가지고 행동했고, 이는 그가 그녀에게 몸을 돌리는 순간까지 계속되었다. 그가 돌아서는 순간 그녀의 눈에는 눈물이 넘쳐흘렀고, 고통스러운 나머지 자신이 뭘 하는지도 모른 채 옆에 있는 사람을 차가운 손으로 잡았다. 우연히도 그 사람은 샌퍼드였고, 그녀는 그가 샌퍼드인지도 모른 채 그의 손을 꽉 붙잡았다. 하지만 그는 그녀의 손을 뿌리치지 않았고, 평소처럼 엄하게 그녀를 보지도 않았다. 그렇게 그녀는 말없이 또 꼼짝도 하지 않은 채 서 있었고, 작은 탁자에서 집은 촛대에 불을 밝힌 백작은 다시 한번 모든 이에게 고개 숙여 인사한 후 물러났다.

샌퍼드는 밀너 양이 여전히 자신의 손을 꽉 잡고 있음을 알았다. 엘름우드 경이 나가고 문이 닫히자, 그는 고개를 돌려 그녀의 얼굴을 보았고, 거기서 그가 본 비탄에 대한 우려를 드러내며 다시 고개를 돌렸다. 그녀는 그 비탄을 극복하기 위해 필사적으로 싸우고 있었고, 무거운 한숨을 내쉬며 결정된 운명에 체념하듯 주저앉았다.

샌퍼드는 평소처럼 엘름우드 경을 따라나가는 대신, 와인을 한 잔 따라 들이켰다. 삼 분 정도 침묵이 이어졌다. 마침내 절망의 조각상처럼 옆에 앉아 있는 밀너 양을 향해 몸을 돌리며 그가 말했다. "내일 아침 우리와 함께 아침을 드시겠소?"

그녀는 대답하지 않았다.

"여섯시 반 전에는 아침식사를 할 겁니다." 그가 말을 이어갔다. "내 생각엔 그래요. 만일 그대가 그렇게 일찍 일어날 수 있다면, 그렇게 해요."

"밀너 양." 우들리 양이 말했다. (그녀는 예상했던 것보다 이 밤을 덜 불행하게 보낼 수 있다는 희망을 열렬히 붙들었다.) "부디 그 시간에 일어나서 아침식사 하시길요. 만일 엘름우드 경이 불쾌히 여기리라 샌퍼드 신부님이 생각하셨다면 초대하지 않으셨을 거예요."

"맞소." 샌퍼드가 퉁명스럽게 대답했다.

"그러면 하녀가 아가씨를 깨우도록 해라." 호턴 부인이 우들리 양에게 말했다.

"아니요, 아가씨는 잘 일어날 거예요, 분명히요." 그녀의 조카가 대답했다.

"아니에요." 밀너 양이 대답했다. "엘름우드 경께서 말 한 마디조차 없이 저를 떠나는 게 적절하다고 생각하시는데, 저 좋자고 그분을 다시 보지는 않겠습니다." 여기서 폭풍 같은 눈물이 터져나왔고 동시에 그녀의 마음도 그때 터진 것 같았다.

"왜 그대는 그에게 아무 말을 하지 않은 거요?" 샌퍼드가 말했다. "말해보시오, 그대는 그에게 작별인사를 한 건가요? 그 점에서 나는 왜 한쪽이 다른 쪽보다 더 비난받아야 하는지 도통 모르겠소."

"저는 그분의 행복을 빌기엔 너무 약했었습니다." 밀너 양이 말했다. "하지만 하늘이 아실 거예요, 제가 온 영혼을 다 바쳐 그분의 행복을 빈다는 걸요."

"그렇다면 그대는 지금, 그는 그대의 행복을 위해 그렇게 빈다고 생각하지 않는 겁니까?" 샌퍼드가 말했다. "그대는 그대 마음에 비춰 그를 판단해야 할 것입니다. 그대가 그에게 느끼는 것, 그것이 그가 그대에게 느끼는 것이라 생각하오, 우리 아가씨."

비록 '우리 아가씨'는 사소한 표현이지만, 어떤 사람이 한 말이냐에 따라, 또 어떤 상황에서 나온 말이냐에 따라 무한한 위로와 확신을 주는 말이 되기도 한다. 샌퍼드 신부는 '우리 누구누구'라는 말을 누구에게도 거의 한 적이 없었다. 밀너 양에게는 단 한 번도 없었다. 따라서 지금 그에게서 나온 이 말은 대단히 귀한 표현이었다.

그녀는 고마움을 담은 표정으로 그를 바라보았다. 그러나 그녀는 단지 바라볼 뿐 말은 하지 않았기에, 그는 곧 자리에서 일어났고, 이어 그녀 앞에서는 말해본 적이 거의 없는 다정한 어조로 "푹 잘 자기를 진심으로 바라오"라고 말했다.

그가 나가자마자 밀너 양이 말했다. "샌퍼드 신부님의 무정함으로 내 운명이 얼마나 곤두박질쳤건 간에, 오늘밤 내게 보여준 작은 관심으로 나는 언제나 그분에게 고마워할 거예요."

"아, 훌륭한 샌퍼드 신부님이 친절함을 보여주시는 건 이제 그 결과로 인한 위험이 없어서이겠지요." 호턴 부인이 말했다. "엘름우드 경이 영원히 떠나시는 거니, 아가씨가 그분을 다시 만날 걱정 같은 건 없으실 테니까요." 호턴 부인은 이런 암시로 그를 칭찬했다고 생각했다.

12

밀너 양이 침실로 물러날 때 우들리 양도 그녀와 함께 갔고 밤새 그녀를 떠나려 하지 않았다. 하지만 그녀가 쉬도록 설득하는 것은 부질없는 일이었다. 그녀는 완강히 거부하면서 그 시간부터 결코 조금도 쉬지 않을 거라 단언했다. "내가 맡았던 역할은 끝났어요. 이제부터 나는 평생 내 성격대로 살면서, 내가 견디는 고통도 마음껏 표현할 거야."

동이 터올 무렵 그녀는 "하지만 그이를 한번 더 볼 수 있지요"라고 말했다. "원한다면 두 시간 안에 그이를 볼 수 있어요. 샌퍼드 신부님이 나를 초대했잖아."

"우리 밀너 아가씨." 우들리 양이 말했다. "만일 아가씨 생각에 엘름우드 경과 두번째 헤어지는 게 아가씨에게 두번째 고통을 준다면, 제발이지 그분을 다시 보지 말아요. 하지만 만일 어젯밤보다 조금 더 직접적인 방식으로 서로에게 작별인사를 함으로써 마음이 더 편해지리라 생각한다면 같이 내려가서 그분과 아침식사를 하도록 해요. 제가 미리 가서, 그분이 아가씨를 맞을 준비를 하도록 할게요. 아가씨도 그분을 놀라게 하고 싶지 않을 테지요. 샘퍼드 신부님의 초대로 아가씨가 내려오는 거라고 백작님께 말씀드릴게요."

그녀는 미소 지으며 이 제안을 들었지만, 그가 이미 작별인사를 했는데 자신이 그를 다시 보기 원하는 무례를 범해도 되는지 여전히 마뜩잖게 느껴졌다. 하지만 우들리 양은 그녀가 이 법도를 잘 알지라도 지금 이를 위반하는 쪽으로 기울고 있음을 알았기에, 정말 의심 많은 사람일지라도(게다가 엘름우드 경은 그런 성격과 멀었다) 이 시간에 누군가 그를 만나는 일에 그의 마음을 다시 얻거나 그의 결심을 바꾸려는 의도가 조금이라도 담겨 있다고 생각할 리 없다고 그녀를 쉽게 설득할 수 있었다.

밀너 양은 이 의견에 동의했지만, 여전히 내려갈 결심에 도달할 용기를 내지는 못했다.

이제 새벽빛은 빼꼼히 내비치는 대신 그들을 빤히 쳐다보고 있었다. 밀너 양은 거울 앞으로 가서 손에 숨을 불어넣은 후 그 손으로 눈을 비볐고, 머리에 파우더를 두드렸지만, 그러다 결국 "나는 감히 그이를 다시 볼 수 없어"라고 말했다.

"원하는 대로 하세요." 우들리 양이 말했다. "하지만 저는 내려가겠어요. 저는 오랫동안 그분과 한 지붕 아래 함께 기거했고, 아주 좋은 사이였으니까요. 이제 그분은 아마 십 년간 혹은 영원히 떠나 있을 테니 그분이 이 집에 머무는 마지막 순간 그분을 보지 않는 건 결례라 생각해요."

"그러면 우들리 양은 내려가요." 밀너 양이 간절히 말했다. "그이가 나에 대해 묻는다면 기꺼이 내려갈게요. 하지만 그이가 나에 대해 묻지 않는다면 가지 않겠어요. 부탁인데 내게 거짓으로 말하지 말아줘요."

우들리 양은 그녀를 속이지 않겠다고 약속했다. 곧 하인들이 집을 오가는 소리가 들렸고, 시계 종이 여섯시를 쳤다. 우들리 양은 조식실로 갔다.

엘름우드 경은 여행 복장을 한 채 벽난로 옆에서 생각에 잠긴 듯 서 있었다. 그는 그녀를 보리라 예상치 않았기에 그녀가 들어서자 흠칫 놀랐고 불안한 표정으로 말했다. "우들리 양, 무슨 일 있나요?" 그녀가 대답했다. "아무 일도 없습니다, 백작님. 단지 한번 더 뵐 수 있는데 그렇게 하지 않는다면 후회할 것 같아서요."

"고맙소." 그가 한숨을 내쉬며 대답했다. 그녀가 이제껏 들었던 그의 한숨 중 가장 무겁고 뚜렷한 한숨이었다. 밀너 양이 어떤지 묻고 싶지만 그 자신에게 그런 사치를 허락하지 않는 것처럼 보였다. 우들리 양이 그에게 그녀에 대해 말하는 쪽으로 반쯤 기울어진 채로 그럴까 말까 속으로 가늠하고 있을 때 샌퍼드 신부가 방으로 들어오면서 말했다.

"세상에, 백작, 어젯밤 어디서 잔 거요?"

"왜 그걸 물으십니까?" 그가 말했다.

"방금 그대 침실에 갔었는데, 침대가 벌써 정리되어 있길래 묻는 거요. 어젯밤 거기서 자지 않았나봅니다."

"저는 아무데서도 자지 않았습니다." 그가 대답했다. "잘 수가 없었어요. 검토해야 할 서류들이 있었고 또 일찍 일어나야 해서 차라리 잠자리에 들지 않는 게 더 낫겠다고 생각했습니다."

우들리 양은 그가 솔직한 태도로 터놓는 게 기뻤고, 강한 충동을 못 이기고 말했다. "그렇다면 밀너 양과 똑같으셨네요. 밀너 양도 밤새 잠자리에 들지 않았거든요."

우들리 양은 대수롭지 않게 말했지만 엘름우드 경은 이 말을 간절하고 부드럽게 반복했다. "밀너 양도 밤새 잠자리에 들지 않았소?"

"그녀가 깨어 있다면 내려와서 같이 커피를 한잔하는 게 어떻겠소?" 샌퍼드가 커피를 따르면서 말했다.

"그 의견에 모두 동의하신다는 걸 아가씨가 아신다면," 우들리 양이 말했다. "제 생각엔 내려오실 것 같아요." 이렇게 말하면서 그녀는 엘름우드 경을 보았다. 비록 완전히 엘름우드 경에게만 말한 것은 아니었지만 말이다. 하지만 그는 대답하지 않았다.

"동의한다고!" 샌퍼드가 버럭 화를 내며 대답했다. "그녀가 여기 있는 누구와 싸우기라도 했단 말이오? 아니면 여기 있는 누군가가 그녀에게 적의를 품고 있다고 생각하는 겁니까? 그녀는 지금 평화롭고 자비롭지 않소?"

"네, 분명히 그러시죠." 우들리 양이 대답했다.

"그렇다면 이리로 모시고 와요." (그가 말했다.) "지금 당장. 그녀는 지금 우리 모두 자기 친구가 아니라는 사악한 생각을 하는 거요?"

우들리 양은 방을 나갔고, 그녀가 돌아오기 전 엘름우드 경의 마차가 떠나는 소리를 들을까봐 거의 사색이 된 밀너 양을 보았다.

"그이가 나를 데려오라고 했나요?" 우들리 양을 보자마자 그녀의 입에서 나온 말이었다.

"그분이 있는 데서 샌퍼드 신부님이 그렇게 말했어요." 우들리 양이 대답했다. "최상의 법도를 지키는 상태로 가는 거예요, 아니라면 제가 이렇게 말하지 않지요."

이에 그녀는 더이상 저항하지 않고 순순히 자신의 소중한 조언자를 따라갔다. 그녀의 다정함이 이 순간의 반만큼이라도 사랑스러워 보였던 적이 이전엔 없었다.

방에 들어서자 죽은듯 창백했던 그녀의 얼굴색이 진홍빛으로 달아올랐다. 엘름우드 경이 자리에서 일어났고, 그녀가 앉을 의자를 가져다주었다.

샌퍼드는 유심히 그녀를 쳐다보았고, 차를 한 모금 마시더니 "나는 한 번도 마음에 쏙 들게 차를 우려본 적이 없소이다"라고 말했다.

밀너 양도 찻잔을 들었지만 들고 있을 힘이 거의 없었다.

아침식사를 시작한 지 얼마 안 돼 곧 백작의 짐을 실어나를 마차가 문 앞에 도착했다. 밀너 양은 그 소리에 깜짝 놀랐다. 그도 그랬다. 하지만 그녀는 찻잔과 찻잔 받침을 떨어뜨릴 뻔했고 그러자 샌퍼드가 그녀의 손에서 그것들을 가져가면서 말했다.

"차 말고 커피를 드시겠소?"

그녀의 입술이 움직였지만, 그는 그녀가 한 말을 들을 수 없었다.

하인 한 명이 들어와 엘름우드 경에게 "마차가 문 앞에 당도해 있습니다"라고 말했다.

"알았네." 그는 대답했다. 하지만 아침식사를 다 했는데도 일어서려고 하지 않았다.

마침내 그는 마치 서둘러 갈 필요가 있는 것처럼 자리에서 급하게 일어나면서, 올 때 가져왔던 모자를 집어들었고 작별인사를 하기 위해 우들리 양 쪽으로 돌아섰으며, 이에 섄퍼드는 "백작, 급하게 서두르는 것 같군요"라고 말했다. 그러고는 마치 가여운 밀너 양에게 자신이 줄 수 있는 모든 순간을 주길 원하는 듯 (주위를 둘러보며) 덧붙였다. "어디에 장갑을 두었는지 도통 모르겠군."

백작은 우들리 양에게 어젯밤 한 인사를 되풀이했고, 이제 밀너 양에게 가서 그녀의 한 손을 잡으며 다시 자신의 손 사이에 꼭 그러쥐었으나, 여전히 어떤 말도 없었다. 반면 여태까지와 달리 눈물을 참지 못한 그녀의 눈에서는 눈물이 폭포처럼 쏟아져내렸다.

"이게 다 뭐하는 겁니까?" 화가 난 섄퍼드가 그들에게 다가가며 외쳤다.

그들 둘 다 대답하지 않았거나 혹은 상황을 바꾸지 않았다.

"지금 헤어지든지," 섄퍼드가 말했다. "아니면 결심하시오. 죽음에 의해서가 아니라면 결코 헤어지지 않겠다고."

그들은 이 문장을 명령하듯 내뱉는 그의 위엄 있는 태도에 놀라 함께 그를 쳐다보았다! 그리고 그의 발언이 초래한 감각들로 인해 거의 돌처럼 굳어버렸다.

그는 잠시 그들을 떠나 구석에 있는 작은 책장으로 가 그중 책 한 권을 꺼내들고는 손에 든 채 돌아와서 말했다.

"엘름우드 백작, 그대는 이 여인을 사랑합니까?"

"제 목숨보다 더 사랑합니다." 백작이 깊은 진심이 어린 억양으로 대답했다.

다음에 그는 밀너 양을 향했다. "그대는 그에 대해 같은 말을 하겠습니까?"

그녀는 두 손을 눈에 갖다대며 말했다. "아, 하느님!"

"그대 역시 그렇게 말할 수 있으리라 믿소." 샌퍼드가 대답했다. "이제 하느님의 이름으로 그리고 그대들 자신의 행복의 이름으로, 왜냐하면 이 경우가 그러하니, 내가 그대들에게서 헤어질 권한을 없애버리겠소."

엘름우드 경은 놀라움에 가득찬 채 그를 응시했다! 하지만 또 그는 자신의 미래에 닥친 갑작스러운 변화에 마치 도취된 듯 보였다.

그녀는 어떤 떨리는 황홀감으로 한숨을 쉬었고, 그사이 샌퍼드는 그의 공식적 역할인 성직자의 모든 위엄과 품위를 가지고 다음과 같이 말했다.

"백작, 내 조언이 그대를 최악의 불행인 결혼생활의 불화로부터 구할 수 있다고 생각하는 동안 나는 멈추지 않고 집요하게 그대를 설득하려 했소. 그대가 처할 위험을 내게 보이는 그대로 전달하려 했어요. 하지만, 비록 내 나이들고 또 사제이긴 하나, 내가 잘못했다는 생각을 받아들이겠소. 이제 나는 그대들 두 사람이 남편과 아내가 되는 게 서로의 행복을 위한 것임을 확고히 믿소. 백작, 이 여인의 결혼 서약을 받아들이십시오. 이보다 더 그녀가 교화되리라는 밝은 전망을 바랄 수 없을 겁니다. 이 반만큼이라도 신성하고 또 구속력 있는 약속을 그녀가 하기 어려울 테고요. 그녀의 표정을 보면 그녀가 약속을 잘 지키리라는 것을 알 수 있지요. 그리고 우리 밀너 아가씨," 그녀에게 직접 말을 건네며 그가 이어 말했다. "오로지 이러한 맹세에 순종하는 것으로 백작처럼 분별과 덕을 갖춘 남편을 대한다면, 그대는 내가, 또 그 자신이,

심지어 하늘이 바랄 만한 모든 것을 갖추게 될 것입니다. 그러니 자, 엘름우드 백작, 바로 지금 그녀를 영원히 포기하든지, 아니면 바로 지금 감히 끊을 수 없는 이러한 인연의 끈으로 그녀가 그대를 거스르는 것을 제어토록 하십시오."

엘름우드 경은 의심과 동요에 휩싸여 자신의 이마를 쳤지만, 여전히 그녀의 손을 붙잡은 채로 외쳤다. "저는 그녀와 헤어질 수 없습니다." 그러고는 이 대답이 모호하다고 느꼈는지 무릎을 꿇고는 말했다. "그대는 내가 망설인 걸 용서해주겠어요? 그대는 아직 내게 보여주지 않았던 그 부드러운 사랑을 결혼생활에서 보여줄 수 있나요? 그대는 내 모든 사랑을 차지하는 가운데 내 모든 약함을 참아주겠습니까?"

그녀는 그를 자신의 발치에서 일으켜세웠고, 그녀의 얼굴 표정과 그의 손을 적셨던 눈물로 그에게 어떤 확신을 주었다.

그는 샌퍼드 쪽으로 돌아섰다. 그러고는 결혼 예식에서처럼 그녀를 그의 옆에 두었고, 샌퍼드는 이를 예식을 시작하라는 신호로 받아들였다. 그리하여 그는 책을 펼쳤고, 그리고 그들을 결혼시켰다.

그가 이토록 심각하고 열렬한 표정과 태도와 목소리로 의식을 진행하는 동안, 거기 있는 사람들 모두는 장난기는커녕 조금의 가벼움도 없는 마음으로 지켜보았다.

밀너 양은 부끄러움으로 뒤덮인 채 우들리 양의 가슴에 안겼다.

반지가 없었는데, 엘름우드 경은 자신의 손에서 반지 하나를 빼 그걸로 대신했으며, 의식의 후반부 내내 하늘을 향한 간절한 기도에 열중한 것처럼 보였다. 하지만 예식이 끝나자마자 그의 생각은 다시 지상으로 내려온 듯했다. 그는 세상에서 가장 행복한, 사랑에 홀딱 빠진 신랑의 기쁨으로 신부를 껴안았으며, 황홀함에 가득차 그녀를 '아내'라는 다정한 이름으로 불렀다.

"하지만 백작," 샌퍼드가 말했다. "그대는 여전히 그대 자신의 교회와 양심에 따라서만 결혼한 것일 뿐 그대 아내의 교회에 따라서 결혼한 것은 아닙니다. 이 나라의 법에 따라 한 것도 아니고요.* 그러니 그 결혼을 오래 미루지 말라고 충고하겠소. 시간이 지남에 따라 그대들이 의견이 맞지 않을 경우를 대비해, 또 그녀가 여전히 그대의 법적 배우자가 되기를 거부하지 않도록 말입니다."

"제 생각에도 그럴 위험이 있어요." 백작이 대답했다. "그러니 우리의 두번째 결혼을 내일 진행해야겠습니다."

숙녀들은 이에 반대했고, 그러자 그들의 첫번째 결혼 날짜를 정했던 샌퍼드에게 두번째 결혼 날짜를 정하는 임무가 맡겨졌다. 그는 잠시 생각하더니 나흘 뒤로 정했다.

그때 우들리 양이 엘름우드 경을 외국으로 싣고 갈 마차가 여전히 문 앞에 대기하고 있음을 기억해냈다(다른 사람들은 모두 이를 잊고 있었다). 물론 마차는 되돌려 보내졌다. 그날 아침 밀너 양이 맛보았던 가장 멋진 사건 중 하나는 이 마차가 아무도 태우지 않은 채 떠나는 광경을 창문 밖으로 내다보는 것이었다.

밀너 양과 엘름우드 경이 이 한 시간 사이에 겪은 것보다 더 빠르게 절망에서 행복으로, 최고의 행복으로 변해간 것은 없었다.

이 사건과 그들의 법적 결혼 사이의 며칠간은 그 행복한 날을 준비

---

* 영국의 모든 가톨릭교도와 비국교도들은 자신들 교회에서의 예식에 더해, 영국국교회 형식으로 결혼식을 올려야 했다.

하며 즐겁게 애쓰는 가운데 지나갔다. 하지만 이때의 즐거움은 슬픔을 예상했기에 모든 기쁨이 두 배가 되었던 첫번째 즐거움보다는 못했다.

그렇긴 하지만 바로 그 첫번째 결혼식 날, 잃어버렸던 연인을 다시 그녀에게 희망으로 되돌려주었던 그 기쁜 날, 심지어 바로 그날에 밀너 양은 성스러운 예식이 끝난 후 (여자들이 보통 갖게 되는 온갖 공포와 전율 그리고 미신에 차서) 몹시 고통스러운 충격을 받았다. 결혼식에서 엘름우드 경이 그녀의 손가락에 급하게 끼워준 반지를 봤을 때, 그녀는 그 반지가 애도 반지*임을 알게 되었다.

---

* 애도 반지는 죽은 사람을 애도해 끼는 반지이다. 애도 반지 부분은 『단순한 이야기』의 전반부와 후반부를 잇기 위해 나중에 덧붙였다는 추측이 있어왔으나 문헌상 확인된 바는 없다.

제3부

1

평생에 걸쳐, 전에 살았던 곳에 몇 년 있다가 다시 가본다거나 한때 이웃이었던 이들과 관련된 온갖 변화를 지켜보는 일보다 더 강력히 사려 깊은 사람의 생각을 사로잡거나 지속적 인상을 남기는 사건은 없을 것이다. 몇 년 전까지 젊고 건강했던 사람이 죽었다거나, 학교 다니던 아이가 결혼해 자기 아이를 기르고 있다거나, 부자였던 사람들이 가난해졌다거나, 가난했던 사람이 부자가 되었다거나, 한때 덕성으로 이름났던 이가 현재 악덕으로 혐오스러워졌다거나, 방황하던 남편이 충실해졌다거나, 충실했던 남편이 방황하게 되었다거나, 굳건했던 친구가 인정사정없는 적이 되었다거나, 혹은 아름다움이 시들었다는 걸 발견하는 일. 한마디로 "무덤 이편의 모든 것은 덧없다"는 사실을 보여주는 모든 변화.

이 같은 상황에 주의를 기울이는 경우 따르기 마련인 감각을 사색적인 독자가 경험하기를 바라는 마음에서 말해두자면, 독자는 이 책의 앞부분에서 알게 된 인물들을 보거나 들은 지 십칠 년이 지났다고 상상하기를 바란다. 그 십칠 년 동안 그들과 함께 있었다고 치고 그들 이야기를 따라가보자.

이 이야기의 첫번째 여주인공부터 시작하겠다. 그 아름답고 사랑받던 밀너 양, 그녀는 더이상 아름답지 않다, 더이상 사랑받지 않는다, 더이상—이걸 읽으며 몸서리치길!—더이상—덕을 지니고 있지 않다.

도리포스, 경건하고 선하며 다정한 도리포스는 차가운 심장의 폭군이 되었다. 그 동정심 많고 감정이 풍부하고 정의로운 엘름우드 경은 무자비한 엄격함과 불의의 표본이 되었다.

우들리 양은 늙었는데, 세월 때문이라기보다 비통함으로 늙어버렸다.

아이였던 러시브룩은 이제 성인이 되었으며 엘름우드 경의 재산을 물려받을 법정추정상속인이다. 반면 그의 딸, 한때 숭배했던 밀너 양이 낳은 그의 유일한 자식에 대해 엘름우드 경은 아이어머니의 죄악에 대한 앙갚음으로 영원히 다시 보기를 거부한다.

가장 놀랍지 않은 변화는 호턴 부인의 사망이다. 물론 예외는 있는데,

샌퍼드, 그는 이제까지와 거의 많이 똑같다.

우리는 2부에서 엘름우드 부인을 인간 행복의 정점, 즉 사랑하고 사랑받는 신부로 둔 채 떠났었다. 3부를 시작하며 우리는 침대에서 죽어가는 그녀를 본다.

서른다섯에 그녀는 '명운이 다했다'. 위험, 희망, 공포, 기쁨, 그리고 마지막에는 슬픔으로 가득했던 일생. 각각의 감정들은 모두 그 자체로 섬세하고 예리했는데, 그녀의 민감한 마음이 섬세하고 예리했기 때문이다.

이 이야기의 첫 부분에 삶의 마지막 순간에 모든 걱정을 외동딸에게 집중하던 그녀의 아버지가 묘사되어 있다. 그러한 근심은 얼마나 부질없는 것이었는지! 그녀의 행복을 위해 취했던 대비책이 모두 얼마나 헛된 것이었는지! 그녀는 이를 알고, 되돌아보고 있다. 하지만 부모가 느끼는 본능적 힘에 의해 마음이 갈가리 찢긴 채, 레이디 엘름우드는 죽어가는 지금 자신의 외동딸의 미래 행복에 대한 생각 말고는 다른 어떤 세속적 생각도 할 수 없다. 그녀 앞에 놓인 다른 모든 전망에 대해서는 "주의 뜻대로 이루어지이다"라고 계속 외치지만, 딸아이의 불행이 보일라치면 죽어가는 참회자는 하늘의 뜻과 싸우려 들었다.

악이 마음을 지배하게 되는 과정을 기술하는 것은 유용한 교훈이 될 수 있다. 하지만 이는 대부분의 독자를 그리 만족시키지 못하기에, 여기에서 엘름우드 부인을 타락하게 한 허약함의 단계를 모두 이야기하지는 않겠다. 그녀가 타락하게 된 계기를 모두 묘사하는 대신, 이어졌던 사건을 간단히 얘기해보자.

그럼에도 전자의 부류에 해당하는 몇몇 항목 중 완전히 생략해서는 안 되는 것들이 있긴 하다.

엘름우드 경은 결혼생활에서 누릴 수 있는 가장 완벽한 행복을 누리면서 사 년을 보냈다. 즉 그는 아름다운 딸의 아버지가 되었고, 아이어머니에 대한 사랑과 거의 맞먹는 다정함으로 이 아이를 사랑했다. 그러다 서인도제도에 있는 매우 넓은 영지를 관리인의 약탈로부터 지키기 위해 어쩔 수 없이 한동안 이 둘을 떠나 있어야 하는 상황에 놓이게 되었다. 그의 여행은 지루했고, 그곳에서의 체류는 다양한 사건으로 인해 시시때때로 연장되다보니 결국 약 삼 년이라는 시간이 지나갔다. 처음에 레이디 엘름우드는 단지 불행했을 뿐이었지만, 마침내 분노했다. 좀처럼 다스리지 못했던 참을성 없고 쉬이 짜증내는 성격에 굴복하면서, 그의 경고 명령에도 불구하고, 그의 부재로 인한 우울한 시간을 런던의 화려한 무리와 어울리면서 즐기기로 결심했다. 바로 이때, 사실은 몇 달 전부터 백작은 심각하고 위험한 병에 걸려 타지에 붙들려 있던 상태였고, 그녀가 걱정할까 두렵고 조심하는 마음에 이를 숨기고 있었다. 그러나 그녀는 돌아오지 않는 것에 대한 그의 잦은 사과를, 이러한 사과가 불러일으키리라 예측되었으나 절대 의도하지는 않았던 의심과 분노로 받아들였다.

격렬했던 분노가 지나가자 더욱 치명적인 무덤덤함이 뒤따랐지만, 레이디 엘름우드의 마음은 그러한 상태와 도무지 맞지 않았다. 그 마음속에서는 격동적 정념들이 모두 돌아가며 다퉜고, 그중 한 정념이 공백을 모두 채울 방법을 곧 찾아냈는데, 그것은 사랑이었다. 그녀가 가장 아끼고 진실하게 사랑하는 소중한 대상은 멀리 있었다. 또 그 사랑은 지나간 시간을 진저리나는 것으로, 다가올 시간은 지루하기 짝이 없는 것으로 채색했다. 그녀는 현재의 지루한 고독으로부터 한 사람과의 위험한 만남으로 달려갔다. 물론 그녀를 유혹하는 이의 모든 노력이, 그가 대신하는 사람의 부재와 상실을 한순간도 보상해주지는 못했다. 아니, 혹시 그녀가 착란적으로 순간의 보상을 얻었다 한들, 예상치 못했던 남편의 귀향으로 인해 덧없는 기쁨에서 깨어났을 때 그녀가 느낀 고통과 후회는 어떤 것이었겠는가? 남편이 몇 달 전에 도착했더라면 얼마나 행복하고 황홀했을까! 그랬었다면 행복했을 만큼, 그만큼 지금은 쓰라렸다. 하지만 이 말은 너무 약한 표현이다. 백작이 돌아왔다는 얘기를 들었을 때, 또 그가 오로지 어쩔 수 없는 이유로 오래 돌아오지 못했었다는 것을 알게 되었을 때 레이디 엘름우드를 사로잡았던 감각은 언어로는 도저히 묘사할 수 없다.

죄책감, 하지만 그 죄책감에 무디지 않았기에, 그녀의 고통과 수치심은 더욱 극심했다. 그가 돌아오자 그녀는 살던 집에서 달아났다. 즉 그의 집에서 도망쳐 그가 주인인 거처로 다시 돌아오지 않았다. 하지만 정부와 도망간 게 아니라 가장 적막하고 후미진 곳으로 도망쳐 그곳을 피난처로 삼았다. 그녀는 그곳에서 우들리 양의 여전히 변함없는 우정을 제외하고는 어떠한 사교계의 위안이나 삶의 위안을 구하지 않았다. 심지어 아기였던 딸도 두고 나오면서, 무구하지만 나무라는 듯한 아이의 미소가 주는 위안조차 자신에게 허락하지 않으려고 했다. 아이가 아버지의 보호를 받을 수 있도록 아이아버지의 집에 두고 떠난 것이었다. 어미가 어린 자식과 헤어질 때 겪는 모든 고통을 받으며, 영원히 헤어지는 것이라 여기며, 그녀는 아이와 헤어졌다. 하지만 그 아이가 아버지로부터 영영 내쫓긴 채 어미에게 보내진 걸 보았을 때 그 고통이 얼마나 더 날카로울지는 세상 어느 어머니조차 상상하기 어려우리라.

아내에 대한 엘름우드의 사랑은 과도했었고, 마찬가지로 그의 미움의 결과 역시 과도했다. 결코 넘을 수 없는 장벽에 부딪혀 그녀와 헤어지게 된 자신을 바라보며 그는 복수의 깊은 고통에 잠겼고, 결코 어떤 개별 대상을 통해서도 그녀를 기억하지 않겠다고 맹세했다. 그러니 그녀의 아이처럼 그녀와 밀접히 관련된 대상이야 말할 것도 없었다. 아이에게 사랑을 쏟는 일은 어떤 의미에선 그 사랑을 아이어머니와 나누는 일이라고 그는 생각했다. 그의 이러한 확고한 결심 아래 아름다운 머틸다는 여섯 살에 아버지 집에서 내보내졌고 어머니는 아이를 다정하게 맞았지만, 여기에는 오직 부모의 잘못으로 인해 벌을 받는 자식을 바라보는 부모의 고통이 따랐다.

대리인들이 그의 명령에 따라 이러한 일을 처리하는 동안, 백작 자신은 훨씬 더 무겁고 중요한 일, 즉 생과 사가 오가는 문제에 연루되어 있었다. 그는 자신이 죽거나 아니면 자신의 명예와 행복에 상처를 낸 남자를 죽이리라고 결심했다. 에이번 공작(즉 아버지와 큰형이 죽기 전에는 프레더릭 론리 경이었던 이) 역시 그의 모든 요구에 물러서지 않고 응했다. 레이디 엘름우드에 대한 여전한 사랑을 지닌 채, 자신의 목적을 위해 온갖 기교와 부지런함으로 수단 방법을 가리지 않았던 이가 다름 아닌 그였던 것이다. 바로 그가(그는 모든 구애자 중 엘름우드 경 다음으로 그녀의 마음을 가장 사로잡았었다) 레이디 엘름우드가 자기 자신과 남편의 미래의 평화를 넘겨주었고, 다른 이를 좋아해 그와 결혼하지 않았던 것보다 더 오만한 승리를 그의 허영심에 안겨주었던 남자였다. 하지만 이런 승리는 매우 짧았다. 엘름우드 경이 돌아온 후 한 달도 되지 않아 공작은 자신의 행동에 책임질 것을 요청받았고, 그들이 전에 만났던 장소에서 불구가 된 채, 또 다시는 그 어떤 유부남의 명예도 위협하지 못하도록 얼굴이 흉하게 훼손된 채 남겨졌다. 엘름우드 경은 어떤 타협도 용인하지 않았기에 그들의 결투는 상당히 오랜 시간 지속되었으며, 적이 죽었다는 단단한 확신이 들고 나서야 마침내 들판을 떠날 수 있었다. 그 역시 치명적 상처를 입은 상태였다.

하지만 심지어 자신의 죽음을 기다리며 누워 있던 위험했던 시기에도, 엘름우드 경은 아내를 그만 용서하라거나 죽기 전 마지막으로 딸을 데려와 축복하라는, 가장 가깝고 소중하고 존경받는 친구들의 애원에 응하지 않았다.

일어난 일의 세세한 사정을 알게 된 레이디 엘름우드는 남편의 죽음을 참을성 있게 기다리는 것처럼 보였다. 하지만 그녀의 이마와 얼굴의 모든 선은 그녀가 그의 죽음을 하루도 못 견디리라는 것을 선명히 드러냈다. 그녀는 아이를 고아로 남긴 채 엘름우드 경을 무덤까지 쫓아가려 했다. 하지만 그 시도는 무산되었다. 그는 회복되었다. 저항하지 못하는 공작의 몸에 거창하고 눈에 띄는 복수를 행한 이후, 그는 짧은 시간 안에 평소의 평온함을 되찾은 것처럼 보였다.

그는 회복되었으나, 그사이 레이디 엘름우드는 병이 들었고 그 상태로 질질 끌었다. 젊고 건강했기에 이후 십 년을 더 버텼지만, 마침내 그 때가 되었고 이제 독자는 그 얘기를 들을 것이다.

2

스코틀랜드 국경 근처의 한적한 시골, 황량한 황야 옆에 놓인 집 한 채가 한때 활달하고 변덕스러웠던 밀너 양의 거처였다. 이 외로운 집의 휑하고 우울한 방에서(창문으로는 빛이 거의 들어오지 않았다) 한때 사랑스러웠던 레이디 엘름우드가 침대에 누워 죽음을 기다리고 있었다. 창백한 채로 숨이 가빠 헉헉거렸지만, 그녀의 감각은 완전히 생생했고 차분했는데 이것이 죽음의 고통을 더 날카롭게 만들었다.

방 한구석에 있는 낡은 의자 옆에서 우들리 양은 무릎을 꿇은 채 여전히 사랑하는 친구를 위해 매우 간절히 기도하지만, 차분히 기도하려는 노력은 헛되다. 주름진 뺨에 눈물이 홍수처럼 흘러내리고, 슬픔이 빚어낸 잦은 흐느낌이 경건한 탄식 사이를 비집고 터져나온다.

한 손으로 어머니의 머리를 받치고 다른 손으로는 어머니 얼굴에서 죽음의 축축한 습기를 닦아내면서 어머니 가까이에 있는 레이디 엘름우드의 딸—엘름우드 경의 딸이기도 하다—을 보기를. 그러나 아비는 이 둘이 겪는 고통에 무심한 채 멀리 있다. 레이디 엘름우드는 여러 번 딸 쪽으로 몸을 돌려 딸을 껴안으려 하지만, 힘없는 팔은 버티질 못하고 늘어져버린다. 어머니의 헛된 노력을 보던 딸의 얼굴에는 슬픔으로 인해 경련이 인다. 어머니에게 입을 맞춘다. 어머니를 가슴에 껴안는다. 죽음이 그들을 갈라놓지 못하도록, 또 그곳에 머물고 싶은 듯 어머니의 목에 매달린다.

침대의 다른 쪽에는 샌퍼드가 앉아 있다. 머리는 하얘지고, 얼굴은 나이가 들어 주름졌으나 마음은 전과 다름없다. 허영심 많고 게으르며 사악한 이들의 비판자, 적. 하지만 쓸쓸하고 비참한 이들의 친구, 위로자.

죄인을 위협하고 겁주기 위해 조소와 비난, 분노가 머물렀던 그의 모습 위로, 참회자를 지지하고 위로하는 온화함과 부드러움 그리고 연민이 빛났다. 연민이 그의 언어를 바꾸었고, 분노를 공격했던 신랄한 어조를 모두 부드럽게 했다.

"하느님의 이름으로," 그가 레이디 엘름우드에게 말했다. "그대를 위해 고통받으셨고, 고통 속에서 우리의 모든 약함을 아시고 긍휼히 여기셨던 하느님, 죄인의 눈물을 긍휼히 여기라고 말씀하셨던 그분께 의지해 그대가 자비를 소망하길 바라오. 한때 그대가 지녔던 순수함으로 위로받으시오. 또 타락 후 알게 된 슬픔으로 얼마간 용서받을 수 있기를 소망하시오. 내가 그대들의 두 손을 맞잡게 했을 때 젊은 그대의 얼굴에서 빛났던 신실함 덕분에, 그리고 그대가 때때로 증명했던 수많은 공덕 덕분에 그대는 사악한 자의 죽음을 결코 맞지 않을 것이오."

이러한 위로의 말에 그녀는 떨리는 손으로 그의 손을 꼭 그러쥐었다. 죽어가는 눈은 밝은 빛을 내뿜었다. 하지만 그녀는 나오지 않는 목소리로 무언가를 말하려 헛되이 애썼다. 마침내 그녀의 눈이, 마지막으로 머무는 귀한 대상으로, 딸에게로 고정되었고, 그제야 겨우 그녀가 '아버지'라는 말을 했다는 게 이해되었다.

"내 알아들었소." 샌퍼드가 대답했다. "내가 그에게 지녔던 모든 영향력과 내 기도와 내 눈물로," (이 말에 눈물이 흘러내렸다.) "그가 자기 자식을 인정하도록 애원하겠소이다."

그러자 그녀는 고마움의 표시로 간신히 미소 지었다.

"혹시 내가 실패하더라도," 그가 말을 이었다. "내가 살아 있는 한 이 아이는 친구나 후견인이 없지 않을 것이오. 나 같은 늙은이가 할 수 있는 모든 걸 다 할 테니." 여기서 눈물이 그의 말을 막았다.

레이디 엘름우드는 그의 말과 그 의미를 충분히 알아들었고, 그를 포옹하고 싶다는 듯한 표시를 했다. 하지만 자신의 생명이 빠르게 떠나고 있음을 알고는 이 마지막 사랑의 징표를 딸을 위해 남겨두었다. 그녀는 베개에서 억지로 몸을 일으켜 딸아이에게 매달렸고, 아이의 품에 안겨 죽었다.

3

엘름우드 경은 천성적으로 또 교육으로 인해 더욱, 진지하고 사색적이며 철학적인 성향을 지녔다. 그가 공부하는 종교학은 현세의 삶을 단지 내세로 가는 여정으로만 여기도록 완벽하게 가르쳤다. 하늘이 베푸는 풍요는 감사함으로 누리고, 하늘이 내리는 복수는 순종으로 견디도록 말이다. 그는 대부분의 사람보다 더 철저히 이러한 원칙을 실천했다. 그렇기에 레이디 엘름우드에게서 받은 최초의 충격이 가라앉자 곧 완벽한 고요함과 체념이 이어졌다. 하지만 그 고요함과 체념은 여전히 자신이 잃어버린 행복을 결코 잊지 못하게 강요하는 감각적이고 정서적인 종류의 것이었다. 바로 이러한 감성으로 인해 그는 그 생생한 기억으로부터 가능한 한 멀리 도망쳐야 했다. 그의 주장에 따르면, 이것이 바로 그가 자신이 듣는 데서 레이디 엘름우드나 심지어 그녀의 딸 이름을 거명치 못하게끔 한 이유였다. 하지만 많은 사람들은 이러한 명령(그의 모든 친구, 심지어 시중을 드는 하인들조차 받은 명령)이 그의 다정함보다는 분노에서 나온 것이라 의심했다. 그 역시 그의 분노가 신중함에 섞여 있음을 부인하지 않았다. 왜냐하면 그에게 신중함이란 자신이 다시는 맛볼 수 없는 행복과 자신을 증오로 몰아갈 배은망덕을 떠올리지 않는 것이었기 때문이다. 또하나의 애착을 가슴에 품지 않는 것, 무엇보다 지극히 사랑하는 이의 배신이라는 고문에 또다시 노출될 수 있는 아비의 가슴 가까이에 애착을 형성하지 않는 것이 그의 신중함이었다.

이러한 원칙에 따라 그는 결코 레이디 머틸다를 자기 자식으로 인정하지 않겠다고, 혹은 자식으로 인정하더라도 보지 않고, 듣지 않고, 그 아이의 운명에 어떠한 관심도 가지지 않겠다고 굳게 결심했다. 머틸다 어미의 사망은, 만일 그가 원했다면, 엄숙하게 거듭된 이런 선언을 철회할 좋은 기회로 보였다. 이제 아이가 한쪽 부모의 보호를 잃었으니, 그가 부모라는 다정한 호칭을 취하지 않더라도, 적어도 후견인이 되어주는 게 그의 의무였기 때문이다. 하지만 엘름우드 경에게 아이 어미나 딸에 대해 언급하는 것은 똑같이 그를 화나게 하는 일이었고, 친구들과 집안 구성원 모두에게 가장 강력한 언어로 금지된 것이었다. 또 그는 훌륭한 주인이고, 신실한 친구이며, 매우 관대한 후원자였으므로 그의 지인이나 가솔 중 그의 불쾌함을 자초할 만큼 무모한 사람은 아무도 없었다. 레이디 엘름우드의 사망이라는 공식적인 통보만으로도 그는 극도로 격렬한 분노를 터뜨릴 터였다.

샌퍼드 자신도 나이가 들고 또 최근 몇 년간 엘름우드 경의 근엄하고 심지어 침울한 태도에 위축되어 있었기에, 가능하다면 다른 사람이 엘름우드 경에게 한때 아내라는 사람이 있었음을 상기시키는 위험한 임무를 맡아주기를 바랐다. 그는 우들리 양에게 이 주제에 대한 적절한 편지를 쓰는 게 어떻겠느냐고 했다. 하지만 그녀는 그런 행동은 다른 누구보다 자신에게 더욱 위험하다는 것을 그에게 상기시켜주었다. 그녀야말로 엘름우드 경의 자비가 없다면 세상에서 가장 궁핍한 존재이기 때문이었다. 이모인 호턴 부인이 죽은 후 그녀는 오로지 레이디 엘름우드에게 의지해왔다. 이제 그녀가 죽자 온전히 백작에게 의지해야 하는 처지가 된 것이다. 레이디 엘름우드는 죽기 오래전부터 유서 형식으로는 한 마디도 남기지 않겠다는 의사를 선언했다. 그녀는 엘름우드 경의 의지에 온전히 순종하는 것 외에는 그 어떤 의지도 유언도 없다고 말했다. 만일 그녀의 딸이 가난할 뿐 아니라 내쫓긴 채 사는 게 그의 의지라면 그렇게 되어야 할 것이었다. 그러나 백작에 대한 이러한 암묵적인 복종에는 그의 딸의 궁핍한 처지가 그의 부성애보다 더 강한 호소력을 발휘하리라는 옅은 희망 같은 게 있었다. 자신이 없을 경우 딸의 모든 생계가 막막하다는 걸 알게 되고, 그러한 인식으로 둘 사이에 작은 연대가 생겨나며, 적어도 형식적인 관계나마 이루어지리라는 희망.

하지만 레이디 엘름우드는 자신의 실행 원칙이 백작의 의심을 받지 않기를 간절히 바랐기에 친구인 우들리 양까지 똑같은 운명에 포함시켰다. 그렇게 그녀는 유일하게 소중한 이들이 굶어죽지 않기 위해 엘름우드 경의 기분에 종속되게 두었다. 이 문제에 대해 충고하기에 딸은 너무 어렸고, 친구는 너무 사심이 없었다. 이제 그들 둘은 백작의 정의감이나 동정심을 통해서가 아니라면 그 어떤 지원도 받을 수 없었다. 물론 샌퍼드는 그녀의 딸을 보호하겠노라 약속했다. 하지만 그가 인색하지 않을 수 있는 유일한 원천 역시 전과 마찬가지로 여전히 함께 사는 후원자였다. 다만 백작이 런던에 머무는 겨울에는 함께 있지 않았는데, 이때 그는 대부분 레이디 엘름우드를 몰래 방문하러 갔다. 마지막 방문에서는 그녀가 땅에 묻히는 것을 볼 때까지 머물렀다.

몇몇 사려 깊은 숙고 끝에, 이제 섄퍼드는 런던 집에 있는 엘름우드 경에게 거기서 그가 조만간 듣게 될 소식을 직접 전하기 위해 떠날 채비를 하고 있었다. 동시에 그는 죽어가던 레이디 엘름우드에게 했던 약속을 지킬 용기 또한 낼 작정이었다. 하지만 섄퍼드가 도착하기 전에 엘름우드 경은 그 소식을 알게 되었다. 부고가 전국지에 실렸고 그렇게 처음 소식을 알게 된 것이다.

그는 혼자 아침을 먹고 있었고, 부인의 사망 기사를 최초로 실은 신문이 그의 앞에 놓여 있었다. 기사에는 이런 말이 쓰여 있었다.

"지난 수요일 노섬벌랜드의 드링 파크*에서 존경하는 엘름우드 백작부인이 사망했다. 수 년간 사교계에서 소식을 들을 수 없었던 이 부인은 부유한 상속녀이자 빼어난 미모의 소유자였다. 그녀는 수많은 최상위 신분의 남자들에게 구애를 받았으나, 그들 모두를 제쳐두고 후견인이었던 현 엘름우드 백작(당시에는 평범한 도리포스 신부)을 선택했다. 그들은 흔치 않은 지극한 행복을 누렸다고 전해지나, 백작은 해외로 나가 그곳에서 한동안 머물게 되었고, (보호자 없이 남겨진 지극히 매력적인 젊은 여성에게 일어난) 그 사건의 결과로 그가 귀향한 후 별거에 들어갔다. 백작부인은 열다섯 살가량 된 외동딸 하나를 남겼다."

엘름우드 백작은 이 기사를 읽는 동안 감정이 북받쳐서 신문을 내려놓고는 몇 분간 도로 들지 않았다. 그사이 초콜릿을 먹은 것도 아니었으며, 다만 팔꿈치 한쪽을 식탁에 기댄 채 머리를 손에 기댔다. 그러고

* 레이디 엘름우드가 머물던 저택 이름. 노섬벌랜드는 스코틀랜드와 인접한 잉글랜드의 북부 지역.

는 일어났다. 방을 가로질러 두세 번 왔다갔다했다. 다시 앉았다. 신문을 집어들었다. 그러고는 평소처럼 읽었다. 시끄러운 조문객이나 하염없이 곡하는 이라 하더라도 여기서 그가 감수성이 부족하다고 불평하지 않았으면 한다. 대신 엘름우드 경이 한 남자, 분별력 있는 남자, 용기 있고 강인하며 무엇보다 극도로 섬세한 감정을 지닌 남자임을 기억해주길 바란다. 그가 머리를 손에 기대고 있을 때, 또 일어나 걸으면서 느껴지는 감정을 떨쳐내려 할 때, 엘름우드 부인이 마지막 순간 느꼈던 만큼 느끼지 않았으리라 누가 말할 수 있겠는가.

아무튼 누구도 이 사건에 대한 백작의 민감한 반응을 의심하지 않았다. 그는 평소처럼 하루를 보냈다. 다음날도 그랬고, 그다음날도 그랬다. 나흘째 되던 날 아침, 그는 집사를 서재로 불러 다른 여러 일에 대해 얘기한 후 말했다.

"레이디 엘름우드가 사망한 게 사실인가?"

"그렇습니다, 백작님." 집사가 대답했다.

백작은 평소와 달리 심각해 보였고, 대답을 듣자 자신도 모르게 한숨을 쉬었다.

"백작님, 샌퍼드 신부님께서," 집사가 말을 이어갔다. "제게 그 소식을 전해주셨지만, 백작님께 전해드릴지는 제 재량에 맡겨주셨습니다."

"샌퍼드는 어디 있는가?" 엘름우드 경이 물었다.

"마님과 함께 계셨습니다." 집사가 대답했다.

"그녀가 죽을 때?" 백작이 물었다.

"네, 백작님."

"잘됐군. 그녀가 바랐던 것들이 행해지도록 그가 알아서 하겠지. 샌퍼드는 좋은 사람이고 모든 이의 친구이니 말이야."

"정말 좋은 분이시죠, 백작님."

잠시 침묵이 흘렀다. 이윽고 기퍼드 씨는 고개 숙여 인사하며 "다른 시킬 일이 있으신지요?"라고 말했다.

"샌퍼드에게 편지를 쓰게." 엘름우드 경이 주저하며 말했다. "편지에서 그녀가 원했던 대로 다 일이 처리될 수 있도록 하라고 말하게. 그녀가 아이 후견인으로 누구를 선택했건 동의할 것이고, 나 자신이 관련되지 않는 한 어떤 경우라도 그녀의 유언에 반대하지 않을 걸세." 이 말을 할 때 그의 눈에는 눈물이 차올랐고, 그러자 집사의 눈에도 눈물이 고였다. 그 모습을 보자 그는 다시 근엄하게 말했다.

"이런 얘기를 했다고 해서, 오랫동안 지녀왔던 내 결심 중 뭔가가 바뀌었거나 바뀔 거라 생각하지 말게. 그 결심은 똑같고 앞으로도 똑같을 걸세. 자네에게 내린 금지 명령 역시 (다른 모든 사람들과 마찬가지로) 전과 다를 바 없네. 이 문제에 대해 앞으로도 절대로 내게 언급하지 말게."

"백작님, 저는 늘 백작님 말씀에 순종해왔습니다." 기퍼드가 대답했다. "앞으로도 늘 그러기를 바랍니다."

"나도 그러길 바라네." 백작이 위협적인 어조로 대답했다. "샌퍼드에게 편지를 써서," 그가 계속 말했다. "내가 기꺼워함을 알리게. 그게 자네가 해야 할 일 전부일세."

집사가 고개를 숙여 인사한 후 물러났다.

하지만 그의 편지가 샌퍼드에게 도착하기 전에, 샌퍼드는 런던에 도착했다. 기퍼드 씨는 자신과 백작 사이에 있었던 일을 고스란히 그에게 전해주었다. 샌퍼드는, 레이디 엘름우드와 그녀의 딸 이야기가 아니라면, 어떤 경우에도 또 어떤 주제에 대해서도 이전처럼 엘름우드 경을 편하게 대할 수 있었다. 따라서 평소처럼 (집사와 이야기를 끝낸 후) 예고 없이 백작의 처소로 갔다. 백작은 다른 모든 만남에서와 마찬가지로 그와 악수했다. 하지만 샌퍼드는 두려운 마음에 그런지는 몰라도 백작이 평소보다 더 차갑고 더 말이 없어 보인다고 생각했다.

종일 그는 레이디 엘름우드나 그녀의 아이에 대한 어떤 언급도 조심스럽게 피했다. 저녁이 될 때까지도(샌퍼드가 종을 울려 침실로 가져갈 초를 가져오라고 하고, 하인이 초를 가져오고, 백작에게 잘 주무시라고 인사를 한 후에도) 그는 이 주제에 대해 감히 말을 꺼내지 못했다. 하지만 인사를 마치고 문 쪽으로 가다가 돌아서면서 말했다. "백작—"

그가 무슨 말을 하려는지는 쉽사리 짐작되었다. 그의 목소리가 떨렸고, 눈물이 뺨에 흐르기 시작하자 손수건을 꺼냈으나 더이상 말을 이어가지는 못했다.

"내 생각에," 엘름우드 경이 분노에 차 말했다. "내 생각에 이 문제에 대한 내 지시를 전한 것 같습니다만. 집사가 편지를 쓰지 않았나요?"

"그랬지요, 백작." 샌퍼드가 자세를 낮추며 말했다. "하지만 편지가 도착하기 전에 내가 런던으로 출발했소."

"그렇다면 그가 내 생각을 말하지 않았나요?" 백작이 여전히 더욱 화를 내며 말했다.

"말했지요." 샌퍼드가 대답했다. "하지만—"

"하지만 뭡니까, 신부님?" 엘름우드 경이 말했다.

"백작은 레이디 엘름우드가 유언장을 남겼으리라 여기지만 그렇지 않소. 그녀는 유언장을 남기지 않았어요." 샌퍼드가 계속 말을 이었다.

"유언장이 없다고요? 아예 유언장이 없다고요?" 백작이 놀라 말했다.

"그래요, 백작." 샌퍼드가 대답했다. "그녀는 모든 것이 그대가 뜻하는 대로 되기를 바랐지요."

"신부님 말씀은 그녀가 내게 모든 골칫거리를 남겼다는 거지요?"

"대단한 골칫거리는 아닙니다, 백작. 두 사람 말고, 부인이 그대의 보호를 바라는 이들은 없으니까."

"그 두 사람이 누구입니까?" 그가 서둘러 말했다.

"한 사람은, 백작, 내가 굳이 이름을 말할 필요가 없겠지요. 다른 한 사람은 우들리 양입니다."

샌퍼드가 대답하는 태도에는 어떤 섬세함과 겸손함이 있었기에 엘름우드 경은 화를 내지 못했고, 단지 이렇게만 대꾸했다.

"우들리 양, 그녀가 아직 살아 있습니까?"

"그렇소. 내가 떠나온 집에 여전히 남아 있지요."

"아, 그렇다면," 백작이 대답했다. "집사가 그 둘의 생계를 부양하도록 신부님이 살펴주시지요. 그러한 수고를 신부님께 맡기겠습니다. 어떤 불평이 있다면 그건 신부님께 떨어질 테고요."

샌퍼드가 인사를 하고 나가려 했다.

"그러니 이제부터는," 백작이 엄격하고 고양된 목소리로 말을 이어갔다. "다시는 내가 이 일에 대해 듣지 않도록 해주시오. 아까 언급했던 사람들에 대해서는 신부님이 전권을 가지고 행동하면 됩니다. 그들의 상황이나 복지, 관리 전체가 모두 신부님께 달려 있지요. 그러나 명심하십시오, 지금 이 순간부터 다시는 내 앞에서 그들의 이름을 거명해서는 안 됩니다."

"그렇다면 지금이 그들에 대해 말할 수 있는 마지막 순간이니 이 기회를 통해 내 마음의 부담을 덜어야겠습니다." 샌퍼드가 말했다.

"어떤 부담 말입니까?" 백작이 퉁명스럽게 그의 말을 막으며 말했다.

"레이디 엘름우드는 비록 유언장을 남기지는 않았으나 요청을 하나 남겼소."

"요청이요." 백작이 흠칫 놀라며 말했다. "만일 그 요청이 내가 그녀의 딸을 보는 것이라면 미리 말하지요, 절대 받아들이지 않겠다고요. 맹세컨대 (극히 엄숙한 표정과 목소리로 그가 말했다) 비록 내가 순진한 어린아이에 대해 어떤 분노도 없고 또 그 아이가 행복하기를 빌지만, 그러나 나는 결코 그 아이를 만나지 않겠소이다. 아이 어미를 위해서라도 다시는 내 마음이 맹목적으로 사랑하는 대상 때문에 부드러워지도록 놔두지 않을 거란 말이오. 그러니 만일 그런 요청이라면 이미 대답을 했습니다. 내 의지는 확고하오."

샌퍼드가 (수첩을 꺼내 거기서 종이 몇 장을 끄집어내면서) 대답했다. "그 요청은 이 편지 안에 있소이다, 백작. 나도 내용이 뭔지는 잘 모르오." 그가 편지를 내밀었다.

"레이디 엘름우드가 쓴 겁니까?" 백작이 극도로 흥분한 상태에서 말했다.

"그렇소, 백작. 잉크와 종이를 가져다달라더니 죽기 며칠 전에 이 편지를 쓰고는, 내 손으로 그대에게 전해달라 단단히 부탁했지요."

"읽지 않겠습니다." 그가 편지를 밀어내며 말했다. 그때 그의 몸은 떨고 있었다.

“그녀가 내게 바란 것은,” 샌퍼드가 (여전히 편지를 내밀면서) 말했다. “그대가 자기 아버지를 봐서라도 편지를 읽어주기를 간청해달라는 것이었소.”

그러자 엘름우드 경은 즉시 편지를 받았다. 하지만 편지가 손에 들어오자 당장 그걸 어떻게 해야 할지 몰라 고통스러운 듯 보였다. 이 편지를 읽기 위해 어디로 가야 하는지 혹은 편지 내용에 대비해 어떻게 마음을 굳게 다잡아야 하는지. 또 그는 이렇게 설득당한 것이 부끄러운 듯했고, 변명을 대신해 이렇게 말했다.

“밀너 씨를 위해서라면 내 뭐든지 할 것이오. 방금 절대 동의할 수 없다고 맹세한 것을 제외한다면 그 무엇이든 말이오. 그를 봐서 나는 많은 일을 견뎠고, 오직 그를 봐서 그의 딸은 내 아내로 죽을 수 있었습니다. 그에 대한 존중 말고는 그 어떤 동기도 그녀와의 이혼을 막을 수 없었음을 신부님도 아실 겁니다. 그런데,” (그는 잠시 머뭇거렸다.) “그녀는 아버지와 함께 묻혔습니까?”

“아니외다, 백작. 그녀는 그런 소망을 밝힌 적이 없었고, 그랬기에 시신을 그렇게 멀리 보낼 필요가 있다고 생각지 않았소이다.”

시신이라는 말에 엘름우드 경은 흠칫했고, 큰 충격을 받은 듯 보였다. 하지만 정신을 차리면서 말했다. “그렇다니 유감입니다. 왜냐하면 그녀가 그를 사랑하지 않았다 해도 그는 그녀를 진심으로 사랑했기 때문이오. 그 둘이 함께 묻혔다면 좋았을 텐데.”

“그렇다면 아직 늦지 않았소.” 샌퍼드가 말을 이어가려 했으나 백작이 그의 말을 가로막았다.

"아니, 아니요, 망자들을 괴롭히지 맙시다."

"그렇다면 그녀의 편지를 읽고, 그녀가 평화롭게 쉴 수 있도록 빌어 주시오." 샌퍼드가 말했다.

"만일 내가 그녀가 원하는 것을 줄 힘을 가지고 있다면 그러지요." 백작이 대답했다. "하지만 만일 그녀의 요구가 내가 걱정했던 거라면 거기에 따르면서 그녀의 평화를 빌 수도 없고 또 빌지도 않을 겁니다. 신부님은 내 결단력과 성격을 아시니 나를 화나게 하지 않게 조심하셔야 할 겁니다. 친구가 되어주려는 바로 그 사람에게 해를 입힐 수도 있으니까요. 그녀의 딸에게 허용하려던 바로 그 생계 지원을 철회할 수도 있지요."

가여운 샌퍼드는 이러한 협박에 너무 놀라 힘주어 대답했다. "백작, 그대가 이 주제를 꺼내지 않는 한, 내 이에 대해 다시는 절대로 언급하지 않겠소이다."

"지금 하신 말씀을 믿지요." 백작이 대답했다. "그러한 결과로, 오직 그런 한에서, 우리는 친구입니다. 안녕히 주무십시오, 신부님."

샌퍼드는 매우 겸손한 태도로 고개 숙여 인사했고, 각자 자신의 침실로 갔다.

4

엘름우드 경은 자신의 방으로 물러난 뒤에도 한참 후에야 샌퍼드가 준 편지를 읽기 시작했다. 먼저 그는 방안을 왔다갔다했다. 그러고는 옷을 하나씩 벗었으나 동작은 느렸다. 마침내 하인을 물린 후 자리에 앉았고 주머니에서 편지를 꺼냈다. 그는 편지의 인장을 보았으나 봉투에 쓰인 글씨는 보지 않았다. 부인의 글씨를 보는 게 두려운 것 같았다. 그런 후 편지를 탁자 위에 놓더니 다시 옷을 벗기 시작했다. 하지만 동작을 계속하는 대신, 갑자기 편지를 집어들고는 (결심을 다지고자 하는 노력의 일환으로) 봉투를 열었다. 내용은 다음과 같았다.

백작님,

저는 이 편지를 쓰는 이가 누구인지 잘 알고 있습니다. 또 누구에게 이 편지를 쓰는지도 잘 알고요. 우리 둘이 처한 상황을 더없이 강렬하게 의식하고 있답니다. 당신이 이 편지를 받을 때면 저라는 사람은 더이상 존재치 않으리란 사실이 아니라면 감히 이런 초라한 애원조차 하지 않을 겁니다.

그때쯤이면 저 자신에 대한 모든 걱정은 끝나 있겠지요. 하지만 제겐 무덤까지 저를 따라와 거기서의 안식마저 위협하는 근심이 있네요.

아이를 남기고 떠납니다. 그 아이를 제 아이라고 부르지 않으려 해요, 그것이 아이를 해쳤으니까요. 그 아이를 당신 아이라 부르지도 않겠습니다, 그래봤자 소용없을 테니까요. 당신에게 이 아이는 밀너 씨의 손녀일 뿐입니다. 아! 당신 친구의 불쌍한 피붙이, 그의 가문의 마지막이자 유일한 생존자가 당신 집을 피난처로 삼는 것을 거절하지 말아줘요.

아이를 당신 집에 거둬주세요. 그곳에서 아이의 처지가 아무리 비천하더라도 괜찮습니다. 저는 지금 하고 싶은 말을 정확히 쓸 수가 없네요. 제 감각이 손상된 것은 아니지만 표현력은 상했지요. 성경에 나오는 불행한 아이(이 아이의 교훈을 공부한 적이 있어요), 그 아이의 불평은 이러한 소망이 제 가슴에 단단히 자리잡게 했고, 이 소망이 이루어지리라는 막연한 희망이 없었다면 제 약한 마음은 죽음의 공포를 견딜 수 없었을 겁니다.

"나는 내 아버지께 갈 터이다. 내가 타지에서 굶는 동안, 내 아버지의 집에는 얼마나 많은 하인이 있으며 또 그들은 얼마나 배불리 먹고 있는가?"*

아이가 집에 올 때 아버지가 열어주는 잔치 같은 환대를 바라는 것은 아닙니다. 심지어 아버지가 아이를 바라봐주는 것조차 바라지 않습니다. 하지만 아이가 아버지의 보호 아래 살 수 있도록 해주세요. 아이의 할아버지를 봐서라도 이 청을 거절하지 말아줘요. 그분이 당신의 보살핌 아래 맡겼던 아이의 아이를 위해, 이 청을 거절하지 말아주세요.

아이의 주인이 되어주십시오. 저는 아이의 부모라는 인연의 끈을 놓겠습니다. 아이를 안 봐도 좋아요. 단지 한동안 아이가 당신과 한 지붕 아래에서 살 수 있도록 해주세요.

당신의 피후견인 밀너 양, 당신이 한 번도 그 청을 거절한 적이 없었던 밀너 양으로, 당신께 간청합니다. 당신의 조카 러시브룩이 아닌 그보다 훨씬 더 소중한 이를 위한 간청이고, 만일 거절당한다면—그

* 「루가의 복음서」 15:17~18, 이른바 '돌아온 탕아' 구절이다.

녀는 도저히 그쪽으로 생각하지는 못하네요. 이제 그녀는 희망을 품은 채, 그 희망 안에서 한때 당신께 품었던 모든 사랑을 담아 작별인사를 고하려 합니다.

안녕히 계세요, 엘름우드 경. 이 편지를 경멸 혹은 분노로 던져버리기 전에, 제가 지금 누워 있는 무덤을 상상해줘요. 제 모든 지난날을 돌아봐주세요. 제가 겪은 불안했던 순간들과 그 말로를요. 또 저를 봐주세요. 제 변한 얼굴에는 어떤 불안도 없습니다. 어떤 기쁨, 어떤 슬픔도요. 모든 게 끝났지요. 제 몸은 움직이지 않아요. 제 가슴은 더이상 뛰지 않고요. 제 끔찍한 거처도 봐주세요. 그리고 당신 자신에게 물어보시길요. 제가 아직도 분노의 대상인가요?

편지를 읽는 동안 그 편지는 엘름우드 경의 손에서 흔들렸다. 읽는 동안 그는 한두 번 눈가의 눈물을 닦아냈고, 한 번은 몇 분 동안 편지를 내려놓은 채 있기도 했다. 편지 끝부분에서는 눈물이 빠르게 얼굴로 흘러내렸다. 하지만 이러한 사실에 대해 그는 부끄럽고 또 화가 난 듯했으며, 편지를 불에 던져버리려고도 했다. 하지만 갑자기 그 손을 멈추고 편지를 급히 주머니에 넣더니 잠자리에 들었다.

5

다음날 아침, 엘름우드 경과 샌퍼드가 식사시간에 만났을 때, 샌퍼드는 부인의 편지가 성공했을까 하는 두려움으로 창백했다. 백작도 창백했으나, 거기에 더해 그의 얼굴에는 불쾌한 기분을 여실히 드러내는 무언가가 있었다. 샌퍼드는 이를 보았고, 그를 누그러뜨리고자 말을 하거나 표정을 지을 때 매우 겸손하게 처신했다.

아침식사를 물리자마자 백작은 레이디 엘름우드의 편지를 주머니에서 꺼내더니 샌퍼드에게 내밀며 말했다.

"이건 나보다 신부님께 더욱 가치가 있을 듯하니 신부님께 드리겠습니다."

샌퍼드는 마치 편지의 존재를 알지 못한다는 듯 놀란 표정을 지어 보였다.

"레이디 엘름우드의 편지요." 백작이 말했다. "두 가지 이유로 이걸 신부님께 건넵니다."

샌퍼드는 편지를 받아 챙기면서 불안한 마음으로 물었다. "두 가지 이유가 무엇이오?"

"첫째," 엘름우드 경이 말했다. "내 생각에 이건 아마 신부님이 간직하고픈 유품일 듯합니다. 둘째, 신부님이 이걸 그녀의 딸에게 보여주고, 왜 그리고 어떤 조건으로 내가 그 어미의 요청을 허락하는지를 알려주시지요."

"그렇다면 허락하는 겁니까?" 샌퍼드가 기뻐하며 말했다. "고맙소. 그대의 친절함, 그대의 배려에 감사하오."

"그렇게 급하게 감사를 표하지 마시지요." 백작이 대답했다. "그걸 취소할 사유가 생길 수도 있으니."

"백작 말씀은 잘 알아들었소이다." 샌퍼드가 대답했다. "그대가 레이디 엘름우드의 청을 허락한다 했으니, 그대가 그 말을 취소할 리 없듯

나도 감사를 취소할 일은 없을 겁니다."

"그녀의 청이 무엇인지 알고 계십니까?" 엘름우드 경이 말했다.

"정확히는 모르오, 백작. 전에도 말했지만 나는 알지 못해요. 하지만 분명히 그녀의 아이에게 이로운 것일 테지요."

"그렇게 생각하지 않아요." 백작이 대답했다. "하지만 그러면 그런대로 내 허락하지요. 그러나 가장 엄밀한 말 그대로의 의미에서입니다. 더 나가지 마십시오. 또 내 지시를 조금이라도 소홀히 한다면 내 약속 역시 모조리 파기되는 것이지요."

"그대 지시에 어긋나지 않도록 조심하리다."

"그럼 먼저 그 내용이 뭔지 들으십시오. 이를 당사자들에게 전할 책임을 신부님께 다시 맡기지요. 레이디 엘름우드는 자기 아버지의 이름으로 (내가 존경하는 이름이지요) 내게 그의 손녀를 보호해달라 간청했습니다. 글자 그대로 아이가 내 저택 중 하나에 한동안 거주하도록 해달라고요. 동시에 내가 아이를 만나야 할 필요는 없고요."

"거기에 따르시겠습니까?"

"그러지요. 그녀가 이러한 양보를 넘어서면서 더 큰 양보를 감히 요구하지 않는다면요. 그렇게 하지요. 아이가 내 눈에 띄지 않는 한, 혹은 내게 그녀를 떠올리게 하지 않는 한 말입니다. 하지만 의도적이건 우연이건, 만에 하나 내가 아이를 보거나 아이의 목소리를 듣는 일이 일어난다면 바로 그 순간 내가 아이 어미의 간청에 따르는 일은 중지될 것이고, 나는 아이를 또다시 버리겠소이다."

샌퍼드는 한숨을 쉬었다. 백작이 계속 말했다.

"그녀의 요청이 이 정도에서 그쳐 다행입니다. 될 수 있으면 그녀의 요구를 따르도록 하지요. 내가 쉽게 또 명예롭게 들어줄 수 있는 요구여서 기쁘네요. 요즘 나는 엘름우드 하우스에 거의 머물지 않아요. 여름의 몇 주 혹은 몇 달간 내려와 있지만, 집이 크니 아이는 쉽게 나를 피할 수 있을 겁니다. 내 눈에 띄지 않는 한 그 아이는 거기서 안전하게 지낼 수 있습니다. 그렇지 않을 경우 어떻게 될지 신부님은 내 결심을 알고 계시지요."

샌퍼드가 고개를 끄덕였다. 백작은 다시 말하기 시작했다.

"이러한 명령에 복종하는 것이 어려운 일은 아닐 겁니다. 아이가 전혀 알지도 못하는 부모와 떨어져 있는 걸 슬퍼할 리도 없고요." 샌퍼드는 이러한 주장이 잘못된 것임을 힘주어 증명하려고 했으나, 백작이 그의 말을 막았다. "다시 말해, 더 말할 필요 없이, 만일 그 아이가 이 문제에서 순종한다면 내가 살아있는 동안 틀림없이 내 딸로 생계를 지원하고 죽을 때도 재산을 물려줄 것이오. 그러나 만일 그녀가 감히—"

샌퍼드는 백작이 준비하고 있는 협박의 말을 알아채고는 끼어들었다. "그대는 여전히 러시브룩을 후계자로 생각하고 있소?"

"신부님은 내가 그렇게 말한 걸 듣지 못했습니까? 내가 결심을 바꿨다고 생각하는 겁니까? 샌퍼드 신부님, 나는 결심을 잘 바꾸지 않아요. 내가 그렇다는 걸 알고 있다고 생각했는데요. 게다가 내가 누구를 후계자로 정하든 백작 작위는 없어지는 것 아니오? 아들 말고 어떻게 작위를 유지할 수 있겠습니까?"

"하지만 여전히 가능한 것이—"

"다시 결혼함으로써 가능하단 말씀인가요? 아니, 아니요, 결혼이라면 충분히 경험했소. 해리 러시브룩이 내 후계자입니다. 그러니—"

"백작, 내 감히 그런 얘기를 하려던 것이 아니라—"

"그런 게 아니라면, 샌퍼드, 우린 여전히 친구일 수 있겠죠. 하지만 전처럼 나를 통제할 수는 없을 겁니다. 최근 내 성격이 변했소이다. 원래대로 돌아간 거지요. 신부님의 학문적이고 종교적인 규율이 내 성격을 교정하기 전으로 말이오. 젊었을 때 고집 센 내 성격을 다스리느라 얼마나 애를 먹었는지 기억나십니까. 사실 그때는 신부님이 그 일을 해냈지요. 하지만 이제 나는 완전한 성인이니 그 작업이 훨씬 더 어려울 것임을 신부님도 알 겁니다."

샌퍼드는 다시 한번 "내 감히 그런 얘기를 하려던 것이 아니라—"를 반복했다.

이에 백작도 다시 대답했다. "그만하시오, 샌퍼드." 그러고는 덧붙였다. "내 그대를 진심으로 존중하기에 최근 몇 년 동안 그대와 심각하게 다투는 걸 피해왔소이다."

샌퍼드가 눈물을 감추기 위해 고개를 돌렸다.

"아, 만일 우리가 다툰다면, 그건 그대 자신의 잘못 때문임을 그대도 알 것이오." 백작이 다시 말했다. "오늘부터 이 주제에 대해서는 그 누구도(그 사람은 우리가 그를 용서할 수 있는가에 대해 이견을 보일 유일한 인물이겠죠) 결코 다시는 꺼내지 않도록 조심해야 할 것이기에—사실 이 도발은 그 자체로 내가 용서할 수 없는 것이오. 나는 내가 한 모든 말을 명료하고 분명하게 표현했습니다. 그러니 내 의도를 오해하는 것은 있을 수 없는 일이며, 따라서 앞으로 어떤 설명도 필요하지 않지요. 누구든 이 주제에 대해 어떤 말이나 암시를 꺼낸다면, 그는 내가 죽는 날까지 내 분노와 함께할 것입니다." 그는 방을 나가고 있었다.

"그런데 백작, 이 주제에 영원히 이별을 고하기 전에, 내가 그대에게 이름을 언급한 사람이 한 명 더 있지요."

"우들리 양을 말하는 것입니까? 아, 물론 그녀도 엘름우드 하우스에서 살아도 좋습니다. 생각해보니 우들리 양을 아무때고 보는 데 반대할 이유가 없군요. 그녀를 만나면 반가울 겁니다. 그녀에게 내게 겁먹지 말라 하세요. 나는 그녀를 전과 똑같이 앞으로도 대할 거니까요."

"우들리 양은 좋은 사람이지요, 백작." 샌퍼드가 흐뭇해하며 말했다.

"내게 말씀하실 필요 없습니다, 샌퍼드 신부님. 그녀의 가치라면 잘 알고 있어요." 그리고 백작은 방을 나갔다.

샌퍼드는 결과를 기다리며 불안해하고 있을 우들리 양과 그녀가 보호하고 있는 사랑스러운 아이를 안심시키기 위해 다음날 그들의 거주지를 향해 출발했다. 그들이 거주지를 그곳에서 엘름우드 하우스로 옮기고, 매년 아버지가 엘름우드 하우스를 방문하는 것에 대비해 레이디 머틸다의 처소를 집안의 외진 곳에 마련하는 걸 도와주기 위해서였다. 하지만 런던을 떠나기 전, 기퍼드 집사가 그를 만나러 왔고, 백작이 딸을 엘름우드 캐슬*에 들이는 데 동의했음을 자신에게 알려주었다고 말했다. 어떤 규제 조건으로 그녀를 들이기로 했는지 알려줬으며, 마찬가지로 이 규제가 지켜지지 않을 경우 발생할 극히 가혹한 위협에 대해서도 알려주었다고 말했다. 샌퍼드는 이를 필수적인 용의주도함에 대한 두번째 경고로 받아들이면서 기퍼드의 친절한 설명에 감사를 표했다. 그러고는 "런던의 매연 때문에 못 살겠다"는 핑계를 대며 백작에게

* 머틸다가 머무르는 엘름우드 경의 시골 별장은 엘름우드 하우스 혹은 엘름우드 캐슬로 불린다.

작별인사를 한 뒤 북쪽을 향해 떠났다.

우들리 양과 레이디 엘름우드의 불운한 딸이 샌퍼드를 얼마나 반갑게 맞았는지—그가 자신의 책무를 말하기도 전에—말하는 건 불필요하다. 두 사람 모두 그를 진심으로 사랑했다. 특히 레이디 머틸다는 더 그랬는데, 그녀의 외로운 처지와 무구한 고통이 그의 연민을 극단적으로 자극했던 까닭에, 그가 늘 최고의 애정과 부드러움 그리고 존중으로 그녀를 대했기 때문이다. 그녀 또한 그가 어머니의 얼마나 좋은 친구였는지를 잘 알고 있었고, 그렇기에 역시 그를 사랑했다. 나아가 그녀는 그를 존경과 감탄으로 우러러보았는데, 그가 그녀 아버지의 우정이라는 영광을 가졌기 때문이다. 머틸다는 (뛰어난 지성과 나이보다 성숙한 차분함을 지녔고, 또 어머니와 우들리 양 사이에 오간 지극히 사적인 대화에 어릴 때부터 익숙했기에) 어머니의 치명적인 역사를 처음부터 끝까지 완벽히 알고 있었다. 그리고 아버지의 미덕에 마땅히 바쳐야 할 존중과 존경을 어머니로부터 배웠다.

가여운 머틸다와 우들리 양은 샌퍼드 신부를 보고, 그의 존재로 인해 쓸쓸한 집에 생기가 다시 도는 게 기뻤지만, 처음의 반가운 인사가 끝나자 그가 전할 소식에 대한 두려움에 강하게 사로잡혔고, 기쁨은 두려움으로 변해갔다. 궁금증보다는 걱정이 훨씬 더 강했기에 그들은 감히 물어볼 엄두를 내지 못한 채, 심지어 듣기 겁나는 주제에 대해 그가 아무 말도 하지 않기를 바라기 시작했다. 두 시간 넘게 그는 아무 얘기도 꺼내지 않았다. 마침내 하던 말을 잠시 멈춘 뒤 (그동안 그들은 초조하게 그가 다음에 할 말을 기다리고 있었다) 레이디 머틸다를 향해 말했다.

"얘야, 아버지에 대해 묻지 않는구나."

"그게 올바른 일인지 몰랐어요."

"그건 늘 올바른 일이란다." 샌퍼드가 대답했다. "네가 아버지를 생각하는 일은 말이다, 아버지가 너를 전혀 생각하지 않더라도 말이야."

그녀는 눈물을 터트렸고, "사실 그분을 생각했지만, 그분의 이름을 거론해도 되는지 걱정되었어요"라고 말했다. 그렇게 말하면서 쓰라리게 울었다.

"아니, 너를 혼낸 게 아니란다." 샌퍼드가 말했다. "올바른 일에 대해 말했을 뿐이란다."

"아니요." 우들리 양이 말했다. "그래서 저렇게 우는 게 아니에요. 아버지가 어머니의 요청을 거절했을까 두려워서 저러는 거지요. 설마 편지조차 읽지 않으셨나요?"

"그렇지 않소, 편지를 읽었어요." 샌퍼드가 대답했다.

"오, 하느님!" 머틸다가 두 손을 꽉 잡으며 외쳤고 눈물은 여전히 더욱 빠르게 흘러내렸다.

"너무 그렇게 불안해 말아요, 아가씨." 우들리 양이 말했다. "우리는 최악의 상황에 대해서도 준비가 돼 있잖아요. 또 어떤 운명이라도 인내심으로 순종하겠다고 어머니께 약속했던 거 잊지 않았죠."

"맞아요." 머틸다가 대답했다. "저는 뭐든 감내할 수 있어요, 아버지가 사랑하는 어머니를 거부하는 게 아니라면요."

"아버지는 네 어머니의 청을 거절하지 않으셨단다." 샌퍼드가 대답했다.

그녀는 너무나 기뻐 자리에서 뛰었다.

"하지만," 그가 말을 이었다. "너는 어머니의 청이 무엇인지 알고 있느냐?"

"완전히는 아니에요." 머틸다가 대답했다. "아시다시피 제가 좀 덜렁대서요. 하지만 어머니는 그 편지가 오로지 저에 대한 거라 말씀하셨어요."

레이디 엘름우드의 편지에 대해 온전히 설명하기 위해, 또 그녀가 어떤 조건으로 엘름우드 하우스에 받아들여지는지를 완벽하게 이해시키기 위해, 샌퍼드는 머틸다에게 편지를 막 읽어주었다. 엘름우드 경과 자신 사이에 오간 모든 대화를 기억나는 한 최선을 다해 되풀이했으며, 만일 아버지가 정한 선을 침범할 경우 그녀에게 일어날 위험한 상황에 대한 엄포 역시 잘못된 섬세함을 발휘해 빼놓지 않았다. 또 백작이 입밖에 낸 말은 어떤 경우에도 완화하려 들지 않았다. 그녀는 아버지와 관련된 모든 얘기를 때론 눈물로 때론 희망으로 들었지만, 거기에는 늘 경탄과 두려움이 함께 있었다. 한번은 그가 잔인하다고 말했고, 그러고는 "그분은 친절하세요"라고 외쳤다. 그러나 샌퍼드가 말을 마칠 즈음엔, 자신은 주어진 호의에 행복하고 감사하다고 말하며 끝냈다. 심지어 그녀의 어머니조차 그의 딸보다 더 엘름우드 경의 훌륭함에 대한 초월적이고 고상한 관념을 갖지는 못했다. 방금 얻은 작은 너그러움에 대해서도 그녀의 어머니는 현재 그녀가 평가하는 것보다 더 높이 평가하지 않았을 것이다. 우들리 양 또한 자신 앞에 놓인 미래에 대해 빙긋 웃었다. 그녀는 엘름우드 경을 세상 어떤 사람보다 더 높이 평가했다. 따라서 그가 자신을 칭찬하는 말을 듣자 뿌듯했고, 또다시 그와 함께 있을 수 있다는 전망에 너무나 기뻤다. 동시에 그녀는 그의 영혼의 움직임을 자세히 관찰하고, 그의 부정父情을 자극하거나 늘릴 적절한 기회를 포착할 궁리를 하며 환한 희망의 그림을 수없이 그렸다. 그러나 그녀는 이러한 막연한 희망을 그의 자식에게는 감춤으로써 그녀의 실망이 치명적이지 않도록 조심할 만큼 신중했다. 지나치게 들뜨거나 침울하지 않게 행동하면서, 그들 모두 최선을 바라되 늘 그렇듯 최악을 예상하고 준비해야 한다고 말했다. 그들의 우울한 집을 떠나는 데 필요한 조치를 취한 지 이 주 후에 그들은 모두 엘름우드 캐슬을 향해 떠났다. 가기 전에 먼저 머틸다와 우들리 양 그리고 샌퍼드까지도 레이디 엘름우드의 무덤에 들러 눈물로 무덤을 적셨다.

6

레이디 머틸다가 샌퍼드 그리고 우들리 양과 함께 아버지의 으리으리한 별장인 엘름우드 캐슬에 도착한 것은 3월의 어느 어두운 저녁 무렵이었다. 샌퍼드는 저녁을 선택했는데, 요란하게 등장하면서 신문이나 다른 어떤 사건을 통해 엘름우드 경에게 이를 상기시키는 것보다는 은밀히 집에 들어오는 편이 더 낫다고 생각했기 때문이다. 또 그는 이웃이나 하인들에게 그녀가 실제로 놓인 상황과 다르게 그의 집에 받아들여졌다고 생각할 빌미를 주지 않으려 했다.

문지기가 문을 열어 그들이 탄 마차를 들어오도록 했을 때, 머틸다는 어떤 말로도 설명할 수 없는, 두렵지만 행복한 기분을 느꼈다. 집의 문을 열고 들어서자 이 감정은 더 커졌다. 넓은 복도와 멋진 계단, 많은 웅장한 방을 지나가면서, 놀라워라! 몹시 애틋하면서도 더없이 고통스러운 감정의 덩어리가 그녀의 가슴으로 몰려들었다. 그녀는 지극한 놀라움으로 응시했다! 그리고 더 큰 놀라움으로 상념에 잠겼다.

"제 아버지가 이 집의 주인이라고요?" 그녀가 말했다. "그리고 제 어머니가 한때 이 집의 안주인이었고요?" 여기서 그녀는 눈물을 쏟아냈고, 견딜 수 없었던 부담감을 조금 덜어냈다.

"그렇단다." 샘퍼드가 대답했다. "그리고 이제 네가 이 집의 안주인이야, 네 아버지가 오시기 전까지는 말이다."

"세상에!" 그녀가 외쳤다. "그분이 정말 올까요? 제가 제 아버지와 같은 지붕 아래에 살면서 잠들 수 있는 걸까요?"

"우리 아가씨." 우들리 양이 대답했다. "전에 그렇게 듣지 않았어요?"

"네." 그녀가 말했다. "하지만, 비록 전에 너무 기쁜 마음으로 듣긴 했지만, 이 순간만큼 그 생각이 강하게 다가온 적은 없었어요. 막상 현실이 되니 이게 전혀 부족함 없는 친절이었음이 느껴지네요. 더이상 바라지 않아요. 이런 일을 겪으면서 제가 느낀 감정들을 볼 때, 아버지를 만난다면 저는 확실히 어떤 감각, 어떤 감정을 도저히 견딜 수 없을 거예요."

다음날 아침 머틸다는 넓게 펼쳐진 정원과 작은 숲, 그리고 집에 딸린 다른 휴식 장소들을 걸으면서 더 많은 감동과 놀라움으로 이 대상들을 바라보았다. 그녀는 돌아가신 어머니가 거처로 선택했던 음울한 시골집을 벗어난 적이 없었기에, 여행자들이 멀리서 찾아와 구경한 뒤 들인 시간이 아깝지 않다고 여기는 이 저택의 웅장함 앞에서 자연스레 놀라움과 기쁨을 느꼈다.

그런데 그녀가 본 모든 것 중 특히 그녀의 관심을 끈 대상이 있었고, 그녀는 몇 시간이고 그것을 보면서 서 있었다. 그건 엘름우드 경의 전신 초상화였는데, 매우 중요한 그림으로 평가받는, 실물과 아주 흡사한 그림이었다. 이 그림 앞에서 그녀는 한숨지었고 또 흐느꼈다. 비록 처음 이 그림을 접했을 때는 두려운 마음에 위축되었지만, 얼마간 시간이 지나자 용기를 내어 그림을 정면으로 쳐다봤다. 자랑스럽게도 아버지의 모습에서 자신의 생김새의 근본이 된 정확한 윤곽을 볼 수 있었다. 사실 머틸다의 몸가짐, 생김새, 또 얼굴색은 젊었을 때의 어머니와 너무나 똑같아서 언뜻 보면 아버지보다 어머니를 훨씬 더 많이 닮은 듯 보였다. 하지만 그녀의 정신과 태도는 정확히 엘름우드 경의 그것이었다. 여자다운 부드러움, 지독히 다정한 마음, 그리고 현재의 우울한 상황으로 인해 부드러워지긴 했지만 말이다.

그녀는 이제 열일곱이었다. 어머니가 도리포스의 피후견인이 되었던 때와 일 년 몇 개월 차이를 두고 같은 나이였다. 아버지가 국외로 나갔을 때 그녀는 겨우 세 살이었고, 아버지에게 작별인사 비슷한 걸 했던 기억이 있었다. 더 기억에 남는 것은 아버지가 그녀에게 주려고 나무에서 딴 체리를 그녀가 아버지의 손에서 집었던 일이었다.

아주 어릴 때부터 역경의 학교에서 교육받았고 또 물러난 삶에 익숙했기에, 머틸다는 은둔자의 삶이 주는 즐거움을 선호하는 취향을 갖게 되었다. 그녀는 걷거나 말 타는 걸 아주 좋아했고, 어머니의 매우 세심한 가르침 덕택에 음악과 미술에 뛰어났으며, 샌퍼드가 그녀의 공부를 위해 들인 엄청난 수고 그리고 그 일에 대해 그가 지닌 훌륭한 능력 덕분에 여성들 대부분을 능가하는 훌륭한 학자이기도 했다.

하루 중 일정한 시간을 그와의 공부에 전념하고, 다른 시간에는 음악이나 승마 등의 취미생활을 하면서 엘름우드 하우스에서 보내는 머틸다의 시간은 결코 지루해 보이지 않았다. 아무도 그녀의 처소에 들르지 않았고 또 그녀가 나가는 일도 없었지만 말이다. 그녀가 어떤 조건으로 아버지의 집에 머무르게 됐는지가 곧 알려졌고, 그녀와 그녀 아버지의 친구들 양쪽 모두에게 그녀가 이곳에 살고 있다는 데 대해 아무 신경도 쓰지 않는 것이 더없이 신중하고 친절한 행위임이 시사되었다. 엘름우드 경의 뜻은 이 근방에서 법이나 다름없었기에, 이러한 일은 그의 뜻이 알려지고 짐작되자 따라온 당연한 결과였다.

우들리 양 역시 찾아오는 이가 없다는 데 아쉬워하지 않았으며, 오히려 가장 낙관적인 희망으로 기대했던 것보다 더 나은 현재 상황에 훨씬 더 만족했다. 그녀에게는 끔찍이 사랑하는 동반자가 있었고, 그녀에 대한 맹목적 사랑은 그녀의 죽은 어머니에 대한 사랑과 마찬가지였다. 레이디 엘름우드를 자주 보았던 이 멋진 집에서, 그녀는 상상에 잠겨 머틸다를 무덤에서 일어난 젊고 건강하고 지극히 아름다웠던 옛날의 그녀로 곧잘 그려보곤 했다.

행복과는 거리가 멀지만 평화롭고 만족스러운 가운데 하루가 가고 한 주가 가고 이제 엘름우드 경을 맞이할 준비를 해야 하는 8월 중순이 되었다. 마침내 그가 오는 주가 결정되었고, 수행원 중 몇몇이 그보다 앞서 도착했다. 이 소식을 듣자 머틸다는 깜짝 놀랐고, 이는 마치 그녀 나이대의 어머니가 그를 화나게 했다고 의식할 때면 그를 사랑하지만 또 그를 보는 걸 두려워했던 것과 같았다. 이를 알아챈 샌퍼드는 손을 내밀어 잡고는 부드럽게 흔들면서 (쾌활한 어조는 아니었지만) "두려워하지 말라"고 말했다. 이 말로 그녀의 자신감이 살아나지는 않았다. 그녀는 백작이 도착하기도 전에, 그가 이곳에 머무는 동안 그녀가 있게 될 처소로 은둔할 채비를 시작했다. 그가 오는 것을 두려워하며 기다리는 동안 그녀의 식욕은 떨어졌고 얼굴빛은 바래갔다. 한동안 희망에 차서 들뜬 기분이었던 우들리 양조차 시험이 다가올수록 그러한 희망이 사라지는 느낌이었다. 숨기려고 애썼으나 걱정이 가득했다. 샌퍼드는 확실히 두 사람보다는 두려움이 덜했다. 그러나 그도 후원자가 도착하기로 한 날의 전날 밤이 되자 명백히 우울해 보였다.

한번은 레이디 머틸다가 물었다. "샌퍼드 신부님, 엘름우드 경이 어머니의 요청을 허락했을 때 그분이 한 말을 잘못 알고 계신 건 확실히 아니시죠? 그분이 정말 허락한 게 확실한가요? 혹시 제가 여기 있다는 얘기를 들었을 때 그분이 불쾌해할 근거가 될 모호한 것들은 없었나요? 아! 그분의 집에서 또다시 쫓겨나는 위험에 놓이지 않기를요! 아! 그분이 화가 나서 저를 저주하지 않도록 저를 구해주세요!" 여기서 그녀는 무슨 일이 일어날까 하는 두려움에 격렬히 애원하며 두 손을 꼭 쥐었다.

"내 말이나 분별력이 의심되거든, 기퍼드를 불러 얘기를 들으려무나. 백작은 내게 한 말을 그에게도 똑같이 반복했으니까." 샌퍼드가 말했다.

이성적으로 판단하면 머틸다는 샌퍼드 신부가 착각하고 있다고 의심할 수 없었지만, 두려움에 찬 나머지 계속 의심하고 망설이게 되었다. 그렇기에 집사에게 물어보라는 말에 큰 만족감을 느꼈는데, (비록 그에게 확인할 필요가 있다고 생각하지는 않았지만) 자신이 빠져 있던 의심이 어리석다는 것을 온전히 알게 되었기 때문이다.

"하지만 샌퍼드 신부님," 그녀가 말했다. "그렇다면 신부님은 왜 전보다 기분이 안 좋으신 거예요? 저로서는 그 변화가 엘름우드 경이 내려오는 일 때문이라고 생각하지 않을 수 없거든요."

"모르겠구나." 샌퍼드가 무심히 대답했다. "하지만 아마 나도 네 아버지가 점점 두려워지는 것 같다. 그의 성격은 전과 아주 많이 달라졌어. 조금이라도 비위가 상하면 목소리를 높이고 혹독한 표현을 쓰니까. 아무것도 아닌 일에도 화가 나, 눈에서는 벼락이 내리치고 얼굴은 일그러지지. 오래된 하인들을 경고 없이 곧바로 내쫓고 그 하인들이 편해지도록 용서해주지도 않아. 한마디로 지금 나는 그와 떨어져 있는 게 더 편하구나. 이제는 정말," 그가 웃으면서 그러나 동시에 눈물을 머금으며 덧붙였다. "이 나이가 되고 보니, 그가 소년이었을 때 나를 두려워했던 것보다 지금 내가 그를 더 두려워하게 되었구나."

우들리 양도 그 자리에 있었고, 그녀와 머틸다는 서로를 쳐다보았다. 이러한 설명에 서로의 얼굴이 창백해져가는 것을 보았다.

마침내 엘름우드 경이 이곳에서 점심을 먹기로 한 날이 되었다. 집의 꼭대기 창으로 올라가 그의 마차가 길에 들어서는 광경을 보는 것만으로도 그의 딸은 몹시 만족했을 것이다. 그러나 이것은 그녀의 두려움과 떨림, 또 지극히 예민한 감성으로 인해 즐길 수 없는 만족감이었다.

그날 우들리 양과 머틸다는 후미진 처소에서 점심을 먹었다. 그곳은 회랑을 사이에 두고 집의 다른 부분들과 떨어져 있는 곳이었다. 회랑으로 이어지는 문에는 먼저 종을 울리지 않고는 누구도 그 길을 지나가지 못하게 막는 열쇠 장치가 있었다. 이 종소리에 답하는 것이 백작이 머무는 동안 그곳에 배치된 하인이 해야 하는 유일한 임무였는데, 이는 혹시라도 백작이 우연히 집의 이 한적한 장소로 오게 될 일을 방지하기 위해서였다. 그런 경우 하인은 안주인에게 즉시 알려주어야 했다.

우들리 양과 머틸다는 식탁에 앉았으나 식사를 하지는 않았다. 샌퍼드는 평소처럼 엘름우드 경과 같이 식사했다. 하인이 차를 가져오자 우들리 양은 백작님을 봤는지 물었다. 하인은 "네, 아주 좋아 보이십니다"라고 대답했다. 그 말을 듣자 머틸다는 기뻐서 울었다.

저녁 아홉시쯤에 샌퍼드가 종을 울렸고, 받아들여졌다. 그가 그토록 반가운 적도 없었다. 머틸다는 그가 아버지와 방금 함께 있었다는 사실이 그를 전보다 더 소중하게 만든 양 그의 목을 끌어안았다. 또 그의 얼굴을 걱정스레 쳐다보며 엘름우드 경에 대한 어떤 것, 그녀를 놀라게 하지 않을 어떤 것을 말해달라고 요청하는 듯했다.

"그런데, 좀 괜찮은 거냐?" 그가 말했다.

"신부님은 괜찮으세요?" 그녀가 한숨을 쉬며 대답했다.

"아! 난 아주 좋단다." 그가 대답했다.

"백작님도 기분이 좋으신지요?" 우들리 양이 물었다.

"그럼, 아주 좋아요." 샌퍼드가 무심히 대답했다.

"신부님을 보고 반가워하시는 것 같았나요?" 머틸다가 물었다.

"내 손을 잡고 악수했단다." 샌퍼드가 대답했다.

"신부님을 만나서 반갑다는 표시이네요, 그렇지 않나요?" 머틸다가 말했다.

"맞다. 최소한의 예의지."

"최대한의 예의는 아니네요." 그녀가 대답했다.

"백작님이 아주 좋아 보이신다고 우리 하인도 말했어요." 우들리 양이 말했다.

"정말이지 아주 좋아 보였네." 샌퍼드가 대답했다. "사실을 말하자면, 백작이 그토록 좋은 기분인 걸 본 적이 없어."

"잘됐네요." 이렇게 말하면서 머틸다는 가슴 깊은 곳에 있던 두려움의 무게를 한숨으로 내뱉었다.

"그분은 지금 어디 계시나요, 샌퍼드 신부님?"

"영지를 돌아보려 산책을 나갔구나. 그 틈을 타 이곳에 온 거란다."

"점심 드시면서 무슨 얘기 하셨어요?"

"말, 건초, 농사, 그리고 정치."

"저녁도 그분과 함께 드시는 것 아니세요?"

"잠자리에 들기 전에 다시 볼 것 같구나."

"그리고 내일도 또 만나시잖아요!" 머틸다가 외쳤다. "얼마나 행복할까!"

"내일은 손님들이 찾아올 텐데, 와서 일이 주일 머무를 분들이란다." 샌퍼드가 말했다.

"하느님, 감사합니다!" 우들리 양이 말했다. "그렇다면 백작님은 우리에게 신경쓸 겨를이 없으시겠네요."

"그런데 내 생각에," 샌퍼드가 대답했다. "그가 그렇게 기분이 좋은 건 확실히 그가 지금 자네들을 생각하기 때문인 듯하네."

"오, 하느님!" 머틸다가 황홀함에 두 손을 들어올리며 말했다.

"아니, 내 말을 오해하진 마라." 샌퍼드가 말했다. "네가 이걸 근거로 기쁨의 토대를 쌓도록 하진 않겠다. 비록 그가 기분좋은 게 네가 이 집에 있고, 그와 그토록 가까이에 있고, 또 절대적으로 그의 보호 아래 있기 때문이라 해도, 그는 결코 자신이 이로 인해 행복하다고 생각하는 걸 스스로에게 허락지 않을 거다. 그가 택한 감정이 이제는 그의 천성이 되었고, 그대로 영원히 가겠지. 아니, 자신의 약점이(그는 그렇게 부르는데) 의지에 반해 작동한다고 의심하는 이상 더욱 강력하게 고집할 거다."

"그분이 단지 다정하게 저를 생각해주신다면, 그것만으로도 저는 보상받은걸요." 머틸다가 말했다.

"만일 그가 너를 거지로 내쫓는다면, 그의 다정한 생각이 너에게 무슨 보상이겠느냐?" 샌퍼드가 말했다.

"엄청난 보상이에요, 엄청난." 그녀가 대답했다.

"하지만 그가 증거를 보이지 않는데 그런 다정한 생각을 하고 있는지 어떻게 알겠니?"

"모르겠지요, 샌퍼드 신부님. 증거 없이도 만일 그분의 생각을 알 수 있다면 하는 마음에서 말씀드린 거였어요."

"하지만 그건 불가능하니, 증거가 드러나기 전까지는 잘못 안 것으로 생각하련다." 그가 대답했다.

머틸다는 얘기가 실망스러운 쪽으로 결론 날까봐 깊이 걱정하는 듯했다. 아버지가 다정하게 자신을 생각한다는 믿음만이 그녀의 행복을 이룰 수 있었기 때문이다.

하인이 저녁식사를 가져오면서 샌퍼드 신부에게 백작이 산책에서 돌아와 그를 찾았다고 전했다. 샌퍼드는 즉시 일행에게 잘 자라고 인사하고 자리를 떴다.

"정말 이상해요!" 머틸다가 우들리 양과 둘만 남았을 때 말했다. "여기서 몇 방만 건너가면 아버지가 계시는데 그분을 보는 게 금지되어 있다니요! 단지 몇 발자국만 떼면 그분 발밑에 엎드려 축복을 받을 수도 있을 텐데요."

"그 말을 들으니 무서워 몸이 떨리네요." 우들리 양이 말했다. "하지만 나보다 덜 두려워하는 사람들은 아가씨에게 한번 해보라고 권할 수도 있겠지요."

"그런 일은 절대 없을 거예요." 머틸다가 대답했다. "그 어떤 조언도 그런 무모한 일을 저지르도록 저를 유혹하지 못할 거예요. 하지만 그러한 생각을 즐기는 것, 제가 그런 행동을 하는 게 가능하다고 생각할 수 있는 건 커다란 위로가 되어요."

이러한 대화는 잠잘 때까지 또 이후로도 계속되었다. 그들은 평소보다 늦게까지 잠들지 않은 채 대화에 빠져 있었다.

우들리 양도 거의 못 잤지만, 머틸다는 더 심했다. 밤에 계속 깼고, 그때마다 한숨을 쉬며 말했다. "내가 아버지와 같은 집에서 잔다니! 어머니의 성스러운 영령이시여, 굽어살피시고 기뻐해주세요."

7

다음날 머틸다에게는 엘름우드 캐슬 전체가 떠들썩하고 북적거리는 듯 보였는데(비록 그녀는 거기에서 어느 정도 물러나 있었으나), 이는 백작이 이곳에 머물 때면 보통 있는 일이었다. 그녀는 창문으로 하인들이 뒷마당과 정원을 가로질러 뛰어가고, 말과 마차가 빠른 속도로 달리며, 모두 귀족 차림을 하고 있음을 보았다. 이에 그녀는 어떨 때는 들떠 보였고 또 어떨 때는 우울해 보였다.

하지만 이러한 인상은, 아버지가 내려오면서 일어났던 두려움과 걱정 같은 감정과 더불어 점차 사라졌다. 얼마가 지나자 그녀는 그가 오기 전에 누렸던 것과 같은 고요한 상태가 되었다.

백작의 손님들이 와서 일이 주간 머물렀고, 그 역시 며칠 동안 다른 집들을 들렀다. 그렇게 시간이 지나갔고, 그가 도착한 지 사 주가 지났다. 그동안 샘퍼드는 그의 모든 통찰력에도 불구하고 백작이 딸과 같은 집에 있다는 걸 한 번이라도 떠올렸는지 명확히 알 수 없었다. 그는 그녀의 이름을 입에 올린 적이 없었고(그건 특별한 일이 아니었다), 따라서 그 누구도 감히 그에게 그녀의 이름을 언급하지 않았다. 하지만 "다시 만난다면 기쁠 것"이라며 최근 극히 친절한 말로 언급했던 우들리 양에 대해서도 그는 말이 없었다. 우들리 양은 자신에 대한 엘름우드 경의 모순된 행동을 보고, 그가 가는 길에 일부러 나타나거나 아니면 그를 피해야겠다고 마음먹지는 않았다. 따라서 그가 집에 있을 때도 집 주변을 자주 산책했으며, 제약이 아예 없는 것은 아니었으나 적어도 겉으로는 자유로워 보였다. 이러한 자유를 한동안 별 위험 없이 누리다보니 마침내 덜 조심스러워졌고, 그 행위로 인해 나쁜 결과가 뒤따르지도 않았으므로, 그녀는 거리끼는 마음이 점차 없어졌다.

그러나 어느 날 아침, 그녀가 위험 따윈 잊은 채 넓은 복도를 지나가고 있을 때 멀리서 발소리가 들렸고 그녀는 왜 그런지도 모르면서 거의 경악했다. 잠시 멈춰 되돌아갈까 생각했지만, 발소리는 더 빨리 다가왔고, 뒤로 물러나기 전 복도의 맞은편 끝에 있는 엘름우드 경을 보았으며, 그가 자신을 보았다는 것을 알아차렸다. 이제는 어떤 행동을 해야 할지 망설이기에 너무 늦었다. 그녀는 뒤로 물러날 수도 없고 계속 앞으로 갈 용기도 없었기에 그냥 가만히 서 있었다. 너무 당황했고 또 그의 모습에 크게 동요했기에 (긴 세월 동안 그와 가까웠던 과거와 그를 마지막으로 본 후 일어났던 많은 슬픈 사건이 떠올랐다) 이러한 경우를 대비해 세웠던 행동 계획과 지침은 모두 갑작스러운 충격 앞에 무력해졌다. 게다가 이 마주침이 더욱 고통스러웠던 까닭은 그녀의 놀란 모습을 보고 그가 잊어주길 간절히 바라는 그 문제가 그의 마음에 더욱 강렬하게 떠오르리라는 것을 그녀가 알고 있기 때문이었다. 백작 옆에는 집사가 있었는데, 그들이 그녀 옆으로 가까이 왔을 때 백작이 그녀를 유심히 보는 것을 살핀 기퍼드가, 부드럽게 하지만 그녀가 들을 수 있을 정도로 "백작님, 우들리 양입니다"라고 말했다. 엘름우드 경은 즉시 모자를 벗고는 "정말 우들리 양이구려, 내 몰라봤소이다. 만나서 정말 반갑소"라고 말했다. 이렇게 말하면서 그는 그녀의 다정한 마음이 견딜 수 없을 정도로 진심을 담아 그녀와 악수를 했다. 그토록 힘들게 눈물을 참으려 애썼던 적이 그녀는 없었다. 하지만 머틸다의 운명에 대한 생각, 자식에 대한 그의 분노를 일으킬 수 있다는 생각이 다른 어떤 노력보다 더 강력하게 작용했다. 그렇기에 비록 또박또박 대답하지는 못했지만, 울지 않고 대답할 수 있었다. 그녀의 곤란한 상황을 보고 거기서 놓아주려 한 건지 아니면 자신의 당혹감을 감추기 위해 서둘렀던 건지, 그는 거의 즉시 자리를 떴다. 하지만 떠나기 전에 샌퍼드와 함께 다른 손님 없이 그날 바로 점심을 들자고 청했다. 그녀는 허리를 굽혀 인사하면서 동의했고, 머틸다에게 무슨 일이 일어났는지 알리기 위해 달려갔다. 머틸다는 불안과 기쁨으로 모든 이야기를 들은 후, 엘름우드 경이 잡았다는 우들리 양의 손을 잡고는 사랑과 존경을 담아 자신의 입술에 갖다댔다.

우들리 양이 점심식사 자리에 나타나자 샌퍼드는 (그는 초대 이후에 그녀를 보지 못했기에 이에 대해 알지 못했다) 대단히 놀란 듯 보였다! 이에 백작이 말했다. "샌퍼드, 내가 오늘 아침 우들리 양을 만나지 않았습니까. 그런데 기퍼드가 아니었다면 모른 채 지나칠 뻔했소. 그렇지만 우들리 양, 내가 현격히 변한 게 아니라면 그대는 나를 알아봤을 텐데 내게 먼저 말을 걸어주지 않다니 섭섭하군요." 그녀는 여전히 말을 할 수 없었다. 그는 이를 알아차렸고, 대화의 주제를 바꿨다. 샌퍼드 역시 이 대화에 기쁘게 참여했는데, 사실 아까 같은 대화는 그 역시 썩 편치 않았기 때문이다.

식사를 조금씩 하면서 우들리 양과 샌퍼드의 당황한 마음은 누그러졌다. 반면 이번에는 엘름우드 경이 당황해하는 건 아니었지만, 멍하고 우울해졌다. 그는 이따금 무겁게 한숨을 쉬었고 보통 때보다 훨씬 더 자주 와인을 달라고 했다.

식사 후 우들리 양이 가려고 인사하자 백작은 편할 때 언제든 샌퍼드와 셋이서 같이 식사하자고 초대했다. 그는 똑같은 종류의 많은 말을 극히 정중히 했으나 아침에 보였던 그러한 따뜻함은 거기에 없었다. 아침의 따뜻함은 놀라서 그랬던 반면, 지금의 냉정함은 숙고의 결과였다.

그녀는 머틸다에게 돌아왔고 샌퍼드도 합류하면서, 아까 있었던 일에 대한 말과 생각이 오갔다.

"샌퍼드 신부님도 인정하시는 거죠." 우들리 양이 말했다. "신부님도 엘름우드 경이 제 존재로 인해 평소보다 훨씬 더 깊은 생각에 잠겼었다고 생각하시죠. 만일 그분이 부인을 떠올렸다고 생각하신다면 다시는 나서지 않을게요. 하지만 저로 인해 그분이 딸을 생각했던 거라고 여기신다면 아무리 자주 가도 충분치 않겠지요."

"그 두 대상이 그의 마음에서 어떻게 나뉘겠소." 샌퍼드가 대답했다. "그러니 그대는 계속 그를 만나면서 모험을 해야 하오. 그대가 그에게 어떤 상념을 불러일으키든 말입니다. 하지만 어떤 것이 되었든, 시간이 지나면 그에 대한 그대의 영향력은 줄어들 것이오."

그녀는 이 의견에 동의했고, 가끔 백작의 처소로 건너가 상황에 따라 함께 식사하거나 커피를 마셨다. 그러면서 샌퍼드가 예상했듯이 시간이 지남에 따라 그녀의 방문이 미치는 영향력이 점점 약해지는 것을 보았다. 이제 엘름우드 경은 다른 사람들을 대하듯 그녀를 대했다. 또 그녀는 비록 그가 매우 공손한 태도를 취했으나 더이상 예전의 사려깊고 인내하는 사람이 아님을 쉽게 알아보았다. 그는 오만하고 짜증 많고 고압적이며 전보다 더욱 냉혹했다.

8

엘름우드 경이 시골 별장에 머문 지 육 주 정도 되었을 때, 러시브룩, 그의 조카이자 양자이며 가여운 레이디 엘름우드가 처음 외삼촌 집에 들인 후 그녀의 친절 덕분에 그곳에 머물 수 있었던 러시브룩이 여행에서 돌아왔고, 백작은 자신의 후계자에게 걸맞은 애정어린 따뜻함으로 그를 맞았다. 아름다운 소년이었던 러시브룩은 이제 매우 잘생긴 청년이 되었다. 그는 학문에서 남다른 발전을 보였고, 이탈리아와 독일 여행을 마쳤으며,* 완벽한 상류인사의 분위기와 말투를 풍기며 집으로 돌아왔다. 게다가 그의 태도에는 저항하기 어려운 우아함과 설득력이 있었다. 하지만 이처럼 온갖 교양을 갖추었음에도 그가 소개받은 샌퍼드에게 악수를 하기 위해 손을 내밀었을 때, 샌퍼드는 꺼리는 듯한 태도로 손을 내밀었다. 또 엘름우드 경이 그 젊은이가 있는 데서 "내 조카가 대단히 발전했다고 생각하지 않습니까"라고 물었을 때도 러시브룩을 머리부터 발끝까지 훑어보더니 "그런 점을 찾아볼 수 없소이다"라고 중얼거렸다. 이런 상황에 부딪혀 러시브룩의 얼굴은 달아올랐으나, 아주 잘 자란 청년이었기에 여전히 완벽한 쾌활함을 유지할 수 있었다.

샌퍼드는 이 청년이 엘름우드 경의 집에서 마치 백작의 아들인 것 같은 존중과 관심이 배인 대우를 받고 있음을 보았다. 늙은 사제가 그의 상황과 머틸다 엘름우드 양의 처지를 비교하는 것은 물론 그럴 만했다. 머틸다 앞에서 샌퍼드는 이 문제에 대한 생각을 감춘 채 늘 평정심을 가지고 말하려고 했다. 그러나 그건 불가능했다. 그는 감정을 숨기는 데 익숙지 않았기에 러시브룩의 이름이 나올 때면 늘 표정이 변했고, 그의 결심에도 불구하고 신랄한 비웃음과 분노의 찌푸림이 가끔

* 17세기 중반부터 영국을 중심으로 유럽 상류층 귀족 자제들이 사회에 나가기 전에 프랑스나 이탈리아를 돌아보며 문물을 익히는 여행 수업인 그랜드 투어(Grand Tour)를 마쳤다는 의미이다.

씩 터져나오곤 했다. 우들리 양 역시 이 문제에 대해서만큼은 한없는 자비심과 선한 의도에 일정한 한계를 그으면서, 가엾은 러시브룩에게까지 뻗어나가지 않게 했다. 그녀는 심지어 그가 잘생겼다거나 그의 태도에 사람을 끄는 매력이 있다고 실제로 생각하지 않았다. 그녀 생각에 그의 명랑함은 경솔함이었고, 그의 고분고분함은 가식이었으며, 그의 좋은 성격은 건방짐이었다. 그런 부정적 감정을 머틸다에게 온전히 숨기는 것은 불가능했다. 이 문제에 대한 얘기가 나올 때마다—그런 일은 자주 있었는데—즉시 우들리 양의 가식 없는 마음과 샌퍼드의 숨김없는 표정이 고스란히 드러났다. 머틸다는 러시브룩을 이렇게 망가뜨리는 게 자신일 수 있다고 생각할 만한 지성을 가지고 있었고, 그렇기에 (비록 그녀에게 그는 모르는 사람이었고, 질투라는 심리적 고통을 번번이 낳는 인물이기도 했으나) 그를 변호하는 발언을 자주 하곤 했다.

"넌 정말 착하구나." 어느 날 샌퍼드가 말했다. "아버지가 그를 사랑하는 걸 알기에 너도 그를 좋아하는 거니."

그 어떤 축복보다 아버지의 사랑이 더욱 소중했을 엘름우드 경의 딸에게 이는 가혹한 말이었다. 하지만 그녀는 공격적인 시기심을 억누르며 다정히 대답했다.

"제 어머니도 그를 사랑하셨죠, 샌퍼드 신부님."

"그렇지." 샌퍼드가 대답했다. "그는 네 어머니께 늘 고마워했지. 네 엄마는 예상치 못했을 거다. 그를 집에 들였을 때, 그를 받아들여달라고 네 아버지께 애원하면서, 어루만져주고, 칭찬하고, 그렇게 현재 그가 외삼촌에게 행사하는 힘을 처음 주었을 때, 그때는 그가 저지른 배은망덕과 그 결과를 생각하지 못했겠지."

"정말 맞아요." 우들리 양이 무거운 한숨을 내쉬며 말했다.

"배은망덕이라니요?" 머틸다가 말했다. "러시브룩 씨 때문에 아버지가 저를 보지 않으려고 한다고 생각하시는 거예요? 아, 엘름우드 경의 동기를 그렇게 곡해하지 말아주세요."

"꼭 그 때문이라고 말하는 건 아니다." 샌퍼드가 대답했다. "하지만 아버지의 마음이 비어 있다면, 합법적인 소유자가 채울 때까지 비어 있는 상태로 남아 있는 게 더 낫지. 강탈자는 싫다."

"누구도 엘름우드 경의 마음을 억지로 빼앗을 수는 없겠지요." 그의 딸이 대답했다. "제 생각에 그건 그 마음을 갖는 이에게 주는 공짜 선물임이 분명해요. 선물이니까, 누가 그걸 갖게 되건 거기에 대한 권리가 있지요."

이런 식으로 그녀는 그 청년을 변명했다. 그렇지만 이는 그에게 불리한 얘기를 듣고 싶어서일 수도 있었는데, 왜냐하면 그의 이름은 그녀에게 남모르는 쓰라림이었기 때문이다. 한번은 엘름우드 경과 러시브룩이 함께 사냥을 하러 갔다는 얘기를 듣고는 당황해 소리를 지른 적도 있었다.

"아버지의 총 얘기를 듣는 게 정말 즐거웠는데 지금은 그렇지 않네요. 이제 저는 아버지의 총과 아버지의 기생충 같은 식객의 총이 구분되지 않거든요."

샌퍼드는 비록 러시브룩을 좋아하지는 않았지만, 아버지를 부분적으로 비난하는 이런 표현에 몹시 화가 나 머틸다를 쳐다보았다. 하지만 격한 감정에 사로잡혀 순간적으로 내뱉은 말로 인해 그녀의 얼굴이 벌

겋게 달아오른 것을 보고, 한 마디도 하지 않았다. 또 이어 터져나온 눈물로 인해 그녀가 얼마나 자책하고 있는지를 보자 안도했다.

마음이 상한 우들리 양은 엘름우드 경과 러시브룩이 함께 있는 모습을 볼 때마다, 또 이 청년이 후원자와 친밀한 관계로 지내는 모습을 볼 때마다 화가 났기에, 이제는 엘름우드 경을 거의 방문하지 않게 되었다. 엘름우드 경은 설령 이를 알았을지라도 조금도 안다는 내색을 하지 않았다. 그녀가 방문했을 때 그는 매우 공손히 맞기는 했지만, 그의 태도는 늘 매우 차가웠다. 그녀가 아예 가지 않더라도 그는 결코 와달라고 하지 않을 거라고 그녀는 생각했다. 하지만 그의 딸을 위해 가끔은 그에게 모습을 보이는 게 옳은 듯했다. 겉으로는 아예 관심이 없는 듯 보였지만, 그가 그녀를 보면서 잠시나마 자기 딸을 생각하지 않을 수 없음을 알고 있었기 때문이다. 때로는 행운을 불러오는 생각 하나가 어떤 대단한 결과를 낳을 수도 있기에 간단히 무시하고 넘어갈 문제는 아니었다. 따라서 우들리 양은 거의 삼 주 내내 처소에서 꼼짝도 안 하고 있다가(엘름우드 경이 식사를 하는 동안 혹은 그가 아침에 일어나기 전에 머틸다와 함께했던 불안하고 짧은 산책들을 제외한다면), 어느 날 오후 그의 처소로 건너갔고, 거기에는 평소처럼 그와 샌퍼드 신부, 그리고 러시브룩이 있었다. 앉아서 삼십 분 정도 대화를 나눴을 때—비록 러시브룩과는 거의 얘기하지 않았지만—백작은 일이 생겨 자리를 떠야 했고, 곧이어 샌퍼드도 마찬가지였다. 그녀 역시 함께 남겨진 이가 썩 마음에 들지 않았기에 일어나 가려고 했다. 그런데 그때 러시브룩이 무언가를 말하는 듯한 눈으로 그녀를 쳐다보더니 말했다.

"우들리 양, 제가 하는 얘기를 용서해주겠습니까?"

"물론입니다, 도련님. 도련님이 하시는 말씀 중 제가 용서하지 못할 게 뭐가 있겠습니까." 그러나 그녀는 거리를 둔 채 절제된 대답을 했고, 이는 평소 우들리 양의 태도와는 매우 다른 것이었다.

그는 그녀를 진지하게 바라보더니 말했다.

"아, 우들리 양, 이제는 전처럼 제게 친절하게 대해주시지 않는군요."

"무슨 말씀인지 모르겠는데요, 도련님." 그녀는 매우 무겁게 대답했다. "러시브룩 도련님, 이곳에 마지막으로 계셨던 때 이후로 시간이 흘렀어요. 그때는 단지 아이셨지요."

"하지만 저는 그때 사랑했던 사람들을 지금도 모두 사랑합니다." 그가 대답했다. "앞으로도 영원히 그럴 거고요."

"하지만 잘못 알고 계신 게 있어요, 러시브룩 도련님. 그때도 도련님이 지극히 사랑했던 대상은 제가 아니었어요. 저보다 더 많이 사랑했던 다른 숙녀분들이 계셨죠. 혹시 레이디 엘름우드를 기억하지 못하시는지요?"

"기억하지 못하냐고요?" 그가 말했다. "아!" (그는 두 손을 움켜쥔 채 하늘을 향해 눈을 들었다.) "제가 어떻게 부인을 영원히 잊을 수 있겠습니까?"

바로 그 순간 엘름우드 경이 문을 열었다. 물론 대화는 그 즉시 끝났다. 하지만 예기치 않게 갑자기 일어난 일이 빚어낸 혼란이 둘 모두의 얼굴에 남아 있었다. 백작은 이를 보았고, 가여운 우들리 양을 거의 기절하게 할 만한 근엄함으로 각각 차례차례 쳐다보았다. 러시브룩이 지극히 자연스럽고 행복한 웃음을 꾸며대면서 말했다. "아니, 제발 백작님께 말씀드리지 말아줘요, 우들리 양." 그녀는 아까보다 더 혼란스러웠다. 백작이 그를 보며 무슨 얘기를 하고 있었냐고 물었다. 그는 그사이 어떤 생각을 떠올렸고 웃으면서 말했다. "백작님, 우들리 양이 제가 어렸을 때 제 유령을 보았다고 여태껏 주장하지 뭡니까. 제가 젊어서 죽을 징조라며 엄청나게 걱정하면서요."

엘름우드 경은 이 우스꽝스러운 얘기가 끝나기도 전에 돌아섰다. 하지만 연기가 너무 훌륭했기에 이 얘기의 진실성을 한순간도 의심하지 않았다.

우들리 양은 크게 안도했다. 하지만 우리가 싫어하는 사람들은 우리를 기분좋게 하는 힘을 그다지 지니고 있지 않기에, 바로 이러한 상황으로 인해 그녀는 러시브룩에 대해 전보다 더욱 비판적인 의견을 가지게 되었다. 그녀는 위선과 교활함 그리고 표리부동한 처세술이 이 작은 사건에서 두드러지게 드러났다고 생각했다. 엘름우드 경의 의심과 아마 분노, 그리고 그 이상을 피했던 방식이 너무 매끈히 이행됐기에 그 방식이 싫었다.

레이디 머틸다와 샌퍼드에게도 러시브룩 성격의 이런 특징이 나중에 전해졌다. 우들리 양은 더없이 훌륭한 성품을 지녔고 또 매사에 더없이 엄정한 사실만을 말했지만, 그러나 이 사건에 대해서는 사실을 모두 말하지 않았다. 그 청년에게 유리하게 작용했을 상황은 모두 그녀의 기억에서 글자 그대로 빠져나갔기 때문이다.

10월 29일이 되었다. 그날 엘름우드 경은 모든 신사 이웃들에게 점심식사와 무도회 그리고 저녁을 제공했다. 농민들도 영지 내에서 구운 수송아지를 먹었다. 맥주가 몇 통째 돌았고 마을엔 종소리가 울려퍼졌다. 이러한 축제의 몇 장면을 창문을 통해 보고 들은 머틸다가 무슨 일인지 물었다. 하지만 그녀의 시중을 드는 하인조차 그녀에게 사실을 말하기에는 감수성이 넘쳤기에 "저는 모릅니다"고 대답했다. 하지만 우들리 양은 곧 그 이유를 알았고, 고통스러운 비밀에 괴로워하면서 "오늘 러시브룩 도련님이 성년이 되었답니다"라고 알려주었다.

"내 생일은 지난주였어요." 머틸다가 대답했다. 하지만 다른 말은 없었다.

그들의 외딴 처소에서 그날은 차분할 뿐 아니라 거의 적막에 싸인 채 지나갔다. 왜냐하면 마음에 없는 주제를 얘기하는 것은 어려웠고, 그들의 마음을 사로잡은 주제를 얘기하는 것은 괴로웠기 때문이다.

막 점심식사를 들고 있을 때 종이 부드럽게 울리더니 샌퍼드가 들어왔다.

"샌퍼드 신부님, 왜 흥청거리는 사람들 틈에 있지 않으시고요?" 우들리 양이 냉소적인 비웃음을 띠며 물었다(그녀가 이런 모습을 보인 건 처음이었다). "친구분들과 함께 식사하도록 초대받지 않으셨어요?"

"초대받았소." 샌퍼드가 대답했다. "그런데 머리가 너무 아파서 말이지. 차라리 여기에서 그대들과 같이 몇 술 뜨려고 왔소."

그가 이렇게 말하자, 마치 그의 마음을 들여다본 것처럼 머틸다는 그의 목을 끌어안았고 그의 가슴에 대고 흐느꼈다. 그는 언짢아하며 그녀를 떼어냈고, "말도 안 돼, 말이 안 되지. 점심 먹거라"라고 말했다. 하지만 그 자신은 먹지 않았다.

9

이런 일이 있은 지 일주일 후, 엘름우드 경은 이틀간 다른 곳을 방문하러 나가 있었고 따라서 그사이 러시브룩이 집의 주인이었다. 첫날 아침 그는 사냥을 나갔고, 정오경에 돌아오더니, 방에 있던 샌퍼드에게 탁자에 있던 희곡집을 가져갔는지 물었다. "나는 그런 걸 읽지 않습니다." 샌퍼드가 대답했고, 서둘러 방을 나갔다. 그러자 러시브룩은 종을 울려 하인을 불렀고, 책을 찾으라고 하면서 화가 나 묻기를, "누가 이 방에 있었느냐? 내가 나갈 때 책을 두고 간 게 확실하니 하는 말이다." 누가 있었는지를 찾기 위해 하인이 물러났고 곧 책을 손에 든 채 돌아와 말했다. "우들리 양이 안부를 전하면서 용서를 바란다고 하셨습니다. 그분은 이 책이 도련님 것인지 몰랐으니, 자신의 무례함을 너그러이 이해해주시기를 바란다고 하셨습니다."

"우들리 양이라고!" 러시브룩이 놀라면서 말했다. "그분은 이곳에 거의 오지 않기에 책을 가져간 게 그분이라고는 생각지 못했네. 즉시 이 책을 돌려드리게, 내 안부도 함께 말이야. 책을 계속 가지고 계셔도 좋다고 말하게."

하인이 나갔다. 하지만 다시 책을 들고 돌아와서는 말없이 탁자에 내려놓고 나가려고 했다. 러시브룩은 아무 답장이 없다는 데 상처를 받았고 "이보게, 이 책을 우들리 양에게서 가져온 건 매우 잘못한 결세"라고 말했다.

"그분한테서 가져온 게 아니라," 하인이 대답했다. "머틸다 아가씨한테서 가져왔습니다."

러시브룩은 집에 온 이후 그녀 이름을 들어본 적이 없었기에 몹시 놀랐다. 그 어느 때보다 당황했으며, 그러한 감정을 감추기 위해 하인에게 즉시 물러가라고 했다.

그사이 우들리 양과 머틸다도 이 사소한 사건에 대해 이야기하고 있었다. 별거 아닌 일이긴 했지만, 이 일로부터 러시브룩의 오만함과 그의 권력에 대해 확실한 결론을 내렸다. 엘름우드 경의 딸은 꼿꼿한 자존심에도 불구하고 이 하찮은 일에서 받은 모욕감에 서러워 울기도 했다. 단지 러시브룩의 명령으로 책을 뺏긴 일에 그녀는 모욕감을 느꼈다. 또 하인이 일을 처리했던 방식 역시 화를 보탰을 것이다.

그녀와 우들리 양이 이런 대화를 나누는 도중에 러시브룩이 우들리 양에게 보내는 전갈이 왔고, 내용은 그녀를 볼 수 있게 허락해달라는 것이었다. 그녀는 "일이 있습니다"라고 구두로 답변을 보냈다. 그는 다시 전갈을 보내 편한 시간을 알려달라고 간청했다. 하지만 러시브룩은 두번째에도 거절당할 것을 알았기에 메시지를 전하는 하인을 따라갔고, 우들리 양이 하인에게 말하기 위해 처소에서 복도로 나왔을 때 직접 모습을 드러낸 채 하인에게 물러나 있으라고 했다.

"러시브룩 도련님, 이러한 침범은 참기 어렵네요. 아무리 제가 엘름우드 경의 우정을 잃었다고 생각하시더라도—" 우들리 양이 말했다.

러시브룩은 자신의 마음을 표현할 수 있기를 간절히 기다리다, 그녀가 말하는 도중에 끼어들면서 그녀의 손을 잡았다.

그녀는 즉시 손을 뺀 후, 방으로 물러났다.

그는 그녀를 따라가면서 낮은 목소리로 말했다. "친애하는 우들리 양, 제 말을 들어보세요."

이 위기의 순간에 레이디 머틸다는 안쪽 방에서 나와 우들리 양의 방으로 가고 있었다. 한 신사를 보자, 문 앞에서 멈춰 섰다.

러시브룩도 그녀를 보게 되었고, 선 채로 꼼짝도 못했다. 단지 입술만 움직일 뿐이었다. "가지 마십시오, 아가씨." 그가 말했다. "제가 왜 여기 있는지에 대한 제 사과를 듣지 않은 채로는요."

머틸다는 아기였을 때 이후로 그를 본 적이 없었으나, 자신에게 말을 거는 사람이 누구인지 굳이 들을 필요 없이 알았다. 젊고 우아한 생김새는 방금 일어난 사건에 덧붙여져 그가 러시브룩임을 확신케 했다. 그녀는 놀란 듯했지만, 오히려 더욱 위엄을 갖춘 채 그를 보았다.

"우들리 양은 저를 너무 가혹하게 대하십니다, 아가씨." 그가 말을 이었다. "저를 야박하게 평가하시죠. 그로 인해 아가씨도 제게 똑같이 호의적이지 않은 감정을 품으실까 걱정됩니다."

머틸다는 여전히 입을 열지 않았고 다만 아까와 같이 위엄 있는 태도로 그를 바라보았다.

"머틸다 아가씨," 그가 다시 말했다. "만일 제가 아가씨 기분을 상하게 해 용서받지 못한 채 이 자리를 떠나야 한다면, 저는 아가씨 아버지의 보호를 잃은 것보다 더욱 불행할 겁니다. 어릴 적 고아였을 때, 아가씨 어머니가 처음으로 저를 불쌍히 여기셨을 때보다 더 쓸쓸해질 겁니다."

마지막 문장을 들었을 때 머틸다는 우들리 양에게 눈을 돌렸고 어떻게 대답해야 할지 잘 모르는 듯했다.

러시브룩이 즉시 무릎을 꿇었다. "아, 머틸다 아가씨," 그가 말했다. "만일 제 마음의 감정을 아신다면 이렇게 하찮게 여기지 않으실 거예요."

"우리는 그 감정에 대해," 우들리 양이 말했다. "그 감정이 도련님 행동에 미치는 영향으로 미루어 판단할 따름입니다, 러시브룩 도련님. 이런 식의 침범으로 엘름우드 경과 그 부인의 딸을 모욕하고, 거기다 지금처럼 그녀의 비참한 처지를 비웃으며 조롱한다면—"

그는 즉시 일어나더니 그녀의 말을 막으면서 말했다. "제가 무얼 할 수 있을까요? 저에 대한 두 분의 생각을 바꾸기 위해 제가 어떻게 말해야 하겠습니까? 엘름우드 경이 집에 계시는 동안에는 철저히 거리를 두었습니다. 비록 매 순간 숨쉴 때마다 그분 따님의 발밑에 엎드리고 싶었지만, 제가 걱정했던 것처럼 우들리 양, 당신이 제게 이토록 격분해 있으니, 도대체 술책이나 억지가 아닌 다른 어떤 방법으로 제가 뵙고 말씀드릴 수 있었겠습니까? 이 사건으로 제삼의 방법이 주어진 셈이니, 저는 이를 흘려보낼 힘도 용기도 없었어요. 엘름우드 경이 곧 돌아오실 거고, 그러면 둘 다 당장 서둘러 도시로 돌아갈 겁니다. 이후 지루한 겨우내, 제가 거부당했다는 생각, 아니 돌아가신 은인의 외동딸에게 배은망덕한 대상으로 여겨졌다는 생각을 어떻게 견디겠습니까."

머틸다는 아버지의 오만함을 빼닮은 태도로 대답했다. "확실히 말씀드립니다만, 만약 제가 도련님을 생각하는 일이 있다면 그건 오로지 시기심의 대상으로서일 겁니다."

"그렇다면 아가씨," 그가 말했다. "저의 원래 가치보다 저를 더 나쁘게 생각하지 않는다는 징표로, 부디 언젠가 아가씨를 볼 수 있게 해주십시오."

그가 말을 끝내기가 무섭게 그녀가 대답했다. "도련님, 맹세코 이것이 우리의 마지막 만남이 될 겁니다. 엘름우드 경이 그대에게 나를 통제할 권리를 위임하지 않는다면 말이지요. 제가 그분의 명령에 이의를 제기하는 일은 결코 없으니까요." 여기서 그녀는 눈물보를 터트렸다.

러시브룩은 창 쪽으로 걸어갔고, 한동안 말이 없었다. 그러다 대답하러 돌아섰을 때 그 역시 울었던 것을 보고 머틸다와 우들리 양은 다소 놀랐다. 눈물을 꾹 참은 채 그가 말했다. "조금이라도 이곳에 더 머묾으로써 아가씨를 노엽게 하지 않겠습니다. 또 어떤 핑계로든 앞으로 다시는 이곳을 침범하지 않겠다는 걸 제 명예를 걸고 말씀드리지요. 제 말이 무게를 지니는 게 아니며, 오로지 아가씨의 명령에 대한 이러한 순종만이 아가씨가 불러일으킨 존경심에 대한 증거가 될 수 있음을 잘 알겠습니다. 머틸다 아가씨, 제가 지금 느끼는 불안한 떨림을 보아주시고, 제가 겉보기에는 큰 행운을 잡은 것 같지만 당신보다 더 행복한 게 아님을 믿어주십시오." 그는 매우 동요된 상태에서 이 말을 했고 힘겹게 말을 마칠 수 있었다. 말을 마치자 그는 마치 신적인 존재를 떠나는 듯 외경심을 담아 고개 숙여 인사한 후 떠났다.

머틸다는 우들리 양에게 전혀 눈길을 주지 않은 채—그녀의 눈을 보는 순간 러시브룩의 행동에 대한 그녀의 의견을 추측할 수 있을 테니—즉시 아까 있던 방으로 돌아갔다. 다음에 만났을 때 그들은 그의 이름조차 거론하지 않았다. 둘 다 그에 대한 호의적 감정을 털어놓는 건 부끄러웠지만, 그를 진짜로 비난하기에는 너무 바른 성품을 지녔기 때문이다.

그렇지만 다음날 우들리 양은 샌퍼드 신부에게 이 방문에 대해 알렸다. 그는 그 자리에 없었고 따라서 러시브룩의 태도에서 두드러졌던 겸손과 존경의 표시를 보지 못했던 터라, 그의 주제넘은 행위에 크게 노했다. 그러면서 감히 그가 그곳을 다시 침범한다면 경우가 어찌되었든 엘름우드 경에게 그의 오만방자함을 알리겠다고 위협했다. 하지만 우들리 양은 그 젊은이가 앞서와 같은 무례를 다시는 저지르지 않겠다고 매우 엄중히 약속했기에 그런 불평을 할 일은 확실히 없을 거라고 말했다. 그녀는 또, 그가 같은 행동을 되풀이하지 않는 한, 그 상황을 언급하지 말아달라고, 심지어 러시브룩에게도 말하지 말아달라고 샌퍼드 신부에게 단단히 말해두는 게 자신의 의무라 생각했다.

머틸다는 아버지의 후계자가 그토록 열렬히 자신을 변호한 것에 고마움을 느끼지 않을 수 없었다. 하지만 그의 심성과 태도를 좋게 생각할수록, 엘름우드 경의 사랑을 받는 그는 더욱 마땅한 질투의 대상이 되었고, 결국 이제는 그가 별 가치 없는 인간이라고 믿었을 때보다 더 큰 슬픔의 대상이 되어버렸다. 하지만 그녀에 대한 그의 생각은 이와는 반대였다. 그의 경우 감탄과 존경을 가로막는 질투가 끼어들지 않았으므로, 그녀의 아름다운 자태와 위엄 있는 태도는 그녀를 만나기 전부터 그가 품고 있었던, 그리고 그녀의 부모에 대한 애정이 북돋웠던 칭송으로 가득찬 마음을 확인해주었을 뿐 아니라 강화해주었다. 다음에 그가 자신의 후원자와 만났을 때는 그의 딸 덕분에 그에 대한 새로운 존경과 사랑을 느꼈다. 그녀에 대한 높은 평가는 처음엔 엘름우드 부부에 대한 그의 사랑에 기반한 것이었다. 그는 외삼촌이 그 자신의 행복에 무관심하다는 데 놀랐고, 자신이 쫓겨나는 치명적인 결과가 따르더라도 외삼촌을 그가 내버린 보석을 향해 이끌 수 있기를 간절히 원했다. 그렇게 러시브룩의 마음은 젊은이답고 따뜻하며 관대하고 감사로 가득하지만 또 무모하기도 했다.

10

이 사건 이후, 우들리 양이 처소를 떠나는 횟수는 전보다 줄었다. 지금까지 그녀는 불신이란 걸 잘 몰랐지만, 러시브룩이 겉으로 내보인 우정 아래 이중성이 숨겨져 있을까 두려웠다. 사실 그의 행동 어디를 봐도 그렇게 보이지 않았지만, 그녀는 머틸다의 운명을 걱정하고 있었다. 또 그를 싫어했기에 그를 의심했다. 거의 삼 주 동안 그녀는 엘름우드 경을 방문하지 않았다. 그런데 비록 그를 만나러 가는 일이 그녀 자신에게는 고통이었지만, 머틸다는 아버지 얘기, 즉 그가 무슨 말을 했고, 무엇을 했으며, 현재 어디에 관심을 쏟고 있는지, 그 외 수천 가지 다른 세세한 정보를 듣는 일을 즐겼다. 하지만 샌퍼드는 그렇게 구체적이고 자세하게 이야기하는 것을 깔보았기에, 우들리 양이 그를 자주 방문하지 않는 것은 머틸다에겐 일종의 상실이었다. 바야흐로 날은 11월 중순으로 접어들었고, 백작이 곧 시골을 떠날 날이 다가오고 있었다.

우들리 양은, 반은 불행한 친구의 소원을 들어주기 위해 또 반은 마땅히 지켜야 할 의무로서, 아침에 백작을 찾아뵈었고 점심식사 때까지 남아 있었다. 러시브룩은 성가실 정도로 그녀에게 공손하게 굴었지만 (이것이 그녀가 레이디 머틸다에게 얘기할 때 그의 배려를 두고 한 표현이었다), 전에 있었던 되바라진 당돌함은 없었고 대신 훨씬 더 진중하고 차분해 보였음을 그녀는 인정했다.

"이제 아버지 얘기를 해줘요." 머틸다가 말했다.

"그러려고 했어요, 우리 아가씨. 그런데 얘기 듣고 신경쓰지 말아요. 화내지도 말고요."

"뭔데요? 뭔데요?" 이러한 서두에 겁먹은 머틸다가 말했다.

"글쎄, 내가 러시브룩 도련님이 평소보다 창백해 보인다고, 건강이 안 좋아 보인다고 말하자(정말 그랬거든요) 아가씨 아버님이 온갖 걱정을 지독히 하시는 거예요. 도련님에게 네가 그렇게 아파 보이니 견딜 수 없다고 하시면서, 의사에게 진찰받으라고 부모의 끔찍한 애정을 담아 애원했고, 온갖 다정한 말을 했답니다."

"저는 러시브룩 도련님이 미워요." 머틸다의 눈이 분노의 빛을 쏘아냈다.

"아니, 그런 말 말아요." 우들리 양이 대답했다. "그를 미워하라고 이 얘기를 했다고 생각하는 건 아니지요?"

"그럼요, 그럴 이유가 없지요." 머틸다가 대답했다. "제 마음은 (비록 전에 공언한 적은 없었지만) 오래전부터 정해져 있었어요. 그는 늘 제 불행을 더하는 대상이었어요. 하지만 그가 제 처소에 감히 무례히 들이닥친 이후에는 미움의 대상이 되었지요."

"그런데 이제 아가씨가 아마 좋아할 얘기를 하려 해요." 우들리 양이 말했다.

"뭔데요?" 머틸다가 무심히 말했다. 방금 들은 말에 마음이 너무 다쳐서 다른 어떤 얘기도 기분좋게 듣기 어려운 상태였기 때문이다.

"러시브룩 도련님이 아가씨 아버님에게 대답하기를," 우들리 양이 말을 이었다. "가벼운 신경성 열로 몸이 약간 좋지 않을 뿐이니 런던에 갈 때까지 의사에게 진찰받는 일을 미루겠다고 했지요. 백작님께서 '언제 런던에 갈 거냐?'고 물어보시자 '아마 일이 주 안에요, 백작님'이라고 대답했지요. 하지만 아가씨 아버님께서는 '나는 크리스마스 전까지 여기에 있으려고 한다'고 하셨어요. '정말입니까, 백작!' 샌퍼드 신부님이 놀라서 말씀하셨지요. '크리스마스를 이곳에서 보낸 적은 없지 않소, 최근 몇 년 동안은.' 그러자 백작님이 '없었지요. 하지만 내 평생에 요즘처럼 이 집에 애착을 느꼈던 때가 없는 것 같소'라고 대답하셨답니다."

"아버지가 그 말씀을 하실 때 제 생각을 하셨다고 생각하는 거예요?" 머틸다가 흥분해서 말했다.

"하지만 내가 착각했을지도 모르지요." 우들리 양이 대답했다. "그건 아가씨가 판단할 일이에요. 하지만 샌퍼드 신부님은 확실히 백작님이 아가씨를 떠올렸다고 생각하셨던 것 같아요. 당장 얼굴 전체로 번지던 미소를 보았거든요."

"정말요, 우들리 양?"

"네, 그렇답니다. 입술만 빼고 얼굴 구석구석에 다 나타났었어요. 혹시라도 엘름우드 경이 알아볼까 입술은 굳게 다물고 계셨지만요."

우들리 양은 이렇듯 자세히 머틸다에게 소식을 전해주었다. 하지만, 백작이 방을 나가고 샌퍼드가 맞은편에서 반쯤 졸고 있을 때, 러시브룩이 창문 쪽으로 그녀를 따라와서 공손하고 조심스러운 태도로 레이디 머틸다의 안부를 물었다는 것은 말하지 않았다. 러시브룩은 "제가 몸이 안 좋은 건 머틸다 아가씨에 대한 염려 때문입니다. 제가 아가씨보다 더 많이 괴로워요. 하지만 저는 아가씨에게 이런 말을 할 수 없는 처지이고, 그렇다고 우들리 양이 말해줄 거라 바랄 수도 없겠지요"라고 말했다. "맞습니다, 도련님." 그녀가 대답했다. 그녀는 이 대화도 밝히지 않았는데, 이것만 빼고는 어떤 문장도 생략되지 않은 채 전해졌다.

크리스마스가 왔고, 엘름우드 경은 엘름우드 하우스에서 많은 유쾌한 날들을 보냈다. 하지만 그의 손님 가운데 누구도 머틸다의 이름을 거명하지 않았고, 아마 분명히 생각하지도 않았을 것이었다. 크리스마스 기간 내내 그녀는 몹시 우울해했고, 아버지의 출발 날짜가 정해졌다는 얘기를 듣자 깊고 깊은 낙담에 빠졌다. 그날 아침에 그녀는 하염없이 울었다. 그녀의 유일한 위안은 "그분이 마차로 가기 위해 지나치게 되어 있는 문을 마주볼 수 있는 창문으로 가서, 처음으로 또 아마 분명히 마지막으로 그분을 볼 수 있을 거야"라는 것이었다.

이 계획은 다른 계획으로 곧 잊혔다. "난 그분이 있는 곳으로 용감하게 달려가 그분 발밑에 엎드린 채 영원한 작별인사를 할 거야. 그분의 두 손을 잡고, 그분의 무릎을 꼭 껴안을 거야. 그러면 화가 난 그분은 날 내쫓겠지. 잔인한 무관심에 비하면 그건 차라리 기쁨이겠지." 한번은 슬픔의 쓰라림에 빠진 채 어머니를 불러내며 기억 속의 어머니를 탓하기도 했다. 하지만 잘못을 돌이키자마자(이는 거의 곧바로 이루어졌는데) 매우 유순하고 체념하는 상태가 되었다. "내가 무슨 말을 한 거지?" 그녀가 외쳤다. "귀하고 귀한 성자시여, 저를 용서하세요. 그리고 제가 성자님을 위해 이 모든 것을 인내로 견디는 것을 지켜봐주십시오. 저는 괴로워 신음하지 않을 것입니다. 다시는 한숨도 쉬지 않을 거고요. 방금 감히 내뱉은 말에 대한 속죄로 저 자신에게 이러한 과제를 주겠습니다."

머틸다 아가씨가 이렇게 복잡한 감정 아래 분투하고 있을 때 우들리 양은 비통에 잠긴 채 슬픔을 다스리기 위해 애쓰고 있었다. 엘름우드 경은 러시브룩과 함께 떠날 채비를 모두 마쳤다. 그러나 백작은 여유를 부리면서 서둘러 떠나려는 모습이 한 번도 보이지 않았다. 마침내 그가 떠나려고 일어섰을 때 샌퍼드는 그가 자신의 손을 잡은 채 평생 가장 따뜻한 악수를 건넸다고 생각했다. 이러한 생각에 용기를 얻은 샌퍼드가 차오르는 눈물을 눈에 담은 채 말했다. "백작, 우들리 양에게 작별인사를 해주시지 않겠습니까?" "물론입니다, 샌퍼드." 백작은 이렇게 대답했고, 조금 더 머물 수 있는 구실이 생긴 데 대해 기뻐하는 것처럼 보였다.

우들리 양이 엘름우드 경에게 작별인사를 하기 위해 왔을 때 그녀는 두고 나온 그의 외동딸의 상태가 마음에 걸려 창백했고, 몸을 떨었고, 눈물을 머금고 있었다. 샌퍼드는, 비록 백작이 너그럽고 기분좋아 보였으나, 그녀의 모습을 보고 떠올릴 생각에 놀라 "아니, 우들리 양, 아직 아픈 게 다 안 나았소?"라고 말했다. 하지만 엘름우드 경은 그녀의 표정에 아무런 신경도 쓰지 않은 채 그녀의 건강과 행복을 빈 후 천천히 집밖으로 걸어나갔다. 자주 뒤돌아봤고 또 샌퍼드나 뒤따르는 사람들에게 말을 걸면서, 마치 이곳에 마음을 두고 떠나는 것처럼, 내키지 않는 발걸음을 옮겼다.

그가 우들리 양이 있던 방을 나가자, 그녀가 후원자 앞에서 그랬듯이 그녀 앞에서 소심한 러시브룩은 매우 겸손한 태도로 다가와 말했다. "우들리 양, 우리는 친구가 돼야 해요. 우리는 같은 대상에 대해 걱정하고 또 헌신하고 있잖아요. 하나의 공동 이익을 가지고 있으니 친구가 될 이유는 충분하겠지요."

그녀는 대답하지 않았다. "제가 이곳을 떠나 멀리 있을 때 편지를 쓰도록 허락해주겠습니까?" 그가 말했다. "엘름우드 경의 건강이나 그분의 결심에 어떤 변화가 있는지도 듣고 싶을 테니까요. 허락해주겠습니까?" 바로 그때 하인 한 명 와서 "도련님, 백작님이 마차에서 기다리고 계십니다"라고 말했다. 그는 서둘러 떠났고, 우들리 양은 거절해야 하는 고통에서 벗어날 수 있었다.

마차가 마차 하인들과 함께 시야에서 사라지자마자 레이디 머틸다는 우들리 양의 안내로 자신의 외롭고 동떨어진 처소에서 방금까지 아버지가 있었던 곳으로 왔다. 그가 오래 기거했던 곳들을 구석구석 살피면서 한동안 기분좋은 호기심으로 슬픔을 잊었다. 조식실과 정찬실에서는 아버지가 앉았다고 들은 의자에 자식으로서 경애하는 마음을 품고 기대기도 했다. 도서관에서는 그가 글을 썼던 펜을 자식의 기쁨으로 잡았고, 그의 책상에 놓인 책들을 호기심이 가득 어린 관심을 기울이며 들여다보았다. 그런데 한 탁자에 놓여 있던 모자는 그녀가 방금 경험했던 모든 다른 감정들을 넘어서는 느낌을 주었다. 그녀는 그의 사소한 의류 품에서 그를 보았다고 생각했고, 경건한 외경심을 품은 채 그 모자를 손에 쥐었다.

그러는 동안 엘름우드 경과 러시브룩은 엘름우드 하우스에 두고 온 이들의 마음보다 덜 무겁지도 않은 마음으로 나아가고 있었다. 비록 둘 다 그 무거움의 이유를, 머틸다만큼 잘 알지는 못했지만.

11

어머니가 살아 계셨을 때 머틸다는 어렸지만, 어린 나이나 은둔자처럼 사는 처지로도, 그녀의 연인이라며 떠벌리고 다니던 어떤 귀족의 관심과 애원을 막을 수 없었다. 마그레이브 자작은 레이디 엘름우드가 선택했던 은둔지에서 멀지 않은 곳에 영지를 가지고 있었고, 전원의 스포츠에 열중해 있었기에 도시가 주는 즐거움을 누리기 위해 영지를 떠나는 일이 많지 않았다. 그는 잘생긴 젊은이였고, 이웃들에게 '패기 있는 남자'로 불리기도 했다. 훌륭한 여우 사냥꾼이었고, 사냥 뒤의 술자리에서도 그만큼 훌륭한 친구였다. 그는 유흥과 관계된 일이라면 매번 흥청망청 돈을 썼고, 그 유흥이란 대개 사람들과 어울리는 것이었으므로 그의 스포츠 친구들과 정부情婦들이(정부 역시 한 명 이상이었다) 주로 그의 재산을 함께 썼다.

레이디 엘름우드가 죽기 두 달 전, 우들리 양과 레이디 머틸다는 평소처럼 집 근처의 들판과 길을 산책하고 있었고, 갑자기 쏟아진 뇌우에 마그레이브 경의 도움을 우연히 받게 되었다. 그는 새로운 지인들을 자신의 마차에 태워 자연의 분노로부터 안전하게 집에 데려다준 것에 흡족해했다. 우들리 양과 그녀의 피보호자는 자작이 도와준 것에 감사한 마음에서 그가 가끔 안부를 묻는 걸 허락했고 때로 그를 만나기도 했다. 마그레이브 경은 레이디 엘름우드의 이야기를 알고 있었고, 그녀의 딸을 이제껏 압도된 적 없는 강렬한 정열을 지닌 채 바라보았기에, 부인이 사망하면 엘름우드 경이 자식을 받아들일 테고 그러면 아마 그를 사위로 삼으리라는 그럴듯한 희망을 제멋대로 품었다. 결혼은 마그레이브 경이 자신의 행복을 위해 마련해둔 계획이 아니었다. 그러나 이런 새로운 상황에서 그의 지나친 사랑은 결혼에 대한 그의 모든 반감과 결심을 눌러버렸다. 감히 다른 어떤 방법으로 그의 소망을 이루고자 해서는 안 되었기에 할 수 없이 결혼을 유일한 해결책으로 기대한 것이었다. 오래 기다렸던 레이디 엘름우드의 죽음이 닥치자 곧 자작은 레이디 머틸다의 아버지가 그녀를 불러 딸로 인정해주기를 초조히 기다렸다. 최초의 구애자로 엘름우드 경 앞에 설 계획이었기 때문이다. 하지만 그러한 계획은 단지 구애자 쪽의 희미한 희망에 기반한 것이었고, 그에게 이러한 희망을 처음으로 듣게 된 우들리 양은 그 희망이 얼마나 잘못되었는지 깨닫도록 해줄 수 있는 말은 다 해주었다. 그의 정열의 대상인 머틸다는 이 문제와 관련해 들은 모든 얘기에 관심이 없었을 뿐만 아니라 주의를 전혀 기울이지 않았다. 레이디 엘름우드는 이 일로 전혀 동요되지 않은 채 삶을 마쳤는데, 왜냐하면 딸이 그의 청혼을 기억하지도 못했기에 이를 다시 말할 일이 없었으며 우들리 양 역시 새로운 걱정거리가 될 수 있는 모든 새로운 사건을 친구에게 말하지 않는 것이 신중한 처사라고 생각했기 때문이다.

샌퍼드와 숙녀들이 북부 지방을 떠나 엘름우드 하우스로 왔을 때 그들의 머릿속은 다른 생각으로 꽉 차 있었기에, 마그레이브 경에 대한 생각은 들어설 자리가 없었다. 또 새로운 거처에 머무는 동안 그들은 그의 소식을 한 번도 듣지 못했다. 하지만 그는 레이디 머틸다에게 온 관심을 집중하고 있었고, 그녀의 일거수일투족을 보고하는 염탐꾼을 근처에 심어두기도 했다. 그는 결혼에 대한 혐오에 젖어 있었기에 그녀가 아버지의 후계자가 될 전망이 없다는 소식을 듣고 그다지 애석해하지 않았다. 이 소식으로 인해 정부라는 불법적인 방식으로 그녀를 얻을 수 있다는 희망이 생겼기 때문이다.

엘름우드 경이 런던을 향해 떠나자 이러한 희망은 더 커졌다. 머틸다가 아버지 집에서 느꼈을 모욕적인 상황으로 인해 다른 보호의 그늘로 기쁘게 피할 것이라 멋대로 생각하면서, 그는 백작이 떠나자마자 자신의 소망과 허영에 비춰 거절당할 리 없다고 믿는 접근을 과감히 시도했다.

그는 우들리 양에게 면회를 청하면서 쉽게 집안으로 들어갈 수 있었다. 하지만 머틸다의 자태에서 우러나오는 겸손과 위엄, 그녀의 친구가 지닌 선한 의지와 신중함, 또 샌퍼드의 태도에서 늘 볼 수 있는 분별력과 참된 기백을 보게 되자, 그는 레이디 머틸다의 남편, 그의 평판에 도움이 안 되는 남편이 돼야 한다는 절망에 다시 한번 빠졌다.

심지어 그런 초라한 희망조차 때론 부정되었는데, 샌퍼드가 지금 그러한 주제로 엘름우드 경을 번거롭게 하는 게 얼마나 부적절한 일인지 설명했던 것이다. 그사이 자작은 보잘것없는 통찰력으로 자신의 아름다운 여인이 자신의 소망을 격려하기보다 좌절시키고 있음을 간파해냈다. 그렇지만 자신의 정열에서 부랴부랴 빠져나오기엔 이미 너무 깊이 빠져들었기에 그는 방문을 지속하면서 상황이 나아지기를 기다릴 생각이었다. 하지만 바로 그때 샌퍼드 신부가 위압적인 태도로 더이상 이곳에 오는 일을 삼가달라고 요청했다.

"왜입니까, 샌퍼드 신부님?" 자작이 물었다.

"두 가지 이유에서지요, 자작. 우선 자작의 방문을 엘름우드 경이 기꺼워하지 않으실 거고요. 둘째 그분의 딸도 기꺼워하지 않는 것으로 알고 있습니다."

자작은 자신의 마음이 쏠려 있는 일에 대해 이렇게 단도직입적으로 거절하는 말을 듣는 데 익숙하진 않았지만, 그래도 인내심으로 순응했다. 하지만 마음속으로 이러한 인내를 얼마나 지속할지 결정했는데, 그의 고분고분함이 이런 방법으로 증명되고, 그 계략 덕분에 미래에 좀더 잘 받아들여질 때까지였다.

마그레이브 경은 집으로 돌아와 유쾌한 친구들의 응원에 기운을 차린 후, 자신의 욕망을 이루기 위해 어떤 책략을 취하는 게 가장 좋을지 그들과 상의했다. 어떤 이들은 늙은 사제가 뭐라 하건 아버지를 직접 만나 얘기해보라고 과감히 충고했다. 하지만, 만일 엘름우드 경이 허락한다면 반드시 결혼을 해야 했기에 자작은 여기에 동의할 수 없었다. 게다가 마그레이브 경은 비록 귀족 계급이긴 하지만, 귀족들과 어깨를 나란히 하는 데 익숙하지 않았다. 그와 동등한 격의 사람과 필수적인 격식에 맞춰 이야기해야 하는 것조차 시골뜨기 자작에게는 무섭거나 적어도 피곤한 일이었다. 유혹하라고 제안하는 이들도 있었다. 하지만 다행히 자작에게는 머틸다 같은 정신을 지닌 이에게 영향을 끼칠 만한 기교가 없었다. 그의 가장 가까운 조언자 중에는 강제적 힘으로 거둔 만족감과 승리감을 윤색하는 이들도 적지 않았다. 그들은 이 방법이라면 걱정할 게 전혀 없다고 그를 안심시켰다. 엘름우드 경이 자식에게 하는 행동으로 보아 그녀에게 어떤 폭력이 가해지든 아무 관심도 보이지 않을 것이 거의 확실하다고 말이다. 마지막 제안은 와인의 도움을 받은 것으로, 술이 한 바퀴 쫙 돌자, 이 방법이 늘 최고의 책략이었던 양 여겨졌다.

마그레이브 경이 시골에서 희망과 불안을 오갔다면, 도시에 있는 러시브룩은 오로지 불안에 몸을 맡기고 있었다. 날마다 그는 엘름우드 경의 흔들리지 않는 굳은 성격을 확인했고, 또 비록 연민이나 감사, 우정이 그 자체로는 강력하고 다정한 정념이지만, 백작의 마음을 사로잡았던 감정에 비해서는 약하고 차가운 것임을 날마다 더욱 강하게 확신하게 됐다. 그는 자신이 느끼는 것이 사랑인지 의심했으나 그 의심은 오래가지 않았다. "하지만," 그가 혼잣말했다. "이건 사랑의 대상과 무관하게 생겨난 사랑이기에 사랑이라는 성스러운 이름에 거의 값하지 못하는 사랑이야. 나는 머틸다 아가씨를 직접 보기도 전에 이미 사랑하지 않았어? 그녀의 어머니를 위해 나는 그녀를 사랑했지. 심지어 그녀의 아버지를 위해서도. 만일 그녀의 부모가 다른 사람들이었더라도 내가 그녀를 똑같이 사랑했을까? 아닐 거야. 만일 내가 그녀의 불행에 흔들리지 않았더라도 지금 내 건강을 갉아먹는 이런 애틋한 공감에 젖었을까? 아니겠지." 하지만 그는 자신의 사랑이 오로지 감사와 연민의 결과는 아니라고 생각했다. 이 문제에 관해 그는 매우 깊이 또 신중하게 숙고했고, 다음과 같은 확실한 결론을 내렸다. 그는 레이디 머틸다를, 그녀가 어떤 상태였든 또 어떤 상황에 있었든, 사랑했다. 그러나 그녀를 알기 전 그녀의 행복을 걱정했던 마음은, 비록 극진한 것이기는 했지만, 직접 본 그녀의 자태와 행동이 불러일으킨 감정에 비한다면 차갑고 냉정한 것이었다. 비록 이전의 감정 덕분에 그의 마음이 이 마지막 인상을 받아들이도록 부드러워지고, 준비되고, 말하자면 주조되었다는 것을 인정하더라도, 지금 느끼는 격렬한 열정이 그에게 말해주는 것은 진정한 사랑이란 격렬한 열정의 토대는 아니더라도 그것의 어떤 귀결이었다는 점이었다. 그는 자신의 마음을 엄격히 들여다보면서 이를 알게 되었지만, 또 절망에 가까운 안타까움으로 그 앎에 다다랐다.

절망에 빠지는 것을 막고자 그는 머틸다 아가씨와 만나는 기쁨을 그리면서 수천 가지 계획을 세웠다. 하지만 그녀 아버지의 단단한 노여움이 앞에 버티고 서서 계획을 모두 좌절시켰다. 백작은 결단을 거의 하지 않는 사람이었지만 그 결단은 심사숙고 끝에 나온 것들이었다. 또 기질적으로 전혀 변덕스럽거나 쉽게 변하지 않았기에, 그 결단들은 어떤 그럴듯한 사건이 일어나도 흔들리지 않았다. 사랑. 경이로움을 낳고, 가장 단호하고 경직된 영혼마저 유혹하고 정복하는 사랑이, 두 번에 걸쳐 엘름우드 경의 완강함을 넘어섰다. 레이디 엘름우드를 사랑했기에 그는 자신의 결단에도 불구하고 그녀와 결혼했다. 또 바로 이 사랑하는 대상을 위해 자신의 결단을 꺾고 어린 러시브룩을 슬하에 두고 보살폈다. 그러나 한때 이 강직한 영혼을 홀렸던 마술은 사라졌다. 그녀는 더이상 없었고, 매혹의 마술은 깨졌다.

러시브룩이 우들리 양에게 편지 쓰는 걸 허락해달라고 부탁했을 때 그녀 쪽에서 거절할 기회를 놓쳤기에, 어느 아침 내내 그는 그녀에게 쓸 편지, 아마 머틸다에게 보여질 편지를 기분좋게 구상하며 써내려가고 있었다. 제일 관심 있는 상황들에 대해 감히 언급하지 못하다보니, 편지의 대상인 숙녀에 대한 인사를 포함해도, 편지는 스무 줄을 넘지 못했다. 하지만 열과 성을 다해 편지를 썼기에, 또 머틸다 아가씨가 편지를 보고 좋아할지 아닌지에 대한 희망과 두려움으로 인해, 편지 쓰기는 꽤 즐거운 걱정거리였고, 이런 편지 쓰기라면 일 년간 지속되기를 바랄 정도였다. 사소한 일을 크게 여기는 이러한 경향은 모두 열렬한 사랑의 확실한 증후들이었다.

이런 정식 소통에 대한 답장이야말로 그가 간절히 원했던 보상이었으나, 헛된 소망이었다. 실망하여 분통을 터뜨리는 와중에 생각지도 못했던 애석한 일이 발생했고, 한 번도 경험하지 못했던 마음의 격동이 일어났다. 엘름우드 경은 그에게 아내를 얻으라고 제안했다. 그는 러시브룩이 이 제안에 순순히 따르리라고 확신했는데, 만일 그의 인생이 후원자의 뜻을 감히 거스르지 않는 데 달려 있다면, 그는 결코 자신을 거스를 용기를 내지 못할 터였기 때문이다. 하지만 백작은 그의 대답과 당황하는 태도에서 자발적인 동의와는 다른 뭔가를 알아챘다. 그는 그를 빤히 쳐다보면서 엄중한 태도로, 이제는 그가 거의 변함없이 취하는 엄중한 태도로 말했다.

"결혼을 약속한 상대가 있는 건 아니겠지? 벌써 결혼 약속을 한 건 아니겠지?"

"절대 아닙니다, 백작님." 러시브룩이 솔직히 대답했다.

"네 마음을 이미 다른 이에게 준 것도 아니고?"

"아닙니다, 백작님." 그가 대답했다. 하지만 솔직한 대답이 아니었고 그래 보이지도 않았다. 급하게 대답하기는 했으나 확신보다는 겁먹은 사람의 대답처럼 보인 것이다. 그는 고통과 부끄러움을 끝내기 위해 자신이 해야 한다고 생각되는 거짓말을 서둘러 했다. 그러나 바로 그 점이 러시브룩이 잘못 안 지점이었다. 한번 내뱉은 거짓말은 그걸 짜낼 때만큼 골칫거리가 되었고, 최초의 혼란에 더해 점점 더 커졌기 때문이다.

엘름우드 경은 침울한 경멸의 눈빛으로 그를 바라보았고, 자리에서 일어나면서 말했다. "러시브룩, 만일 네가 경솔하게 네 마음을 누군가에게 이미 주었다면 당장 내게 그렇다고 말하고 그 대상을 밝히거라."

러시브룩은 그 생각에 몸을 떨었다.

"지금 나는," 백작이 말을 이었다. "네가 내게 한 최초의 거짓말을 사랑에 빠진 이의 거짓된 주장으로 여겨 참아주겠다. 그리고 네 말을 취소할 기회를 주겠다. 하지만 이 순간 이후부터 그 말은 남자 대 남자 사이의 거짓말이며, 네 친구이자 아버지에게 하는 거짓말이 될 것이야. 그리고 나는 그 거짓말을 용서하지 않겠다."

러시브룩은 혼란스럽고 불안하고 당황한 채로 아무 말 없이 서 있었다. 백작이 다시 말했다.

"만일 네가 마음을 준 사람이 있거든 이름을 말하거라. 네 어리석음을 비난하지 않겠다는 그 어떤 희망도 네게 줄 생각은 없다만, 적어도 처음에 그 사실을 부인했던 것은 나무라지 않으마."

이 말을 반복해 쓰다보니, 독자는 이 청년이 비록 두려워 정열의 대상을 밝히진 못하더라도 자신이 사랑에 빠졌음조차 머뭇거리며 인정하지 않은 것을 비난할 게 분명하다. 하지만 백작은 두 가지 대답을 따로 할 수 없도록 질문했고, 따라서 첫 질문에 그렇다고 하면서 두번째 질문에 아무리 둘러대려고 해봤자 소용없음을 러시브룩은 알았던 것이다. 그러니 어떻게 두번째 질문에 고백할 수 있겠는가? 그가 여행에서 돌아오자마자 집사에게 받은 절대적 명령은 "엘름우드 경 앞에서 결코 그분의 따님을 언급하지 마십시오, 고인이 되신 부인만큼이나"라는 것이었다. 레이디 머틸다의 처소에 무례히 침범했던 게 얼마나 잘못된 일이었는지에 대한 생각도 몰려들었다. 도대체 자신이 그녀를 어떻게 보게 되었는지조차 감히 말할 수 없었기 때문이다. 무엇보다, 이렇게 합리적이고 회유하는 발언을 하지만 여전히 백작의 위협적인 태도, 즉 온건한 말을 내놓을 때 그의 표정에 내려앉은 협박과 가혹함은, 완전히 독립적이고 그의 조카보다 그를 덜 두려워했던 사람조차 겁먹게 할 만했다.

"아무 대답도 하지 않는구나." 백작이 몇 분 동안 대답을 기다리다 말했다.

"이건 말씀드릴 수 있습니다, 백작님." 러시브룩이 대답했다. "제 마음이 완전히 비어 있다 해도 당분간 결혼할 생각은 없다고요."

"비어 있다 해도! 비어 있다 해도! 마음이 비어 있다 해도라니." 백작이 반복해 말했다. "나는 분명하게 물었는데 너는 내게 감히 모호하게 대답하는 거냐?"

"아마 저 스스로가 분명하지 않아서인 것 같습니다, 백작님. 하지만 제 마음 상태를 자세히 들여다보고 곧 말씀드리도록 하겠습니다."

러시브룩이 외삼촌의 화난 태도를 두려워했던 것처럼, 강하게 드러난 그의 두려움은(하지만 적절한 남자다움이 있었는데) 엘름우드 경의 불쾌함을 가라앉혔다. 조카의 감정을 보고 그걸 딱하게 여기면서, 그는 이제 엄격한 목소리를 바꿔 부드럽게 그러나 단호히 말했다.

"일주일간 너 자신을 살펴볼 시간을 주겠다. 일주일 후에 다시 이야기할 텐데 그때는 거짓뿐 아니라 망설임조차 없이 말할 준비를 해라." 이 말을 마치고 그는 방을 나갔고, 러시브룩은 임박한 것으로 걱정했던 운명에서 벗어나게 되었다.

이제 그는 일주일 동안 생각을 정리하고 모든 상황을 고려하면서,

아내를 얻으라는 백작의 제안에 암묵적으로 따를 걸 결심하든지, 아니면 거기에 반항하면서 백작의 뜻에 더욱 비굴하게 순종하는 다른 누군가가 백작의 후계자로 정해지는 걸 보아야 했다.

러시브룩은 자신의 미래 운명을 결정할 커다란 시련 앞에서 어떻게 행동해야 할지 결정하지 못한 채 애처로운 불확실성 탓에 괴로웠고, 그러다 외삼촌이 허락한 한 주가 끝나기 전에 고열로 드러누워 꼼짝 못하게 되었다. 백작은 그의 병에 크게 영향을 받았다. 그는 해줄 수 있는 치료는 다 해주었고, 심지어 상당한 기간 직접 간호하기도 했다. 젊은이는 이 마지막 호의를, 유아기 때부터 자신의 후원자가 베풀어주었던 그 어떤 도움보다 더욱 감사하게 여겼다. 어떨 때는 엘름우드 경에게 받은 친절의 징표들에 깊이 감동해, 머틸다 아가씨가 자신의 마음에 남긴 모든 흔적을 떨쳐낸 후 건강이 회복되면 곧 외삼촌의 모든 소망에 최대한 따르겠다고 의식적으로 생각하기도 했다. 그러나 다시, 머틸다의 애처로운 처지가 그의 연민에, 또 그녀의 아름다운 자태가 그의 사랑에 호소했다. 아버지에 대한 의무의 목소리와 딸에 대한 부드러운 애정 사이에 찢긴 채, 이러한 마음의 고통으로 그의 병은 악화되었다. 한번은 죽을 위기에 놓였을 때 진지하게 죽기를 바라면서 그렇게 애정으로 인한 딜레마에서 해방되기를 바란 적도 있었다.

그의 병이 최악으로 치닫고 그가 고열로 고통을 호소할 때 엘름우드 경은 그의 손을 잡은 채 "내가 해줄 수 있는 게 있느냐?"라고 물었다.

"네, 네, 백작님, 아주 많습니다." 그가 간절하게 대답했다.

"해리, 그게 무엇이냐?" 백작이 다정하게 물었다.

"아, 백작님, 저는 백작님께 말씀드릴 수 없습니다." 그가 대답했다.

"그렇다면 건강해질 때까지 말하지 마라." 그의 건강 상태에 놀라 나중에 적절치 않았다고 후회할 약속을 할까 두려워하며 백작이 말했다.

"그렇다면 제가 다 나았을 때, 그것이 무엇이든 간에, 제가 백작님께서 동의해주시길 바라는 것을 밝히도록 허락해주시겠습니까?"

백작은 망설였다. 하지만 그가 팔꿈치에 기댄 채 침대에서 일어나 자신을 광적으로 응시하며 간절히 대답을 기다리는 모습을 보자, 엘름우드 경은 마치 아이를 달래기 위해 대답하듯이 "물론이다. 그럼, 그럼"이라고 마침내 말했다.

러시브룩이 하려는 진짜 요청이 무엇인지 엘름우드 경이 전혀 몰랐으리라는 것은 확실하다. 하지만 들어주는 것이 잘못된 걸 수도 있는 요청을 그가 하려는 것임이 확실했기에 그는 요청을 듣는 걸 피했다. 그의 현재 상태에 대한 연민은 컸지만, 그 때문에 지키지도 못할 약속을 할 정도는 아니었다. 러시브룩 입장에서는, 건강을 회복하면 말해도 된다는 확언을 얻어낸 것은 기뻤으나, 열이 가라앉고 병으로 인한 가벼운 정신착란에서 완전히 회복되자 곧 자기가 암시했던 것들이 생생히 기억나 경악했고, 심지어 친절하지만 무서운 친척을 맞대면하는 것조차 두려웠다. 하지만 그의 건강이 회복되는 것에 대한 엘름우드 경의 기쁨과 지속적인 관심을 보자 곧 두려워할 게 없음을 확신했다. 하지만, 슬퍼라! 그는 희망할 것 역시 없음을 알았다. 건강이 돌아오자 소망도 돌아왔고 그의 소망과 함께 그의 절망도 돌아왔다.

백작은 조카가 밝히기 두려워하는 뭔가를 마음에 담고 있음을 확신하게 되었고, 젊은 날의 애착으로 인해 그가 자신이 제안하는 결혼에 마음을 닫고 있음을 더이상 의심하지 않았다. 하지만 그의 현재의 약한 몸 상태에 깊은 연민을 가졌기에 아프기 전 압박했던 질문들에 대한 심문을 그가 완전히 건강을 되찾은 때로 미뤘다.

러시브룩은 5월 말이 되어서야 밖에 나와서 일상적인 일정에 참여할 수 있게 되었다. 그의 완전한 회복을 위해 시골에 가 있는 게 좋겠다는 처방이 내려졌다. 엘름우드 경은 6월쯤 런던을 떠날 예정이었기에 그에게 자신보다 일이 주 먼저 엘름우드 하우스에 내려가 있으라고 했다. 러시브룩은 이 권고를 기쁘게 받아들였으며, 그를 맞이할 준비를 하라는 편지가 샌퍼드 신부에게 보내졌다.

12

러시브룩이 아팠던 동안 그의 상태가 위험하다는 소식이 런던의 하인에게서 엘름우드 하우스로 전해졌고, 레이디 머틸다는 이 소식을 들었을 때 연민을 표했다. 그녀는 그가 곧 죽을 순간을 상상하기 시작했고, 그가 그녀를 방문한 목적은 무례를 저지르기 위해서가 아니라 어떤 공덕을 베풀기 위해서였으며, 자신이 생각한 것보다 그는 더 가치 있는 사람이리라고 생각했다. 샌퍼드와 우들리 양조차 여태껏 한 번도 곰곰이 살펴보지 않았던 그의 자질들을 되새겨보았으며, 특히 우들리 양은 그에게 너무 가혹하고 무심히 대했던 일을 자책했다. 그렇기에 그의 죽음이 가리키는 전망에도 불구하고, 그가 회복되었다는 소식에 무한한 기쁨을 느꼈다. 샌퍼드 역시 이 소식을 듣고 덜 기쁘지 않았다. 그에게 지나치게 퉁명스럽게 굴었기에, 어떤 나쁜 일이 그에게 생길까 두려웠던 것이다. 하지만 비록 그의 회복 소식을 듣고 기쁘긴 했지만, 그가 엘름우드 하우스에 내려와 몇 주간 주인 행세를 할 것이란 소식을 듣자, 샌퍼드는 모든 종교적, 인간적 원칙에도 불구하고 '만일 그 청년이 제대로 준비만 되었더라면 세상에 있는 것보다 세상을 떠나는 것이 더 나았을 텐데'라고 생각하지 않을 수 없었다.

러시브룩이 평소처럼 혈기왕성한 모습으로 도착하는 걸 보자, 그는 더더욱 그의 친구가 아니었다. 만약 그가 창백하고 아픈 상태로 왔다면 샌퍼드는 그의 친구였을 것이다. 하지만 그가 건강하고 기운차 보였기에 도저히 입을 벌려 '만나서 반갑다'고 말할 수 없었다.

그가 도착하자, 지난 오 개월간 집안에서 자유롭게 다녔던 머틸다는 마치 엘름우드 경이 도착했을 때처럼 자신을 고립시켰다. 하지만 전과는 매우 다른 감정을 지닌 채 그렇게 했다. 후자의 경우 비록 제약은 있었으나 아버지가 집에 계신다는 건 슬픔보다 기쁨의 원천이었다. 하지만 러시브룩의 체류로 인한 제약은 오로지 징벌로만 여겨졌다.

러시브룩은 그가 내려오자 머틸다가 그녀의 제한된 처소로 물러났다는 얘기를 하인들에게 들었고, 그 생각은 그에게 고문이었다. 그녀를 만나 대화할 수 있다는 희망, 어느 때고 집의 안주인인 그녀와 함께할 수 있다는 희망이야말로 그의 기운을 북돋우고 다른 어떤 치료보다 그를 온전히 낫게 한 힘이었다. 따라서 그녀의 물러남이 보여준 이러한 존중, 아니 경멸에 그는 몹시 큰 상처를 받았다.

하지만 어떤 의미에서든 이는 건드리기에 너무 예민한 주제였다. 그가 그녀를 초대하는 건 우월한 권위의 과시나 생색내는 겸손으로 보일 수 있으며, 그건 최악의 모욕일 거라고 그는 옳게 생각했다. 하지만 자신이 이 집에 있는 것이 후원자의 딸을 식객으로 만들었다는 생각을, 사실 자신이 식객이고 그녀가 정당한 후계자인데, 어떻게 견딜 수 있을까. 이삼일 동안 그는 이러한 생각으로 괴로웠고, 우들리 양과 운좋게 만나 자기가 느끼는 것을 모두 설명할 수 있기를 바랐다. 하지만 막상 만나게 되자, 비록 전보다 좀더 말이 많고 심지어 그녀의 착한 성격을 드러내 보이기도 했지만, 그녀는 용의주도하게 레이디 머틸다에 대한 언급을 피했다. 그가 조심스럽게 그녀의 안부를 물었을 때는 차가운 자제심이 우들리 양 얼굴에 퍼졌고, 즉시 그를 떠났다. 샌퍼드의 도움을 바라기는 더욱 어려웠다. 같이 있는 기회는 꽤 많았으나 결코 잘 맞는 사이가 아니었기 때문이다. 또 샌퍼드는 감정을 감추는 일이 거의 없었기에 늘 러시브룩에게 지나치게 엄했고, 가끔은 무례하게 대하기도 했다.

이렇게 당혹스러운 처지에서 시골 공기는 환자에게 도움이 되기보다는 오히려 해가 되었다. 만약 그가, 진실한 연인이 그렇듯이, 절망만 남았을 때도 희망을 꼭 붙들지 않았더라면, 자신이 이곳에 머물러 사랑하는 여인을 종속된 상태로 두기보다 차라리 도시로 돌아갔을 터였다. 하지만 그는 여전히 희망을 놓지 않았으며, 어느 날 아침 우들리 양을 정원에서 만나자 평소보다 오래 그녀를 붙들고 얘기하면서 마침내 "오늘 도련님과 샌퍼드 신부님과 함께 식사할게요"라는 약속을 받아냈다. 하지만 헤어지자마자 그녀는 자신이 한 약속을 후회했고, 이를 머틸다에게 알리자 그 젊은 숙녀는 평생 처음으로 다정한 친구에게 날카로운 비난과 오만한 분노의 시선을 쏘아냈다. 우들리 양의 마음도 이미 자신을 탓하고 있었다. 그러나 그녀는 자신의 어린 친구에게 이토록 신랄한 반감의 표시를 받을 준비가 되어 있지 않았다. 마치 어머니를 대하듯 지금까지 자신에게 순종적이고 겸손할 뿐 아니라 다정했던 머틸다에게서 말이다. 그녀의 마음은 오랫동안 헌신적으로 돌보고 염려했던 대상이 보내는 무례하고 오만한 찌푸림을 견디기에는 너무 섬세했다. 당장 얼굴이 눈물로 뒤덮였고, 터질 듯한 가슴에 두 손을 얹었다. 머틸다는 마음이 아팠지만, 아버지의 남성적인 분노 같은 것을 너무 많이 물려받았기에 처음 몇 분간은 감정을 드러내지 않았다. 우들리 양은 여태껏 슬픔의 눈물을 수없이 쏟아냈으나 분노의 눈물을 흘린 적은 지금까지 없었기에 분노 자체보다 이러한 무심함이 더욱 깊이 느껴졌고, 고통스러운 감정을 감추기 위해 방을 나갔다. 방금까지 평온한 모습으로 바느질을 하던 머틸다는 그제야 손에서 일감을 놓고 깊은 몽상에 빠진 채로 잠시 앉아 있었다. 마침내 그녀는 일어났고, 우들리 양을 따라 다른 방으로 갔다. 당당하고 위풍당당하며 평온한 모습으로 들어갔지만, 그녀의 가여운 가슴은 수천 가지 고통스러운 감각으로 요동치고 있었다. 그녀는 (여전히 울고 있는) 우들리 양에게 우울한 침묵으로 다가갔다. 돌아가신 어머니의 충실한 친구는 그녀의 이러한 태도에 압도된 채로 외쳤다. "소중한 머틸다 아가씨, 내가 한 행동에 대해 더이상 생각하지 말아요. 거기에 대해 더이상 분노하지 말아요. 내가 무릎 꿇고 용서를 빌 테니까." 우들리 양은 마지막 말을 하면서 일어났다. 하지만 머틸다는 그녀가 무릎을 꿇지 못하게 막으려 그녀를 꼭 껴안고는, 즉시 자기가 그 자세를 취했다. "아, 이것이 저의 속죄가 되기를요!" 그녀가 지극히 간절하게 애원하며 말했다.

그들은 용서를 주고받았다. 이 화해는 진실한 것이었기에, 그들은 서로 오해를 불러일으켰던 문제에 대해 각자의 의견을 허물없이 밝혔다. 둘은 러시브룩에게 "우들리 양이 갑자기 몸이 안 좋아졌다"는 사과를 보내기로 합의했다. 이는 사실과 다르지 않았는데 그녀는 방금 일어난 일로 누군가를 방문하기 적당하지 않은 상태였기 때문이다.

아침 내내 아가씨의 호감을 얻는 일에 진전이 보인다고 생각해 들떠 있던 러시브룩은 이 사과가 전달되자 몹시 실망했고 당황했고 화가 났다. 그는 엄격한 관찰자인 샌퍼드 신부가 옆에 있는데도 이러한 감정을 감추지 않았다, 아니 아마 감출 수 없었으리라.

"저는 정말 운이 없는 사람입니다." 전갈을 전한 하인이 나가자마자 그가 말했다.

샌퍼드는 놀람과 경멸의 눈빛으로 그를 쳐다보았다.

"전 정말 운 나쁜 남자예요, 샌퍼드 신부님." 그가 반복했다. "신부님은 제 하소연을 별거 아닌 걸로 여기시겠지만요."

샌퍼드는 아무런 대꾸도 하지 않았고, 대꾸할 가치조차 없다고 여기는 듯 보였다.

그들은 점심을 먹기 위해 자리에 앉았다. 러시브룩은 거의 먹지 않았고 대신 술을 자주 마셨다. 이렇든 저렇든 샌퍼드는 신경쓰지 않았고, 대신 그릇이 치워지거나 이런저런 틈이 날 때면 자기 접시 옆에 놓인 책을 가끔씩 들여다보았다(이건 같이 식사하는 사람들과의 대화가 재미없을 때 그가 하는 습관적 행동이었다).

러시브룩은 이제 머틸다 아가씨와 친분을 맺을 희망을 더욱더 잃었기에 절망의 증후를 보이면서 무너지기 시작했다. 그러한 증후는 우선 이제껏 극진한 존경으로 대했던 샌퍼드 신부를 그가 자신을 대하는 것과 똑같은 수준으로 무람없이 대하는 식으로 충동적으로 발현되었다.

"자," 저녁식사가 끝나자마자 그가 말했다. "책은 내려놓으시고, 좋은 말벗이 되시지요."

샌퍼드가 눈을 들어 그를 보았다. 그의 얼굴을 빤히 쳐다보았고, 다시 책으로 눈을 돌렸다.

"제 말은," 러시브룩이 계속했다. "저한테 말벗이 필요하다는 겁니다. 우들리 양이 저를 실망시켰으니 신부님이 제 말벗이 되어주셔야겠습니다."

그러자 샌퍼드는 책을 탁자에 내려놓았지만, 읽고 있던 페이지에서 손가락을 떼지 않은 채 말했다. "그런데 우들리 양이 오지 않았다고 왜 실망하지요? 사람들은 희망을 품을 권리가 없는 것들을 기대하면서도, 실망했다고 불평할 권리가 있다고 확신하지요."

"저는 그분이 오리라 기대할 권리가 있었습니다." 러시브룩이 대답했다. "그분이 오겠다고 약속했거든요."

"그렇지만 무슨 권리로 그녀에게 오라고 요구한 것입니까?"

"누구나 그렇듯이 자신의 시간을 가능한 한 기분좋게 보낼 권리지요."

"하지만 다른 사람이 그 비용을 지출하게 해서는 안 되지요."

"제 생각에, 샌퍼드 신부님은 제가 행복한 걸 보는 게 엄청난 비용 지출이신 듯해요. 심지어 신부님 자신의 행복도 지출하시는 듯합니다."

"그거라면 지금 내가 치러야 하는 비용은 아닐 듯하오." 샌퍼드는 이렇게 대답하고 다시 책을 읽기 시작했다.

"아니, 이미 다 지불해버리신 건가요? 하긴 신부님 연세에 그게 남아 있지 않다고 해도 놀랍지 않지요. 하지만 제가 제 행복을 다 낭비해버린 일에 대해선 어떻게 생각하시나요?"

"나는 도련님 생각을 하지 않습니다." 책에서 눈을 떼지 않은 채 샌퍼드가 대답했다.

"제 얼굴을 보고 그 얘기를 하실 수 있으신가요, 샌퍼드 신부님? 아니 그럴 수 없으시겠지요. 왜냐하면 신부님이 제 생각을 하고 있다는 걸 스스로 아시잖아요. 또 저를 미워하시는 것도 아시고요." 여기서 그는 와인을 두 잔 잇달아 마셨다. "그리고 저는 신부님이 왜 저를 미워하는지 말할 수 있어요." 그가 이어 말했다. "그건 제가 저 자신을 종종 미워하는 것과 같은 이유에서지요."

샌퍼드는 계속 책을 읽었다.

"머틸다 아가씨 때문에 저를 미워하시잖아요, 또 저를 이런 식으로 대하시고요."

샌퍼드는 황급히 책을 내려놓았고, 두 손을 옆에 두었다.

"그러신 거죠." 러시브룩이 다시 말하기 시작했다. "제가 아가씨에게 잘못하고 있다고 생각하시지요."

"나는 그대가 아가씨를 몹시 모욕하고 있다고 생각하오." 샌퍼드가 목소리를 높였다. "이렇게 아가씨 이름을 무례하게 언급하면서 말이오. 이는 위험한 일이니 그대가 그만두기를 명합니다."

"제가 위험하다고요! 샌퍼드 신부님? 지금 엘름우드 경의 권위를 행사하시려는 겁니까?"

"이 경우에는 그렇소. 감히 그렇게 혀를 자유롭게 놀린다면—"

러시브룩이 그의 말을 막았다. "그렇다면 감히 말씀드리건대(아가씨의 친구라면 이에 대해 분노하기보다 환호해야겠지요), 감히 말하건대, 제 마음은 아가씨의 처지로 인해 너무 괴롭습니다. 제 처지는 상관없어요. 저는 아가씨 아버지를 사랑합니다. 저는 아가씨 어머니를 더욱 사랑했습니다. 하지만 아가씨는, 아가씨를, 그 두 분보다 더 사랑합니다."

"그 방탕한 입 다무시오." 섄퍼드가 목소리를 높였다. "아니면 이 방에서 나가시오."

"방탕하다고요? 아, 아가씨의 무구한 마음에 거하는 순수한 생각들도 아가씨를 향한 제 마음보다는 더 관능적일 겁니다. 신부님은 아가씨에 대한 제 존경, 제 연민을 나무라는 겁니까? 이러한 감성 덕분에 제가 심지어 신부님께도 이렇게 가식 없이 말하는 겁니다, 나의 공공연한 적, 아니, 더 나쁘지, 나의 은밀한 적!"

"멋대로 나를 모욕하시지요, 러시브룩 도련님. 하지만 엘름우드 경의 따님을 언급할 때는 조심하시오."

"제가 아가씨를 불쌍히 여기는 게 아가씨의 명예를 더럽히는 겁니까? 당장 이 집을 떠나 다시는 돌아오지 않겠습니다. 아가씨에게 뺏은 자리를 아가씨가 차지할 수 있게요."

"그러면 그렇게 하시죠." 섄퍼드가 말했다.

"그래봤자 아가씨에게 아무 소용 없지요, 아니라면 그렇게 할 것입니다. 하지만 자, 섄퍼드 신부님, 제가 신부님만큼 과감히 해보지요. 동의만 해주신다면, 엘름우드 경에게 화해해달라고, 아가씨를 만나 딸로 인정해달라고 애원하겠습니다."

"그대의 허영심은 그대의 경솔함과 맞먹는군요. 애원하겠다고? 아가씨는 그대가 애원해 얻은 자기 아버지의 사랑에 크게 감동할 게 분명하오. 젊은이, 얼마 전에 누군가 그대를 위해 애원했던 걸 잊었소?"

"잊고 있지 않음을 지금 증명해 보이지 않습니까. 머틸다 아가씨에 대한 제 걱정은 그 문제에 대한 제 감정에서 생겨나니까요."

"그렇다면 아가씨 걱정은 집어치우고 그대 자신을 걱정하시오. 만일 내가 지금 일어난 일을 엘름우드 경에게 얘기라도 한다면—"

"신부님이 얘기하지 않으신다면 그건 저를 위해서가 아니라 신부님을 위해서겠지요."

"감히 내가 그러도록 하지 마시지요, 러시브룩 도련님." 그는 자리에서 일어났다. "감히 내가 그대를 해치도록 하지 마십시오. 하지만 유혹을 피하기 위해, 다시는 내 친구 엘름우드 경이 없는 자리에서 그대와 함께 있지 않겠소. 그대의 모욕으로부터 나와 그의 자식을 보호하기 위해서 말이오."

러시브룩은 그러나 샌퍼드보다 더 흥분해 일어났다. "신부님은 지금 제가 머틸다 아가씨를 모욕했다는 부당한 말씀을 하시는 겁니까?"

"그대가 아가씨에 대해 말한다는 것 자체가 모욕입니다. 물론 그대는 더한 일도 했지요. 감히 아가씨를 방문해 얼굴을 면전에 들이대면서 아가씨가 원하지도 않는 도움을 주겠다며 놀라게 했으니. 그대는 연민을 베풀려는지 모르겠으나 아가씨는 그 위에 있소이다."

"아가씨가 신부님께 그렇게 불평했나요?"

"아가씨 혹은 아가씨 친구가 그랬지요."

"차라리 제 생각엔, 샌퍼드 신부님, 신부님이 하인 몇 명을 매수해 이 사실을 불게 한 것 같은데요."

"그러한 의심이야말로 엘름우드 경의 후계자에게 어울리는구려."

"그건 신부님과 한집에서 사는 사람이라면 다 어울리지요."

"오늘 일어난 일에 대해 내 고맙게 여기리다, 러시브룩 도련님. 마음의 짐이 훨씬 덜어졌소. 그동안 그대를 싫어했던 게 어떤 편견 때문일지 모른다 여겼는데. 오늘 대화로 그러한 걱정에서 좀 해방되었으니 고맙소이다." 이렇게 말하고 그는 조용히 방에서 나갔고, 혼자 남겨진 러시브룩은 자신이 한 행동을 돌아보게 되었다.

그는 와인을 마셔 흥분해 있었는데, (샌퍼드는 책을 읽느라 이를 보지 못했다) 혼자 남게 되자마자 즉시 차분해지면서 후회하기 시작했다. '내가 무얼 한 거지?'라는 물음이 자신에게 던진 첫 질문이었다. '나는 샌퍼드를 화나게 했지.' 이성뿐 아니라 신중함이 존경심과 심지어 경외심을 갖고 대하라고 가르쳤던 바로 그분. 그는 머틸다 아가씨의 굳건한 친구를 지독히 화나게 했고 그것도 아가씨 이름을 함부로 방자하게 불러대면서 그렇게 했다. 그는 자신이 쏘아붙였던 말이 모조리 떠올랐고, 샌퍼드가 그를 화나게 하려고 했던 말은 모두 잊었다.

그를 따라가 용서를 구할까도 잠깐 생각했으나, 그 어떤 분노보다 자신이 받았던 경멸이 떠올라 그만두었다.

샌퍼드가 그에 대해 전에 지녔던 생각을, 비록 전에도 좋지는 않았지만, 어떻게 되찾을 수 있을까 계획을 세우며 앉아 있던 중, 그는 자신의 안부를 친절히 물으며 다음주 초에 내려오겠다는 소식을 담은 엘름우드 경의 편지를 받았다. 백작의 친절한 표현들이 그토록 반가웠던 적이 없었다. 샌퍼드의 분노와 그 자신의 불쾌함으로 엉망이 된 머릿속을 달래는 데 도움이 되었기 때문이다.

13

샌퍼드에게 신중하게 행동한다는 것은 자신의 의무에 맞게 행동하는 것이었다. 러시브룩을 용서하는 게 그의 의무였기에 그는 그렇게 했다. 그러나 그는 "다시는 엘름우드 경이 없는 자리에서 그대와 함께 있지 않겠소"라고 선언했었다. 따라서 완전히 용서는 했으나 그 의무를 따르면서도 자신이 한 말을 지키는 데서 오는 용서하지 않는 만족감이 있었다.

다음날 러시브룩은 혼자 식사를 했고 샌퍼드는 숙녀들과 함께 있었다. 러시브룩은 비굴하게 양보하며 샌퍼드의 마음을 달랠 정도로 자존심을 내려놓지는 못했지만, 그와 우연히 마주치려고 노력했고, 또 만나면 고분고분한 사과를 하려고 했다. 첫날과 둘째 날, 그가 세웠던 계획은 다 허사가 되었다. 그의 모습을 볼 수조차 없었다. 그러나 사흘째 되던 날 저녁 혼자 산책을 하다 작은 숲의 모퉁이를 돌 때, 바로 그 길에서 그는 샌퍼드가 우들리 양과 함께 있는 광경을 보았다. 머틸다 아가씨도 함께 있는 걸 보자 더욱 마음이 울렁거렸다. 그는 계속 가야 할지 아니면 그 길을 벗어나 티나게 그들을 피해야 할지 알 수 없었다. 그가 어떤 선택을 하든, 자신의 말과 행동을 야박하게 해석할 이들에겐 모두 그릇되게 보일 것임을 알고 있었기 때문이다. 어떻게 행동해야 공손하다고 여겨질지 알 수만 있다면, 머틸다 아가씨를 가까이 지나가는 소망을 접는 고통이 어떻건 간에 그렇게 행동했을 것이다. 하지만 계속 가야 할지 아니면 다른 길로 가로질러갈지 결정하지 못한 채 계속 걷다 보니 이미 물러나기에는 너무 가까이 와버리게 됐다. 그는 꾸며낸 것이 아니라 실제로 몹시 지독하게 주눅이 든 채로 모자를 벗었다. 그러고는 일행이 지나가는 동안 인사도 하지 않은 채 말없이 서 있었다. 샌퍼드는 몇 걸음 앞장서 걷고 있었고, 그의 곁을 지날 때 모자 앞부분을 손가락으로 가볍게 만지는 정도 이상의 아는 척을 하지 않았다. 우들리 양도 따라가면서 공손히 인사했다. 하지만 레이디 머틸다는 완전히 멈춰서서 아주 부드러운 억양으로 말했다. "러시브룩 도련님, 병이 완전히 나으셨는지요."

그건 그가 이제껏 들었던 것 중 가장 감미로운 음악이었다. 그는 지극히 공손하게 고개를 숙이면서 "정말 많이 좋아졌습니다, 아가씨"라고 대답했고, 마치 다른 말은 더이상 감히 하지 못하는 듯 가던 길을 마저 갔다.

샌퍼드는 레이디 머틸다를 나무란 적이 거의 없었다. 그녀를 사랑해서라기보다 그녀가 잘못하는 일이 거의 없었기 때문이다. 그러나 이 경우 그녀를 질책하고픈 마음이 반쯤 들었다. 하지만 뭐라고 해야 할지 몰랐다. 그녀가 경솔하게 말을 건넨 후 러시브룩이 보여준 겸손함, 혹은 사건 자체도 그의 비난을 정당화할 수 없었다. 그녀가 말하는 소리에 샌퍼드는 멈췄다. 러시브룩이 대답 후 자리를 뜨자 샌퍼드는 "얼른 오라"며 짜증난 목소리로 그녀를 불렀다. 그러면서도 그녀가 그의 팔을 잡을 수 있도록 팔꿈치를 내밀었다.

그녀는 걸음을 서둘렀고 그의 팔을 잡았다. 그런 다음 우들리 양을 향해 말했다. "우들리 양이 러시브룩 도련님께 말 걸 줄 알았어요. 그랬다면 제가 말하지 않아도 됐을 텐데요."

우들리 양이 대답했다. "당황해서 어떻게 해야 할지 몰랐네요. 전에 만났을 때는 늘 도련님이 먼저 말을 걸었거든요."

"이번에도 그랬어야지." 샌퍼드가 화를 내며 말했다. 그러고는 비꼬는 웃음을 지으며 덧붙였다. "먼저 말을 건네는 건 확실히 윗사람의 의무니까."

"자기를 우리 윗사람이라고 생각하는 것 같지는 않았어요." 머틸다가 대답했다.

"그랬겠지." 샌퍼드가 대답했다. "어떤 이들은 원하는 대로 표정을 꾸며댈 수 있거든."

"그가 그렇게 창백하고 낙담하는 것처럼 보이는 한," 머틸다가 대답했다. "그가 어떤 생각을 하건 저는 그를 볼 때면 말을 건네지 않을 수 없을 것 같아요."

"내가 그와 수백 번, 아니 수천 번을 만나더라도," 샌퍼드가 대답했다. "나는 그에게 다시는 말을 걸지 않을 거다."

"세상에! 왜요, 샌퍼드 신부님?" 머틸다가 외쳤다. 샌퍼드는 사소한 일을 떠벌리는 사람이 아니었기에 그들이 다퉜던 사정을 말하지 않았던 것이다.

"그렇게 결정했단다." 그가 대답했다. "하지만 그에게 앙심을 품고 있는 건 아니다."

이 짧은 대답에서 더이상 말하고 싶지 않다는 그의 뜻이 드러났기에 더이상 질문은 없었고 이 얘기는 여기서 멈췄다.

그사이 러시브룩은 지난 수개월 동안의 그 어떤 때보다 행복했다. 머틸다 아가씨에게 받은 자발적 친절의 표시로 인한 기쁨에 취해 마음이 너무 행복했고 또 티끌만한 악감정도 남아 있지 않았기에, 그는 최근 샌퍼드 신부에게 범한 예의에 벗어난 행동을 정말 겸허한 태도로 보상해야겠다고 결심했다.

그 순간 그는 너무 행복해 어떤 모욕적 대우라도 참겠다는 마음에서 집에 돌아오자마자 곧 하인을 샌퍼드의 서재로 보내 "엘름우드 경이 보낸 소식을 전하고 싶은데 뵙는 걸 허락하시겠는지" 물어보게 했다.

하인이 돌아왔다. "샌퍼드 신부님은 저나 집사를 통해 소식을 주시길 바라셨습니다." 이는 몹시 모욕적인 반응이었다. 하지만 러시브룩은 화를 낼 기분이 아니었기에 다시 하인을 보내 받아들여주기를 요청했다. 하지만 대답은 "바쁘다"였다.

이렇게 화해의 희망이 좌절되자 그의 새로운 황홀함은 조금 누그러졌고, 엘름우드 경이 오기 전 며칠 동안 그는 혼자 생각하거나 일전에 머틸다를 만났던 길을 하릴없이 걷고 바라보면서 보냈다. 그녀는 너이상 그 길로 오지 않았다. 사실 아버지가 내려올 때면 늘 하던 대로 자기 처소에 스스로를 가둔 채 밖으로 거의 나오지 않았다.

이전에 그녀가 느꼈던 동요가 모두 다시 돌아왔다. 그가 도착하는 날 그녀는 울었다. 밤새 자지 못했고, 러시브룩의 이름은 다시 혐오스러워졌다. 백작은 극히 건강하고 기분좋은 상태로 왔으나, 러시브룩의 상태가 도시에서 내려갈 때보다 안 좋은 걸 보고 걱정하는 듯했다. 샌퍼드는 이제 피치 못하게 러시브룩과 자리를 함께해야 했지만, 필요한 경우가 아니라면 그에게 말을 걸지 않도록 주의했다. 혹은 어쩔 수 없을 때가 아니면 그를 쳐다보지 않도록 조심했다. 엘름우드 경은 이러한 행동을 눈치챘지만 궁금해하지도, 기분이 상하지도 않았다. 그는 러시브룩이 처음 돌아왔을 때부터 샌퍼드가 그를 그리 좋게 생각하지 않는다는 걸 알고 있었다. 하지만 다른 사람이라면 용서하지 않을 수천 종류의 잘못을 그는 샌퍼드의 성격에 관해서는 용서했다. 또 그가 다른 대상을 편애할 권리를 알고 있기에 이것이 그의 가장 큰 결점이라 생각하지도 않았다.

우들리 양은 전처럼 엘름우드 경을 찾아뵈었다. 그와 같이 식사했으며, 종전처럼 머틸다에게 있었던 일을 다 얘기해줬고, 머틸다는 집중해 들었다.

이 시기에 마그레이브 경은 모든 야외 스포츠의 계절이 끝난 관계로 머틸다에 대한 사랑이(이는 사냥에 대한 그의 사랑과 함께 지극했는데) 누르기 어려울 만큼 격렬해졌다. 따라서 내키지는 않았지만 그들의 결합에 대해 그녀 아버지의 동의를 구하자고 결심했다. 하지만 이러한 결심을 샌퍼드에게 써 보냈을 때 그는 한번 더 내쳐졌고, 신사의 명예를 걸고 다시는 이런 종류의 부탁으로 집안의 평온을 뒤흔드는 일을 삼가달라는 요청을 받았다. 샌퍼드는 답장을 받지 못했다. 왜냐하면 자작은 자신의 여인이 자신을 싫어하는 데 크게 격분하면서 자신만의 행복을 추구해야겠다고 전보다 더 굳게 결심했기 때문이다. 그리고 그 행복은 오로지 그녀를 얻는 데 달려 있기에 어떤 방법으로 이를 이룰지는 전혀 중요하지 않았다.

엘름우드 경이 시골에 온 지 이 주 정도 지났을 때, 아침에 말을 타고 가다 낙마하는 바람에 다리가 부러지는 일이, 그것도 위험하다고 공표될 정도로 매우 안 좋은 상태로 부러지는 일이 발생했다. 그는 사륜 역마차를 불러 집으로 돌아왔고, 머틸다는 지극히 사랑받은 아이가 이런 경우 보일 슬픔보다 더한 슬픔을 내보이며 이 소식을 들었다.

그는 고통으로 괴로워하더니 어느 날 밤 상당한 고열에 시달렸다. 자신의 처소를 거의 뜨지 않던 샌퍼드는 이제 자주 그의 침대맡으로 갔고, 그때마다 그에게 딸이 보고 싶다는 말을 듣지 않을까 하는 비밀스러운 희망도 품었다. 그러나 그가 러시브룩의 손을, 마치 사랑하는 사람을 만나 기쁜 듯 정겨운 우정으로 흔드는 모습만 보았을 뿐이었다.

엘름우드 경이 처해 있다고 여겨졌던 위험은 오래가지 않았고, 그는 이후 빠른 속도로 회복되었다. 그가 병으로 위험할 때 울고 신음하며 지켜봤던 머틸다는 그의 회복 소식을 듣게 되자 외쳤다(그 감각의 새로움에 일종의 놀라움을 느끼면서). "이런 감정이 기쁨이구나! 아! 여태껏 나는 기쁨을 느끼는 사람들이 어떤 감정인지 몰랐구나."

또 그녀는 아버지가 아팠던 동안 자신에게 보인 무관심에 대해 샌퍼드 신부나 우들리 양처럼 푸념하지도 않았다. 그런 것을 기대하지 않았기 때문이다. 그녀는 심지어 그가 죽을 때 자신을 보고 싶어하리라는 희망조차 품지 않았다.

그러나 몸이 아픈 사이 백작이 겉으로 보였던 무관심에도 불구하고, 친구들의 축하를 받을 정도로 회복되자마자 그가 지극한 만족감을 명백히 드러내며 만난 사람은 다른 누구도 아닌 우들리 양이었다. 그녀는 쭈뼛거리며, 또 그의 최근 행동에 평소보다 더 못마땅한 채로 그를 만나러 왔다. 하지만 그는 손을 내밀어 매우 따뜻하게 그녀의 손을 잡았고 가까이 오라 한 후 인사했으며(이건 그가 이전에 부여한 적이 없는 명예로움이었다), 이 모든 일은 진정한 우정과 애정의 표시와 함께 이루어졌다. 이 자리엔 샌퍼드도 있었는데, 그는 머틸다 생각과 우들리 양을 연결하면서 오랫동안 느끼지 못했던 승리의 환희로 가슴이 두근

거리는 걸 느꼈다.

머틸다는 우들리 양이 돌아와 전해주는 이야기를 들으며 기뻐했으며 얘기가 끝나기도 전에 여러 번 "저는 행복해요"라고 외쳤다. 하지만 가여운 머틸다가 갑작스럽게 맛본 황홀한 기쁨, 그녀가 행복이라 불렀던 그 기쁨은 오래 지속되지 않았다. 그녀에게 기쁨의 원인이 있었다면 그보다 훨씬 더 자주 슬픔의 동기들이 있었다.

일주일가량 지난 어느 날 저녁, 샘퍼드 신부가 그녀와 우들리 양과 함께 앉아 있을 때, 어떤 사람이 종을 울리면서 그를 찾았다. 그는 하인에게 얘기를 듣고 문으로 나갔다. "아! 자넨가? 들어오게." 수십 년간 엘름우드 하우스에서 수석 정원사로 일한 나이든 남자가 들어왔다. 그는 정직하고 건실한 사내로, 그에게는 오직 그가 정원사로 일하며 버는 수입에 의지해 사는 늙은 부모와 자식들 그리고 친척들로 이루어진 가난한 대가족이 있었다. 샘퍼드처럼 여인들도 그를 잘 알았고, 거의 동시에 모두가 "무슨 일인가?"라고 물었다. 그의 표정을 보고 뭔가 고통스러운 일이 그에게 닥쳤음을 느꼈기 때문이다.

"아, 신부님!" 그가 샘퍼드에게 말했다. "신부님의 도움을 간청하러 왔습니다."

"무슨 일인가, 에드워즈?" 샘퍼드가 부드러운 목소리로 말했다. 곤경에 처한 이가 그의 도움을 간청할 때 그의 거친 어조는 늘 서글픈 음조를 띠었다.

"백작님께서 저를 해고하셨어요." (에드워즈가 몸을 떨면서 대답했고 눈에는 눈물이 차올랐다.) "신부님께서 저를 위해 간청해주시지 않는다면 저는 이제 끝입니다, 샘퍼드 신부님."

"내 그리하겠네." 샌퍼드가 말했다. "그렇게 하겠네."

"하지만 신부님 말씀조차 성공하지 못할까 두렵습니다." 그가 대답했다. "백작님께서 제게 당장 집에서 나가라고 명령하셨거든요. 무릎을 꿇고 빌었는데도 전혀 동정심을 보이지 않으셨어요."

머틸다는 가슴 밑바닥에서부터 한숨을 내쉬었지만, 아버지 앞에서 무릎을 꿇었던 이 불쌍한 남자가 부럽기도 했다.

"무얼 잘못한 건가?" 샌퍼드가 말했다.

그는 망설였다. 그러더니 머틸다를 보며 말했다. "다른 기회에 말씀드리겠습니다, 신부님."

"엘름우드 경 앞에서 나에 대해 언급했나요?" 그녀가 겁에 질린 채 흥분해서 물었다.

"아닙니다, 아가씨." 그가 대답했다. "하지만 제가 아무 생각 없이 돌아가시고 안 계신 불쌍한 주인마님 얘기를 했거든요."

머틸다는 눈물을 터뜨렸다.

"어쩌자고 그런 미친 짓을 했나?" 방금까지 용기를 주었던 표정이 얼굴에서 사라져버린 채로 샌퍼드가 말했다.

"생각 없이 그랬습니다." 에드워즈가 반복했다. "백작님께 새로운 산책로 도면을 보여드리고 있었지요. 이런저런 얘기를 하다 주인마님이 이미 몇 년 전에 승인하셨다는 말씀을 드렸답니다. '누구?' 백작님이 외치셨죠. 저는 금지 명령을 여전히 떠올리지 못한 채 반복했어요. '레이디 엘름우드께서요, 백작님, 백작님이 해외에 계실 때죠.' 이 말을 하자마자 저는 그분 표정에서 제 운명을 보았고, 그분은 제게 당장 일을 그만두고 이 집을 떠나라고 명하셨어요."

"안됐지만," 샌퍼드가 자리에 앉으며 말했다. "내가 자네를 위해 해줄 일이 아무것도 없을 것 같네."

"아니요, 신부님, 신부님께서는 그 누구보다 백작님께 영향력을 미칠 수 있다는 걸 알고 계시잖아요. 신부님이라면 저와 제 가족을 비참한 처지에서 구해주실 수 있을 거예요."

"그럴 수만 있다면 얼마든지 그러겠네." 샌퍼드가 재빨리 대답했다.

"한번 애써주십시오, 신부님."

그사이 머틸다는 눈물에 잠겨 있었고 우들리 양 역시 그보다 덜하지 않았다. 레이디 엘름우드가 그들의 눈앞에 있었다. 머틸다는 죽어가는 순간의 그녀를 보았고, 우들리 양은 도리포스의 명랑한 피후견인인 그녀를 보았다.

"러시브룩 도련님께 요청해보게." 샌퍼드가 말했다. "도련님을 설득해 말해보게 하게. 나보다는 도련님이 더 힘이 있으니까."

"그렇다면 도련님의 힘은 충분하지 않은 거군요." 에드워즈가 대답했다. "말씀드린 그 일이 일어났을 때 도련님도 백작님과 함께 방에 계셨거든요."

"도련님은 아무 말도 안 했는가?" 샌퍼드가 물었다.

"했습니다, 신부님. 도련님은 저를 위해 무언가를 말하려고 했지만, 백작님이 도련님을 가로막으면서 방에서 나가라고 명하셨지요. 도련님은 곧 나가셨고요."

샌퍼드는 그즈음 이 얘기가 두 여인에게 미친 영향을 알아차리고는, 그를 자신의 거처로 데리고 가 거기에서 자신은 그의 부탁을 들어줄 수 없음을 분명히 했다. 하지만 혹시라도 시간이 지나 백작의 성정에 변화가 생기는 일이 어떻게 다행히 일어난다면 그를 복직시키기 위해 가장 먼저 애쓰겠다고도 말했다. 에드워즈는 따를 수밖에 없었다. 다음 날 정오 이전, 이십 년 넘게 거주했던 정원 옆의 쾌적한 집과 정원, 그리고 과수원으로부터, 이곳의 오래된 거주자와 그의 불쌍한 가족은 모두 치워졌다.

14

이 우울한 사건은, 엘름우드 부인의 사망 이후 일어난 다른 어떤 일보다 더 머틸다와 고인의 친구들 모두에게 큰 영향을 미쳤다. 이 일이 있은 지 며칠 후 우들리 양은 레이디 머틸다의 우울한 마음을 돌리기 위해, (아마 많은 고통을 주었을 그 일에 대해 그녀를 위로할 만한 작은 이야기책들을 가져다주기 위해) 엘름우드 경을 그의 서재에서 찾아뵌 후 그곳에서 책을 몇 권 빌려왔다. 이제 그는 낙마로부터 완전히 회복되었고, 평소와 같은 정중함으로, 그러나 물론 병에서 막 회복한 뒤 그녀를 맞았던 특별한 따뜻함과는 거리가 먼 태도로 그녀를 맞았다. 그때 러시브룩도 서재에 같이 있었다. 그는 백작이 런던에서 막 받은 아름다운 책 몇 권을 우들리 양에게 보여주면서, 그녀를 기쁘게 하고 또 그녀에 대한 존경과 존중을 표현하려고 애쓰는 듯 보였다. 그러나 다른 어떤 관심보다 그녀를 기쁘게 했던 건, (러시브룩의 도움으로) 다양한 책장 선반에서 열두 권가량의 책을 꺼내 모아놓은 뒤 하인을 불러 가져가라고 해야겠다고 말했을 때, 엘름우드 경이 그들이 있는 곳으로 신경써서 오더니 책을 하나하나 들여다보면서 그 내용을 유심히 검토한 것이었다. 어떤 작가에 대해서는 너무 가볍다고 했고, 또다른 작가에 대해서는 너무 우울하다면서 선반에 도로 갖다놓았다. 어떤 작가의 책은 오류가 있다며 더 나은 것으로 바꾸었다. 그런 식으로 일군의 작가들에 대해 경고했고, 다른 작가들을 선택했다. 마치 매우 신중한 교사가 제자를 위해 선별하듯이, 혹은 정 많은 아버지가 사랑하는 자식을 위해 고르듯이. 그녀는 자신에 대한 그의 관심에 고맙다고 말했지만, 그녀의 가슴은 그의 딸에 대한 그의 관심에 감사했다. 오랫동안 그를 알고 지내왔어도 그녀 자신은 이러한 배려의 증표를 받아본 적이 없었기에, 그의 관심의 대상이 그녀의 독서가 아니라 머틸다의 책 읽기라고 합리적으로 생각했던 것이다.

가여운 머틸다를 위한 위로를 한가득 담은 이 책들을 가지고 그녀는 서둘러 돌아왔다. 그러곤 세세한 사정을 하나하나 다 늘어놓으면서, 머틸다가 이 책들을 아버지의 선물인 듯 여기도록 했다.

9월이 되었고, 엘름우드 경은 러시브룩과 함께 일주일 동안의 특별 사냥을 위해 엘름우드 하우스에서 약 이십 마일 떨어진 작은 사냥터로 나갔다. 머틸다는 다시 한번 집 전체를 거닐었다. 어느 아름다운 오전 약 열한시 즈음, 그녀는 우들리 양이 집 앞 잔디밭을 걸어가는 걸 보고 같이 가려고 급하게 모자를 집어들었다. 모자 쓸 시간도 없이 팔에 걸친 채 커다란 계단을 재빨리 내려가다가 (무슨 느낌을 받고 그랬는지 그녀도 알 수 없지만) 갑자기 멈추고는 도로 돌아가려고 반쯤 마음먹었다. 어떻게 할까 잠깐 머뭇거리다가 몇 걸음 더 나아가 두번째 층계참까지 왔는데, 그때 계단이 급하게 구부러지는 곳에서 엘름우드 경이 그녀 바로 앞에 있었다!

그녀는 그를 보기도 전에 어떤 공포 같은 걸 느꼈다. 하지만 그는 멀리 떨어져 있으니 두려워할 게 없다고 이성적으로 생각했다. 그러나 전에 한 번도 본 적이 없는 낯선 이의 모습, 발소리뿐 아니라 표정에서 드러나는 권위적인 분위기, 초상화에서 본 적이 있는 그와의 유사성, 그가 자신을 보았을 때 드러낸 경악에 가까운 놀람, 그러나 무엇보다 그녀의 두려움이 이 사람이 그 사람임을 그녀에게 확신시켜주었다. 그녀는 공포의 비명을 질렀고, 떨어지지 않기 위해 벌벌 떠는 두 손을 내밀어 계단의 난간을 잡았고, 난간을 놓쳤고, 아버지의 두 팔에 힘없이 떨어졌다.

그는 다른 누군가가 무방비 상태에서 떨어졌더라도 잡았을 것처럼 충동적으로 그녀를 잡았다. 하지만 그녀가 자신의 팔 안에 있음을 알았을 때도 여전히 그렇게 안고는, 그녀를 뚫어지게 바라보았고, 한 번은 그녀를 가슴에 꽉 끌어안기도 했다.

마침내 그는 자신이 빠진 덫에서 벗어나려고 애쓰면서 그녀가 쓰러졌던 자리에 그녀를 놔두고 떠나려 했다. 그 순간 그녀는 눈을 떴고 입을 열어 "살려주세요"라고 말했다. 그녀의 목소리에 그는 무력해졌다. 오랫동안 참아왔던 눈물이 마침내 터져나왔다. 그녀가 다시 기절하는 것을 보면서 그는 그녀를 깨우기 위해 격렬히 소리쳤다. 하지만 그녀의 이름이 기억나지가 않았다. 이 이름 말고는 그 어떤 이름도 마찬가지였다. "밀너 양, 나의 소중한 밀너 양."

그 소리는 그녀를 깨우지 않았다. 다시 한번 그는 그녀를 정신을 잃은 상태로 둔 채 떠나려 했다. 그녀가 무슨 일이 있었는지 기억하지 못해서 처벌을 면할 수 있기를 바랐다.

그러나 바로 그 순간 기퍼드가 다른 하인 한 명과 함께 계단 발치를 지나갔다. 그러자 엘름우드 경은 그들을 불렀고, 기퍼드의 손에 죽은 듯 보이는 딸을 넘겼다. 그녀에 관한 어떤 명령이나 아무런 말 한마디 없이. 그동안 그의 얼굴은 부끄러움으로, 연민으로, 분노로, 그리고 아버지의 애틋함으로 흔들리고 있었다.

백작에게서 이 기구한 짐을 덜어내는 동안, 기퍼드는 두려움에 떨며서 있었다. 백작은 겉옷 자락에서 그녀의 손을 떼어내야 했다. 그녀가 떨어지면서 그의 옷을 꼭 붙들었고 너무 꽉 잡고 있었기에 떼어내기 어려웠다. 그 손을 떼어낼 때 백작은 몸을 떨었고, 비틀거렸고, 그러더니 기퍼드에게 해보라고 시켰다.

"누가, 제가, 백작님, 제가 떼어놓습니까?" 그가 말했다. 하지만 정신을 차리더니, "백작님 명령이라면 무엇이든 따르겠습니다." 그러곤 그녀의 손을 움켜쥐고는 억지로 잡아당겼다. 손이 떨어졌고, 그녀의 아버지는 가버렸다.

머틸다는 처소로 옮겨졌고, 침대에 눕혀졌고, 일어난 일에 대해 자초지종을 들은 우들리 양이 그녀를 돌보기 위해 불려왔다.

엘름우드 부인의 다정하고 오랜 친구는 방에 들어와 어린 피보호자가 말없이 창백하게 누워 있는 모습을 보았고—하지만 그녀를 위로하거나 달래는 아버지는 옆에 없었다—두 손을 하늘을 향해 들면서 흐르는 눈물 사이로 외쳤다. "이것이 너의 끝이니, 나의 불쌍한 아이야? 이게 우리 모든 희망의 끝인 거니? 너의 두려움 가득한 희망 그리고 네 어머니 애원의 마지막인 거니? 아! 엘름우드 경! 엘름우드 경!"

그 이름에 머틸다가 놀라 깨서는 말했다. "그분은 어디 있나요? 이건 꿈인가요, 아니면 내가 그분을 본 건가요?"

"모두 꿈이지요, 우리 아가씨." 우들리 양이 말했다.

"하지만 난 그분이 나를 팔에 안았다고 생각했어요." 그녀가 대답했다. "그분의 손이 제 손을 꼭 잡았다고 생각했거든요. 다시 잠들어 한번 더 그 꿈을 꾸고 싶네요."

그러자 그녀에게 사실을 알려주는 게 최선이라고 생각한 우들리 양이 "꿈이 아니에요, 우리 아가씨"라고 대답했다.

"꿈이 아니라고요?" 놀라 일어난 그녀가 팔꿈치에 기댄 채 말했다. "그렇다면 저는 떠나야만 하겠군요, 영원히 떠나야 하는 거겠죠."

이때 샌퍼드가 들어왔다. 소식을 듣고는 위로하기 위해 온 것이었다. 하지만 그를 보자 머틸다는 겁에 질린 채 말했다. "저를 나무라지 마세요, 저를 비난하지 마세요. 제가 잘못했다는 걸 알아요. 아버지는 제게 단 하나의 명령을 내리셨는데 그걸 제가 어겼다는 걸요."

샌퍼드는 그녀를 나무랄 수 없었는데, 도저히 말을 할 수 없었기 때문이었다. 따라서 그는 그냥 창 쪽으로 걸어갔고, 눈물을 감추었다.

그날의 낮과 밤은 모두 공감어린 슬픔 속에서, 들리는 소리마다 혹시 머틸다의 운명을 알리는 전달자일까 하는 두려움에 놀라면서 지나갔다.

엘름우드 경은 엘름우드 하우스에 들른 지 세 시간도 안 되어 다시 바로 전에 머물렀던 별장으로 떠났다. 러시브룩은 여전히 별장에 있었고, 백작은 런던에 보낼 서류를 검토하기 위해 그저 우연히 별장을 떠나 들렀던 거였다.

그가 엘름우드 하우스에 짧게 머무는 동안 샌퍼드는 조심스럽게 백작의 존재를 피했다. 이런 경우, 자연이 풀어내지 못하는 일은 어떤 화술로도 어떤 언쟁으로도 해결할 수 없다고 생각했기 때문이다. 그는 자연과 신의 섭리에 모든 것을 맡겼다. 이 두 강력한 원리가 무슨 결과를 불러왔는지에 대해 독자는 다음날 아침 일찍 우들리 양이 받은 다음과 같은 편지를 읽고 판단해야 할 것이다.

제4부

1

우들리 양께 보내는 엘름우드 경의 집사 기퍼드의 편지

우들리 양,

약 열두 달 전쯤 주인님께서는 당신의 따님이 그분의 집에 머물도록 허락하셨음을 제게 알려주셨습니다. 하지만 동시에 그 허락은 어떤 제한 아래 주어진 것으로, 만일 그 제한을 어긴다면 그땐 그분의 결심이 (그게 어떤 건지도 알려주셨습니다) 실행되는 걸 볼 거라고도 하셨지요. 머틸다 아가씨가 아프셨기 때문에 저는 이 소식을 알리는 일을 오늘 아침까지 감히 미뤄왔습니다. 제가 얼마나 무거운 마음으로 이 소식을 전하고 또 무엇이 몰수될지 말씀드리는지는 언급할 필요도 없겠지요. 주인님께서는 제가 지금 적고 있는 그 불미스러운 일이 어제 일어난 후 집에 몇 시간 머무르지 않으셨고, 이후 나가는 마차에 타고 계셨을 때야 뵙게 되었는데요. 그분은 마차 문으로 저를 부르시더니 이틀 있다 오겠다고 하시면서 "자네 의무를 기억하게"라고 덧붙이셨습니다. 그 의무가 무엇인지는, 제가 더 직접적으로 말씀드리지 않아도 되기를 바랍니다. 주인님은 돌아오시자마자 분명히 그 일이 잘 이행되었는지 물으실 테고, 그분의 명령이 지켜지지 않는다면 저는 큰 걱정 아래 놓이게 될 겁니다.

우들리 양과 머틸다 아가씨가 집을 떠나시는 데 필요한 것이 있다면 말씀만 하시면 즉시 대령하겠습니다. 필요하실 때 쓸 현금 같은 것도 포함해서요. 어디에 거처를 구하시면 가장 좋을지 제 의견을 보탤까 생각해봤으나 그런 조언은 샌퍼드 신부님께 구하실 수 있으실 테니 제 의견은 주제넘은 게 될 듯합니다.

또 직접 뵙고 이 편지에 쓰인 내용을 말씀드리려고도 했습니다만, 저는 이제 나이가 들었고, 제가 처음 주인님 집에 산 이후 보아온 너무 많은 변화로 인해 수십 년은 더 늙은 듯한 상태에서 이런 일로 우들리 양을 뵐 힘이 없군요. 저는 돌아가신 마님을 사랑했습니다. 저는 주인님을 사랑합니다. 또 저는 주인님의 따님을 사랑하고요. 아니, 주인님도 분명히 따님을 사랑한다고 저는 확신합니다. 하지만 그분의 결단, 혹은 최근 변화한 그분의 성격은 설명할 길이 없네요.

이렇게 긴 얘기를 늘어놓은 것에 대해 용서를 바랍니다. 지금도 그렇고 앞으로도 저는 (우들리 양과 주인님의 따님이 따르시는 한) 늘 당신들의 변변찮고 불쌍한 하인일 뿐입니다.

로버트 기퍼드

엘름우드 하우스

9월 12일

우들리 양이 이 편지를 받았을 때 그녀는 편지를 열어보기도 전에 안의 내용을 알았기 때문에 체념한 상태로 편지를 받아들였다. 하지만 비록 내용의 중요한 부분은 예상했더라도, 어떤 말로 서술되어 있을지 두려웠다. 그녀는 이제 어떤 희망도 품을 수 없기에, 하지만 또 희망은 결코 완전히 소진되는 법이 없기에, 이 위기 상황을 맞아 사소한 것들에 매달렸다. 즉 편지의 언어가 가혹하지 않기를, 엘름우드 경이 명령을 부드러운 언어로 전했기를 간절히 바랐던 것이다. 그가 그랬음이 밝혀졌고, 커다란 위로는 얻을 길이 없었기에 이 작은 위로를 받고 그녀는 그에게 감사함을 느꼈다.

머틸다 역시 더 나쁜 쪽으로 예상했기에 편지를 받고 기분이 좋아졌다. 또 기퍼드가 "주인님이 그녀를 사랑한다"는 걸 알고 있다고 말한 문장이 편지의 다른 곳의 내용을 다 보상한다고 생각했다.

샌퍼드는 그렇게 쉽게 체념하거나 위로받지 못했다. 편지가 건네졌을 때 방을 왔다갔다 걸으면서 잔인하다고 말했고, 눈물을 참으며 분노만을 보여주고자 했지만 모든 노력에도 불구하고 눈물이 터져나왔고 그는 슬픔 속으로 가라앉았다.

머틸다의 용기, 이 시련이 처음 닥쳤을 때 도움을 주었던 그 용기 역시, 그 집—아버지의 집—을 떠나 다시는 그 집을, 혹은 그를 볼 수 없는 순간이 닥치자, 그녀를 무장시키기에는 충분하지 않았다.

마차가 문 앞에 도착했다는 말이 전해지고 소중한 모든 것들로부터 떠날 때가 되자 그녀는 눈앞에 길게 펼쳐진 젊고 건강한 삶의 미래에서 오로지 비참함과 절망만 볼 수 있었다. 절망이 순식간에 그녀를 사로잡았지만 용기를 내면서 그녀가 외쳤다.

"아버지의 명령을 한번 더 어긴다 한들 두려울 게 뭐겠어요? 그분이 이보다 더 나쁘게 저를 대할 수는 없을 테니까요. 저는 그분이 돌아올 때까지 여기 머물겠어요. 다시 한번 그분의 길을 가로막으면서, 이번엔 기절하는 게 아니라 자비를 빌겠어요. 아마 제가 그분에게 무릎을 꿇는다면, 다른 자식들처럼 무릎을 꿇고 그분의 축복을 빈다면, 그분은 거절하지 않을 거예요."

"그래서는 안 된단다." 샌퍼드가 부드럽게 말했다.

"누가 막을 수 있겠어요, 제가 제 아버지께 달려가는 것을요?" 그녀가 목소리를 높였다. "이 지상에서 제가 갈 수 있는 다른 친구가 있기라도 한가요? 이 세상에 아버지 말고 다른 친척이 제게 한 명이라도 있는지요? 이것으로 집을 나가라는 두번째 명령을 받은 거네요. 제가 아기였을 때 잔인한 제 아버지는 저를 내쫓았지요. 하지만 그때 그분은 저를 어머니에게 보냈잖아요. 지금 저는 어머니가 안 계시니, 그분과 함께 있을 겁니다."

다시 집사가 하인을 보내 마차가 기다리고 있다고 알려왔다.

이제 샌퍼드는 굳은 표정으로 레이디 머틸다를 향해 무심히 걸어갔고, 그녀의 손을 잡아 마차로 데려가기로 결심한 듯 보였다.

그녀는 그가 심각한 표정을 지을 때면 겁먹곤 했으나 이에 저항했다. 그러면서 말했다. "그대가 제 아버지의 잔인함을 집행하는 사제가 되시려는 겁니까?"

"그렇다면, 잘 있거라." 섀퍼드가 그녀에게 숙연히 말했다. "지금부터 너와 나는 헤어지는 거다. 나는 작별인사를 하고 떠날 테니, 너는 이곳에 남아 있거라. 적어도 억지로 쫓겨나기 전까지는 말이다. 하지만 나는 여기 머물다 쫓겨나지 않으련다. 네 아버지가 이러한 불복종을 본 후에도 네 친구를 이곳에 머물게 허락할 리는 없을 테니 말이다. 잘 있거라."

"저도 지금 가겠습니다." 그녀가 말했고, 급히 일어섰다.

우들리 양은 그녀의 말을 곧이곧대로 들었고 즉시 서둘러 그녀를 방에서 데리고 나왔다.

섀퍼드는 마치 그녀의 장례식에서 뒤따르는 것 같은 기분으로 천천히 뒤에서 따라갔다.

아버지를 만났던 계단의 자리에 왔을 때 그녀는 놀라며 뒤로 물러났다. 어떻게 지나가야 할지 잘 몰랐다. 그곳을 지났을 때야 "저기서 그분이 저를 안았어요"라고 말했다. "그분이 저를 가슴에 꼭 안았다고 생각했는데 지금 돌아보니 잘못 생각했던 것 같네요."

섀퍼드가 다가와 그녀의 손을 잡고 마차 타는 것을 도와주면서 말했다. "이제부터 행동 조심하거라. 지금 이 행동으로, 네 아버지와 화해할 전망을 모조리 닫은 건 아니게 됐단다."

"아직 불가능한 건 아니라고 생각하시는 거예요?" 그녀가 그의 손을 꼭 쥐면서 힘주어 말했다. "기퍼드는 그분이 저를 사랑한다고 말해요." 그녀가 말을 이었다. "신부님도 그분이 저를 용서하게 될 수 있다고 생각하세요?"

"너를 용서한다고?" 샌퍼드가 말했다.

"제가 그분에게 편지를 써서 용서를 구한다면요."

"아직은 편지를 쓰지 마라." 샌퍼드가 밝지 않은 어조로 말했다.

마차가 떠났다. 마차를 타고 가며 머틸다는 창문에 머리를 기댄 채 엘름우드 하우스를 지붕에서 바닥까지 살펴보았다. 정원에도 눈을 돌렸고, 연못에, 심지어 마차 차고와 거기에 딸린 근무실들도 다 바라보았다. 앞으로 다시는 시선의 대상이 되지 못할 것들이었고, 그녀는 중요한 대상으로 이들을 응시했다.

2

러시브룩은 이십 마일이나 떨어진 곳에 있었기에 (엘름우드 경이 잠깐 들렀을 때) 엘름우드 하우스에서 벌어진 일을 전혀 알지 못한 채, 되돌아오는 백작의 마차를 기다려 함께 가기 위해 개들을 데리고 또 총을 지닌 상태로 그 길로 나갔다. 백작을 만나고 함께 마차에 타서는 그날 했던 사냥에 대해 열심히 얘기하면서 개 한 마리에게 일어난 사건을 말하다 웃었고, 그렇게 한동안 백작이 자신의 얘기에 전혀 주의를 기울이고 있지 않음을 눈치채지 못했다. 그러다 마침내 그가 평소보다 성의 없이 대답하는 걸 보고는 급히 그에게 눈을 돌리며 말했다.

"백작님, 몸이 안 좋으십니까?"

"아니 좋다, 아주 좋아, 고맙구나, 러시브룩." 이렇게 대답하면서 백작은 마차 뒤쪽으로 몸을 기댔다.

“백작님, 제 생각엔,” 러시브룩이 대답했다. “말씀하실 때 기운이 좀 없으신 듯해서요, 죄송하지만요.”

“두통이 좀 있구나.” 그가 대답했다. 그러면서 모자를 벗어 파우더를 털어내더니 다시 쓰고는 아주 무거운 한숨을 내쉬었다. 한숨이 빠져나가자 곧 그 소리를 무마하기 위해 그가 활달하게 말했다.

“그러니까 오늘 사냥이 아주 잘됐다는 말이구나.”

“아니요, 백작님, 그저 무난했다고 말씀드렸어요.”

“그래 그랬지. 마부에게 좀 빨리 가라고 해라. 어두워져서야 집에 도착하겠구나.”

“내일 사냥하실 건가요, 백작님?”

“물론이다.”

“샌퍼드 신부님은 어떠신가요?”

“그는 못 봤다.”

“샌퍼드 신부님을 못 보셨다고요? 신부님이 밖에 나가 계셨나보네요. 엘름우드 하우스에서는 백작님이 오시리라 예상하지 않았을 테니까요.”

“그러지 않았지.”

러시브룩과 그의 외삼촌은 이런 대화를 하며 목적지까지 왔다. 식사가 즉시 차려졌고, 이제 백작은 평소의 기분 상태로 많이 돌아온 듯했다. 적어도 러시브룩은 그의 처진 기분의 원인에 대해 아무런 의심도 하지 않았기에 다른 어떤 변화도 눈치채지 못했다.

하지만 엘름우드 경은 평소보다 일찍 잠자리에 들었다. 아니, 침실로 일찍 물러났다. 조카보다 먼저 물러났지만, 러시브룩이 지나갈 때 그의 방문이 열려 있었는데, 그는 침대에 눕지 않고 방문 닫는 것도 잊은 듯 뭔가를 생각하는 자세로 앉아 있었다.

러시브룩의 하인이 시중을 들기 위해 들어와서 말했다.

"도련님, 오늘 엘름우드 하우스에서 일어난 일 모르시지요."

"아니, 무슨 일이 있었는가?" 러시브룩이 말했다.

"백작님이 머틸다 아가씨와 만났습니다." 그가 대답했다.

"어떻게? 어디서? 그래서 어떻게 됐지?"

"저희도 아직 모릅니다, 도련님. 하지만 하인들은 다 이제 아가씨는 더이상 그곳에 계실 수 없을 거라 여깁니다."

"모두 잘못 생각하고 있는 거야." 러시브룩이 서둘러 대답했다. "백작님은 분명히 아가씨를 사랑하고 있어. 이 사건을 통해 오늘부터 아가씨를 자식으로 대하는 행복한 일이 일어날 거야."

하인은 미소를 띤 채 고개를 저었다.

"왜, 더 아는 게 있는가?"

"방금 말씀드린 것 말고는 없습니다, 도련님. 백작님이 아가씨에게 사랑처럼 보이는 어떤 관심도 보이지 않으셨다는 것 말고는요."

러시브룩은 이 일의 자초지종을 알고 싶어 신경이 날카로워졌고 안절부절못했다. 아까는 별로 신경쓰지 않았던 엘름우드 백작의 불안한 모습이 온전히 되살아왔다. 그는 더 물으려다가, 이런 식으로 집안 하인들의 입에 아무렇게나 오르내리기에는 레이디 머틸다의 불행이 너무 신성한 것임을 떠올렸다. 게다가 확실히 이 하인은 매우 자연스럽게 아버지와 딸의 화해가 자기 주인에게 이익이 되지 않는다고 생각하는 듯했다. 따라서 그가 하는 말을 모두 거꾸로 생각할 게 분명했다.

하지만 러시브룩은 이러한 신중함 그리고 머틸다에 대한 섬세한 배려를 놓치지 않으면서도, 일어난 일에 대한 상황 설명을 모두 듣고 나서야 하인에게 나가보라고 했다. 그러나 이 상황 설명에 기퍼드가 받은 명령은 들어가지 않았는데, 이 명령은 백작이 마차에 탄 뒤 짧게 이루어졌기에 그를 수행했던 하인들도(이 하인도 그들로부터 정보를 얻었는데) 알지 못했기 때문이다.

하인이 나가고 혼자 남게 된 러시브룩은 마음이 도무지 안정되지 않아 잠자리에 들어야 할지 아니면 외삼촌 처소에 달려가 그의 발밑에 엎드려 따님에게 연민을 베풀어달라 애원해야 할지—그는 외삼촌이 이를 거절할까봐 두려웠는데—결정하지 못한 채 안절부절못했다. 하지만 그렇다면 다시, 그가 그런 행동을 취한다면 어떤 위험에 노출되는 걸까? 사실, 그는 그녀를 도와주고 싶지만, 오히려 그녀를 다치게 할 수도 있었다. 만일 백작이 현재 그녀를 용서할지 아니면 명령을 어긴 것에 화를 낼지 결정하지 못했다면, 제삼자의 개입은 그를 분노케 해 후자 쪽으로 결정토록 할 수 있기 때문이었다.

이러한 생각은 너무나 무거운 것이어서 러시브룩은 아침까지 긴장한 상태로 견뎌야 했다. 그는 아침이 되면 엘름우드 경의 표정과 행동을 하나하나 살펴보면서 외삼촌의 마음 상태가 어떤지 또 어떻게 행동할지를 꿰뚫어볼 수 있으리라고 좋은 쪽으로 생각했다.

아침이 되었지만, 백작의 동정을 살피려는 그의 모든 노력은 아무 소용 없었다. 백작은 평소와 다른 단 하나의 말이나 표정, 혹은 행동을 보이지 않았다.

아침에 처음 그를 보았을 때 러시브룩은 자신이 알게 된 비밀에 얼굴을 붉혔다. 그는 머틸다 같은 자식을 팔에 안았을 때 백작이 느꼈을 기쁨에 대한 상념에 잠겼다. 또 머틸다는 아버지를 보았을 때 애틋함과 경외심 그리고 자식의 의무감으로 인해 모든 감각을 잃었을 터였다. 러시브룩이 생각하기에 그건 영광이었고, 그로 인해 백작이 전보다 더욱 훌륭하게 느껴졌다.

보통 때처럼 그들은 하루 내내 사냥터에 있었다. 엘름우드 경은 다시 쾌활해졌고 더이상 두통에 대해 불평하지 않았다. 하지만 조카와 떨어져 있게 되었을 때—러시브룩이 들판 내 계단*을 넘어 다른 들판으로 건너갔을 때 그는 백작이 총을 옆에 둔 채 강둑 옆에 혼자 앉아 생각에 잠겨 있는 것을 보았다. 그를 보자 백작은 일어났고, 전처럼 사냥을 계속했다.

점심을 먹으면서, 백작은 예정했던 것처럼 내일 엘름우드 하우스로 돌아가지 않고 사나흘 더 이곳에 머무르겠다고 말했다. 이 작은 두 사건에서 러시브룩은 그의 마음 상태를 알 수 있는 무언가를 끌어내고 싶었다. 하지만 그건 불가능했다. 전에도 그는 그가 생각에 잠겨 있는 걸 본 적이 여러 차례 있었다. 체류 날짜를 늘리는 것 역시 사냥 때문일 수 있었다. 혹은, 만일 더 중요한 일 때문이라 하더라도, 그것이 자식에 대한 자비심으로 인한 건지 아니면 가혹함 때문인지 누가 알 수 있겠는가? 백작이 거기에 더 머무는 것이 그녀를 피하기 위해서인지 아니면 자신이 그녀를 쫓아낸 집을 피하기 위해서인지?

있던 장소에서 사나흘 더 머문 후 그들은 엘름우드 하우스로 돌아왔

* 담이나 울타리를 통과할 수 있게 해주는 작은 계단 또는 사다리.

다. 저택 진입로에 들어섰을 때 외삼촌의 표정이 바뀐 것 같다고 러시브룩은 생각했지만, 그렇다고 그의 기분이 덜 유쾌해 보이지도 않았다. 샌퍼드가 점심식사시간에 그들과 합류하자 백작은 평소의 쾌활함으로 그를 맞았고, (잠시 떨어져 있다가 다시 만날 때면 늘 하던 대로) 쾌활하게 손을 내밀어 그의 손을 잡았다. 샌퍼드 역시 "잘 지내셨습니까, 백작?"이라며 쾌활하게 말했지만, 두 손을 가슴에 얹은 채 방의 다른 쪽으로 걸어가버렸다. 엘름우드 경은 이러한 모욕을 눈치채지 못한 듯했다. 사실 그 행동은 모욕으로 행해진 것도 아니었다. 가여운 샌퍼드는 그저 자신의 느낌에 따라 행동했을 뿐인데, 그는 그와 악수할 수 없다고 느꼈던 것이다.

러시브룩은 머틸다가 집을 떠났다는 소식을 곧 들었고, 이제 그에게 엘름우드 하우스는 사막이었다. 가여운 샌퍼드가 아니라면 집 근처에 그녀의 진짜 친구라곤 없었고, 그러나 이제 샌퍼드는 전보다 더 자신을 싫어하리라는 것도 알았다. 샌퍼드의 친구가 되기 위해 시도했던 모든 것이 지금에 와서는 더욱더 헛된 것이 되었다. 머틸다는 쫓겨났고, 그녀를 이겼다고 여겨지는 그녀의 경쟁자는 샌퍼드에게 전보다 더욱 혐오스러운 존재가 되었다.

우들리 양은 내쫓긴 고통을 줄이기 위해 피보호자를 데리고 그들의 옛 은신처로 가는 대신 엘름우드 경의 집에서 삼십 마일 정도 떨어진 커다란 농가로 갔다. 이곳을 샌퍼드는 별 불편함 없이 방문했고, 백작은 그가 때때로 집을 비우는 데 대해 전혀 신경쓰지 않았다. 전에 자신의 딸을 얼마간 그의 보호 아래 맡겼듯이, 그는 명예와 법도, 그리고 공통적 유대감의 도리를 들어 그가 딸을 보살피는 것을 비난하기보다 오히려 승인했다.

머틸다는 샌퍼드의 잦은 방문으로 마음을 달랠 수 있었지만, 거기서 위로를 받은 건 아니었다. 그는 그녀의 마음에 드는 위로를 줄 수 없었다. 그녀의 아버지가 자신이 한 행동에 대해 어떤 후회의 표시도 하지 않았기 때문이다. 오히려 그는 집에 돌아오자마자 기퍼드에게 엄중히 물었다.

"우들리 양은 떠났는가?"

집사는 그의 의도를 잘 파악해 대답했다. "네, 주인님, 그 점에 관한 한 백작님의 명령을 모두 분부대로 따랐습니다."

그는 "만족한다"라고 답했고, 늙은이의 슬픈 마음에는 정말 그래 보였다.

머틸다의 거처가 된 농가에는, 샌퍼드 외에도, 훨씬 더 반갑지 않은 손님인 마그레이브 자작이 찾아왔다. 그는 엘름우드 경이 또 한번 딸에게 문을 닫아버렸다는 소식을 듣고 놀랐으나 그보다는 기쁨이 더 컸다. 그녀가 버려진 상태에 놓였으니, 자작은 더이상 자신의 활달한 상상력을 지루한 결혼 생각으로 무겁게 할 필요가 없었고, 한번 더 그녀를 자신의 정부로 삼으리라는 악랄한 생각을 품게 되었던 것이다.

엘름우드 경의 모든 조치에 수반된 어떤 법도를 몰랐기에, 그는 백작의 딸이 궁핍한 상태에 있으리라 생각했다. 그가 아는 최악의 여성부류 중 한 명이 가난을 덜어주는 것이야말로 그의 성공을 위한 확실한 거래라고 알려주었다. 이러한 희망을 품고 그는 다시 우들리 양과 머틸다를 방문했다. 그러나 전자는 여전히 그를 차갑게 맞았고, 후자 역시 여전한 오만함으로 그에게 거리를 두었기에, 그는 자신의 목적을 암시하는 것조차 두려웠다. 하지만 감히 말하지 못하는 것을 편지로 쓰리라 결심한 채 집에 돌아왔고, 그렇게 했다. 그는 자신의 지갑과 집과 도움을 제안했다. 이 제안은 경멸조로 거절되었고, 그의 방문은 더욱 강하게 금지되었다.

3

엘름우드 경이 러시브룩에게 결혼 대답에 대한 말미를 준 지 한참 되었기에, 청년은 백작이 이 문제에 대해 완전히 생각을 접었다고 착각했다. 그러나 어느 날 아침 그가 서재에서 그와 함께 있었을 때,

"해리." 백작이 첫머리에 뜸을 들이며 말했고, 이는 그가 중요한 말을 할 거라는 신호였다. "해리, 네가 아프기 얼마 전에 우리가 했던 얘기를 잊은 건 아니겠지?"

해리는 망설였다. 잊고 싶었지만, 그러기엔 마음에 너무 깊이 새겨진 일이었기 때문이다. 외삼촌이 다시 말했다.

"뭐냐, 다시 얼버무리는 건가, 러시브룩 군? 기억하는가 아니면 못하는가?"

"네, 백작님, 기억하고 있습니다."

"이제 대답할 준비가 되었느냐?"

러시브룩이 다시 멈칫했다.

"전에 대화할 때," 백작이 계속 말했다. "나는 네게 단지 일주일간 결정할 시간을 주었었다. 그런데 그로부터 반년의 시간이 지나갔지."

"그만큼 지나간 것 같습니다, 백작님."

"그렇다면 이제는 네 마음을 분명히 정했겠지?"

"처음부터 제 마음은 정해져 있었습니다, 백작님, 백작님이 동의해주셨다면요."

"독신으로 살고 싶다고 말했던 것 같은데."

러시브룩이 고개를 끄덕였다.

"내가 반대해도 말이냐?"

"아닙니다, 백작님. 저는 백작님의 승인을 바랐습니다."

"너는 내가 한 제안과 완전히 반대되는 결정을 내가 승인하기를 바랐다는 거냐? 하지만 놀랍지도 않지. 그런 게 이 세상의 감사라는 거니까. 그런 게 너의 감사이고."

"백작님, 백작님께 감사드리는 제 마음을 의심하신다면—"

"내게 그 증거를 보여라, 해리, 그러면 더이상 의심치 않겠다."

"이 문제가 아닌 다른 문제에 대해서라면, 하늘은 아실 겁니다, 백작님을 흡족하게 해드리기 위해서라면 제가—"

백작이 그의 말을 막았다. "알겠다. 다른 건 다, 나를 흡족하게 해줄 이 문제만 빼고, 다른 건 다, 순종하겠다는 거구나. 고맙구나."

"백작님, 그런 의심으로 저를 고문하지 말아주십시오. 그건 제 공과와 완전히 반대되는 거고, 그건 참지 못하겠습니다."

"네 배은망덕에 대한 의심이라고! 넌 지금 내 생각을 네게 너무 유리하게 판단하는구나. 그건 의심이 아니라 확신이다."

"그렇다면 제가 배은망덕하지 않다는 걸 보여드릴 수 있도록, 백작님이 저를 위해 선택하신 여인을 제게 말해주십시오. 그러면 지금 이

자리에서 제 미래의 모든 행복을 희생하겠다 약속드리겠습니다. 제가 살고 싶었던 모든 미래를요. 대신 백작님이 지정하시는 즉시, 그녀의 남편이 되겠습니다."

이 말의 어조에는 절망감이 너무 깊이 배어났기에, 엘름우드 경은 이렇게 대답했다.

"너는 내 말에 순종하면서도, 그로 인해 네 미래의 행복이 희생될 것임을 내게 알려주느라 애쓰는구나. 아마 네 순종의 가치를 올리기 위해서겠지. 하지만 나는 이런 조건으로 너의 순응을 받아들일 생각이 없다."

"그렇다면 백작님 말씀을 따르지 않더라도, 저를 용서해주십시오, 백작님!"

"러시브룩, 너는 오로지 불복종의 정신에 근거한 잘못을 내가 용서할 수 있다고 생각하는 거냐? 너는 마음을 준 사람이 없다고 했었다. 지난번 얘기할 때 그렇게 말하지 않았느냐?"

"처음엔 그렇게 말씀드렸습니다, 백작님. 하지만 백작님께서는 제 마음을 좀더 자세히 들여다볼 기회를 주셨고, 저는 제가 잘못 알고 있었음을 알게 됐습니다."

"그렇다면 너는 지금 내게 처음에 거짓말을 했다는 걸 고백하면서, 하지만 지금껏 그걸 고백하지 않은 채 내 마음을 졸이게 했다고 실토하는 거구나."

"저는 백작님께서 물어보실 때까지 기다리고 있었습니다."

"그렇다면 그대는 너무 오래 기다렸네, 러시브룩 군." 그의 눈에 불꽃이 일었다.

러시브룩은 지금 자신이 위험한 상태에 놓여 있음을, 즉 그의 진실과 용기에 상처를 내는 비겁한 행동을 하지 않는다면 백작의 분노를 가라앉힐 수 없는 상태에 놓여 있음을 깨달았다. 그렇게 자신의 위험에 고무되어, 그는 후원자의 분노의 심연에 지금 당장 용감하게 뛰어들기로 결심했다.

"백작님." 그가 말했다(하지만 이 과제를 실행할 때 그의 몸 전체가 떨리고 경련이 일어났다). "백작님, 제 결혼 문제는 잠시 미뤄두신 채, 제가 앓아누웠을 때 만일 회복된다면 제가 올리는 청원을 들어주겠다고 하신 약속을 기억해주십시오."

"어디 기억해보자꾸나." 백작이 말했다. "그래, 그랬던 것 같다. 하지만 부적절한 청원도 괜찮다고 말한 적은 없었다."

"청원의 부적절함에 대해선 언급하시지 않았습니다, 백작님."

"상관없다. 그건 네 스스로 판단해야 할 문제이고 넌 그 결과에 책임져야 할 거다."

"제 목숨을 걸고 책임지겠습니다, 기꺼이요. 하지만 백작님의 분노에 제가 움츠러드는 것도 사실입니다."

"그렇다면 나를 화나게 하지 마라."

"물러서기에는 이미 너무 멀리 와버렸네요. 또 제가 여기서 그만두려고 한다 해도 백작님께서는 당연히 설명을 요구하실 테지요."

"그렇다."

"그렇다면 백작님, 말씀드려야 하겠습니다. 하지만 중간에 제 말을 끊지 마시고 끝까지 들어주세요. 저를 백작님 시야에서 영원히 쫓아내시기 전에 말입니다."

"그러겠소, 러시브룩 군." 백작은 기분 상할지도 모르는 말을 들을 준비를 한 채, 그러나 끝까지 인내심을 가지고 들을 결심을 하고 대답했다.

"그렇다면, 백작님." (러시브룩이 몸과 마음 모두 극도로 흥분된 상태에서 말했다.) "백작님의 따님—"

백작이 했던 결심(그리고 조카의 말을 끊지 않겠다고 했던 약속)은 순식간에 무너졌다. 얼굴에 핏기가 올라왔고, 눈은 섬광을 쏟아냈으며, 방금 들은 말로 인해 일어난 감정으로 손이 들어올려졌다.

"제 말을 끝까지 듣겠다고 약속하셨지요, 백작님." 러시브룩이 말했다. "약속을 지켜주십시오."

이제 백작은 격한 정념을 일순간 극복한 후 말없이 선 채 물러나 그의 말을 들었으나, 단호한 표정에는 앞으로 이어질 복수심이 드러나 있었다.

"머틸다 아가씨가," 러시브룩이 다시 말했다. "바로 백작님이 친절히 내리신 모든 축복을 제가 누리지 못하도록 한 대상입니다. 저는 저 자신을, 아가씨가 고아로 내쫓겨 떠도는 동안 아가씨의 자리를 차지하고, 아가씨가 받아야 할 백작님의 애정을 대신 받은 자로, 아가씨의 적으로 여기지 않을 도리가 없습니다. 그녀가 고아로 내쫓겨 떠돌 때 그녀 자리를 대신하면서요."

마지막 문장이 말해지는 동안 백작은 러시브룩에게서 눈을 떼어 바닥을 내려봤다.

"제가 백작님께 감사함을 느끼듯이," 그가 계속 말했다. "제가 본디부터 지니고 태어난 감사할 줄 아는 마음을, 처음에 저를 백작님의 보호 아래 두었던 그분께도 저는 분명히 느끼고 있습니다."

또다시 엘름우드 경의 얼굴에 핏기가 올라왔고, 또다시 그는 쏟아지는 분노를 간신히 자제할 수 있었다.

"그분은 머틸다 아가씨의 어머니셨지요." 러시브룩이 이어갔다. "제게 바로 친구가 되어주셨던 분 말입니다. 백작님께서 저의 사랑하는 은인의 외동딸을 버리신 채 그녀에게 속한 권리들을 제게 넘기시는 한, 저는 결혼이나 어떤 다른 행복한 미래를 결코 생각할 수 없을 겁니다."

여기서 러시브룩은 멈췄다. 엘름우드 경도 삼십 초 정도 말이 없었다. 하지만 그의 표정은 여전히 변하지 않는 다짐들로 굳어 있었다.

긴 침묵이 흐른 뒤, 백작이 차분하게 그러나 단호히 말했다. "끝난 건가, 러시브룩 군?"

"제가 감히 말할 건 다 말했습니다, 백작님, 아니 벌써 너무 많이 말한 것 같아 두렵습니다."

러시브룩은 전에 없이 더욱 몸을 떨고 있었고, 죽은 사람처럼 창백해 보였다. 말할 때의 열기가 가라앉고는, 예상했던 것보다 더 불안정한 마음으로 자신에게 내려질 선고를 기다렸다.

"그대는 내 행동을 못마땅하게 여기는 것 같군." 엘름우드 경이 말했다. "그 점에서 그대는 다른 세상 사람들과 똑같네. 하지만 내가 아는 모든 사람 중, 본인의 생각을 드러내며 감히 나를 모욕한 자는 그대가 유일하네. 게다가 그대는 이 모욕을 우연히 저지른 것도 아니지. 알면서, 일부러, 의도적으로 저질렀단 말이지. 하지만 내 운명이란 늘 부당하게 이용당하고, 또 내 영혼이 가장 애착을 품었던 이들 모두에게 단절당하는 거였으니까, 이런 시련을 처음 당했을 때보다는 회한이 덜한 채로 그대와 헤어질 수 있을 테지."

백작의 이러한 발언에는 러시브룩의 심장을 때리는 어떤 진실과 애처로운 소리가 있었다. 갑자기 그는 자신이 은인이자 유일한 친구를 난감한 방종으로 대했던 야만인이라고 느껴졌다. 수십 년 동안 그의 삶을 쓰라리게 했던, 신경을 갉아먹는 그의 슬픔에 대한 어떤 존중도 없이, 그의 가장 엄격한 명령을 대놓고 위반한 야만인. 그는 자신이 앞으로 겪을 모든 일에 대해 겪어 마땅하다고 느꼈고, 눈앞에 닥친 운명을 상쇄하기 위해서라기보다 그것이 자신의 몫임을 겸허히 인정하는 의미로 무릎을 꿇었다.

엘름우드 경은 이 자세가 용서를 바라는 주제넘은 희망의 기호라 생각했고, 이에 화가 머리끝까지 치밀어 이제 한정 없는 분노를 터트렸다. 그는 높은 목소리로 분노에 차 소리쳤다.

"내 집을 떠나시오, 러시브룩 군, 당장 내 집을 떠나 다른 집을 구하거라."

백작이 이 말을 막 시작했을 때 샌퍼드가 서재 문을 열면서 이 말을 들었고, 러시브룩이 애원하는 상황을 목격했다. 그는 너무 놀란 채 말없이 섰다!

러시브룩은 이 시간 이후로 다시는 자신의 은인을 보지 못하리란 예감과 함께 자리에서 일어났다. 소나기 같은 눈물이, 명령에 대한 순종의 표시로 고개 숙여 인사할 때, 그의 얼굴을 뒤덮었다. 하지만 엘름우드 경은 미동도 없이 그에게 시선을 고정한 채 그를 방 끝까지 분노의 표정으로 좇았다. 이제 러시브룩은 샌퍼드를 지나쳐야 했는데, 샌퍼드는 처음으로 그의 손을 잡고는 엘름우드 경에게 "백작, 무슨 일입니까?"라고 말했다.

"저 배은망덕한 나쁜 놈이," 백작이 외쳤다. "감히 나를 모욕했습니다. 지금 당장 내 집을 떠나시오, 러시브룩 군."

러시브룩은 나가려고 했지만, 샌퍼드가 여전히 그의 손을 꽉 잡은 채 엘름우드 경에게 말했다.

"그는 단지 아직 소년일 뿐이오, 백작, 그에게 어른의 벌을 내리지 마십시오."

이에 러시브룩은 샌퍼드가 잡은 손을 빼내 그의 목을 껴안고는 정말 소년처럼 흐느껴 울었다.

"둘이 한편이군." 엘름우드 경이 소리쳤다.

"설마 내가 러시브룩 도련님을 좋아한다고 의심하는 겁니까?" 샌퍼드가 백작에게 다가가며 말했다.

이제 러시브룩은 방에 머무를 구실을 얻었다. 하지만 이러한 특권에 의해 고무된 희망은(자신의 운명에 대한 온갖 정당한 걱정에 여전히 사로잡혀 있는 동안에도) 절망으로 인한 고통보다 더욱 강렬한 고통의 감각을 낳았다. 그는 말없이 서 있었다, 혼란에 휩싸인 채, 용서받기를 희망하며, 그러지 못하리라 두려워하며.

샌퍼드가 엘름우드 경에게 더욱 가까이 다가서며 말했다. "아니, 백작, 나는 그대가, 내가 러시브룩 군을 편애한다고 의심하지 않음을 잘 알고 있소. 혹시 내 행동이 그런 걸 내비친 적이 있었습니까?"

"그렇다면 신부님은 지금 단지 나를 화나게 하려고 끼어들고 있는 겁니다." 백작이 대답했다.

"그런 일이라면, 더욱 큰 효과를 냈을 기회가 있었지요. 그대의 고통을 건드리거나 더하지 않으려고 내 가슴이 끊어지고 있던 때 말이오."
샌퍼드가 대답했다.

"감사하게 생각하고 있습니다, 샌퍼드 신부님." 백작이 부드럽게 말했다.

"백작, 만일 최근 내가 보여준 인내심이 칭찬받을 만한 가치가 있다면 그에 대한 보상을 지금 해주시오. 이 젊은이를 그가 빠진 절망의 구덩이에서 끄집어내고 그를 용서한다고 말해주시오."

엘름우드 경은 대답하지 않았다. 러시브룩은 그의 침묵에서 희망을 열심히 추론해내면서 바닥에서 눈을 들어 그의 얼굴을 감히 쳐다보았다. 그의 얼굴은 전처럼 평온해 보였으나 여전히 동요의 흔적이 강하게 남아 있었다. 혼란스러운 상태로 러시브룩은 다시 눈을 돌렸다.

그러자 백작이 말했다. "네가 내 명령에 따르는 걸 미뤄주겠다. 한번 더 네가 명령에 도발하는 게 맞다고 생각하는 때로 말이다. 그때는 아무리 샌퍼드라도 감히 너를 변명하며 호소하지 못할 것이다."

러시브룩이 고개를 숙였다.

"나가거라, 이곳에서 나가시오, 러시브룩 군."

그는 즉시 따랐다.

그사이 샌퍼드는 엘름우드 경을 향해 돌아서 악수를 한 후 말했다. "백작, 고맙소. 정말 진심으로 고맙소이다, 백작. 그대에게 내가 어느 정도는 영향력이 있다고 내 다시 생각하리오다."

"내 편에서 얼마나 많이 용서를 베푼 건지 아신다면 정말 그렇게 생각할 수밖에 없으실 겁니다."

"그가 잘못한 게 뭐였습니까, 백작?"

"그가 아니라면, 신부님이나 혹은 이 세상 다른 어떤 존재라도 용서하지 않을 잘못이었죠. 하지만 신부님이 그를 위해 말씀하실 때, 그가 이런 위험한 짓을 감행한 까닭은 각별하게 고마워하는 마음 때문이라는 생각이 들었고, 그를 용서하는 데 그게 주효했습니다."

"그렇다면 문제가 뭔지 알 것 같소." 샌퍼드가 말했다. "내 그런 줄은 몰랐습니다만—"

"이 문제는 우리가 말할 수 없는 것이니, 샌퍼드, 그 얘긴 그만두죠."

이 말에 대화는 끝났다.

4

엘름우드 경은 그날 밖에서 식사를 했고 이에 러시브룩은 크게 안도했다. 저녁까지는 혼란스러운 상태에서 그를 다시 보지 않아도 되었기 때문이다. 그 이전에 그는 샌퍼드와 점심식사 자리에서 만났다. 하지만 하인들이 있었기에 양쪽 모두 오전에 있었던 사건에 대해 아무 얘기도 하지 않았다. 러시브룩은 조금 전 그를 위협했던 위험에서 벗어나 지금은 완전히 냉정하고 차분하고 정신이 또렷한 상태였다. 은인의 딸에게 진실로 애틋한 마음을 품고 있음에도, 몰수당하고 잠시 잃기도 했던 모든 안락함을 다시 한번 소유하고 있음을 아는 데서 오는 위안을 그는 모르지 않았다.

그는 이 문제를 돌아보고 가장 먼저 샌퍼드에게 감사의 의무감을 느꼈다. 그의 연민이 아니었다면, 그와 마주한 바로 이 식사시간에 그는 엘름우드 하우스에서 영원히 떠나 있었을 터였다. 관대한 후원자의 계속되는 분노에 여전히 괴로운 상념을 마음에 품은 채 말이다. 그는 식사시간 내내 이러한 생각에 잠긴 채, 옆에 있는 그를 볼 때마다 감사의 눈물이 차올랐고, 또 그에게 말을 하려고 할 때마다 감사함에 말문이 막혔다.

샌퍼드는 평소와 똑같이 행동했다. 또 러시브룩이 자신이 행한 바를 기억하길 원하지 않는다는 걸 보여주기 위해 평소처럼 퉁명스럽게 굴었다.

예를 하나 들자면, “엘름우드 경이 밖에서 식사하는 줄 몰랐소, 알았다면 내 방에서 먹었을 텐데”라고 그는 말했다.

그럼에도 러시브룩은 여전히 그에게 더욱 감사하다고 느꼈고, 자신을 내리누르는 감사와 의무의 무게에서 벗어나고자 이를 표현할 기회를 찾았다. 따라서 하인들이 모두 물러나자마자 말하기 시작했다.

“샌퍼드 신부님, 신부님이 저를 어떻게 생각하시든, 저는 신부님을—신부님이 오늘 증명하신 것처럼—늘 인정 많고 사심 없는 분이라고 생각해왔던 점을 자랑스럽게 여기고 있습니다.”

“인정 많고 사심 없다는 말은, 곧 세상을 떠날 늙은이, 다른 유혹이라곤 없는 노인의 비위를 맞추는 두 가지 형용사지요.” 샌퍼드가 대답했다.

“그렇다면 신부님의 행위를 관대하고 자비롭다고 말하게 허락해주세요. 그 행위가 저를 구했으니까요.”

“이보시게, 젊은이.” 샌퍼드가 그의 말을 막으며 말했다. “그대는 내가 한 일이 고맙고 그래서 그 고마움을 내게 말하는 데서 만족감을 찾고 있어요. 하지만 나는 그대가 그런 만족감에 한껏 취하도록 놔둘 생각이 없으니, 만일 여기에 대해 한마디만 더한다면," (그는 자리에서 일어났다.) "나는 이곳을 나가 다시는 그대와 자리를 같이하지 않겠소, 그대 외삼촌이 뭐라 하든 말입니다."

러시브룩은 그의 엄숙한 표정을 보고 그가 진지하다는 것을 알았고, 절대 더이상 감사의 표시를 하지 않겠다고 확실히 말했다. 그러자 샌퍼드는 다시 자리에 앉았으나 여전히 얼굴을 찌푸린 채였고 시간이 꽤 지나서야 언짢은 기분을 가라앉힐 수 있었다. 러시브룩은 그의 뚱한 표정이 조금씩 사라지자 아까 열정적으로 시작했던 몇몇 일반적 주제를 떨치고 그를 달래기 위해 다음과 같이 말했다.

"우리의 생각을 사로잡고 있는 주제에 대한 대화를 자제하는 건 얼마나 어려운지요. 하지만 정말 친한 친구들 사이, 우리의 친구들처럼 같은 성향과 감성을 가지고 똑같은 대상을 마음에 둔 사람들 사이에서는, 이러한 자제가 실제로 이루어지지요. 그런 식으로 너무나 행복했을 만남이 재미없어지면서 종종 혼자 있는 것보다 더 지루해지기도 하고요."

"내 생각엔, 젊은이." 샌퍼드가 대답했다. "오늘 말을 꽤 함부로 하는 것 같소. 그러니 그 점에 대해선 관용의 부족을 불평해서는 안 될 겁니다."

"저는 불평이 많은데요." 러시브룩이 대답했다. "만일 관용이 더 자주 주어진다면, 관용에 대한 청도 줄어들겠지요."

"그대의 자존심은 호의를 받는 일보다 위에 있는 걸로 아는데요."

"제가 존경하는 사람들의 호의는 그렇지 않지요. 신부님께 이를 설득하기 위해, 이 순간 저는 신부님께 호의를 요청하고 싶습니다."

"감히 거부하겠다고 말하겠소. 하지만, 요청하는 게 뭐요?"

"머틸다 아가씨 얘기를 신부님께 하는 걸 허락해주십시오."

샌퍼드는 대답하지 않았고, 결과적으로 그가 얘기하는 것을 금지하지 않은 셈이었다. 그는 계속 말했다.

"아가씨를 위해—엘름우드 경이 말씀하셨으리라 생각하는데요—오늘 아침 저는 성급히 저 자신을 궁지로 몰아넣었고, 신부님께서 그 궁지에서 저를 구해주셨지요. 저는 아가씨를 위해 많은 고통을 겪었고, 아가씨를 위해 커다란 위험을 감수했고, 앞으로도 더 감수할 준비가 되어 있습니다."

"하지만 그대 자신을 위해서 그만두시오." 샌퍼드가 건조하게 대답했다.

"이러한 감정을 낭만적이라고 비웃으셔도 좋습니다, 샌퍼드 신부님. 하지만 그렇다 하더라도 제게는 자연스러운 감정입니다."

"그러나 그러한 감정이 아가씨에게 혹은 그대 자신에게 무슨 도움이 되겠소?"

"제게는 고통이고, 아가씨에게는, 만일 아가씨가 알게 된다면, 단지 무례함일 테지요."

"나는 아가씨에게 알리지 않을 테니, 말하지 말아달라고 내게 애써 주의를 줄 필요는 없소이다."

"그러려던 게 아니었어요. 제가 그러려던 게 아닌 것 아시죠. 그냥 아가씨가 제 감정에 대해 설사 신부님처럼 잘 아는 사람에게 듣는다고 해도 그 방종함에 분노할 위험이 있다는 거지요."

"그렇다면 아가씨가 그 감정을 알고 어떤 인상을 받기를 원하는 겁니까?"

"아가씨에게 진실한 친구가 한 명 있다는 것, 아가씨 인생에 어떤 일이 일어나더라도 아가씨의 마음을 살펴 헌신하는 다른 마음이 있다는 것, 아가씨의 고통에 늘 공감하는 사람이 있다는 것, 혹은 그 사람에게 즉각적인 허락을 구하지 않더라도 그의 모든 재산을 아가씨의 행복을 위해 바치라고 명령할 수 있다는 인상을 주고 싶습니다."

"그대는 아가씨가 이런 고백이나 혹은 아가씨의 필요로 인해 그대를 시험해보리라 상상하는 겁니까?"

"아마 아닐 겁니다."

"그렇다면 아가씨가 이 말을 듣기를 바라는 이유가 무엇인 게요?"

러시브룩이 말을 멈췄다.

"그대는," 샌퍼드가 이어갔다. "아가씨가 이런 사실을 알고 만족하리라 생각합니까?"

"아마 아닐 겁니다."

"그대 자신에게 어떤 만족감을 줍니까?"

"세상 최고의 기쁨이지요."

"그렇다면 이 경우 그대가 추진하는 모든 것은 결국 그대 자신의 기쁨을 위한 거군요."

"제 뜻을 오해하시는 겁니다. 그건 아가씨 때문이에요. 아가씨의 훌륭함으로 인해 아가씨가 저를 알았으면 하는 제 욕망이 일어나는 거지요. 그건 아가씨의 고통, 아가씨의 순수함, 아가씨의 아름다움으로 인한 것입니다."

샌퍼드는 그를 빤히 쳐다보았고, 러시브룩은 계속 이어갔다. "그건 아가씨 때문이에요."

"그만, 거기에서 멈추시오." 샌퍼드가 말했다. "그대는 완벽한 여성상의 절정에 도달했으니 거기에 자질 하나만 더하면 거꾸로 내려갈 것 같소."

"아!" 러시브룩이 뜨겁게 말했다. "저는 아가씨를 사랑했어요, 아가씨를 보기도 전에 말이에요."

"아가씨를 사랑했다고!" 샌퍼드가 놀라 외쳤다. "그대는 지금 의도하지 않은 말을 하고 있어요."

"맞습니다, 그러네요." 그가 혼란스러운 상태에서 대답했다. "사랑이란 단어에 우연히 걸려 넘어졌습니다."

"마찬가지로 아름다움이란 단어에 걸려 넘어졌고, 그렇게 우연히 내 그대의 모든 고백의 진실에 가닿게 되었소이다."

러시브룩은 자신이 사랑에 빠져 있음을 알고 있었다. 그런데 그의 애정이 매우 칭찬받을 만한 동기에서 나온 것이더라도 그는 그게 마치 악덕이라도 되는 듯 부끄럽게 느껴졌다. 그는 일어나 방을 걸으면서 십오 분가량 샌퍼드의 얼굴을 쳐다보지 않았다. 샌퍼드는 자신이 제대로 판단했다는 데 만족했지만, 많은 고귀한 미덕에 기반한 게 분명하다고 그가 기꺼이 믿는 어떤 정열에 대해 너무 가혹하게 굴고 싶지 않았으므로, 승인의 말은 하지 않았더라도 비난의 말 또한 하지 않은 채로 일어나 나가버렸다.

때는 10월이었고 어두웠다. 러시브룩은 혼자 남겨졌고, 얘기했던 주제로 인해 일어난 마음의 동요가 심해 집에 가만히 있기가 어려웠기에 들판으로 걸어나갔다. 하지만 걸어야 할 필요보다 더욱 강력한 무언가가 산책을 부추겼다. 그건 머틸다 아가씨를 마지막으로 봤던 길을 따라가는 일이 주는 매력이었다. 그때가 그녀가 오만하지 않게, 또 그녀의 다른 어떤 자질보다 더 그의 기억에 남은 부드러움으로 기꺼이 말을 걸어준 유일한 순간이었다.

여기서 그는 반복해 자신의 발걸음을 되짚어갔고, 머릿속은 온통 그녀에 대한 상상으로 가득했다. 그러다 외출에서 돌아오는 그녀 아버지의 마차 소리에 꿈같이 부드러운 망상에서 깨어나면서, 그와의 만남에서 견뎌야 할 혼란과 당황이 두려워졌다. 그는 샌퍼드가 집에 있기를 바랐지만, 동시에 이제는 외삼촌을 보는 일이 부끄러운 만큼이나 조금 전 자신이 화나게 했던 그를 보는 일이 부끄러웠다.

그는 집에 들어가는 것만큼 지금 있는 자리를 떠나고 싶지 않아 그 자리에 한참 머물렀고, 그러다 지금처럼 면목 없는 상황에서 곧 있을 평소 저녁식사시간에 나타나지 않는 건 무례한 일이라는 데 생각이 미쳤다.

방문을 열기 위해 손잡이에 손을 얹었을 때 엘름우드 경의 목소리가 들리면서 그가 방에 있음을 알게 되자 그는 속이 상했다. 백작이 그가 있는 장소에 들어오는 일보다, 그 자신이 백작이 이미 와 있는 곳에 들어가는 일이 뭔가 훨씬 더 눈에 띄고 고통스러웠기 때문이다. 하지만 그는 외삼촌이 함께 있는 샌퍼드에게 아주 기분좋은 듯한 어조로 웃고 말하는 소리를 들었고, 그러자 안심이 되었다.

물론 그는 자신이 처한 상황의 거북함을 다시 뼈저리게 느꼈으나 그래도 용기를 내어 문을 열고 들어갔다. 백작이 한나절 정도 밖에 있었고 또 밖에서 식사를 했기에, 돌아오셨냐는 인사를 꼭 해야 했다. 따라서 러시브룩은 자세를 낮춰 고개를 숙였고, 그에게 더욱 이로웠던 것은 그가 겸손해 보였다는 것이었다. 엘름우드 경은 인사에 대한 가벼운 답례를 했지만, 샌퍼드에게 하던 얘기를 멈추지 않고 계속했다. 그러고는 식사 자리에 앉아 저녁을 먹었으며, 저녁 시간 내내 오전에 일어났던 일을 암시하는 한마디 말이나 표정조차 없었다. 만일 그가 그 상황을 기억한다는 어떤 표시를 보였다면, 그건 러시브룩이 와인을 가져오라 했을 때 조카의 잔에 자신의 잔을 부딪치고 그가 잔을 들이켤 때 자신도 마셨다는 것이었다.

5

마그레이브 경은 비록 거부당했지만 자신이 추구하는 바를 향한 열정을 멈추지 않았다. 엘름우드 백작이 딸이 어떤 대우를 받건 분노하지 않으리라 확신하게 되자, 그는 두려움을 잊은 채 레이디 머틸다나 그녀의 친구가 격노한다 해도 자신의 요구를 꺾지 않겠다고 결심했다.

이렇게 결단한 후, 그는 모든 권리, 모든 힘을 대놓고 유린하면서, 계략으로는 얻을 수 없는 그 목표물을 무력으로 납치하겠다는 계획을 세웠다. 그는 친한 친구 두 명과 함께 일을 도모했는데, 그들은 우선 정당한 방법으로 한번 더 싸워보라고 설득했다. 하지만 이것은 자작의 뜻에 완전히 반대되었다. 그가 원하는 것은, 그가 이해는 하지만 대답할 능력은 없는 그녀의 감상적인 장광설 혹은 우아한 책망을 듣는 피곤함보다는, 고통의 마지막 극한의 순간에 놓인 여성이 내지르는, 귀청을 찢는 듯한 비명과 마주하는 것이었기 때문이다.

하지만 한번 더 시도해보라는 친구들 말을 듣고는, 두 번이나 정식으로 묵살당했음에도 다시 한번 레이디 머틸다가 사는 농장에 무례하게 침입했다. 그러한 무신경한 자신감에 참을 수 없을 만큼 화가 난 머틸다는 그가 있는 방에 내려오는 것을 거절했고, 우들리 양 혼자 그를 맞으면서 그녀의 명백한 바람을 그가 거들떠보지도 않는 데 대해 놀라움을 표현했다.

"우들리 양." 자작이 대답했다. "솔직히 말씀드리자면, 저는 사랑에 빠져 있답니다."

"그건 전혀 의심하지 않습니다, 자작님." 우들리 양이 대답했다. "마찬가지로 자작님의 사랑이 보답을 받으리라는 희망을 품을 이유가 전혀 없다고 제가 장담할 때, 자작님도 그 진실성을 의심하시면 안 되지요. 왜냐하면 머틸다 아가씨는 결코 자작님의 정열에 귀기울이지 않으리라 결심하셨거든요."

"고작 숙녀의 결심 따위에 희망을 포기하려는 그런 남자는 비난받아 마땅한 법이지요." 그가 대답했다.

"그런 여인도 잘못이겠지요." 우들리 양이 대답했다. "만일 그녀의 행복을 그녀와 그녀가 속한 성性을 우습게 여기는 남자의 보호 아래 맡기고 있다면요."

"나는 모든 여성을 대단하게 생각하오." 자작이 대답했다. "특히 아가씨를 얼마나 높이 평가하고 있는지 그대에게 알려주기 위해 내 전 재산을 그녀 마음대로 하게 하겠소."

"이 집에서 나가주시는 것, 마그레이브 자작님, 그것을 아가씨는 훨씬 더 큰 존중의 징표로 여기실 겁니다."

이와 같은 재미없는 대화가 샌퍼드가 예기치 않게 도착할 때까지 길게 이어졌다. 그는 마그레이브 경을 보자 흠칫 놀랐다. 하지만 자작이야말로 그의 모습에 더욱더 놀랐다.

"자작." 샌퍼드가 과감하게 말했다. "그대는 머틸다 아가씨에게 이 방문에 대해 어떤 허락이라도 받은 적이 있습니까?"

"없소, 맹세코, 샌퍼드 신부. 하지만 그대가 사랑에 빠진 이를 어떻게 용서하는지 알고 있기를 바라오만?"

"상대가 이성적인 사람이라면, 내 그리하겠지요. 하지만 사랑한다고 주장하는 대상을 핍박하는 한, 자작, 그대는 이성적이지 않소."

"당신은 내가 전에 내 신분과 재산을 그녀와 공유하겠다고 제안한 걸 지금 핍박이라고 부르는 것이오? 심지어 지금도 내 재산을 그녀 마음대로 하라고 선언하는데도?"

샌퍼드는 그가 자신의 말을 이해하는지 확신이 서지 않았다. 반면 자작은 그의 푸대접에 화가 났지만, 그의 의심을 오래 붙들어두지 않는 데서 승리감을 느끼면서 이렇게 말했다.

"그녀가 엘름우드 경의 딸로 보호받고 인정받을 때 내가 했던 제안과 아버지에게 버림받은 딸에게 내가 할 제안이 같을 수는 없을 것이오."

"그러면 어떤 제안을 하시겠소, 자작?" 샌퍼드가 서둘러 물었다.

"에이번 공작이 그녀의 어머니에게 했던 것과 똑같은 제안을 하려 하오."

그 순간 우들리 양은 방을 나갔다. 하지만 샌퍼드는 조금이라도 덕이 있다고 생각되지 않는 사람에게는 전혀 분노를 느끼지 않았기에 차분히 대답했다.

"자작, 에이번 공작은 신사였고, 우아함과 교양을 지닌 남자였지요. 이런 점들에서 그대의 결함을 보충하기 위해 무엇을 줄 수 있겠소?"

"내 재산이," 그가 대답했다. "그녀의 가난을 상쇄하지요."

샌퍼드는 미소를 지었고, 대답했다.

"그대는 그대를 점잖게 만들지 못했던 재산이 가치 있게 여겨질 수 있다고 생각하는 겁니까? 재산을 가치 있게 하는 게 뭐지요? 식탁에서의 즐거움입니까? 좋은 집에서 사는 즐거움? 아니면 좋은 마차를 모는 즐거움인가요? 이런 것들은 주인이 누리는 즐거움이지만 시종과 공통적으로 누리는 것이지요. 부를 탐나는 것으로 만드는 것은 과시의 즐거움이지요. 하지만 우리가 과시할 게 단지 우리의 악과 어리석음뿐이라면 차라리 가난한 게 더 낫지 않겠습니까?"

"당신은 내가 관심 가질 가치도 없는 사람이야."

"계속 그럴 것이라 나도 믿소. 그러니 자작은 내가 있는 곳에 결코 다시는 발을 들이지 마십시오."

"신분이 높은 남자가 예쁜 여자를 목표로 할 때는 어떤 사람과도 기꺼이 어울리는 법이오."

"자작, 내게는 읽고 싶어 견딜 수 없는 책이 지금 여기 주머니에 있소. 저자는 분별과 이성에 대해 얘기하는 사람이고요. 내가 그러한 벗과 함께 있고 싶은 조바심을 부디 양해해주시겠습니까? 자작의 마차를 부를 것을 허락하시겠소?"

이렇게 말하면서 그는 급히 나가 자작의 하인들을 불러들였다. 마차가 왔고, 문이 열렸고, 마그레이브 경은 하인들 앞에서 탄로나는 게 부끄러워, 혹은 더이상 이곳에 있어봤자 소용없다는 확신이 들었기에 떠났다.

샌퍼드는 곧 숙녀들과 합류했다. 대화는 물론 방금 떠난 귀족에게 집중됐고, 샌퍼드는 자기도 모르게 소리쳤다. "러시브룩이 여기 있었다면."

"누구요?" 레이디 머틸다가 외쳤다.

"정말이지," 우들리 양이 말했다. "그 청년에게는 몇 가지 좋은 자질이 있지요."

"아주 많지." 샌퍼드가 중얼거리며 대답했다.

"행복한 청년이네요." 머틸다가 말했다. "모든 사람에게 사랑받고 있으니까요. 세상 그 어떤 축복보다 내가 가지고 싶어하는 이들의 사랑을."

"하지만 러시브룩이 행복한지는 모르겠구나." 샌퍼드가 말했다.

"그렇지 않을 리가 없잖아요." 머틸다가 대답했다. "분별력을 지닌 사람이라면."

"분별력이 부족하지는 않지." 샌퍼드가 대답했다. "확실히 경솔함도 많지만 말이다."

"하지만 엘름우드 경은 그런 경솔함도 다정하게 보시겠죠." 머틸다가 말했다.

"그의 모든 잘못에 대해 다 그런 건 아니니다." 샌퍼드가 대답했다. "그가 네 아버지와 관련해 매우 위험한 상황에 처했던 것을 내가 보았단다."

"그러셨어요?" 머틸다가 말했다. "그렇다니 안된 마음이 드네요."

"제 생각엔," 우들리 양이 말했다. "도련님도 마음으로부터 아가씨를 안돼하는 것 같아요. 그런데 샌퍼드 신부님," 그녀가 이어 말했다. "신부님이 도련님을 좋게 말씀하시는 걸 듣는 건 처음이지만(저도 한때 신부님만큼이나 러시브룩 도련님을 시답잖게 생각했지요), 감히 여쭙자면 머틸다 아가씨가 지금보다 더 행복해지기를 도련님이 바란다고 신부님도 생각하지 않으세요?"

"그가 그렇게 말하는 것을 들은 적도 있다네." 샌퍼드가 대답했다.

"샌퍼드 신부님, 이 주제가 신부님 앞에서 가벼이 언급되도록 허락하셨을 거라곤 상상치 못했는데요." 레이디 머틸다가 대답했다.

"가볍다니! 아가, 너는 지금 우리가 네 상황을 웃음거리로 만들었다고 생각하는 거냐?"

"아닙니다, 신부님. 하지만 제가 겪도록 운명지어진 슬픔에는 제 친구들이 더없이 섬세히 다뤄주었으면 하는 어떤 굴욕이 있어요."

"네가 말하는 섬세함이 구체적으로 어떤 건지는 잘 모르겠구나. 하지만 그게 슬픔이라면 그 청년에게는 그걸 가지고 있다는 증거가 있단다. 지난번에 네 이름을 언급하면서 눈물을 흘렸으니."

"그의 이름에 제가 울 이유는 더 많지요."

"그럴지도 모르지. 하지만 머틸다 양, 네 아버지는 더 가치 없는 대상을 택했을 수도 있단다."

"그래도 저는 여전히," 그녀가 말했다. "그에게 시기심을 느껴요. 러시브룩 도련님에 대한 제 시기심을 솔직히 고백했으니, 시기심이 빚어낸 죄악인 제 적의를 용서해주세요."

화제는 다시 마그레이브 경으로 향했다. 모두 이번 방문을 끝으로 자작의 무례한 방문은 더이상 없으리라 확신했으므로 그와 그의 오만함을 합당한 경멸로 대했다. 하지만 여기에 있어야 할 조심성은 없었다.

6

다음날 아침 일찍 샌퍼드 신부는 엘름우드 하우스로 돌아왔지만, 기운이 처지고 마음은 슬픔으로 무거웠다. 만나러 갔던 레이디 머틸다를 봤으나 그녀의 표징이나 건강이 상당히 변했음을 보았던 것이다. 그녀는 꽤 수척해졌고, 뺨에 퍼지곤 했던 몹시 아름다운 홍조 대신 얼굴빛 전체에 걸쳐 치명적인 창백함이 감돌았다. 또 표정에서는 희망이나 두려움보다는 확고한 우울함이 드러났다. 눈물을 흘리지는 않았으나 슬픔으로 가득했다. 그는 그녀의 이러한 모습을 보았고 또 한 귀족이 음란한 제안으로 그녀를 모욕하는 소리도 들었다. 그녀에게는 자신의 명예를 지켜줄 친구가 없었기에 그에게 합당한 보상을 요구할 수도 없었다.

러시브룩은 샌퍼드가 어디 갔는지 짐작했고 또 그날 돌아오리라 예상했기에 그를 만나기 위해 오전 승마 산책을 엘름우드 하우스에서 몇 마일 떨어진 길로 나갔다. 엘름우드 경과의 위태로운 상황 이후 그는 샌퍼드가 박애주의적 인품을 지녔음을 완전히 확신했기에, 비록 샌퍼드는 여전히 무뚝뚝했지만, 샌퍼드의 거친 행동 때문에 소극적으로 굴었던 이전의 태도에서 벗어나 그를 대했다. 샌퍼드 쪽에서는 자신이 엘름우드 경의 후계자를 인색하게 생각했었다는 것을 알고는(비록 그 생각이 바뀌었음을 알리는 수고는 하지 않았지만) 기회가 주어질 때마다 그에게 보상해야겠다고 결심했다.

그들이 만났을 때, 서로에 대한 인사는 격의 없었으나 진실했다. 러시브룩은 말 머리를 돌려 샌퍼드와 함께 돌아왔다. 하지만 샌퍼드의 퇴짜에 대한 걱정보다는 레이디 머틸다에 대한 존경과 애틋함에 압도되어, 길이 거의 끝나고 집에서 몇 야드 떨어진 곳에 도달하고서야 그녀의 이름을 언급할 용기를 겨우 냈다. 그제야 그는 이렇게 좋은 기회를 곧 다시 누리긴 어려우리라는 걱정에 용기를 내어 말했다.

"샌퍼드 신부님, 죄송하지만 어제 제가 짐작하는 곳에 계셨던 게 맞습니까? 그리고 궁금한 마음을 참지 못하고 우들리 양과 머틸다 아가씨의 안부를 여쭤봐도 되겠습니까?"

그는 우들리 양을 먼저 언급하면서 머틸다를 언급하기 전의 시간을 늘렸다. 그녀에 대해 언급하는 건 그에게 지극한 기쁨을 주었지만, 그 기쁨에는 혼란과 고통도 섞여 있었기 때문이다.

"둘 다 매우 잘 있소." 샌퍼드가 대답했다. "적어도 아프다고 불평하지는 않았으니까요."

"활기 넘치는 건 아니군요?" 러시브룩이 말했다.

"맞소, 그렇지는 않지요." 샌퍼드가 고개를 흔들며 대답했다.

"바라건대, 다른 나쁜 일이 일어난 건 아니고요?" 확실히 평소보다 눈에 띄게 기운이 없어 보이는 샌퍼드에게 러시브룩이 말했다.

"새로운 일은 없지요." 그가 대답했다. "어떤 젊은 귀족이 범한 무례함을 빼곤 말이지요."

"어떤 귀족이요?" 러시브룩이 목소리를 높였다.

"머틸다 아가씨의 구애자지요." 샌퍼드가 대답했다.

러시브룩의 얼굴이 굳어졌다. "누굽니까? 어떤 구애자 말씀이신지요, 샌퍼드 신부님? 설명해주십시오!"

이제 그들은 집에 도착했다. 샌퍼드는 이 질문에 대답하지 않은 채, 자기 말을 데려가는 하인에게 "오늘 아침 오래 달렸으니 잘 돌봐주게" 라고 말했다.

러시브룩에게 이러한 중단은 거의 고문이었고, 설명을 더 듣기 위해 그의 옆에 가까이 있었다. 그러나 샌퍼드는 그에게 주의를 기울이지 않은 채 넓은 복도로 무심히 걸어갔고, 몇 걸음 가지 않아 그들은 엘름우드 경을 만났다.

당분간 더이상의 설명은 완전히 끝났다.

"잘 지냈습니까, 샌퍼드?" 백작이 매우 친절하게 말했다. 마치 샌퍼드가 다녀왔으리라고 그가 생각하는 여정에 대해 고마워하는 듯했다.

"그럭저럭 잘 지냅니다, 백작." 반은 백작의 친절함에 대한 고마움, 반은 그의 잔인함에 대한 나무람으로 눈물을 머금은 채 수심 가득한 얼굴로 그가 말했다.

이제 저녁까지는 그토록 야만적으로 중단되었던 대화를 재개할 기회가 러시브룩에게는 없었다.

저녁이 되자 그는 긴장된 상태를 더이상 견디지 못한 채, 샌퍼드가 쉬려고 물러날 때 두려움이나 부끄러움 없이 그를 따라가면서, 불안한 마음으로 아까 그가 언급했던 레이디 머틸다의 구애자와 그의 무례함에 대해 얘기해달라고 간청했다.

샌퍼드는 그가 감정이 격해진 걸 보자 자신이 그 문제에 대해 부주의하게 말을 꺼낸 게 화가 났다. 따라서 퉁명스럽게 잘난 척하는 분위기를 풍기면서 자신에게 볼일이 있거든 아침에 들르길 바란다고 말했다.

러시브룩은 뜻밖의 반응과 실망의 고통에 화가 나서 "신부님께서는 절 잔인하게 대하고 계십니다. 제 질문에 대한 만족스러운 대답을 얻을 때까지는 방에서 절대 나가지 않겠습니다"라고 대답했다.

"그렇다면 그대의 침대를 가지고 오시지요." 샌퍼드가 대답했다. "여기서 밤을 보내야 할 테니."

협박으로 정보를 얻으려는 생각이 헛됨을 깨닫자 그는 소심하지만 설득력 있는 태도로 말했다.

"샌퍼드 신부님, 혹시 머틸다 아가씨가 제 이름을 언급하는 걸 들으신 적 있나요?"

"그렇소만." 그에게 좀더 마음이 풀린 상태로 샌퍼드가 대답했다.

"제가 신부님께 밝힌 얘기를 아가씨에게 말씀하셨는지요?" 그가 더욱 자신 없는 태도로 물었다.

"안 했소." 그가 대답했다.

"다행입니다, 신부님." 속이 탄 채로 그가 대답했다. 하지만 다시 그의 마음을 누그러뜨리고자 했다.

"무엇이 최선인지 샌퍼드 신부님께서는 확실히 아실 테니까요. 하지만 아까 말씀하셨던 귀족 얘기를 좀더 들려달라고 부탁드려도 되겠습니까?"

"무엇이 최선인지 내가 알지요." 섄퍼드가 대답했다. "그러니 얘기하지 않겠습니다."

러시브룩은 고개 숙여 인사하고 곧 방을 나왔다. 그는 고분고분한 듯 보였으나, 이러한 순종을 보여준 그 순간, 직접 머틸다 아가씨가 머무르는 농장으로 찾아가야겠다고 결심했다. 가서 우들리 양이나 하인들, 이웃들, 혹은 어쩌면 머틸다 아가씨 자신의 입으로부터 섄퍼드가 고집스레 말해주지 않는 비밀을 알아낼 생각이었다.

그는 이러한 모험에 따르는 위험을 알고 있었으나 경쟁자의 영향력에 의해 사랑하는 아가씨를 잃는 것보다 더 큰 위험은 없어 보였다. 게다가 섄퍼드가 '무례함'을 언급하긴 했지만, 그에게 그렇게 보였던 게 실제로도 그랬는지, 혹은 아가씨도 그렇게 생각하는지 미심쩍었다.

엘름우드 경이 그의 부재를 의심하지 않도록, 그는 즉시 마부를 불러 말을 준비시켰고, 하인들에게 비밀을 함구하란 명을 내리면서 아침식사 자리에 나타나지 않는 데 대한 사소한 변명거리를 지시해준 후(점심까지는 돌아오리라 결심했기에), 그날 밤 출발해 새벽녘에는 농장에서 약 일 마일 떨어진 여관에 당도했다.

이곳에 오게 된 소중한 목적에 가까이 있게 되자 그는 어떤 기쁨을 느꼈고, 자신을 이곳으로 보낸 섄퍼드의 불친절이 고맙게 느껴졌다. 하지만 새로운 난관에 봉착했는데, 이곳에 온 목적을 어떻게 이룰 것인가 하는 거였다. 그는 여관 사람들로부터 멋진 마차를 탄 귀족이 농장을 방문한 적이 있었다는 사실을 알아냈으나, 아무도 그 귀족이 누구인지 또 무슨 목적으로 왔는지는 몰랐다.

처음에 품었던 의심을 전혀 해소하지 못한 채 돌아가려니 비참했지만, 주제넘은 행동으로 해석될 극단적 행동을 하기는 두려운 상태에서, 그는 시름에 잠겨 (거의 아무 생각 없이) 들판을 걸었다. 시계를 반복해 들여다보면서 그가 목적을 달성하고 돌아갈 수 있을 때까지 시간이 멈추기를 바랐다.

들판을 하나하나 지날 때마다 그는 자신의 모든 생각이 집중되어 있는 집으로 점점 더 다가갔다. 하지만 그가 강하게 느끼고 있는 바로 그 존중의 외관을 잃지 않으면서 어떻게 감히 그곳에 들어갈 것인가? 그는 이것이 법도에 어긋남을 알았고 그런 죄를 짓지 않기로 결심했다. 하지만 계속 걷다보니 어느새 문 앞 가까이 있는 과수원에 들어와버렸다. 그가 여기서 물러갈 수 있을까? 그는 그럴 수 있기를 바랐다. 하지만 그가 그 자신의 주인이 되기에는 벌써 너무 멀리 와버렸다. 시간이 급박했다. 그녀의 불쾌함을 감수하고라도 용기를 내거나, 일순간의 소심함으로 그의 모든 희망을 아마 영원히 포기해야 했다.

엘름우드 경에게 그의 딸을 위해 감히 간청했을 때 그를 움직였던, 결과가 어떻든 상관없다는 마음으로 그는 결국 문으로 가 격렬하게 두드렸다.

하인이 나왔고, 그는 "우들리 양이 혼자 계신다면 그분과 얘기하고 싶네"라고 요청했다.

그는 처소로 안내되었고, 우들리 양이 들어왔다.

그녀는 방문자를 확인하고 깜짝 놀랐다. 하지만 얼굴을 찌푸리지는 않았으므로 그는 그녀의 손을 잡고 설득력 있게 말했다.

"저 때문에 불쾌해하지 말아주세요. 우들리 양을 불쾌하게 할 의도가 있다면 속죄하는 의미로 제 목숨을 내놓겠습니다."

가여운 우들리 양은 외따로 떨어진 처지로 인해 엘름우드 하우스에서 온 누구라도 반가웠으므로, 그가 일깨워주기 전까지는 그의 방문이 무례한 것임도 잊고 있었다. 그녀는 약간 삼가는 태도로 말했다.

"도련님, 여기 오신 목적을 말씀해주시면 아마 제가 불평할 이유는 없을 것 같습니다."

"머틸다 아가씨를 보려고 왔습니다." 그가 대답했다. "혹은 아가씨의 건강에 대해 듣거나요. 아가씨에게 제 도움을 드리려고 왔고요. 또 가능하다면 제가 얼마나 아가씨를 존중하는지 아가씨가 확신할 수 있게 해드리고자 왔습니다, 우들리 양."

"다른 방법은 없으셨나요, 도련님?" 아까처럼 삼가며 우들리 양이 말했다.

"없었습니다." 그가 대답했다. "있었다면 기쁜 마음으로 그렇게 했겠지요. 다른 방법이 있다면 당장 알려주시길 간청합니다. 듣자마자 즉시 여길 떠나 지시하신 대로 하겠습니다."

우들리 양이 머뭇거렸다.

"우들리 양도 다른 방법이 없으신 거지요." 그가 말했다.

"하지만 이 방법이 좋다 할 수는 없습니다." 그녀가 말했다.

"저도 그렇게 생각합니다. 제가 여기에 있다고 해서 제가 제 행동을 마땅하게 여긴다고 생각하지 말아주십시오. 대신 이렇게밖에 할 수 없었던 제 마음을 불쌍히 여겨주십시오."

우들리 양은 그에게 연민을 느꼈지만, 그렇다고 말할 생각이 없었고 그렇다고 다른 이야깃거리가 생각나는 것도 아니었다.

그 순간 위층 방에서 종소리가 울렸다.

"머틸다 아가씨의 종소리네요." 우들리 양이 말했다. "짧은 산책을 하러 나오고 계세요. 아가씨를 뵙고 싶으세요?"

그건 러시브룩이 가장 원하는 것이었지만 그는 순간 멈췄고, "제 변명을 해주겠습니까?"라고 말했다.

머틸다가 내려와야 하는 계단의 길이가 짧았으므로, 이 말이 막 끝나는 순간 그녀는 우들리 양과 러시브룩이 있는 방에 들어섰다.

방의 문을 넘어 한 걸음 떼어놓았을 때 그녀는 손님이 있는 걸 알게 됐고 급히 물러났다.

그녀가 나타나자, 러시브룩은 떨렸지만 활기차게 말했다. "머틸다 아가씨, 저를 피하지 말아주세요. 제가 그러한 벌을 받아야 한다고 판단하시기 전에는요."

그녀는 즉시 그가 누구인지 알았고, 적절히 오만하면서도 적절히 공손한 태도로 되돌아왔다.

"죄송합니다, 도련님, 제가 몰라보았네요. 우들리 양과 낯선 분의 만남을 제가 방해하는 게 아닌가 저어되었습니다." 그녀가 말했다.

"그렇다면 저를 낯선 타인으로 여기진 않으시는 거네요, 머틸다 아가씨? 그것만으로도 마음 깊이 감사합니다."

그녀는 기운이 없고 건강이 안 좋은 듯 앉았다.

우들리 양은 이제 러시브룩에게 앉으라고 권했다. 여태 그러지 않았던 터였다.

"아닙니다, 우들리 양." 그가 당황하며 대답했다. "아가씨가 허락하지 않으신다면 그러지 않겠습니다."

레이디 머틸다는 미소를 지었고, 의자 하나를 가리켰다. 러시브룩이 평생 엘름우드 경에게 받은 친절함을 다 합친다 해도, 그의 딸이 보여준 단 한 번의 정중함이 낳은 감사의 마음의 반도 불러일으키지 못할 것이었다.

온 얼굴로 감사의 마음을 역력히 드러내며 그가 자리에 앉았다.

"제가 건강이 좋지 않아서요, 러시브룩 도련님." 머틸다가 힘없이 말했다. "이 집에서 격식이 다소 부족하다 느끼시더라도 용서해주십시오."

"아가씨가 저를 용서해주시는데, 제가 불평할 게 뭐가 있겠습니까?"

그가 말하는 동안 그녀는 멍해 보였고, 우들리 양을 향해 "오늘 제가 산책하는 게 더 나을까요?"라고 말했다.

"아니요, 우리 아가씨." 우들리 양이 대답했다. "땅이 질퍽거리고 공기가 차네요."

"정말 건강이 좋지 않으시군요, 머틸다 아가씨." 러시브룩이 아주 부드럽고 정중하게 그녀를 응시하며 말했다.

그녀는 끄덕였다. 그러자 눈물이, 짜내거나 참으려는 어떤 노력도 없이 그녀의 얼굴에서 빠르게 흘러내렸다.

러시브룩이 자리에서 일어나 그를 잘 표현하는 억양과 태도로 말했다. "우리는 사촌이지요, 머틸다 아가씨. 아기였을 때는 함께 자랐고요. 우리는 같은 어머니에게 사랑받았고, 같은 아버지에게 양육되었지요."

"아!" 그의 말을 가로막으며 그녀가 외쳤고, 이제 눈물은 폭포수처럼 쏟아졌다.

"아, 제가 아가씨의 불안을 더하지 않기를요." 그가 다시 말했다. "아가씨의 걱정을 덜어드리려는 제 의도와 달리요. 저의 존경과 존중을 보여드리기 위해 제가 어떻게 해야 할지 가르쳐주세요. 이렇게, 아무런 방침 없이, 아가씨가 잔인함이나 오만함으로 잘못 이름할 수 있는 것들로 제가 돌진하게 내버려두지 말아주세요."

우들리 양이 머틸다에게 가서 그녀의 손을 잡고 눈물을 닦아주는 동안, 머틸다는 그녀에게 기댄 채 러시브룩의 존재를 완전히 잊은 것 같았다.

"제가 이 슬픔에 아주 작게나마 영향을 미쳤다면—" 러시브룩이 자기 마음만큼 상기된 얼굴로 말했다.

"아닙니다." 우들리 양이 목소리를 낮춘 채 말했다. "그렇지 않습니다. 아가씨는 자주 이러세요."

"맞아요." 머틸다가 머리를 들어올리면서 말했다. "종종 제가 너무 약해져서 슬픔을 일으키는 아주 작은 일에도 잘 견디지를 못하네요. 하지만 이곳에 너무 오래 머물지는 마세요, 러시브룩 도련님." 그녀가 말을 이었다. "엘름우드 경이 도련님이 제게 이런 관심을 보였다는 얘기를 들으신다면, 도련님께 해가 미칠지도 모른다는 생각이 듭니다." 여기서 그녀는 다시 아까만큼 쓰라리게 울었다.

"그분이 들을 가능성은 없습니다, 아가씨." 러시브룩이 대답했다. "혹시 있다 해도 화내지 않으실 게 확실해요. 어제 샌퍼드 신부님이 아가씨를 보러 이곳을 방문했다는 걸 분명히 알고 계셨는데도 신부님이 돌아오셨을 때 특별히 친절하게 맞으셨거든요."

"그러셨나요?" 그녀가 말했다. 다시 고개를 들었을 때, 그녀의 눈은 잠시 희망과 기쁨으로 빛났다.

"엘름우드 경이 싸우고 계신 무언가가, 우리가 아직 정의할 수 없는 무언가가 있지요. 하지만 시간이 그걸 없애버릴 때면—"

그가 말을 더 잇기 전에 머틸다는 다시 한번 기운 없이 가라앉았고, 그가 하는 말에 거의 주의를 기울이지 않았다.

그 모습을 본 우들리 양이 말했다. "러시브룩 도련님, 상황이 이러니 다음에 뵈었으면 해요. 주제넘은 것 같지만, 이제 그만 물러가주셨으면 좋겠습니다."

"우들리 양, 저를 너무나 따뜻하게 맞아주신 것과 마찬가지로, 저 역시 뜨겁게 감사하는 마음으로 물러나겠습니다. 오늘 베풀어주신 친절함은 그간 보여주신 다른 어떤 호의보다 크게 느껴지네요. 머틸다 아가씨," 그가 덧붙였다 "헤어질 때 손을 잡도록 허락해주시겠어요. 아가씨가 저를 친척으로 인정한다는 증거로요."

그녀는 손을 내밀었다. 그는 무릎을 꿇고 그 손을 잡았지만 입술에 대지는 않았다. 그에게 그러한 축복은 너무 신성한 것이었다. 그는 단지 자신의 손에 놓인 창백하고 야윈 그 손을 진지하게 보았고, 그 위로 한숨을 한 번 내쉬더니 물러났다.

7

이 만남은 슬프고 또 감정을 뒤흔드는 것이었지만, 말을 타고 집으로 돌아오면서 러시브룩은 지극히 기쁜 마음으로 되돌아보았다. 만일 머틸다 아가씨의 표정과 행동 곳곳에서 건강이 악화되었다는 표시를 보지 않았다면 그의 행복은 끝이 없었을 것이다. 그녀와 함께 있을 때는, 함께 있다는 행복에 홀려 연적에 대한 생각이 전혀 떠오르지 않았다. 그러나 그녀의 전체 모습에서 그가 전전긍긍했던 의심, 즉 그녀가 어떤 남자의 구애를 호의적으로 여길지도 모른다는 의심과 정반대되는 면을 보았기에, 기억하지 못했던 것을 전혀 후회하지 않았다. 혹시 기억이 났다 하더라도 감히 그 문제에 대해 말을 꺼내지 못했을 것이다.

그가 나가 있는 동안 시간이 빠르게 흘러 그가 돌아왔을 때는 엘름우드 하우스의 점심시간이 다 지난 뒤였다. 디저트가 식탁 위에 막 차려지고 있을 때 그가 복장도 머리도 헝클어진 채로 헐떡이며 식당으로 들어왔다. 그는 자신의 모습에, 그리고 변명거리로 지어내야 하는 거짓말에 당황했다. 하지만 자신과 관련한 어떤 상황보다 더 그의 관심을 끈 것이 있었다. 엘름우드 경의 모습 하나하나가 방금 보았던 그의 딸의 생김새와 너무나 놀랍도록 닮아 있었던 것이다. 다만 그녀의 모습은 슬픔으로 인해 부드러워진 데 비해 백작의 모습은 똑같은 이유로 준엄해져 있을 뿐이었다.

"어딜 갔다 왔느냐?" 백작이 얼굴을 찌푸린 채 물었다.

"사냥하러 갔었습니다, 백작님, 죄송합니다. 뜻하지 않게 개 한 무리를 만나서요." 러시브룩은 부끄럽게도 다른 사람에게 피해를 주지 않는 진부한 거짓말 기술에 능숙했다. 그의 변명은 받아들여졌고, 그 문제는 일단락되었다.

그날 그가 없는 동안, 엘름우드 경은 샌퍼드를 따로 불러 말했다. 언젠가 신부님이 목격했던 자신과 러시브룩의 반목이 가라앉았으니, 만일 그 젊은이가 잘되기를 신부님이 바란다면, 러시브룩의 마음의 깊이를 재본 후 그에게 가장 가까운 친척이자 친구의 의지에 반하는 행동을 삼가라고 충고하는 게 어떻겠느냐고 말이다. "나 스스로가 너무 서두르는 것 같긴 합니다." 엘름우드 경이 말을 이었다. "또 안타깝게도 나는 내가 했던 말(아마 너무 성급했는데)에 대한 확신이 너무 강해 그 생각에 반대되는 얘기가 나올 주제를 거론하기가 껄끄럽소. 샌퍼드 신부님이 합리적으로 중재를 해주시지요. 그동안 내가 조카를 위해 많은 것을 했는데 이제 와 그를 버리게 된다면 딱한 일 아니겠습니까. 하지만 그가 나를 화나게 한다면 아마 분명히 그렇게 되겠지요."

"백작." 샌퍼드가 대답했다. "내가 그에게 말해보지요."

"하지만 나를 위해서가 아니라 그를 위해서 말씀하시는 겁니다. 나는 아무렇지 않게 그와 헤어질 수 있어요. 그때 그는 뉘우칠 테고, 아시다시피 뒤늦은 뉘우침은 내게 통하지 않지요." 백작이 근엄하게 말했다.

"백작, 그의 행복을 위해 내 모든 노력을 다하겠소. 그런데 그가 백작의 요구를 따르기를 거절했던 문제가 무엇입니까?"

"결혼 문제입니다. 내가 말하지 않았던가요?"

"전혀요."

"나는 그가 결혼하기를 원해요. 내 영지에 관한 증서들을 마무리지었으면 하지요. 윌리엄 윈터턴의 외동딸(부잣집 상속녀이지요)을 아내로 맞이하라고 권하려고 했는데, 그가 이 주제에 대한 얘기에 전혀 관심을 보이지 않는 바람에 아직 그녀의 이름도 말하지 못했습니다. 신부님이 말씀해주시지요."

"그러겠소, 백작. 또 그가 따르도록 최선을 다해 설득해보겠습니다. 적어도 그가 하는 얘기를 그대에게 충실히 전달하리다."

다음날 아침 샌퍼드는 러시브룩과 둘이 따로 얘기할 기회를 만들었다. 그 자리에서 엘름우드 경이 한 말을 또렷이 반복했고, 얘기를 다 들은 러시브룩이 아주 차분하고 단호하게 "결혼만 아니라면 외삼촌의 우정과 후원을 지속시킬 수 있는 일은 뭐든 하겠습니다"라고 대답하는 걸 바라보았다.

"그 이유가 무엇이오?" 짐작은 했지만, 샌퍼드가 물었다.

"엘름우드 경께 말씀드릴 수 없는 이유이지요."

"그렇다면 내게도 말하지 마시오. 그대가 한 말을 백작에게 다 말해주기로 약속했으니까."

"제가 그동안 했던 말도 전부 다요?" 러시브룩이 급하게 물었다.

"그대가 했던 말이라면, 내가 그걸 되풀이할 수 있을 정도로 뇌리에 깊이 남아 있는지는 모르겠소."

"그렇지 않다니 다행이네요."

"내가 그대 외삼촌에게 전할 말은, 단순히 그대가 그의 말에 순종하지 않겠다는 게 다인지?"

"샌퍼드 신부님께서 좀더 나은 말로 표현해주셨으면 합니다."

"그 말을 그대가 내게 알려주면 그대로 하리다."

러시브룩은 자신의 앞이마를 때리더니, 심란한 상태로 방을 왔다갔다했다.

"그대가 백작의 말을 따르지 않는 이유를 내가 전해야 하지 않겠소?"

"다시 말씀드리지만, 그 이유를 감히 언급하지 못하겠어요."

"그렇다면 왜 고백하기 부끄러운 힘에 항복하는 것이오?"

"부끄럽지 않아요. 차라리 자랑스럽습니다. 신부님은 머틸다 아가씨에 대한 존경심이 부끄러우신가요?"

"아! 만일 아가씨 때문에 그대가 불복하는 거라면, 내 결코 이를 언급하지 않을 것이오. 아가씨 이름을 말하지 못하도록 금지되어 있으니."

"그렇다면 신부님께 명료하게 말씀드리는 걸 두려워할 필요가 없네요. 저는 머틸다 아가씨를 사랑합니다. 혹은, 사랑에 대해 잘 모르니 그냥 연민일 수도 있지요. 그렇다 하더라도 연민이란 인간의 마음을 기쁨의 정념으로 채우는 것이기에, 저는 이를 그녀 아버지의 모든 영지와도 바꾸지 않을 겁니다."

"그런데 연민은 매우 다른 감정을 일으키기도 하지요. 지금 난 그대에게 연민을 느끼고, 그 감정 때문에 그대를 승인하니 말이오."

"신부님이 진정 제게 연민을 느끼신다면, 물론 그렇다고 믿는데요, 엘름우드 경께 대답하실 때 저를 관련시키지 않으신 채 그분을 달랠 방법을 찾아주세요. 제가 누군가에게 마음을 주었다고 암시하시되, 누구인지는 말씀하지 마시고요. 또 만일 백작님이 제게 일이 년 정도 짧은 시간을 허락하신다면, 그동안 제 감정을 거두어들이고 그분이 제 배필로 정한 숙녀에게 어울리는 사람이 되도록 있는 힘을 다하겠다 약속했다고도 덧붙여주세요."

"이게 그대의 엄숙한 약속일 뿐 아니라 확실한 결심이기도 합니까?"

"아, 왜 제 마음 밑바닥까지 파헤치고자 하십니까? 표면으로 만족하시지 않고요?"

"지금 하는 제안에 대해 결심할 수 없다면, 외삼촌에게 그 시간을 요구하는 이유가 뭐지요? 그가 허락한다고 하더라도 그 시간 끝에 그대가 그의 명령에 따를 수 없다면 지금보다 더 용서받지 못할 것이오."

"샌퍼드 신부님, 일 년 안에 어떤 이상하고 예상치 못한 사건이 일어나 우리의 미래를 완전히 바꿔놓을지 누가 알 수 있겠어요? 제 정열조차 시들 수 있고요."

"그런 걸 기대한다면, 그러면 실패에 대한 책임은 그대 자신에게 있소. 나는 이 이야기 중 적절한 것만 백작에게 전하겠소."

여기서 러시브룩은 레이디 머틸다를 만나러 갔던 일을 얘기했고, 그러자 샌퍼드는 그를 나무랐지만 평소 쓰는 말보다 덜 가혹한 말로 나무랐다. 또 러시브룩은 머틸다에게 접근한 귀족이 누구이고 목적이 무엇인지에 대한 정보를 애원해 얻었다. 그러나 샌퍼드의 설득과 위협으로 자제하고 인내하기로 했다.

샌퍼드는 이 결혼 문제로 후원자를 만났지만, 정확히 무슨 말을 할지 결정하지 못한 채 그날 백작의 기분에 맡기기로 했다.

대화의 첫머리에 그가 말했다. "러시브룩은 시간을 달라고 간청했습니다."

"이미 그에게 시간을 주었습니다, 그렇지 않습니까?" 엘름우드 경이 말했다. "그가 이렇게 나를 가지고 노는 이유가 무엇이랍니까?"

샌퍼드가 대답했다. "백작, 젊은이들은 종종 낭만적인 사랑 개념에 사로잡혀서, 처음에 끌려 선택한 대상이 아니라면 진정한 애정을 갖는 게 불가능하다고 생각하지요."

"만일 그가 사랑에 빠진 거라면, 그 대상을 데리고 내 집과 나를 영원히 떠나라 하십시오." 백작이 대답했다. "그가 이런 운명 아래 놓인다 해도 불쌍히 여길 이유는 없어요. 비록 내쫓기더라도 그에게는 진실한 사랑이 있으니 가난해도 아파도 행복할 테지요. 진실한 사랑은 빈자를 부자만큼 행복하게 하고 바보를 현자만큼 복 받게 한다니까요." 엘름우드 경이 이 말을 할 때 표현된 것은 그의 말보다 그가 했던 사랑의 진정성이었다.

"백작은 사랑의 정념에 대해 극히 세련되고 또 널리 퍼진 의미로 얘기하고 있소. 반면 나는 아마도 이 젊은이를 잘못 이끌었던 한낱 환상에 대해 얘기하는 중이지요."

"그가 사랑을 어떻게 생각하든, 그와 그의 친구들이 이 문제를 신중히 판단하고 최선의 결과를 낳도록 해주시죠. 나도 그러겠고요." 엘름우드 경이 대답했다.

"그의 친구들이라고 했소, 백작? 도대체 그대 말고 그에게 무슨 친구들이 혹은 단 한 명의 친구라도 있겠습니까?"

"그렇다면 그는 왜 내 충고를 따르려고 하지 않는 겁니까? 그가 순종할 수 없는 어떤 결정적 이유를 왜 직접 말할 수 없지요?"

"친밀하지는 않지만 깊은 우정이 있을 수 있잖소. 그와 그대의 관계가 그러하오."

"말도 안 됩니다. 나는 가장 친밀한 말로 기꺼이 나를 낮추면서 그에게 말했어요."

"기꺼이 낮추어 말하는 것은, 백작, 친밀한 사이가 아니오."

"그러면, 자, 신부님을 통해 우리가 대등하게 서보도록 하지요. 지금부터, 먼저 그의 생각을 자유롭게 전해주시고, 다음에 내 생각을 들으시지요."

"그렇다면 그가 한두 해의 유예를 간청한 얘기를 해보지요."

"무슨 핑계로 그런 겁니까?"

"내 생각에, 독신의 삶을 선호하는 것 같았소. 하지만 또 정말 그런가 싶기도 한데, 그가 사랑이라 생각하는 것 혹은 백작이 그의 아내로 인정하지 않으리라 생각하는 어떤 대상 때문인 것 같기도 합니다."

"그렇다면 그가 이 문제에 대해 신부님께 실제로 털어놓은 게 아니란 말씀입니까?"

"그랬다 하더라도, 그건 내가 어떤 방법을 통해 그로부터 끌어낸 것이었지요. 그걸 직접 말해도 좋다는 보장은 받지 못했소."

"그의 문제로 아까 말했던 숙녀의 가족과 어떤 계약이나 합의를 한 것은 아닙니다." 엘름우드 경이 말했다. "그 숙녀의 가족과 나 사이에 암묵적인 것 이상 진행된 것은 없단 말이지요. 만일 그가 애정을 준 여자가 내 소망과 완전히 배치되는 상황에 있는 게 아니라면, 그의 선택을 인정할 수도 있겠지요."

그 순간 샌퍼드는 용기를 내어 레이디 머틸다의 이름을 말하려고도 했으나, 분별력이 막았다. 하지만 이러한 갈등으로 인해 표정이 계속 변했으므로, 그가 지금 말하는 것 이상으로 말하고 싶은 게 있음이 분명했다.

이에 엘름우드 경이 말했다. "말씀하십시오, 샌퍼드, 무얼 두려워하는 겁니까?"

"그대를 두려워하고 있지요, 백작."

백작이 깜짝 놀랐다.

샌퍼드가 계속했다. "나는 아무 연고도 없고, 그 어떤 끈도, 그 어떤 순진함도, 그대의 분노로부터 보호해줄 것이 아무것도 없소."

"맞는 말씀입니다." 그가 의미심장하게 대답했다.

"그러니, 백작, 내가 말을 한다면 그대가 듣고 화를 낼 터인데, 어쩌자고 내게 계속 말하라고 부추기는 것입니까?"

"어떤 것으로 또 어느 쪽으로 우리의 주제를 바꾸고 있는 겁니까?" 백작이 말했다. "하지만 신부님이 저의 무자비하고 분개하는 성격을 아신다면 그걸 어떻게 피해야 하는지도 틀림없이 아시겠죠."

"아니 모르오, 그러니 분명히 말해주시오."

"그렇다면 가식적으로 꾸미십시오."

"아니, 그렇게는 하지 않겠소. 대신 입을 다물고 있겠소이다."

"새로운 항복 퍼레이드로군. 그대야말로 내 주위의 어떤 사람보다 더 나를 괴롭히고 있소. 계속해서 내 명령을 어기기 직전인 채로 있으면서, 물러나기도 하고 인내심을 발휘해 내 선의를 얻기도 하지요. 하지만 샌퍼드 신부, 내가 더이상 이렇게 참지 않으리란 걸 알아두시오. 우리가 함께 대화할 때마다 그대가 내 딸에 대해 생각하길 선택한다면 (비록 그 문제와 가장 동떨어진 대화라 하더라도 말이오), 그대의 생각을 쫓아내거나 숨겨야 할 겁니다. 그 어떤 표식이나 어떤 항목으로도 내게 그녀를 떠올리게 해서는 안 된단 말입니다."

"방금 그녀를 그대의 딸이라 불렀소? 그대 자신을 그녀의 아버지라 부르는 겁니까?"

"그렇소. 하지만 마찬가지로 나는 그녀 어머니의 남편이오. 그러니 그런 의미에서 내 엄숙히 맹세하오." 그는 흥분해 이야기를 이어나갔다.

“아, 백작.” 샌퍼드가 그의 말을 막고는, 두 손을 꼭 쥔 채 지극하고 열렬하게 애원하며 외쳤다. “아, 나로 인해 그대의 영원한 분노가 담긴 이 저주가 그녀에게 내려지지 않기를 바라겠소. 이 얘기를 멈추어주기를 내 무릎 꿇고 빌겠소이다.”

그가 바닥에 무릎을 꿇기 위해 몸을 굽히자 엘름우드 경은 즉각 멈췄다. 그러나 비록 이로 인해 그의 말은 끊겼지만, 화난 표정은 전혀 변하지 않았다. 그의 눈은 화살을 쏘아냈고, 입술은 분노로 떨렸다.

샌퍼드는 그를 달래기 위해 고개 숙여 인사하고 물러나겠다고 했지만, 내심 잡아주기를 기대했다. 그의 바람은 헛되었다. 엘름우드 경은 눈으로 그가 나가는 모습을 문까지 따라가면서 그가 눈앞에서 사라지는 것에 대한 기쁨을 표현했다.

8

마그레이브 경의 친구들과 조언자들은 성공할 희망이 있는 동안에는 부드러운 방법으로 정열을 좇으라고 현명하게 충고했지만, 희망이 없음을 확신하게 되자 대놓고 폭력을 쓰라고 줄기차게 권했다. 여기에는 그들의 악행이, 그들이 비웃는 늙은 사제를 뺀다면, 보호자 한 명 없는 여성을 대상으로 한다는 점이 고려되었다. 마찬가지로 이로 인한 자질구레한 결과는 모두 마그레이브의 재산으로 제압될 것임을 확신한 채, 그 무엇도 두려울 것 없이, 실행하려는 일을 차근차근 능숙하게 모의해나갔다.

계략을 실행할 때가 되자 자작이 선택한 친구 셋은, 주인들의 모든 악행에 잘 훈련되고 익숙한 하인 세 명과 함께 불쌍한 머틸다의 집을 향해 떠났고, 저녁 땅거미가 질 무렵 그곳에 도착했다.

그로부터 네 시간쯤 후에(집안사람들이 막 잠자리에 들 무렵) 그들은 집 문 앞으로 가서, 문을 탕탕 두드리고 불이 났다고 소리치면서 집안 사람들 모두에게 "목숨을 구하고 싶으면 당장 빠져나가라"라고 호소했다.

집안 사람들이라 해봤자 몇 명 되지 않았기에 모두 즉시 달려나가 문을 열었다. 그러자 남자 두 명이 급히 들어와 레이디 머틸다를 거짓 불길에서 구하겠다는 명목으로 팔에 안은 채 데리고 나갔다. 속아넘어간 사람들은 다들 목숨을 구하고자 정신없이 뛰어다니면서 그녀가 납치된 일에 관심을 기울이지 못했고, 나중에야 자신들이 식겁했던 원인을 찾으면서 그들의 계략과 치명적인 결과를 인지하게 되었다.

농장 사람들의 불평과 슬픔 그리고 놀람 한가운데서, 우들리 양의 감정은 뭐라 이름할 수조차 없는 것이었다. 공포와 불안은 그녀가 겪고 있는 고통을 단지 희미하게 묘사할 뿐, 다가오는 죽음 같은 것이 그녀의 온 감각을 뒤덮었고, 그녀는 공포로 돌처럼 굳어진 채 앉아 있었다. 누가 이런 사악한 행동을 저질렀는지는 확실했다. 하지만 그녀가 어떻게 그들을 따라갈 수 있을까? 어떻게 구출에 성공할 수 있을까?

사람들이 정신을 차리고 인근 치안판사에게 사건의 상세한 내용을 알렸지만 거기서 희망을 찾기는 어려웠다. 누가 그 강도에 대해 확언할 수 있나? 누가 그를 찾아 나설 것인가? 우들리 양은 러시브룩을, 샌퍼드를, 엘름우드 경을 떠올렸다. 하지만 앞선 두 명은 힘이 없으니 무엇을 기대할 것인가? 마지막 이는 의지가 없으니 무엇을 바랄 수 있을까? 망연자실했다가 다시 산만했다 하면서 그녀는 계속 집 주위를 걸으면서 무엇을 해야 하는지 혹은 어떻게 불행을 잊을 수 있는지를 궁리했다.

이 비인간적인 계획이 실행되고 있을 때 마침 엘름우드 경의 소작인, 레이디 머틸다 거주지 근처의 작은 농장에 살며 그녀와 그녀 어머니의 불행에 대한 역사를 잘 아는 소작인 한 명이 근처 시장에서 돌아오고 있었다. 그는 고통에 처한 여자의 비명을 들었고, 그 소리를 따라가다 마침내 대기중인 마차에 다다랐고 그 안에 머틸다가 남자 두 명에게 잡혀 있는 모습을 보았다. 그가 다가가 훈계하려고 하자 그들은 그에게 총을 들이댔다.

그 농부는 이 여자가 누군지 잘 모르는 채 방금 본 일을 얘기하고자 그녀가 납치되었던 집(가장 가까운 집이었는데)으로 갔다. 그곳에서 그가 본 여자가 레이디 머틸다임을 알게 됐고 거기에 그녀의 비명이 남긴 강한 인상까지 더해져, 그는 즉시 몇몇 친구와 함께 말을 타고 그녀가 끌려간 장소를 추적할 수 있을 때까지 그 마차를 따라가야겠다고 결심했다.

이렇게 일이 착수되고 결정되는 과정에서 느껴지는 염려와 단호함 덕분에 우들리 양의 고통이 좀 누그러졌고, 그녀는 사랑하는 피보호자에게 너무 늦지 않게 도움을 줄 수 있으리라 희망하기 시작했다.

농부는 무슨 일이 있더라도 그녀를 구하겠다고 마음먹으며 길을 떠났다. 하지만 얼마 가지 않아서 그와 동행했던 일행 몇몇이 귀족과 맞서는 게 가능하지 않으리라 생각하기 시작했다. 그는 하인이나 다른 동행자들과 함께 있을 테고, 자신들이 데리고 와야 할 숙녀의 아버지에게 지지받고 있을지도 모를 일이었다. 그렇지 않더라도, 만일 엘름우드 경이 이 죄를 무심히 보아 넘긴다면 그건 이 일에 대한 면죄부를 주는 셈이고, 그들이 여기에 반대해봤자 소용없을 터였다. 그들 자신의 안전에 집중한 이러한 냉정한 생각이 농부의 일행에게 무겁게 내려앉았고, 그들은 결국 자신들의 숙고에 기뻐하면서 말을 타고 되돌아갔다. 농부는 혼자 남겨진 채 여정을 계속하면서 자신의 용기를 증명해야 했다.

9

샌퍼드의 경우는, 최근 러시브룩이 엘름우드 경의 노여움을 샀을 때와는 달랐다. 후자의 경우 불화가 정리되자 백작은 곧 마치 아무 일도 일어나지 않았던 것처럼 행동했다. 하지만 샌퍼드는 달랐다. 화났을 때 억눌렀던 그 분개심이 마음에 어른거리면서 며칠 동안 생각이 났다. 그 동안 백작은 그와 말을 주고받는 것을 신경써서 피했고, 그 외에도 여러 방식으로 자신의 분노를 표현했다.

세상의 잔인함과 배은망덕을 겪어온 샌퍼드였지만, 어렸을 때부터 그 행복을 위해 힘써왔던 이에게서 받는 이러한 가혹한 처사와 모욕을 참는 일은 쉽지 않았다. 그의 행복은, 그의 모든 결점에도 불구하고, 다른 누구의 행복보다 샌퍼드에게 훨씬 더 소중했다. 심지어 레이디 머틸다조차 샌퍼드에게는 그녀의 아버지만큼 소중하지 않았다. 다른 무엇보다 그녀가 엘름우드 경의 딸이기에 그녀를 더욱 사랑했던 것이다.

늙은 사제는 가끔은 참을 수 없이 화가 나서 후원자에게 이렇게 말할 뻔한 적도 있었다. "젊었을 때 그대가 그토록 존경하고 경외하던 그 사람을 어떻게 감히, 이 나이에, 이렇게 대할 수 있는가?"

가끔은 밝히기는 부끄럽지만 화 대신에 눈에 눈물이 차올라 뺨을 타고 흐르는 걸 느낀 적도 있었다. 또 어떤 때는 이 집을 떠나겠다는 결심을 반쯤 한 채 방을 나서기도 했다. 하지만 단지 반쪽짜리 결심이었다. 그 노인은 자신의 상대를 너무 잘 알았기에 그가 더욱 심하게 화를 내리라는 걸 모르지 않았다. 만일 경솔히 그의 집을 떠난다면 아마 분명히 그 집 문은 영원히 샌퍼드에게 닫힐 터였다.

이렇게 비굴하고 모욕적인 상황에서(심지어 하인들조차 대개 주인의 분노를 눈치채지 않을 수 없었다) 샌퍼드는 사흘을 보냈다. 나흘째 되던 날 아침식사를 막 끝내고 그와 백작 그리고 러시브룩이 앉아 있을 때, 하인 한 명이 문을 열고 들어오면서 뒤따라오는 사람에게 "주인님 허락을 받을 때까지 여기서 기다리시오"라고 말했다.

그들의 시선은 문 쪽으로 향했고, 허름하게 입은 어떤 남자가 하인의 뒤를 바짝 따라 들어오는 걸 보았다.

하인은 뒤돌아보더니 한번 더 뒤쪽의 사람이 물러나기를 바라는 것 같았으나 소용없는 일이었다. 하인의 반대에도 그는 성급히 앞으로 나오더니 몹시 흥분한 상태로 외쳤다.

"백작님, 죄송하지만 혼자 계실 때 전해드릴 말씀이 있습니다."

엘름우드 경은 낯선 이의 진지함이 인상적이었기에 하인에게 물러나라고 하고는 말했다.

"이 신사들 앞에서는 얘기해도 괜찮소."

그 사람은 곧 얼굴이 파리해지더니 몸을 떨었다. 그러고는 말 꺼내기 전의 시간을 늘리기 위해서인지 문으로 가서 잘 닫혔는지 확인하고 돌아와서도 여전히 떨면서 이곳에 온 이유를 말하길 꺼리는 듯 보였다.

"무슨 일을 했기에 이토록 두려워하는 것인가? 이보게, 무슨 일인가?" 엘름우드 경이 말했다.

"아무것도 아닙니다, 백작님." 그가 대답했다. "다만 제가 백작님을 화나게 할까 두렵습니다."

"글쎄, 개의치 말게." (백작이 무심히 대답했다.) "그냥 말해보게, 무슨 일로 왔는지 말해보게."

그 남자는 점점 더 고통스러워했다. 눈물이 눈에 고이더니, 슬픔과 공포가 어린 목소리로 외쳤다. "주인님의 따님 말씀입니다!"

러시브룩과 샌퍼드는 깜짝 놀랐다. 그들은 엘름우드 백작을 바라봤고, 그가 죽은 사람처럼 창백해진 걸 보았다. 즉시 그가 떨리는 목소리로 말했다.

"그애가 어쨌다는 건가?" 그러고는 자리에서 일어났다.

이 질문에 용기를 얻은 딱한 남자는 자기감정을 못 이긴 채 온갖 슬픔을 드러내며 대답했다.

"백작님, 제가 따님이 억지로 끌려가는 걸 보았습니다. 악당 두 명이 아가씨를 낚아채서는 어디론가 데려갔습니다. 아가씨는 제게 도와달라고 부질없이 소리질렀고 정신이 나간 채 머리카락을 뜯었습니다."

"이보게, 이게 무슨 소리인가?" 백작이 외쳤다.

"마그레이브 자작이," 낯선 이가 대답했다. "이 계략을 세운 게 분명하다고 저희는 생각하고 있습니다. 자작은 얼마 전에도 아가씨가 사는 집에 들이닥친 적이 있었습니다. 방문을 거절당하자 이렇게 협박하는 겁니다. 게다가 자작의 하인 중 하나가 그 마차를 수행하고 있었습니다. 제가 그를 보았고 그를 알고 있습니다."

이 이야기의 마지막 부분을 듣는 엘름우드 경의 모습은 차분해 보였다. 그러더니 러시브룩에게 급히 돌아서면서 말했다.

"내 권총이 어디 있지, 해리?"

샌퍼드가 자리에서 일어났고, 둘 사이의 반감을 모두 잊은 채 백작의 손을 잡고 외쳤다. "그렇다면 이제 그대가 아버지임을 증명하시겠소?"

엘름우드 경은 단지 "그렇소"라고 대답하고 방을 나갔다.

러시브룩도 따라 나갔고, 외삼촌에게 동행하도록 허락해달라고 정말 진지하게 간청했다.

그동안 샌퍼드는 그 농부의 손을 잡고 수천번째 흔들고 있었다.

농부는 마치 레이디 머틸다가 벌써 자유로워진 걸 본 것처럼 기뻤다.

엘름우드 경은 러시브룩의 간청을 들어주지 않았다. 그는 조카에게 집에서 한 발자국도 움직이지 말라고 명령했다. 그 자신의 마음이 지나치게 동요되어 있는 상태였기에 이 명령이 조카에게 얼마나 가혹한 것인지를 눈치채지 못한 채였다.

백작의 출발을 위한 준비가 급하게 진행되는 동안 샌퍼드는 우들리 양으로부터 무슨 일이 일어났는지 알리는 슬픈 소식을 전해 받았다. 하지만 그는 그녀가 겪은 모든 것의 보상이 될 만한 답변을 보냈다.

몇 시간 안에 엘름우드 경은 안내인인 농부 그리고 임무를 확실히 달성하는 데 필요한 모든 것을 갖춘 다른 수행원들과 함께 출발했다. 불쌍한 머틸다는 구원자가 가까이 있는 줄은 꿈에도 생각하지 못했고, 더구나 구원자가 아버지인 줄은 더더욱 몰랐다.

10

마그레이브 경 이야기에서 벌어지는 음험한 사건으로 인해 독자는 그를 악한으로 볼 수밖에 없겠지만, 그 역시 마음의 평화를 유지하기 위해 여전히 일말의 미덕을 양심에 품고 있었다. 그는 협박을 강제로 실행하기 전에 먼저 간청하고 설득하고 애원해볼 생각이었다. 이렇게 또 다음같이 생각하면서 그는, 대부분의 악인이 그렇듯이, 자신이 한 일이 인간의 법뿐 아니라 명예의 법에도 어긋나지 않는다고 편리하게 생각했다.

"분명히 한 여인을 납치하기는 했지만," 그가 혼잣말했다. "내가 그녀를 빼내온 초라한 상태에서보다 더 그녀를 행복하게 해줄 거야. 게다가 이제 그녀가 내 손아귀에 있으니 그녀의 애정도 얻을 수 있겠지. 나중에 날 엄청 좋아하면서 내게 매달릴 때, 그녀를 행복의 길로 가게 해준 이 작은 시련에 대해 내게 얼마나 고마워하겠어!"

이런 식으로 자작은 죄책감을 무마하면서 포획물을 집에서 초조히 기다리고 있었다.

다음날 자정 즈음 머틸다가 몸과 마음의 고통으로 반쯤 죽어가는 상태로 도착했다. 그녀는 자신을 기다리고 있는 훨씬 더 큰 고통에 놀라 정신이 번쩍 드는 듯했다. 더해가는 공포심 덕분에 심신의 피곤에서 비롯된 죽음 같은 무력감에서 깨어났던 것이다.

마그레이브 경이 이 일을 위해 먼저 가 있었던 집은 런던에서 이십 마일 정도 떨어진 어느 잘 알려진 숲의 한적한 곳에 있었다. 그는 이 영지에 자주 들르지 않았고 또 하인도 몇 명 없었기에, 현재 상황에서 그의 별장 중 의심을 가장 적게 받을 장소였다. 그런 연유로 레이디 머틸다는 이곳으로 데려와졌다. 최고로 좋은 방이 배정되었고, 자작이 은밀히 아는 여자 중 한 명이 아주 정중하게 또 안전을 장담하며 그녀의 시중을 들게 되었다.

머틸다는 이 여자의 얼굴을 들여다보았고, 거기서 여성적 특징들을 확인한 후, 겉으로 내비치는 그녀의 다정함에서 위로를 얻었다. 이 여자처럼 가치 없는 인간들을 그녀는 전혀 알지 못했기에, 그런 사람들이 이 여자처럼 생길 리 없다고 착각했기 때문이다. 심지어 침대에 누워 잠시 눈을 붙이라는 여자의 말에(자신이 옆에 앉아 감시해주겠다는 약속과 함께) 설득되기도 했다. 그녀에게 잠은 고통이었다. 공포심으로 인해, 깨어 있을 때 드는 생각 못지않게 끔찍한 꿈을 꾸었던 것이다.

그녀는 잠을 잔 후 생기가 돌기보다는 오히려 더 피곤해진 상태로 새벽에 깼고, 옷을 갈아입기를 거부하면서 끌려왔을 때 입고 있던 찢어지고 구겨진 옷을 그대로 입은 채 앉아 있기를 고집했다. 또 그녀를 위해 준비된 온갖 진귀한 음식을 입에 대지도 않았다.

시중드는 여자는 한동안 매우 순종적이고 공손한 태도를 유지했다.

하지만 이 방법으로는 머틸다를 자신의 말에 따르게 할 수 없다고 생각되자, 태도를 바꿔 덜 공손한 방법으로 영향력을 행사하려 들었다. 그녀는 자신이 순종하는 만큼 머틸다도 자신의 명령에 따라야 한다고 말했다. 적어도 숙녀의 건강처럼 중요한 문제에서는 반드시 그러한데, 자신이 의사 역할을 맡았으므로 환자에게 그에 걸맞은 순종을 기대한다는 것이었다. 그녀는 음식과 새 옷을 죽지 않기 위한 유일한 방법으로 처방했다. 심지어 만일 계속 고집부리면 마그레이브 경의 방문 같은 더 끔찍한 일이 일어날 것이라고 환자를 협박했다.

머틸다는 이제 그녀가 행했던 속임수로 인해 그녀를 더욱 혐오하면서 그녀를 보지 않으려 했고—처음부터 속였다면 덜 혐오했을 텐데—꼭 봐야만 할 경우에는 몸서리를 쳤다.

마침내 이 여자는 자신의 훌륭한 고용주를 만나, 자신에게 맡겨진 이 아가씨가 영양을 섭취하게 할 방법을 찾지 못한다면 죽을 게 확실하다고 알리는 게 자신의 의무라 생각했다.

마그레이브 경은 이를 레이디 머틸다에 대한 침범을 사과할 기회로 삼아, 열정적으로 그녀의 방으로 가더니 그녀의 발치에 엎드리면서 제발 주어진 것들을 받아들여 그녀의 목숨뿐 아니라 자신의 목숨도 구해달라고 호소했다.

그의 모습을 보자 머틸다는 끔찍한 혐오감과 두려움에 휩싸여 잠시 자신이 약하고 건강이 좋지 않으며 힘이 없다는 것을 잊고는 앉은 자리에서 일어나 격앙된 목소리로 외쳤다.

"나가세요, 자작님, 그러지 않으면 아무리 걱정하신다 한들 저는 죽겠습니다. 이곳에서 나가지 않으시면 저는 당장 슬픔으로 이 세상을 떠나겠습니다."

여성의 눈물과 나무람에 익숙해져 있기에—비록 그녀의 눈물과 비난과는 완전히 다른 종류였지만—자작은 이러한 분노에 찬 위협을 우습게 여기면서, 그녀의 손을 잡고 그의 입술에 갖다댔다.

그녀는 이러한 모욕에 격노하면서 (다른 친구들은 모두 잊은 채) 슬픔에 휩싸여 외쳤다. "아, 나의 우들리 양, 왜 이곳에 함께 있으면서 내 편이 돼주지 못하나요?"

"저런," 자작이 터져나오는 웃음을 억누르며 대답했다. "늙은 사제도 그 숙녀 못지않은 친구인 줄 알았는데요."

그러자 샌퍼드에 대한 기억이 그의 온갖 다정함과 함께 머틸다의 마음속으로 세차게 밀려들어왔고, 그가 그녀의 처지에 얼마나 많이 괴로워하고 또 앞으로도 그럴지가 떠올라 한바탕 눈물을 쏟아냈다. 한번은 러시브룩을 생각했고, 심지어 그마저도 자신으로 인해 분노하리라 생각했다. 아버지 생각은 하지 않았다. 감히 그러지 못했다. 한순간 그 생각이 끼어들었지만 서둘러 떨쳐버렸다. 그건 너무 쓰라렸다.

다시 밤이 되었고, 그녀가 이 집에 처음 왔던 시간에 가까워졌다. 마그레이브 경은 그녀와 좀 떨어져 있긴 했으나 여전히 그녀의 처소에 남아 있었고, 함께 있던 여자는 빠져나간 상태였다. 자신의 한탄에 대한 그의 무신경, 가끔 자신을 쳐다보는 그의 흥분된 시선, 자신의 취약한 무방비 상태, 이 모든 것이 머틸다의 마음을 공포로 가득 채웠다.

그는 그녀의 멍한 표정과 헝클어진 머리, 전체적으로 피폐한 겉모습에서 그녀의 불안을 볼 수 있었다. 하지만 이전의 결심에도 불구하고 그녀의 끔찍한 예상대로 실행하고픈 욕망에 저항할 수 없었다.

그는 한번 더 그녀에게 다가가 그녀의 손을 다시 잡으려고 했다. 바로 그때 계단에서 권총 소리가 났고, 처소를 향해 몰려드는 사람들의 웅성거림이 그를 막았다.

그는 놀랐다. 하지만 불안하기보다는 단순히 놀란 듯했고, 그사이 그녀의 불안은 가중되었다. 이러한 소란이 자신을 협박해 고분고분하게 만들려는 어떤 시도라고 생각했던 것이다. 따라서 그녀는 손을 비틀어 빼고는 마지막 절망의 고뇌에 싸인 채 하늘을 올려다보았다. 그때 마그레이브 경의 하인이 급하게 들어오더니 외쳤다.

"엘름우드 경입니다, 주인님."

그 순간 그녀의 아버지가 들어왔다. 그리고 아버지의 무한하고 맹목적인 애정으로 그녀를 품에 안았다.

그녀는 이러한 만남에서, 또 고통으로부터 구출되는 데서 과도할 정도로 지극한 기쁨을 느꼈지만, 어떤 면에서는 여전히 아버지의 위엄 있는 존재감에 억눌려 있었다. 오래되고 익숙한 불안으로 인해 그녀는 소심했고 확신이 없었다. 그녀는 말을 하거나 포옹에 대한 답례로 아버지를 껴안는 게 겁났고, 대신 무릎을 꿇고 그의 다리에 매달리면서 그의 발을 눈물로 적셨다. 이는 그녀 삶에서 가장 행복한 순간들이었다. 아마 그의 삶에서도 가장 행복한 순간이었을 것이다.

엘름우드 경이 눈길 한번 주지 않았던 마그레이브 경은 이제 방을 나갔다. 하지만 방을 떠나면서 큰 소리로 외쳤다.

"엘름우드 백작님, 만일 제게 요구하실 게 있으시다면—"

백작이 그의 말을 막았다. "그대는 나를 형 집행자로 만들 셈이오? 법이 그대의 유일한 적대자가 될 것이오."

완전히 탈진한 머틸다는 그러나 갑작스러운 황홀감에 기운을 냈고, 아버지가 이끄는 대로 이 비참한 장소, 흙으로 지어진 오두막보다 더 천한 이 집을 걸어나갔다.

11

이틀 밤을 잔인한 공포심에 떨면서 꼼짝할 수 없었던 머틸다는 이제 공포심이 모두 잦아든 채, 엘름우드 경과 함께 마차에 타자마자 곧 깊은 잠에 빠져들었다. 그렇게 놀람을 의식 아래 가라앉힌 상태로 아버지에게 머리를 기댄 채 상상할 수 있는 가장 달콤한 잠을 잤다.

잠에서 깨었을 때 그녀는 늘 자신 앞에 놓여 있던 암울한 전망 대신, 최근까지도 두려워했던 엘름우드 경이 부드럽게 말하는 목소리를 들었다.

"오늘밤은 더이상 가지 않겠다. 아이가 너무 피곤해하니까. 침대를 이곳으로 직접 가져오고, 아이를 밤새 돌볼 적당한 사람 몇 명을 오라고 해라."

그녀는 단지 사랑과 의무의 표정으로 아버지를 볼 수 있을 뿐이었다. 말은 단 한 마디도 할 수 없었다.

아침에 일어나니 아버지가 침대 옆에 앉아 있었다. 그는 "길을 계속 갈 수 있을 만큼 몸이 나아졌느냐, 아니면 지금 이곳에서 좀더 머물겠느냐"라고 물어보았다.

"아버지와 함께 갈 수 있어요." 그녀가 즉시 대답했다.

"아." 그가 대답했다. "몸이 더 좋아질 때까지 여기에 더 있어야 하지 않겠니?"

"저는 많이 나았어요." 그녀가 말했다. "아버지와 함께 갈 준비가 되어 있고요." 그가 자신을 보내버릴까봐 마음 한구석이 두려웠다.

그는 그녀의 두려움을 알아차리고는 대답했다. "아, 네가 여기 머물면, 나도 여기 있을 거다. 내가 갈 때는 너를 데리고 집으로 갈 거고."

"엘름우드 하우스로요?" 그녀가 간절히 물었다.

"아니, 런던에 있는 집으로 갈 거다. 그곳에서 겨울을 보낼 생각이고, 그곳에서 우린 함께 살 거다."

그녀는 기쁨의 눈물을 감추기 위해 베개에 얼굴을 묻었으나 울음소리를 감추지는 못했다.

"자," 그가 말했다. "이 입맞춤은 네가 아무것도 걱정할 게 없다는 증표다." 그는 애정을 담아 딸에게 입을 맞췄다. "또 당장 우들리 양도 부르려 한다." 그가 말을 이었다.

"아! 그녀를 볼 수 있다면 너무나 기쁠 거예요, 백작님, 또 샌퍼드 신부님도, 러시브룩 도련님조차도요."

"그를 아느냐?" 엘름우드 경이 말했다.

"네." 그녀가 대답했다. "두 번 본 적 있어요."

백작은 공기를 쐬면 그녀의 힘과 기운이 다시 돌아오지 않을까 기대하면서 방을 나가며 마차를 준비시켰다. 그녀도 일어났고, 여자 하인—갈아입을 적당한 옷을 가져오라고 그가 도시로 보냈던 하인—이 그녀의 시중을 들었다.

옆방에 있던 아버지와 함께 갈 준비가 되었을 때 머틸다는 몸이 벌

벌 떨리는 게 느껴졌고, 이로 인해 그의 앞에 나타나는 게 거의 불가능할 정도였다. 마음을 혼란스럽게 했던 상황이 사라지자, 늘 생각은 했으나 (그의 가혹함으로 말미암아) 먼 존경심과 두려움으로 대했던 아버지를 편한 사이로 만나는 데 심하게 당황한 탓이었다. 그녀는 감히 어떻게 말해야 할지, 혹은 어떻게 자신의 애정에 걸맞은 편안함으로 그를 볼 수 있는지 알 수 없었다.

그녀는 이런 미묘하고 섬세한 감정을 다스리기 위해 몇 차례 노력했지만, 결국 특별한 성과를 보지 못한 채 그의 처소로 향했다. 그는 책을 읽고 있었다. 하지만 그녀가 들어가자 손을 내밀어 그녀를 자신에게 끌어당겼다. 그녀는 오롯이 눈물에 휩싸였다. 여기에 그도 눈물을 보탤 수 있었을 것이다. 하지만 그는 근엄한 표정을 하고는 기운 빼는 일을 멈추라고 명했다. 몇 차례 힘겹게 애쓴 후에야 그녀는 이 말에 순종할 수 있었다.

아침이 가기 전에 그녀는 도시로 가는 마차 안에서 아버지 옆에 앉아 함께 이야기를 나누면서, 그의 사랑에 대한 수천 가지 증거와 그녀의 영원한 행복의 징표를 받는 지극한 기쁨을 누렸다.

벌써 11월 중순이었지만, 마차를 타고 가는 머틸다의 기쁨의 눈에 들판은 여전히 푸르게 보였다. 나무는 만개해 있었고, 새들은 모두 가장 아름다운 음악을 노래하는 듯했다. 한 번도 아침에 이러한 태양이 그녀에게 떠오른 적이 없었다. 한 번도 사람의 마음이 지금 그녀 마음처럼 진실한 행복을 느낄 수 있다고 상상하지 못했었다.

집에 도착해서도 그녀의 행복은 줄어들지 않았다. 하인들은 모두 그녀에게 정중했고 예의를 다했으며, 엘름우드 경은 아버지로서 모든 보살핌을 다했다. 그녀는 더이상 바랄 게 아무것도 없는 소망의 극치에 있는 듯했다. 기쁨의 정념을 유지하는 것은 다만 우들리 양과 샌퍼드 신부님을 곧 보리라는 바람뿐이었다.

12

이러한 일이 일어나는 동안, 러시브룩은 엘름우드 경의 명령보다는 샌퍼드의 우정어린 설득, 아니 그의 기도로 인해 엘름우드 하우스에 붙들려 있었다. 샌퍼드가 아니었다면, 머틸다 아가씨가 안전하다는 소식이 전해지기 전까지 극히 날카로운 불안을 견디기보다는, 차라리 외삼촌의 혹독한 분노에 휘둘리더라도 그를 따라갔을 것이다. 사실 그녀 아버지의 잘 알려진 굳건하고 용기 있는 성격, 또 그가 얼마나 서둘러 길을 떠났는지 생각해본다면 두려워할 건 없었다. 하지만 사랑에 빠진 이의 두려움이란 여인의 그것과 같아서, 머틸다의 평화로운 마음이 그녀가 자유를 찾기도 전에 영원히 파괴될 수 있다는 얘기 말고는, 그 어떤 주장도 그와 우들리 양(용기 내어 지금 엘름우드 하우스에 온)을 설득시킬 수 없었다.

두 사람은 둘 다 런던으로 오라는 엘름우드 경의 호출을 기쁘게 받아들였다. 하지만 이를 당장 따르려는 러시브룩의 조급함이 너무 강해 그 자신을 괴롭힐 뿐만 아니라 샌퍼드에게 큰 골칫거리가 되었다. 그는 레이디 머틸다를 고려해 그들의 여정을 서두르기보다는 오히려 늦추기를 원했기 때문이다.

그는 러시브룩과 우들리 양에게 말했다. "그대들이 거기에 가서 그 다정한 인연, 그 인연으로 말미암은 의무로 수여자를 묶는 인연을 엘름우드 경과 함께 나누기를 바란다면 그건 책망받을 일이오. 현재 그는 자신의 딸을 돌보고 보호하는 일을 함께할 사람이 없기에 그 의무를 혼자 이행해야 할 필요에 놓여 있소. 설사 그가 이전의 결심에 다시 영향을 받게 되더라도, 이러한 돌봄에 익숙해진다면 스스로 떨쳐버릴 수 없을 만큼 그 힘이 아주 강해질 것이오. 다시 말해 우리가 여기에 머무는 동안, 머틸다 아가씨는 그곳에서 아버지와 함께 안전하게 있지요. 하지만 우리가 그곳에 갈 경우 (특히 우리가 서둘러 간다면) 그가 다시 그녀를 우들리 양과 함께 멀리 둔다고 하더라도 난 놀라지 않을 것이오."

그들은 모두 이러한 설득력 있는 추측에 며칠 동안 항복했고, 그런 후 몹시 즐거운 마음으로 런던을 향해 떠났다.

레이디 머틸다는 그들이 도착하자마자, 심지어 큰길 쪽 대문까지 나와 그들을 맞았다. 그녀에게 가능하다고 생각할 수 없었던 기쁨의 표정을 띤 채였다. 그녀는 우들리 양을 껴안았고, 샌퍼드의 목에 매달렸다! 또 그 자신의 사랑을 의식하고는 단지 멀리서 겸손하게 고개 숙여 인사하는 러시브룩에게는 더없이 부드러운 존경의 표정과 몸짓으로 손을 내밀었다.

엘름우드 경도 그들에게 다가와 모두를 진심으로 환영했다. 특히 샌퍼드를 반가워했는데, 단지 그가 자신의 딸의 비참한 상황을 암시했다는 이유만으로 시골을 떠나기 전 여러 날 동안 한 마디도 하지 않았던 터였다. 이제 샌퍼드는 (그의 다른 동행들과 함께) 백작이 딸을 마치 아기였을 때부터 함께 살아온 것처럼 매우 편하고 자연스러운 애정으로 대하는 것을 보게 되었다. 그렇지만 백작은 가끔 걱정하는 모습을 보였는데, 질투라는 인간의 성향으로 인해 러시브룩이 백작의 사랑과 재산을 두고 이 위험한 경쟁자 때문에 고통받지 않을까 생각했던 것이다. 러시브룩이 한때 용기를 내어 머틸다의 친구가 되려는 모험을 강행했던 걸 기억했지만, 현재의 무한한 화해는 전혀 예상하지 못했던 것이기에 이 사건에서 완전히 사심 없기란 그의 관대함에 너무 큰 시련일 수 있으리라 생각했다. 이러한 의심이 가벼운 것이긴 했으나, 러시브룩에겐 부당한 것이었다. 그러기에 그는 너무 진실하게 레이디 머틸다를 사랑했다. 그는 그녀 아버지의 행복과 그녀 어머니의 기억을 충직히 사랑했기에 자신이 목격하는 이 모든 것에 대해 기뻐하지 않을 수 없었다. 게다가 비밀스러운 희망의 속삭임, 즉 '그들의 모든 축복이 언젠가는 상호적일 것'이라는 속삭임이 행복한 머틸다를 바라보는 데서 얻는 기쁨을 증가시켰다.

그동안 예상치 못했던 일에 매달려 있던 엘름우드 경은 한동안 조카의 결혼에 관심을 두지 못했다. 또 이제 그는 이 젊은이에게 영원한 추방이라는 잔인한 선택을 두고 자신의 소망을 따르라고 강요할 만큼 가혹하게 굴고 싶지 않았다. 그는 최근의 사건으로 자신의 마음이 그런 가혹함을 행하기에는 너무 부드러워졌음을 느꼈다. 그러나 그는 여전히 자신이 제안한 결혼이 성사되었으면 했다. 그의 성품이 딸의 위험으로 일깨워진 갑작스러운 부드러움으로 인해 그토록 오래 품어왔던 계획을 수정하기보다는, 차라리 일관성을 고수했기 때문이다. 또 그는 유산에 대한 조카의 기대를 모두 저버리면서 딸을 정확히 타고난 자리에 되돌리려는 사치스러운 생각—그건 사치스러운 생각이었을 거다—에 결코 빠지지 않았다.

이제는 지난 몇 년에 비해 성품이 부드러워졌고 또 이제는 딸 문제로 화가 나지 않는다는 것을 알기에, 백작은 러시브룩과 결혼 문제에 대해 한번 더 이야기를 나눠보기로 했다. 동시에 머틸다를 걱정할 게 전혀 없는 경쟁자로 언급할 참이었다. 이런 사적인 대화에 불려가기 전 얼마간, 러시브룩은 자신에 관한 호의적이고 부드러운 감정을 머틸다의 마음에 새기고자 지치지 않는 관심을 기울이며 노력했다. 그는 성공했다. 하지만 그가 원했던 방식은 아니었다. 그녀는 그를 친구로, 사촌으로, 다정한 오빠로 사랑했으나 연인으로서는 아니었다. 사랑이란 관념은 한 번도 그녀의 마음에 들어온 적이 없었다. 그녀는 마치 아무것도 모르는 순진한 아이처럼 러시브룩과 장난치며 놀려고 했다. 반면 그는 열정으로 들떠 그녀로 인해 자신이 얼마나 괴로운지 말하는 것을 가까스로 참을 수 있었다.

엘름우드 경은 그를 불러 만났고, 한때 거의 치명적이었던 문제에 대한 그의 최종 대답을 듣기를 바랐다. 수천의 두려움, 많은 혼란과 당황 끝에 그는 결국 "백작님이 제게 선택하라고 하시기 훨씬 전부터 다른 사람에게 마음을 두었습니다"라고 솔직히 고백했다.

엘름우드 경은 그가 누구에게 애정을 두었는지 알기를 원했다.

"감히 말씀드리지 못하겠습니다, 백작님." 그가 몹시 혼란스러운 감정으로 대답했다. "하지만 샌퍼드 신부님이 제 마음의 진실함과 얼마나 오래 그 마음이 확고했는지를 증언해주실 수 있을 겁니다."

"확고했다고!" 백작이 외쳤다.

“절대 움직일 수 없도록 확고합니다, 백작님. 하지만 그 대상은 지금까지 백작님이 모르시듯 이에 대해 전혀 모릅니다. 백작님이 허락하지 않으신다면 맹세코 앞으로도 그럴 것입니다.”

“그 대상이 누군지 말하거라.” 엘름우드 경이 불안해하며 말했다.

“백작님, 감히 그러지 못하겠습니다. 지난번에 그녀의 이름을 말씀드렸을 때 백작님께서는 저의 오만함을 나무라며 저를 버리겠다 위협하셨으니까요.”

엘름우드 경은 흠칫했다. “내 딸! 그애와 결혼하겠다는 거냐?”

“물론 백작님께서 허락해주시면요. 그리고—”

그가 다음 말을 잇기 전에 백작은 급하게 방을 나갔고, 남겨진 러시브룩은 다가올 운명에 대해 온통 두려운 마음이었다.

엘름우드 경은 곧장 샌퍼드와 우들리 양 그리고 머틸다가 있는 처소로 가서 화난 목소리와 흐트러진 표정으로 말했다.

“러시브룩이 지금 막 용서할 수 없을 만큼 나를 화나게 했소. 샌퍼드, 지금 그가 있는 서재로 가서 당장 내 집을 떠나 다시는 돌아오지 말라고 말하십시오.”

우들리 양이 두 손을 들어올렸고, 한숨을 쉬었다.

샌퍼드는 맡겨진 일을 이행하기 위해 천천히 자리에서 일어났다.

악기에 대한 음악책들을 정리하던 레이디 머틸다는 하던 일을 불현듯 멈췄고 그녀의 얼굴은 눈물로 범벅이 되었다.

침묵이 전반적으로 이어졌고, 엘름우드 경이 다시 화난 어조로 외쳤다. “내 말 들으셨습니까, 샌퍼드 신부님?”

이에 샌퍼드는 아무런 대답도 하지 않고 문 쪽으로 갔다. 하지만 머틸다가 그를 가로막더니 그의 목에 팔을 두른 채 외쳤다.

"우리 샌퍼드 신부님, 가지 마세요."

"뭐냐!" 아버지가 소리쳤다.

그녀는 그의 얼굴에 걸린 찡그림을 보았고, 그에게로 달려가 그의 손을 두려움에 떨며 잡고는 그의 발아래 무릎을 꿇었다. "러시브룩 도련님은 제 친척입니다." 그녀가 애절한 목소리로 외쳤다. "저의 벗이고 저의 친구지요. 아버지가 저를 사랑하시기 전에 그는 제 행복을 걱정해줬고, 저를 종종 찾아오면서 친절한 제안을 해주었어요. 그가 아버지의 집에서 쫓겨나는 걸 보다니 마음이 아프지 않을 수 없네요. 한때 그가 제게 느꼈던 그 마음을요."

엘름우드 경은 감정을 숨기기 위해 옆으로 돌아섰다. 그러고는 그녀를 바닥에서 일으키면서 말했다. "너는 그가 내게 무엇을 요청했는지 아니?"

"모릅니다." 그녀는 아무것도 모른 채로, 또 지극한 순수함이 그려진 얼굴로 대답했다. "하지만 그게 무엇이든 간에, 백작님, 비록 그걸 허락하시지 않더라도 그가 그걸 요청한 것을 용서해주세요."

"아마 네가 그가 요청한 것을 줄 수 있을 것 같다만?"

"기꺼이요. 제가 줄 수 있는 것이라면요."

"네가 줄 수 있는 거란다." 그가 대답했다. "지금 서재로 가서 그가 하는 얘기를 들으렴. 네 뜻에 그의 운명이 달려 있으니까."

그녀는 번개처럼 방에서 달려나갔고, 그러는 동안 심지어 근엄한 샌퍼드조차 이들의 만남을 떠올리며 미소 지었다.

러시브룩은 외삼촌이 자신을 남겨두고 가버린 태도에서 자신이 품었던 두려움을 확인하게 되자, 절망에 사로잡혀 팔다리를 늘어뜨리고 책장에 머리를 기댄 채 앉아 있었다.

머틸다가 재빠르게 문을 열더니 외쳤다. "러시브룩 도련님, 도련님을 위로해드리려고 왔어요."

"늘 저를 위로해주었지요." 비록 슬픔 한가운데 있었지만 그녀를 보자 환희에 차서 그가 말했다.

"도련님이 원하시는 게 무엇인지요?" 그녀가 말했다. "도련님이 요청했는데 아버지가 거절하신 게 무엇인가요?"

"제 목숨보다 더 귀한 것을 달라고 요청했습니다." 그가 대답했다.

"그렇다면 기뻐하세요." 그녀가 대답했다. "그걸 가지게 될 테니까요."

"소중한 머틸다! 그걸 줄 힘이 그대에게는 없습니다."

"하지만 백작님께서 제가 그 힘을 가지고 있을 거라고 말씀하셨어요. 또 그대에게 그것을 줄지, 아니면 거절할지 제 마음대로 결정하라고 하셨고요."

"아, 하느님!" 러시브룩이 황홀해 외쳤다. "그분이 그렇게 말씀하셨습니까?"

"확실히 그러셨어요. 샌퍼드 신부님과 우들리 양 앞에서요. 그러니 이제 도련님 간청이 무엇인지 말해주시겠어요?"

"저는 그분에게," 그가 떨면서 말했다. "아내를 요청했습니다."

그때까지 그를 도와주고 싶은 소망에 그의 손을 잡고 있던 그녀의 손이 그만 죽음의 타격을 입은 듯 뚝 떨어졌고, 그녀는 옆에 있던 책상에 기댄 채 한 마디도 하지 않았다.

"이 변화는 무슨 뜻인지요?" 그가 말했다. "그대는 내가 행복해지기를 바라지 않나요?"

"물론 바라지요." 그녀가 말했다. "하늘이 알고 있지요. 하지만 우리가 헤어져야 한다고 생각하니 마음이 무겁네요."

"그렇다면 우리 함께 가요." 그녀의 발 앞에 무릎을 꿇으며 그가 말했다. "오로지 죽음만이 우리를 갈라놓을 때까지요."

그 순간 그녀의 풍부한 감수성, 침착함, 그리고 자부심이 모두 그녀에게 돌아왔다. 그녀는 깜짝 놀라며 말했다. "엘름우드 경께서 저를 이리로 보낸 이유를 알고 계시는 걸까요?"

"아시지요." 러시브룩이 대답했다. "제 주제넘은 사랑을 감히 그분에게 말씀드렸으니까요. 백작님은 제 행복 혹은 불행에 대한 모든 권한을 오로지 그대에게 넘겨주신 겁니다. 아! 불행한 쪽으로 저를 운명짓지 말아 주세요."

여태까지 묘사되었던 머틸다의 마음이 그에게 불행을 선고할 수 있는 것인지 아닌지는 독자의 추측에 맡긴다. 만일 그럴 수 없다고 여긴다면, 마찬가지로 독자는 그들의 결혼생활이 행복했을 거라고 여길 충분한 이유가 있다.

이제껏 독자는 경솔했던 밀너 양의 운명에서 부적절한 교육의 해로운 결과를 보았다. 그렇다면, 반대로, 머틸다를 기른 신중함의 학교—비록 역경의 학교이지만—에서 희망하지 못할 게 무엇이 있겠는가?

머틸다의 외할아버지인 밀너 씨는 재산을 먼 친척에게 주어버리는 편이 나았을 것이다. 머틸다의 아버지가 한때 그러려고 했던 것처럼. 그랬다면 딸에게 부여할 수 있었을 텐데.

올바른 교육을.

당돌하고 사랑스러운 엄마, 인내하는 딸

엘리자베스 인치볼드는 18세기 후반 영국에서 배우, 극작가로도 활동했던 여성 소설가이며 다수의 희곡과 각색 작품, 두 편의 소설 등을 남겼다. 1753년 영국 서퍽 지방에서 가톨릭 집안 농부의 딸로 태어난 인치볼드는 십대 후반에 극단에서 자리를 얻기 위해 런던으로 몰래 가 연극배우가 되었다. 18세기 말에 영국의 국교인 성공회가 아니라 가톨릭을 믿는다는 것은 제도적·관례적 차별을 감수해야 하는 소수자의 입장에 놓이는 일이었다. 그뿐만 아니라 배우의 꿈을 지녔으나 혀가 짧은 신체적 약점과 성희롱에 노출되기 쉬운 여배우의 처지 등 여러 불리한 여건에서 인치볼드는 가톨릭교도이자 자신보다 나이가 두 배 많은 배우 조지프 인치볼드와 결혼한 후 여러 지역을 돌아다니며 배우로 어렵게 활동한다. 남편이 사망한 후 이십대 후반부터는 소극笑劇과 희극을 쓰거나 프랑스 희곡을 번역하기 시작했고, 1791년 장편소설이자 대표작인 『단순한 이야기』로 작은 성공을 거둔 후 소설을 비롯해 여러 종류의 글을 쓰면서 전업 작가로서 독립적으로 생계를 이어갔다. 현재 그녀의 명성은 작품이 창작된 때로부터 200년쯤 흐른 1980년대 후반, 영문학자 테리 캐슬이 "너무 오래 소홀히 대접받은 작은 걸작"이라 평가한 『단순한 이야기』에 주로 기인한다.

도덕적인 메시지와 순종적인 여성 인물들이 주를 이루던 18세기 중후반 영국 문학의 풍경에서 인치볼드가 만들어내는 문학 세계는 독특하고 전복적이며 매력적이다. 자신을 이끌어줄 남자와 결혼으로 안착하는 착한 여성 인물보다는 기존의 남성적 권위에 도전할 뿐 아니라 자신의 욕망을 정확히 알고 또 금지된 사랑을 과감히 추구하는 당돌하고 재치 있는 여성 인물들이 그녀 작품 곳곳에 포진해 있기 때문이다. 또 『단순한 이야기』가 보여주는 군더더기 없고 세련된 문체와 입체적인 인물 형상화, 함축적이고 재기 발랄한 대화와 예상 밖의 플롯 전개 등은 그녀를 17세기 말의 아프라 벤부터 19세기 초의 제인 오스틴으로 이어지는 초기 영국 여성 소설가 계보에서 빼놓을 수 없는 작가로 만든다. 특히 인치볼드는 글을 써서 돈을 버는 여성 전업 작가의 길을 열었을 뿐만 아니라 여성의 욕망을 과감히 다룬 17세기 말 18세기 초의 여성 작가 삼인방 아프라 벤, 들라르비에르 맨리, 엘리자 헤이우드를 직접적으로 잇는다. 『단순한 이야기』는 복잡한 인물들의 섬세한 내면 묘사와 사회 풍자적 요소, 반어적이고 속도감 있는 문장 등 여러 측면에서 인치볼드의 작품을 읽었으며 『맨스필드 파크』에서는 등장인물들이 거론하게끔 한 작가 제인 오스틴을 예견하기도 한다.

『단순한 이야기』는 우선 여성의 욕망과 주체성이라는 당대로서는 대담한 주제를 우아하면서도 위트 있고 간결한 문체로 펼쳐낸다는 점에서 주목할 만하다. 작품의 이러한 성취와 매력의 한가운데에 작품의 첫번째 여주인공인 밀너 양이 있다. 밀너 양은 18세기 후반 많은 여성 작가 소설에 등장하는 다소곳하고 인내하며 자신보다 현명한 남자와 결혼하게 되는 여성 인물과 달리 가톨릭 사제이자 돌아가신 아버지를 대신하는 후견인 도리포스/엘름우드 경을 연모하고 끝내 결혼에 성공하는 당돌하고 사랑스러운 인물이다. 18세기 중후반부터 제인 오스틴에 이르기까지 영국에서 가장 대중적인 소설 플롯, 특히 여성 작가들이 즐겨 사용했던 플롯 중 하나는 철없고 변덕스러우며 아름다운 외모로 남자의 마음을 정복하던 여주인공이 현명하고 덕 있는 남성에 의해 교화되면서 결혼하는 '교화된 교태녀reformed coquette' 플롯이었다. 소설 전반부의 밀너 양 이야기 역시 큰 틀에서 이러한 플롯을 따른다. 그녀가 변덕스럽고 감정에 휘둘리며 남성들 사이의 인기와 그로 인한 권력을 마다않는 여성으로 일면 묘사되기 때문이다. 도리포스의 멘토 격인 샌퍼드 신부가 처음부터 밀너 양을 공격하는 것도 바로 이 지점이다. 또 남자 주인공인 도리포스 역시 처음부터 미덕과 원칙을 견지하는 가톨릭 사제로 묘사되면서, 철없고 어린 여성을 우월함과 현명함으로 교화시키기에 부족함이 없는 것으로 제시된다.

하지만 인치볼드는 『단순한 이야기』 전반부에서 이 교훈적이고 대중적인 전통을 영리하게 비틀고 강조점을 옮기면서 새로운 서사를 만들어낸다. 우선 밀너 양은 '교태녀'의 유형에 속하는 한편 실질적으로는 그 유형을 뒤집거나 내용 자체를 바꾼다. 작품 초반에 도리포스가 밀너 양을 만나기 전 전해들은 상반된 풍문, 즉 구애자들을 주렁주렁 거느린 미모의 부잣집 딸이란 전언과 어려움에 처한 이들을 희생을 무릅쓰고 돕는 따뜻한 마음의 소유자라는 증언의 충돌은 밀너 양이 어떤 인물인지에 대해 도리포스뿐 아니라 독자들마저도 종잡을 수 없게 한다. 사실 소설 전반부를 이끌어가는 힘 중 하나는 도리포스에 대한 밀너 양의 비밀스러운 연모와 표면적으로 드러나는 밀너 양의 모순 혹은 변덕—가령 프레더릭 경에 대한 치명적으로 변덕스러운 태도—에 대한 샌퍼드와 도리포스의 관습적 해석 간의 충돌에 있다. 샌퍼드가 나이 많은 사제의 권위로 밀너 양을 전형적인 교태녀로 규정하고 교화시키려 든다면, 밀너 양의 시점에서 사건을 볼 수 있고 그녀와 우들리 양의 대화를 엿들은 독자는 그녀의 '변덕'을 충분히 다른 시각에서 볼 수 있다. 도리포스의 조카 러시브룩을 딱하게 여겨 데려오는 밀너 양의 따뜻함이나, 자신의 공공연한 적敵 샌퍼드를 걱정해 두통약을 건네는 장면에서 드러나는 그녀의 본능적 순수함 등은 물론 밀너 양이 교태녀라는 유형과 잘 맞지 않음을 분명히 하려는 작가의 전략적 포석이다.

나아가 밀너 양을 교태녀와 구분하면서 동시에 로잘린드나 포샤 같은 셰익스피어 희극의 활달하고 재치 넘치는 여주인공과 연결하는 지점은, 그녀가 (샌퍼드로 대표되는) 위압적 젠더 질서의 허점을 간파하면서 당돌한 언어로 관습적 편견들에 도전할 뿐 아니라, 에로티시즘을 포함해 자신의 욕망을 잘 알고 또 그 욕망에 솔직하다는 점이다. 우들리 양이나 호턴 부인 등의 예상과 달리 밀너 양이 사랑하는 대상이 프레더릭 경처럼 매너 좋고 잘 노는 공작 집안 자제가 아니라 엄격하고 원칙적이며 덕을 추구하는 가톨릭 사제인 도리포스라는 사실 자체가 그녀가 얼마나 교태녀라는 여성 유형에 맞지 않는지, 나아가 그녀의 욕망이 얼마나 기존질서를 위협하는지를 명확히 보여준다. 제인 스펜서가 지적한 대로, 중세의 대형 연애 스캔들이었던 아벨라르와 엘로이즈 이야기에 얼굴을 붉히면서 도리포스에 대한 자신의 연모가 이들 관계와 닮아 있음을 의식하는 밀너 양은 점잖은 영국 소설사에서는 드문 '프랑스적' 인물이다.

밀너 양이 '교화된 교태녀' 전통에서 벗어나 있는 만큼, 도리포스 역시 여주인공을 교화시키는 현명하고 성숙한 남성 인물과는 궁극적으로 꽤 거리가 있다. 가톨릭 사제답게 원칙적이고 사심 없으며 덕을 추구하는 인물이나, 그가 사제가 된 이유 중 하나가 스스로 제어하기 힘든 완고함이나 어두운 정서들을 외부의 힘에 의지해 제어하기 위해서였음을 고백하거니와, 그의 내면에는 18세기 후반 유행하던 '감상적 남자a man of feeling'다운 예민한 감수성이 출렁이기 때문이다. 사실 도리포스는 밀너 양 못지않게 섬세하고 모순된 내면을 지닌 남성 인물로 그려진다. 프레더릭 경이 밀너 양의 손을 키스로 뒤덮을 때 자신도 모르게 그의 뺨을 때리고, 또 자신의 원칙에 어긋난 행동을 한 것에 대해 자책하면서 사제 신분임에도 결투에 응하는 것은, 그가 섬세하고 강렬한 감수성을 지니되 이를 억제하기 위해 원칙에 더욱 매달리는 복잡한 내면을 지닌 인물임을 잘 보여준다. 밀너 양이 도리포스의 이러한 양면성을 그 자신보다 더 잘 포착하면서 그를 연모하기에, 소설 전반부의 서사는 에로티시즘과 금지의 긴장과 이완이 빚는 위태로운 리듬의 비밀스러운 설득력을 지니게 된다. 비록 작품 전반부의 결말이 나이 많고 현명한 남자와 철없고 변덕스러운 어린 여자의 결혼이라는 '교화된 교태녀' 전통의 외관을 지니긴 하지만, 도리포스의 원칙이 정념으로부터 자신을 보호하기 위한 방어막 성격이 강하다는 점, 또 밀너 양의 철없음이 이데올로기적인 여성의 유형화나 가부장적 권위주의에 대한 도발과 무관하지 않다는 점에서, 즉 여성 주인공의 교화의 대가로 결혼이 주어지는 게 아니라는 점에서 앞서 언급된 문학적 전통을 경쾌히 전복한다고 하겠다.

하지만 많은 독자들이 (때로는 실망감으로) 느끼듯이 전반부에서 밀너 양을 중심으로 두드러지던 경쾌한 사랑스러움과 활기는 작품 후반부에서 와서 거의 자취를 감추며, 『단순한 이야기』 전체를 두고 볼 경우 전반부의 급진적 전복성은 후반부의 상대적으로 순치되고 보수적인 서사와 관련해 이해될 필요가 있다. 다른 말로 하자면, 비록 인치볼드가 전반부에서 자신의 욕망에 솔직하고 부당한 권위에 비판적인 밀너 양을 통해 당대의 유형화된 여성형에 들어맞지 않는 생생하고 매력적인 인물을 창조한 것이 사실이지만, 후반부에서는 그러한 여성의 욕망이 당대 가부장제 사회에서 스스로와 타인에게 얼마나 아슬아슬한 것인지를 그녀의 인내하는 딸 이야기를 통해 균형을 이루고자 했다는 점에 주목할 필요가 있다.

『단순한 이야기』는 문학 장르에 비유하자면, 흡사 봄의 장르인 희극과 달리 소설에는 봄뿐만 아니라 가을과 겨울(그리고 다시 봄)의 인생이 있다고 말하는 것 같다. 혹은 음악 장르에서 낭만주의의 판타지 형식을 고전주의의 엄격한 소나타 형식과 힘겹게 연결하려는 시도에 비유할 수도 있겠다. 그리고 이러한 서사적 변환의 중심에 전반부와 후반부를 잇는 인물인 도리포스/엘름우드 경의 개연적이지만 급격한 변화가 있다(『단순한 이야기』는 어머니와 딸의 사뭇 다른 인생 이야기를 함께 다루는 동시에 도리포스/엘름우드 경과 히스클리프처럼 두 세대를 이어주는 남성 인물의 존재라는 구조적 유사성으로 인해 종종 에밀리 브론테의 『폭풍의 언덕』과 비교된다).

사실 후반부 비극의 씨앗은 전반부에 이미 있었다. 전반부의 3/4 지점에서 우들리 양으로부터 자신에 대한 밀너 양의 애틋한 사랑을 알게 된 도리포스/엘름우드 경은 자신 역시 그녀를 깊이 사랑하고 있었음을 직감적으로 깨닫는다("그대[우들리 양]는 지금 이 세상을 내게 너무 소중한 것으로 만들고 있소"). 하지만 사랑하는 두 남녀가 결혼 전 보이는 갈등과 대립의 과정은 뜨거운 정념적 사랑의 이면, 즉 상대방을 자신의 상相에 맞추고 자신의 힘 아래 복속시키려는 의지 혹은 고집의 대결 드라마를 여실히 드러낸다.

밀너 양은 도리포스/엘름우드 경이 자신을 진심으로 사랑한다면 자신의 약점까지 사랑해야 한다는 믿음을 가지고 그의 사랑을 시험하려 든다. 물론 도리포스/엘름우드 경이 싫어하는 그녀의 약점이 사치나 변덕, 허영심 등 당대에 여성의 '본질적' 특징으로 꼽히던 점들임을 고려한다면, 밀너 양의 맹목적 고집에는 여성을 현모양처의 틀에 가두려는 당대 젠더 인식에 대한 도발적 측면이 있다. 하지만 내 약점까지 사랑해야 진짜 사랑이라는 생각이—특히 내가 그렇게 사랑하겠다는 게 아니라 상대방이 나를 그렇게 사랑해야 된다는 믿음은—어린아이의 생떼 같은 면이 있는 것도 사실이다.

마찬가지로 도리포스/엘름우드 경은 남편과 아내의 정해진 관습적 역할이나 결혼생활에서 경제 원칙 등에 대한 강한 고정관념을 가지고 있으며, 결국 밀너 양의 사치와 미래 남편에 대한 불복종에 대해 결혼 파기 가능성이라는 실질적 협박으로 대응한다. 이는 자신의 감정이나 행복보다는 스스로 정한 원칙에 충실한 것을 미덕으로 삼는 도리포스/엘름우드 경의 성향을 단적으로 보여주며, 그의 이러한 신념은 한때 사제로서 지녔던 도덕적 권위나 현모양처라는 가부장적 전제에 의해 뒷받침된다. 밀너 양이 믿었던 대로 결국 그는 그녀를 사랑해 그녀를 떠나지 못했고 극적인 화해와 갑작스러운 결혼으로 전반부 서사는 끝나지만, 그에게 이 극적 결말은 부분적으로 (프레더릭 경에 대한 순간적 폭력과 뒤이은 결투처럼) 자신의 감정을 못 이겨 원칙을 저버린 사건이었을 수 있다.

『단순한 이야기』의 후반부는 전반부 끝의 '애도 반지'로 상징되는, 두 연인의 극적이고 행복한 결합에 잠재된 위태로움을 폭발시키면서 배신과 복수, 증오와 무력의 서사를 전면에 배치한다. 도리포스/엘름우드 경은 자신이 서인도제도에 나가 있는 동안 부정을 저지른 아내를 결코 용서하지 못하며, 그녀와 그녀(와 자신)의 딸에 대한 언급을 금지하고 징벌을 공포하는 방식으로 상처받은 감정으로부터 자신을 보호하려 한다. 이는 배신당한 남편의 정당하고 단호한 방어로 보이지만, 동시에 아내를 가해자로 또 자신을 피해자로 못박고 거기서 한 발도 물러서지 않으려는 태도이기도 하다.

그런데 그의 이러한 행로는 그가 엘름우드 백작 가문의 주인이자 가장으로서 자의적 권력을 '정당하게' 행사할 수 있기에 가능한 것이다. 즉 자신의 상처를 보호하기 위해 주위 사람들을 위협·금지·징벌하는 그의 제스처는 기존의 계급적·가부장적 권력체계에 의지하면서 동시에 이를 지속·강화한다. 작가는 도리포스/엘름우드 경의 변화에 대해 한편으로는 그것이 그의 취약함과 상처로 인한 것임을 상기시키며 독자가 그를 내면으로부터 이해할 수 있도록 돕는다. 하지만 더욱 부각되는 것은 죽은 밀너 양을 상대로 펼치는 그의 '피해자 코스프레'가 가부장적 권력으로 인해 가능한 것이며, 그러한 권력의 자의성으로 인해 주위 사람들의 삶이 황폐화될 뿐 아니라 그 자신의 행복 역시 봉쇄된다는 점이다. 그 누구도, 심지어 샌퍼드 신부나 우들리 양 혹은 후계자인 러시브룩마저 그를 두려워하며 그의 폭압적 권력에 순종할 수밖에 없는 한, 그가 자신의 가부장적 원칙 아래 포섭되지 않는 감정들, 가령 사랑해서는 안 되는 딸에 대한 아비의 사랑이나 용서의 기쁨 등을 수용할 가능성은 거의 없어 보인다.

마찬가지로 이렇게 도리포스/엘름우드 경이 자신의 감성을 원칙의 이름으로 재단하고 또 아버지로서 권력을 자의적으로 행사하는 가부장적 구조하에서, 그의 딸 레이디 머틸다가 어머니처럼 활기차고 당당하게 움직일 공간은 경제적으로도, 심리적으로도 존재하지 않는다. 『단순한 이야기』는 경제적·정서적 권력 관계로서의 가부장적 현실을 아버지에게 버림받은 딸 머틸다의 애정 결핍과 무력, 우울감 등을 통해 에누리 없이 보여준다. 아버지의 금지를 어기지 않는다는 조건으로만 아버지 집에 머물 수 있는 머틸다는 당시 여성의 최고 미덕으로 꼽혔던 신중함으로 어려운 환경을 꿋꿋이 이겨나가는 모습을 보여주지만, 어머니 밀너 양에 비해 생기 없고 순응적인 인물로 그려진다. 자신의 욕망에 솔직하면서 부당한 권위에 본능적으로 비판적이었던 밀너 양에 비해, 머틸다는 아버지의 사랑을 결핍으로 갈구한다거나 러시브룩과의 관계에서도 오누이 같은 모습을 보이는 등 많은 경우 수동적이고 억눌린 모습을 보이는 것이다. 이러한 머틸다의 형상화에 대해 활기차고 당당했던 밀너 양에 비해 덜 매력적인 인물이라 판단할 수는 있지만, 그녀에게 주어진 상황과 여건을 고려할 때 머틸다의 신중함과 인내심에 대해 개연성이 부족하다고 보기는 어렵다. 그건 당돌했던 밀너 양이 (어떠한 오해에서 비롯되었건 간에) 결과적으로 자신의 불륜으로 결혼생활을 파탄내고 딸의 삶을 절망의 구렁텅이로 빠트린 삶을 산 것이나, 혹은 도리포스/엘름우드 경이 그를 좋아했던 독자로서는 받아들이기 어려울 정도로 냉정하고 잔인한 성격으로 변하는 작품의 전개가 당대의 권력 구조나 인물의 성향, 세월의 힘 등으로 미루어볼 때 이상하다기보다 개연적인 것과 마찬가지이다.

『단순한 이야기』에 대한 비판으로 가장 많이 제기되는 전반부와 후반부의 이질감은 전반부의 전복적이고 사랑스러운 서사를 중심에 두고 읽을 때는 아쉽지만, 봄 같은 희극 구조를 지닌 전반부뿐 아니라 가을과 겨울이 있는 후반부를 더함으로써 사계절을 두루 아우르려는 서사 전체를 두고 볼 경우, 개연성(혹은 사실주의)을 향한 소설 장르의 충동을 확인할 수 있는 공간이기도 하다. 이러한 충동으로 인한 작품의 성취와는 별개로, 이는 어머니의 삶과 딸의 삶의 연속/불연속의 역사성뿐 아니라 한 남자의 끈질긴 집착과 해방이라는 비슷한 구조를 지닌 『폭풍의 언덕』에서 역시 사실주의적이면서 고딕적인 상반된 경향이 반복된다는 점에서 다시 확인된다.

마지막으로 도리포스/엘름우드 경과 머틸다의 화해가 딸의 순결과 안위를 위협하는 망나니 귀족의 유괴로 인한 것이라는 서사 전개는 분명히 불만족스럽고 또 작가의 투항으로 읽힐 만큼 관습적인 것이 사실이다. 다만 자신의 소설을 기필코 다시 봄(희극 구조)으로 끝내려는 작가의 생고집이, 다시 말해 다른 방식으로는 도리포스/엘름우드 경의 권위주의적 고집불통과 머틸다의 불행을 돌려놓기 어렵다는 작가의 냉정한 사실주의적 판단이 오히려 환상적 해결을 전면에 내세움으로써 작품 끝에 강조된 여성의 '올바른' 교육에 대한 교훈적 메시지를 독자들이 역설적으로 받아들이도록 돕는 건 아닐까 생각해본다. 작가가 우리의 삶만큼 복잡하고 예측하기 어려운 내용의 소설 제목을 '단순한 이야기'로 결정한 것 역시 독자들에게 그만큼 다양한 해석의 여지를 부여하기 위한 전략일 수 있다는 생각도 함께.

이혜수

* 본 역서는 2019년도 건국대학교 KU 학술연구비 지원에 의한 역서임을 밝힌다.

1753년 10월 15일 영국 서퍽 지방의 가톨릭교도인 농부 존 심슨과 메리 사이에서 아홉 자녀 중 여덟째로 출생.

1761년 아버지 존 심슨 사망. 어머니가 힘겹게 농장 일을 하며 자녀들을 부양함.

1770년 오빠 조지 심슨이 배우로 노리치 극단에 입단함. 엘리자베스도 지원하나 아름다운 외모에도 혀가 짧은 탓에 입단 실패함.

1771년 런던 방문. 배우이자 화가인 서른여섯 살 가톨릭교도 조지프 인치볼드를 만남.

1772년 4월 11일 극단에서 활동하기 위해 몰래 런던으로 향하나 일련의 사건으로 보호자가 필요함을 깨닫고 6월 9일 조지프 인치볼드와 결혼함. 9월 4일 브리스톨에서 무대에 데뷔함. 조지프 인치볼드가 리어왕 역을 맡고 엘리자베스는 코델리아 역을 맡음. 10월에는 부부가 스코틀랜드로 가 웨스트 디기스의 극단에 합류하게 됨.

1774년 프랑스어 공부를 시작함.

1776년 6월 12일 조지프가 에든버러에서 관객과 '대논쟁'을 하는 바람에 디기스와의 관계가 끝남. 7월 23일 부부는 파리로 가 조지프는 그림을, 엘리자베스는 프랑스어를 공부할 계획을 세우나 8월 말 결국 무일푼으로 영국으로 돌아옴. 엘리자베스는 8월 31일에 최초의 소극을 공연하고, 10월 리버풀에서 조지프 영거스 극단에 합류함. 이때부터 명배우 세라 시든스 부인과의 우정이 시작되어 45년간 이어짐.

1777년 1월 18일 시든스 부인의 동생이자 『단순한 이야기』의 도리포스/엘름우드 경의 모델로 추정되는 당시 스무 살의 존 필립 켐블(1757~1823)이 극단에 합류. 2월부터 『단순한 이야기*A Simple Story*』 전반부를 집필하기 시작함. 7월 인치볼드 부부는 캔터베리에 머물면서 홀크로프트를 만남. 10월 헐에 있는 테이트 윌킨슨 요크 극단에 합류함.

1778년 1차 가톨릭 구호법 통과로, 가톨릭교도의 토지 소유가 합법적으로 인정됨.

1779년 6월 6일 조지프 인치볼드가 돌연사함. 켐블이 라틴어로 그의 비문을 작성함. 9월 엘리자베스 인치볼드는 소설을 완성한 후 스톡데일에 출판을 의뢰하지만 거절당함. 소극을 쓰기 시작함.

1780년 9월 런던의 코번트가든 극단에 해리스에 의해 고용됨.

1782년 헤이 마켓 극단에서 콜먼과 여름 시즌 계약을 체결함.

1782~1783년 더블린에서 비극에 출연. 로버트 제프슨의 『나르본의 백작』에 켐블과 함께 출연.

1784년 이전 해 선보인, 열기구 풍선 열풍에 기반한 엘리자베스 인치볼드의 첫 소극 『무굴인 이야기*The Mogul Tale*』가 7월 6일 헤이 마켓 극장에서 큰 성공을 거둠. 이후 거의 매해 희극을 발표하나 무대에서 상연되지 않거나 출간되지 않은 작품은 드문 편임.

1785년 『그들에게 불리한 외관*Appearance is against Them*』 『내가 말해줄게*I'll Tell you What*』(1786) 출간.

1786년 『과부의 맹세*The Widow's Vow*』 출간.

1787년 『어느 여름날 일어난 일*All on a Summer's Day*』(미출간) 『그런 일은 말이야*Such Things Are*』 (1788) 『자정 시간*The

Midnight Hour』(1788) 출간.

1788년 『자연의 아이*The Child of Nature*』『동물적 매력*Animal Magnetism*』(1789) 출간.

1789년 『유부남*The Married Man*』 출간. 무대에서 은퇴하고, 투자금에서 연간 약 58파운드 상당의 수익을 얻음.

1790년 2차 가톨릭 구호법 통과.

1791년 2월 10일 첫 장편소설 『단순한 이야기』 출간. 출판업자 조지 로빈슨에게 200파운드를 인세로 받음. 『강력한 항의*Hue and Cry*』(미발간), 『옆집 이웃*Next Door Neighbors*』 출간.

1792년 『젊은 남자들, 나이든 여자들*Young Men and Old Women*』(미발간). 프랑스혁명을 다룬 『대학살: 양심의 문제*The Massacre: A Case of Conscience*』를 썼으나 연극으로 공연되지도, 책으로 발간되지도 않음. 이 작품은 이후 제임스 보든이 1833년 출간한 『인치볼드 부인 전기*Memoirs of Mrs. Inchbald*』에 수록됨.

1793년 『모두 약점이 있다*Everyone has his Fault*』 출간.

1794년 『결혼식 날*The Wedding Day*』 출간.

1796년 두번째 소설 『자연과 문화*Nature and Art*』 출간.

1797년 『과거의 아내들, 현재의 처녀들*Wives as they were and Maids as they are*』 출간.

1798년 독일 극작가 아우구스투스 폰 코체부의 『사랑의 아이』를 프랑스어를 거쳐 각색한 『연인의 맹세*Lover's Vows*』 발표. 제인 오스틴의 『맨스필드 파크』에서 본 공연이 서술됨.

1799년 『동양의 현인들*The Wise Men of the East*』 출간.

1805년 『결혼할 것인가 말 것인가*To Marry or not to Marry*』 출간.

1806~1809년 영국 주요 극장에 올려진 희곡들을 25권으로 모은 『영국 극장*British Theatre*』의 전기적·비판적 서문을 씀. 엘리자베

스 인치볼드의 극작품은 11권에 실림. 『쿼터리 리뷰』에 기고를 거부하고, 이어 여성 패션잡지 『아름다운 모임』 편집 활동을 중단함.

1807년 6월 13일 프린스 호어의 『예술가*The Artist*』에 편지 형식으로 소설에 대한 글을 게재함.

1809년 직접 선별해 엮은 10권 구성의 『현대 연극*Modern Theatre*』 및 7권 구성의 『소극 모음집*Collections of Farces*』 출간.

1819년 켄싱턴의 올드 코트 교외에 위치한 가톨릭교도 중심의 '점잖은 거주지' 켄싱턴 하우스로 은퇴. 고해신부의 권고에 따라 출판업자가 1000파운드를 제시했던 엘리자베스 인치볼드 자신의 『전기*Memoirs*』를 불태움.

1820년 켐블이 엘리자베스 인치볼드를 마지막으로 방문함.

1821년 8월 1일 사망. 당시 엘리자베스 인치볼드가 보유한 주택의 가치는 5000에서 6000파운드 정도로 추산됨.

문학동네 세계문학전집 발간에 부쳐

세계문학은 국민문학 혹은 지역문학을 떠나 존재하는 문학이 아니지만 그것들의 총합도 아니다. 세계문학이라는 용어에는 그 나름의 언어와 전통을 갖고 있는 국민문학이나 지역문학의 존재를 인정하면서 그것을 넘어서는 문학의 보편적 질서에 대한 관념이 새겨져 있다. 그 용어를 처음 고안한 19세기 유럽인들은 유럽문학을 중심으로 그 질서를 구축했지만 풍부한 국민문학의 전통을 가지고 있는 현대의 문학 강국들은 나름의 방식으로 세계문학을 이해하면서 정전(正典)의 목록을 작성하고 또 수정한다.

한국에서도 세계문학 관념은 우리 사회와 문화의 변화 속에서 거듭 수정돼왔다. 어느 시기에는 제국 일본의 교양주의를 반영한 세계문학 관념이, 어느 시기에는 제3세계 민족주의에 동조한 세계문학 관념이 출현했고, 그러한 관념을 실천한 전집물이 출판됐다. 21세기 한국에 새로운 세계문학전집이 필요하다는 것은 명백하다. 우리의 지성과 감성의 기준에 부합하는 세계문학을 다시 구상할 때가 되었다.

문학동네 세계문학전집은 범세계적으로 통용되는 고전에 대한 상식을 존중하면서도 지난 반세기 동안 해외 주요 언어권에서 창작과 연구의 진전에 따라 일어난 정전의 변동을 고려하여 편성되었다. 그래서 불멸의 명작은 물론 동시대 세계의 중요한 정치·문화적 실천에 영감을 준 새로운 작품들을 두루 포함시켰다.

창립 이후 지금까지 한국문학 및 번역문학 출판에서 가장 전문적이고 생산적인 그룹을 대표해온 문학동네가 그간 축적한 문학 출판 경험을 바탕으로 새로운 세계문학전집을 펴낸다. 인류가 무지와 몽매의 어둠 속을 방황하면서도 끝내 길을 잃지 않은 것은 세계문학사의 하늘에 떠 있는 빛나는 별들이 길잡이가 되어주었기 때문이다. 우리가 자부심과 사명감 속에서 그리게 될 이 새로운 별자리가 독자들의 관심과 애정에 힘입어 우리 모두의 뿌듯한 자산이 되기를 소망한다.

문학동네 세계문학전집 편집위원
민은경, 박유하, 변현태, 송병선, 이재룡, 홍길표, 남진우, 황종연

지은이 **엘리자베스 인치볼드**

1753년 영국 서퍽 지방에서 가톨릭교도인 농부 존 심슨의 아홉 자녀 중 여덟째로 태어났다. 배우가 되고자 런던으로 가 극단에서 활동하며, 조지프 인치볼드를 만나 1772년 결혼해 여러 극단에서 연기하게 된다. 1779년 남편이 돌연사하지만 재혼하지 않고 홀로 생계를 이어나간다. 1784년 첫 소극 『무굴인 이야기』로 상당한 성공을 거두자 이후 희곡 창작에 매진한다. 1791년 출간한 첫 소설 『단순한 이야기』를 비롯해 극작가이자 연극 비평가로서 당대 영국 극단에서 상연된 희곡을 집대성하는 등 왕성한 집필 활동을 이어가다 1821년 세상을 떠났다.

옮긴이 **이혜수**

연세대 영문학과와 서울대 대학원 영문학과에서 공부하고 미국 뉴욕대(NYU)에서 18세기 영소설 연구로 박사 학위를 받았다. 현재 건국대 영문학과에서 영문학을 가르치며 연구하고 있다. 『걸리버 여행기』와 『들뢰즈와 페미니즘』(공역, 근간)을 번역했고, 『18세기의 방』 『영미소설 속 장르』 『Robinson Crusoe in Asia』에 공저자로 참여했다. 「Women, Comedy, and *A Simple Story*」 등 다수의 논문을 집필했고, 현재 『스피노자로 영국소설 읽기: 신, 정동, 픽션』을 쓰고 있다.

세계문학전집 209

단순한 이야기

초판 인쇄 2022년 4월 19일
초판 발행 2022년 4월 29일

지은이 엘리자베스 인치볼드 | 옮긴이 이혜수

책임편집 김경은 | 편집 이미영 이희연
디자인 김마리 최미영 | 저작권 박지영 형소진 이영은 김하림
마케팅 정민호 이숙재 한민아 김혜연 이가을 박지영 안남영 김수현 정경주
브랜딩 함유지 함근아 김희숙 정승민
제작 강신은 김동욱 임현식 | 제작처 영신사

펴낸곳 (주)문학동네 | 펴낸이 김소영
출판등록 1993년 10월 22일 제2003-000045호
주소 10881 경기도 파주시 회동길 210
전자우편 editor@munhak.com | 대표전화 031)955-8888 | 팩스 031)955-8855
문의전화 031)955-3578(마케팅), 031)955-3560(편집)
문학동네카페 http://cafe.naver.com/mhdn
문학동네트위터 http://twitter.com/munhakdongne
북클럽문학동네 http://bookclubmunhak.com

ISBN 978-89-546-8624-2 04840
978-89-546-0901-2 (세트)

잘못된 책은 구입하신 서점에서 교환해드립니다.
기타 교환 문의 031) 955-2661, 3580

www.munhak.com

1, 2, 3 안나 카레니나 레프 톨스토이 | 박형규 옮김
4 판탈레온과 특별봉사대 마리오 바르가스 요사 | 송병선 옮김
5 황금 물고기 르 클레지오 | 최수철 옮김
6 템페스트 윌리엄 셰익스피어 | 이경식 옮김
7 위대한 개츠비 F. 스콧 피츠제럴드 | 김영하 옮김
8 아름다운 애너벨 리 싸늘하게 죽다 오에 겐자부로 | 박유하 옮김
9, 10 파우스트 요한 볼프강 폰 괴테 | 이인웅 옮김
11 가면의 고백 미시마 유키오 | 양윤옥 옮김
12 킴 러디어드 키플링 | 하창수 옮김
13 나귀 가죽 오노레 드 발자크 | 이철의 옮김
14 피아노 치는 여자 엘프리데 옐리네크 | 이병애 옮김
15 1984 조지 오웰 | 김기혁 옮김
16 벤야멘타 하인학교 - 야콥 폰 군텐 이야기 로베르트 발저 | 홍길표 옮김
17, 18 적과 흑 스탕달 | 이규식 옮김
19, 20 휴먼 스테인 필립 로스 | 박범수 옮김
21 체스 이야기 · 낯선 여인의 편지 슈테판 츠바이크 | 김연수 옮김
22 왼손잡이 니콜라이 레스코프 | 이상훈 옮김
23 소송 프란츠 카프카 | 권혁준 옮김
24 마크롤 가비에로의 모험 알바로 무티스 | 송병선 옮김
25 파계 시마자키 도손 | 노영희 옮김
26 내 생명 앗아가주오 앙헬레스 마스트레타 | 강성식 옮김
27 여명 시도니가브리엘 콜레트 | 송기정 옮김
28 한때 흑인이었던 남자의 자서전 제임스 웰든 존슨 | 천승걸 옮김
29 슬픈 짐승 모니카 마론 | 김미선 옮김
30 피로 물든 방 앤절라 카터 | 이귀우 옮김
31 숨그네 헤르타 뮐러 | 박경희 옮김
32 우리 시대의 영웅 미하일 레르몬토프 | 김연경 옮김
33, 34 실낙원 존 밀턴 | 조신권 옮김
35 복낙원 존 밀턴 | 조신권 옮김
36 포로기 오오카 쇼헤이 | 허호 옮김
37 동물농장 · 파리와 런던의 따라지 인생 조지 오웰 | 김기혁 옮김
38 루이 랑베르 오노레 드 발자크 | 송기정 옮김
39 코틀로반 안드레이 플라토노프 | 김철균 옮김
40 어두운 상점들의 거리 파트릭 모디아노 | 김화영 옮김
41 순교자 김은국 | 도정일 옮김
42 젊은 베르테르의 슬픔 요한 볼프강 폰 괴테 | 안장혁 옮김
43 더블린 사람들 제임스 조이스 | 진선주 옮김
44 설득 제인 오스틴 | 원영선, 전신화 옮김
45 인공호흡 리카르도 피글리아 | 엄지영 옮김
46 정글북 러디어드 키플링 | 손향숙 옮김
47 외로운 남자 외젠 이오네스코 | 이재룡 옮김
48 에피 브리스트 테오도어 폰타네 | 한미희 옮김
49 둔황 이노우에 야스시 | 임용택 옮김
50 미크로메가스 · 캉디드 혹은 낙관주의 볼테르 | 이병애 옮김
51, 52 염소의 축제 마리오 바르가스 요사 | 송병선 옮김
53 고야산 스님 · 초롱불 노래 이즈미 교카 | 임태균 옮김

54 다니엘서 E. L. 닥터로 | 정상준 옮김
55 이날을 위한 우산 빌헬름 게나치노 | 박교진 옮김
56 톰 소여의 모험 마크 트웨인 | 강미경 옮김
57 카사노바의 귀향 · 꿈의 노벨레 아르투어 슈니츨러 | 모명숙 옮김
58 바보들을 위한 학교 사샤 소콜로프 | 권정임 옮김
59 어느 어릿광대의 견해 하인리히 뵐 | 신동도 옮김
60 웃는 늑대 쓰시마 유코 | 김훈아 옮김
61 팔코너 존 치버 | 박영원 옮김
62 한눈팔기 나쓰메 소세키 | 조영석 옮김
63, 64 톰 아저씨의 오두막 해리엇 비처 스토 | 이종인 옮김
65 아버지와 아들 이반 투르게네프 | 이항재 옮김
66 베니스의 상인 윌리엄 셰익스피어 | 이경식 옮김
67 해부학자 페데리코 안다아시 | 조구호 옮김
68 긴 이별을 위한 짧은 편지 페터 한트케 | 안장혁 옮김
69 호텔 뒤락 애니타 브루크너 | 김정 옮김
70 잔해 쥘리앵 그린 | 김종우 옮김
71 절망 블라디미르 나보코프 | 최종술 옮김
72 더버빌가의 테스 토머스 하디 | 유명숙 옮김
73 감상소설 미하일 조셴코 | 백용식 옮김
74 빙하와 어둠의 공포 크리스토프 란스마이어 | 진일상 옮김
75 쓰가루 · 석별 · 옛날이야기 다자이 오사무 | 서재곤 옮김
76 이인 알베르 카뮈 | 이기언 옮김
77 달려라, 토끼 존 업다이크 | 정영목 옮김
78 몰락하는 자 토마스 베른하르트 | 박인원 옮김
79, 80 한밤의 아이들 살만 루슈디 | 김진준 옮김
81 죽은 군대의 장군 이스마일 카다레 | 이창실 옮김
82 페레이라가 주장하다 안토니오 타부키 | 이승수 옮김
83, 84 목로주점 에밀 졸라 | 박명숙 옮김
85 아베 일족 모리 오가이 | 권태민 옮김
86 폭풍의 언덕 에밀리 브론테 | 김정아 옮김
87, 88 늦여름 아달베르트 슈티프터 | 박종대 옮김
89 클레브 공작부인 라파예트 부인 | 류재화 옮김
90 P세대 빅토르 펠레빈 | 박혜경 옮김
91 노인과 바다 어니스트 헤밍웨이 | 이인규 옮김
92 물방울 메도루마 슌 | 유은경 옮김
93 도깨비불 피에르 드리외라로셸 | 이재룡 옮김
94 프랑켄슈타인 메리 셸리 | 김선형 옮김
95 래그타임 E. L. 닥터로 | 최용준 옮김
96 캔터빌의 유령 오스카 와일드 | 김미나 옮김
97 만(卍) · 시게모토 소장의 어머니 다니자키 준이치로 | 김춘미, 이호철 옮김
98 맨해튼 트랜스퍼 존 더스패서스 | 박경희 옮김
99 단순한 열정 아니 에르노 | 최정수 옮김
100 열세 걸음 모옌 | 임홍빈 옮김
101 데미안 헤르만 헤세 | 안인희 옮김
102 수레바퀴 아래서 헤르만 헤세 | 한미희 옮김
103 소리와 분노 윌리엄 포크너 | 공진호 옮김

104 곰 윌리엄 포크너 | 민은영 옮김
105 롤리타 블라디미르 나보코프 | 김진준 옮김
106, 107 부활 레프 톨스토이 | 백승무 옮김
108, 109 모래그릇 마쓰모토 세이초 | 이병진 옮김
110 은둔자 막심 고리키 | 이강은 옮김
111 불타버린 지도 아베 고보 | 이영미 옮김
112 말라볼리아가의 사람들 조반니 베르가 | 김운찬 옮김
113 디어 라이프 앨리스 먼로 | 정연희 옮김
114 돈 카를로스 프리드리히 실러 | 안인희 옮김
115 인간 짐승 에밀 졸라 | 이철의 옮김
116 빌러비드 토니 모리슨 | 최인자 옮김
117, 118 미국의 목가 필립 로스 | 정영목 옮김
119 대성당 레이먼드 카버 | 김연수 옮김
120 나나 에밀 졸라 | 김치수 옮김
121, 122 제르미날 에밀 졸라 | 박명숙 옮김
123 현기증. 감정들 W. G. 제발트 | 배수아 옮김
124 강 동쪽의 기담 나가이 가후 | 정병호 옮김
125 붉은 밤의 도시들 윌리엄 버로스 | 박인찬 옮김
126 수고양이 무어의 인생관 E. T. A. 호프만 | 박은경 옮김
127 맘브루 R. H. 모레노 두란 | 송병선 옮김
128 익사 오에 겐자부로 | 박유하 옮김
129 땅의 혜택 크누트 함순 | 안미란 옮김
130 불안의 책 페르난두 페소아 | 오진영 옮김
131, 132 사랑과 어둠의 이야기 아모스 오즈 | 최창모 옮김
133 페스트 알베르 카뮈 | 유호식 옮김
134 다마세누 몬테이루의 잃어버린 머리 안토니오 타부키 | 이현경 옮김
135 작은 것들의 신 아룬다티 로이 | 박찬원 옮김
136 시스터 캐리 시어도어 드라이저 | 송은주 옮김
137 고독한 산책자의 몽상 장자크 루소 | 문경자 옮김
138 용의자의 야간열차 다와다 요코 | 이영미 옮김
139 세기아의 고백 알프레드 드 뮈세 | 김미성 옮김
140 햄릿 윌리엄 셰익스피어 | 이경식 옮김
141 카산드라 크리스타 볼프 | 한미희 옮김
142 이 글을 읽는 사람에게 영원한 저주를 마누엘 푸익 | 송병선 옮김
143 마음 나쓰메 소세키 | 유은경 옮김
144 바다 존 밴빌 | 정영목 옮김
145, 146, 147, 148 전쟁과 평화 레프 톨스토이 | 박형규 옮김
149 세 가지 이야기 귀스타브 플로베르 | 고봉만 옮김
150 제5도살장 커트 보니것 | 정영목 옮김
151 알렉시 · 은총의 일격 마르그리트 유르스나르 | 윤진 옮김
152 말라 온다 알베르토 푸겟 | 엄지영 옮김
153 아르세니예프의 인생 이반 부닌 | 이항재 옮김
154 오만과 편견 제인 오스틴 | 류경희 옮김
155 돈 에밀 졸라 | 유기환 옮김
156 젊은 예술가의 초상 제임스 조이스 | 진선주 옮김
157, 158, 159 카라마조프가의 형제들 표도르 도스토옙스키 | 김희숙 옮김

160 진 브로디 선생의 전성기 뮤리얼 스파크 | 서정은 옮김
161 13인당 이야기 오노레 드 발자크 | 송기정 옮김
162 하지 무라트 레프 톨스토이 | 박형규 옮김
163 희망 앙드레 말로 | 김웅권 옮김
164 임멘 호수 · 백마의 기사 · 프시케 테오도어 슈토름 | 배정희 옮김
165 밤은 부드러워라 F. 스콧 피츠제럴드 | 정영목 옮김
166 야간비행 앙투안 드 생텍쥐페리 | 용경식 옮김
167 나이트우드 주나 반스 | 이예원 옮김
168 소년들 앙리 드 몽테를랑 | 유정애 옮김
169, 170 독립기념일 리처드 포드 | 박영원 옮김
171, 172 닥터 지바고 보리스 파스테르나크 | 박형규 옮김
173 싯다르타 헤르만 헤세 | 권혁준 옮김
174 야만인을 기다리며 J. M. 쿳시 | 왕은철 옮김
175 철학편지 볼테르 | 이봉지 옮김
176 거지 소녀 앨리스 먼로 | 민은영 옮김
177 창백한 불꽃 블라디미르 나보코프 | 김윤하 옮김
178 슈틸러 막스 프리슈 | 김인순 옮김
179 시핑 뉴스 애니 프루 | 민승남 옮김
180 이 세상의 왕국 알레호 카르펜티에르 | 조구호 옮김
181 철의 시대 J. M. 쿳시 | 왕은철 옮김
182 카시지 조이스 캐럴 오츠 | 공경희 옮김
183, 184 모비 딕 허먼 멜빌 | 황유원 옮김
185 솔로몬의 노래 토니 모리슨 | 김선형 옮김
186 무기여 잘 있거라 어니스트 헤밍웨이 | 권진아 옮김
187 컬러 퍼플 앨리스 워커 | 고정아 옮김
188, 189 죄와 벌 표도르 도스토옙스키 | 이문영 옮김
190 사랑 광기 그리고 죽음의 이야기 오라시오 키로가 | 엄지영 옮김
191 빅 슬립 레이먼드 챈들러 | 김진준 옮김
192 시간은 밤 류드밀라 페트루셉스카야 | 김혜란 옮김
193 타타르인의 사막 디노 부차티 | 한리나 옮김
194 고양이와 쥐 귄터 그라스 | 박경희 옮김
195 펠리시아의 여정 윌리엄 트레버 | 박찬원 옮김
196 마이클 K의 삶과 시대 J. M. 쿳시 | 왕은철 옮김
197, 198 오스카와 루신다 피터 케리 | 김시현 옮김
199 패싱 넬라 라슨 | 박경희 옮김
200 마담 보바리 귀스타브 플로베르 | 김남주 옮김
201 패주 에밀 졸라 | 유기환 옮김
202 도시와 개들 마리오 바르가스 요사 | 송병선 옮김
203 루시 저메이카 킨케이드 | 정소영 옮김
204 대지 에밀 졸라 | 조성애 옮김
205, 206 백치 표도르 도스토옙스키 | 김희숙 옮김
207 백야 표도르 도스토옙스키 | 박은정 옮김
208 순수의 시대 이디스 워턴 | 손영미 옮김
209 단순한 이야기 엘리자베스 인치볼드 | 이혜수 옮김

● 문학동네 세계문학전집은 계속 출간됩니다